KNAUR

Über die Autorin:
Ricarda Martin wurde 1963 in Süddeutschland geboren und lebt als freie Autorin im schwäbischen Raum. Bereits in früher Jugend wurde ihre Leidenschaft für England und britische Geschichte geweckt. Seit sie die Insel 1984 zum ersten Mal bereist hat, zieht es sie jedes Jahr mehrmals nach Großbritannien. Nachdem sie in verschiedenen Berufen gearbeitet hat, widmet sich Ricarda Martin seit einigen Jahren nur noch dem Schreiben. Ihr letzter Roman »Ein Sommer in Irland« war ein großer Erfolg.

RICARDA MARTIN

Winterrosenzeit

Roman

Besuchen Sie uns im Internet:
www.knaur.de

Vollständige Taschenbuchausgabe Dezember 2017
Knaur Taschenbuch
© 2017 Knaur Verlag
Ein Imprint der Verlagsgruppe Droemer Knaur GmbH & Co. KG, München
Alle Rechte vorbehalten. Das Werk darf – auch teilweise – nur mit
Genehmigung des Verlags wiedergegeben werden.
Redaktion: Ilse Wagner
Covergestaltung: ZERO Werbeagentur, München
Coverabbildung: FinePic / shutterstock
Illustration Innenteil: bioraven / Shutterstock.com
Satz: Samantha Gohn
Druck und Bindung: CPI books GmbH, Leck
ISBN 978-3-426-51979-0

2 4 5 3 1

1

Kirchheim unter Teck, Deutschland, Juli 1965

Schwer drückte der Zementsack auf seine Schultern. Hans-Peter glaubte, mindestens zwei Zentner zu schleppen, dabei wog der Sack lediglich um die fünfundzwanzig Kilogramm. Wenn er diesen Sack abgeladen hatte, dann folgte der nächste und der nächste und der nächste … Ein Ende war so schnell nicht abzusehen. Da er sich diese Plackerei aber selbst ausgesucht hatte, biss er die Zähne zusammen und stapelte ordentlich die schwere Fracht in einem Raum des Rohbaus.

Eine kräftige, mit Schwielen übersäte Hand legte sich auf seine Schulter.

»Schluss für heute, Junge.«

Mit dem Handrücken wischte sich Hans-Peter den Schweiß von der Stirn. »Jetzt schon? Es sind noch drei Stunden bis zum Feierabend, Capo.«

»Wir machen heute früher Schluss. Schließlich ist Wochenende, und wir haben die letzten Wochen geschuftet wie die Ackergäule.« Der Blick des Poliers Gerhard Wallner – ein großer Mann mit einem Oberkörper wie ein Kleiderschrank – glitt wohlwollend über Hans-Peter. »Heute ist ohnehin dein letzter Tag. Du hast dir einen frühen Feierabend mehr als verdient.«

»Danke, Herr Wallner.«

Der Polier grinste und zwinkerte Hans-Peter zu.

»Ich gebe zu, vor vier Wochen war ich nicht nur skeptisch, sondern richtiggehend unwillig, dich bei uns auf dem Bau zu beschäftigen. Ein Studierter, der ständig über den Büchern hockt und nur eingestellt wird, weil sein bester Freund das Jüngelchen vom Boss ist. Ich glaubte, du hältst keine zwei Tage durch und willst eine Extrawurst gebraten haben.«

»Na ja, wenn ich behaupten würde, die Arbeit wäre einfach, müsste ich lügen.«

Hans-Peter grinste und betrachtete seine Hände mit der roten, rissigen Haut und den abgebrochenen Fingernägeln, unter denen Dreck klebte. Die ersten Tage auf dem Bau hatte er sich vor Schmerzen tatsächlich kaum bewegen können und war kurz davor gewesen, alles hinzuschmeißen. Nie zuvor in seinem Leben hatte er körperlich derart hart gearbeitet. Er verfolgte jedoch ein Ziel, daher biss er die Zähne zusammen trotz des Muskelkaters in Bereichen seines Körpers, von denen er zuvor nicht gewusst hatte, dass er dort überhaupt Muskeln besaß. Die teilweise bissigen Kommentare der Kollegen, die ihn ständig aufzogen, er als Student hätte keine Ahnung, was es bedeutet, zu arbeiten, ignorierte er und bewies ihnen das Gegenteil. Sechs Tage die Woche von frühmorgens bis zum Einbruch der Dunkelheit, bei sengender Hitze und bei strömendem Regen, schleppte er Zementsäcke, Ziegelsteine, Holzlatten, bediente die Mischmaschine und schaufelte so viel Sand, dass er das Gefühl hatte, die halbe Sahara umzugraben. Seine Muskeln stählten sich, sein Gesicht, der Oberkörper und die Arme nahmen eine tiefbraune Farbe an, und bald fühlte er sich körperlich so gut wie nie zuvor. Hans-Peter hatte sich bewusst für die Arbeit auf dem Bau entschieden, denn bei keiner anderen Tätigkeit hätte er in vier Wochen so viel verdient. Es war ein Glücksfall, dass der Vater eines Kommilitonen der Inhaber dieser gutgehenden Baufirma in Kirchheim war. Klaus Unterseher war zugleich Hans-Peters bester Freund und sein Mitbewohner im Studentenwohnheim in Tübingen, in dem sie sich ein Zimmer teilten.

»Wenn du von der trockenen Juristerei die Nase voll hast«, sagte der Polier Wallner, »kannst du jederzeit bei uns anfangen. Männer wie dich können wir immer gebrauchen.«

»Danke, Capo, aber ich möchte doch lieber Rechtsanwalt werden. Die Zeit hier wird mir jedoch in guter Erinnerung bleiben, und vielleicht arbeite ich im nächsten Jahr wieder bei euch.«

Wallner fragte: »Warum hörst du eigentlich heute schon auf, so mitten im Sommer? Es sind doch gerade Semesterferien, und bis zum Herbst könntest du dir noch ein hübsches Sümmchen verdienen.«

Hans-Peter antwortete lachend: »Nächste Woche werde ich verreisen, dafür brauche ich das Geld.«

»Ich verstehe.« Der Polier nickte. »Wo soll's denn hingehen? Italien? Spanien? Zu gern würde ich mir auch mal die südliche Sonne auf den Bauch scheinen lassen, aber im Sommer Urlaub zu bekommen ist bei unserer Arbeit leider nicht drin.«

»Ich werde nach England fahren.«

»Nach England?« Hätte Hans-Peter gesagt, er wolle zum Mond aufbrechen, hätte Wallner nicht irritierter reagieren können. »Was willst du ausgerechnet in England? Es heißt, dort regnet es immer, das Essen sei ungenießbar und das Bier lauwarm und abgestanden.«

Hans-Peter zuckte mit den Schultern.

»Das habe ich auch gehört, aber das sind nur Klischees. Ich will mir lieber selbst ein Bild machen.«

»Wie willst du dich verständigen?« Wallner war immer noch

skeptisch. »Ich glaube, auf der Insel spricht kaum jemand unsere Sprache.«

»Ich habe bis zum Abitur Englisch gehabt«, erklärte Hans-Peter, verschwieg aber, dass er in den letzten Monaten in jeder freien Minute die Sprache gepaukt hatte, um für seine Reise gut vorbereitet zu sein.

Aus einem Regal im Schuppen nahm Wallner zwei Flaschen Bier. Mit einem *Plopp* schnappte der Bügelverschluss auf, und Wallner reichte Hans-Peter eine Flasche.

»Na, dann genieß noch mal ein gutes Bierchen, damit du weißt, was du bei den Tommys vermissen wirst! Prost!«

Obwohl der Krieg seit zwanzig Jahren vorbei war, verwendeten nahezu alle Älteren noch immer diesen Ausdruck für die Einwohner Großbritanniens.

Die Flaschen stießen aneinander, und Hans-Peter nahm einen langen Schluck. Dass dieses Bier warm war, ließ er unkommentiert, denn auf der Baustelle gab es keinen Kühlschrank.

»Willste mir nicht verraten, was dich zu den Tommys führt?«, fragte Wallner gespannt. »Ich kann mir beim besten Willen nicht vorstellen, was ein junger Bursche wie du in England zu suchen hat.«

»Kennen Sie die Beatles?«

»Nein, was soll das sein?«

»Eine Beatgruppe aus England«, erklärte Hans-Peter, der mit Wallners Antwort gerechnet hatte. Kaum jemand, der über vierzig Jahre alt war, interessierte sich für moderne Beatmusik. »Ich will zu einem Konzert dieser Gruppe. In England sind die Beatles bereits große Stars, aber hier werden sie auch immer bekannter. Immerhin ist diese Gruppe in Hamburg aufgetreten und hatte dort ihre ersten großen Erfolge.«

Abwehrend hob Wallner die Hände.

»Lass mich bloß mit diesem ausländischen Gedöns in Ruhe. Diese Hottentottenmusik ist nichts für mich, außerdem ist das nur eine Phase, die bald wieder vorbei sein wird. Na ja, auf jeden Fall wünsche ich dir eine gute Reise. Noch ein Bier?«

Hans-Peter schüttelte den Kopf.

»Wenn's Ihnen recht ist, Capo, fahr ich gleich nach Hause.«

»Hol dir deinen Lohn im Büro ab«, sagte Gerhard Wallner und drückte Hans-Peters Hand so fest, dass dieser befürchtete, jeder einzelne Knochen würde brechen. »Ich wünschte, der Sohn vom Boss würde so ranklotzen wie du. Der hat sich hier aber noch nie blicken lassen, geschweige denn mal mit angepackt.«

»Klaus ist in Ordnung«, verteidigte Hans-Peter den Freund. »Ihm liegt eben mehr die geistige als die körperliche Arbeit.«

Die beiden Männer lachten, dann schwang sich Hans-Peter auf sein Mokick. Die Baustelle lag im sogenannten *Paradiesle*, einer beliebten Gegend der Stadt Kirchheim, in der in den letzten Jahren zahlreiche Ein- und Zweifamilienhäuser entstanden waren. Früher hatten die Kirchheimer auf dem ebenen Gelände vor den Toren der Stadt Obst- und Gemüsegärten angelegt, da innerhalb der Stadtmauern nicht genügend Platz war. Der Boden war fruchtbar, die Sonne schien ungehindert den ganzen Tag, und bei starkem Regen waren keine Überschwemmungen zu befürchten, da der Fluss Lauter weit genug entfernt lag. So erhielt die Gegend den Namen *Paradiesle* und entwickelte sich in den letzten Jahren zu einem beliebten Wohngebiet.

Zum Büro der Baufirma musste Hans-Peter die Stadt in Richtung Jesingen durchqueren. Stolz nahm er die prall gefüllte Lohntüte entgegen und verstaute sie sorgsam in der Innentasche seiner Jacke. Die Knochenarbeit hatte sich gelohnt, und in drei Tagen würde er auf dem Weg nach England sein. Allerdings hatte er, um arbeiten zu können, an der Uni zahlreiche Vorlesungen versäumt und war von seinem Freund Klaus notdürftig auf dem Laufenden gehalten worden. Da das Beatles-Konzert bereits Anfang August stattfand, hatte Hans-Peter mit dem Geldverdienen nicht auf die Semesterferien warten können. Da er aber leicht und gern lernte, würde er das Pensum spielend nachholen. Klaus Unterseher, der Sohn des Bauunternehmers, studierte ebenfalls Jura. Sie hatten sich in Tübingen kennengelernt und waren im selben Semester. Im Gegensatz zu Hans-Peter, der sich gern an der frischen Luft aufhielt – es musste ja nicht unbedingt beim Schleppen von Zementsäcken sein –, war Klaus Unterseher ein richtiger Stubenhocker. Am wohlsten fühlte er sich mit seinen dicken Gesetzesbüchern, sehr zum Leidwesen seines Vaters. Glücklicherweise hatte Klaus einen jüngeren Bruder, der mehr Interesse für das Familienunternehmen zeigte und die Firma eines Tages übernehmen wollte. Dass man es seinen Vätern nicht recht machen konnte, kannte Hans-Peter aus eigener leidvoller Erfahrung.

»Warum bittest du deinen Vater nicht einfach um das Geld für die Reise?«, hatte Klaus ihn gefragt, als Hans-Peter ihn bat, ihm eine Arbeit auf dem Bau zu besorgen. »Oder du arbeitest in der Sägemühle, da gibt es doch auch genügend zu tun.«

Hans-Peter hatte ausweichend geantwortet. Klaus wusste zwar, dass Hans-Peter und sein Vater kein sehr gutes Verhältnis zueinander hatten, dass Wilhelm Kleinschmidt nicht Hans-Peters leiblicher Vater war, ahnte der Freund jedoch nicht. Das war eine Sache, über die Hans-Peter nicht sprechen wollte, nicht einmal mit seinem besten Freund.

Erst im Alter von zwölf Jahren hatte Hans-Peter erfahren, dass er von Kleinschmidt adoptiert worden war. Unfreiwillig war er im Nebenzimmer Zeuge eines Streits zwischen Kleinschmidt und seiner Mutter geworden.

»Warum bist du nicht in der Lage, mir einen Sohn zu gebären?«, hatte Kleinschmidt seine Frau Hildegard gefragt. »Wir sind jetzt seit zehn Jahren verheiratet. Wie lange soll ich denn noch warten?«

»Vielleicht liegt es ja an dir ...«

»Auf keinen Fall!«, hatte Kleinschmidt heftig widersprochen. »Du musst dich mehr anstrengen! Die Sägemühle hat mein Ururgroßvater aufgebaut, und ich will einen Nachfolger, durch dessen Adern mein Blut fließt. Ich habe deinen Sohn zwar adoptiert, er entwickelt sich aber zu einer Niete. Hockt den ganzen Tag über irgendwelchen Büchern, anstatt mit anzupacken. Alt genug wäre er. Als ich zwölf war, habe ich jeden Tag nach der Schule meinem Vater in der Mühle geholfen.«

»Hansi ist noch in der Entwicklung«, hatte Hildegard leise geantwortet. So leise, wie sie immer mit ihrem Mann sprach, wenn er sie mit Vorwürfen überschüttete.

»Ach was, er ist ein verzärteltes Jüngelchen, die Sägemühle braucht aber einen kräftigen Kerl, der anzupacken weiß.«

Erst drei Tage später hatte es Hans-Peter gewagt, seine Mutter auf das Gespräch anzusprechen.

»Wann hättest du mir gesagt, dass er nicht mein Vater ist?«, fragte er. »Wo ist mein richtiger Vater?«

Als wäre er ein kleiner Junge, hatte Hildegard Kleinschmidt ihn in den Arm genommen und über sein Haar gestrichelt. Leise, mit einer Traurigkeit in der Stimme, die Hans-Peter nie zuvor bei ihr gehört hatte, sagte sie: »Dein Vater ist im Krieg geblieben, und Wilhelm ist gut zu uns. Er meint es nicht böse, aber jeder Mann wünscht sich eben einen eigenen Sohn.«

Nach dieser Erklärung verstand Hans-Peter, warum er und der Mann, den er immer für seinen Vater gehalten hatte, nichts gemeinsam hatten. Nicht nur äußerlich. Wilhelm Kleinschmidt war an die zwei Meter groß, hatte eine bullige Statur und einen ausgeprägten Stiernacken. Sein Gesicht war stets gerötet, die Stimme laut und dröhnend. Hans-Peter war zwar auch groß, aber mager und schlaksig, und in der Regel sprach er ruhig und besonnen. Stockend und mit Tränen in den Augen, hatte Hildegard ihrem Sohn von dem großen Krieg erzählt und dass alle ihre Verwandten – ebenso wie die Angehörigen von Hans-Peters Vater – im Bombenhagel der Alliierten ums Leben gekommen waren.

»Im Februar 1945 wurde unser Haus vollständig zerstört. Ich konnte nur dich und das, was wir am Leib trugen, retten. Wir haben alles verloren, und es sprach einiges dafür, dass mein Mann gefallen war. Die einzige Angehörige, die wir noch hatten, war im Schwäbischen meine Großcousine Doris. Mir blieb keine andere Wahl, als Hamburg zu verlassen und in den Süden zu gehen. Doris war bereit, uns aufzunehmen, obwohl sie selbst nichts besaß.«

So war Hildegard nach Großwellingen gekommen, in eine Gemeinde mit knapp dreitausend Einwohnern. Die Städte und Dörfer auf der Schwäbischen Alb waren von Bombenangriffen und Zerstörungen zwar verschont geblieben, aber wie überall im Land herrschte auch hier große Armut und Mangel an Lebensmitteln. Tante Doris' Mann war ebenfalls im Krieg geblieben, Kinder hatte sie keine. In ihrem Garten zog sie Kartoffeln, Gemüse und Obst, teilte das wenige bereitwillig mit Hildegard und deren kleinem Sohn. Und so kamen sie einigermaßen über die Runden.

Die Einwohner hatten sich Hildegard gegenüber zuerst ablehnend verhalten. »Die Städterin aus dem Norden«, wurde hinter ihrem Rücken getuschelt, so dass die erste Zeit für Hildegard sehr schwer gewesen war. Sie verstand kaum den regionalen Dialekt, der in ihren Ohren mit der deutschen Sprache wenig zu tun hatte, und auch sonst war alles anders als in Hamburg. Aber sie und Hans-Peter hatten ein Dach über dem Kopf und mussten keinen Hunger leiden. Das war so viel mehr als bei Millionen anderen Deutschen in jener Zeit.

Bald hatte Hildegard den vermögenden Sägemühlenbesitzer und Bürgermeister Wilhelm Kleinschmidt kennengelernt und ihn sehr schnell geheiratet. Als Frau des Bürgermeisters wurde sie von einem Tag auf den anderen akzeptiert, zumal die Mühle Dutzenden von Familien Arbeit gab. Da Wilhelm Kleinschmidt *die aus dem Norden* geehelicht hatte, musste die Frau in Ordnung sein, denn in Großwellingen galt Kleinschmidts Wort wie ein Gesetz. Vom Frontdienst in der Wehrmacht war er zurückgestellt worden, weil es unabdingbar gewesen war, die Sägemühle am Laufen zu halten. *Dienst an der Heimatfront* hatte das geheißen. Die über der Mühle flatternde Hakenkreuzfahne, die im Mai 1945 eilends eingeholt und verbrannt worden war, hatte für Kleinschmidt keine Konsequenzen gehabt, denn auch das neue Deutschland brauchte Holz für den Wiederaufbau. So hatte Wilhelm Kleinschmidt aus der Nachkriegszeit Kapital geschlagen und war vermögend geworden.

Die Ehe mit Kleinschmidt war für Hans-Peters Mutter ein Glücksfall gewesen. Allerdings hatten alle, auch Tante Doris, Hans-Peter verschwiegen, dass er nicht Kleinschmidts leiblicher

Sohn war. Hildegard war der Ansicht, dies wäre besser für Hansi, wie sie ihn auch als Erwachsenen immer noch nannte. Sie waren jetzt eine Familie, und die Vergangenheit hatte keine Bedeutung mehr. Nach vorn schauen, das war die Devise aller Deutschen, die den Krieg überlebt hatten.

Doch seit Hans-Peter die Wahrheit kannte, nannte er diesen Mann in Gedanken nur noch beim Nachnamen. Am liebsten hätte er ihn auch so angesprochen, Kleinschmidt aber bestand darauf, von Hans-Peter Vater genannt zu werden, obwohl sich ihr Verhältnis zueinander zunehmend verschlechterte, als Hans-Peter in die Pubertät kam.

»Auch wenn deine und meine Ansichten so weit auseinandergehen, wie die Sonne von der Erde entfernt ist«, hatte Kleinschmidt gesagt, »wirst du es nicht wagen, mich vor den Leuten zu blamieren. Es reicht, dass du mit deinen zotteligen Haaren und diesen furchtbaren Hosen wie ein Gammler daherkommst. Alle zerreißen sich schon ihre Mäuler über dich.«

Ein weiterer Schlag für Kleinschmidt war es, dass Hans-Peter nach dem Abitur den Wehrdienst verweigerte und als Rettungshelfer beim Deutschen Roten Kreuz in Kirchheim arbeitete.

»Ich lasse mich nicht ausbilden, um andere Menschen zu töten!«, hatte Hans-Peter gesagt. »Deswegen möchte ich Anwalt werden, um der Gerechtigkeit mit friedlichen Mitteln zu dienen.«

Obwohl Kleinschmidt selbst nie eine Waffe in der Hand gehabt hatte, beschimpfte er seinen Stiefsohn als Feigling und Drückeberger. In dieser Zeit hatte Hans-Peter gelernt, seine Ohren vor den Anfeindungen Kleinschmidts zu verschließen und seinen eigenen Weg zu gehen. Sein Gerechtigkeitssinn war sehr ausgeprägt. Bereits in der Schule hatte Hans-Peter sich immer auf die Seite der Kleineren und Schwächeren gestellt, wenn ein großer, starker Junge versuchte, diese zu drangsalieren. Das hatte Hans-Peter so manches Mal ein blaues Auge und eine blutige Nase eingebracht, er spürte aber eine große Befriedigung, wenn er einen Beitrag gegen Willkür und Gewalt leisten konnte. Schulhofrangeleien waren zwar auch eine Form von Gewalt, manchmal ging es aber nicht anders, als jemandem eins auf die Nase zu geben. Die Lehrer sahen stets weg und setzten selbst den Rohrstock bei besonders aufmüpfigen und frechen Kindern ein. Hans-Peter wusste: Gegen seine eigenen Kinder, die er irgendwann mal haben würde, würde er niemals die Hand erheben.

Die nächste Hürde musste er überwinden, als er den Wunsch äußerte, zu studieren. Dafür brauchte er Kleinschmidts finanzielle Unterstützung. Zwar hatte Hans-Peter das Abitur mit guten Noten bestanden, für ein Stipendium hatte es aber nicht gereicht. Schließlich musste Kleinschmidt zähneknirschend nachgeben, denn Hans-Peter war entschlossen, auch ohne seine Hilfe diesen Weg zu gehen. Hans-Peter schrieb sich also an der Universität in Tübingen ein. Allerdings ließ Kleinschmidt ihn regelmäßig spüren, wie unnötig er diese »Studiererei« fand, und machte aus jeder Zahlung ein kleines Drama. Am liebsten wäre es ihm gewesen, wenn Hans-Peter ihm bei jedem Scheck auf Knien gedankt hätte. Hildegard, Hans-Peters Mutter, hielt sich aus allem heraus. Sie stellte Kleinschmidts Ansichten und Handlungen niemals in Frage und ertrug geduldig seine Launen.

Dies alles ging Hans-Peter durch den Kopf, als er auf seinem Mokick die schmalen Straßen der Alb entlangknatterte. Großwellingen lag oberhalb des Neidlinger Tales, so dass der Motor der Kreidler bei den letzten zwei Kilometern Höchstleistung bringen musste. Im letzten Winter hatte Hans-Peter zwar seinen Führerschein gemacht, für ein eigenes Auto fehlte ihm jedoch das Geld. Schon für das Mokick hatte er Kleinschmidt monatelang anbetteln müssen. Hans-Peter beschloss, so bald wie möglich wieder auf dem Bau zu arbeiten, um sich von dem Verdienst im nächsten Jahr vielleicht ein kleines, gebrauchtes Auto kaufen zu können.

Die Sägemühle und das Wohnhaus der Kleinschmidts lagen am Ortseingang von Großwellingen. Das Haus war um die Jahrhundertwende erbaut worden und mit seinen acht Zimmern eigentlich zu groß für drei Personen. Früher hatten mehrere Generationen unter einem Dach gelebt, Kleinschmidts Eltern waren aber schon vor vielen Jahren gestorben. Unter Kleinschmidts Regie waren ein Anbau und ein Wintergarten entstanden, und heute war das Haus das größte und modernste des Ortes – so, wie es sich für den Bürgermeister gehörte. Vor zehn Jahren, als die deutsche Wirtschaftskraft einen Höhepunkt erreicht hatte, hatte Kleinschmidt die Sägemühle ausbauen und eine große, lichte Halle errichten lassen. Die dafür aufgenommenen Kredite waren längst zurückbezahlt, und die Auftragsbücher waren auch für die nächsten Monate voll.

Hans-Peter nahm den Geruch von frisch geschlagenem Holz wahr. Eigentlich hätte er nichts dagegen gehabt, in seiner Freizeit mit Holz zu arbeiten, auf keinen Fall jedoch unter der Fuchtel von Kleinschmidt und deshalb, weil es von ihm erwartet wurde. Sein Stiefvater hatte getobt, als er erfahren hatte, dass Hans-Peter für mehrere Wochen sein Studium vernachlässigte, um auf dem Bau zu arbeiten.

»Ich habe mich nicht nur damit abgefunden, dass du ein

Rechtsverdreher werden willst, sondern ich finanziere dir diese Extravaganz auch noch«, hatte er Hans-Peter angebrüllt. »Keiner in meiner Familie hat jemals studiert. Warum auch? Und jetzt schleppst du Säcke für Fremde, anstatt so schnell wie möglich deinen Abschluss zu machen. Wenn du schon arbeiten willst – warum denn nicht in meiner Firma?«

Weil du mir nicht so viel bezahlt hättest, wie ich auf dem Bau bekomme, dachte Hans-Peter, und sagte laut: »Ich werde das verpasste Pensum nachholen. Diese Arbeit ist wichtig für mich.«

Kleinschmidt hatte mit den Schultern gezuckt, aus der Not eine Tugend gemacht und schließlich erklärt, es wäre vielleicht ganz sinnvoll, einen Anwalt in der Familie zu haben.

»Wenn der Betrieb weiterhin so viel Profit abwirft, werden wir in ein paar Jahren expandieren. Dabei kann ein Winkeladvokat nützlich sein.«

Hans-Peter hatte tunlichst verschwiegen, dass er auf keinen Fall in Großwellingen bleiben wollte, wenn er das Staatsexamen in der Tasche hatte. Er wollte in eine große Stadt: Stuttgart, München, vielleicht sogar nach Hamburg, wo er geboren worden war. Dort wollte er in einer Anwaltskanzlei arbeiten, bis er in der Lage war, sich selbständig zu machen. Aber das lag noch in weiter Ferne, und bis dahin musste er sich mit Kleinschmidt irgendwie arrangieren. Hans-Peter freute sich darüber, eigenes Geld verdient zu haben, das er ausgeben konnte, wie und wofür er wollte, ohne jemandem Rechenschaft ablegen zu müssen.

Hildegard Kleinschmidt hatte das Motorengeräusch gehört und kam Hans-Peter entgegen, als er sein Zweirad in den Schuppen schob.

»Du bist heute aber früh zu Hause.«

Er gab seiner Mutter einen Kuss auf die Wange.

»Wir sind mit dem Bau gut vorangekommen, da hat der Polier früher Schluss gemacht«, erklärte er, steckte die Hände in die Taschen seiner Bluejeans und grinste. »Es war ohnehin mein letzter Tag, das passt mir ganz gut. Heute Abend will ich rüber in den *Ochsen,* ein paar Freunde treffen.«

Hildegard nickte. »Aber nicht so lange, mein Junge. Nicht, dass du morgen verschläfst, es ist schließlich dein großer Tag.« Sie trat einen Schritt zurück und betrachtete ihren zwei Köpfe größeren Sohn. »Nun wirst du schon zweiundzwanzig! Ich frage mich, wo die Zeit geblieben ist.«

In diesem Moment betrat Wilhelm Kleinschmidt den Schuppen. Er nickte Hans-Peter kurz zu und sagte: »Ah, der Herr Sohn gammelt mal wieder den halben Tag rum.«

Hans-Peter ignorierte ihn. Es bestand kein Grund, Kleinschmidt zu erklären, warum er jetzt schon Feierabend hatte. Zu seinem Leidwesen war er gezwungen, die letzten vier Wochen zu Hause zu wohnen anstatt im Studentenwohnheim. Der tägliche Weg von Tübingen zu den Baustellen in und um Kirchheim herum wäre zu weit gewesen.

»Du hast bestimmt Hunger«, sagte Hildegard. »Ich kann dir schnell ein paar Stullen machen ...«

»Nichts da, der Junge isst mit uns zu Abend, wenn es Zeit dafür ist«, unterbrach Kleinschmidt seine Frau.

»Aber ...«

»Lass es gut sein, Mutti«, raunte Hans-Peter. »Ich bin nicht hungrig und möchte ohnehin erst baden. Ich esse später drüben im *Ochsen.*«

Hildegard Kleinschmidt nickte und erwiderte: »Ich heize gleich den Kessel im Bad an.«

Zwei Stunden später war Hans-Peter wieder auf seinem Mokick unterwegs nach Kleinwellingen. Das Dorf lag etwa drei Kilometer in östlicher Richtung und gehörte verwaltungstechnisch zu Großwellingen. Bis Anfang der fünfziger Jahre war Kleinwellingen eine eigenständige Gemeinde, und die Einwohner beider Dörfer waren sich wegen einer uralten Fehde, an deren Ursache sich niemand mehr erinnern konnte, nicht gerade grün gewesen.

Legenden besagten, dass während des Dreißigjährigen Krieges ein Großwellinger mit den feindlichen Truppen konspiriert habe, woraufhin diese Kleinwellingen angriffen und das Dorf dem Erdboden gleichgemacht hatten. Das war aber keineswegs historisch bewiesen. Doch seit der Fusion der beiden Orte bestand ein harmonisches Miteinander zwischen den Groß- und Kleinwellingern.

Was in Großwellingen die Sägemühle von Wilhelm Kleinschmidt war, war in Kleinwellingen die *Ochsen*-Brauerei mit der angeschlossenen Brauereigaststätte *Roter Ochsen*, die im allgemeinen Sprachgebrauch nur *Ochsen* genannt wurde. Im Umkreis von fünfzig Kilometern gab es keine zweite Bierbrauerei, außerdem schmeckte der Gerstensaft hier ausgezeichnet. Die Gaststätte bot einfache, aber schmackhafte schwäbische Hausmannskost, so dass an den Wochenenden auch Gäste aus dem Umland das Wirtshaus aufsuchten.

Die Brauerei war sogar noch älter als die Sägemühle. Der Inhaber Eugen Herzog konnte Belege vorweisen, dass seine Ahnen das erste Bier bereits Ende des 16. Jahrhunderts in die Fässer fließen ließen. Wegen der Knieverletzung, die Herzog sich in jungen Jahren bei einem Sturz zugezogen hatte, zog er das linke Bein nach. So war Eugen Herzog der Dienst an der

Front erspart geblieben. Ähnlich wie die Sägemühle musste auch die Brauerei am Laufen gehalten werden, was durch das Fehlen junger, kräftiger Männer nicht einfach gewesen war. Herzog war aber nicht nur Brauer aus Leidenschaft, er war auch Ortsvorsteher von Kleinwellingen und zugleich der beste Freund von Wilhelm Kleinschmidt. Die Männer kannten sich von Kindesbeinen an und ähnelten sich in Größe und Statur.

In Großwellingen gab es zwar zwei Wirtshäuser, das *Goldene Lamm* vermietete auch Fremdenzimmer, bedingt durch die Freundschaft, trank Kleinschmidt aber immer im *Roten Ochsen* sein Bier, zudem war die Gaststube mit dem Holz aus Kleinschmidts Mühle ausgekleidet.

Dicker Zigarren- und Zigarettenqualm und die Gerüche nach Essen schlugen Hans-Peter entgegen, als er das Wirtshaus betrat. Fast alle Tische waren besetzt, und Anneliese, die Bedienung, hatte im wahrsten Sinn des Wortes alle Hände voll zu tun. Gekonnt balancierte sie fünf volle Teller auf ihren Armen und begrüßte Hans-Peter mit einem freundlichen Lächeln. Egal, wie viel Betrieb war, Anneliese blieb immer ruhig und freundlich und wurde auch bei schwierigen Gästen nie ungeduldig. Sie arbeitete seit ihrer Jugend im *Roten Ochsen*, war unverheiratet und eine Cousine zweiten Grades von Eugen Herzog.

»Die anderen sind hinten im Saal«, rief sie Hans-Peter zu und trug die Teller direkt vor seiner Nase vorbei.

Beim Geruch nach Schweinekrustenbraten und handgeschabten Spätzle begann sein Magen zu knurren.

Die Wände der Gaststube waren mit gerahmten Fotografien, die Motive aus der Gegend zeigten, geschmückt; grün-weiße Vorhänge zierten die Fenster; die Tischdecken auf den massiven, dunklen Holztischen und die Kissen auf den Eckbänken und den Stühlen waren mit dem gleichen Stoff bezogen. Im Winter heizte ein ausladender Kachelofen, den Herzogs Vater kurz vor dem Krieg hatte einbauen lassen, den Raum.

Eugen Herzog stand hinter dem Tresen und zapfte Bier, am Stammtisch im Erker auf der rechten Seite saßen drei Männer und klopften Benogl. Hans-Peter kannte sie alle: den kleinen, schmächtigen Friedrich Bauer mit einer Hornbrille mit dicken Gläsern, Finanzbeamter in Kirchheim; Johannes Räpple, den Inhaber der einzigen Tankstelle und Kfz-Reparaturwerkstatt in Großwellingen, und Werner Fingerle, dem das Lebensmittel- und Haushaltswarengeschäft des Ortes gehörte.

»Guten Abend, Hansi.« Räpple winkte Hans-Peter zu. »Spielst du mit? Uns fehlt der vierte Mann, Konrad konnte nicht kommen.«

»Heute nicht«, erwiderte Hans-Peter, durchquerte den Gastraum und verließ ihn wieder durch die Hintertür.

Er sah nicht, wie die drei Männer die Köpfe zusammensteckten und zu tuscheln begannen.

»Hat's nicht leicht, der Willy, mit diesem Bürschchen«, raunte Fingerle.

Räpple nickte bekräftigend. »Seit Hansi ein Studiosus ist, ist er wohl zu fein, um mit uns ein Blatt zu klopfen. Habt ihr seine Hose gesehen? Unmöglich, wenn ihr mich fragt. Wir sind hier schließlich nicht auf einer Pferdekoppel in Texas! Und dann diese langen Haare! Wenn das mein Sohn wäre …« Vielsagend sah Räpple in die Runde.

»Hört doch auf«, warf Bauer ein. »Das ist eben die heutige Jugend. Denkt doch nur mal zehn Jahre zurück, als der Rock 'n' Roll und Elvis über den Großen Teich nach Europa kamen. Da haben wir uns auch wie Elvis eine Tolle gekämmt.«

»Das war etwas völlig anderes«, begehrte Räpple auf. »Damals wussten wir trotzdem noch, was sich gehört, und haben uns anständig angezogen. Zum Glück gehört mein Dieter nicht zu denen, die sich in Beatschuppen herumtreiben und Läuse im Haar haben.«

Den letzten Satz hatte Anneliese gehört, die mit drei gefüllten Biergläsern an den Tisch trat.

Sie runzelte die Stirn und sagte: »Ich kenne genügend Männer mit kurzen Haaren, die man mal gründlich nach Läusen absuchen sollte.«

Die Männer verstummten. Natürlich fühlte sich von den dreien keiner angesprochen, es war aber besser, sich mit der resoluten Anneliese nicht auf eine Diskussion einzulassen. Insgeheim waren sie sich aber einig, dass junge Leute wie Hans-Peter langsam, aber stetig auf ihr Verderben zusteuerten.

Ein schmaler, dunkler Gang, in dem sich die Toilettenräume befanden, und eine Treppe, die zu den zwei Kegelbahnen im Keller führte, brachte Hans-Peter in den Saal des Gasthauses *Ochsen*. Der Raum fasste an die hundert Personen und wurde für diverse Feierlichkeiten, wie Hochzeiten und runde Geburtstage und auch für den einen oder anderen Leichenschmaus, gebucht. Wenn keine Festivität anstand, war der Saal bei den jungen Leuten der Umgebung beliebt, denn vor einem Jahr hatte Eugen Herzog eine Musicbox aufstellen lassen. Das gab es in keinem anderen Gasthaus in der Gemeinde, und Kleinschmidt war zum ersten Mal nicht einer Meinung mit seinem Freund gewesen.

»Ich weiß nicht, warum du dir diese unsägliche Musik in dein Haus holen musst«, hatte Kleinschmidt gesagt, aber Herzog hatte lächelnd geantwortet: »Ist doch besser, wenn sich die jungen Leute im *Ochsen* aufhalten, anstatt in die Stadt zu fahren, wo wir nicht wissen, was sie treiben.«

Als Hans-Peter die Tür öffnete, hörte er die Klänge von *Sugar Baby,* dem erfolgreichen Schlager von Peter Kraus. Vier junge Männer und zwei Mädchen im Alter von Hans-Peter bewegten sich im Takt der Musik.

»He, Hans-Peter, toll, dass du es geschafft hast«, rief ihm Dieter Räpple, der Sohn des Tankstellenbesitzers, zu.

Die anderen klopften Hans-Peter auf die Schulter. Er kannte sie alle schon sein ganzes Leben, aber er war der Einzige aus ihrer Schule, der Großwellingen verlassen hatte, um zu studieren. Dieter hatte eine Ausbildung zum Kfz-Mechaniker gemacht, natürlich würde er den väterlichen Betrieb übernehmen; Helmuth war als Bankkaufmann in der Filiale der Sparkasse in Großwellingen angestellt und mit Renate verlobt, und Volker und Lothar arbeiteten beide in der Sägemühle. Brigitte, das zweite Mädchen, kümmerte sich um ihre herzkranke Mutter. Seit Hans-Peter an die Uni gegangen war, war der Kontakt mit den früheren Freunden eher locker. Heute Abend hatte Dieter jedoch darauf bestanden, dass sie zusammen in Hans-Peters Geburtstag hineinfeierten. Hans-Peter fiel auch optisch aus der Reihe. Die anderen jungen Männer trugen leichte, dunkle Stoffhosen, weiße Hemden mit Krawatten und Jacketts, die Haare waren kurz geschnitten. Keiner trug eine Bluejeans und ein am Hals offenes Hemd wie Hans-Peter, dessen hellblonde, leicht wellige Haare seine Ohrläppchen bedeckten und sich auf seinem Hemdkragen kringelten. Die Mädchen hatten sich mit wadenlangen Röcken, bunten Blusen und hochhackigen Pumps schick gemacht.

Die Tür öffnete sich, und ein mittelgroßes, vollschlankes

Mädchen trat ein. Auch sie trug einen weitschwingenden, flaschengrünen Rock, dazu eine senfgelbe Bluse. Sie balancierte ein Tablett mit vier Bierkrügen und zwei Gläsern Cola. Beim Anblick von Hans-Peter leuchteten ihre grauen Augen. Schnell stellte sie das Tablett auf einen Tisch, umarmte Hans-Peter und wiederholte Dieters Worte:

»Toll, dass du es so zeitig geschafft hast. War dein letzter Tag sehr anstrengend?«

»Nicht mehr oder weniger als die Wochen zuvor«, antwortete Hans-Peter grinsend. »Ich bin jetzt aber schon froh, dass die Schinderei vorbei ist.«

Susanne Herzog war das einzige Kind des Brauereibesitzers und ein knappes Jahr jünger als Hans-Peter. Ihre Mutter war gestorben, als Susanne noch keine drei Jahre alt gewesen war, und sie hatte kaum eine Erinnerung an sie. Ihr Vater hatte nicht wieder geheiratet. Durch die Freundschaft der Väter waren Hans-Peter und Susanne beinahe wie Geschwister zusammen aufgewachsen. Susanne hatte nach der Hauptschule eine Ausbildung zur Hauswirtschaftsleiterin in Kirchheim absolviert und Kurse in Stenographie, Maschinenschreiben und Buchhaltung belegt. Seitdem arbeitete sie nicht nur in der Gaststätte, sondern kümmerte sich auch um die Bücher der Brauerei. Diesbezüglich war Eugen Herzog aufgeschlossener als Kleinschmidt, der seine Finanzen und steuerlichen Angelegenheiten niemals einer Frau überlassen würde.

»Bringst du mir auch eine Halbe?«, bat Hans-Peter sie. »Und etwas zu essen. Was gibt es denn heute Gutes?«

»Ich kann dir die Rinderleber mit gerösteten Zwiebeln und Bratkartoffeln empfehlen«, antwortete Susanne. »Das Fleisch kam heute Vormittag frisch vom Schlachter.«

Hans-Peter nickte, ihm lief das Wasser im Mund zusammen. Renate hatte inzwischen eine weitere Münze in die Musicbox geworfen und eine Taste gedrückt. Der Plattenarm unter der runden, gläsernen Kuppel wählte die entsprechende Scheibe, und Gitte sang, dass sie einen Cowboy als Mann wollte. Hans-Peter verzog das Gesicht. Das war nicht gerade die Musik, die er bevorzugte, in der Musicbox befanden sich aber keine Scheiben der Beatles oder von anderen ausländischen Gruppen. Zeitgenössische deutsche Schlager – weiter ging Eugen Herzogs moderne Einstellung dann doch nicht.

Wenig später trank Hans-Peter durstig das helle Bier mit der dicken Schaumkrone und ließ sich die gebratene Leber schmecken. Dabei hörte er den Freunden zu, die von der vergangenen Woche erzählten. Etwas Aufregendes war nicht dabei. In Groß- und Kleinwellingen geschah nie etwas Aufregendes. Die Tage verliefen immer nach dem gleichen Muster. Im Grunde mochte Hans-Peter das Leben auf dem Land. Hier war es ruhig, kein Straßenlärm, keine Autoabgase, und die Menschen waren nicht so hektisch wie in der Stadt. Er konnte sich dennoch nicht vorstellen, den Rest seines Lebens in dieser Beschaulichkeit zu verbringen. Bis er sein zweites Staatsexamen abgelegt hatte, würden aber noch einige Jahre vergehen.

Während Hans-Peter aß, saß Susanne Herzog neben ihm. Sie hatte ihr mausbraunes, glattes Haar zu einem Pferdeschwanz gebunden, trug aber eine dekolletierte Bluse, die den Ansatz ihrer üppigen Brüste frei ließ. Hans-Peter war an diesen Anblick gewöhnt. Susanne gehörte zu seinem Leben wie eine Schwester, mit der er über alles sprechen und der er alles sagen konnte.

Als Hans-Peter gesättigt den Teller von sich schob, legte Susanne eine Hand auf die seine und fragte: »Hast du Lust, nächstes Wochenende beim Ausschank zu helfen?«

»Nächstes Wochenende?«

»Das Schützenfest«, erinnerte Susanne ihn. »Hier wird die Hölle los sein, und wir können jede Hilfe gebrauchen.«

Aus Freundschaft half Hans-Peter hin und wieder bei Veranstaltungen beim Bierzapfen ... eine nette Abwechslung. Das Schützenfest der Wellinger war der Höhepunkt eines jeden Sommers. Drei Tage wurde gefeiert, gegessen, getrunken und getanzt. In einem Bierzelt, das gut und gern fünfhundert Menschen fasste, spielten abwechselnd die Blasorchester der Musikvereine beider Orte.

»Äh ... ich kann nächstes Wochenende nicht hier sein«, antwortete Hans-Peter.

»Warum nicht?«, fragte sie enttäuscht. »Du hast die Semesterferien doch immer bei deinen Eltern verbracht.«

In diesem Moment endete die Musik, und Hans-Peter flüsterte: »Ich erzähle es dir später.«

Außer dem Polier Wallner und seinem Freund Klaus hatte Hans-Peter bisher niemandem von seinen Plänen, nach England zu reisen, erzählt. Auch nicht seinen Eltern, denn Kleinschmidt würde nicht nur versuchen, es ihm auszureden, sondern er würde ihm diese Reise vermutlich verbieten. Hans-Peter war aber volljährig und konnte fahren, wohin er wollte. Als Begründung, warum er vor Beginn der Semesterferien auf dem Bau gearbeitet hatte, hatte Hans-Peter gesagt, für das nächste Semester müsse er sich besonders teure Bücher anschaffen. Es reichte, wenn er seinen Eltern am Abend vor seiner Abreise die Wahrheit erzählte.

Sie hörten weiter Musik und sprachen über Belanglosigkeiten. Die Zeit bis Mitternacht schleppte sich zäh dahin, und Hans-Peter wäre am liebsten nach Hause gegangen, denn der harte Arbeitstag steckte ihm in den Knochen. Er hatte aber versprochen, auf seinen Geburtstag anzustoßen, und Eugen Herzog spendierte die Getränke. Als es schließlich Mitternacht war, alle ihre Gläser erhoben und Hans-Peter musikalisch ein *Alles Gute zum Geburtstag* darboten, empfand er dann doch eine Art Heimatgefühl. Die jungen Männer drückten kräftig seine Hand und schlugen ihm auf die Schulter, die Mädchen küssten ihn leicht auf die Wange. Auch Susanne küsste ihn – allerdings mitten auf den Mund.

»Alles, alles Gute im neuen Lebensjahr«, murmelte sie und wich, erschrocken über ihre eigene Courage, einen Schritt zurück.

Hans-Peter lächelte, nahm ihren Arm, zog sie in seine Arme und sagte: »Ich danke dir, Susi«, und küsste sie ebenfalls.

Die anderen klatschten und grölten, und Susannes Wangen nahmen die Farbe reifer Tomaten an. Verlegen strich sie sich über ihr Haar und sah zur Seite. Es war nicht das erste Mal, dass Hans-Peter sie geküsst hatte, heute jedoch war es irgendwie anders gewesen.

Die Freunde verabschiedeten sich, Hans-Peter und Susanne blieben allein zurück.

»Warte einen Moment, ja?«, bat Susanne, verließ den Saal, kehrte kurz darauf zurück und überreichte Hans-Peter ein viereckiges, flaches, in buntes Geschenkpapier eingepacktes Päckchen. »Noch mal alles Gute zum Geburtstag.«

Hans-Peter dankte ihr und riss das Papier ab.

»Das ist ja toll!«, rief er, als er eine Singleschallplatte von den Beatles mit dem Titel *Help* in der Hand hielt. »Woher hast du die Scheibe? Ich wusste nicht, dass sie bereits in Deutschland veröffentlicht wurde.«

Susannes Augen strahlten.

»Ich bin gestern extra nach Stuttgart gefahren, denn die Platte ist brandneu. Ich habe gehofft, dass du sie dir noch nicht selbst gekauft hast. Am liebsten hätte ich dir die Langspielplatte geschenkt, die erscheint aber erst in zwei Wochen auf dem deutschen Markt.«

»Du bist ein Schatz, Susi«, sagte Hans-Peter und küsste sie flüchtig auf die Wange.

»Du sollst mich nicht Susi nennen«, erwiderte sie verlegen. »Ich sage ja auch nicht Hansi zu dir. Ich hatte mal einen Wellensittich, der Hansi hieß.«

Hans-Peter grinste und erwiderte: »Also gut, Sanne, obwohl ich diese Abkürzung von Susanne noch nie gehört habe.« Er wusste, dass die Freundin den Namen *Sanne* in einer Zeitschrift gelesen hatte und seitdem so angesprochen werden wollte. Hans-Peter fand zwar, dass Susi besser zu ihr passte, aber sie hatte recht: Er selbst mochte es ja auch nicht, als erwachsener Mann immer noch Hansi genannt zu werden.

»Das ist wirklich ganz große Klasse von dir«, sagte er und drehte die Schallplatte in den Händen. Am liebsten hätte er sie sofort aufgelegt, aber die Musicbox war abgeschlossen, und Eugen Herzog war der Einzige, der die Scheiben austauschen durfte.

»Was hast du nächstes Wochenende denn Wichtiges vor?« Susanne hatte die Frage nicht vergessen.

Hans-Peter räusperte sich mehrmals, bevor er antwortete: »Ich mach mich am Dienstag auf den Weg nach England.«

Susannes Reaktion war ähnlich wie die des Poliers. Ungläubig starrte sie Hans-Peter an und rief: »Was, in aller Welt, willst du in England?«

»Am ersten August treten die Beatles in Blackpool auf.«

»Pläckpul?«, wiederholte Susanne verwundert.

»Blackpool«, sagte Hans-Peter langsam und deutlich und lächelte. »Das ist eine Stadt in Nordengland am Meer, ich habe im Atlas nachgesehen.«

»Deswegen hast du also die letzten Wochen auf dem Bau gerackert.« Susanne zog die richtigen Schlüsse. »Du hast Geld verdient, um nach England fahren zu können. Wie kommst du denn dorthin?«

Hans-Peter hob seine rechte Hand und streckte den Daumen in die Höhe.

»Deswegen ziehe ich auch schon am Dienstag los, dann habe ich genügend Zeit.«

»Wo wirst du übernachten?«

Hans-Peter zuckte mit den Schultern.

»Da wird sich schon etwas finden lassen, zur Not schlafe ich unter freien Himmel. Es ist schließlich Sommer.«

»Ich beneide dich!« Susanne verdrehte schwärmerisch die Augen. »Um die Pilzköpfe einmal in echt sehen zu können, würde ich alles geben! Mein Vater erlaubt eine solche Reise aber niemals, besonders nicht das Trampen.«

»Äh … ja, das denke ich auch.«

Unbehaglich rutschte Hans-Peter auf dem Stuhl herum. Nicht einen Moment hatte er in Erwägung gezogen, Susanne zu fragen, ob sie ihn begleiten wollte. Das war ganz allein seine eigene Sache, außerdem war eine solche Reise per Autostopp nichts für ein Mädchen.

»Allerdings … wenn wir vielleicht …«, stotterte Susanne und

wich seinem Blick aus. »Dann würde mein Vater es vielleicht erlauben, und er würde uns sicher das Geld geben, um mit dem Zug fahren und in Hotels übernachten zu können.«

Hans-Peter lächelte gezwungen. Er wusste, was Susanne andeutete. Seit Jahren verfolgten ihre beiden Väter den Plan, dass sie einander heiraten sollten. Auch wenn aus Hans-Peter kein Brauer werden würde, würde die Fusion der Sägemühle und der Brauerei eine große regionale Macht bedeuten, und Kleinschmidt und Herzog würden noch mehr Geld scheffeln können. Einen Brauer konnte man anstellen, Hans-Peters juristische Ausbildung käme beiden Betrieben zugute, und die beiden jungen Leute kannten einander in- und auswendig. Das Problem an der Sache war nur, dass Hans-Peter in Susanne nur eine liebe, vertraute Freundin sah und er sie sich als seine Ehefrau nicht vorstellen konnte. Sie hatte aber recht: Wenn er und Susanne offiziell miteinander verlobt wären, könnte es durchaus sein, dass Herzog seiner Tochter erlaubte, Hans-Peter ins Ausland zu begleiten, und sogar einen großzügigen Zuschuss zu der Reise beisteuern würde. Er sah zu der Wanduhr über der Tür, stand auf und sagte: »Ich muss jetzt gehen, es ist gleich eins. Meine Mutter ließ sich nicht davon abbringen, meinen Geburtstag groß zu feiern, und hat die gesamte Verwandtschaft eingeladen. Sie reißt mir den Kopf ab, wenn ich verschlafe.« Er versuchte, die Situation mit einem Scherz zu entspannen.

»Verstehe ich«, erwiderte Susanne traurig und ein klein wenig verletzt. Spontan umarmte Hans-Peter sie und fragte: »Magst du zum Kaffee kommen? Wie ich meine Mutter kenne, hat sie für ein ganzes Regiment gebacken, und wir können dann die Platte bei mir anhören.«

Sofort strahlten Susannes Augen, und sie nickte eifrig.

Mit einem ungutem Gefühl fuhr Hans-Peter durch die Nacht nach Hause. Er hatte Susanne für den Nachmittag eingeladen, sozusagen als Entschädigung, weil er wegfahren würde und sie ihm leidgetan hatte. Er musste aber aufpassen, in ihr keine Hoffnungen zu wecken. Susanne Herzog war ein patentes und nettes Mädchen, immer offen und ehrlich, und sie hatte eine herzerfrischende Art. Ihre Figur war zwar etwas zu mollig, um dem gängigen Schönheitsideal zu entsprechen, aber sie hatte ein hübsches Gesicht. Susanne war eine Frau, mit der man Pferde stehlen konnte, nur Leidenschaft oder gar Begehren empfand Hans-Peter nicht, wenn er sie betrachtete oder sie in den Armen hielt. Was machte er sich jetzt darüber eigentlich Gedanken? Für eine feste Bindung oder gar eine Ehe fühlte er sich ohnehin noch nicht bereit. Vor allem anderen musste er das Studium abschließen und sich eine berufliche Zukunft aufbauen.

In Tübingen ging Hans-Peter hin und wieder mit Mädchen aus, dafür sorgte schon Klaus Unterseher. Obwohl Hans-Peter im direkten Vergleich der deutlich Attraktivere der beiden Freunde war, hatte Klaus etwas an sich, das die Frauen wie magisch anzog. Klaus hatte Charme, war höflich und gab jedem weiblichen Wesen in seiner Umgebung das Gefühl, einzigartig zu sein. Dabei nutzte er die Mädchen nicht aus und kannte seine Grenzen. Klaus wäre es niemals eingefallen, ein Mädchen zu kompromittieren, Hans-Peter ebenso nicht. Einem Flirt war er nicht abgeneigt, auch der eine oder andere Kuss und ein paar harmlose Zärtlichkeiten waren vertretbar, weiter ging er jedoch nicht. Außerdem wollte er sich nicht ernsthaft verlieben, denn das würde ihn nur von seinem Studium abhalten, befürchtete er. Er wollte so schnell wie möglich sein eigenes Geld verdienen, um von Wilhelm Kleinschmidt nicht länger abhängig zu sein.

2

Doris Lenninger, die einzige leibliche Verwandte von Hildegard Kleinschmidt, war eine große, hagere Frau mit engstehenden Augen, einer spitzen Nase und schmalen Lippen. Das Leben hatte es nicht immer gut mit ihr gemeint. Der Krieg hatte ihr den Mann genommen, Kinder waren ihr in ihrer Ehe nicht vergönnt gewesen, und ihre Eltern waren kurz hintereinander gestorben, als sie selbst noch keine zwanzig Jahre alt gewesen war. Seitdem bewirtschaftete sie allein einen kleinen Hof mit vier Rindern und ein paar Dutzend Hühnern. Die Milch und die Eier verkaufte sie im Geschäft von Werner Fingerle, und samstags fuhr sie auf den Wochenmarkt nach Kirchheim. Im Gegensatz zu ihrer nur zwei Jahre jüngeren Cousine sah sie aus wie eine Frau, die vor ihrer Zeit verblüht war. Modischer Schnickschnack und feine Kleider passten ihrer Meinung nach nicht zu einer Bäuerin, auch hielt sie nichts davon, ihre Haare zu färben, wie es Hildegard seit einiger Zeit regelmäßig von einem Friseur in der Stadt machen ließ. Die hat auch das Geld dafür, dachte Doris und konnte nicht verhindern, dass ihre Gedanken von Neid beherrscht wurden. Niemand wusste, dass Doris, als ihr Günther aus Russland nicht wiedergekehrt war, ein Auge auf Wilhelm Kleinschmidt geworfen hatte. Der war immer schon ein stattlicher Mann gewesen, darüber hinaus vermögend und mit einer gesicherten Existenz. Er aber hatte der Bäuerin nie mehr als einen freundlichen Blick geschenkt.

Doris Lenninger hatte nicht gezögert, als Anfang 1945 der Hilferuf ihrer entfernten Cousine sie erreichte. Obwohl sich die beiden Frauen nie zuvor begegnet waren und die Verwandtschaft über einige Ecken ging ... in diesen schweren Zeiten mussten sie alle zusammenhalten. Bereitwillig hatte Doris das wenige, das sie selbst zum Essen gehabt hatte, mit Hildegard geteilt. Den kleinen Hans-Peter hatte sie sofort in ihr Herz geschlossen, so einen knuddeligen, blondgelockten Jungen hatte sie sich selbst immer gewünscht. Der Knabe war noch zu klein, um von dem Schrecken, dem er in Hamburg ausgesetzt gewesen war, Schaden erlitten zu haben. In der gesunden Landluft blühte er auf, auch das im ersten Nachkriegsjahr noch karge Essen schadete seiner Entwicklung nicht. Dann hatte Wilhelm Kleinschmidt um Hildegards Hand angehalten, und diese Nachricht war wie ein Faustschlag in Doris' Magen gewesen. Sie hatte sich aber nichts anmerken lassen und ihrer Cousine sogar geholfen, die Hochzeit so schön, wie es damals möglich gewesen war, zu gestalten.

Heute trauerte Doris Lenninger weder ihrem toten Ehemann noch Kleinschmidt nach. Mit dem Thema Männer hatte sie abgeschlossen, der Hof und die Tiere füllten ihr Leben aus. Nur ihre enge Beziehung zu Hans-Peter war geblieben, auch wenn sich der Junge leider viel zu selten zu Hause blicken ließ. In ganz Großwellingen kannte Doris keinen anderen, der zur Universität ging und eines Tages Rechtsanwalt werden würde.

Am heutigen Sonntag war Doris Lenninger die Erste, die im Haus des Bürgermeisters eintraf. Die Haustür stand wie immer offen, in der schmalen, niedrigen Diele roch es nach Braten und Gemüse, und sie hörte Hildegard in der Küche mit Töpfen und Pfannen klappern.

»Tante Doris!« Hans-Peter kam die Stiege herunter. »Du bist schon da? Ich fürchte, mit dem Essen wird es noch ein wenig dauern.«

Fest umklammerten ihre dünnen Arme Hans-Peter, ihr Kuss auf seine Wange war feucht.

»Alles erdenklich Gute zum Geburtstag, Hansi!« Für Doris würde der Junge immer Hansi bleiben, gleichgültig, wie alt er war. »Ich wollte unbedingt die Erste sein, die dir gratuliert, von deinen Eltern natürlich abgesehen.«

Hans-Peter erwähnte nicht, dass er die ersten Glückwünsche bereits in der Nacht von seinen Freunden erhalten hatte, und führte die Tante in die gute Stube mit der festlich gedeckten Tafel. Hildegard hatte extra das feine Porzellan von Wilhelms Großeltern und das Silberbesteck aus der Vitrine geholt, um den Geburtstag ihres Sohnes angemessen zu begehen. Bevor 1945 die Amerikaner nach Großwellingen gekommen waren, hatte Kleinschmidt das Geschirr und das Besteck sicherheitshalber im Wald vergraben. Die Tischdecke war aus blütenweißem Leinen und mit zierlichen Lochstickereien gesäumt. Hildegard hatte sie selbst angefertigt.

»Magst du einen Cognac?«, fragte Hans-Peter gastfreundlich, da er wusste, dass Tante Doris hin und wieder einem guten Schluck nicht abgeneigt war.

»Am helllichten Vormittag?« Sie kicherte verlegen. »Warum nicht? Schließlich gibt es heute einen Grund zum Feiern.«

Sie prostete Hans-Peter zu, der auf den Genuss von Alkohol vor dem Mittagessen jedoch verzichtete. Nach und nach trafen die weiteren Gäste ein: Tante Martha, die ledige ältere Schwester Kleinschmidts, zwei Cousins, einer mit Frau und drei Söhnen, und eine Cousine mit Ehemann und zwei kleinen Kindern. Für die Kinder war ein separater, niedriger Tisch gedeckt worden. Außer an Festtagen wie Geburtstagen, Ostern oder Weihnachten hatte die Familie wenig Kontakt untereinander. Martha Kleinschmidt wohnte in Esslingen, arbeitete dort in einer Automobilfabrik und kam nur selten auf die Schwäbische Alb, auch die Vettern und die Base lebten nicht in der Gegend. Hans-Peter nahm ihre Glückwünsche und die mehr oder weniger liebevoll eingepackten Geschenke entgegen, bedankte sich freundlich und wusste, dass – wie jedes Jahr – unter den Gaben handgestrickte Socken und Pullover sein würden.

Nun trat auch Wilhelm Kleinschmidt in die gute Stube, sah sich um und blaffte: »Wo bleibt das Essen? Ich habe Hunger wie ein Stier und könnte eine halbe Sau in einem Doppelwecken verdrücken.«

»Ich seh mal nach«, sagte Hans-Peter und verschwand schnell in der Küche. Gerade seihte seine Mutter die gekochten grünen Bohnen ab und vermischte sie mit brauner Butter.

»Kann ich dir helfen?«

Hildegard nickte. »Du kannst die Suppenterrine reintragen, und fangt ruhig schon an, ich komme gleich nach.«

Wilhelm Kleinschmidt saß bereits an seinem angestammten Platz an der Stirnseite des Tisches. Unwillig zogen sich seine buschigen Augenbrauen zusammen, als Hans-Peter mit der Terrine ins Zimmer trat. Er hielt nichts davon, wenn Hans-Peter seiner Mutter half, denn Hausarbeit war einzig und allein Frauensache. Tante Doris sprang auf und nahm Hans-Peter die Schüssel aus den Händen.

»Ich teile aus«, sagte sie schnell, bevor Kleinschmidt sich zu einer bissigen Bemerkung hinreißen lassen würde.

Schließlich kam auch Hildegard und setzte sich links neben

ihren Mann. In ihrem buntbedruckten Sommerkleid und den hochtoupierten hellblonden Haaren sah sie zwar sehr adrett aus, unter ihren Augen lagen jedoch dunkle Schatten, und die Labialfalten erschienen heute tiefer als sonst. Nicht zum ersten Mal dachte Hans-Peter, dass seine Mutter müde und abgearbeitet und deshalb älter aussah als dreiundvierzig Jahre. Da konnte auch der beste Friseur nicht helfen.

Kleinschmidt faltete die Hände und sprach ein kurzes Gebet. Nach der Suppe trugen Hildegard und Doris Rinderbraten in Rotweinsoße mit Kartoffelsalat, Spätzle und grünen Bohnen auf, zum Nachtisch gab es rote Grütze mit Vanillesoße. Gesättigt lehnte Kleinschmidt sich zurück und rülpste vernehmlich.

Bauer!, dachte Hans-Peter verächtlich, auch Hildegard zuckte zusammen, niemand wagte jedoch, Kleinschmidt zu tadeln.

Am Nachmittag würde es noch Kaffee und Kuchen geben. Hans-Peter fragte sich, wer das alles essen sollte, denn in der Speisekammer standen nicht weniger als fünf Kuchen und Sahnetorten.

»Wir brauchen schließlich eine Auswahl«, hatte seine Mutter erklärt, als Hans-Peter am Morgen angedeutet hatte, dass das alles viel zu viel war. »Du weißt, Tante Doris mag keinen Frankfurter Kranz, Tante Martha isst nur Apfelkuchen, und die Kinder lieben Schwarzwälder Kirschtorte.«

Im Haus Kleinschmidt verkam nichts. Speisereste wurden am folgenden Tag noch mal aufgewärmt, und seit im Keller eine Kühltruhe stand, konnten Kuchen und Torten eingefroren und später nach Bedarf wieder aufgetaut werden. Die Männer tranken Bier, natürlich das gute Herzog-Bräu, die Frauen Rotwein, und nach dem Essen schenkte Kleinschmidt großzügig von seinem besten Obstbrand aus, den er von einer Brennerei in Owen bezog. Hans-Peter hätte sich am liebsten auf sein Mokick geschwungen, um durch diesen schönen, warmen Sommertag zu fahren, stattdessen packte er pflichtschuldig seine Geschenke aus. Bald stapelten sich Hemden, Socken und Krawatten, lediglich Tante Doris hatte ihm keine Kleidung, sondern ein Schreibset, bestehend aus einem Füllfederhalter und einem Kugelschreiber im gleichen Design, geschenkt. Hans-Peter bedankte sich artig und beantwortete die Fragen nach seinem Studium. Das einzig Gute am heutigen Tag war, dass sich Kleinschmidt vor seiner Verwandtschaft zurückhielt und Hans-Peter nicht ständig kritisierte. So verlor niemand auch nur ein Wort über Hans-Peters Haarschnitt. Seiner Mutter zuliebe hatte Hans-Peter jedoch auf seine geliebten Bluejeans verzichtet und trug eine dunkle Stoffhose und ein hellblaues Hemd.

Hildegard schnitt gerade die Kuchen und Torten an, als Susanne Herzog eintraf.

»Du hast gar nicht verraten, dass du Susanne eingeladen hast«, raunte seine Mutter Hans-Peter zu. »Das freut mich aber sehr.«

Auch Wilhelm Kleinschmidt war von der Anwesenheit Susannes angetan und blinzelte Hans-Peter verschwörerisch zu. In diesem Moment wurde Hans-Peter bewusst, dass seine Einladung an Susanne falsch interpretiert werden könnte. Jetzt und vor den Verwandten war jedoch nicht der richtige Zeitpunkt, klarzustellen, dass Susanne niemals seine Frau werden würde. Sie tranken Kaffee, aßen von den Kuchen, die Unterhaltung drehte sich um Nichtigkeiten.

Nach einer Stunde stand Hans-Peter auf und sagte: »Susanne hat mir eine Schallplatte geschenkt, die wir gern anhören möchten. Ihr erlaubt, dass wir in mein Zimmer gehen?«

»Was für eine Schallplatte?«, fragte Kleinschmidt sofort. Bevor Hans-Peter antworten konnte, rief Susanne: »*Help,* die neue Scheibe der Beatles.«

»Help? Heißt das nicht Hilfe?« Kleinschmidt musterte Hans-Peter grimmig. »Wie unpassend. Ich fürchte, bei diesem Krach kommt ohnehin jede Hilfe zu spät.«

Seine Cousins lachten über diesen Scherz, Hans-Peter konnte es sich aber nicht verkneifen, schnippisch zu antworten: »Du brauchst ja nicht hinzuhören, wenn es dir nicht passt.«

Mit einem Schlag verstummten alle Gespräche. Kleinschmidt stemmte seine Hände auf den Tisch und erhob sich.

»Das hier ist immer noch mein Haus, Junge, und ich bestimme, was unter diesem Dach gehört, gesehen und gelesen wird.«

»Die Zeiten eines Diktators in Deutschland sind vorbei, falls du das noch nicht gemerkt haben solltest.«

Nach fünf Stunden in dieser Gesellschaft, in denen er erwartungsgemäß gelächelt und auf jede Frage höfliche Antworten gegeben hatte, konnte Hans-Peter sich nicht mehr zurückhalten.

»Jetzt auch noch frech werden, Bürschchen?«

»Willy, bitte ...« Hilde legte eine Hand auf den Arm ihres Mannes. »Nicht heute, bitte.«

Wie ein lästiges Insekt schüttelte er die Hand seiner Frau ab und trat vor Hans-Peter. Dieser wich keinen Schritt zurück. Er war ebenso groß wie Kleinschmidt, aber nur halb so breit.

»Solange du deine Füße unter meinen Tisch streckst, wirst du dich an meine Regeln halten.« Kleinschmidts Stimme war bedrohlich leise geworden. »Wer finanziert dir denn das alles, damit du an der Universität herumgammeln kannst? Wer bezahlt deine unsäglichen Bluejeans und dein Zimmer in Tübingen? Das Einzige, wofür ich wirklich gern meine Börse weit öffnen würde, wäre der Friseur. Ich hätte nicht übel Lust, dir höchstpersönlich den Kopf kahl zu scheren.«

»Die Zeiten haben sich geändert.« Hans-Peter schlug einen versöhnlichen Ton an. Zwar stritten er und sein Stiefvater so gut wie täglich, von Kleinschmidt wollte er sich seinen Geburtstag aber nicht vermiesen lassen. »Ich höre die Schallplatten leise, und so wie ich kleiden und frisieren sich fast alle in der Stadt.«

»Dann verschwinde in die Stadt und nimm deine Negermusik mit!«

»Die Beatles sind keine Neger!« Nun wurde es Hans-Peter zu bunt, und er erhob seine Stimme. »Sie sind aus England, aus Liverpool, um genau zu sein, und die beste und erfolgreichste Musikgruppe der Welt. Du kannst dich aber freuen, in zwei Tagen bin ich weg.«

»Weg?« Hildegard sah ihren Sohn erschrocken an. »Du willst doch nicht etwa die Semesterferien in Tübingen verbringen?«

»Ich fahre nach England, zu einem Konzert der Beatles!«, trumpfte Hans-Peter auf. Eigentlich hatte er vorgehabt, seinen Eltern erst am Abend, wenn sie unter sich waren, von der Reise zu erzählen und nicht vor der gesamten Verwandtschaft, die gespannt die Ohren spitzte, gleichzeitig aber so tat, als ginge sie das alles nichts an.

»Das verbiete ich dir!«, donnerte Kleinschmidt.

»Muss ich dich daran erinnern, dass ich heute zweiundzwanzig geworden bin?«, fragte Hans-Peter überheblich. »Ich bin also schon seit einem Jahr volljährig. Du hast mir nichts mehr zu verbieten, und bevor du fragst: Die Reise bezahle ich aus eigener Tasche. Dafür habe ich wochenlang gearbeitet.«

»Ich als dein Vater verbiete dir ...«, wiederholte Kleinschmidt zornig.

»Du bist nicht mein Vater!«, unterbrach Hans-Peter patzig.

Die Ohrfeige kam so unerwartet, dass Hans-Peter nicht ausweichen konnte. Er taumelte nach hinten und befürchtete, sein Kopf würde in tausend Teile zerspringen. Der Schmerz raubte ihm für einen Moment den Atem, vor Kleinschmidt wollte er sich aber keine Blöße geben und weinen. Wortlos wandte Hans-Peter sich um und verließ das Zimmer.

Susanne folgte ihm, und er flüsterte: »Es ist wohl das Beste, wenn du jetzt gehst.«

»Sehe ich dich noch, bevor du fährst?«

Hans-Peter nickte stumm, ließ Susanne stehen und rannte, zwei Stufen auf einmal nehmend, die Treppe in sein Zimmer hinauf.

Keine zehn Minuten später klopfte es an der Tür.

»Lass mich in Ruhe!«, rief Hans-Peter.

Seine Mutter trat trotzdem ein, in der Hand einen Eisbeutel. Ohne Hans-Peters abwehrende Geste zu beachten, legte sie den Eisbeutel auf seine rote geschwollene linke Gesichtshälfte.

»Er meint es nicht so«, sagte Hilde in dem schwachen Versuch, ihren Mann zu verteidigen. Mal wieder zu verteidigen, denn Kleinschmidts aufbrausendes Temperament war allgemein bekannt, allerdings hatte er nie zuvor gegen Hans-Peter oder gar gegen Hilde seine Hand erhoben. »Du hast ihn provoziert.«

»Weil ich eine eigene Meinung habe?« Hans-Peter konnte nur nuscheln, denn seine Oberlippe fühlte sich an wie ein aufgeblasenes Schlauchboot.

»Wie kannst du behaupten, du würdest nach England fahren?«

»Weil es die Wahrheit ist, Mutti.« Hans-Peter richtete sich auf, eine Hand auf den Eisbeutel gepresst, der den Schmerz etwas erträglicher machte. »Ich wollte es euch heute Abend sagen, und bevor du fragst: Vor Wochen habe ich in der BRAVO gelesen, dass die Beatles in Nordengland auftreten. Deswegen habe ich auf dem Bau gearbeitet und das Geld zusammengespart, das ich brauche. Kleinschmidt wird mich nicht davon abhalten, oder will er mich etwa im Keller anketten?«

»Ach, Junge, jetzt übertreibst du aber. Dein Vater meint es nur gut mit dir und macht sich Sorgen.« Mit einem Seufzer fuhr Hildegard ihrem Sohn über den Kopf. »Du bist so schnell erwachsen geworden, und ich weiß, dass ich dich ziehen lassen muss. Kannst du denn nicht versuchen, mit deinem Vater besser auszukommen? Zumindest, wenn du zu Hause bist, die meiste Zeit verbringst du ja ohnehin in Tübingen.«

»Das liegt nicht nur an mir.«

Solche Gespräche führten sie seit Jahren, und Hildegard fühlte sich hin- und hergerissen. Auf der einen Seite verstand sie ihren Mann, denn Hans-Peter entsprach weder äußerlich noch in seinen Ansichten und Vorlieben dem Bild, das Kleinschmidt von einem braven und ordentlichen Sohn hatte. Es war ja nicht nur die moderne, ausländische Musik, die hier auf dem Land wie ein Fremdkörper wirkte, oder die langen Haare. Seit Hans-Peter studierte, hatte er sich verändert, und Hildegard vermutete, ihr Mann konnte es nicht ertragen, dass ihr Sohn ihm in puncto Wissen und Intelligenz haushoch überlegen war. Wilhelm Kleinschmidt hatte nur die Volksschule besucht und alles, was für die Leitung der Sägemühle nötig war, von seinem Vater gelernt.

»Ein solches Unternehmen führt man nicht mit Latein und Geschichte«, waren seine Worte. »Dazu braucht man Muskeln und einen gesunden Menschenverstand, und auch ohne Abitur wird man zum Bürgermeister gewählt.«

Hildegard wusste: Was früher vielleicht noch gegolten hatte, war heute anders. Die Zeiten hatten sich geändert. Auf Hans-Peter war sie sehr stolz, denn sie zweifelte nicht daran, dass ihr Sohn einmal ein guter Rechtsanwalt werden würde.

»Ich werde mit deinem Vater sprechen, sobald er sich beruhigt hat«, sagte sie leise und stand von der Bettkante auf.

»Er ist nicht mein Vater«, murmelte Hans-Peter. Diese Worte waren ihm in Fleisch und Blut übergegangen. »Wie war er denn? Ich meine, mein *richtiger* Vater?« Hildegard ließ sich wieder auf das Bett sinken und starrte Hans-Peter ausdruckslos an. Er fuhr fort: »Du sprichst nie von ihm, ich weiß gar nichts, ja, ich kenne nicht einmal seinen Namen.«

Sie schluckte mehrmals, bevor sie flüsterte: »Martin. Sein Name war Martin, und er war ein wunderbarer Mensch.« Hans-Peter tastete nach ihrer Hand und hielt sie fest, als Hilde zu erzählen begann: »Ich war erst sechzehn, als er in unseren Laden kam. Meine Eltern hatten eine Bäckerei. Er war nur vier Jahre älter, sah aber schon sehr erwachsen aus und wusste genau, was er wollte. Er arbeitete als Buchhalter in einer großen Elektrofirma. Wenn der Krieg nicht gekommen wäre, hätte er es sicher zum Prokuristen gebracht. Wir mussten warten, bis ich einundzwanzig war, vorher erlaubten meine Eltern nicht, dass wir heirateten. Und dann auch nur, weil ich dich bereits unter meinem Herzen trug, außerdem war Krieg, und niemand wusste, ob Martin zurückkehren würde.«

»Wann und wo … Ich meine, hat er mich überhaupt jemals gesehen?«

Hildegards Augen verschleierten sich, ihr Blick ging in die Ferne, als ob sie das Hier und Heute vergessen hätte.

»Natürlich kannte er dich. Martin versuchte, so oft wie

möglich nach Hamburg zu kommen. Du warst etwas über ein Jahr alt, als Martin das letzte Mal Heimaturlaub erhielt. Er war sehr stolz auf dich, denn du sahst ihm sehr ähnlich. Danach hörten wir niemals wieder von ihm. Er wurde nach Osten geschickt, und zu Beginn des letzten Kriegsjahres …« Sie verstummte, über ihre Wangen liefen Tränen.

Vergessen war der Streit mit Kleinschmidt, vergessen die Ohrfeige. Hans-Peter konnte sich nicht erinnern, dass seine Mutter jemals so viel von der Vergangenheit erzählt hatte, ja, dass sie überhaupt von ihrer Familie und ihrer Jugend gesprochen hatte.

Er musste diesen sentimentalen Moment ausnutzen und fragte:

»Warum schweigt jeder über diese Zeit, Mutti? Selbst in der Schule haben wir nicht mehr als die Eckdaten erfahren. Die Lehrer wiegeln sofort ab, wenn man Fragen stellt, erst jetzt an der Uni reden die Leute über den Krieg und die Zeit davor.«

Hildegard zuckte zusammen und kehrte in die Gegenwart zurück. Mit feuchten Augen sah sie Hans-Peter an und erwiderte leise: »Ach, Junge, wir wollen das alles vergessen. Jeder, der es miterlebt hat, möchte nicht mehr an diese schrecklichen Jahre erinnert werden. Aus Trümmern und Blut ist ein neues, ein starkes und gutes Deutschland erwachsen. Auch wenn ich deinen Vater verloren habe, hat das Schicksal es mit mir, mit uns, gut gemeint. Wir konnten uns ein neues Leben aufbauen, viele andere bekamen diese Chance nicht.«

Auf Hans-Peters Seele brannten noch viele Fragen, zum Beispiel, warum seine Mutter ausgerechnet Wilhelm Kleinschmidt geheiratet hatte. Für ihn war es schwer vorstellbar, dass sie diesen Mann wirklich liebte. Er sah zwar ein, dass es für eine Frau notwendig war, einen Ehemann an ihrer Seite zu haben, aber ausgerechnet diesen ungehobelten Klotz? Da jedoch viele Männer im Krieg geblieben waren, war die Auswahl gerade in einer ländlichen Gegend sicher nicht groß gewesen. Auch wenn sich in Hildegards Gesicht Falten eingegraben hatten, konnte Hans-Peter sich vorstellen, dass sie früher eine schöne Frau gewesen war. Eine Frau mit Kind, aber hatte das wirklich eine Rolle gespielt? Witwen mit kleinen Kindern hatte es nach Kriegsende zuhauf gegeben.

Stumm drückte er die Hand seiner Mutter.

Hildegard stand auf.

»Lassen wir die Vergangenheit ruhen, Hans-Peter.« Sobald sie ihn mit seinem vollen Taufnamen ansprach, wusste Hans-Peter, dass sie es ernst meinte. »Ich kann nicht behaupten, dass ich deine Reise nach England gutheiße, ich werde sie dir aber nicht verbieten. Du bist erwachsen und alt genug, um zu wissen, was du tust. Ich wünsche mir nur, dass du gesund wieder zurückkommst.«

»Ich pass auf mich auf, Mutti. Du verstehst, dass ich einfach fahren muss? Die Beatles bei einem Konzert zu erleben, das ist einer meiner größten Träume, und derzeit sind keine Pläne von Auftritten in Deutschland bekannt.«

Hildegard zwinkerte ihm zu und erwiderte: »Ich gebe zu, deren Musik ist gar nicht so schlecht, auch wenn ich von dem ausländischen Text kein Wort verstehe. Das bleibt jetzt aber unter uns, ja?« Sie gab ihm einen liebevollen Nasenstüber. »Wenn es möglich ist, ruf von der Insel aus an, damit ich weiß, dass es dir gutgeht. Gleichgültig, wie alt ein Kind ist – eine Mutter macht sich immer Sorgen.«

Hans-Peter versprach, anzurufen, sobald er den Ärmelkanal

überquert hatte, stellte dann aber noch eine Frage, die ihm auf der Seele brannte: »Mutti, hast du eine Fotografie von meinem Vater?«

»Nein, mein Junge, alles, was wir hatten, ist in der Bombennacht verbrannt.«

Doris Lenninger war die Einzige, die nach dem Streit nicht das Haus verlassen hatte. Als Hildegard ins Wohnzimmer zurückkehrte, saß ihre Cousine auf dem guten Sofa, in der Hand ein Glas Cognac. Auch Wilhelm Kleinschmidt schien seinen Ärger mit Alkohol hinunterzuspülen, denn er kippte sich gerade ein bis zum Rand gefülltes Glas mit klarem Obstler in die Kehle. Dann rülpste er und starrte seine Frau an.

»Ich hoffe, du hast dem Bürschchen seinen ungepflegten Schädel zurechtgerückt. Eine solche Unverschämtheit habe ich mir in meinem Haus bisher noch von niemandem bieten lassen müssen!«

»Willy, es ist doch verständlich, dass Hansi etwas über seinen Vater wissen möchte«, antwortete Doris. »Ursprünglich wolltet ihr dem Jungen sogar verschweigen, dass du, Willy, ihn adoptiert hast, und auch ich durfte nichts verraten. Das konnte nicht funktionieren, und Hansi ist nun in einem Alter, in dem man sich dafür interessiert, wo seine Wurzeln liegen.«

Für die offenen Worte war Hildegard ihrer Cousine dankbar. Ihr selbst fiel es schwer, ihrem Mann gegenüber derart bestimmt aufzutreten, denn auch nach den vielen Jahren ihrer Ehe schüchterte er sie immer noch ein.

Kleinschmidts Faust donnerte auf den Tisch, dass das Geschirr, das bisher niemand abgeräumt hatte, klapperte.

»Genau, ich habe den Jungen adoptiert, damit bin ich nach

Recht und Gesetz sein Vater. Ein für alle Mal verbiete ich mir ein solches Verhalten von diesem Rotzlöffel! Früher war Hans-Peter ein braver Junge, die Universität verdirbt ihn durch und durch. Wir können darauf warten, bis er auf die schiefe Bahn gerät, wenn er es dort nicht schon längst ist. Wer weiß, in welchen aufwieglerischen Gruppen, die unser System in Frage stellen und die Regierung stürzen wollen, er mitmischt. Man hört ja regelmäßig, dass Studenten durch die Straßen ziehen und gegen alles Mögliche demonstrieren, anstatt sich auf ihre Bücher zu konzentrieren.«

»Nun mach mal halblang, Willy«, wagte Hildegard einzuwenden. »Dass Hansi Beatmusik hört und seine Haare wachsen lässt, hat nichts mit seinem Charakter oder seinen Ansichten zu tun. Ich glaube, in den Großstädten wird vieles lockerer gehandhabt. In den Zeitschriften ist zu lesen, dass alle Jugendlichen sich heute so kleiden und verhalten.«

»Du liest nicht etwa auch diese unsägliche Jugendzeitschrift?«, fuhr Kleinschmidt seine Frau an, und seine Augen verengten sich. »Habe ich nicht klar und deutlich zum Ausdruck gebracht, dass ich dieses Schundblatt in meinem Haus nicht dulde?«

»Dann liest es der Junge eben heimlich«, erklärte Doris trocken, griff zur Flasche und schenkte sich den nächsten Cognac ein. »Was verboten ist, ist gerade interessant.«

»Ach, das weißt du ja so genau, weil du selbst Kinder hast«, erwiderte Kleinschmidt und grinste zynisch. »Ich möchte dich bitten, dich aus der Erziehung meines Sohnes herauszuhalten.«

Doris stellte ihr Glas ab und stand auf. Sie schwankte leicht, ihre Stimme klang aber klar, als sie sagte: »Ich gehe jetzt wohl besser. Hilde, besuch mich doch in den nächsten Tagen auf dem Hof. Für eine Tasse Kaffee habe ich immer Zeit.«

Niemand begleitete Doris zur Tür. Kleinschmidt trank einen weiteren Schnaps, während Hilde begann, die Kaffeetafel abzuräumen und das Geschirr zu spülen. Sie wünschte, wenigstens manchmal so wie Doris sein zu können. Frei und offen ihre Meinung zu äußern, ohne abwägen zu müssen, wie die Worte ausgelegt werden könnten. Wilhelm Kleinschmidt war ein guter Mann. Er hatte sie und ihren Sohn aufgenommen, als sie nicht mehr als das nackte Leben gehabt hatten. Obwohl er in der Öffentlichkeit derb, oft sogar grob wirkte, war er zu ihr immer gut gewesen. Er teilte ihr ein großzügiges Haushaltsgeld zu, bezahlte ihre Friseurtermine, und wenn sie ein neues Kleid brauchte, dann zögerte Kleinschmidt nicht lange. Zu Festtagen, wie Weihnachten oder zu ihrem Geburtstag, schenkte er ihr sogar das eine oder andere Schmuckstück. Hildegard hatte keine Ahnung, wie viel Geld die Sägemühle einbrachte, denn Kleinschmidts Meinung nach hatte sich eine Frau aus den Finanzen ihres Mannes herauszuhalten. Kleinschmidt hielt das Geld zusammen, war aber nicht geizig. Erst im Frühjahr hatte er sich ein neues Auto gekauft: eine schwarze Limousine von dem bekannten Stuttgarter Automobilbauer. Es war das größte und eleganteste Auto in ganz Großwellingen, lediglich Eugen Herzog fuhr ein ähnliches Modell. Ein Bürgermeister musste etwas hermachen, und Hildegard gefiel es, in den weichen Polstern, die auch heute noch nach Leder rochen, zu sitzen und dem leisen Geräusch des Motors zu lauschen. Leider machten sie und ihr Mann viel zu selten einen Ausflug. Im Kino in der Stadt war sie in diesem Jahr nicht ein einziges Mal gewesen, und in Stuttgart seit Jahren nicht mehr. Hildegard wäre gern öfter ins Kino gegangen, musste sich aber mit den beiden Fernsehprogrammen zufriedengeben. Von Vorteil war, dass sie beim

Fernsehen die anfallenden Flickarbeiten erledigen konnte. Sie war gern Hausfrau und liebte es, ihrem Mann ein schönes Heim zu bereiten und schmackhafte Speisen auf den Tisch zu bringen. Auch wenn die Sägemühle über dreißig festangestellte Leute beschäftigte, hielt sich Kleinschmidt von früh bis spät dort auf.

»Wenn die Katze nicht da ist, tanzen die Mäuse auf dem Tisch.« Das war seine Devise.

Letzte Woche hatte Hildegard mitbekommen, dass die Mühle einen größeren Auftrag einer bayerischen Möbelfirma erhalten hatte. Kleinschmidt hatte das ausgiebig im *Roten Ochsen* gefeiert und musste mitten in der Nacht von ein paar starken Männern heimgetragen werden. Wenn er jedoch in der Mühle stand, rührte er keinen Tropfen Alkohol an.

Wie anders verlief ihr Leben nun, dachte Hildegard, während sie die große Tortenplatte aus Kristall vorsichtig und sorgfältig reinigte. Mit dem feuchten Handrücken wischte sie sich über die Stirn, als wolle sie die Gedanken an früher vertreiben. Hans-Peters Fragen hatten die Vergangenheit wieder aufleben lassen. Eine Vergangenheit, die Hildegard für immer vergessen glaubte. Allerdings konnte niemand seiner Erinnerung entfliehen. Eigentlich war sie froh, dass Hans-Peter ein paar Tage verreiste. Wenn er zurückkehrte, würde er keine weiteren Fragen nach seinem Vater stellen. Und falls doch, wollte sie diese nicht mehr beantworten. Vorhin hatte sie sich in einem sentimentalen Moment hinreißen lassen, das würde ihr aber kein zweites Mal passieren. Martin war tot, gestorben vor über zwanzig Jahren. Wem nutzte es heute noch, über Menschen zu sprechen, die längst begraben waren?

Der Himmel im Osten färbte sich blutrot. Wahrscheinlich wird es bald regnen, dachte Hans-Peter, denn Tante Doris sagte immer: »Morgenrot ist Schlechtwetterbot.« Sie kannte alle Bauernregeln, und oft trafen ihre Prognosen auch ein.

Hans-Peter schulterte seinen Rucksack und verließ leise das Haus, um niemanden zu wecken. Von seiner Mutter hatte er sich gestern Abend verabschiedet. Sie hatte es sich nicht nehmen lassen, ihm so viele Stullen zu schmieren, dass er Mühe hatte, den Proviant in seinem Rucksack unterzubringen. Am heutigen Tag würde er keinen Hunger leiden müssen. Hans-Peter war kaum ein paar Schritte gegangen, als sich ein Schatten von der Hausmauer löste.

»Sanne!«, rief er überrascht. »Was machst du hier?«

Sie kam langsam näher, und Hans-Peter erkannte erstaunt, dass sie trotz der frühen Morgenstunde ihre Augen geschminkt und Lippenstift aufgetragen hatte.

»Ich wollte dir persönlich auf Wiedersehen sagen«, antwortete sie. »Ich bin schon seit vier Uhr hier und habe auf dich gewartet.«

»Weiß dein Vater davon?«

Susanne schüttelte den Kopf und grinste. »Ich bin heimlich aus dem Haus geschlichen und mit dem Fahrrad hierhergekommen. Letzte Nacht war es spät, und bis Vater aufwacht, bin ich längst zurück.«

Am Vortag hatte Hans-Peter die Freundin angerufen und ihr gesagt, er würde heute Morgen ganz früh aufbrechen, es aber abgelehnt, sich noch mal mit Susanne zu treffen. Er hatte seine Sachen gepackt, alle notwendigen Papiere zusammengesucht und den gestrigen Abend damit verbracht, sein Englisch aufzufrischen.

Susanne stand dicht vor ihm, er konnte den Duft ihres Parfums riechen. Spontan legte er einen Arm um sie, zog sie an sich und küsste sie auf den Scheitel.

»In einer Woche bin ich zurück, spätestens«, murmelte er. Plötzlich fiel ihm die Trennung schwer, obwohl er, wenn er in Tübingen war, Susanne oft wochenlang nicht sah.

»Bringst du mir etwas mit?«

Hans-Peter lachte leise. »Mal sehen, ich habe keine Ahnung, was es in England so gibt. Was möchtest du denn haben? Eine rote Telefonzelle oder lieber einen Doppeldeckerbus?«

Mit seinen Worten löste er die Spannung, und Susanne stimmte in sein Lachen ein.

»Vielleicht ein Autogramm von Paul McCartney?«, fragte sie hoffnungsvoll.

»Ich werde es versuchen«, versprach Hans-Peter. »Ich weiß aber nicht, ob man an die Band so nah herankommt, dass ich ein Autogramm abstauben kann.«

»Hast du eigentlich Eintrittskarten für das Konzert?«

»Eintrittskarten?«

Susanne nickte, dieser Gedanke war ihr gestern Abend gekommen.

»Für Konzerte werden die Karten doch bereits vorher verkauft«, erklärte sie. »Was, wenn das Konzert ausverkauft ist? Dann ist deine Reise ganz umsonst.«

Diesen Aspekt hatte Hans-Peter tatsächlich nicht bedacht. Als er vor ein paar Monaten in der BRAVO vom Auftritt der Beatles in Blackpool gelesen hatte, war er derart euphorisch gewesen, hinzufahren, dass er nicht überlegt hatte, ob er in die Konzerthalle überhaupt hineinkäme. Immerhin waren die Pilzköpfe in England richtig große Stars. In Deutschland gab es jedoch keine Möglichkeit, Karten für Konzerte im Ausland zu kaufen.

»Na, ich glaube, die werden mich schon reinlassen, wenn ich denen erzähle, welch weiten Weg ich auf mich genommen habe«, scherzte er.

»Die Beatles kommen sicher auch bald nach Deutschland«, sagte Susanne. »Vielleicht solltest du warten, bis sie ein Konzert hier in der Gegend geben.«

Hans-Peter hörte den hoffnungsvollen Unterton in Susannes Stimme. Er hatte jedoch seit Wochen auf den heutigen Tag hingearbeitet und würde sich von der Kleinigkeit, vielleicht keine Eintrittskarte zu bekommen, nicht von seinem Plan abbringen lassen. Allein schon, weil das Wasser auf Kleinschmidts Mühlen gewesen wäre. Eine Reise nach England war im Moment genau das, was er brauchte, um der heimischen Atmosphäre zu entfliehen.

»Es wird schon alles klappen«, versicherte er Susanne. »Ich versuche, dich von der Insel aus anzurufen, ja?«

Sie nickte, plötzlich füllten sich ihre Augen mit Tränen. Rasch wischte sie sich mit dem Handrücken über das Gesicht und verschmierte ihre Wimperntusche, so dass sich hässliche schwarze Schlieren über ihre Wangen zogen.

»Ich hab einfach kein gutes Gefühl«, erklärte Susanne. »Es ist, als würde sich alles ändern, wenn du jetzt gehst. Fast so, als würden wir uns niemals wiedersehen.«

»Jetzt mach aber mal einen Punkt, Sanne«, wies Hans-Peter sie schärfer, als es seine Art war, zurecht. »Mir wird schon nichts passieren, und es wäre mir bedeutend lieber, von dir mit einem Lächeln verabschiedet zu werden anstatt mit dunklen Unkenrufen.«

»Es tut mir leid.« Susanne riss sich zusammen und lächelte wieder. »Natürlich wünsche ich dir eine gute Reise. Wohin wirst du jetzt gehen?«

Froh über den Themenwechsel, antwortete Hans-Peter: »Ich nehme den ersten Bus nach Kirchheim, dort stelle ich mich an die Autobahn und werde schon irgendwie nach Frankreich zur Küste kommen.« Er sah auf seine Armbanduhr. »Ich muss jetzt los, sonst verpasse ich den Bus.«

Flüchtig küsste er Susanne auf die Lippen, drehte sich um und ging mit weit ausholenden Schritten die Straße hinunter. Die einzige Bushaltestelle lag am anderen Ende von Großwellingen.

Mit brennenden Augen starrte Susanne dem Freund nach, bis seine Silhouette in der Morgendämmerung verschwunden war. Sie bereute, dass sie sich derart hatte gehenlassen. Seit sie vor drei Tagen von Hans-Peters Reise nach England erfahren hatte, quälte ein ungutes Gefühl sie. Es war so, wie sie vorhergesagt hatte: Etwas würde sich verändern, ganz entschieden verändern. Und Susanne spürte, dass dies auch ihr Leben betreffen würde.

3

Farringdon Abbey, England, Juli 1965

Ginny konnte sich nicht erinnern, jemals einen derart heißen Sommer erlebt zu haben. Bereits am Vormittag zeigte das Thermometer neunzig Grad Fahrenheit, keine Wolke bedeckte den azurblauen Himmel und versprach einen erfrischenden Regenschauer. Ginnys locker sitzende Hemdbluse klebte an ihrem Rücken, trotz des großen Strohhutes, den sie als Schutz vor der sengenden Sonne trug, trat ihr der Schweiß auf die Stirn. Mit dem Handrücken wischte sie sich über ihr Gesicht.

Ihr Vater lachte laut und sagte: »Du siehst aus wie eine Indianerin auf dem Kriegspfad.«

Ginny grinste. Sie konnte sich ihren Anblick lebhaft vorstellen. An ihren Händen und unter den Fingernägeln klebte dunkle, feuchte Erde, die sie nun gleichmäßig in ihrem Gesicht verteilt hatte.

»Das ist aber auch heiß heute«, erwiderte sie. »Gestern ging wenigstens noch eine leichte Brise, heute aber weht nicht mal ein Windhauch, und in den nächsten Tagen soll es noch wärmer werden.«

»Wenn wir mit diesen Beeten fertig sind, müssen wir die jungen Stöcke noch mal wässern und die empfindlichen Pflanzen abdecken, um die Blätter vor Sonnenbrand zu schützen«, sagte Gregory Bentham. »Ich kümmere mich darum, sieh du zu, dass du dich vor dem Lunch frisch machst und etwas anderes anziehst.«

»Danke, Dad«, erwiderte Ginny. »Am liebsten würde ich den Lunch ausfallen lassen. Bei dieser Hitze habe ich keinen Appetit.«

»Das lass bloß nicht deine Großmutter hören, mein Mädchen. Du weißt, wie wichtig Grandma die gemeinsamen Mahlzeiten sind.«

Gregory Bentham zwinkerte seiner Tochter zu und ging dann zu den westlichen Gartenanlagen, die ab der Mittagszeit besonders stark der Sonne ausgesetzt waren. Am Nachmittag mussten er und Ginny den frischen, heute Morgen gelieferten Rindermist auf die Beete verteilen, was bei dieser Hitze nicht besonders angenehm war. Gregory Bentham zog Rindermist aber jedem künstlichen Dünger vor, seiner Meinung nach gab es für Rosen nichts Besseres. Letzte Woche hatten sie zwei Dutzend junge Rosenbüsche entlang der Mauer aus roten Ziegelsteinen gesetzt. Das war im Hochsommer zwar unüblich – die beste Zeit, um Rosen anzupflanzen, war der Herbst –, aber bei einer Auktion in der Grafschaft Kent hatte Gregory Bentham diese Sorte der glanzblättrigen Rose aus der Familie der *Rosa nitida* preiswert erworben. Der Besitzer hatte den Park an eine Baufirma verkauft, und es sollte dort ein modernes Einkaufszentrum entstehen. Es wäre eine Schande gewesen, all die schönen Blumen, darunter auch einige alte Rosenarten, einfach herauszureißen und auf den Müll zu werfen. Also blieb zu hoffen, dass die neuen Rosenstöcke ihre Umsiedlung gut überstehen und bald anwachsen würden.

Ginny hatte noch ein paar Minuten Zeit und fuhr fort, Unkraut und kleine Steinchen aus dem Beet zu klauben. Der betörende Duft von *Sir Lancelot* machte diese Arbeit zu einem Vergnügen. Diese alte englische Rosensorte entfaltete besonders bei direkter Sonneneinstrahlung ihre volle Blüte und ihren unbeschreiblich betörenden Duft. Ginny liebte die Rosen und alles, was mit der Königin der Blumen zu tun hatte.

Vor über neunzehn Jahren war sie auf die klangvollen Namen Gwendolyn Phyliss Damascina getauft worden. Phyliss nach ihrer Großmutter, der Mutter ihrer Mutter, und Damascina nach der Damaszener-Rose, die im 13. Jahrhundert von den Kreuzrittern nach England gebracht worden war und zu den ältesten Rosen des Landes zählte. Alle nannten das Mädchen aber nur Ginny. Gwendolyn klang so hochgestochen, das passte besser zu einer Lady der oberen Gesellschaft. Bei diesem Gedanken grinste Ginny. Tatsächlich war sie eine Lady, so wie ihre Mutter und ihre Großmutter und alle Frauen der Benthams zuvor.

Die Familie lebte seit Jahrhunderten auf Farringdon Abbey, dessen Grundmauern aus dem 14. Jahrhundert stammten und das einst, wie der Name sagte, eine Abtei gewesen war. Während der Reformation im 16. Jahrhundert hatte ein Vorfahre Haus und Grund erworben und als Landedelmann hier gelebt. Vor etwa hundert Jahren hatte Ginnys Urururgroßmutter ihre Liebe zu Rosen entdeckt, hinter dem Haus den ersten Rosengarten angelegt und diesen mit eigenen Händen gehegt und gepflegt. Bereits damals waren die ersten Rosen verkauft worden, vorrangig an Bekannte und Verwandte. Als nach dem großen Krieg die alte Ordnung in sich zusammenbrach, hatte ihr Urgroßvater die Notwendigkeit erkannt, einen neuen Wirtschaftszweig zu schaffen, um den Besitz erhalten und die Steuern bezahlen zu können. So war in den letzten vierzig Jahren aus dem kleinen Rosengarten eine der größten Rosenzüchtungen in der Grafschaft Hampshire geworden. Inzwischen hatten die

Benthams ein gutes Auskommen, das es ihnen ermöglichte, die immer wieder anfallenden Reparaturarbeiten an dem alten Haus zu finanzieren. Die ganze Familie arbeitete in dem Unternehmen mit. Lediglich Grandma Phyliss gärtnerte wegen ihres Rheumatismus nicht mehr, hatte aber stets ein wachsames Auge auf alles Geschäftliche.

Ginny war inmitten der Rosen aufgewachsen. Solange sie denken konnte, war sie bei Wind und Wetter in den Gärten gewesen, die sich achthundert Yards von der Rückseite des Hauses bis hinunter zum Avon Water erstreckten. Nach der Schule hatte Ginny schnell ihre Hausaufgaben erledigt, um Vater und Mutter bei der Gartenarbeit helfen zu können. Alles, was sie wissen musste, hatte sie von ihren Eltern gelernt. Das meiste von ihrem Vater. Gregory Bentham war mit Leib und Seele Gärtner und Rosenzüchter, Ginnys Mutter Siobhan betreute den Verkauf, eine junge Frau stand ihr stundenweise zur Seite.

Ginny musste sich beeilen, um rechtzeitig zum Lunch zu erscheinen, der in Farringdon jeden Tag pünktlich um ein Uhr im kleinen Speisezimmer im ersten Stock serviert wurde. Durch die Hintertür huschte sie ins Haus und lief, zwei Stufen auf einmal nehmend, die enge, steile ehemalige Dienstbotentreppe ins zweite Geschoss hinauf. Ihr Zimmer war eines der ehemaligen Kinderzimmer und verfügte über ein eigenes Bad. Als Ginny in den Spiegel sah, lachte sie über die dunklen Schmutzstreifen, die sich über ihre helle Haut zogen. Schnell wusch sie sich das Gesicht, löste das Band aus ihren kastanienbraunen Haaren und schüttelte die Erde aus den schulterlangen Locken. Mit einem sauberen Haarband bändigte sie ihre Haare wieder und tauschte die praktischen Bluejeans und das derbe Männerhemd gegen einen leichten Sommerrock und eine helle Bluse aus. Grandma duldete grundsätzlich Mädchen oder Frauen in Hosen nicht an ihrem Tisch, auch wenn Bluejeans oder Latzhosen aus derbem Stoff für die Gartenarbeit praktischer als Röcke oder Kleider waren. In manchen Dingen war Lady Phyliss noch nicht in der heutigen Zeit angekommen.

Die Standuhr aus der Mitte des 19. Jahrhunderts schlug genau ein Mal, als Ginny ins Speisezimmer trat. An dem länglichen Tisch saßen bereits ihre Eltern, und einer Königin gleich thronte Lady Phyliss am Kopfende, den Rücken dem Fenster zugewandt, um nicht von der Sonne geblendet zu werden.

Bei Ginnys Anblick zuckte eine ihrer grauen Augenbrauen nach oben, und Ginny setzte sich an ihren Platz ihrer Mutter gegenüber. Einen Moment später servierte Tessa die Suppe. Tessa war bereits siebzig Jahre alt, zehn Jahre älter als Lady Phyliss, und Haushälterin, Köchin und Putzfrau in einem. Trotz ihres Alters zeigte sie keine Ermüdungserscheinungen und werkelte von Sonnenaufgang bis spät in den Abend hinein. Niemand behandelte Tessa wie eine Angestellte, sie war eine Freundin des Hauses.

Von den insgesamt sechsundvierzig Zimmern der Abbey waren heute nur noch wenige bewohnt. Die leerstehenden Räume wurden zweimal im Jahr gelüftet, die Möbel abgestaubt und die Böden geschrubbt. Dafür holte Tessa sich Hilfe aus dem nahe liegenden Dorf, ansonsten ließ sie sich von niemandem in die Arbeit reinreden. Ginny konnte sich Farringdon Abbey ohne die resolute Tessa nicht vorstellen. Sie gehörte zu Farringdon wie die mächtigen Kamine, die niedrigen Balkendecken, die verwinkelten Korridore und die steinernen

Treppen. Für Ginny war Tessa wie eine zweite Mutter. Zu ihr konnte sie mit all ihren Sorgen und Nöten gehen, ihre Freude mit ihr teilen. Bereits zu ihrer Kinderzeit hatte es für Ginny im Haus keinen schöneren Platz gegeben als bei Tessa in der Küche. Ihre Mutter, Siobhan Bentham, still und in sich gekehrt, erweckte manchmal den Eindruck, als wäre sie mit ihren Gedanken weit fort, und zeigte nur selten Gefühlsregungen. Ginny hatte zwar nicht den Eindruck, von ihrer Mutter nicht geliebt zu werden, allerdings begegneten sie sich mit einer kühlen Distanziertheit. Ganz im Gegensatz zu Tessa, die stets eine große Herzlichkeit ausstrahlte.

Die Hühnersuppe war heiß und kräftig. Nach ein paar Löffeln sagte Siobhan: »Es ist viel zu warm für eine Suppe. Vorhin ist es einer Kundin wegen der Hitze schwindlig geworden. Ich musste ihr ein Glas Wasser holen.«

»Freuen wir uns über die Sonne und genießen sie, solange das schöne Wetter anhält«, erwiderte Gregory Bentham mit seiner tiefen, leicht rauhen Stimme. »Das regnerische Herbstwetter kommt früh genug, dann werden wir uns nach der Wärme sehnen.«

Obwohl Ginny von ihrer Mutter die Statur geerbt hatte – sehr schlank, fast schon mager –, kam sie charakterlich eher nach ihrem Vater. Gregory Bentham war ein gutaussehender Mann, mit dunkelbraunen Haaren und Augen. Auch er war schlank und wirkte auf den ersten Blick nicht sehr kräftig. Die Arbeit in der Gärtnerei hatte seine Muskeln jedoch gestählt, und seine Haut war stets gebräunt. Den Angestellten gegenüber streng, aber gerecht, war er ein sehr liebevoller Vater und stolz auf seine Tochter.

Obwohl auch Ginny der Schweiß aus allen Poren trat, löffelte sie pflichtschuldig die warme Suppe. Zum Hauptgang gab es glücklicherweise einen kalten Ploughman's Lunch, der zu diesem Sommertag perfekt passte.

»Wir könnten doch einen Tea-Room einrichten«, sagte Ginny plötzlich.

»Wie bitte?«

Die Benthams sahen ihre Tochter überrascht an.

»Darüber denke ich schon seit ein paar Wochen nach«, erwiderte sie entschlossen. »Als du eben diese Frau erwähnt hast, kam es mir wieder in den Sinn. Wir könnten unseren Kunden Erfrischungen anbieten. Das Angebot muss nicht groß sein: Tee, Limonade und Wasser, täglich nur zwei oder drei verschiedene Gebäcke und Sandwiches.« Ginny redete sich richtig in Fahrt und fuhr schnell fort, bevor sie unterbrochen werden konnte: »Der alte Kreuzgang und die zwei leerstehenden Räume daneben wären ideal. Bei schönem Wetter können die Gäste unter den Bäumen im Schatten sitzen, im Winter drinnen.«

Der Kreuzgang war das Einzige, was von der ursprünglichen Abtei noch erhalten war. Er war nicht sehr groß, zog sich um einen kleinen Hof mit einem Springbrunnen und schloss zwei alte, große Lindenbäume mit ein.

»Du immer mit deinen Ideen!« Siobhan Bentham seufzte. »Wer soll die Kuchen backen und die Sandwiches zubereiten? Wer die Gäste bedienen? Wir können Tessa nicht noch mehr aufbürden. Du und dein Vater, ihr seid mit der Gartenarbeit ausgelastet, und ich bin im Ladengeschäft unabkömmlich.«

Auch darüber hatte Ginny sich schon Gedanken gemacht.

»Barbra würde das gern übernehmen, ich habe bereits mit ihr gesprochen. Sie kann hervorragend kochen und backen und würde gern etwas Sinnvolles tun, nachdem sie jetzt die Hauswirtschaftsschule abgeschlossen hat. Außerdem gehört sie ohnehin bald zur Familie«

»Ausgerechnet Barbra?« Lady Phyliss sah Ginny ungläubig an, und Siobhan sagte: »Das wäre wirklich ein guter Gedanke, Ginny, allerdings müsste Barbra sich etwas zurückhalten, sollte es so weit kommen. Sofern sie dazu in der Lage ist.«

Ginny grinste. Barbra Wareham war drei Jahre älter als Ginny und äußerst attraktiv. Gekonnt wusste sie ihre Reize in Szene zu setzen. Ihre Hosen waren immer eine Nummer zu eng, ihre Röcke endeten über den Knien, die Blusen waren tief dekolletiert, und sie schminkte sich regelmäßig und sparte nicht mit Farbe.

Sie und Ginny kannten sich seit der Kindheit, denn die Warehams lebten nur wenige Meilen die Straße hinunter. Seit einem halben Jahr war Barbra mit Elliot Earthwell, Ginnys Cousin, verlobt. Elliot war der Sohn von Siobhans älterer Schwester und ging auf Farringdon Abbey ein und aus. Allerdings besaß er keinen grünen Daumen und interessierte sich kein bisschen für Rosen. Seine Leidenschaft galt Autos, besonders schnelle ausländische Sportwagen hatten es ihm angetan. Vor zwei Jahren hatte er mit einem Freund zusammen einen Autohandel in der Stadt Lymington eröffnet. Das Geschäft lief gut, denn viele Leute in Hampshire liebten schicke und schnelle Autos und hatten auch das nötige Kleingeld für einen solchen Luxus.

»Dann eröffnen wir also einen Tea-Room?« Erwartungsvoll sah Ginny in die Runde. »In zwei, drei Monaten könnte alles fertig sein, und zu Weihnachten können wir dann schon …«

Gregory hob die Hand. »Jetzt mal langsam mit den jungen Pferden, meine liebe Tochter. Eine solche Sache will gut überlegt sein.«

»Ich stimme für den Vorschlag.« Erstaunt sah Ginny ihre Großmutter an, denn von ihr hatte sie den größten Widerstand erwartet. Wie gewohnt sprach Lady Phyliss langsam und betonte jedes einzelne Wort. »Ich gehöre noch lange nicht zum alten Eisen, auch wenn in meinen Gelenken der Rheumatismus sitzt. Ich traue mir durchaus zu, mich ein paar Stunden täglich um die Gäste zu kümmern.«

»Das würdest du wirklich machen, Mama?« Auch Siobhan war von Phyliss' Vorschlag überrascht.

»Warum nicht? Früher habe ich doch auch in den Gärten gearbeitet.« Sie zuckte mit den Schultern. »Immer nur lesen, Handarbeiten anfertigen oder fernsehen ist auf Dauer ziemlich langweilig.« Herausfordernd sah Phyliss in die Runde. »Also, ich stimme für Ginnys Vorschlag. Wer ist noch dafür?«

Gregory hob die Hand, Siobhan erst nach einigem Zögern und mit der Bemerkung: »Aber nicht mehr in diesem Jahr. Über den Winter können wir konkrete Pläne erstellen, da haben wir auch mehr Zeit als im Moment. Eine solche Sache sollte nicht übereilt werden.«

»Danke, Grandma«, sagte Ginny und schenkte ihrer Großmutter ein Lächeln, welche dieses kurz erwiderte, sich dann aber an ihren Schwiegersohn wandte und sagte: »In der heutigen Zeit reicht es nicht mehr, nur gute Produkte zu verkaufen, den Kunden muss darüber hinaus etwas geboten werden. Ich gebe es zu, der Gedanke, wieder unter Menschen zu kommen, hat etwas Reizvolles für mich, und Barbra würde ich schon an die Kandare nehmen.«

»Das bezweifelt niemand, Grandma«, erwiderte Ginny und schmunzelte. »Barbra ist in Ordnung, sie kleidet sich eben gern extravagant.«

»Ihr entschuldigt mich jetzt bitte?«, sagte Lady Phyliss. »Ich möchte mich vor der Mittagshitze zurückziehen und ein wenig ruhen.«

Gregory sprang auf und schob ihren Stuhl zurück. Lady Phyliss Bentham stützte sich zwar auf einen Gehstock mit einem silbernen Knauf, ihre Körperhaltung war aber trotz ihrer sechzig Jahre sehr aufrecht. Geboren in einer Zeit, als die Adelshäuser noch die Belange des Landes bestimmten und im britischen Empire niemals die Sonne unterging, hing sie an vielen alten Traditionen, scheute allerdings auch keine Arbeit. Ihr Ehemann, Ginnys Großvater, hatte aus der Rosenzucht eine lukrative Firma gemacht, und Phyliss hatte eigenhändig Beete umgegraben und Rosenstöcke gesetzt. Heute waren die Rosen von Farringdon Abbey die schönsten in der ganzen Grafschaft. Das Leben hatte Phyliss Bentham aber auch schweren Prüfungen unterzogen. Bei der Landung der Alliierten in der Normandie am 6. Juni 1944 verlor sie binnen weniger Stunden sowohl ihren Ehemann als auch ihren einzigen Sohn. Sie hatte sich mit diesem Verlust arrangieren und ihre beiden Töchter und den Besitz durch die letzten Kriegsmonate bringen müssen. Seitdem trug Phyliss Bentham nur dunkle Kleider, hatte niemals wieder ein Schmuckstück angelegt und hasste die Deutschen und alles, was aus diesem Land kam. Auch zwanzig Jahre Frieden hatten Phyliss nicht dazu bewegen können, den einstigen Feinden zu verzeihen. Ginny erinnerte sich noch gut an den Tag vor drei Jahren, als ihr Vater einen neuen Wagen gekauft hatte und mit diesem voller Stolz in Farringdon vorgefahren war.

»Ein deutsches Auto!«, hatte Grandma aufgebracht gerufen und so fest an dem Stern auf der Kühlerhaube gerüttelt, dass Ginny befürchtete, sie würde ihn abbrechen.

»Es ist derzeit das beste Modell in dieser Klasse auf dem Markt.«

Gregorys schwachen Einwand hatte Grandma mit einer Handbewegung abgetan.

»Haben wir in England nicht genügend hervorragende Automobilhersteller? Gute englische Qualitätsarbeit! Diesen ausländischen Quatsch benötigen wir nicht!«

Phyliss Bentham hatte nicht lockergelassen, bis Gregory den Wagen wieder verkaufte und stattdessen ein ähnliches Modell in einer Fabrik in Coventry im Norden Englands bestellte.

In den letzten Jahren kamen hin und wieder Besucher aus Deutschland, um die Rosengärten von Farringdon zu bestaunen. Lady Phyliss weigerte sich strikt, sich mit diesen Leuten zu unterhalten, und strafte die Fremden mit Nichtbeachtung. Ginny war die Nationalität eines Menschen gleichgültig, brachte für den Groll ihrer Großmutter, den sie wahrscheinlich mit ins Grab nehmen würde, allerdings Verständnis auf. Es musste schrecklich sein, geliebte Menschen in einem Krieg zu verlieren.

Auch Ginny hatte ihren Lunch beendet und stand auf, um an ihre Arbeit zurückzukehren. Da trat ein großer, blonder junger Mann ein. Er hauchte Siobhan einen Kuss auf die Wange – »Guten Tag, Tante« –, drückte Gregory die Hand und umarmte dann Ginny. »Na, Cousinchen, alles klar fürs Wochenende?«

»Auf jeden Fall!«, antwortete Ginny. »Ich kann es kaum mehr erwarten.«

Aus den Augenwinkeln sah Ginny, wie ihre Mutter die Lippen zu einem schmalen Strich zusammenpresste, und Gregory fragte: »Wir können doch sicher sein, dass du auf Ginny gut aufpassen wirst?«

Elliot Earthwell schlug die Hacken zusammen und salutierte übertrieben.

»Zu Befehl, Sir! Wir werden sie beschützen wie ein Rudel Wachhunde, Onkel Gregory, außerdem ist Ginny ein Mädchen, das ganz genau weiß, was es will.«

»Gerade das macht mir ja Sorgen«, murmelte Siobhan, aber laut genug, um von allen verstanden zu werden. »Als ich in Ginnys Alter war, wäre es unmöglich gewesen, allein zu verreisen. Da wurde noch auf Sitte und Anstand geachtet!«

Gregory seufzte verhalten und erwiderte: »Du hörst dich an wie deine Mutter, Siobhan. Wir haben das Thema mehr als ein Mal besprochen. Ginny ist nicht allein, die ganze Clique ist dabei, in Blackpool wohnen sie bei einer Verwandten von Norman, und in London im Haus deiner Schwester. Nur unter diesen Voraussetzungen habe ich zugestimmt, dass Ginny fahren darf.«

»Und ich fungiere als ihr Anstandswauwau«, ergänzte Elliot. »Nach zehn Tagen bringen wir Ginny unbeschadet wieder nach Hause. Großes Indianerehrenwort!«

»Könnt ihr bitte aufhören, über mich zu sprechen, als wäre ich abwesend?« Ginny stemmte die Hände in die Hüften. »Mum, ich bin alt genug, um auf mich aufzupassen, und die Zeiten haben sich geändert. Außerdem ist es nicht das erste Mal, dass ich mit meinen Freunden ein paar Tage bei Tante Alicia in London verbringe.«

Siobhan wandte den Kopf zur Seite und tat so, als würde sie aus dem Fenster schauen.

Gregory trat zu seiner Tochter und legte ihr eine Hand auf die Schulter.

»Mum macht sich nur Sorgen um dich, mein Schatz«, sagte

er leise. »Als wir jung waren, war es nicht üblich, ein minderjähriges Mädchen ohne Aufsicht mit Freunden losziehen zu lassen. Es sind aber Ferien, du rackerst jeden Tag in der Gärtnerei, da hast du dir ein paar freie Tage verdient. Genieß die Zeit.«

»Danke, Dad.« Ginny stellte sich auf die Zehenspitzen und küsste ihren Vater auf die Wange. »Wenigstens du scheinst mir zu vertrauen, dass ich mich nicht gleich von irgendjemandem schwängern lasse, wenn ich ein paar Tage von zu Hause fort bin.«

»Ginny, bitte!«, rief Siobhan. »Nur gut, dass deine Großmutter diese Ausdrucksweise nicht gehört hat.«

Ginny und Elliot tauschten einen Blick, und der Cousin sagte: »Wir holen dich am Freitag gegen sechs ab, ja?«

»Ich werde fertig sein«, versprach Ginny, vor Vorfreude leuchteten ihre Augen. Endlich würde sie ihre Lieblingsband *The Beatles* bei einem Konzert erleben dürfen. Am kommenden Sonntag traten die Musiker im etwa dreihundert Meilen entfernten Blackpool, einem Seebad an der Irischen See, auf. Elliots Freund Norman hatte bereits vor Wochen die Eintrittskarten besorgt, was gar nicht so einfach gewesen war, da die Beatles nicht nur in England, sondern weltweit mittlerweile zu den bekanntesten Bands gehörten. Erst kürzlich hatten sie bei einer Tournee mit ausverkauften Konzerten den nordamerikanischen Kontinent erobert. Derzeit wollten alle im Alter zwischen fünfzehn und dreißig Jahren die Jungs aus Liverpool sehen. Norman Schneyder war über Beziehungen an die Konzertkarten gekommen, und seine Großmutter führte in Blackpool eine Frühstückspension, in der sie alle übernachten konnten. Überhaupt schien Norman überall in England jemanden zu kennen oder war mit jemandem verwandt.

Nachdem Elliot sich verabschiedet hatte und mit seinem Sportwagen davongedüst war, dass die Kiesel unter den Reifen nach allen Seiten wegspritzten, schlüpfte Ginny wieder in ihre Arbeitskleidung und gesellte sich zu ihrem Vater in den Garten. Bis zum Abend waren die Beete an der westlichen Mauer frei von Unkraut, und die Rosenstöcke konnten Kraft aus der locker-luftigen und mit Rindermist gedüngten Erde ziehen. Ginny schlenderte zu den Gewächshäusern auf der anderen Seite des Parks, die im Hochsommer verwaist waren. In sechs bis sieben Wochen würde sie, bevor der erste Frost kam, eine Auswahl der Rosen in die Gewächshäuser umsetzen. Während früher die Rosensaison auf das Frühjahr und den Sommer begrenzt war, konnte Farringdon seit ein paar Jahren die Blumen das ganze Jahr anbieten. Gregory Bentham hatte die Gewächshäuser erbauen lassen, in denen bestimmte Rosensorten auch während der Wintermonate gediehen. Zu verdanken war das einem speziellen Belüftungssystem und einem Dach, das nicht aus Glas, sondern aus einem neuartigen, doppelwandig verarbeiteten Kunststoff bestand. Die Technik hatte sich in den Vereinigten Staaten seit rund einem Jahrzehnt durchgesetzt. Für den Bau der drei Gewächshäuser musste Gregory einen Kredit bei der Bank aufnehmen, was besonders bei Grandma Phyliss auf massiven Widerstand gestoßen war, da sie es hasste, jemandem etwas schuldig zu sein. Ginnys Vater hatte sich aber durchgesetzt, und seine futuristische Idee, wie Phyliss es bezeichnet hatte, hatte sich längst amortisiert. In ganz England hatte sich herumgesprochen, dass auf Farringdon Abbey ganzjährig üppig blühende und duftende Rosen erhältlich waren, *Winterrosen,* wie sie allgemein genannt wurden. Im Gegensatz zu anderen Gärtnereien, deren Handel zwischen Oktober und April brachlag, gab es hier das ganze Jahr über etwas zu tun. Obwohl Ginny die warmen, langen Tage mochte, freute sie sich auf die Zeit des stillen Herbstes, wenn Nebelschwaden über die Felder und Wiesen zogen, sich das Laub verfärbte und sie Zeit und Muße hatte, die Rosen zu veredeln und neue Sorten zu kreieren. Eine blassgelbe Teerose hatte sie selbst gezüchtet, die ihren Namen – Gwendolyn – trug. Das einzige Manko war, dass sie nicht duftete. Ginny war aber entschlossen, dies bei der nächsten Züchtung hinzubekommen.

Am nächsten Morgen bemerkte Ginny sofort, dass etwas nicht stimmte. Der Gesichtsausdruck ihres Vaters war angespannt, als er sagte: »Einer der Gärtner hat Rosenwickler an nahezu allen Stöcken der Alfred Colomb entdeckt. Sie müssen sich wahnsinnig schnell vermehrt haben, letzte Woche waren diese Sträucher noch ohne Befall.«

Alfred Colomb war eine alte Rosensorte, die wesentlich mehr Aufmerksamkeit und Pflege als die modernen Züchtungen erforderte, was sie durch ihre gefüllten Blüten und einen sehr intensiven Duft wieder wettmachte. Und es war eine der Sorten, die sich am besten verkaufte.

Ginny wusste, was der Befall mit diesen Schädlingen bedeutete. Der Rosenwickler legte seine Eier direkt an die Zweige. Die geschlüpften Larven fingen sofort an zu fressen und zerstörten besonders die jungen Triebe. Wenn nur wenige Pflanzen befallen waren, konnte man die Schädlinge abpflücken, was aber bei dieser Menge unmöglich war.

»Wir müssen wohl spritzen«, bestätigte Gregory Ginnys Befürchtung. »Obwohl ich giftige Substanzen nur ungern einsetze, können wir nicht riskieren, den gesamten Bestand den Raupen zu überlassen. Gleich heute fahre ich nach Southampton, um alles Notwendige zu besorgen.« »Soll ich dir helfen?«, fragte Ginny besorgt. »Vielleicht wäre es besser, wenn ich auf Farringdon bliebe.« »Nichts da!« Gregory lächelte zuversichtlich. »Wir bekommen das hin. Es ist ja nicht das erste Mal, dass Schädlinge sich über unsere Pflanzen hermachen. Aber, Ginny, du musst heute in den Verkauf, deine Mutter fühlt sich nicht wohl. Sie meint, es steht ein Wetterumschwung bevor.«

»Ein wenig Regen kommt uns gelegen«, antwortete Ginny.

Wahrscheinlich litt Siobhan wieder an Migräne. Ginny kannte ihre Mutter nicht anders, als dass sie immer wieder Kopfschmerzen und Schwindelanfälle hatte, für die aber keine medizinischen Ursachen gefunden werden konnten. Ginny hatte zwar die zerbrechliche Statur ihrer Mutter, von ihrem Vater jedoch seine unermüdliche Energie geerbt. In ihrem ganzen Leben war Ginny noch niemals krank gewesen – abgesehen von hin und wieder einmal einem leichten Schnupfen. Niemand, der das zierliche Mädchen sah, vermutete auf den ersten Blick, dass sie schwere Säcke mit Blumenerde schleppen und randvoll beladene Schubkarren schieben konnte. Für einen Moment dachte Ginny, ob ihre Mutter wohl krank geworden war, weil sie, Ginny, übermorgen verreisen wollte. Vielleicht wollte sie ihre Tochter damit unter Druck setzen, die Reise abzusagen. Beschämt schob sie einen solchen Gedanken beiseite. Das passte nicht zu ihrer Mutter, außerdem hätte es keinen Sinn gehabt. Den Verkauf konnte auch eine Person allein bewältigen, dann mussten die Kunden eben ein wenig länger warten, bis sie bedient wurden. Durch nichts und niemanden würde Ginny sich ihre Vorfreude auf die freien Tage und ganz besonders auf das Konzert verderben lassen.

An diesem Abend traf Ginny sich mit ihrer Freundin Fiona. Die beiden Mädchen kannten sich aus ihrer gemeinsamen Schulzeit, und Fiona war Ginnys beste Freundin, der sie alles anvertrauen konnte. Fiona hatte den Führerschein bereits gemacht und sich für heute den Wagen ihres Vaters ausgeliehen. Sie saßen in der Milchbar in Lyndhurst, einem kleinen Ort inmitten des New Forest, und schlürften durch Strohhalme ihre kalte Bananenmilch. Während Ginny sich dezent geschminkt hatte und ein mintgrünes Twinset aus Sommerbaumwolle und hochhackige Pumps trug, kam Fiona Landsdown burschikos daher. Das schwarze Haar war so kurz geschnitten wie bei einem Mann, die Bluejeans und der graue Pullover waren eine Nummer zu groß. Die Kleidung verbarg Fionas weibliche Rundungen, was Ginny bedauerte. Wenn die Freundin nur ein wenig mehr aus sich machen würde, könnte sie durchaus hübsch aussehen.

»Freust du dich auch schon so sehr auf Sonntag?«, fragte Ginny zwischen zwei Schlucken. »Ich kann es kaum erwarten, die Beatles endlich einmal aus der Nähe zu sehen.«

»Na ja, es sind auch nur Menschen.« Fionas Mundwinkel zogen sich nach unten. »Ich verstehe nicht, warum die Frauen reihenweise ausflippen und in Ohnmacht fallen, wenn sie die nur sehen. *Mir* wird das sicher nicht passieren.«

Kameradschaftlich knuffte Ginny die Freundin in die Seite.

»Jetzt mach mal halblang, Fiona! Selbst du musst zugeben, dass die Songs einfach klasse sind, und im Vertrauen: John würde ich nicht von der Bettkante schubsen.«

»Wenn das deine Mutter hören würde und erst deine Großmutter!« Spielerisch drohte Fiona ihr mit dem Finger. »Trotzdem lassen sie dich mit uns zu dem Konzert fahren. Das finde ich sehr großzügig.«

»Hör mir bloß mit diesem Thema auf!« Ginny seufzte. »Erst gestern gab es wieder eine Diskussion, weil Mutter glaubt, ich würde wer weiß was anstellen. Nur weil mein Vater sich durchgesetzt hat, darf ich mitfahren. Er vertraut mir, außerdem befürchte ich, Elliot wird wie ein Zerberus über mich wachen, und wehe jedem Mann, der es wagt, mich zu lange anzusehen.«

»Na, dann besteht ja keine Gefahr, Ginny. Außerdem hast du für Männer ohnehin keinen Blick, für dich gibt's ja nur deine Rosen.«

»Das ist nicht wahr!«, begehrte Ginny auf. »Mir ist bisher nur noch keiner begegnet, in den ich mich hätte verlieben können, so richtig, mit allem Drum und Dran. Na ja, abgesehen von John Lennon.«

Sie kicherte hinter vorgehaltener Hand, auch Fiona lachte.

»Ich fürchte, wir werden an die Jungs gar nicht rankommen. Mein Fall wäre eher George, ich mag Männer mit markanten Gesichtszügen.« Damit gestand sie ein, die Musiker ebenfalls attraktiv zu finden.

»Die meisten Frauen schmachten Paul an«, sagte Ginny. »Ist ja auch egal, ich mag sie alle vier.«

»Letzte Woche habe ich endlich mit einem Mann geschlafen«, sagte Fiona unvermittelt und zündete sich in aller Ruhe eine Zigarette an, als hätte sie nebenbei erwähnt, was sie zum Dinner gegessen hatte.

»Was?« Bei dieser Nachricht fiel Ginny fast vom Stuhl.

»Pst, muss ja nicht gleich jeder mitbekommen«, mahnte Fiona und senkte ihre Stimme zu einem Flüstern. »Es wurde endlich Zeit, im Büro war ich nämlich die Einzige, die noch Jungfrau war.«

Fiona arbeitete seit einem Jahr als Sekretärin bei einer Zeitungsredaktion in Winchester und lebte allein in einem kleinen Apartment. Ihre Mutter war gestorben, als Fiona elf Jahre alt gewesen war, und ihrem Vater, einem selbständigen Handelsvertreter von Haushaltsgeräten, hatte die Zeit gefehlt, sich viel um seine Tochter zu kümmern. So war der Freundin nichts anderes übriggeblieben, als früh erwachsen zu werden.

»Mit wem?«, flüsterte Ginny, die Augen vor Aufregung weit aufgerissen. »Kenne ich ihn?«

Fiona schüttelte den Kopf. »Ich habe ihn in einer Bar in Winchester kennengelernt.«

»Werdet ihr heiraten?«

»Du meine Güte, nein!« Fiona lachte laut und schüttelte den Kopf. »Er war nur auf der Durchreise, ich werde ihn niemals wiedersehen. Er sieht gut aus, ist sicher zehn Jahre älter, und ich dachte, er wäre genau der Richtige, *es* endlich zu tun.«

Ginny runzelte die Stirn. Obwohl sie begierig war, zu erfahren, wie *es* gewesen war, fragte sie: »Was, wenn du schwanger geworden bist?«

»Er hat aufgepasst«, antwortete Fiona.

»Bist du in ihn verliebt?«

»Lieber Himmel, nein! Du stellst heute aber komische Fragen, Ginny!«

»Sollte das erste Mal nicht mit jemandem sein, den man wirklich liebt?«, fragte Ginny. »Einem Mann, dem man vertraut und der immer für einen da ist? Mit dem man auch eine Familie gründen möchte?«

Als Fiona Ginnys Bedenken hörte, kräuselte sie spöttisch die Lippen. »Liest du neuerdings kitschige Liebesromane, Ginny? Die Realität ist eine völlig andere, als von Jane Austen oder

Georgette Heyer geschildert. Ewige Liebe und so einen Quatsch gibt es nicht, außerdem wird mich nie ein Mann zum Heimchen am Herd machen. Jedes Jahr ein Kind bekommen, ihm abends die Pantoffeln bereitstellen und das Abendessen servieren … Nicht mit mir! In meinem Leben verfolge ich andere Pläne.«

Ginny konnte sich die Freundin tatsächlich nicht als brave Hausfrau und Mutter vorstellen. Zu Anfang des Jahrhunderts hätte man Fiona Landsdown wohl als Suffragette bezeichnet, denn sie setzte sich für die Rechte der Frauen ein, die ihrer Meinung nach von der Männerwelt immer noch massiv unterdrückt wurden. Die Stellung bei der Zeitung hatte sie angenommen, weil sie hoffte, bald nicht nur die Texte der Journalisten tippen, sondern selbst Artikel schreiben zu dürfen. Fiona hatte bereits einige Texte verfasst, alle mit dem Thema, dass Frauen das gleiche Recht hätten wie Männer, Führungspositionen zu besetzen und für ihre Arbeit wie ihre männlichen Kollegen entlohnt zu werden. Dass Fiona nun ihre Jungfräulichkeit verloren hatte, wurmte Ginny schon ein wenig, wie sie sich ehrlich eingestand. Ausgerechnet die pragmatische Freundin, die auf den ersten Blick kaum etwas Anziehendes an sich hatte. Nicht, dass sie, Ginny, sich schämte, noch nie mit einem Mann geschlafen zu haben. Sie wusste genau, dass die Geschichten in den Romanen, die sie hin und wieder las, nichts mit der Realität gemein hatten, trotzdem wollte sie sich nur einem Mann hingeben, den sie aufrichtig liebte. Natürlich hatte sie schon den einen oder anderen geküsst. Meistens waren die Küsse aber nur feucht und unangenehm gewesen, und wenn der Mann begonnen hatte, sie an Stellen ihres Körpers zu berühren, an denen Ginny sich nur selbst berührte, war ihr das sogar abstoßend vorgekommen. Sie setzte sich aber nicht unter Druck. Der Richtige würde schon noch kommen.

Die Mädchen konnten ihr Gespräch nicht fortführen, denn zwei ältere Damen nahmen am Nebentisch Platz. Eine davon war eine Kundin der Gärtnerei, die Ginny mit einem freundlichen Nicken grüßte. Nicht auszumalen, wie diese reagieren würde, sollte sie mitbekommen, dass Ginny und ihre Freundin über Sex sprachen!

Sie riefen nach der Bedienung und bezahlten. Für Fiona war es Zeit, nach Winchester zurückzufahren.

»Morgen habe ich noch einen Berg Arbeit zu erledigen«, erklärte Fiona und rollte mit den Augen. »Man sollte meinen, die Kollegen haben mir extra viel zum Abtippen hingelegt, weil ich mir erlaube, eine Woche Urlaub zu nehmen. Wieder so ein typisch männlicher Chauvinismus.«

Lachend hängte sich Ginny bei der Freundin ein, und sie schlenderten zu Fionas Auto. Es war rot und klein und hatte schon einige Jahre auf dem Buckel, tat aber noch gute Dienste. Ginny war mit dem Bus gekommen, und sie musste sich beeilen, den nächsten zu erreichen, um vor dem Dunkelwerden zu Hause sein zu können. Diesbezüglich hatten Grandma und ihre Mutter feste Vorstellungen: In den Abendstunden war eine junge Dame niemals ohne Begleitung unterwegs!

4

Als im Osten der erste sanfte Schein des Morgens die Nacht verdrängte, waren sie aufgebrochen. Zu fünft quetschten sie sich in den Wagen von Elliots Freund und Geschäftspartner Norman Schneyder: einen hellblauen Gordon-Keeble GT mit dem lustigen Emblem einer Schildkröte auf der Kühlerhaube. Die Männer saßen vorn und wechselten sich mit dem Fahren ab, Ginny, Barbra und Fiona teilten sich die Rückbank. Das Gepäck war im Kofferraum verstaut, jeder hatte ohnehin nur eine kleine Reisetasche dabei. Bei strahlendem Sonnenschein durchquerten sie die Grafschaften Berkshire und Oxfordshire, je weiter sie jedoch nach Norden gelangten, desto mehr Wolken zogen auf, und Nieselregen setzte ein. In Stoke-on-Trent machten die Freunde eine Pause und aßen in einem uralten Inn mit schiefen Wänden und einer niedrigen Decke zu Mittag. Als sie nach einer Stunde das Gasthaus wieder verließen, war aus dem Nieselregen ein Wolkenbruch geworden. Norman spurtete zum Wagen, um ihn vor die Tür zu fahren, und die Mädchen zogen sich ihre Mäntel über die Köpfe.

»Prima, da fahre ich ein Wochenende ans Meer, um Regen zu sehen«, murrte Barbra und schüttelte sich wie ein junger Hund. Das Wasser hatte ihre Wimperntusche verschmiert, die in schwarzen Streifen über ihre Wangen lief. Sie nahm einen kleinen Spiegel und ein Taschentuch und versuchte, die schlimmsten Spuren zu beseitigen.

Ginny lachte. »Das Meer haben wir zu Hause vor der Tür. In Blackpool will ich in erster Linie die Beatles sehen.«

»Damit hast du auch wieder recht.« Barbra steckte den Spiegel zurück in ihre Handtasche und stupste Ginny in die Seite. »Egal, ob es regnet oder stürmt: Die smarten Jungs sind das Wichtigste bei dieser Reise.«

»He, he!« Elliot drehte sich nach hinten und sah Barbra gespielt entrüstet an. »Vielleicht sollte ich mir das mit unserer Hochzeit noch mal überlegen.«

Barbra legte zwei Finger an ihre Lippen und hauchte Elliot einen Kuss zu. »Bist du etwa eifersüchtig?«, fragte sie. »Eifersüchtig auf Männer, denen Millionen von Frauen zu Füßen liegen?«

»Was ich überhaupt nicht verstehen kann«, murrte Elliot, und Ginny warf ein: »Na ja, ich möchte dich und Norman erleben, wenn die Bardot plötzlich vor euch stehen würde.«

»Seid mal bitte ruhig«, sagte Norman und drehte das Radio lauter. »Ich glaube, im Radio läuft gerade ein Bericht über das Konzert.«

Ein Reporter des lokalen Senders berichtete, dass in Blackpool der Ausnahmezustand herrsche.

»Tausende von Fans sind in den letzten Stunden nach Blackpool gekommen, um morgen ihre Idole auf der Bühne zu erleben. Sie campen am Strand und in den Parks, da die Stadt im August ohnehin überfüllt ist. Die Polizei hat die Zahl ihrer Einsatzkräfte erhöht. Und für alle, die vielleicht auch gerade auf dem Weg nach Blackpool sind, und besonders für diejenigen, die nicht dabei sein können – hier die neueste Scheibe von unseren Jungs aus Liverpool. Hoffen wir, dass niemand von euch Hilfe braucht«, beendete der Reporter den Bericht mit einem Lachen und spielte *Help* an. Da das Lied ganz neu war, waren die Freunde im Auto noch nicht textsicher, sangen den Refrain aber laut mit. Danach brachte der Sender noch weitere Titel der Beatles.

»When I say that something, I wanna hold your hand, I wanna hold your hand, I wanna hold your hand …«

Ginny sang am lautesten. Sie kannte den Text von jedem Lied der Beatles auswendig.

Als der Sender Nachrichten brachte und Norman den Ton wieder leiser stellte, sagte Fiona: »Wenn du mal keine Lust mehr hast, in der Erde zu buddeln, solltest du Sängerin werden. Deine Stimme ist klasse.«

»Das Buddeln in der Erde, wie du es nennst, ist genau das, was ich in meinem Leben machen möchte. Singen überlasse ich lieber denen, die es wirklich können.«

Ginny meinte es ehrlich, fühlte sich von Fionas Bemerkung aber geschmeichelt.

Der Regen wurde immer stärker, zudem kam böiger Wind auf. Norman drosselte die Geschwindigkeit und schaute konzentriert auf die Straße. Aquaplaning ließ das Auto schlingern, und die Scheibenwischer fuhren hektisch klickend von links nach rechts.

Sie hatten gerade ein Hinweisschild mit den Worten *Blackpool 40 mi* passiert, als Norman rief: »Du meine Güte, der arme Kerl!«

Ginny beugte sich vor und spähte durch die Windschutzscheibe. Mit ausgestrecktem Daumen stand ein Mann am Straßenrand.

»Halt an, Norman«, rief sie. »Wir müssen ihn mitnehmen, sonst wird er vom Regen noch weggespült.«

»Wie denn?«, antwortete Norman. »Wir sind schon bis unters Dach voll.«

Trotzdem bremste er und kam am Straßenrand zum Stehen. Der Mann griff schnell nach seinem Rucksack und rannte auf sie zu.

Durch die geöffnete Scheibe fragte er: »Nach Blackpool?« Die zwei Worte genügten, um erkennen zu können, dass es sich um einen Ausländer handelte. Als er ins Wageninnere sah, zeigte sich Enttäuschung auf seinem Gesicht. »Oh, ihr habt keinen Platz mehr.«

»Ich klettere nach vorn zu Elliot«, sagte Barbra und zwängte sich zwischen den Sitzen durch. Norman stieg aus, klappte den Fahrersitz vor, und der Mann drängte sich zu Ginny und Fiona auf den Rücksitz, den Rucksack nahm er auf den Schoß. Ginny erkannte, dass er noch jung war, vielleicht im Alter von Norman oder Elliot, und dass er bis auf die Haut durchnässt war. Der Regen schien aus jeder Pore seines Körpers zu tropfen. Voller Sorge um seine Lederpolster runzelte Norman die Stirn.

»Sehr freundlich von euch, mich mitzunehmen«, sagte der junge Mann mit einem harten Akzent. »Zwei Stunden bin ich an der Straße gestanden, aber niemand hat angehalten.« Wegen der Enge reichte er Ginny umständlich seine Hand und stellte sich vor: »Hans-Peter Kleinschmidt.«

»Wie bitte?«, fragte Ginny, und der junge Mann grinste.

»Das ist ein komplizierter Name, ich weiß, am einfachsten ist es, ihr nennt mich James.«

»Ich bin Ginny, das ist Fiona« – sie deutete nach rechts zu ihrer Freundin –, »der am Steuer heißt Norman ...«

»Und wir sind Elliot und Barbra«, rief Barbra von vorn und verrenkte sich schier, um Hans-Peter ansehen zu können.

»Woher kommst du?«

»Aus Deutschland.«

Ginny hatte es sich schon fast gedacht, denn nur Leute, deren Muttersprache Deutsch war, sprachen mit diesem harten Duktus, auch wenn sein Englisch gut verständlich war.

»Aus West- oder aus Ostdeutschland?«, fragte Barbra interessiert.

»Aus dem Westen natürlich, du Dummerchen«, rief Fiona belehrend. »Die im Osten dürfen doch gar nicht raus. Was, wenn ihr mich fragt, nicht zu akzeptieren ist. Ich wundere mich darüber, dass die eingesperrten Leute nicht auf die Barrikaden gehen und für ihre Freiheit kämpfen. Also ich würde …«

»Halt mal die Luft an, Fiona«, unterbrach Ginny lachend. »Ich fürchte, James versteht ohnehin nur die Hälfte von dem, was wir sagen.« Sie sah Hans-Peter wieder an, dessen Jacke im warmen Innenraum des Wagens zu dampfen begann, und fragte langsam und jede Silbe betonend: »Bist du die ganze Strecke per Anhalter gefahren?«

Hans-Peter nickte. »Ich bin seit vier Tagen unterwegs. Bis heute Morgen hatte ich Glück, und es hat mich immer jemand mitgenommen.«

»Nun, es ist zwar eng, aber die vierzig Meilen werden wir schon durchhalten«, erwiderte Ginny. Ihr linker Oberschenkel berührte seinen, ihre Arme stießen aneinander. Obwohl die Feuchtigkeit seiner Kleidung durch ihre Hose drang, war es kein unangenehmes Gefühl.

»Was willst du denn in Blackpool?«, fragte sie.

»Zu den Beatles«, antwortete Hans-Peter. »Die kennt ihr doch bestimmt, nicht wahr?«

Alle fünf lachten laut, und Elliot sagte: »Wir wollen auch zu dem Konzert. Ich glaube, halb England ist gerade auf dem Weg nach Blackpool. Vorhin brachten sie im Radio, die Stadt wäre absolut überfüllt.«

Hans-Peter lehnte sich entspannt zurück. Es war ein Glücksfall, ausgerechnet auf fünf Leute in seinem Alter gestoßen zu sein, die seine Musikleidenschaft teilten. Das Mädchen neben ihm, Ginny, war sehr hübsch. Er musste sich beherrschen, sie nicht andauernd aus dem Augenwinkel anzusehen. Allerdings schien sie noch sehr jung zu sein, bestimmt war sie noch keine zwanzig. Sie trug nur ein leichtes Make-up, und Dutzende von Sommersprossen tanzten in ihrem Gesicht, wenn sie lachte.

Hans-Peter war nun doch froh, das Ziel seiner Reise in Kürze zu erreichen. An der Autobahn bei Kirchheim hatte ihn ein Lastwagen bis nach Luxemburg mitgenommen, von dort war er weiter nach Belgien gefahren. In einem kleinen Dorf in der Nähe von Mons hatte er in einer Jugendherberge übernachtet und war erst am nächsten Abend mit einem weiteren Laster nach Calais an die Küste Frankreichs gelangt. Zum ersten Mal in seinem Leben hatte er das Meer gesehen. Obwohl es schon dunkel gewesen war, roch es intensiv nach Salz und Tang, und auf dem Wasser hatte er die blinkenden Lichter von Schiffen gesehen. Die Nacht verbrachte er im Warteraum der Fährgesellschaft und setzte am nächsten Morgen über. Auf der Fähre hatte er einen Lastwagenfahrer kennengelernt, der ihn bis London mitnahm. Die letzten zwei Tage war er in Etappen bis nach Preston gelangt, und heute hatte er gedacht, er müsse etwas von seinem Geld für den Bus opfern, wenn nicht bald jemand anhalten würde.

Es regnete immer noch, als die ersten Häuser von Blackpool in Sicht kamen. Trotz des wolkenverhangenen Himmels bestaunte Hans-Peter das aufgewühlte graue Meer und die kilometerlange Strandpromenade. Zwei Piere ragten ins Wasser hinaus, die bei diesem Wetter aber menschenleer waren. Ein riesiger Turm aus rötlichem Stahl mit einer gewissen Ähnlichkeit mit dem Pariser Eiffelturm überragte die Stadt.

Norman erklärte über die Schulter hinweg: »Der Turm ist aus Stahlfachwerk, wurde 1894 eingeweiht und war damals das höchste Bauwerk in Großbritannien. Der damalige Bürgermeister Blackpools war bei der Weltausstellung in Paris gewesen und von dem Eiffelturm derart beeindruckt, dass er in seiner Stadt einen ähnlichen Turm wollte.«

»Norman, wenn es mit dem Autohandel mal nicht mehr laufen sollte, kannst du Gästeführer werden«, scherzte Ginny.

»Früher hab ich jede Sommerferien bei meiner Großmutter in Blackpool verbracht, da bleibt das eine und andere hängen.« Durch den Rückspiegel sah Norman zu Hans-Peter und fragte: »Wo sollen wir dich absetzen?«

Dieser zuckte mit den Schultern und antwortete: »Irgendwo in der Stadt, oder kennt ihr zufällig eine günstige Pension, in der ich übernachten kann?«

»Du hast kein Zimmer gebucht?«, fragte Ginny erstaunt. »Im August ist in Blackpool kein Bett mehr zu bekommen, wegen des Konzertes nun erst recht nicht. Da ist sogar die letzte Dachkammer vermietet.«

»Oje.« Hans-Peter seufzte. »Das habe ich nicht gewusst. Dann werde ich wohl am Strand schlafen müssen und kann nur hoffen, dass sich das Wetter bessert.«

Ginny war über seine Naivität überrascht. Planten und buchten die Deutschen denn nicht im Voraus, wenn sie in die Ferien fuhren? Der junge Mann tat ihr aber auch leid, daher sagte sie:

»Norman, vielleicht ist bei deiner Großmutter noch ein Sofa frei.«

Für einen Moment kreuzten sich Ginnys und Normans Blicke im Rückspiegel, und sie sah an seinem Gesichtsausdruck, dass der Freund von dem Vorschlag alles andere als begeistert war und vermutlich dachte: Was geht mich der Fremde an? Trotzdem sagte Norman: »Wir werden sie fragen, ich habe aber wenig Hoffnung.«

Normans Vermutung bestätigte sich. Phoebe Schneyder, eine kleine, zierliche Frau mit schlohweißen Kringellöckchen und einem faltenreichen Gesicht mit klaren, hellgrauen Augen, schüttelte bedauernd den Kopf.

»Ich bin bis unters Dach voll. Ihr drei Mädchen müsst euch ohnehin ein Zimmer teilen.«

Das Bed & Breakfast lag in der Lord Street im Norden der Stadt. Das Haus aus roten Klinkersteinen war drei Stockwerke hoch und hatte zwölf Gästezimmer und – worauf Phoebe Schneyder besonders stolz war – auf jeder Etage ein Badezimmer.

»Tja, dann mache ich mich mal auf die Suche nach einer Bleibe.«

Hans-Peter schulterte seinen Rucksack und wandte sich zum Gehen. Seine Kleider waren inzwischen getrocknet, er fühlte sich aber schmutzig, ihm war kalt, und er sehnte sich nach einem heißen Bad.

»Moment mal.« Normans Großmutter hielt ihn am Ärmel zurück. »Zuerst trinken wir alle eine Tasse Tee, dann sieht die Welt schon anders aus. Und ihr zwei« – ihr ausgestreckter Zeigefinger deutete auf ihren Enkel und auf Elliot – »könnt ein wenig zusammenrücken. Ich werde in euer Zimmer noch eine Matratze reinlegen. Bei diesem Wetter könnt ihr einen Freund nicht auf die Straße jagen.«

Norman und Elliot tauschten einen Blick, der Hans-Peter nicht entging, den er aber nicht deuten konnte. Entschlossen straffte er die Schultern und sagte: »Die Einladung zum Tee nehme ich gern an, weitere Umstände möchte ich aber nicht machen. Außerdem kennen wir uns ja gar nicht. Ihr Enkel, Mistress Schneyder, war lediglich so freundlich, mich im Wagen mitzunehmen.«

Norman sah betreten zu Boden, und Elliot interessierte sich plötzlich auffällig für die bunte Blumentapete an der Wand. Ginny ging das Verhalten der Freunde gegen den Strich, daher rief sie: »Das ist eine ganz wunderbare Idee, Mistress Schneyder. Wir Mädchen sind ja auch zusammen in einem Zimmer, und für die zwei Nächte wird das schon gehen.«

»Also abgemacht«, sagte Phoebe Schneyder. »Ich hole nachher gleich die Matratze, ich glaube, es muss noch eine in der Besenkammer sein. Norman, du kannst mir helfen. Jetzt geht aber erst mal auf eure Zimmer. Ich denke, ihr wollt baden, und dann können wir gegen acht essen.«

Ginny wusste, Norman und ihr Cousin waren viel zu sehr Gentlemen, um sich offen dagegen auszusprechen, mit dem Besucher aus Deutschland das Zimmer zu teilen, sah jedoch, wie besonders Norman innerlich brodelte. Seine Großmutter hatte aber recht: Übermorgen würden sie wieder abreisen, und es war schließlich ihre Pflicht als Engländer, einem Ausländer behilflich zu sein, der als Gast in ihr Land kam.

Eine halbe Stunde später lag Hans-Peter in einem nach Wildrosen duftenden Schaumbad. Er hatte die Augen geschlossen und fühlte sich so entspannt wie schon lange nicht mehr. Das warme Wasser spülte die Anstrengungen der letzten Tage fort, und er beschloss, für die Rückfahrt nach Dover den Zug zu nehmen. Wofür hatte er schließlich wochenlang hart gearbeitet? Obwohl es ihn eigentlich nicht nach Hause zog. In den vergangenen Tagen hatte er zwar nur wenig von England gesehen, war aber von der Landschaft mit den saftig grünen Wiesen, auf denen weiße Schafe weideten, den sanft geschwungenen Hügeln und den Tälern, durch die Bäche mit kristallklarem Wasser sprudelten, fasziniert. Wären die Autos nicht auf der falschen Straßenseite gefahren, hätte er in manchen Gegenden den Eindruck gehabt, immer noch auf der Schwäbischen Alb zu sein, so ähnlich waren sich die Landschaften. In den Dörfern und kleinen Ortschaften, durch die er gekommen war, schien die Zeit stehengeblieben zu sein. Solche jahrhundertealten, geduckten Steinhäuser mit Reetdächern fand man in Deutschland nur noch selten. An London war er vorbeigefahren und hatte von der Stadt selbst nichts gesehen. Wahrscheinlich würde er nie wieder nach England kommen, sollte er sich daher nicht ein paar Tage Zeit für die Hauptstadt mit all ihren berühmten Sehenswürdigkeiten nehmen?

Die Tür klappte, und verwundert öffnete Hans-Peter die Augen. Direkt vor der Wanne stand Norman Schneyder. Die Badezimmertür hatte zwar keinen Riegel zum Verschließen, Hans-Peter hatte aber das Schild mit den Worten *No vacancies!* außen aufgehängt.

»Was willst du hier?«, fragte Hans-Peter peinlich berührt und versuchte, mit dem Schaum seine Blöße zu bedecken.

»Keine Sorge, ich schaue dir schon nichts weg«, sagte Norman, sein Blick bohrte sich in Hans-Peters Augen. »Ich möchte dir nur sagen: Lass die Finger von Ginny!«

»Ginny? Ich verstehe nicht …«

Norman nickte grimmig. »Oh, ich glaube, deine Sprachkenntnisse sind gut genug, um meine Worte ganz genau zu verstehen. Glaubst du, ich habe nicht bemerkt, wie du das Mädchen mit Blicken verschlungen hast? Ginny würde sich aber nie mit einem Ausländer einlassen, ganz besonders nicht mit einem Deutschen. Außerdem ist Ginny eine echte Lady. Ihr Taufname lautet Gwendolyn Phyliss Damascina Bentham, und ihre Großmutter ist eine Gräfin.«

»Und du glaubst, das interessiert mich?«, fragte Hans-Peter und gab sich so desinteressiert wie möglich, obwohl er von dieser Nachricht tatsächlich beeindruckt war. In seinem ganzen Leben war er noch nie jemandem von Adel begegnet und hatte immer geglaubt, diese Leute würden sich in Samt und Seide kleiden, Diamantschmuck tragen und sich eingebildet und unnahbar geben. Ginny entsprach jedoch so gar nicht seinen Vorstellungen – im positiven Sinn.

»Und Barbra ist mit meinem Freund und Geschäftspartner Elliot verlobt, wie dir sicher nicht entgangen sein wird«, fuhr Norman fort. »Wenn du auf ein Abenteuer aus bist, dann versuch es von mir aus bei Fiona … Aber noch mal: Hände weg von Ginny!«

»Ich sehe zwar keinen Anlass, mich zu rechtfertigen, wenn du es jedoch genau wissen willst: Zu Hause habe ich eine Freundin. Susi ist sehr hübsch.«

Normans rechte Augenbraue zuckte nach oben.

»Ach? Warum begleitet sie dich nicht zu dem Konzert?«

Hans-Peter antwortete mit einer Spur von Hochnäsigkeit: »Ihrem Vater gehört die größte Brauerei in unserer Gegend und ein Gasthaus, ihr nennt das hier Pub. Im Sommer herrscht Hochbetrieb, da kann sie nicht weg.«

»Na, wenn das so ist.« Hans-Peters Worte schienen Norman überzeugt zu haben. Wohlwollend nickte er und fuhr fort: »Ich wollte nur sichergehen, denn Ginny ist etwas ganz Besonderes. Ich werde nicht zulassen, dass irgendjemand Spielchen mit ihr treibt.«

»Das liegt mir fern«, sagte Hans-Peter, fühlte dabei aber einen unerklärlichen Stich in der Herzgegend. »Eine englische Lady habe ich mir aber immer sehr viel« − er suchte nach den richtigen Worten − »strenger und ernster vorgestellt.«

»Hör zu.« Norman setzte sich auf den Badewannenrand. »Wir haben dich mitgenommen, und ich konnte meiner Grandma nicht widersprechen, dich zwei Nächte hier pennen zu lassen. Am Sonntag verschwindest du aber wieder, damit das klar ist. Deine Susi wird glücklich sein, dich bald wieder in ihre Arme schließen zu können, nicht wahr?«

»Natürlich.« Hans-Peter nickte und hatte das Gefühl, dass das Wasser von einem Moment zum anderen eiskalt geworden war. »Ich möchte mich jetzt gern waschen«, sagte er und deutete zur Tür.

Die Türklinke bereits in der Hand, wandte Norman sich noch mal zu Hans-Peter um.

»Eigentlich bist du gar kein so übler Typ, bedenkt man, dass du Deutscher bist. Trotzdem bin ich froh, wenn das Wochenende vorbei ist.«

Für die normalen Gäste bot Phoebe Schneyder kein Abendessen an. Heute hatte sie es sich aber nicht nehmen lassen, für ihren Enkel und dessen Freunde einen Lammeintopf mit dicken weißen Bohnen und Kartoffeln zu kochen. Zu siebt saßen sie an dem wuchtigen Eichentisch in der gemütlichen Küche, die von dem Feuer in dem noch aus der Vorkriegszeit stammenden Stangenherd gewärmt wurde. Obwohl August, war der Abend wegen des Regenwetters empfindlich kühl.

Hans-Peter fand die dickflüssige und nach Pfefferminz schmeckende Suppe köstlich und sparte auch nicht mit Komplimenten.

»Ach Gott, das ist doch nur ein ganz normales Alltagsessen«, wiegelte Miss Phoebe ab, ihre Wangen nahmen aber eine rosa Färbung an.

Während seiner Reise durch England hatte Hans-Peter sich nur von Sandwiches aus labbrigem Weißbrot, belegt mit blassem und geschmacksneutralem Kochschinken oder Käse, und von Obst ernährt. Der Ruf, das Essen auf der britischen Insel wäre mehr als gewöhnungsbedürftig, hatte alle Vorurteile bestätigt. Dieser Eintopf mundete jedoch ausgezeichnet, und Hans-Peter sagte zu einem Nachschlag nicht nein. Danach spendierte Phoebe den Männern noch ein Bier, die Mädchen tranken Cola. An dem Bier nippte Hans-Peter nur, denn es war lauwarm und ohne Schaum. Kein Vergleich zum Herzog-Bräu.

»Wir gehen morgen so gegen fünf los«, schlug Ginny vor. »Wahrscheinlich müssen wir endlos lange anstehen, bis wir reingelassen werden, und vergesst bloß nicht eure Eintrittskarten.«

Elliot klopfte auf die Brusttasche seiner Jacke und grinste.

»Sicher nicht, diesen Goldschatz habe ich gut verwahrt.«

Unsicher sah Hans-Peter von einem zum anderen, dann fragte er: »Ihr habt alle schon Karten für das Konzert? Wo bekommt man die denn in der Stadt?«

Eine Ahnung beschlich Ginny, und sie sagte fassungslos: »Jetzt sag bloß nicht, dass du noch keine Karte hast, James!«

»Woher sollte ich eine haben?« Hilflos hob Hans-Peter die Hände. »Als ich vor Wochen in einer deutschen Musikzeitschrift die Ankündigung des Konzerts gelesen habe, stand dort nichts darüber, wo man Karten kaufen kann. Ich dachte, man macht das direkt an der Konzertkasse.«

Normans Blick sprach Bände, als er spitz sagte: »Dann hast du Pech gehabt, James. Das Konzert ist seit Wochen ausverkauft. Deine lange Reise war also völlig umsonst.«

Hans-Peter hatte den Eindruck, dass Norman sich auch noch darüber freute. Die Enttäuschung schwappte wie eine eiskalte Welle über ihn hinweg. Sollte wirklich alles umsonst gewesen sein? Die Plackerei auf dem Bau und der Streit mit seinem Stiefvater? Susanne hatte ihn auf diesen Umstand sogar noch hingewiesen, aber er hatte ihre Warnung in den Wind geschlagen.

»Tja, das ist wirklich Pech«, sagte Fiona, und ihr Bedauern war echt.

Nachdenklich rieb Ginny ihre Nasenspitze, dann sagte sie: »Norman, du kennst doch Gott und die Welt in der Stadt. Kannst du nicht versuchen, noch irgendwo eine Eintrittskarte aufzutreiben?«

Norman wollte diesen Vorschlag schon vehement von sich weisen, Ginny sah ihn aber so bittend an, dass er zögerlich nickte. Außerdem tat ihm sein Auftritt im Badezimmer leid. Vielleicht war er wirklich etwas grob zu dem Deutschen gewesen und hatte geglaubt, etwas zu bemerken, was gar nicht real war.

Norman stand auf und schaute aus dem Fenster. »Ich werde es versuchen, zum Glück regnet es nicht mehr. Ich kann aber nichts versprechen.«

Ginny sprang auf und küsste Norman auf die Wange. »Du bist ein Schatz, Norman Schneyder!«

Hans-Peter beobachtete, wie Norman Ginny umschlang und sie fester als nötig an sich drückte. Bei dieser Geste empfand er einen Anflug von Eifersucht.

Was soll das?, schimpfte er innerlich. Sie ist nur freundlich zu dir, und nach dem Konzert wirst du dieses Mädchen niemals wiedersehen.

Die Reise per Anhalter hatte Hans-Peter erschöpft, so schlief er schnell ein, obwohl die Matratze durchgelegen und weich war und die anderen beiden Männer schnarchten, als gelte es, einen ganzen Wald umzusägen. Als er aufwachte, schien die Sonne durchs Fenster, und er war allein. Es war fast zehn Uhr, Norman und Elliot mussten sich leise davongestohlen haben, um ihn nicht zu wecken. Er wusch sich, zog sich an und ging hinunter. Phoebe Schneyder begrüßte ihn mit einem fröhlichen »Guten Morgen« und sagte: »Du hast bestimmt Hunger? Die Frühstückszeit ist zwar vorbei, auf dem Herd steht aber eine Kanne Tee, und ich kann dir schnell ein Sandwich machen.«

»Das ist sehr freundlich von Ihnen, Mistress Schneyder, ich möchte Ihnen jedoch keine Umstände bereiten.«

»Ach was.« Sie winkte ab. »Wenn die anderen dich schon nicht geweckt haben, ist das das mindeste. Mein Enkel meinte, wir sollten dich ausschlafen lassen.«

»Wo sind denn alle?«, fragte Hans-Peter.

»Runter zum Strand, und die Mädchen sind einkaufen gegangen.«

»Am Sonntag?«, fragte Hans-Peter überrascht. »Da haben die Geschäfte doch geschlossen.«

»Nein, warum sollten sie?«, entgegnete Phoebe erstaunt. »Ist das bei euch in Deutschland etwa so?«

Hans-Peter nickte. Er war enttäuscht, nicht aufgefordert worden zu sein, die Clique zu begleiten. Die fünf waren jedoch nicht seine Freunde, sie hatten ihm lediglich einen Gefallen getan. Morgen würden sich ihre Wege für immer trennen.

»Ach ja, ich soll dir von Norman ausrichten, er konnte in der ganzen Stadt keine Eintrittskarten für das Konzert mehr auftreiben.« Voller Mitgefühl sah Phoebe ihn an. »Das tut mir wirklich leid, Junge, ich fürchte, der weite Weg war umsonst.«

In Hans-Peter tobten Wut und Enttäuschung. Wut auf sich selbst. Wie hatte er nur derart blauäugig sein können, anzunehmen, eine Band wie die Beatles mit den lokalen Gruppen, die hin und wieder nach Stuttgart kamen, gleichzusetzen. Bei den dortigen Beatschuppen konnte man einfach hingehen und den Eintritt an der Tür bezahlen. Am liebsten hätte er sich sofort wieder auf den Rückweg gemacht. Das hämische Grinsen Kleinschmidts mochte er sich gar nicht vorstellen, wenn dieser erfuhr, welche Schlappe Hans-Peter in England erlebt hatte. Am besten, er erzählte ihm und auch den anderen nichts davon. Er würde schwindeln, dass das Konzert grandios gewesen war. Obwohl Hans-Peter Lügen verabscheute, erschien das im Moment die einzige Möglichkeit, sich zu Hause nicht bis auf die Knochen zu blamieren.

»Und von Ginny soll ich dir ausrichten, du sollst heute Nachmittag hier auf sie warten«, fuhr Phoebe fort.

»Ist gut.«

Er schob die Tasse zur Seite und stand hastig auf. Er hatte das dringende Bedürfnis nach frischer Luft.

Nach dem gestrigen Dauerregen war der Himmel heute klar und blau. Ungeachtet der kühlen Temperaturen und eines starken Windes war der Strand voller Menschen. Kinder und Erwachsene tummelten sich im Wasser, das in sanften Wellen auf den Kiesstrand schwappte. Der Strand und die Promenade zogen sich kilometerweit an der Küste entlang – von Lytham Saints Annes im Süden bis Fleetwood im Norden. Hans-Peter schritt zügig aus. Auf der Höhe des Piers zog er Schuhe und Strümpfe aus, krempelte seine Hose hoch und watete ins Wasser. Verflixt, war das kalt! Schnell wich Hans-Peter zurück, als die nächste Welle nach seinen Füßen leckte. Er wunderte sich, wie die Leute bei diesen Temperaturen fröhlich lachend im Meer schwammen, ohne blau anzulaufen. Offenbar waren die Engländer abgehärtet. Die meisten Familien hatten Picknickkörbe dabei, saßen auf Wolldecken, aßen und tranken; Kinder spielten Ball oder suchten mit Plastikschaufeln nach Muscheln und kleinen Krabben, die sie in Plastikeimer warfen.

Hans-Peter verließ den Strand und schlenderte durch die Stadt. Auch hier kam er aus dem Staunen nicht mehr heraus. Nicht nur, dass alle Ladengeschäfte geöffnet waren, er hatte auch nie zuvor eine so große Anzahl von Spielsalons, Restaurants und Bars gesehen. Jetzt, zur Mittagszeit, waren alle Tische besetzt, und auch in den Spielhallen herrschte dichtes Gedränge. Ansonsten war Blackpool eine wenig ansprechende Stadt.

Der Verputz an den zwei- oder dreistöckigen Häusern bröckelte, schwarze, teilweise aufgeplatzte Müllsäcke stapelten sich in den Hauseingängen und in ungepflegten Hinterhöfen, zum Teil wuchs auf den Gehsteigen Moos, und überall roch es penetrant nach Fisch und ranzigem Öl. Hans-Peter widerstand der Versuchung, das englische Nationalgericht Fish & Chips zu probieren, denn die Selbstbedienungsrestaurants sahen mit ihren schmutzigen Fensterscheiben und den fettverschmierten Theken wenig einladend aus.

Er bog um eine Straßenecke, und vor ihm öffnete sich ein großer Platz mit einem modernen, hohen Gebäude aus grauem Beton. Auf dem Platz drängten sich Menschen, Hans-Peter schätzte, dass es mindestens zweihundert, eher noch mehr sein mussten. Meterhohe bunte Plakate zierten die Fassade des Hauses. Hans-Peters Herz schlug schneller. Das war das ABC-Theater, in dem die Beatles in wenigen Stunden auftreten würden! Zahlreiche Leute hielten Schilder hoch, mit denen sie nach Eintrittskarten suchten. Er kämpfte sich durch die Menge, musste immer wieder die Frage, ob er eine Karte zu verkaufen habe, ablehnend beantworten, und gelangte zum Haupteingang des Theaters. Dieser war verschlossen, und das Plakat mit der Aufschrift *Sold out* machte unmissverständlich klar, dass Norman und die anderen nicht übertrieben hatten. Und all die jungen Frauen und Männer hier warteten darauf, dass ein Wunder geschehen und sie doch noch ins Theater hineinkommen würden.

Am liebsten hätte Hans-Peter laut geflucht, um seiner Wut Luft zu machen. Das würde an der Situation jedoch nichts ändern.

Die fünf Freunde waren bereits in der Pension, als Hans-Peter zurückkehrte. Alle hatten sich in Schale geworfen: Norman und Elliot trugen dunkle Anzüge, weiße Hemden und schmale, schwarze Krawatten; die Mädchen enge, knielange Röcke, weiße Blusen, Pumps mit hohen Absätzen, und sie hatten ihre Augen mit einem Lidstrich und mit Wimperntusche betont. Barbra hatte Ginny geholfen, die Haare zu toupieren, so dass deren Frisur aussah wie ein umgestülpter Bienenkorb.

Hans-Peter schluckte trocken, dann stieß er hervor: »Ich wünsche euch viel Spaß. Ihr könnt mir dann erzählen, wie es war.«

»Du kommst mit«, erwiderte Ginny mit einem verschmitzten Lächeln. »Bist du fertig?«

»Was hast du vor?«, fragte Norman. »Es sind keine Karten mehr zu haben.«

»Ich hab eine Idee«, meinte Ginny. »Wenn alles klappt, wird James das Konzert auch erleben können. Lasst mich nur machen.«

Obwohl Hans-Peter nicht die geringste Vorstellung hatte, was Ginny plante, zog er sich rasch um und folgte den Freunden in die Stadt.

5

Zwei Stunden vor Konzertbeginn herrschte rund um das ABC-Theater eine Stimmung wie auf einem Jahrmarkt, sogar die Zufahrtsstraßen waren alle verstopft. Mädchen und junge Frauen kreischten und riefen in Chören die Vornamen der Musiker, obwohl die Band erst unmittelbar vor dem Konzert das Theater erreichen und durch den Hintereingang hineingeführt werden würde. Dutzende untergehakter Bobbys mit unbeweglichen Mienen drängten die Menschen zurück und bildeten eine Gasse, über der auf einem Schild in großen Buchstaben stand: *Tickets Holder only*.

An den Eingangstüren kontrollierten uniformierte Wachleute aufmerksam jede Eintrittskarte. Als sie nur noch wenige Meter von einem der Kontrolleure entfernt waren, sagte Ginny:

»Barbra, Elliot, gebt mir eure Ringe.«

»Wie bitte?«

»Ich brauche eure Verlobungsringe«, wiederholte Ginny ungeduldig. »Macht schnell, und keine Sorge, ihr bekommt sie nachher wieder zurück.«

»Ich verstehe nicht ...«

»Macht schon!«, drängte Ginny. »Und vertraut mir.«

Zögernd streifte Elliot seinen Ring ab und gab ihn Ginny, Barbra tat es ihm gleich. Ginny nahm Hans-Peters rechte Hand und steckte ihm Elliots Ring an, der ihm mindestens zwei Nummern zu groß war. Sie selbst streifte sich Barbras Ring über und raunte Hans-Peter zu: »Du sagst kein Wort, ja? Es darf niemand merken, dass du Ausländer bist.«

»Was ...?«, fragte Hans-Peter, aber Ginny gebot ihm zu schweigen.

Als sie an der Reihe waren, zeigte Ginny dem Wachmann ihre Eintrittskarte. Er studierte sie ausgiebig, riss eine Ecke ab und wandte sich Hans-Peter zu. Ginny sagte schnell: »Leider ist mit der Karte meines Verlobten ein kleines Missgeschick geschehen.«

»Soso, Ihr Verlobter hat also keine Karte.« Der Wachmann wirkte genervt, wahrscheinlich hatte er ähnliche Geschichten heute schon oft zu hören bekommen. »Wenn er überhaupt Ihr Verlobter ist, Miss.«

Ginny hob ihre rechte Hand und streckte sie dem Mann entgegen. Hans-Peter tat es ihr gleich. Mit dem Daumen hielt er den Ring an der Innenseite fest, damit er ihm nicht vom Finger rutschte.

Ginny lächelte, klimperte mit ihren langen getuschten Wimpern und erwiderte: »Meine Eltern würden niemals erlauben, ohne männlichen Schutz eine solche Veranstaltung zu besuchen, Sir. Gestern hat es aber so sehr geregnet, Sie werden sich bestimmt daran erinnern, nicht wahr?«

Unwillig runzelte der Wachmann die Stirn und blaffte unfreundlich: »Ich bin nicht senil, Miss, aber was hat das Wetter mit der Eintrittskarte zu tun? Können Sie jetzt eine vorzeigen oder nicht? Wenn nein, dann muss ich Sie bitten, den Weg frei zu machen und mich nicht länger von meiner Arbeit abzuhalten.«

»Das möchte ich Ihnen gerade erklären«, fuhr Ginny ruhig fort. »Mein Verlobter und ich waren spazieren, als wir in einen besonders heftigen Schauer gerieten. Da ich keinen Mantel trug, gab er mir sein Jackett. Er ist nämlich ein richtiger Gentleman, müssen Sie wissen, Sir, obwohl er selbst völlig nass geworden ist. Auf jeden Fall bin ich über den Rinnstein gestolpert.« Sie kicherte und deutete auf ihre Schuhe. »Kein Wunder mit diesen Absätzen. Ich stürzte also, und das Jackett meines Verlobten fiel dabei in eine große und tiefe Pfütze.«

»Miss, das tut mir zwar leid, ich muss Sie aber nun wirklich bitten ...«, unterbrach der Wachmann sie scharf, und Ginny fuhr schnell fort: »Unsere Wirtin meinte es gut, als sie gestern Abend die Jacke gleich in die Waschmaschine steckte, jedoch ohne meinem Verlobten etwas davon zu sagen. Sie hoffte, das Jackett noch retten zu können. Leider war die Eintrittskarte meines Verlobten in der Innentasche, und jetzt« – sie sah den Wachmann entschuldigend an –, »die Karte ist jedenfalls hin.«

Der Wachmann stutzte einen Moment, dann prustete er laut los. Es war kein freudiges Lachen, und er knurrte: »Das ist die dümmste Geschichte, die ich jemals gehört habe, und glauben Sie mir, Miss, es wurde schon oft versucht, mir einen Bären aufzubinden.«

Unbehaglich trat Hans-Peter von einem Bein auf das andere. Er fühlte sich alles andere als wohl in seiner Haut und wäre am liebsten schnell verschwunden. Vorsichtig zupfte er Ginny an der Jacke, diese griff jedoch in ihre Handtasche, nahm einen gefalteten Zettel heraus und reichte diesen dem Wachmann.

»Ich weiß, das klingt nicht sehr glaubwürdig, daher bat ich unsere Wirtin, ihr Missgeschick zu bestätigen. Sie ist zutiefst betrübt, ich konnte sie kaum trösten, und sie möchte nicht, dass mein Verlobter wegen ihrer dummen Eigenmächtigkeit nun auf das Konzert verzichten muss.«

Hans-Peter befürchtete, der Wachmann würde den Zettel ungelesen zerreißen. Wahrscheinlich war es Ginnys gewählter Ausdrucksweise zu verdanken, die dem Mann zeigte, dass er eine junge Frau aus gutem Haus vor sich hatte, dass er den Zettel tatsächlich auffaltete und die wenigen Zeilen las.

»Sie logieren bei Mistress Phoebe Schneyder in der Lord Street?«, fragte er nun deutlich freundlicher. »Miss Phoebe ist mir gut bekannt, ich wohne nur einen Häuserblock weiter und trinke hin und wieder Tee bei ihr. Wenn das so ist ...« Er zögerte, gab sich dann aber einen Ruck und trat zur Seite. »Rein mit euch, aber erzählt das bloß keinem meiner Kollegen.«

Perplex stolperte Hans-Peter an Ginnys Hand in das Foyer des Theaters. Er konnte es noch gar nicht richtig begreifen, dass Ginny mit ihrer hanebüchenen Geschichte tatsächlich durchgekommen war.

Die anderen warteten am Fuß der Treppe, die zum Konzertsaal hinaufführte. Ginny und Hans-Peter gaben die Verlobungsringe zurück, und Ginny schilderte in knappen Sätzen, wie es ihr gelungen war, den Wachmann auszutricksen.

»Deine Großmutter ist aber auch eine Wucht«, sagte sie zu Norman. »Sie war sofort bereit, diesen Zettel zu schreiben, und wir hatten unverschämtes Glück, dass der Wachmann ausgerechnet ein Nachbar von ihr ist.«

Hans-Peter bemerkte, dass Norman ihn unwillig, beinahe schon wütend von der Seite musterte. Norman schien sich zu fragen, warum Ginny eine Lüge erzählt hatte, und auch er selbst wunderte sich, warum das Mädchen sich derart für ihn einsetzte. Es hätte Ginny gleichgültig sein können, ob er das Konzert erlebte oder nicht. Mochte sie ihn vielleicht? Bei dieser Vorstellung wurde es Hans-Peter flau im Magen. Verflixt aber auch! Er hatte Ginny gestern zum ersten Mal gesehen, hatte aber das Gefühl, das Mädchen seit einer Ewigkeit zu kennen.

Der Raum war groß und hoch und schummerig beleuchtet. Im Parkett vor der breiten Bühne gab es zwar eine Bestuhlung, aber alle drängten sich vor der Bühne, vor allem junge Frauen, die ihren Idolen so nahe wie möglich sein wollten.

»Ich glaube, unsere Platzreservierungen können wir vergessen«, bemerkte Elliot trocken. »Wenn wir etwas sehen wollen, müssen wir uns wohl oder übel in das Getümmel stürzen.«

Die sechs kämpften sich so weit nach vorn wie möglich, und nicht nur Ginny trat ungeduldig von einem Fuß auf den anderen. Auch hier riefen die Leute nach den Musikern, immer wieder bildeten sich Chöre, die die Songs der Band sangen. Eine kleine Ewigkeit schien zu vergehen, bis das Licht endlich gelöscht wurde. Ein Mann in einem dunklen Anzug mit Krawatte betrat die Bühne und ging zu einem der Mikrofone. Mit einem Schlag wurde es im Saal so still, dass man eine Stecknadel hätte zu Boden fallen hören können.

»Ladys und Gentlemen ...«

Weiter kam er nicht, denn ein zweiter Mann betrat nun die Bühne. Er trug das Kostüm einer weiblichen Polizistin und eine blonde Perücke unter einer lächerlichen Kappe. Er und der erste Sprecher wechselten ein paar Sätze, deren Inhalt vermutlich lustig war, da das Publikum lachte. Beide Männer sprachen aber so schnell und undeutlich, dass Hans-Peter kein Wort verstand. Dann erschien plötzlich ein dritter, sehr großer und kräftiger Mann, ebenfalls als Frau verkleidet und mit einer überdimensional ausgestopften Brust, nahm kommentarlos und mühelos den Mann in dem dunklen Anzug auf die Arme und trug ihn von der Bühne herab, was erneut von brüllendem Gelächter und frenetischem Applaus des Publikums begleitet wurde.

Der auf der Bühne verbliebene Mann machte eine weitausholende Geste und brüllte: »Nun, hier sind sie, Ladys und Gentlemen – die phantastischen Beatles!«

Der Vorhang öffnete sich, und die ersten Takte von *I feel fine* dröhnten durch den Saal, der sich im Nu in einen Hexenkessel verwandelte. Das hysterische Kreischen der Mädchen war derart laut, dass die Stimmen der Musiker kaum zu vernehmen waren, trotz der Verstärker. Manche Mädchen rissen sich sogar Haare aus, und die Sicherheitskräfte hatten große Mühe, die begeisterten Fans von der Bühne fernzuhalten.

Nachdem das erste Stück zu Ende und der Applaus verklungen war, rief Paul ins Mikrofon: »Danke vielmals, Ladys und Gentlemen. Wir fahren fort mit der B-Seite unserer aktuellen Single: *I'm down*.«

Vereinzelte Stimmen riefen: »Paul, Paul«, und Paul McCartney stimmte mit seiner markanten Stimme diesen Hit an.

Hans-Peter vergaß Raum und Zeit. Er fühlte sich wie in einer anderen Welt, weit weg von allen Sorgen und Problemen. Er zwickte sich in den Unterarm, um zu prüfen, ob das alles wirklich real war und er sich nicht nur in einem wundervollen Traum befand. Nur wenige Meter von ihm entfernt standen wirklich und leibhaftig die Männer, deren Musik ihn seit zwei Jahren überallhin begleitete. Paul, John, George und Ringo sahen genauso aus, wie er sie in Zeitschriften und im Fernsehen gesehen hatte. Hans-Peter wünschte sich, die Jungs würden ewig weiterspielen und singen, so dass er niemals aus diesem Traum aufwachen müsste.

Nach *Ticket to ride* trat George Harrison vors Mikrofon: »Wir machen jetzt etwas, das wir noch nie zuvor gemacht haben. Es ist ein Lied von unserer neuen Langspielplatte. Es heißt *Yesterday*, und Paul aus Liverpool singt allein.«

Da das neue Album in Deutschland noch nicht erschienen war, war dieses Stück Hans-Peter unbekannt. Aber auch die meisten anderen schienen es zum ersten Mal zu hören. *Yesterday* war eine gefühlvolle Ballade, und das Kreischen der Mädchen verstummte beinahe. Obwohl Paul McCartney mit seiner Gitarre allein auf der großen Bühne stand, war er derart präsent, dass er den ganzen Raum ausfüllte. Aus den Augenwinkeln sah Hans-Peter, wie Norman seinen Arm um Ginnys Schultern legte, sich das Mädchen an ihn schmiegte und verträumt die Augen schloss. Er schluckte trocken und schaute schnell wieder zur Bühne.

Nachdem der letzte Akkord verklungen war, sprangen die drei anderen Musiker erneut auf die Bühne. Mit einem riesigen Blumenstrauß ging John Lennon auf Paul zu, reichte ihm aber nicht die Blumen, sondern eine lange, schmale Hartwurst, was erneutes Gelächter hervorrief. Dann fuhren die Beatles mit ihrem Hit *Help* fort.

Für die Zeit des restlichen Konzerts fühlte sich Hans-Peter aus seinem Traum gerissen. Nun verstand er auch, warum Norman ihm geraten, fast schon gedroht hatte, die Finger von Ginny zu lassen. Er und das Mädchen, das aus einer guten englischen Adelsfamilie stammte, waren ein Paar. Hans-Peter hätte es nicht vermutet, denn seiner Meinung nach passte der eher derbe Norman Schneyder nicht zu der zierlichen Ginny. Er dachte an Susanne Herzog. Beinahe schämte er sich dafür, sie als seine Freundin ausgegeben zu haben. Das hatte Sanne nicht verdient, sie würde es aber nie erfahren. Die kleine Lüge hatte ihn davor bewahrt, sein Interesse an Ginny allzu deutlich werden zu lassen. Morgen würde er seine Sachen packen und sich wieder auf den Weg nach Deutschland machen. Für den Rest seines Lebens aber würde er sich nicht nur an das großartige Konzert, sondern auch an ein Paar goldgesprenkelte grüne Augen und an jede Menge Sommersprossen erinnern.

Zu Hans-Peters Überraschung forderten Elliot und Norman ihn nach dem Konzert auf, sie noch in eine Bar zu begleiten.

»Sorry, Girls, ihr geht jetzt schlafen«, sagte Elliot und hauchte Barbra einen Kuss auf die Lippen, »aber wir Männer brauchen einen würdigen Abschluss des Abends.«

Eingehakt schlenderten Ginny, Barbra und Fiona in die Pension in der Lord Street. Phoebe Schneyder war noch wach und hatte auf sie gewartet. Rasch bereitete sie für alle heißen Kakao zu, freute sich, zu hören, dass ihr kleiner Trick funktioniert hatte, und wollte von den Mädchen jede Einzelheit über das Konzert wissen. Die drei redeten wild durcheinander, denn jede hatte den Auftritt der Beatles anders empfunden, aber in einem waren sie sich einig: Einen derart großartigen Abend hatte keine von ihnen je zuvor erlebt.

Es war schon nach Mitternacht, als sie zu Bett gingen. Die jungen Männer waren noch nicht wieder zurück, aber Barbra war weit davon entfernt, eifersüchtig zu sein. Sie wusste, dass Elliot sie liebte, und sie vertraute ihm. Die drei Mädchen waren jedoch zu aufgewühlt, um schlafen zu können, und saßen in ihren Pyjamas auf den Betten. Barbra lackierte ihre Fußnägel in einem grellen Rot, Fiona blickte in einen Handspiegel und drückte an einem Pickel an ihrem Kinn herum.

»Was wollen wir in London unternehmen?«, fragte Barbra.

»Zu Harrods, Selfridges oder in die Carnaby Street? Für den Herbst brauche ich dringend ein neues Kostüm, und Daddy zeigt sich spendabel.«

»Solltest du dich nicht langsam um dein Hochzeitskleid kümmern?«, fragte Fiona. »Wann ist es denn endlich so weit?«

Barbra winkte ab. »Nicht mehr in diesem Jahr. Meine Eltern wollen anlässlich der Hochzeit ihrer einzigen Tochter eine richtig große, schicke Gartenparty ausrichten. Da bietet sich der nächste Sommer an.«

»Na, vielleicht überlegst du es dir ja auch noch mal«, erwiderte Fiona. »Ich meine, du bist erst zweiundzwanzig und solltest dein Leben noch ein paar Jahre genießen, bevor du dir das Joch der Ehe auferlegen lässt.«

»Man kann auch als Ehefrau seinen Spaß haben«, erwiderte Barbra. »Ich liebe Elliot, und er liebt mich. Mit dem Autohandel hat er ein gutes Auskommen, und meine Eltern lassen eine ansehnliche Mitgift springen. Es ist nicht jede so wie du, Fiona, die es sich in den Kopf gesetzt hat, als ehelose alte Jungfer durchs Leben zu gehen.«

Fiona lachte schallend. »Darum brauchst du dich nicht zu sorgen, meine Liebe. Um deine Worte zu wiederholen: Man braucht nicht verheiratet zu sein, um Sex zu haben.«

Barbras Augen weiteten sich erstaunt, ihre Hand mit dem Nagellackpinsel verharrte in der Luft.

»Hast du etwa mit einem Mann geschlafen?« Erwartungsvoll rückte sie näher an Fiona heran. »Wie war es?«

»Vielleicht nicht ganz so aufregend, wie man hinter vorgehaltener Hand tuschelt, aber ich denke, mit jedem weiteren Mal wird es besser. Deiner Frage entnehme ich, dass ihr, du und Elliot, es noch nicht getan habt?«

Barbra schüttelte den Kopf. »Noch nicht so richtig. Elliot möchte nicht, dass ich in Schwierigkeiten gerate, bevor wir verheiratet sind.«

»Sieh an, ein richtiger Gentleman«, spöttelte Fiona. »Er könnte sich darum kümmern, dass nichts passiert. Wieso schiebt man den Schwarzen Peter immer uns Frauen zu? Die Männer haben schließlich den meisten Spaß, und wir laufen dann mit einem dicken Bauch herum.«

Erst jetzt fiel den beiden auf, dass Ginny sich an der Unterhaltung nicht beteiligte. Die Freundin hatte ihre Arme um die angezogenen Knie geschlungen und schien in Gedanken weit weg zu sein.

Fiona stupste sie an. »Hey, bist du noch bei uns?«

»Wie? Was?« Wie aus einem Traum schreckte Ginny hoch und strich sich eine Haarsträhne aus der Stirn. »Ich habe gerade nachgedacht.«

»Das war nicht zu übersehen. Was beschäftigt deinen hübschen Kopf denn so sehr?«, fragte Barbra und wackelte mit den Zehen, damit der Nagellack schneller trocknete.

»Wir könnten James fragen, ob er mit uns nach London fahren will.«

»Was?«, riefen Fiona und Barbra gleichzeitig, und Barbra fügte hinzu: »Warum sollten wir das tun?«

Ginny zuckte mit den Schultern. »Er muss zur Fähre nach Dover, da liegt London auf dem Weg. Da wir ohnehin in diese Richtung fahren, muss er nicht wieder trampen.«

Fiona setzte sich neben die Freundin, legte den Arm um sie und runzelte die Stirn. »Du hast dich hoffentlich nicht in ihn verknallt?«

Ginny zuckte zusammen, ihr Lächeln wirkte gezwungen, als

sie leise antwortete: »Ich mag ihn einfach. Er ist irgendwie anders als die Jungs, die ich kenne.«

»Er ist ein Deutscher.« Fionas Stimme hatte einen ungewöhnlich harten Unterton. »Selbst wenn er dich auch mag, was keinesfalls sicher ist, hat das mit euch keinen Sinn. Denk nur mal an deine Großmutter.«

»Der Krieg ist seit über zwanzig Jahren vorbei.« Ginny erhob ihre Stimme und sah die Freundinnen herausfordernd an. »Was hat die Nationalität eines Menschen mit seinem Charakter zu tun? Gut, seine Vorfahren haben Mist gebaut, einen verdammt großen Mist sogar, James war aber damals noch ein Baby. Wir sollten aufhören, alle Deutschen in Sippenhaft zu nehmen, und einen neuen Anfang wagen.«

»Hey, Mädchen, so kämpferisch kenne ich dich gar nicht.« Fiona nickte anerkennend. »Ich bin aber durchaus deiner Meinung. Ist es nicht gleichgültig, aus welchem Land jemand kommt und zu welchem Gott er betet? Hauptsache, er benimmt sich anständig. Unter den Engländern gibt es auch mehr als genug Idioten.«

»Trotzdem würde ich mich auf nichts einlassen«, sagte Barbra ernst. »Gerade in der Situation deines Vaters ...« Sie verstummte und presste eine Hand auf ihre Lippen.

»Was willst du damit sagen? Was hat mein Vater damit zu tun? Ich bin sicher, er würde jeden Mann, den ich liebe und der gut zu mir ist, begrüßen und mir keine Steine in den Weg legen.«

Unruhig rutschte Barbra auf dem Laken herum und erklärte: »Elliot hat da mal so etwas gesagt, ich weiß aber nicht, ob es stimmt, und er hat gemeint, ich solle bloß nicht darüber sprechen. Auf jeden Fall solltest du mit deinem Vater und deiner Grandma reden, was Deutsche angeht und so.«

Es klopfte an die Tür, was Ginny von einer weiteren Frage abhielt. Die Männer waren zurückgekehrt.

»Nur einen Gutenachtkuss«, bettelte Elliot, als Barbra ihn anwies, ins Bett zu gehen.

»Aber nur einen, ihr seid ja betrunken.«

»Nein, nur etwas angeheitert, meine Schöne.«

Durch den Türspalt hauchte Barbra ihrem Verlobten einen Kuss auf die Lippen und wollte die Tür gerade wieder schließen, als sich Ginny dazwischendrängte.

»James, wenn du willst, können wir dich morgen nach London mitnehmen.«

Sein Blick war nicht weniger überrascht als der von Elliot und Norman, während Ginnys Herz heftig klopfte.

»Ich denke, darüber sprechen wir, wenn wir ausgeschlafen haben«, ergriff Norman das Wort, und Barbra schloss die Tür, lehnte sich dagegen und musterte Ginny.

»Dich scheint es wirklich erwischt zu haben.« Ihrem Gesichtsausdruck war nicht anzusehen, ob sie das gut oder schlecht fand. »Ich kann nur hoffen, dass er dir nicht das Herz bricht und alles in einer großen Katastrophe und in Tränen endet.«

6

London! Buntes, quirliges, hektisches London, Schmelztiegel der Hautfarben, Religionen und Nationen, Zentrum der Beatclubs und der europäischen Mode, Konglomerat unterschiedlicher Welten, die auf den ersten Blick nicht zusammenpassen wollten und doch miteinander harmonierten. Geschäftige Straßen, auf denen der Staub dieses Sommers lag, und Smog, der wie eine Dunstglocke über der Stadt hing; aber auch weite, ehrwürdige Plätze mit mächtigen Platanen, weitläufige, grüne Parkanlagen mit azurblauen Seen, die Lärm und Hektik ausschlossen, und jahrhundertealte Festungen, Kirchen und Prachtbauten, in denen das Rad der Zeit stillzustehen schien. Menschen eilten durch die Straßen, und trotzdem gab es kein unangenehmes Gedränge, weil jeder Rücksicht auf den anderen nahm. In dunkle Nadelstreifenanzüge gekleidete Männer mit Westen, Melonen auf den Köpfen – »Bowler heißen diese Hüte«, erklärte Ginny – und Stockregenschirmen in die Armbeugen gehängt, auch wenn sich nicht eine Wolke am stahlblauen Himmel zeigte. Rote Doppeldeckerbusse schoben sich durch die Straßen, von deren erstem Stock aus man eine wunderbare Aussicht hatte. Und unter der Stadt brachte die Untergrundbahn, die *Tube*, die Menschen in halsbrecherischer Geschwindigkeit von einem Ort zum anderen. All diese Eindrücke prasselten auf Hans-Peter ein, und er wusste nicht, wohin er zuerst gehen, was er sich zuerst ansehen sollte.

»Ich zeige dir die Stadt«, hatte Ginny gesagt. Während Barbra die zahlreichen großen Warenhäuser und Boutiquen aufsuchte und niemand so genau wusste, womit Fiona sich die Zeit vertrieb, entpuppte sich Ginny als begeisterte Fremdenführerin. Zu jedem Gebäude, zu jedem Monument, ja, fast zu jeder Straße erzählte sie interessante und aufregende Geschichten und wurde nicht müde, Hans-Peter all die Schönheiten der Stadt, die sie liebte, zu zeigen. Im Tower of London, seit Jahrhunderten das Bollwerk der englischen Nation, fühlte sich Hans-Peter klein und unbedeutend. Er lauschte dem Schlag von Big Ben, einer riesigen Glocke, die dem Turm seinen Namen gab, und stand in der Westminster Abbey ehrfurchtsvoll vor den Gräbern Dutzender von Königen und Königinnen. Die meisten Namen sagten ihm nichts, und er wusste auch nicht, was diese Frauen und Männer bewirkt hatten. In der Schule hatte er nichts über die englische Geschichte gelernt, und er beschloss, sich Bücher auszuleihen, um diese Bildungslücke so schnell wie möglich zu schließen.

Die Abende verbrachten sie in dunklen, von Zigarettenqualm geschwängerten Kellerclubs und Bars, in denen junge Männer und Frauen in einer Art und Weise musizierten und tanzten, die in Deutschland unvorstellbar gewesen wäre. Zumindest in der ländlichen Beschaulichkeit der Schwäbischen Alb, aber auch in den Stuttgarter Clubs suchte man vergeblich nach dieser einmaligen Mischung aus Jazz, Rock 'n' Roll und Blues. Es schien, als wäre London bereits in die Zukunft katapultiert worden. Hans-Peter spürte, dass sich diese Stadt im Aufbruch in eine Zeit befand, die die ganze Welt nachhaltig verändern würde. Und er war ein Teil davon!

»Möchtest du nicht lieber mit deinen Freundinnen einkaufen

gehen?«, fragte er, gleichzeitig hegte er jedoch die Hoffnung, Ginny möge seine Frage verneinen, denn jeder Moment mit ihr war für ihn kostbarer als all das Gold und die Diamanten der Kronjuwelen.

»Nach London kann ich fahren, wann immer ich will«, antwortete sie. »Du bist aber nur ein Mal hier und sollst England und besonders London in allerbester Erinnerung behalten und die Zeit hier niemals vergessen.«

Er sah ihr in die Augen und sagte sehr leise: »Niemals werde ich auch nur eine Minute vergessen. Das hat aber weniger mit dem Tower und dem Buckingham-Palast zu tun.«

Schnell wandte Ginny den Blick ab und erwiderte betont burschikos: »Was ist? Bist du noch fit genug, hier raufzusteigen? Von oben hat man einen tollen Blick über die Stadt.«

Sie standen vor dem Monument in der Londoner City, das zur Erinnerung an den verheerendsten Brand, den die Stadt jemals erleben musste, im Jahr 1666 errichtet worden war. Damals waren vier Fünftel der Stadt ein Raub der Flammen geworden. Der Brand hatte aber auch ein Gutes gehabt: Er beendete die Pestepidemie, die in den Jahren zuvor Tausende von Todesopfern gefordert hatte. Nach den Plänen des Architekten Sir Christopher Wren war eine neue Stadt mit breiten Straßen und eleganten Prachtbauten entstanden.

Hans-Peter grinste und setzte seinen Fuß auf die unterste der insgesamt 311 Stufen.

»Wer zuerst oben ist, hat gewonnen!«

Zwei Stufen auf einmal nehmend, hastete er hinauf, Ginny dicht hinter sich.

Nachdem sie ihn gefragt hatte, ob er sie nach London begleiten und dort ein paar Tage verbringen wolle, hatte Hans-Peter erst gezögert. Er hatte seiner Mutter versprochen, Ende der Woche zurückzukehren, außerdem zeigte Norman Schneyder seinen Unwillen über Ginnys Einladung nur allzu deutlich. Hans-Peters Verstand sagte ihm, er solle das Mädchen so schnell wie möglich verlassen und sie vergessen, sein Gefühl jedoch sprach eine andere Sprache. Mit jedem Moment, den er mit Ginny verbrachte, erschien es ihm mehr so, als wäre sie schon immer ein Bestandteil seines Lebens gewesen. Sie gehörte offensichtlich zu Norman, und er selbst ... Ja, zu wem gehörte er? Zu Susanne, meldete sich sein Verstand. Susanne Herzog war bodenständig und aus seinem Umfeld. Er zweifelte nicht daran, dass Susanne ihm bereitwillig in die Stadt folgen würde, wo er als Anwalt arbeiten wollte. Susanne war dazu erzogen worden, ihrem Mann eine gute Ehefrau zu sein. Sie würde ihm ein schönes Heim bereiten, und sie war es gewohnt, Gäste zu empfangen und zu bewirten. Es war Schwachsinn, auch nur einen Moment länger als notwendig in Ginnys Nähe zu verbringen und sich Hoffnungen hinzugeben, die sich niemals erfüllen konnten.

Trotz aller Bedenken schloss sich Hans-Peter der Clique an und war mehr als überrascht, als er erfuhr, dass sie alle im Haus von Elliots Eltern wohnen würden.

»Das kommt nicht in Frage«, hatte Hans-Peter protestiert, Elliot hatte seinen Einwand aber mit einer Handbewegung beiseitegewischt.

»Das Haus ist groß genug, und meine Mutter ist froh, wenn Leben in der Bude ist.«

Alicia Earthwell, die ältere Schwester von Ginnys Mutter, war in Hans-Peters Augen eine absolut mondäne Erscheinung. Das platinblonde Haar hochtoupiert, die grauen Augen dunkel umrandet, die Fingernägel rot lackiert und mit einer Figur, der man weder ansah, dass sie ein Kind bekommen, noch, dass sie die vierzig bereits überschritten hatte. Alicia war eine überaus elegante und schöne Frau.

»Elliots und Ginnys Freunde sind auch unsere Freunde«, sagte sie zur Begrüßung und musterte Hans-Peter freundlich. »Du kommst aus Deutschland?« Er nickte beklommen, und Alicia fuhr fort: »Vielleicht haben wir die Gelegenheit, darüber zu plaudern, warum euer Land geteilt ist. Heute jedoch wollen wir uns nicht mit Problemen belasten. Ich freue mich, dass ihr hier seid.«

Ihr Ehemann Henry, Direktor einer alteingesessenen Privatbank in der Nähe der St.-Paul's-Kathedrale, wirkte mit seiner großen und kräftigen Gestalt in dem perfekt geschneiderten Maßanzug auf den ersten Blick etwas streng und einschüchternd, entpuppte sich aber schnell als herzensguter und freundlicher Mann.

Die Earthwells bewohnten ein dreistöckiges Haus aus dem 18. Jahrhundert im eleganten Stadtteil Mayfair in unmittelbarer Nähe des Hyde Parks. Hans-Peters Zimmer war klein, lag unter dem Dach, und das Bad befand sich am Ende des Korridors. Es war eine der ehemaligen Dienstbotenkammern, als das Haus noch über viel Personal verfügte. Heute dienten die Räume als Gästezimmer, die stets zur Verfügung standen, denn die Earthwells freuten sich über Besuch und gaben viele Einladungen. Zwei Hausangestellte hielten die Räume in Ordnung. Hans-Peter stellte sich vor, wie Wilhelm Kleinschmidt reagieren würde, wenn er plötzlich ein fremdes Mädchen mitbringen und sagen würde, dieses sollte in ihrem Haus wohnen. Wahrscheinlich würde er einen Tobsuchtsanfall bekommen, seine

Mutter wäre entsetzt, von den Nachbarn mal ganz abgesehen. In London sah man das offensichtlich entspannter. Zu Hans-Peters Überraschung war Elliots Mutter der Beatmusik gegenüber nicht nur aufgeschlossen, sondern sie schwärmte ganz offen für die Rolling Stones, was zu ständigen scherzhaften Wortgefechten zwischen Mutter und Sohn führte. Unvorstellbar, dass sich eine Frau mittleren Alters in der ländlichen Beschaulichkeit der Schwäbischen Alb zu einer ausländischen Band bekennen würde! In Großwellingen hörten die Eltern deutsche Schlager, bereits Peter Kraus und Ted Herold galten als revolutionär.

Ginny und Hans-Peter rangen nach Luft, als sie die Aussichtsplattform des Monuments erreichten. Auf den letzten Stufen hatte Hans-Peter sie gewinnen lassen und so getan, als müsse er wegen Seitenstechen pausieren. Der Wind zerrte an Ginnys Locken, und Hans-Peter konnte nicht widerstehen, eine Strähne sanft hinter ihr Ohr zu streichen. Er hatte keinen Blick für London, das sich in seiner Großartigkeit unter ihm ausbreitete. Ihre Gesichter waren ganz nah, das Gold in ihren Pupillen glitzerte wie helle Sterne. Sie öffnete ein wenig die Lippen, und ihre Lider schlossen sich. Er senkte seinen Kopf und küsste sie. Ihre Hände suchten und fanden sich, ihre Finger verschränkten sich ineinander.

»Das ist Wahnsinn!«, flüsterte Hans-Peter eine gefühlte Ewigkeit später. »Wir sollten das nicht tun.«

»Warum nicht? Ich glaube, du magst mich auch ein bisschen. Was soll daran falsch sein?«

»Du und ich – wir leben in verschiedenen Welten.« Er vergrub sein Gesicht in ihren Haaren, das nach Rosen duftete. »In ein paar Tagen muss ich nach Deutschland zurück.«

Sie nickte kaum merklich. »Ich muss auch wieder nach Hause. Meine Eltern brauchen mich im Geschäft.«

»Du arbeitest?«

Ginny löste sich aus seiner Umarmung und sah ihn an.

»Natürlich. Was hast du denn gedacht, womit ich mir meine Zeit vertreibe?«

Unsicher trat Hans-Peter von einem Fuß auf den anderen.

»Also, ja, nun ... Norman sagte, deine Eltern seien von Adel, oder wie ihr das hier nennt, und du wärst eine richtige Lady.«

Sie lachte so laut, dass sich einige der Besucher auf der schmalen Plattform zu ihnen umdrehten.

»Das ist zwar richtig, trotzdem müssen wir arbeiten. Die Zeiten, in denen sich der Adel von der Arbeit seiner Untertanen ernährte, sind lange vorbei. Heute kämpft fast jeder ums Überleben und um den Erhalt der Besitztümer.«

»Was machst du denn?«

»Ich züchte Rosen.«

»Wie bitte?«

Diese Eröffnung überraschte ihn. Er hatte sich Ginny eher im Bereich Mode, Kosmetik oder etwas in der Art vorgestellt.

»Wir haben eine Rosengärtnerei«, erklärte Ginny, »und die ganze Familie arbeitet mit. Und Grandma, die für die Gartenarbeit zwar zu alt ist, führt die Geschäftsbücher und wacht streng über die Ausgaben. Mein Vater ist ein hervorragender Rosenzüchter. Alles, was ich weiß, habe ich von ihm gelernt, und ständig erfahre ich Neues und Interessantes.«

Hans-Peter versuchte, sich Ginny vorzustellen, wie sie in der Erde wühlte und Sträucher beschnitt. Irgendwie passte es zu ihr, und er wünschte sich, den Rosengarten sehen und sie bei der Arbeit beobachten zu können.

Als hätte sie seine Gedanken erraten, sagte sie leise:

»Vielleicht magst du mich ja mal besuchen kommen, James.«

»Nichts würde ich lieber tun, und ich würde deine Eltern sehr gern kennenlernen.«

Sie nickte ernst. »Ich bin sicher, sie werden dich mögen, Grandma jedoch ...«

Hans-Peter verstand. »Sie trägt uns Deutschen den Krieg nach, nicht wahr? Ich verstehe es, sie hat diese schreckliche Zeit mitmachen müssen.«

»Ihr Mann und ihr einziger Sohn, mein Onkel, sind von Deutschen getötet worden. Sie würde es nie akzeptieren.«

Die romantische Stimmung war verdorben, trotzdem war Hans-Peter froh, dass Ginny offen aussprach, was auch ihn seit Tagen beschäftigte. Er und Ginny waren zwar eine neue Generation, es würde aber noch Jahrzehnte dauern, bis die Wunden, die der Krieg geschlagen hatte, heilten – wenn dies überhaupt jemals möglich war.

»Mein Vater ist auch gefallen«, sagte Hans-Peter leise. »Ich war noch ganz klein und kann mich nicht an ihn erinnern.«

»Das tut mir leid.« Fahrig wischte Ginny sich mit dem Handrücken über die Stirn, um die trüben Gedanken zu vertreiben, und fragte dann: »Wirst du mir schreiben?«

»Jeden Tag.«

Sie lachte und gab ihm einen Nasenstüber.

»Mach keine Versprechungen, die du nicht halten kannst, James. Ich denke, dein Studium wird dir ein oder zwei Mal im Monat Zeit lassen, mir ein paar Zeilen zu schreiben. Wenn überhaupt.«

»Ich ... ich hab dich sehr lieb, Ginny ... ehrlich.«

»Ich dich auch, Hans-Peter.«

Sie sprach den deutschen Namen mit einem so lustigen Akzent aus, dass er lachen musste.

»Bleib lieber bei James, sonst brichst du dir deine hübsche Zunge.« Etwas brannte ihm aber noch auf der Seele, und er fragte: »Was ist mit Norman?«

»Was soll mit ihm sein? Er ist der Freund meines Cousins, und wir kennen uns schon ewig.«

»Ich glaube, Norman ist in dich verliebt. Ich dachte, ihr beide seid zusammen.«

Ungläubig sah sie Hans-Peter an.

»Wie kommst du auf diese Idee? Norman mag ganz andere Frauen: groß, blond, mit langen Beinen und viel Busen.« Sie sah an sich herunter und grinste. »Ich bin definitiv nicht sein Typ.«

Hans-Peter hätte vor Freude schreien können. Offenbar erwiderte Ginny Normans Gefühle nicht, und der vertraute Umgang miteinander, den er beobachtet hatte, war rein freundschaftlich gewesen. Zumindest, was Ginny betraf. Die Sonne schien gleich viel heller. Erneut zog er Ginny an sich. Sie küssten sich lange und ausgiebig und dachten nicht einen Moment an die Zukunft. Sie waren jung, die Welt gehörte ihnen, und wenn sie sich liebten – was sollte schon geschehen?

7

An diesem Abend überraschte Alicia Earthwell die Freunde mit der Ankündigung eines Barbecues im weitläufigen Garten ihres Hauses.

»Wir müssen das herrliche Wetter nutzen.« Sie zwinkerte Hans-Peter zu. »Das Wetter in England ändert sich nämlich rasch, musst du wissen. Erst scheint die Sonne, eine Stunde später schüttet es wie aus Eimern. Dieses Klischee, was über unser Land gesagt wird, entspricht leider der Realität.«

Den Tag über hatte Alicia schon alles vorbereitet. In der Küche standen Schüsseln mit Salaten und verschiedenen Grillsoßen. Wer Alicia zum ersten Mal sah, würde nicht vermuten, dass diese mondäne, stets perfekt frisierte und geschminkte Frau eine hervorragende Köchin war.

Barbra, die mit Tüten und Schachteln beladen aus der Stadt zurückkehrte, zog sich um und überraschte alle mit einem kurzen, mit bunten Blumen bedruckten Kleid, das ihren Po gerade noch so bedeckte, einer pinkfarbenen Seidenstrumpfhose und hochhackigen Sandaletten. Barbra war auch beim Friseur gewesen und hatte ihre Haare in einem kräftigen Rotton färben und toupieren lassen. Elliot pfiff anerkennend und sah seine attraktive Verlobte voller Stolz an. »Ich glaube, ich muss aufpassen, dass keiner dich mir vor der Nase wegschnappt.«

Barbra lachte und gab ihm einen Nasenstüber. »Keine Sorge, ich weiß, was ich an dir habe.«

Auch Alicia Earthwell nickte anerkennend. »Von Mary Quant in der Carnaby Street?«

»Schick, nicht wahr?« Barbra drehte sich im Kreis. »Ich habe gleich noch zwei weitere Kleider gekauft.«

»Du meinst wohl Stücke von Kleidern«, kommentierte Fiona missbilligend. Sie schien die Einzige zu sein, bei der Barbras neues Outfit nicht auf Begeisterung stieß. »Findest du es in Ordnung, deinen Körper derart zur Schau zu stellen?«

»Lass sie doch, du alte Unke«, sagte Ginny grinsend. »Bei ihrer Figur kann sich Barbra erlauben, Mini zu tragen.«

»Damit die Männer Stielaugen bekommen«, antwortete Fiona, und Ginny dachte, dass Kleidung und Frisur der Freundin auch ein bisschen aufgepeppt werden könnten.

Hans-Peter hatte den Wortwechsel schweigend verfolgt. Er stellte sich Ginny in einem kurzen, knapp geschnittenen Kleid vor, und sein Mund wurde trocken. In deutschen Magazinen hatte er Fotografien der in England entstandenen Minimode gesehen, in Großwellingen jedoch würde sich kein Mädchen mit einem solchen Kleid auf die Straße trauen. Eugen Herzog würde der Schlag treffen, sollte Susanne es wagen, derart kurze Röcke zu tragen.

Alicia hatte noch rund ein Dutzend Freunde und Nachbarn eingeladen, darunter auch einen jungen Mann mit schulterlangen, lockigen schwarzen Haaren und einem schmalen Gesicht. Hans-Peter war überrascht zu hören, dass der junge Mann noch keine neunzehn Jahre alt war, denn er wirkte viel älter und erfahrener. Seine Augen waren kohlrabenschwarz, einzig der deutliche Überbiss störte in seinem markanten Gesicht. Im Laufe des Abends erfuhr Hans-Peter, dass Farrokh in Sansibar geboren worden war. Nach einer gewaltsamen Revolution gegen den Sultan von Sansibar im letzten Jahr waren er, seine jüngere Schwester und seine Eltern nach England geflohen und hatten in der Nachbarschaft ein neues Zuhause gefunden.

Nachdem alle so satt waren, dass niemand mehr auch nur ein Salatblatt verspeisen konnte, versammelten sich die jungen Leute um das Feuer. Der junge Mann aus Sansibar holte eine Gitarre hervor und begann zu spielen: Titel der Beatles, der Kinks und der Rolling Stones, aber auch Musik, die Hans-Peter unbekannt war. Scheinbar mühelos flogen seine langen, schmalen Finger über die Saiten, und alle sangen laut mit, einige tanzten. Ginny saß so dicht neben Hans-Peter, dass sich ihre Oberschenkel berührten, manchmal drückte er kurz ihre Hand, und sie sah ihn liebevoll an. Dann tanzte auch sie barfüßig auf dem Rasen, und Hans-Peter konnte seinen Blick nicht von ihr abwenden. Ihr Körper bewegte sich geschmeidig wie eine junge Tanne im Wind, jeder Muskel nahm die Töne auf und verwandelte den Rhythmus in Bewegung. Warf sie ihre kastanienbraunen Locken zurück, wirkte das natürlich und nicht affektiert.

Farrokh legte eine Pause ein und setzte sich neben Hans-Peter.

»Ein hübsches Mädchen«, sagte er. »Ich mag schöne Menschen.«

»Du spielst toll Gitarre, und deine Stimme ist klasse«, erwiderte Hans-Peter neidlos. »Willst du Musiker werden?«

Farrokh schüttelte den Kopf.

»Ich möchte Grafikdesign studieren, sobald ich mit der Schule fertig bin. Das Ealing College of Art zählt zu den besten in England, und ich hoffe, ich schaffe die Aufnahmeprüfung im nächsten Jahr. Die Musik ist nur ein Hobby.«

Hans-Peter unterhielt sich angeregt mit dem jungen Mann, der von seinem Leben im fernen Sansibar und seiner Schulzeit in Indien erzählte. Nie zuvor hatte Hans-Peter einen derart fremdländischen Menschen kennengelernt. Er wünschte, er könnte ihn nach Deutschland einladen. Farrokh würde ganz Großwellingen schockieren, wurden doch schon die vereinzelten italienischen und griechischen Gastarbeiter kritisch und manchmal auch ablehnend beäugt.

Nach Sonnenuntergang kühlte die Luft ab. Die Gäste verabschiedeten sich, und die Mädchen begannen damit, Geschirr und Gläser ins Haus zu tragen. Entspannt lehnte Hans-Peter sich gegen einen Baumstamm und schloss die Augen. Er glaubte, nie zuvor in seinem Leben derart glücklich gewesen zu sein, und wünschte, die Zeit anhalten zu können. Deutschland, die Universität und besonders Großwellingen schienen Lichtjahre entfernt. Vielleicht könnte er sein Studium in England fortsetzen? Hier in London, wo das Leben pulsierte und die Farben und Töne greifbar waren. Er war jedoch Realist genug, um zu erkennen, dass seine Kenntnisse der englischen Sprache für die Kommunikation mit Menschen zwar ausreichend, für ein Studium der Rechtswissenschaften jedoch zu mangelhaft waren. Vor ihm lagen aber noch vier wundervolle Tage, denn die Clique wollte erst am kommenden Sonntagabend nach Hause zurückkehren. Mit einem Anflug von schlechtem Gewissen dachte Hans-Peter daran, dass er seine Mutter anrufen und ihr mitteilen sollte, dass er erst Mitte nächster Woche nach Hause kommen würde. Bisher hatte er dieses Telefonat aufgeschoben, um sich keine Vorwürfe anhören zu müssen. An Susanne Herzog verschwendete er keinen Gedanken.

Wenig später half Hans-Peter, den Grill und die Tische und Stühle ins Haus zu räumen. Er sah sich nach Ginny um, konnte sie nirgends entdecken und fragte Fiona nach ihr.

»Sie ist schon schlafen gegangen.«

Hans-Peter wunderte sich, dass Ginny einfach in ihr Zimmer gegangen war, ohne ihm eine gute Nacht zu wünschen. Der Tag war allerdings lang und anstrengend gewesen, wahrscheinlich war sie sehr müde. Für den morgigen Tag hatten sie geplant, eine Bootsfahrt auf der Themse bis nach Richmond hinauf zu machen. Hans-Peter zog sich ebenfalls zurück und schlief voller Vorfreude schnell ein.

Stimmen und polternde Geräusche weckten ihn. Der Blick auf die Uhr sagte Hans-Peter, dass es erst kurz nach sechs war. Verwundert stand er auf, zog Jeans und Pullover an und verließ sein Zimmer. Die Earthwells standen immer gegen acht Uhr auf, und am Frühstücksbüfett im Speisezimmer bediente sich jeder selbst.

»Gut, dann hole ich den Wagen«, hörte er Norman sagen. »Wobei du mich ruhig noch ein paar Stunden hättest schlafen lassen können.«

Hans-Peter ging die Treppe hinunter. In der Eingangshalle traf er auf Ginny, Fiona und Barbra. Ginny trug ihren Mantel, in der Hand hielt sie ihre Reisetasche.

»Ist etwas passiert?«, fragte er, denn es sah alles danach aus, als wollte Ginny abreisen.

Sie wich seinem Blick aus, als sie antwortete: »Wir haben einen heftigen Schädlingsbefall in den Rosen. Mein Vater braucht meine sofortige Hilfe.«

Es war, als würde Hans-Peter das Herz brechen. Er zwang sich, ruhig zu sagen: »Das tut mir leid«, trat zu Ginny und wollte ihre Hand nehmen. Sie drehte sich aber weg und ging zur Tür hinaus. Hans-Peter hörte sie sagen: »Hoffentlich kommt Norman bald mit dem Auto.«

Er bemerkte, wie Fiona und Barbra ihn finster anstarrten, Fiona hatte die Arme vor der Brust verschränkt.

»Reist ihr auch ab?«, fragte er.

»Nein, wir bleiben, aber ich kann Ginny verstehen, dass sie wegwill«, stieß Fiona hervor. »Ich habe ihr von Anfang an gesagt, dass sie dir nicht trauen soll.«

»Was ist los?« Verwirrt strich sich Hans-Peter über die Stirn. »Ich habe doch nichts getan …«

»Ach, und was ist mit Susi?«, fuhr Barbra ihn an. »Du kommst einfach daher und machst Ginny schöne Augen, dabei hast du in Deutschland eine Verlobte sitzen. Wolltest dir wohl in England noch mal richtig die Hörner abstoßen, bevor du heiratest, was? Aber nicht mit unserer Freundin!«

»Das ist ein Missverständnis!«

Hans-Peter wollte Ginny nachlaufen, Fiona und Barbra traten jedoch Seite an Seite vor die Haustür und versperrten ihm den Weg.

»Wir werden Ginny vor solchen Kerlen wie dich zu schützen wissen!«

»Wie kommt ihr eigentlich auf diese Idee?« Plötzlich ging Hans-Peter ein Licht auf. Er schlug sich gegen die Stirn und lachte bitter. »Norman! Natürlich, jetzt verstehe ich. Bitte, ich muss mit Ginny sprechen, es ist wichtig. Ich bin weder verlobt noch verliebt, jedenfalls nicht in ein Mädchen aus meiner Heimat.«

»Am besten verschwindest du noch heute«, giftete Fiona. »Ich glaube nicht, dass es Ginny interessiert, was du zu sagen hast.«

»Ich will mit ihm sprechen.« Unbemerkt hatte Ginny die Tür von außen wieder geöffnet. Sie sah Hans-Peter an. »Gehen wir ein paar Schritte.«

Nur widerwillig ließen Fiona und Barbra Hans-Peter vorbei. Sobald sie allein waren, sagte Ginny schnell: »Du bist mir keine Rechenschaft schuldig, James. Wir hatten ein paar schöne Tage, mehr jedoch nicht und ...«

»Ich habe mich in dich verliebt«, fiel Hans-Peter ihr ins Wort, überrascht, dass ihm dieses Geständnis so leicht über die Lippen kam. In diesem Moment wusste er es: Ginny Bentham war die Frau, mit der er den Rest seines Lebens verbringen wollte.

»Man verliebt sich leicht«, murmelte Ginny und drehte den Kopf zur Seite.

»Ich glaubte, ich bin dir auch nicht gleichgültig«, sagte Hans-Peter leise. »Was ist mit unserem Gespräch auf dem Turm?«

Ein bitteres Lächeln umspielte ihre Lippen. »Ein Urlaubsflirt, mehr nicht, da musst du etwas falsch verstanden haben.«

Hans-Peter griff nach ihrem Arm. »Bitte, Ginny, ich weiß, dass Norman dir von Susanne erzählt hat. Sie ist aber nur eine gute Freundin. Es stimmt, ich habe Norman erzählt, ich wäre mit ihr verlobt. Das habe ich nur gesagt, weil er mich davor warnte, dir zu nahe zu kommen. Ich sah keinen Grund, ausgerechnet Norman meine Gefühle zu offenbaren. Es tut mir leid, dass ich gelogen habe, und ich hätte mir denken können, dass Norman es dir brühwarm erzählt.«

Ginny zögerte. »Ist das wahr?«

»Ich schwöre es!«

»Ist diese Susi hübsch?«

»Nicht halb so hübsch wie du, Ginny.« Erleichtert atmete Hans-Peter auf. »Ich habe nicht einmal ein Foto von ihr, das zeigt doch, dass sie mir nichts bedeutet. Wir sind zusammen aufgewachsen, sie ist wie eine Schwester für mich.«

Unsicher trat Ginny von einem Fuß auf den anderen, dann hob sie den Kopf, sah Hans-Peter ernst an und sagte: »Ich werde trotzdem nach Hause fahren. Das mit den Schädlingen stimmt, und es wird jede Hand benötigt, um diese zu bekämpfen. Vielleicht ist es ganz gut, wenn wir etwas Abstand voneinander haben. Wir müssen uns beide darüber klarwerden, ob es nicht doch nur ein Flirt ist und wir uns nach ein paar Tagen vergessen haben.«

Hans-Peter nickte. »Wir in Deutschland sagen dazu: Aus den Augen, aus dem Sinn. Ich bin überzeugt, dieser Spruch wird auf uns nicht zutreffen. Ich werde dir schreiben.«

Ginny stellte sich auf die Zehenspitzen und hauchte ihm einen Kuss auf die Lippen. Er nahm sie in die Arme und küsste sie leidenschaftlich. Ihr zarter Körper schmiegte sich für einen Moment an den seinen, dann machte sie sich wieder von ihm los.

»Wir dürfen nichts überstürzen«, flüsterte Ginny heiser. »Die Zeit wird zeigen, ob wir beide den Wunsch haben, uns wiederzusehen.«

Und da ist noch das Problem mit Grandma, dachte Ginny, schob den Gedanken aber gleich beiseite. Sollte sich zwischen ihr und Hans-Peter wirklich etwas Ernstes entwickeln, dann würde ihr Vater auf ihrer Seite stehen, daran hegte sie keine Zweifel.

Normans Auto, das er zwei Straßenzüge weiter geparkt hatte, bog um die Ecke. Wahrscheinlich hatte Norman gesehen, wie Ginny und Hans-Peter sich geküsst hatten. Hans-Peter wollte sich mit ihm nicht auseinandersetzen, daher ging er ins Haus, hinauf in sein Zimmer und begann zu packen. Es gab nun nichts mehr, das ihn noch länger in London hielt.

Um die Mittagszeit erreichten sie Farringdon Abbey. Ginny hatte Norman nichts von James Erklärungen bezüglich seiner »Verlobten« gesagt. Sie musste erst selbst ihre Gedanken ordnen, besonders ihre Gefühle, die in den letzten Tagen mächtig durcheinandergewirbelt worden waren. War das Liebe, was sie für den jungen Deutschen empfand? Konnte das nach nur wenigen Tagen wirklich sein? Oder war sie nur verliebt, weil James anders war als die Männer, die sie in England kannte? Ginny war noch nie ernsthaft verliebt gewesen. Manchmal hatte ihr Herz beim Anblick eines Mannes zwar schneller geschlagen, allerdings hatte sie noch nie zuvor das Gefühl gehabt, jeden Moment ihres Lebens mit einem anderen Menschen teilen zu wollen. James' Worte schienen zwar ehrlich gemeint zu sein, sie versuchte aber trotzdem, sich innerlich zu wappnen. Zwischen ihnen lagen nicht nur tausend Meilen und der Englische Kanal, sie lebten auch in unterschiedlichen Welten. Er wollte Rechtsanwalt werden, sie hatte den Betrieb und konnte sich nicht vorstellen, ohne ihre Rosen zu leben. Am besten hörte sie auf, sich über die Zukunft Gedanken zu machen, und nahm es einfach hin, wie es kommen würde.

Aus den Augenwinkeln beobachtete sie Norman. Seine kurzen, dicklichen Finger umklammerten das Lenkrad, konzentriert lenkte er den Wagen durch den dichten Stadtverkehr, bis sie die Autobahn in Richtung Southampton erreichten. Norman war neben Elliot ihr bester Freund, und Elliot zählte nicht richtig, denn er war ihr Cousin. Als sie noch jünger gewesen waren, waren sie zu dritt zusammen auf Bäume geklettert, hatten im Wald Verstecken gespielt und sich Lager aus Zweigen und Laub gebaut. Manchmal hatte sich auch Fiona dazugesellt, und Ginny hatte immer gedacht, dass Fiona eines Tages Elliot oder Norman heiraten würde. Dann jedoch hatte ihr Cousin Barbra kennengelernt. Das war kurz nach der Eröffnung des Autohandels gewesen, und Barbra war die Tochter eines Kunden, der einen schicken und großen Wagen bestellt hatte. Fionas burschikose Art und die Tatsache, dass sie sich nichts aus Mode und Make-up machte, war bei ihren Spielen im Wald zwar praktisch gewesen, später, als sie erwachsen waren, interessierte sich Norman aber nicht mehr für sie. Wie Ginny zu James gesagt hatte, bevorzugte der Freund Frauen im Format einer Marilyn Monroe oder Jane Mansfield, zudem wechselte er seine Freundinnen so oft wie seine Hemden. Bisher hatte Norman nicht die kleinste Andeutung gemacht, dass er für Ginny mehr als Freundschaft empfand.

Neben diesen Gedanken beschäftigte Ginny Barbras Andeutung über ihren Vater. Sie hatte Tante Alicia gefragt, was die Freundin mit ihrer Bemerkung wohl gemeint hatte. Alicia jedoch hatte nur erwidert, sie wüsste nicht, wovon Ginny sprechen würde, und hatte hastig das Zimmer verlassen. Zu hastig nach Ginnys Eindruck, und sie hatte versucht, aus der Freundin noch mehr herauszuholen, Barbra hatte aber nur erwidert: »Ich weiß nicht mehr als das, was ich dir bereits gesagt habe. Elliot erwähnte einmal, dein Vater habe allen Grund, die Deutschen ebenso sehr zu hassen wie deine Großmutter. Wahrscheinlich hat auch er Angehörige im Krieg verloren.«

Das war eine naheliegende Erklärung. Ginny hatte sich bisher keine Gedanken über die Familie ihres Vaters gemacht. Seine Eltern hatte er nie erwähnt, auch nicht, ob er Geschwister hatte oder wo er gelebt hatte, bevor er nach Farringdon gekommen war. Sie wollte ihn fragen, sobald sie wieder zu Hause war, und war sicher, von ihrem Vater eine befriedigende Antwort zu erhalten. Bestimmt hatten Elliot und Barbra etwas falsch verstanden, denn bei den Benthams gab es keine Geheimnisse.

»Sehen wir uns am Wochenende?«, fragte Norman, als sie in die Einfahrt nach Farringdon Abbey rollten. »In Bournemouth hat ein neuer Beatschuppen aufgemacht, wir könnten am Samstagabend dort tanzen gehen.«

»Ich muss erst sehen, wie wir das mit den Schädlingen in den Griff bekommen«, antwortete Ginny. »Willst du mit reinkommen und mit uns essen? Ich denke, Tessa wird bald den Lunch auftragen.«

Norman verneinte. »Da ich schon früher als erwartet aus London zurück bin, mache ich den Laden heute wieder auf. Jemand muss ja das Geld verdienen, wenn Elliot sich in London herumtreibt. Ich ruf dich am Freitag an, ja?«

Gregory Bentham freute sich über Ginnys Rückkehr, es tat ihm aber auch leid, dass sie ihren Aufenthalt in London abbrechen musste.

»Wir brauchen deine Hilfe«, sagte er. »Ich hoffe, wir bekommen den Befall in den Griff und es gelingt uns, den Schaden einzugrenzen. Mindestens noch eine Woche müssen wir täglich spritzen.«

»Wie war es in London?«, fragte Siobhan Bentham. »Ich habe erwartet, dass du mit unzähligen Tüten und Kartons zurückkommst. Hast du dir denn gar nichts Schönes geleistet?«

»Ach, ich hatte keine Lust, einkaufen zu gehen«, wich Ginny aus und wechselte schnell das Thema. »In Blackpool war es klasse. Ich werde es nie vergessen, die Beatles ganz aus der Nähe gesehen zu haben.«

»Du kannst uns heute Abend davon erzählen«, sagte Gregory und stand auf. »Ich muss wieder in den Garten.«

»Dad, Mum ...« Ginny sah von einem zum anderen. »Ich würde euch gern etwas fragen, ich glaube, das betrifft auch Grandma. Können wir heute Abend miteinander reden?«

»Natürlich«, erwiderte Siobhan und sah ihre Tochter aufmerksam an. »Es ist in London doch nichts vorgefallen, oder? Du bist plötzlich so ernst.«

»Keine Sorge, Mum, es ist alles in Ordnung. Wir sprechen heute Abend, ja?«

Ihre Eltern nickten, beide bereits auf dem Sprung, um an ihre Arbeit zurückzukehren.

Sie saßen in der Bibliothek in der bequemen Sitzgruppe vor dem Kamin. Tessa hatte das Feuer entzündet und nach dem Abendessen Tee serviert. Gregory fragte seine Tochter nach Einzelheiten des Konzerts, Ginny konnte aber nicht länger warten und platzte heraus: »Daddy, was ist eigentlich mit deiner Familie? Sind die auch alle im Krieg gestorben?«

Grandma Phyliss schnappte hörbar nach Luft, während Siobhan erbleichte und ihre Tasse so hastig auf den Tisch stellte, dass der Tee überschwappte.

»Warum fragst du?«, fragte Phyliss und sah Ginny streng an. »Bisher hast du dich nie für solche Dinge interessiert.«

Da Ginny weder Barbra, Elliot noch Tante Alicia in die Sache hineinziehen wollte, antwortete sie: »Ich wundere mich nur, dass du, Dad, nie etwas von deinen Eltern erzählst und davon, wo du gelebt hast, bevor du Mum geheiratet hast.«

»Meine Eltern sind tot, Geschwister habe ich keine«, antwortete Gregory leise.

»Das habe ich vermutet.« Ginny nickte. »Wurden sie wie Grandpa und mein Onkel im Krieg getötet?«

»Ginny, ich denke, das reicht jetzt.« Phyliss Bentham pochte nachdrücklich mit ihrem Stock auf den Boden und wirkte auf einmal sehr distanziert.

»Warum darf ich nicht fragen?« Die Reaktion ihrer Großmutter machte Ginny erst recht neugierig, und sie fuhr trotzig fort: »Ich habe das Recht, über meine Vorfahren Bescheid zu wissen.«

»In der Vergangenheit gibt es Dinge, die dort bleiben sollten.« Phyliss presste ihre Lippen zu einem schmalen Strich zusammen.

»Mutter, ich denke, Ginny ist alt genug, die Wahrheit zu erfahren«, sagte Siobhan leise. »Wir wussten, dass sie früher oder später Fragen stellen würde.«

»Wahrscheinlich hat deine Schwester mal wieder geplaudert«, sagte Phyliss gereizt. »Alicia konnte ihren Mund noch nie halten.«

»Tante Alicia hat kein Wort gesagt«, verteidigte Ginny ihre Tante. »Im Gegenteil. Als ich sie fragte, meinte sie, ich solle mit euch sprechen.« Erwartungsvoll huschte ihr Blick von ihrer Großmutter zu ihrer Mutter und zu ihrem Vater. »Gibt es etwa ein großes Familiengeheimnis? Was habt ihr mir verschwiegen?«

Gregory setzte sich neben Ginny auf das Sofa, legte einen Arm um ihre Schultern und sagte leise: »Deine Mutter hat recht, mein Mädchen, du bist alt genug für die Wahrheit. Es ist so ... Also, ich bin kein Engländer, jedenfalls nicht von Geburt an. Ich wurde in Berlin geboren, und meine ganze Familie starb im Bombenhagel der Alliierten.«

Ginny starrte ihren Vater ungläubig an.

»Du bist Deutscher?«

Er nickte. »Meine Großmutter war Britin. Um die Jahrhundertwende heiratete sie einen deutschen Kaufmann und zog mit ihm nach Berlin. Ich bin erst nach dem Krieg nach England gekommen.«

Aufgeregt sprang Ginny auf. Diese Nachricht machte plötzlich alles so viel einfacher! Ihr Vater würde Hans-Peter aufgrund seiner Nationalität nicht ablehnen, wenn er selbst aus Deutschland kam. Dann sah sie zu ihrer Großmutter. Zusammengesunken, mit bleichen Wangen, kauerte Phyliss im Sessel und starrte auf den Teppich.

»Aber wie kam es, dass du Mum geheiratet hast?«, fragte Ginny verwirrt. »Ich meine, so kurz nach dem Krieg, da du, Grandma, doch alle Deutschen hasst. Warum hast du das zugelassen, und wie ist Dad überhaupt nach England gekommen? Ich verstehe das nicht.«

»Das ist eine lange Geschichte«, antwortete Gregory tonlos. »Eine lange und unschöne Geschichte.«

Ginny setzte sich wieder, schlug die Beine übereinander und sah ihren Vater herausfordernd an. »Bitte, ich hab Zeit.«

Gregory und seine Frau tauschten einen Blick. Siobhan zuckte resigniert mit den Schultern und machte eine Geste, die so viel wie »Dann erzähle es ihr eben« bedeuten sollte.

»Ich war gerade zweiundzwanzig Jahre alt geworden, als ich den Befehl bekam, mich als Soldat zu melden«, begann Gregory zu erzählen. Sein Blick ging an Ginny vorbei und fixierte einen imaginären Punkt irgendwo hinter ihr an der Wand. »Ich wollte aber nicht kämpfen, wollte nicht auf andere Menschen schießen und sie töten. Vielleicht denkst du, ich wäre feige gewesen …«

»Das würde ich nie denken!«, fiel Ginny ihm ins Wort, und er schenkte ihr ein trauriges Lächeln.

»Obwohl meine Generation seit Jahren darauf gedrillt worden ist, die Deutschen wären die Herrenrasse und alle anderen Völker und Religionen gelte es zu vernichten, erkannte ich, dass dieser Hitler wahnsinnig war und sich und ein ganzes Volk in den Abgrund reißen würde. Ich hasste das Regime und alles, was damit zu tun hatte. Auf keinen Fall wollte ich mithelfen, das sinnlose Morden fortzusetzen. Also blieb mir nichts anderes übrig, als meine Familie zu verlassen und unterzutauchen, bevor sie mich holen konnten. Wir hatten Freunde in der Hauptstadt, bei denen ich unterkommen konnte. Und diese Freunde engagierten sich in der Widerstandsbewegung gegen die Nationalsozialisten.«

»Du warst im Widerstand?« Ginnys Augen leuchteten vor Aufregung. Sie griff nach den Händen ihres Vaters und drückte sie fest. »Dann bist du ein Held!«

In der Schule hatte Ginny einiges aus dieser Zeit und über den deutschen Widerstand gelernt. Die Bewunderung für ihren Vater stieg.

Gregory lächelte und schüttelte den Kopf.

»Ich bin weit davon entfernt, ein Held oder etwas in der Art zu sein, mein Mädchen. Das, was die Gruppe tun konnte, war viel zu wenig. Wir druckten und verteilten Flugblätter, die dazu aufriefen, Hitler zu stürzen, die aber schlussendlich nichts bewirkten, und wir versuchten, Soldaten, die auf Heimaturlaub kamen, davon zu überzeugen, ihre Waffen niederzulegen und unterzutauchen. Das gelang uns allerdings nur selten, denn auf Fahnenflucht stand der Tod. Außerdem waren die meisten Soldaten, auch wenn sie keine Nationalsozialisten waren, vom Sinn des Krieges überzeugt und glaubten an den großen Endsieg. Keiner aus unserer Gruppe, auch ich nicht, zeigte jedoch so viel Mut wie die Geschwister Scholl, Dietrich Bonhoeffer oder gar Claus Schenk Graf von Stauffenberg. Im Herbst 1944 flogen wir schließlich auf. Wahrscheinlich hat uns jemand aus den eigenen Reihen verraten, ich habe es nie erfahren. Mir gelang die Flucht, sie schnappten mich aber nach wenigen Tagen, und ich hatte Glück, nicht an Ort und Stelle erschossen zu werden wie andere aus der Gruppe. Man stellte mich vor Gericht und verurteilte mich zu lebenslangem Zuchthaus. Glück oder Pech – wie man es nimmt.«

»Wie meinst du das?«, flüsterte Ginny, und es war Grandma Phyliss, die antwortete: »Sie haben deinen Vater gefoltert, um die Namen anderer Verschwörer zu erfahren. Monatelang, jeden Tag.«

Ginny rutschte vom Sofa und kauerte sich vor ihren Vater.

»O Gott! Oh, mein Gott!«

Sanft strich er ihr übers Haar, seine Hand zitterte.

»Er hat geschwiegen und niemanden verraten, gleichgültig, was die Schweine ihm angetan haben«, fuhr Phyliss emotionslos fort. »Dein Vater hätte aber nicht mehr lange überlebt, die Befreiung durch unsere britischen Truppen kam in letzter Minute.«

Gregory ergriff wieder das Wort: »Ich war über sieben Monate lang inhaftiert, es hätten aber auch sieben Jahre oder sieben Jahrhunderte sein können. Jeden Tag erwachte ich mit der Frage, ob sie mich wohl heute holen und wieder foltern würden. Faustschläge ins Gesicht, Tritte mit ihren schweren Stiefeln in meinen Körper, Peitschenhiebe in mein Gesicht, Elektroschocks …«

Ein Verdacht beschlich Ginny, und sie flüsterte: »Die Narben an deinem Körper …?«

Sie las die Antwort in den Augen ihres Vaters.

»Ein Überbleibsel, das es mir unmöglich macht, die Vergangenheit jemals zu vergessen.«

Ginny schob den linken Ärmel seines Hemdes hoch und starrte auf die etwa handtellergroße, wulstige Brandnarbe an der Innenseite seines Oberarms. Er ließ es wortlos geschehen. Seit sie sich erinnern konnte, trug ihr Vater die Narben und achtete darauf, sie zu verdecken. Ginny war etwa fünf oder sechs Jahre alt gewesen, als sie ihn gefragt hatte, warum die Haut an seinem Oberarm so komisch weiß und wulstig war.

»Da hat sich Daddy früher einmal weh getan«, hatte er geantwortet und auf Ginnys nächste Frage hin erklärt, heute würde er keine Schmerzen mehr haben. Später hatte sie durch Zufall festgestellt, dass er ähnliche Narben auf seinem Brustkorb und am Oberschenkel hatte. Ginny dachte an einen Unfall und respektierte, dass ihr Vater darüber nicht sprechen wollte.

»Hör auf!«, schrie Siobhan, sprang hoch und presste die Hände auf die Ohren. »Hör auf, das Mädchen mit den Einzelheiten zu quälen!«

Ginny hob den Kopf und sah ihre Mutter an.

»Ich wollte die Wahrheit wissen, Mum«, sagte sie leise. »Ich will lernen, zu verstehen, was damals geschehen ist.«

Als hätte er den Ausbruch seiner Frau nicht bemerkt, fuhr Gregory monoton fort: »Durch das Fenster meiner Zelle hörte ich Tag für Tag die Befehle des Erschießungskommandos, und ich konnte die Menschen auf den Gängen schreien hören, die zur Folterung geschleppt wurden. Manchmal wünschte ich mir, sie sollten mich endlich erschießen, damit alles vorbei wäre.«

Alle Wärme schien aus Ginnys Körper zu fließen. Sie hatte das Gefühl, als könnte sie in ihrem Leben niemals wieder lachen und lustig sein. Nicht, nachdem sie wusste, wie sehr ihr Vater gequält worden war.

»Du, Dad, hast, ebenso wie Grandma, jeden Grund, die Deutschen abgrundtief zu hassen, nach dem, was sie dir angetan haben.«

»Hass?« Er schaute ihr in die Augen. »Hass wäre eine zu große Emotion. Richtig ist jedoch, dass ich niemals wieder einen Fuß auf deutschen Boden gesetzt habe und nicht vorhabe, es jemals wieder zu tun. Und ja, ich gebe zu, ich bin froh, keinem Deutschen zu begegnen, auch wenn wir nicht alle über einen Kamm scheren dürfen. Nicht alle waren schlecht und verdorben. Tausende haben wie ich gegen das Regime gekämpft und dabei ihr Leben verloren. Kaum einer hatte das Glück, das alles zu überstehen und ein neues Leben beginnen zu dürfen.«

»Wie bist du nach England gekommen?«, flüsterte Ginny.

»Als die Alliierten im Vormarsch waren, wurde das Gefängnis aufgegeben, und die Verantwortlichen flüchteten. Sie überließen uns unserem Schicksal, denn wir waren nach wie vor eingeschlossen. Ohne Nahrung und ohne Wasser. Endlose vier oder fünf Tage mussten wir ausharren, bis die Briten das Gefängnis erreicht hatten und wir befreit wurden. Ich wollte mich sofort auf den Weg nach Berlin zu meiner Familie machen, musste jedoch erfahren, dass niemand überlebt hatte. Ich war ganz allein auf mich gestellt, hatte keine Unterkunft und keine Arbeit. Aufgrund meiner guten englischen Sprachkenntnisse – meine Großmutter lehrte mich seit meiner Kindheit ihre Muttersprache – gelang es mir, einen Posten als Schreiber in einem britischen Stützpunkt in Hannover zu bekommen. Das war ein

Glücksfall. Ich konnte den Besatzern bei vielen Angelegenheiten behilflich sein.«

Grandma Phyliss ergriff das Wort, als Gregorys Stimme zu brechen drohte: »Nachdem der Krieg vorüber war, fehlte es auf Farringdon an Arbeitskräften. Entweder waren die Männer nicht zurückgekehrt, oder sie kümmerten sich um ihre Familien und um den eigenen Besitz. Mein Vater erfuhr, dass von den Nazis verfolgte Deutsche, die in der Heimat alles verloren hatten, ins Land geholt wurden. Allein die Befreiung der Gefängnisse und der Konzentrationslager stellte die Siegermächte vor eine große Herausforderung. Es gab kaum etwas zu essen und nur wenig Wohnraum. Natürlich durften nur diejenigen einreisen, die nachweislich nicht dem Nationalsozialismus angehört, sondern unter dem Regime zu leiden gehabt hatten. Menschen wie dein Vater, Ginny.«

»Deswegen hast du Mamas Namen angenommen«, stellte Ginny fest. »Wie lautete denn dein deutscher Name?«

»Müller, ganz einfach Müller«, antwortete er mit der Andeutung eines Lächelns. »Den Vornamen Gregory erhielt ich zu Ehren meiner Großmutter, während des Dritten Reiches musste ich mich natürlich Georg nennen.«

»Ich erinnere mich noch gut an den Tag, als du angekommen bist«, sagte Siobhan. »Mein Großvater hatte es uns am Abend zuvor mitgeteilt, er werde einen Deutschen aus London abholen, damit er uns in der Gärtnerei unterstützt. Meine Schwester Alicia, Mama und ich waren entsetzt! Du hast deinen Urgroßvater nie kennengelernt, Ginny, aber er war ein Despot. Sein Wort war Gesetz, keiner von uns konnte jemals gegen seinen Willen etwas ausrichten. Er erklärte, er hätte einem Kommandanten, dem er noch einen Gefallen schuldig war, versprochen, einen Deutschen aufzunehmen. Zu mehr Erklärungen war mein Großvater nicht bereit, wir hatten uns mit seiner Entscheidung abzufinden. So kam Gregory nach Farringdon.«

»Den Moment, als der Wagen über die Einfahrt rollte und ich das Haus zum ersten Mal sah, werde ich nie vergessen«, fuhr Gregory fort. »Nach den Ruinen in Deutschland erschien mir Farringdon wie ein Märchenschloss aus vergangenen Zeiten, eingebettet in ein blühendes Paradies. In den Bäumen zwitscherten Vögel, und die Luft war so rein und klar, wie ich sie nie zuvor gerochen habe. Es schien, als hätte dieses Haus niemals Krieg und Elend gesehen, als hätten hier niemals Menschen gelitten. Ich habe mich sofort in Farringdon Abbey verliebt.«

»Und in Mum«, ergänzte Ginny.

Er nickte. »Obwohl ich aus der Stadt kam, ging mir die Arbeit mit den Pflanzen gut von der Hand. Ich arbeitete von Sonnenaufgang bis zur Dunkelheit, nachts las ich alles, was ich über die Rosenzucht in die Finger bekommen konnte, und Lord Bentham tat ein Übriges, mich zu lehren. Zuerst war ich ein einfacher Gärtner, mit Unkrautjäten und Rasenmähen beschäftigt, bald jedoch durfte ich mich auch um die Rosen kümmern. Was ich nicht zuletzt deiner Mutter zu verdanken habe. Ich bekam die Chance, mein Leben noch mal ganz von vorn zu beginnen, und wollte alles, was hinter mir lag, so schnell wie möglich vergessen. Obwohl deine Großmutter mich vom ersten Tag an abgelehnt hat.«

»Grandma, Dad war doch auch ein Opfer!«, rief Ginny, an Phyliss gewandt.

»Er entstammt dem Volk, das mir meinen Mann und meinen Sohn genommen hat.«

Ginny konnte nicht anders, als ihre Großmutter als verbittert zu bezeichnen. Sicher, es war schrecklich und tragisch, der Krieg war furchtbar gewesen, irgendwann war es aber an der Zeit, um zu verzeihen. Vergessen niemals, aber Bitterkeit machte keinen der Millionen Toten wieder lebendig.

Ginny kämpfte mit ihren Emotionen. Ihr Vater hatte nur einen allgemeinen Eindruck davon vermittelt, was ihm angetan worden war. Das wenige war aber mehr als genug gewesen, um sich vorstellen zu können, wie sehr er gelitten haben musste. Ginny verstand nun auch, dass Gregory sich stets, wenn sich Deutsche in ihre Gegend verirrten und die Gärtnerei aufsuchten, zurückzog und Siobhan die Beratung und den Verkauf überließ. Wie gern hätte sie ihren Vater getröstet, es gab aber weder Worte noch Taten des Trosts. Seine Erlebnisse würde er für den Rest seines Lebens mit sich tragen, und die Erinnerungen konnten durch nichts und niemanden aus seiner Seele gelöscht werden.

Jetzt war der falsche Zeitpunkt, um von James zu berichten. Ginny hatte gehofft, ihr Vater würde sich hinter sie stellen, wenn er erfuhr, dass sie sich verliebt hatte, und ihre Gefühle gegenüber Grandma verteidigen. Ihre Mutter würde sich ohnehin wie üblich heraushalten. Nun war alles anders, und Ginny konnte ihren Vater nicht damit belasten, dass sie ihr Herz ausgerechnet an einen Deutschen verloren hatte. Auf jeden Fall nicht heute. Wahrscheinlich war es ohnehin zu früh, von einer gemeinsamen Zukunft mit James zu träumen. Sie hatten ein paar schöne Tage miteinander verlebt, aber sicherlich war es vermessen, anzunehmen, dass ihre Beziehung trotz der großen Distanz eine Chance hatte.

Später, in ihrem Zimmer, lag Ginny auf dem Bett und hörte immer wieder den Song *All my Loving*.

Nie zuvor hatte Paul McCartney ihr so sehr aus der Seele gesprochen.

8

Mit baumelnden Beinen saß Ginny auf dem hölzernen Küchentisch aus dem vorigen Jahrhundert, im Schoß eine Schüssel aus blauem Steingut, und kostete den Teig. Er schmeckte nach Vanille und Ingwer, und aus dem Ofen stieg der köstliche Duft der fast fertigen Plätzchen.

»Nasch nicht so viel, Ginny, sonst hast du nachher keinen Hunger mehr«, mahnte Tessa.

Ginny lachte. »Ich glaube, dieser Satz ist einer, den ich in meinem Leben am häufigsten aus deinem Mund gehört habe, Tessa.«

Seit sie laufen konnte, hatte Ginny sich bei jeder Gelegenheit in die große Küche mit der hohen, nach oben spitz zulaufenden Decke geschlichen. Tessa hatte immer etwas zum Naschen übrig, Ginny durfte die Teigschüsseln ausschlecken und als Erste von den frischgebackenen Keksen probieren. Dabei achtete Tessa stets darauf, dass sich das Mädchen nicht den Magen verdarb. Auch wenn Ginny mittlerweile eine junge Dame war, die wohlig warme Küche mit den kupfernen Töpfen, Kesseln und Pfannen auf den Regalen, in der es immer nach Gewürzen aus aller Welt duftete, war immer noch ihr liebster Ort im Haus. Obwohl Ginnys Mutter vor einigen Jahren einen modernen Elektroherd mit Backofen hatte installieren lassen, kochte und buk Tessa am liebsten auf dem mit Holz befeuerten eisernen Herd aus der Vorkriegszeit.

»Den bin ich gewohnt und weiß genau, welche Temperaturen für welche Speisen erforderlich sind. Diesem neumodischen Kram traue ich nicht.« Von dieser Meinung war Tessa nur schwer abzubringen, die Einbauspüle mit dem elektrischen Wasserboiler nutzte sie indes gern. Es war doch bedeutend einfacher, den Hahn aufzudrehen, um heißes Wasser zu haben, als dieses mühsam in einem Kessel erhitzen zu müssen.

Tessa war zwölf Jahre alt gewesen, als sie nach Farringdon Abbey gekommen war. Ihre Eltern, arme Pächter, konnten sich und ihre vier Kinder nur mühsam durchbringen. So war es ein Glücksfall, dass Tessa in dem herrschaftlichen Anwesen als Hausmädchen arbeiten durfte. Ginny liebte Tessas Erzählungen aus der Zeit vor dem ersten großen Krieg, als es auf Farringdon noch rauschende Bälle, elegante Dinnerpartys und große Jagdgesellschaften gegeben hatte. An manchen Wochenenden waren Dutzende von Gästen zu verköstigen und zu beherbergen gewesen, und im Küchenquartier war es wie in einem Bienenstock zugegangen.

Diese Zeiten indes gehörten, ebenso wie die zahlreiche Dienerschaft, längst der Vergangenheit an, einzig Tessa war von dem einstigen Glanz von Farringdon Abbey übrig geblieben.

Ginny stellte die leere Schüssel zur Seite, steckte ihre Hände unter ihre Oberschenkel und fragte: »Tessa, wie war es damals, als Daddy nach Farringdon gekommen ist?«

Tessas rechte Augenbraue zog sich nach oben.

»Warum willst du das wissen?«

»Ich weiß, dass mein Vater aus Deutschland kommt. Meine Eltern haben es mir gestern Abend erzählt, und auch, was ihm dort widerfahren ist«, antwortete Ginny. »Warum hast du mir das verschwiegen?«

Die Töpfe klapperten lauter als üblich, als Tessa sie in das Spülbecken räumte. Sie sah Ginny nicht an und murmelte: »Das ist eine Familienangelegenheit, die mich nichts angeht.«

»Ach, Tessa, du gehörst doch zur Familie!«

»In manchen Dingen nicht, was auch gut ist.« Tessa trocknete ihre feuchten Hände an ihrer Schürze ab und drehte sich zu Ginny um. »Wir waren damals alle ziemlich überrascht, das gebe ich zu.«

»Alle?«

Tessa nickte. »Es gab damals noch ein Hausmädchen und ein Küchenmädchen auf Farringdon. Im ersten Friedenswinter kündigten sie und verließen uns, um in der Stadt in einer Fabrik zu arbeiten, wo sie besser bezahlt wurden.«

»Du aber bist geblieben.«

»Ich war damals schon fünfzig, da hätte ich nur schwer eine neue Arbeit finden können. Außerdem wurdest du dann geboren – und um nichts in der Welt hätte ich dich verlassen, mein Mädchen.«

Ginny erinnerte sich noch gut an ihre Kindheit. Ihre Mutter Siobhan war von früh bis spät in der Gärtnerei gewesen und hatte Ginny nur manchmal selbst zu Bett gebracht und ihr eine Geschichte vorgelesen. Dies hatte meist Tessa übernommen.

»Ich verstehe nur nicht, warum mein Urgroßvater ausgerechnet einen Deutschen angestellt hat, da sein Sohn und sein Enkel doch im Krieg gefallen sind«, fuhr Ginny fort. »Daddy sagte mir, dass Arbeitskräfte benötigt wurden und dass er von den Deutschen verfolgt worden ist. Trotzdem …«

»Lord Bentham hat immer getan, was er wollte.« Mit diesen Worten bestätigte Tessa die Aussage von Ginnys Großmutter. »Ich möchte nicht behaupten, dass er ein Despot war, dafür war er immer gut zu seiner Familie und auch zu mir. Wenn er aber etwas anordnete, war es zwecklos, mit Sir Reginald zu diskutieren. Wir hatten eine sehr schlimme Zeit hinter uns. Auch wenn Farringdon nie von Bomben getroffen worden war, konnten wir in klaren Nächten die Blitze und das Feuer in Southampton, manchmal sogar auch aus Portsmouth sehen, und die Einschläge waren bis hierher zu hören. Als dann im Juni 1944 die Meldung kam, dass Sir Harold und Master Brandon ...« Sie stockte und wischte sich mit dem Handrücken über die Stirn. »Die arme Lady Phyliss, der Ehemann und der Sohn. Beide an einem Tag ...«

Die Erinnerung nahm Tessa noch heute sehr mit, Tränen traten ihr in die Augen.

»Du hast auch meinen Großvater aufgezogen, nicht wahr?«, fragte Ginny leise.

Tessa nickte. »Er war erst drei Jahre alt, als ich ins Haus kam. Ein bezaubernder kleiner Kerl mit roten Locken, ein richtiger Racker, dem aber niemand böse sein konnte. Als er später deine Großmutter nach Farringdon brachte, und zuerst Brandon, dann Alicia und schließlich Siobhan geboren wurden – das waren wohl die glücklichsten Jahre, die diese Mauern je gesehen haben.« Energisch stellte Tessa ein Tablett auf den Tisch und sagte betont resolut: »Es hat keinen Zweck, der Vergangenheit nachzuhängen. Gott hat es nun mal so gewollt, wie alles gekommen ist, also wird es schon seinen Sinn haben.«

»Und wenn es nur den Sinn hatte, dass Dad nach England gekommen ist«, sagte Ginny nachdenklich. »Ich meine, wenn es anders gekommen wäre, dann wäre ich vielleicht nie geboren worden.«

»Was für die Menschheit ein großer Verlust gewesen wäre.«

Tessa hatte ihre sentimentale Stimmung überwunden, fügte aber doch noch hinzu: »Ich erinnere mich noch gut an den Tag, als Sir Reginald nach London fuhr, um den Deutschen, deinen Vater, abzuholen. Sie kamen zur Teezeit zurück, und ich konnte beobachten, wie Mister Gregory aus dem Wagen stieg. Sein Anzug war schäbig, an den Ellbogen geflickt und schlotterte an seinem dünnen Körper. Ach, was war der junge Mann mager, und seine Wangen waren grau und eingefallen! Ab diesem Moment empfand ich Mitleid mit ihm und vergaß, dass sein Volk unser Feind gewesen war. Ich denke, deiner Mutter ging es ebenso. Es ist mir gelungen, Mister Gregory mit meinem Essen in ein paar Wochen aufzupäppeln, obwohl wir damals nicht viel zur Verfügung hatten.«

»Daran habe ich keinen Zweifel.« Ginny grinste und fragte mit erwartungsvollem Blick: »Haben er und Mum sich gleich ineinander verliebt?«

Tessa verschränkte die Arme vor der Brust. »Das musst du deine Eltern selbst fragen. Ich gebe zu, ich war ziemlich überrascht, als er und deine Mutter kurze Zeit später heirateten. Am meisten erstaunte es mich, dass Sir Reginald und Lady Phyliss nichts dagegen einzuwenden hatten. Im Gegenteil, beide schienen über diese Verbindung sehr froh zu sein. Auf jeden Fall nahm Sir Reginald Mister Gregory hart ran und schonte ihn nicht. Ich glaube, er ahnte damals, dass er nicht mehr lange zu leben hatte, und wollte die Rosenzucht und das Anwesen in fähigen Händen wissen.«

An ihren Urgroßvater konnte Ginny sich nicht erinnern. Als sie fünf Monate alt gewesen war, war er mit seinem Wagen auf der Fahrt von Southampton von der Straße abgekommen, eine Böschung hinuntergestürzt und auf der Stelle tot gewesen. Für

Ginny war Reginald Bentham nur ein weiteres Gesicht inmitten der vielen Fotografien auf dem Flügel in der Bibliothek.

»Manchmal frage ich mich, warum ich keine Geschwister habe«, fuhr Ginny fort. »So schrecklich bin ich doch nicht gewesen, dass Mum und Dad keine weiteren Kinder wollten.«

Tessa lachte laut.

»Auch das musst du deine Eltern fragen. Jetzt aber runter mit dir vom Tisch, ich muss das Tablett für den Tee richten. Du kannst mir helfen und das Geschirr aus dem Schrank holen.«

Ginny rutschte vom Tisch herab, und Tessa zog das Backblech aus dem Ofen. Blitzschnell stibitzte Ginny ein Plätzchen und schob es sich in den Mund. »Verflixt, ist das heiß!«

Tessa drohte ihr spielerisch mit dem Finger und lächelte.

»Das kommt davon, wenn man nicht warten kann.«

Ginny kaute und grinste gleichzeitig und holte die Tassen und Teller aus dem Schrank.

Ginny goss erst Grandma, dann ihrer Mutter, ihrem Vater und zum Schluss sich selbst den Tee ein. Auf die Einhaltung dieser Reihenfolge achtete Lady Phyliss streng. Dabei bemerkte Ginny, dass ihre Mutter aufgeregt, ja, fast schon nervös war. Siobhan wartete, bis alle den ersten Schluck getrunken hatten, dann zog sie einen Brief aus der Rocktasche, legte ihn auf den Tisch und sah erwartungsvoll in die Runde.

»*Delicious Rose* will einen Bericht über unsere Rosenzucht bringen!«

»Was? Das ist ja wunderbar«, rief Ginny und vergaß, von dem Keks in ihrer Hand abzubeißen.

Ihre Mutter nickte stolz, die Nachricht schien jedoch nur Ginny zu entzücken.

»*Delicious Rose?*«, wiederholte Grandma Phyliss gedehnt, als hätte sie etwas Schlechtes im Mund. »Ist das nicht dieses Klatschmagazin? Warum sollten ausgerechnet die über uns berichten wollen?«

»Das frage ich mich auch«, sagte Gregory Bentham, die Stirn gerunzelt. »Außer dem Namen Rose im Titel hat dieses Heft mit Blumen und Gärten doch nichts am Hut.«

»Das ist nicht ganz richtig«, begehrte Siobhan auf. »In jeder Ausgabe werden Haushalts- und Gartentipps gegeben, aus diesem Grund habe ich mich auch an die Redaktion gewandt. Sie schreiben, sie interessieren sich besonders für unsere Winterrosen, und wollen so bald wie möglich nach Farringdon kommen, am liebsten noch diese Woche.«

Da Siobhan für alles, was Werbung und Verkauf anging, zuständig war, konnten weder Gregory noch Phyliss ihr zürnen, dass sie nicht gefragt worden waren, bevor Siobhan an die Redaktion der Zeitschrift geschrieben hatte.

»Ich halte es für bedenklich, ausgerechnet mit diesem Magazin zusammenzuarbeiten«, fuhr Gregory fort. »Erst vor ein paar Monaten haben sie über Prinzessin Margaret das Gerücht verbreitet, sie träfe sich mit anderen Männern auf der Insel Mustique in der Karibik. Dagegen hat das Königshaus geklagt und den Prozess gewonnen. Für mich ist das Blatt unseriös, und ich sehe keinen Vorteil, darin erwähnt zu werden, eher im Gegenteil.«

Siobhan winkte ab.

»Wir sind weder das Königshaus, noch haben wir andere Skandalgeschichten zu bieten. Sie wollen nur ein paar Fotos machen und eine kleine Story bringen. Das Magazin hat in Großbritannien eine Auflage von über fünfhunderttausend Exemplaren.«

Gregory legte seine Serviette zur Seite und stand auf.

»Dann mach von mir aus, was du für richtig hältst, Siobhan.«

»Ich werde schon darauf achten, dass sie keinen Unsinn schreiben, und die Leute selbst überall herumführen«, rief Ginny. »Ach, ich finde das schrecklich aufregend!«

»Und ich werde ohnehin nicht gefragt.«

An Grandma Phyliss' säuerlicher Miene war abzulesen, wie wenig sie von einer solchen Reportage hielt, Siobhan ging aber sofort zum Telefon, um einen Termin zu vereinbaren.

Vor Aufregung hatte Ginny kein Auge zugetan. Es geschah schließlich nicht alle Tage, dass ein Team aus Reportern und Fotografen ins Haus kam. Genau genommen war es in Ginnys Leben noch nie vorgekommen. Ihr Magen war wie zugeschnürt, deswegen trank sie beim Frühstück nur eine Tasse Tee.

»Du musst dich noch umziehen«, mahnte Siobhan.

Ginny sah an sich hinunter. Sie trug eine ausgewaschene Latzhose aus Jeansstoff und ein kleinkariertes altes Hemd ihres Vaters, die Ärmel hatte sie bis über die Ellbogen hochgekrempelt.

»Was ist nicht in Ordnung?«

»Du willst doch nicht etwa so vor die Kameras?«

»Ich trage die Sachen, die ich immer bei der Arbeit anhabe.«

Siobhan verdrehte die Augen.

»Ginny, heute ist ein ganz besonderer Tag. Zieh dir ein hübsches Kleid oder zumindest eine Hose und eine nette Bluse an und steck dein Haar hoch, das macht dich älter. Etwas Wimperntusche und Lippenstift könnten auch nicht schaden.«

Gregory Bentham gluckste und legte die Zeitung, in der er nebenher geblättert hatte, zur Seite. Auch er hatte sich für die

Zeitungsleute nicht extra in Schale geworfen und trug wie üblich Bluejeans und ein am Kragen offenes Hemd. Siobhan indes hatte sich ein helles Twinset aus Leinen angezogen, ihr rötlich blondes Haar toupiert und ihre hellen Augen mit einem kräftigen schwarzen Lidstrich umrandet und mit einem blauen Lidschatten betont. Bei Siobhan machte es auch Sinn, denn sie war für den Verkauf und die Kunden zuständig, während Gregory und Ginny in den Rosenbeeten arbeiteten.

»Na los, Ginny, wir haben nicht mehr viel Zeit!«, sagte Siobhan mit einem strengen Blick auf die Uhr.

Ginny seufzte, fügte sich jedoch und kam zwanzig Minuten später in die Halle zurück. Die Leute von der Zeitung waren bereits eingetroffen: eine junge Frau mit schwarzen langen Haaren und zwei Männer mit Kameras und einer schweren Tasche.

Ginny begrüßte sie freundlich, und die junge Frau sagte:

»Hi, ich bin Anne, und du musst Gwendolyn sein. Die Tochter des Hauses, die trotz ihrer Jugend bereits einen guten Ruf als Rosenzüchterin hat.«

»Ginny wäre mir lieber.«

»Das sind Felix und Stephen, unsere Fotografen.« Anne deutete auf ihre Begleiter. »Den beiden schenkst du am besten keine Beachtung. Wir wollen ganz natürliche Fotos, vielleicht ein oder zwei dann später mit der ganzen Familie, vorrangig wollen wir euch aber bei der Arbeit sehen. Dabei werde ich ein paar Fragen stellen, die du dann beantwortest.«

»Am besten fangen wir im Verkaufsraum an«, schlug Siobhan vor.

Anne sah sich um. »Wo ist Mister Bentham? Mit ihm möchte ich unbedingt sprechen, er hat doch dieses System der Gewächshäuser weiterentwickelt. Das interessiert unsere Leser sehr.«

»Äh … mein Mann hat einen wichtigen Termin«, erklärte Siobhan verlegen. »Sie müssen ihn leider entschuldigen, ich kann Ihnen aber auch alles erklären, was Sie wissen wollen.«

Anne zeigte offen ihre Enttäuschung.

»Ein Interview mit Mister Bentham wäre aber wichtig.«

»Wie gesagt, es tut mir leid«, antwortete Siobhan, ihr Lächeln wirkte gequält. »Wenn Sie mir bitte folgen würden?«

Anne gab den Männern einen Wink, und zu viert gingen sie zum Verkaufsladen. Ginny hatte allen Grund, sich zu wundern, denn ihr Vater hatte keinen Termin erwähnt. Sie vermutete, dass kurzfristig etwas dazwischengekommen war und er deshalb nicht anwesend sein konnte. Das war wirklich schade, denn gerade Gregory Bentham konnte am meisten dazu beitragen, damit es ein schöner Artikel werden würde.

Zu Ginnys Überraschung fuhr in diesem Moment Fiona vor.

Die Freundin stieg aus ihrem Wagen und rief aufgeregt: »Sind sie schon da?«

»Was machst du denn hier?«

Fiona grinste. »Gestern hast du mir am Telefon erzählt, dass *Delicious Rose* einen Bericht über Farringdon bringen wird. Ausgerechnet dieses Magazin! Das will ich mir nicht entgehen lassen, deswegen habe ich mir heute freigenommen. Ich muss unbedingt mit den Leuten sprechen.« Sie sah sich suchend um und wiederholte ihre Frage: »Sind sie schon eingetroffen?«

»Sie sind gerade mit Mum im Verkaufsraum«, erwiderte Ginny, dann begann sie zu verstehen und fragte: »Willst du dich etwa bei diesem Magazin bewerben?«

»Warum nicht?«, antwortete Fiona aufrichtig. »*Delicious Rose* ist jedem gut bekannt. Es wäre dufte von dir, wenn du ein gutes Wort für mich einlegst und mich den Leuten vorstellst.«

»Die Redaktion des Blattes ist in London«, erklärte Ginny.

»Das ist einer der Gründe, warum ich bei dem Magazin auf eine Anstellung hoffe.« Sie sah die Enttäuschung in Ginnys Gesicht und fügte hinzu: »Keine Angst, wir bleiben Freundinnen, auch wenn ich von hier fortgehen sollte. Ich bin es leid, immer nur eine kleine Tippse zu sein und bei diesem Provinzblatt zu versauern.«

»Du *bist* eine Tippse und hast keine Erfahrung als Journalistin«, erinnerte Ginny die Freundin, aber Fiona winkte ab.

»Man kann alles lernen. Deswegen brauche ich die Chance, zu beweisen, dass mehr in mir steckt, als nur die Ergüsse anderer abzuschreiben. Ich habe Hunderte von Ideen, die ich derzeit aber nicht umsetzen kann. Wenn ich bei *Delicious Rose* unterkommen könnte, wäre das ein Sprungbrett für mich.«

Ginny erkannte die Entschlossenheit in Fionas Gesicht.

»Also gut, ich stelle dich Anne vor. Mehr kann ich für dich nicht tun, und ich weiß auch nicht, inwieweit Anne Einfluss auf die Personalgestaltung im Verlag hat.«

»Du bist ein Schatz!« Fiona küsste Ginny auf die Wange. »Du wirst schon sehen, ich bekomme diesen Job, und wenn ich erst in London bin, werde ich allen beweisen, was in mir steckt.«

Ginny beneidete die Freundin um deren Selbstsicherheit. Sie selbst war zwar auch nicht gerade schüchtern, hätte sich aber wahrscheinlich nicht getraut, alles hinter sich zu lassen, um in London neu anzufangen. Sie zweifelte nicht daran, dass Fiona es tatsächlich schaffen würde. Wenn nicht bei *Delicious Rose,* dann bei einem anderen Verlag, denn die Freundin hatte wirklich mehr auf dem Kasten, als es auf den ersten Blick schien.

In den folgenden Stunden beantwortete Ginny eine Frage nach der nächsten. Oft musste sie die Antworten mehrmals geben, weil Anne meinte, sie solle sich weniger fachmännisch ausdrücken, sondern in für alle verständlichen, einfachen Worten erklären, wie man eine Rose veredelt und wie wichtig der richtige Zeitpunkt der Schnitte ist. Dabei schwirrten Felix und Stephen um sie herum und drückten immer wieder auf den Auslöser. Anne sprach auch mit den festangestellten Gärtnern und den Hilfskräften. Ginny musste zugeben, dass sich die junge Journalistin sehr bemühte, alles genau zu verstehen, um es später in ihrem Artikel richtig wiederzugeben.

Als die Sonne im Zenit stand, servierte Tessa in der Halle Tee, Kaffee, Limonaden und Gurken-Sandwiches. Über diese Pause waren alle dankbar. Ginny sah, wie Fiona sich angeregt mit Anne unterhielt. Obwohl sie die Freundin ungern nach London gehen lassen würde, hoffte sie, dass Fiona eine Chance bei einem der großen Magazine erhalten würde. Wobei sich Ginny ihre emanzipierte Freundin bei einem Blatt, das sich in erster Linie mit Klatsch über die Reichen und Schönen dieser Welt beschäftigte, schwer vorstellen konnte. Fiona wollte über die Gleichberechtigung der Frauen, über Missstände in der Arbeitswelt, über Umweltverschmutzung, gegen Atomwaffen und über andere ernste Themen schreiben. Vielleicht war es aber wirklich ein Sprungbrett, zunächst in diesem Verlag in London unterzukommen, um von dort dann weitere Schritte zu unternehmen.

Nach der Mittagspause wollte Anne die Reportage in den Gewächshäusern fortsetzen.

»Leider gibt es im Moment nicht viel zu sehen«, sagte Siobhan. »Es wäre besser gewesen, wenn Sie im Winter gekommen wären, dann könnten Sie unsere Winterrosen in voller Pracht blühen sehen.«

»Keine Sorge, Mistress Bentham, wir werden das schon hinbekommen«, antwortete Anne. »Vielleicht kommen wir im November noch mal, um weitere Aufnahmen zu machen. Der Artikel soll ja erst im Spätherbst erscheinen.«

Im größten der Gewächshäuser mussten sich Ginny und Siobhan in Positur stellen. Die Kameras klickten, die Lichter blitzten, und Anne machte sich eifrig Notizen.

Plötzlich deutete sie durch die Scheiben und rief: »Ist das nicht Mister Bentham? Wie schön, dass er es doch möglich machen konnte.«

Anne eilte hinaus, die Fotografen folgten ihr, die Kameras auf Gregory gerichtet. »Mister Bentham, auf ein Wort! Wie kamen Sie auf die Idee, auch im Winter Rosen zu züchten? Wie haben Sie das System entwickelt, und welche ist Ihre schönste Kreation?«

Zu dritt bestürmten sie Ginnys Vater, und Felix knipste drauflos. Schnell drehte Gregory Bentham sich zur Seite und hob einen Arm vor sein Gesicht.

»Nehmen Sie die Kameras weg!«, rief er wütend. »Keine Fotos, das erlaube ich nicht. Hören Sie sofort damit auf!«

»Gregory, bitte.« Siobhan sah Anne verlegen an. »Mein Mann ist es nicht gewohnt, fotografiert zu werden. Wir bitten um Entschuldigung.«

»Da gibt es nichts zu entschuldigen«, knurrte Gregory. »Es ist immer noch mein Recht, darauf zu bestehen, dass man mich in Ruhe lässt.« Er trat zu Felix und streckte die Hand aus. »Geben Sie mir den Film!«

»Daddy, sie meinen es doch nicht böse«, sagte Ginny peinlich berührt. Derart aufgeregt und wütend hatte sie ihren Vater nie zuvor erlebt. »Anne, Stephen und Felix sind sehr nett, und du sollst ja nur ein paar Fragen beantworten.«

»Kein Bedarf«, blaffte er unfreundlich und forderte den jungen Fotografen erneut auf, ihm den Film auszuhändigen.

»Bei allem Respekt, Mister Bentham, das werde ich nicht machen«, antwortete Felix entschieden. »Wir haben alle Fotos im Kasten, und ich sehe keinen Grund, wegen einer Aufnahme alles zu zerstören und noch mal von vorn anzufangen.«

»Daddy, bitte!« Ginny versuchte, sich bei ihrem Vater einzuhängen, er schüttelte sie jedoch ab wie ein lästiges Insekt. Eine solche Reaktion war außergewöhnlich, und Ginny starrte ihn fassungslos an.

»Ich verbiete Ihnen, ein Foto von mir zu veröffentlichen«, sagte Gregory entschieden. »Das ist mein gutes Recht!« Er drehte sich um und stapfte zornig davon. Ginny hörte ihn noch sagen: »Was für eine schwachsinnige Idee! Niemals hätte ich meine Zustimmung geben dürfen.«

Betreten sahen Ginny und Siobhan sich an. Anne löste die angespannte Situation, indem sie leichthin sagte: »Machen Sie sich keine Sorgen, Mistress Bentham, solche Reaktionen sind mir nicht fremd. Manche Menschen möchten nicht im Mittelpunkt des Interesses stehen. Ich denke, wir haben jetzt genügend Material zusammen. Sollten sich noch Fragen ergeben, rufen wir Sie an.«

Die drei packten ihre Sachen zusammen, und erst als das Auto der Reporter das Gelände von Farringdon Abbey verlassen hatte, näherte Gregory sich wieder seiner Familie.

»Wie konntest du nur so unfreundlich sein!«, rief Siobhan verärgert. »Die Leute waren wirklich sehr nett, sie wollten doch nur von allen hier auf Farringdon Fotos machen, außerdem bist du der Chef, und die Gewächshäuser sind dein Verdienst.«

Gregory zischte verärgert: »*Ich* wollte die Leute nicht hier haben. Trampeln überall herum, bringen alles durcheinander, und am Ende können wir weiß Gott was in der Zeitung lesen. Einmal und nie wieder, das schwöre ich!«

Auf das schroffe Verhalten ihres Vaters konnte Ginny sich keinen Reim machen. Auch Fiona, die alles mitbekommen hatte, war verwirrt. Seit sie und Ginny Schulmädchen gewesen waren, kannten sie Gregory Bentham als jemanden, der auch Fremden gegenüber immer sehr höflich war. Manchmal zwar etwas streng, besonders zu seinen Angestellten, aber um ein solches Geschäft am Laufen zu halten, war eine gewisse Strenge notwendig.

»Wer weiß, welche Laus ihm heute über die Leber gelaufen ist«, sagte Fiona später zu Ginny. Die Mädchen hatten es sich mit einer Zitronenlimonade auf der Terrasse bequem gemacht.

»Auch Väter haben mal einen schlechten Tag.« Ginny sog an ihrem Strohhalm. »Allerdings ...«

»Was?«

»Na ja, wenn ich darüber nachdenke ... Ich habe noch nie ein Foto von meinem Vater gesehen.«

Fiona lachte. »Warum auch? Du siehst ihn ja jeden Tag in leibhaftiger Größe vor dir.«

Ginny lächelte nicht und fuhr nachdenklich fort: »Auf dem Flügel in der Bibliothek stehen Bilder der ganzen Familie, wie du weißt. Hauptsächlich der Leute, die nicht mehr am Leben sind, aber auch einige Aufnahmen von Mum und mir, als ich noch ein Baby gewesen war. Allerdings keines von meinem Dad. Es muss doch Fotos von ihrer Hochzeit geben und so.«

Fiona zuckte mit den Schultern. Im Moment interessierte sie Gregory Benthams Widerwille gegen Fotografien nicht sonderlich. Die Journalistin Anne hatte nämlich gesagt, bei *Delicious Rose* wären frische Gesichter und neue Ideen immer willkommen, und hatte ihr eine Visitenkarte mit der Adresse gegeben, unter der sie sich bewerben konnte, und zudem versprochen, bei ihrem Chef ein gutes Wort für Fiona einzulegen.

Gregory ließ sich beim Abendessen entschuldigen. Er müsse wichtige Unterlagen durchsehen und Bestellungen tätigen, richtete Tessa der Familie aus. Grandma Phyliss zog nur eine Augenbraue hoch, während Siobhan immer noch verärgert war und dies auch nicht verbarg. Dementsprechend laut klapperte sie mit ihrem Besteck, was ihr eine Rüge von Phyliss einbrachte.

»Ach, Mum, du hättest Gregory erleben sollen!«, rief Siobhan. »Es hätte nicht viel gefehlt, und er hätte die Reporter eigenhändig vom Grundstück geworfen.«

»Er wird seine Gründe haben.« Grandma Phyliss reagierte überraschend verständnisvoll. »Das ist aber noch lange kein Grund, die Contenance zu verlieren, meine Tochter.«

Ginny, die sich auf das alles keinen Reim machen konnte, aß schweigend und zog sich unmittelbar nach dem Essen in ihr Zimmer zurück.

Nur wenige Minuten später klopfte es, und ihr Vater trat ein.

»Ich glaube, ich bin dir eine Erklärung schuldig.«

»Mum ist immer noch mächtig sauer.« Ginny sah ihn erwartungsvoll an. »Du musst natürlich nichts erklären, deine Reaktion, als Felix dich fotografiert hat, war aber schon seltsam.«

Gregory seufzte, setzte sich auf die Bettkante und klopfte auf das Laken.

»Komm, setz dich zu mir, mein Mädchen.« Er legte einen Arm um die Schultern seiner Tochter und sagte leise: »Heute Mittag habe ich ziemlich überreagiert, das tut mir leid. Aber damals, als ich inhaftiert war, du weißt schon ...« Er zögerte, nervös öffneten und schlossen sich seine Finger. Es fiel ihm sichtlich schwer, die nächsten Worte zu formulieren. »Ich sollte dich mit diesen Dingen nicht belasten.«

»Daddy, du kannst mit mir über alles sprechen«, erwiderte Ginny. »Ich bin stark genug, alles zu erfahren, und deine Vergangenheit gehört irgendwie auch zu mir.«

»Ich erzählte dir, dass man mich gefoltert hat, um die Namen der anderen aus der Widerstandsgruppe zu erfahren«, fuhr er fort, und es schien, als spräche er zu sich selbst. »Oft ließen sie mich nicht schlafen. Immer wenn ich kurz davor war, einzuschlafen, haben sie mir entweder eiskaltes Wasser über den Kopf gegossen, oder ich wurde mit Lichtblitzen wach gehalten. Dabei lachten sie verächtlich, es hat ihnen nämlich gefallen, mich zu quälen. Wenn ich heute einen Blitz sehe, dann ... dann ...«

Ginny barg ihr Gesicht in seiner Halsbeuge. »Deswegen gibt es keine Fotografien von dir?«, fragte sie.

Er nickte. »Meine Haltung muss dir extrem erscheinen, ich möchte aber einfach nicht fotografiert werden.«

»Hast du das auch Mum gesagt?«

Gregory seufzte. »Ich sollte es tun. Heute Mittag kam einfach alles wieder hoch. Ich dachte, ich wäre wieder in der Zelle, und alles beginnt von vorn ...«

»Pst!« Ginny legte einen Finger auf seine Lippen. »Ich verstehe dich sehr gut. Was die Journalisten denken, ist mir egal, wir werden sie ohnehin nicht wiedersehen. Lass sie doch schreiben, was sie wollen. Du hattest von Anfang an recht: Farringdon hat diese Werbung nicht nötig, unsere Kunden wissen die hervorragende Qualität unserer Rosen auch ohne eine großangelegte Werbekampagne zu schätzen.«

Er drückte sie fest an sich. »Ich wünschte, ich brauchte dich mit solchen Dingen nicht zu belasten. Du sollst unbeschwert leben können, ohne die Schatten der Vergangenheit deines alten Vaters.«

»Du bist doch nicht alt!« Ginny knuffte ihm lachend in die Seite. »Vergessen wir es einfach, ja?«

Er nickte und ging schleppenden Schrittes aus dem Zimmer. Ginny hatte den Eindruck, als wäre er um Jahre gealtert. Sie machte sich große Sorgen um ihren Vater und schämte sich, durch ihre Fragen die Erinnerungen in ihm wachgerufen zu haben. Sie hatte ja nicht ahnen können, welchen Stein sie ins Rollen brachte, als sie mehr über seine Vergangenheit erfahren wollte.

Wenige Tage später fuhr Ginny mit dem Bus nach Lymington in die öffentliche Bibliothek. Sie lieh sich alles aus, was über das Dritte Reich zu bekommen war, besonders interessierte sie der deutsche Widerstand. Die Bücher verbarg sie jedoch vor ihren Eltern und las heimlich am Abend in ihrem Zimmer. Ein Schreckensszenario breitete sich vor ihr aus. In der Schule hatte sie nur einen Bruchteil von all dem zu hören bekommen, was damals in Europa geschehen war. Sie fragte sich, wie sie so viele Jahre derart blind hatte sein können, und war Gott dankbar, heute in England leben zu dürfen. Sie musste niemals hungern, war niemals wegen ihres Glaubens oder ihrer politischen Einstellung mit dem Tod bedroht worden und hatte ein festes Dach über dem Kopf. Vor allen Dingen lebte sie in einer Familie, die einander liebte, stets zusammenhielt und in der jeder auf jeden vertrauen konnte. Es war ein großes Privileg, in der heutigen Zeit in England zu leben, fern von Kriegen und Verfolgungen – zumindest hier in der beschaulichen Ruhe von Farringdon Abbey. Ginny fragte sich, wie es wohl wäre, wenn sie von einem Tag auf den anderen aus Farringdon würde fliehen und um ihr Leben rennen müssen – mit nicht mehr als dem, was sie am Leib tragen konnte. Ihre Familie und Freunde zu verlassen, in der Ungewissheit, jemals wieder zurückkehren zu können, und vielleicht in ein Land und unter Menschen zu kommen, deren Sprache sie nicht beherrschte und deren Kultur ihr fremd war.

Sie bewunderte ihren Vater, der trotz der schrecklichen Erlebnisse zu einem normalen Leben gefunden hatte. Viele, die damals eingesperrt und gequält worden waren, hatte diese Zeit für immer zerstört.

Je mehr Ginny über die Vergangenheit erfuhr, desto mehr sank ihre Hoffnung, dass James von ihrer Familie akzeptiert werden würde. Er hatte beiläufig erwähnt, sein Vater wäre ein einfacher Soldat gewesen und an der Front gefallen. Den Männern war nichts anderes übriggeblieben, als in den Krieg zu ziehen und zu kämpfen, sonst wären sie wegen Fahnenflucht erschossen worden. Wie würde sie sich verhalten, wenn England erneut in einen Krieg verwickelt werden würde und ihr Heim bedroht wäre? Würde nicht auch sie zu den Waffen greifen und ihr Hab und Gut verteidigen?

Die Deutschen haben diesen Krieg begonnen, mahnte eine Stimme in Ginnys Kopf. Sie mussten sich und ihr Land nicht verteidigen. Hitler hatte ein ganzes Land in den Abgrund gestoßen, und nur wenige hatten es gewagt, sich gegen die Diktatur aufzulehnen. Gregory Bentham war einer von ihnen gewesen – und er hatte seinen Mut teuer bezahlt.

Mehrmals versuchte Ginny, an James zu schreiben, was ihrem Vater widerfahren war. Sie fand aber nie die richtigen Worte und zerriss die Briefe wieder. Das konnte sie James nicht schriftlich mitteilen, sie musste es ihm aber sagen, damit er verstand, warum sie ihrer Familie noch nichts von ihm erzählt hatte. Wann würden sie sich wiedersehen? Würden sie sich überhaupt jemals wiedersehen? Interpretierte sie nicht doch zu viel in seine Blicke und Worte, ausgetauscht in der entspannten Atmosphäre schöner Sommertage, in denen sie beide glaubten, ihnen gehöre die Welt?

So schrieb Ginny im ersten Brief, den sie nach Deutschland schickte, über das anhaltende warme Sommerwetter, die aktuelle Langspielplatte der Beatles und welches Lied ihr besonders gefiel und darüber, dass es ihnen gelungen war, den Rosenschädling vollständig zu vernichten. In den folgenden Wochen stürzte Ginny sich in die Arbeit, denn bevor der Herbst kam, gab es noch viel zu tun.

9

 Großwellingen, Deutschland, August 1965

Wilhelm Kleinschmidt kippte den Schnaps in einem Zug hinunter, rülpste und griff gleich wieder zur Flasche, um sich nachzuschenken.

»Und ich sage dir, Eugen, wir werden bauen!« Seiner Ausdrucksweise waren die vier Bier und drei Schnäpse bereits deutlich anzuhören. »Wer ist denn hier der Bürgermeister? Hä? Ich lasse mir doch von diesen Fratzen in ihren Anzügen nichts vorschreiben.« Krachend traf seine Faust auf die Tischplatte. »Nichts lasse ich mir vorschreiben!«

Eugen Herzog starrte ihn mit glasigen Augen an.

»Du hast versprochen, dass das Freibad gebaut wird, Willy, und dass ich die alleinige Ausschanklizenz bekomme. Deswegen habe ich einen Kredit aufgenommen und in den neuen Braukessel investiert.«

Mit zitternden Fingern kramte Kleinschmidt aus der Jackentasche eine Zigarre hervor, biss das Ende ab und spuckte es in hohem Bogen auf den Fußboden. Er paffte zwei, drei Züge, dann lallte er mit einem schiefen Grinsen: »Mach dir keine Sorgen, Eugen! Ein Wilhelm Kleinschmidt steht immer zu seinem Wort und bekommt, was er will!«

Am Abend hatte der Gemeinderat im Nebenzimmer des *Roten Ochsen* getagt. Neben den alltäglichen Punkten war auch über ein Freibad gesprochen worden, das zwischen Groß- und Kleinwellingen gebaut werden sollte. Ein eigenes Freibad würde nicht nur die Einheimischen, sondern auch Badegäste aus der Umgebung anziehen. Das Holz, das für die Umkleidekabinen und die Freibad-Gaststätte erforderlich war, würde natürlich Kleinschmidts Sägemühle liefern, der Ausschank sollte von Eugen Herzog betreut werden. So würden beide von dem Projekt profitieren. Bauer, Räpple und Fingerle hatten im Gemeinderat jedoch ihre Zustimmung verweigert.

»Was brauchen wir ein Freibad?«, hatte Bauer gesagt. »Wir haben den Sonnensee, in dem man schwimmen kann.«

»Genau!«, hatte Fingerle gerufen. »Nicht nur, dass ein großes Stück Natur unwiderruflich zerstört werden würde – an den Wochenenden rollen dann die Blechlawinen aus der Stadt hier heraus, verpesten die Luft, und die Leute lassen ihren Müll liegen.«

»Wir brauchen keine Fremden.« Auch Räpple stellte sich gegen Kleinschmidt. »Dieses ganze moderne Zeug ist eine immer mehr um sich greifende Unsitte.«

So konservativ Kleinschmidt in privaten Dingen war – für *seine* Kleinstadt wollte er den Fortschritt. Die drei hatten nicht auf Kleinschmidt gehört, der mehrmals betont hatte, dass sich Großwellingen der Zukunft nicht länger verschließen konnte.

»Wir können doch nicht auf dem Stand wie vor dem Krieg bleiben, Männer! Die Erde dreht sich weiter, und wir verpassen den Anschluss. Ein Freibad ist heutzutage wirklich kein Luxus mehr. Die Einwohner werden es uns danken.«

Grimmig hatte Bauer die Stirn gerunzelt.

»Ich würde meiner Tochter ohnehin nicht erlauben, öffentlich baden zu gehen, dazu noch in so einem schamlosen Zweiteiler, diesem … diesem …«

»Du meinst Bikini«, sprang Fingerle in die Bresche. »Ich erinnere mich, dass du die Andress im Bond-Film in diesem Ding nicht ungern angesehen hast.«

»Das ist etwas völlig anderes!«, beharrte Bauer. »So ein Freibad dient nur dazu, dass die Jungs Stielaugen bekommen. Wer weiß, was da alles passieren kann.«

Fassungslos über so viel Engstirnigkeit, hatte Kleinschmidt ein Bier nach dem anderen getrunken. Als er und Herzog allein waren, hatte Herzog eine Flasche Obstler geöffnet, die mittlerweile zur Hälfte leer war. Die Polizeistunde war zwar längst vorüber, Herzog hatte den Schankraum aber abgesperrt. Außerdem arbeitete der älteste Sohn des einzigen Polizisten bei Kleinschmidt in der Sägemühle. Der Gesetzeshüter würde also mit geschlossenen Augen am *Roten Ochsen* vorbeigehen, sollte er dort Licht bemerken.

»Ein wenig kann ich Bauer verstehen«, griff Herzog das Thema wieder auf. »Meine Susi dürfte es nicht wagen, sich derart knapp bekleidet den Männern zur Schau zu stellen.«

Kleinschmidt zwinkerte dem Freund zu und grinste.

»Die Susanne, das ist ein patentes Mädel! Die ist genau richtig, und Hans-Peter soll endlich Nägel mit Köpfen machen. Rechtsverdreher will er werden! Pah! Ich hätte ihm diesen Furz im Hirn nie erlauben sollen. Verdammt, er soll die Susi heiraten und in deine Brauerei einsteigen, wenn er schon nicht meinen Betrieb übernehmen will.« Kleinschmidts Wangen glühten. Er hatte sich in Rage geredet und kippte einen Obstler nach dem anderen wie Wasser hinunter.

»Wir können die beiden jungen Leute nicht zu einer Heirat zwingen«, erklärte Herzog. »Natürlich könnte ich deinen Hansi in meinem Betrieb gut gebrauchen, besser heute als morgen, was aber sollen wir machen? Die Zeiten, in denen Kinder noch die Wünsche ihrer Eltern respektierten und befolgten, sind vorüber.«

Kleinschmidts Blick wurde verschlagen. Er beugte sich vor und flüsterte: »Die Susi soll sich mal ins Zeug legen, Hans-Peter ist auch nur ein Mann. Es wird ja wohl nicht so schwer sein, ihn in ihr Bett zu bekommen, und dann ...«

Zuerst wollte Herzog diesen Vorschlag entrüstet von sich weisen, dann begann er jedoch zu verstehen.

»Du meinst, wenn der Hansi meiner Susi ein Kind macht, dann kann er gar nicht anders, als sie zu heiraten.«

»Genau!« Kleinschmidt zwinkerte mit glasigem Blick. »Dann ist das mit dem Studium ein für alle Mal gegessen. Der Junge wird arbeiten müssen, um seine Familie ernähren zu können. Diese Studenten liegen doch nur den ganzen Tag auf der faulen Haut oder lungern an irgendwelchen Straßenecken herum. Es würde mich nicht wundern, wenn Hans-Peter sogar Rauschgift konsumieren würde ...«

»Jetzt mach aber mal einen Punkt«, unterbrach Herzog ihn. Er war nicht ganz so betrunken wie Kleinschmidt. »Dein Sohn ist in Ordnung, und heutzutage haben die jungen Leute eben andere Einstellungen. Sollte er Rauschgift oder sonstiges Zeug nehmen, würde ich ihm meine Susi ohnehin niemals geben.«

»Eugen, du hättest ihn sehen sollen, wie er aus England zurückgekommen ist!«, rief Kleinschmidt. »Schmutzig und verwahrlost wie ein Landstreicher. Wahrscheinlich hat er uns sogar Läuse ins Haus geschleppt. Bei den Tommys ist doch alles möglich. Er wäre in London gewesen, hat er gesagt. London! Ich frage mich, wo er sich dort herumgetrieben hat und mit wem.« Kleinschmidt spie in hohem Bogen ein Gemisch aus Tabak und Speichel auf den Boden. Ihm war es gleichgültig, wer am nächsten Morgen die Schweinerei beseitigen musste. Mit jedem weiteren Schnaps redete er sich mehr in Rage.

»Wahrscheinlich hat er in einer Kommune gehaust, wo nackte Mädchen tanzen und es jeder mit jedem treibt.«

Eugen Herzog ließ ihn reden, auch wenn er anderer Meinung war, denn Kleinschmidt hatte einen Alkoholpegel erreicht, bei dem es besser war, ihm nicht zu widersprechen.

»Einfach ekelhaft! Ich hätte größte Lust, Hans-Peter persönlich in eine Wanne zu stecken, ihn von oben bis unten abzuschrubben und ihm den Kopf zu scheren.«

Herzog kicherte, Speichel lief an seinem Kinn hinunter.

»Wenn du das machst, dann ruf mich an. Einen solchen Anblick will ich mir nicht entgehen lassen.«

Herzog schenkte die Schnapsgläser voll, und die Männer prosteten sich zu. Die Uhr des Turms der Kapelle in Kleinwellingen schlug die zweite Nachtstunde.

Weder Herzog noch Kleinschmidt hatten bemerkt, dass ihr Gespräch von Susanne belauscht worden war. Sie war aufgewacht und in die Küche hinuntergegangen, um sich eine Flasche Sprudel zu holen, da hatte sie gehört, wie ihr Name gefallen war. Durch die einen Spaltbreit geöffnete Tür hatte sie Kleinschmidts Vorschlag, sie solle Hans-Peter verführen und sich von ihm ein Kind machen lassen, mit angehört. Unwillkürlich schlug ihr Herz schneller. Sie hätte nichts dagegen, mit Hans-Peter zu schlafen. Im Gegenteil, Susanne konnte sich für ihr erstes Mal keinen anderen Mann vorstellen. Sie wünschte, sie hätte eine Freundin, mit der sie über Sex und all das sprechen konnte. Die Mädchen aus ihrer Clique und diejenigen, die sich im *Ochsen* trafen, waren zwar nett, Susanne hatte aber zu keiner eine so enge Beziehung, um Gespräche über solche Themen zu führen. Nachdem ihre Mutter gestorben war, hatte sie sich um ihren Vater und den Haushalt kümmern müssen, später dann auch um das Gasthaus. Es war keine Zeit geblieben, um intensive Freundschaften zu pflegen. In der Hauswirtschaftsschule hatte Susanne sich zwar mit einem Mädchen näher angefreundet, diese war dann aber mit ihren Eltern an den Bodensee gezogen, und der Kontakt war abgebrochen. Liebe und Sex waren keine Themen, über die sie mit ihrem Vater sprechen konnte, und Tante Else, eine Cousine ihres Vaters und die einzige Frau in ihrer Familie, bekam allein bei der Erwähnung von Sex einen hochroten Kopf. In der BRAVO, einer Zeitschrift, die über Musik und Filme berichtete, wurden zwar Ratschläge zu Beziehungsfragen gegeben, das Heft konnte Susanne aber nur heimlich und unregelmäßig lesen, denn in dem kleinen Tabakwaren- und Zeitschriftengeschäft in Großwellingen wurde ein *solcher Schund*, wie die Älteren die BRAVO nannten, nicht verkauft. Nur wenn sie ab und zu nach Kirchheim kam, konnte sie sich das Heft besorgen. Dann setzte sie sich damit in den kleinen Park neben dem Schloss und verschlang die Artikel.

Susanne überlegte, ob es ihr tatsächlich gelingen könnte, Hans-Peter zu verführen. Es war ein verlockender Gedanke, ihre Vernunft sagte ihr jedoch, dass sie am Ende die Gelackmeierte wäre, sollte sie tatsächlich schwanger werden. Sie zweifelte zwar nicht daran, dass Hans-Peter zu ihr stehen und für das Kind bezahlen würde – würde er sie aber wirklich heiraten? Wenn nicht, war mit einem unehelichen Kind ihr Leben unwiderruflich zerstört. Die Leute würden mit Fingern auf sie zeigen, und sie würde niemals einen anderen Mann finden.

Hans-Peter war volljährig, niemand konnte ihn zu einer Ehe zwingen, ohnehin lehnte er sich gegen alles auf, was sein Vater von ihm verlangte. Außerdem war sie vernünftig genug, um einzusehen, dass sie nicht aus Pflichtgefühl, sondern aus Liebe geheiratet werden wollte. Susanne wusste nicht, woher sie die Pille bekommen konnte. Ihren Hausarzt konnte sie nicht darum bitten. Ihr Vater würde es keine Stunde später erfahren – ärztliche Schweigepflicht hin oder her, der Arzt und ihr Vater waren alte Schulfreunde. Sie würde einen anderen Arzt in der Stadt, wo niemand sie kannte, aufsuchen müssen. Über die Pille musste sie sich ohnehin erst dann Gedanken machen, wenn sich zwischen ihr und Hans-Peter etwas anbahnen würde, was Susanne derzeit bezweifelte.

Seit er vor drei Wochen aus England zurückgekehrt war, hatte ihn Susanne nur ein Mal gesehen, und das auch nur für wenige Minuten. Hans-Peter war in den *Ochsen* gekommen, hatte ein Bier getrunken und ihr eine kleine Spardose in Form einer roten Telefonzelle in die Hand gedrückt.

»Da, du wolltest doch, dass ich dir etwas mitbringe.«

Susanne war schrecklich enttäuscht gewesen, hatte sich aber höflich bedankt. Sie hatte etwas Persönlicheres, vielleicht sogar etwas Romantisches als Mitbringsel erwartet, nicht ein typisches Touristensouvenir, das es in London vermutlich an jeder Ecke gab. Der englische Penny in der Spardose, zu dem Hans-Peter meinte, er solle ihr Glück bringen, tröstete sie auch nicht. Auf ihre Fragen nach dem Konzert hatte Hans-Peter außergewöhnlich einsilbig geantwortet, dabei hatte Susanne erwartet, er würde vor Begeisterung übersprudeln und ihr jede noch so kleine Einzelheit erzählen. Über seinen spontanen Aufenthalt in London hatte er gar nicht gesprochen, sondern sein Bier hastig ausgetrunken und war mit der gemurmelten Entschuldigung, er müsse noch etwas für die Uni tun, wieder verschwunden. Dabei waren Semesterferien. Seit diesem Tag hatte Susanne ein ungutes Gefühl. Sie spürte, dass in England etwas vorgefallen sein musste, das den Freund verändert hatte.

In ihrem Zimmer zog sich Susanne das Nachthemd über den Kopf und betrachtete im Spiegel ihren nackten Körper. Ihre Rundungen entsprachen zwar nicht dem gängigen Schönheitsideal, trotzdem mochte sie ihre Figur. Sie war zwar nicht schlank, ihre Haut aber fest, im Gesicht und an den Armen von der Sommersonne leicht gebräunt, und wenn sie bediente, warf so mancher männliche Gast mehr als einen verstohlenen Blick in ihr Dekolleté. Niemand hätte jedoch gewagt, sich ihr zu nähern oder ihr gar unsittliche Anträge zu machen, denn keiner wollte sich mit Eugen Herzog anlegen. Susanne legte die Hände auf ihre Brüste und stellte sich vor, wie es wäre, von Hans-Peter berührt zu werden. Vielleicht war der Vorschlag von Wilhelm Kleinschmidt gar nicht so weit hergeholt, und sie sollte wirklich versuchen, ihre weiblichen Reize einzusetzen, um den Freund aus der Reserve zu locken.

Leise, um seine Mutter nicht zu wecken, hörte Hans-Peter bereits zum vierten Mal das Album *Help*, das er gestern in Kirchheim endlich hatte kaufen können. Er wünschte, sein Plattenspieler hätte einen Anschluss für einen Kopfhörer, denn die Musik leise anhören zu müssen war nur der halbe Genuss. Er hatte aber kein Geld für einen modernen Plattenspieler, und Kleinschmidt würde er ganz sicher nicht darum bitten.

Durch die kostenlose Logis im Haus von Ginnys Tante hatte Hans-Peter zwar etwas Geld eingespart, sich davon aber eine

Zugfahrkarte von Calais nach Stuttgart geleistet, um auf direktem Weg nach Hause zu kommen. Nun war er pleite. Vor zwei Wochen hatte er an Ginny geschrieben. Nie zuvor war ihm ein Brief so schwergefallen. Nun ja, eigentlich hatte er bisher in seinem Leben nur selten Briefe geschrieben, und an eine Frau, die Tag und Nacht seine Gedanken beschäftigte, ohnehin nicht. Es war auch kein Liebesbrief geworden. Hans-Peter hatte Ginny mitgeteilt, er wäre gut zu Hause angekommen, das Wetter sei warm und sonnig und sie möge ihrer Tante noch mal für die Tage in London danken und die anderen von ihm grüßen.

Vielleicht hätte er schreiben sollen, wie sehr er Ginny vermisste? Vielleicht mit *Ich küsse Dich* anstatt mit *Lieben Grüßen* unterzeichnen sollen? Verflixt, was schrieb man einer Frau, deren Gesicht einem jede Minute des Tages vor Augen stand? Seinen Freund Klaus, der sicher schon zahlreiche Liebesbriefe verfasst hatte, konnte Hans-Peter nicht fragen. Klaus war mit ein paar Kumpels zum Zelten an den Chiemsee gefahren. Und mit seiner Mutter sprach Hans-Peter nicht über seine Gefühle. Das wäre ihm zu peinlich.

Gestern war nun endlich Ginnys Antwort eingetroffen. Seine Mutter hatte den blauen Luftpostbrief in der Hand gehalten, auf die Briefmarke gestarrt und gefragt: »Wer schreibt dir denn aus England?«

»Ich habe dort ein paar Leute kennengelernt«, hatte Hans-Peter ausweichend geantwortet, »mit denen ich auch in London war. Du weißt doch, ich habe dir von Norman und Elliot erzählt. Sie haben einen Autohandel, verkaufen schicke Sportwagen. Wann ist der Brief denn gekommen?«

»Heute Vormittag mit der Post …«

»Warum gibst du ihn mir dann erst jetzt?«, unterbrach Hans-Peter sie ungehalten, denn es war bereits nach zweiundzwanzig Uhr.

»Ich hatte es vergessen«, antwortete Hildegard. »Tante Doris und ich haben heute alle Vorhänge gewaschen und die Fenster geputzt, wie du weißt. Da habe ich nicht mehr an den Brief gedacht.« Sie sah auf den blauen Umschlag und fuhr fort: »Die Handschrift sieht aber nicht wie die eines Mannes aus.« Manchmal hatte Hildegard eine sehr genaue Beobachtungsgabe, zu genau für Hans-Peters Gefühl.

»Eher wie die einer Frau.«

»Gib mir endlich den Brief!«

Hans-Peter hatte ihn seiner Mutter aus der Hand genommen. Es lag ihm auf der Zunge, sie an das Briefgeheimnis zu erinnern, das auch die Anschrift und den Absender einschloss. Ginnys Namen erwähnte er lieber nicht, und es war gut, dass auf der Rückseite des Briefes nur *G. Bentham, Farringdon Abbey, Lymington, Hampshire* vermerkt war. Glücklicherweise stellte Hildegard keine weiteren Fragen. Hans-Peter war unverzüglich in sein Zimmer gegangen und hatte Ginnys Brief gelesen. Dieser war ebenso kurz und nichtssagend wie der seine an sie: Das Wetter war schön, der Rosenschädling ausgemerzt, und sie widmete sich einer neuen Kreuzung zwischen einer Tee- und einer Heckenrose. Kein Wort, dass sie ihn vermisste. Nur ganz am Schluss hatte Ginny geschrieben:

Im Oktober treten die Beatles in London auf. Wir werden hinfahren. Vielleicht hast Du Lust, zu kommen? Die anderen und ich werden wieder bei Tante Alicia wohnen.

»Nur zu gern«, murmelte Hans-Peter, faltete den Brief zusammen und versteckte ihn unter seiner Unterwäsche in der

Kommode. Es war keine Frage des Wollens, im Herbst wieder nach London zu reisen, sondern des Geldes. Außerdem konnte er nicht schon wieder Vorlesungen versäumen, denn im Herbst und Winter standen wichtige Klausuren an. Er wollte das Studium so schnell wie möglich hinter sich bringen. Nicht mehr länger von Kleinschmidts Geld und Wohlwollen abhängig zu sein, das hatte für Hans-Peter erste Priorität. Deswegen würde er Ginny schreiben müssen, dass es unmöglich war, im Oktober erneut nach England zu reisen. Allein jedoch, dass sie ihn gefragt hatte, zeigte, dass sie ihn wiedersehen wollte. Das schrieb ein Mädchen nicht, wenn es einen Jungen nicht wieder treffen wollte, oder? Verflixt, er musste bei seinem nächsten Brief persönlicher werden. Ginny musste wissen, dass kaum eine Minute verging, in der er nicht an sie dachte. Wie formulierte man solche Gefühle, ohne dass es kitschig oder gar übertrieben klang? Hans-Peter beschloss, Susanne um Rat zu bitten. Sie war schließlich eine Frau und würde ihm sagen können, welche Worte sie von einem Mann gern lesen würde. Am liebsten wäre Hans-Peter sofort nach Kleinwellingen hinübergefahren, um mit Susanne zu sprechen. Inzwischen war es aber nach Mitternacht, er würde also bis morgen warten müssen.

Er griff nach einem Buch, das er sich gestern aus der Bücherei der Stadt geliehen hatte: *Studieren im europäischen Ausland*.

Ein Kapitel beschäftigte sich mit England, und Hans-Peter las, dass dort Studiengebühren erhoben wurden. Diese waren sehr hoch, außer man erhielt ein Stipendium. Dazu kamen die Kosten für ein Zimmer, und von etwas leben musste er ja auch noch. Die Chancen, als Ausländer neben dem Studium eine Arbeit zu finden, waren allerdings gering, denn England hatte eine hohe Arbeitslosenquote und war der EWG bisher nicht beigetreten, was Deutschen das Leben und Studieren einfacher machen würde.

Er seufzte. Das Studium in England fortzusetzen war Wunschdenken. Er wusste nicht einmal, ob Ginny es begrüßen würde, wenn er sein Leben komplett umkrempeln und zu ihr nach England ziehen würde.

Das Geräusch eines Wagens ließ Hans-Peter aufhorchen. Er ging zum Fenster und schob die Gardine zur Seite. Wilhelm Kleinschmidt stieg aus seinem Auto. Er wankte, konnte sich kaum auf den Beinen halten und klammerte sich am Wagendach fest.

»Mal wieder besoffen«, murmelte Hans-Peter. Immer wenn Kleinschmidt von Sitzungen im *Roten Ochsen* kam, war er voll wie eine Haubitze. Trotzdem fuhr er mit dem Auto. Es war nur eine Frage der Zeit, bis einmal etwas passieren würde. Hans-Peter beobachtete, wie Kleinschmidt in der Hosentasche nach seinem Schlüssel kramte. Dafür musste er das Autodach loslassen. Als wäre er eine Marionette, der jemand die Fäden durchtrennte, sackte er zu Boden, fiel auf den Bauch und blieb liegen. Hans-Peter hatte die Türklinke schon in der Hand, um seinem Stiefvater zu helfen, als er es sich anders überlegte. Die Luft war trocken und mild – eine Nacht unter freiem Himmel würde Kleinschmidt nicht schaden.

Am nächsten Morgen war Wilhelm Kleinschmidt ausgesprochen übellaunig, wie immer, wenn er am Abend zuvor zu tief ins Glas geschaut hatte. Eine etwa fünfmarkstückgroße Stelle an seinem Kinn schimmerte blau-violett. Offenbar war er bei dem Sturz gegen das Auto geprallt, Hans-Peter empfand aber kein Mitleid. Kleinschmidt roch nach Zigarrenqualm und hatte immer noch eine deutliche Alkoholfahne. Hildegard hatte sich an den desolaten Zustand ihres Mannes ebenso wie an seinen regelmäßigen Alkoholgenuss gewöhnt. Da es Sonntag war, musste er nicht in die Sägemühle und saß zusammengesunken auf der mit einem pflegeleichten roten Kunststoff bezogenen Eckbank in der Küche.

»Kaffee!« Kaum hatte er das Wort ausgesprochen, stellte Hildegard ihm auch schon eine Tasse hin. Er nahm einen Schluck und rief verächtlich: »Der ist ja lauwarm! Ich will einen heißen Kaffee und zwei Aspirin.«

Hildegard Kleinschmidt zuckte zusammen, nahm die Tasse wieder weg und sagte leise: »Ich mache dir gleich frischen Kaffee und hole die Tabletten.«

Er rülpste unflätig, der Geruch nach Alkohol wehte über den Tisch. Hans-Peter schob seinen Teller mit dem zur Hälfte bestrichenen Marmeladenbrötchen zur Seite. Ihm war der Appetit vergangen.

Kleinschmidt schlürfte den heißen Kaffee, hatte aber für den von Hildegard liebevoll gedeckten sonntäglichen Tisch keinen Blick übrig und verschmähte die frischen Brötchen, die Hans-Peter am Morgen bei Bäckermeister Enderle geholt hatte. Am Sonntag durfte der Bäcker seine Waren zwar nicht offiziell verkaufen, in Großwellingen wusste aber jeder, dass man einfach an der Hintertür der Backstube klopfen und eine duftende Tüte mit krossen, noch warmen Backwaren bekommen konnte.

»Ich hau mich wieder hin«, nuschelte Kleinschmidt und wankte zur Tür. Hans-Peter und Hildegard hörten seine schweren Schritte die Treppe hinaufpoltern und dann die Tür des Schlafzimmers geräuschvoll ins Schloss fallen.

»Gestern Abend war Gemeinderatssitzung«, sagte Hildegard, es klang wie eine Entschuldigung.

»Trank mein Vater auch so viel?«

Hildegard zuckte zusammen. »Was ... wie ...?«

»Ich habe gefragt, ob mein richtiger Vater auch immer betrunken war«, sagte Hans-Peter und ließ seine Mutter nicht aus den Augen.

»Was hast du denn in letzter Zeit andauernd mit deinem Vater?« Hildegard schüttelte den Kopf und begann, den Tisch abzuräumen. »Wilhelm ist dein Vater, er hat dich adoptiert, und ich habe längst vergessen, was früher war.«

Das glaubte Hans-Peter nicht, es hatte aber keinen Sinn, zu versuchen, weiter in seine Mutter zu dringen. Daher fragte er: »Damals, als der Krieg endlich vorbei war und Deutschland von den Siegermächten besetzt worden ist, hast du da eigentlich Kontakt mit Briten gehabt?«

»Mit den Tommys?« Hildegard ließ beinahe einen Teller fallen und fuhr zu Hans-Peter herum. »Warum willst du das wissen?«

»Na ja, ich war gerade in England, da interessiert mich das eben. Die Alb war ja amerikanische Besatzungszone, und die Amis sind immer noch in Stuttgart stationiert.«

Fahrig goss Hildegard sich eine Tasse Kaffee ein und sagte: »Unmittelbar nach Kriegsende sind die Amerikaner nur ein Mal nach Großwellingen gekommen. Von den Leuten hier wollten sie aber nichts wissen. In Kirchheim gibt es keinen Posten, und nach Stuttgart oder sonst wohin komme ich nur selten, wie du weißt.«

»Und die Briten?«, beharrte Hans-Peter auf seiner ursprünglichen Frage.

Hildegards Finger schlossen sich fest um die Tasse. Sie sah nicht auf, als sie antwortete: »Wir hatten damals andere Sorgen, als uns um die Besatzer zu kümmern, wir mussten irgendwie überleben. Wenn die uns in Ruhe ließen, taten wir das auch. Britischen Besatzern bin ich nie begegnet.«

»Wo ist das Grab meines Vaters? In Hamburg?« Für einen Moment befürchtete Hans-Peter, seine Mutter würde ohne ein Wort aufstehen und die Küche verlassen, da sie solchen Fragen meistens auf diese Art aus dem Weg ging, daher sprach er schnell weiter: »Mutti, ich bin volljährig und habe das Recht, zu erfahren, wo ich herkomme und wo meine Wurzeln sind.«

»Es gibt kein Grab«, antwortete Hildegard und starrte auf ihre Fingernägel.

»Heißt das, dass mein Vater nie nach Hause überführt wurde, nachdem er gefallen war?«

Sie nickte. »Ach, Junge, Hunderttausende von Soldaten ruhen irgendwo in fremder Erde, von den meisten weiß niemand genau, wo und wann sie gestorben sind.«

Hans-Peter bemerkte, wie sehr das Gespräch seine Mutter aufwühlte. Er nahm ihre Hand und lächelte.

»Es tut mir leid, wenn dich das alles so aufregt, Mutti.«

Sie wirkte plötzlich sehr erschöpft. »Ich habe dir alles gesagt, was ich weiß, mehr gibt es da nicht. Dein Vater fiel Anfang des Jahres 1945 irgendwo an der Ostfront. In dem damaligen Chaos erhielt ich nur ein kurzes Schreiben von den zuständigen Behörden, ohne nähere Angaben. Lass es ein für alle Mal gut sein. Versprichst du mir das, Hans-Peter?«

Für heute würde er keine weiteren Fragen mehr stellen. Er hatte bei seiner Mutter alte Wunden aufgerissen, die zwar vernarbt, aber noch lange nicht verheilt waren, sofern sie überhaupt jemals heilen würden. Wahrscheinlich waren die Erinnerungen zu schmerzhaft, und Hans-Peter wollte seine Mutter nicht unnötig quälen. Dafür sorgte Kleinschmidt schon zur Genüge.

Der Sonntag machte seinem Namen keine Ehre. Als hätte jemand einen Schalter umgelegt, war es regnerisch und kühl, in der Luft lag bereits der Hauch des nahenden Herbstes. Die Gartenwirtschaft im *Roten Ochsen* war verwaist, im Gastraum saßen ein paar ältere Männer bei ihrem Frühshoppen.

Susannes Augen strahlten, als Hans-Peter eintrat.

»Mit dir hätte ich heute nicht gerechnet«, rief sie und trocknete sich schnell ihre Hände an der Schürze ab.

»Mittagessen fällt heute aus«, erwiderte Hans-Peter und grinste. »Kleinschmidt hat gestern derart gebechert, dass er immer noch seinen Rausch ausschläft, und wir werden erst heute Abend gemeinsam essen. Meine Mutter stellt das Essen warm.«

»Ich weiß, er war gestern hier, und mein Vater hat von dem Obstler auch zu viel erwischt. Er war heute Morgen aber recht munter.«

»Hast du Zeit?«, fragte Hans-Peter. »Ich möchte gern mit dir sprechen.«

Susanne nickte. »Ich kassiere nur noch eben am Stammtisch ab, den Rest schafft Anneliese dann allein.«

Da das Wetter für einen Spaziergang wenig einladend war, gingen sie in den hinteren großen Saal. Es war unangenehm kühl, und fröstelnd zog Susanne die Schultern hoch.

»Hoffentlich war es das jetzt nicht mit dem Sommer«, sagte sie.

Aus der Tasche seiner Bluejeans nestelte Hans-Peter die entsprechenden Münzen, warf sie in die Musicbox und drückte zwei Tasten. Gleich darauf ertönte das neueste Lied von Connie Francis *Du musst bleiben, Angelino*.

Susanne schwang sich auf einen Tisch, ließ die Beine baumeln und sagte: »Schieß los, wo drückt der Schuh?«

»Äh ... wie kommst du darauf, dass mich etwas bedrücken würde?« Lachend strich sie sich eine Haarsträhne hinters Ohr.

»Ein bisschen kenne ich dich schon, Hans-Peter. Außerdem ...«

»Außerdem, was?«

Susanne hatte sagen wollen, dass er seit seiner Reise nach England verändert war, erklärte jetzt aber nur: »Du kannst mir alles sagen, Hans-Peter, wir sind doch Freunde.«

Er ergriff ihre Hand und drückte sie. Seine Berührung war wie ein wärmender Mantel. Leider ließ Hans-Peter sie gleich wieder los, steckte seine Hände in die Hosentaschen und wippte auf den Absätzen vor und zurück.

»Du bist doch eine Frau?«

»Eine wirklich interessante Feststellung«, scherzte Susanne und grinste. »Hast du das tatsächlich erst heute bemerkt?«

»Äh ... entschuldige, aber ... es ist nämlich so, also ...« Er gab sich einen Ruck und stieß hervor: »Du kannst mir sicher ein paar Tipps geben, was man einer Frau schreibt. In einem Brief und so.«

Ein zentnerschwerer Klumpen bildete sich in Susannes Magen. Eine Ahnung schien ihr die Luft abzuschnüren, trotzdem sagte sie leichthin: »Das kommt darauf an, wer diese Frau ist. Deine Mutter? Deine Tante oder eine andere Verwandte?«

Hans-Peter wich ihrem Blick aus, als er antwortete: »Es handelt sich um ein Mädchen. Ich habe sie in England kennengelernt.«

»Eine Engländerin?«

Er nickte, schwang sich neben Susanne auf den Tisch und begann, von Ginny zu erzählen. Erzählte von dem Tag, als er im strömenden Regen auf irgendeiner Landstraße gestanden hatte, bis auf die Knochen durchnässt, und Ginny und ihre Freunde ihn in ihrem Wagen mitnahmen; erzählte von dem Konzert in Blackpool und von den aufregenden Tagen in London.

Am liebsten hätte Susanne sich die Hände auf die Ohren gepresst und gleichzeitig die Augen zugehalten. Sie wollte nicht hören, wie er von dieser Engländerin schwärmte, wollte nicht das sehnsuchtsvolle Glitzern in seinen Augen sehen, wann immer ihr Name fiel. Sie blieb aber unbeweglich sitzen, unterbrach ihn nicht, und kein Muskel in ihrem Gesicht zuckte, obwohl sie das Gefühl hatte, ihre Eingeweide würden sich zusammenkrampfen.

»Sie hat mich für den Oktober nach London eingeladen. Ich kann aber auf keinen Fall weitere Vorlesungen versäumen, da im nächsten Frühjahr die wichtige Zwischenprüfung ist«, schloss Hans-Peter. »Wie soll ich ihr nun eine Absage schreiben, ohne dass sie glaubt, ich wolle sie nicht wiedersehen?«

»Möchtest du sie denn wiedersehen?« Susannes Stimme klang seltsam fremd.

»Mehr als alles andere auf der Welt.«

»Liebst du sie?« Sie musste diese Frage stellen, gleichzeitig fürchtete sie sich vor der Antwort, die in seinem Gesicht wie in einem offenen Buch geschrieben stand.

»Wir kennen uns kaum«, wich Hans-Peter aus, »und ich weiß nicht genau, wie Ginny empfindet. Findest du nicht auch, dass Ginny ein toller Name ist? Eigentlich heißt sie Gwendolyn, das klingt aber viel zu gestelzt und passt überhaupt nicht zu ihr.«

Susanne wollte den Namen der Frau, die Hans-Peters Herz gestohlen hatte, nicht hören, ihr Stolz war aber stärker als ihre Verletzung, daher schaffte sie es, kühl zu fragen: »Angenommen, sie mag dich ebenfalls: Wie soll das mit euch funktionieren? Euch trennen über tausend Kilometer.«

»Ich könnte ganz in ihrer Nähe mein Studium fortsetzen.« Ein Lächeln stahl sich auf seine Lippen. »Gut, dafür muss ich die Sprache besser beherrschen, auch kosten die Universitäten in England Geld, und es gibt viele Hindernisse zu überwinden. Unmöglich wäre es aber nicht.«

Du darfst nicht weggehen!, schrie eine Stimme in Susanne. Schnell biss sie sich auf die Lippen, damit ihnen kein Laut entwich, der Hans-Peter hätte verraten können, wie gedemütigt und verletzt sie sich fühlte. Dabei trug er keine Schuld an ihren Empfindungen. Sie waren Freunde, solange sie denken konnten, und Hans-Peter hatte niemals etwas gesagt oder getan, was auf mehr als Freundschaft schließen ließ.

»Deinen Eltern würde es das Herz brechen, wenn du fortgehst«, flüsterte sie und fügte in Gedanken hinzu: Und mir auch.

Er schnaubte verächtlich. »Meine Mutter wäre vielleicht traurig, ja, Kleinschmidt könnte ich aber keinen größeren Gefallen tun.« Er sah auf und direkt in ihre Augen. »Was soll ich Ginny denn nun schreiben?«

Der Tisch unter ihr schien sich in ein Schiff zu verwandeln, das bei stürmischer See ins Schlingern geriet. Unwillkürlich krallten sich ihre Finger um die Tischkante, weil sie befürchtete, in das mörderische Wasser hinabzustürzen. Sie wusste nicht, wie es ihr gelang, ruhig seine Frage zu beantworten.

»Schreib ihr genau so, wie du es mir erzählt hast. Ehrlichkeit ist immer das Beste. Du wirst sehen, wie sie darauf reagiert. Im schlimmsten Fall hörst du niemals wieder von ihr, dann war sie deiner nicht wert.«

Hans-Peter legte seine Hände um Susannes Kopf und küsste sie leicht auf die Lippen. Ein brüderlicher Kuss, frei von jeder Leidenschaft.

»Ich danke dir, Sanne. Was soll ich bloß ohne dich machen? Du bist wie eine Schwester zu mir.«

Susanne hob ihren Arm und sah auf die Uhr. Hans-Peter bemerkte nicht, wie sehr dieser zitterte, als sie sagte: »So spät schon! Du musst jetzt gehen, ich muss Anneliese helfen, den Mittagstisch vorzubereiten.«

Er gab ihr noch einen leichten Nasenstüber, dann war Susanne allein. Als sie das Knattern seines Mokicks hörte, glitt sie vom Tisch, sackte auf die Knie und schlug die Hände vors Gesicht. Die Tränen strömten ihr über die Wangen. Sie spürte, dass es ihr niemals gelingen würde, in Hans-Peter solche Gefühle zu wecken, wie er für die Engländerin empfand. Nein, sie würde nicht versuchen, ihn zu verführen, die Angst vor seiner Zurückweisung war zu groß. Und schließlich hatte auch sie ihren Stolz.

10

*H*ans-Peter schrieb den Brief noch am selben Tag und brachte ihn am Montagmorgen persönlich zur Post. Da in Großwellingen jeder jeden kannte, Hans-Peter als Sohn des Bürgermeisters ohnehin allen bekannt war, warf der Schalterbeamte einen Blick auf die Adresse des blauen Luftpostumschlages, schüttelte missbilligend den Kopf und meinte:

»Nach England? Seit wann schreibst du denn den Tommys?«

Der Mann war etwa in Kleinschmidts Alter. Bei allem Verständnis für die Überlebenden des Krieges konnte Hans-Peter sich nicht verkneifen, scharf zu fragen: »Ist es mir entgangen, dass das Briefgeheimnis aus dem Grundgesetz gestrichen wurde? Soviel mir bekannt ist, gilt das auch für Adressaten und Absender.«

Der Mann zuckte zusammen, nahm die entsprechende Briefmarke und frankierte den Umschlag. Während Hans-Peter das Porto bezahlte, sagte er aber noch: »Scheinst heute wohl mit dem falschen Fuß aufgestanden zu sein.«

Hans-Peter ließ das unkommentiert.

Ginnys Antwort kam postwendend, dieses Mal nahm Hans-Peter den Brief selbst in Empfang.

Natürlich kannst du nicht so bald wieder zu uns kommen, das verstehe ich, schrieb sie in ihrer etwas eckigen Schrift, *aber ich habe eine andere Idee. Dir hat es doch in London gefallen, nicht wahr? Weihnachten werden wir alle bei Tante Alicia und Onkel Henry verbringen, das ist*

Tradition. Vielleicht kannst du es dann einrichten? Die Stadt hat in der Weihnachtszeit ein ganz besonderes Flair, und ich glaube, unsere Art, die Geburt Christi zu feiern, unterscheidet sich erheblich von euren deutschen Traditionen. Ein Zimmer im Haus meiner Tante ist immer frei ...

Dieses Mal brauchte Hans-Peter niemanden um Rat zu fragen, um eine Antwort zu verfassen. Bis Weihnachten waren es noch fast vier Monate. Zeit genug, um trotz der Uni zu arbeiten und sich das Geld für die Reise zu verdienen. Obwohl Hans-Peter den Sommer mehr liebte als den Winter, konnte er es kaum erwarten, dass endlich die Blätter fielen und es Dezember wurde.

Im neuen Semester kniete sich Hans-Peter noch mehr als sonst in die Arbeit. Klaus Unterseher war braungebrannt aus den Ferien zurückgekehrt, und gleich am ersten Abend waren die Freunde in einer Studentenkneipe der Altstadt versackt. Klaus hatte alles über Hans-Peters Reise nach England hören wollen, und Hans-Peter hatte bereitwillig von dem Konzert erzählt. Dabei hatte er das Gefühl, wieder mittendrin zu sein.

»Du kannst dir nicht vorstellen, wie verrückt die Mädchen sich verhalten, wie laut sie kreischen und toben! Was wir ab und zu im Fernsehen zu sehen bekommen, ist nichts im Vergleich dazu, wie es wirklich zugeht. Manche reißen sich sogar die Haare aus oder werden ohnmächtig.«

»Bekommen die dann überhaupt etwas von dem Konzert mit?«, stellte Klaus die berechtigte Frage.

Hans-Peter grinste. »Nicht viel, das scheint aber nichts auszumachen.«

»Glaubst du, die Beatles kommen auch mal nach Deutschland?«, fragte Klaus. »So viele Fans, wie sie hier haben, sollte man das doch erwarten.«

»Bisher ist nichts bekannt«, antwortete Hans-Peter. »Sollte das jedoch der Fall sein, werde ich mich rechtzeitig um Eintrittskarten kümmern.«

Er hatte dem Freund von seinem Versäumnis bezüglich der Karten für Blackpool erzählt, dabei auch Ginny und deren Freunde erwähnt. Eine innere Scheu hielt Hans-Peter jedoch davon ab, Klaus seine Gefühle für Ginny zu offenbaren. Über solche Dinge sprachen sie nie miteinander. Klaus glaubte nicht an die einzige, immerwährende Liebe, und an die Liebe auf den ersten Blick, die ein ganzes Leben anhielt, schon gar nicht. Klaus erklärte immer mal wieder, niemals heiraten zu wollen.

»Dafür gibt es viel zu viele schöne Mädchen, wieso sollte ich mich an eine Einzige binden?« Das waren seine Worte. Ebenso groß wie seine Abneigung gegenüber einer Ehe war auch seine Angst, zum Vater gemacht zu werden. So ging er mit den Mädchen aus, schäkerte und flirtete mit ihnen, tauschte heiße Küsse aus und manchmal auch etwas mehr, schlief allerdings niemals mit ihnen. Hans-Peter vermutete, dass sein Freund nicht wenigen Mädchen das Herz gebrochen hatte. Er war aber weit davon entfernt, Klaus Vorwürfe zu machen oder ihm gar ins Gewissen zu reden. Schließlich mischte sich Klaus in seine Privatangelegenheiten auch nicht ein.

Im Herbst gab es in der Baufirma von Klaus' Vater nicht genügend Arbeit für Hilfskräfte, durch einen Aushang in der Uni fand Hans-Peter jedoch eine regelmäßige Anstellung als Nachhilfelehrer für Englisch, und zusätzlich arbeitete er drei- bis viermal in der Woche als Aushilfskellner in einem Tübinger

Lokal, das vorrangig von Studenten besucht wurde. So waren seine Nächte kurz, und in besonders trockenen theoretischen Vorlesungen hatte Hans-Peter Mühe, die Augen offen zu halten.

Während Klaus in gewohnter Manier durch die Kneipen und Beatschuppen zog, steckte Hans-Peter in seiner Freizeit die Nase in die Bücher. Zum Bedauern seiner Mutter kam er auch an den Wochenenden nur selten nach Großwellingen.

»Wer wäscht denn deine Wäsche?«, fragte sie am Telefon. »Und, Junge, du musst doch auch mal etwas Anständiges in den Magen bekommen und nicht immer nur in der Mensa essen!«

Hans-Peter versicherte, er sei durchaus in der Lage, seine Wäsche selbst zu waschen, und fügte hinzu: »In der Kneipe, in der ich arbeite, kann ich auch essen.«

»Anfang November kommst du aber nach Hause?«

»Gibt es einen besonderen Grund?«

Er hörte seine Mutter seufzen, bevor sie antwortete: »Tante Doris wird sechzig, das scheinst du vergessen zu haben, Hansi.«

In der Tat hatte er nicht mehr an den runden Geburtstag seiner Tante gedacht. Schnell versicherte er: »Natürlich komme ich, Mutti«, und strich sich das entsprechende Wochenende in seinem Kalender mit einem dicken Rotstift an.

Die Geburtstagsfeier für Doris Lenninger fand natürlich im *Roten Ochsen* in Kleinwellingen statt. Eigentlich hatte Doris kein großes Brimborium machen wollen – »Ich werde nur wieder ein Jahr älter ...« –, aber einen sechzigsten Geburtstag wie einen gewöhnlichen Tag verstreichen zu lassen, das war ausgeschlossen. Seit Wochen organisierte Hildegard Kleinschmidt das Fest und war dabei voll in ihrem Element. Um die fünfzig Gäste wurden erwartet, es würde ein mehrgängiges Mittagessen, später Kaffee und selbstgebackene Torten und Kuchen und am Abend Wurstsalat und Schlachtplatte geben. Durch die Vorbereitungen war Hildegard regelmäßig im *Roten Ochsen*, sie und Susanne Herzog arbeiteten Hand in Hand. Dabei fiel Hildegard auf, dass die junge Frau sehr still geworden war. Susanne lachte nur noch selten, und wenn, dann erreichte ihr Lächeln nicht ihre Augen. Hildegard hatte auch den Eindruck, als würde Susanne zu wenig schlafen.

Während sie am Nachmittag vor Doris' Geburtstag den großen Saal schmückten und die Tische mit weißen Tischdecken deckten, fragte Hildegard: »Hast du Kummer?«

»Nein.«

Susanne zupfte so heftig an der Ecke einer Tischdecke herum, dass diese auf den Boden rutschte. Sie sank auf den nächstbesten Stuhl und barg ihr Gesicht in den Händen. Sanft legte Hildegard eine Hand auf Susannes Schulter.

»Es ist wegen Hansi, nicht wahr?«, sagte sie leise. »Du darfst ihm nicht böse sein, weil er so selten nach Hause kommt und kaum noch Zeit mit dir verbringt. Der Junge ist unglaublich fleißig und nimmt sein Studium sehr ernst. Ich bin sicher, bald wird er …«

»Er liebt eine andere«, unterbrach Susanne sie.

»Eine andere?«, wiederholte Hildegard überrascht. »Das kann ich mir nicht vorstellen, er hat nie etwas von einem Mädchen erzählt. Handelt es sich um eine Kommilitonin?«

»Sie lebt in England.«

Es tat Susanne gut, endlich mit jemandem sprechen zu können, ganz besonders mit Hans-Peters Mutter, die ihren Sohn schließlich am besten kannte. »Er hat sie im Sommer kennengelernt, als er drüben war, und er denkt sogar daran, nach England zu gehen und dort weiter zu studieren.«

Nun sank auch Hildegard auf einen Stuhl. Perplex starrte sie Susanne an.

»Übertreibst du nicht ein wenig?«

Heftig schüttelte Susanne den Kopf, beinahe trotzig stieß sie hervor: »Er hat es mir selbst gesagt. Ich glaube, er will diese ... diese Ausländerin heiraten!« Eine leise innere Stimme sagte Susanne, dass sie Hans-Peters Vertrauen missbrauchte, da seine Mutter weder von Ginny noch von seinen Plänen etwas wusste. Schnell fügte sie hinzu: »Ich glaube, Hans-Peter wäre es nicht recht, dass ich Ihnen das gesagt habe, Frau Kleinschmidt.«

Hildegards Lippen wurden schmal. »Es ist gut, dass ich es jetzt weiß. Das erklärt auch die Briefe, die regelmäßig aus England kommen. Hansi hat mich glauben lassen, er schreibe sich mit einem Freund.« Sie stand auf und strich Susanne leicht über den Scheitel. »Mach dir keine Sorgen, Mädchen, mein Mann wird niemals zulassen, dass Hansi eine von den Tommys heiratet oder gar dort lebt, und ich ebenfalls nicht.«

Wie wollt ihr das denn verhindern?, dachte Susanne bitter. Er ist schließlich volljährig. Laut sagte sie: »Wahrscheinlich wird aus den beiden ohnehin nichts Festes werden, wie auch, bei der Entfernung?« Entschlossen erhob sie sich, griff nach der nächsten Tischdecke und sagte betont munter: »Wir müssen uns sputen, sonst müssen morgen die Gäste von Papptellern essen.«

Doris Lenninger genoss es sichtlich, im Mittelpunkt zu stehen, obwohl sie sich zuerst gegen ein solch großes Fest ausgesprochen hatte. Jetzt ließ sie sich aber doch gern feiern und hochleben. Ihre Wangen glühten, was allerdings auch dem einen oder anderen Cognac geschuldet war. Hans-Peter nippte an seinem Bier. Immer wieder sah er zur Uhr. Die Zeit schien nicht zu vergehen, und vor acht Uhr konnte er sich nicht wegstehlen. Graupelschauer prasselten gegen die Fenster, weshalb er nicht einmal kurz an die frische Luft gehen konnte. Als die Blaskapelle des Musikvereins Großwellingen ihre Instrumente ansetzte und zum gefühlten hundertsten Mal *Alles Gute zum Geburtstag* zu spielen begann, sprang er auf, verließ den Saal und lehnte sich im Korridor an die Wand. Er verabscheute Blasmusik und die deutschen Volkslieder, allerdings gefiel ihm heute ohnehin nichts. Seit Stunden bemühte er sich, ein fröhliches Gesicht aufzusetzen, denn Tante Doris hatte seine missmutige Miene nicht verdient. Außerdem konnte sie nichts dafür, dass er stinksauer war.

Es dauerte keine Minute, bis Susanne ihm nachkam.

»Hans-Peter, ich ...«

»Was willst du?«

»Es tut mir leid, es ist mir einfach so herausgerutscht.«

Hans-Peter stieß sich von der Wand ab und trat dicht vor Susanne.

»Ich dachte, wir wären Freunde, und Freunden kann man etwas anvertrauen, ohne dass diese es gleich weitererzählen. Ausgerechnet meiner Mutter gegenüber konntest du deinen Mund nicht halten!«

»Es tut mir wirklich leid«, wiederholte Susanne, fügte dann jedoch trotzig hinzu: »Sonst machst du dir auch nicht viel daraus, was deine Eltern sagen.«

Seine Augen verengten sich, als er antwortete: »Gestern Abend hat mir Kleinschmidt die Hölle heißgemacht, Sanne! Er droht, mir keinen Pfennig mehr zu geben, wenn ich den Kontakt zu Ginny nicht unverzüglich abbreche. Du kannst dir nicht vorstellen, wie er sie beschimpft hat. Seine Worte möchte ich in deiner Gegenwart lieber nicht wiederholen.«

»Das wirst du aber nicht tun, nicht wahr?«, fragte Susanne und wünschte sich zum ersten Mal, Hans-Peter würde sich den Befehlen seines Stiefvaters fügen müssen.

»Jetzt erst recht nicht!« Hans-Peter lachte bitter. »In fünf Wochen fahre ich nach England, und niemand wird mich daran hindern! Kleinschmidt müsste mich schon festketten. Und dann werde ich mich für das Frühjahrssemester an der Uni in Southampton bewerben. Irgendwie werde ich das schaffen, und wenn ich in jeder freien Minute Steine schleppen muss! Hauptsache, ich kann endlich weg von hier.«

Tränen schossen in Susannes Augen. Schnell drehte sie den Kopf zur Seite, Hans-Peter war aber zu zornig, um zu bemerken, was in ihr vorging.

»Ich muss wieder rein«, flüsterte sie erstickt, »die Männer warten auf die nächste Runde Schnaps. Kommst du mit?«

Hans-Peter schüttelte den Kopf und sah sie nicht an. Wieder allein, ballte er die Finger zu Fäusten. Bei dem gestrigen Streit war Kleinschmidt nahe dran gewesen, ihm erneut eine Ohrfeige zu verpassen. Hätte er es doch getan, dachte Hans-Peter, dann hätte er einen Grund gehabt, zurückzuschlagen. Er war zwar kein Schläger und verabscheute Gewalt, aber bei Kleinschmidts Bemerkung, Ginny wäre eine billige Tommy-Schlampe, waren bei Hans-Peter die Sicherungen durchgebrannt.

»Ein Gammler und eine Schlampe«, hatte Kleinschmidt höhnisch gerufen. »Was für ein schönes Paar! Dann könnt ihr euch ja gegenseitig die Läuse aus den Haaren klauben.«

Nur das beherzte Eingreifen Hildegards, die sich zwischen

Mann und Sohn geworfen hatte, hatte Handgreiflichkeiten verhindert.

»Ginny und ihre Familie sind bessere Menschen, als du es jemals warst oder sein wirst«, hatte Hans-Peter hervorgestoßen. »Sie sind nämlich richtige Aristokraten, und du bist es nicht mal wert, als deren Diener ihnen die Stiefel zu putzen.«

Kleinschmidt hatte zynisch gegrinst. »Ach, mein Sohn sieht sich wohl schon als ein Herr Graf? Oder willste sogar König werden? König der Hottentotten, das wäre genau das Richtige für dich.«

»Ich bin nicht dein Sohn!«

»Dafür danke ich Gott auf Knien!«

»Und ich erst!«

Hans-Peter war in sein Zimmer gestürmt, und Kleinschmidt hatte zur Schnapsflasche gegriffen. Später hatte Hildegard mal wieder versucht, ihren Mann gegenüber Hans-Peter zu verteidigen.

»Du weißt doch, dass er gereizt ist, weil der Bau des Freibades erneut vom Gemeinderat abgelehnt wurde.«

»Glücklicherweise gibt es noch Männer, die vor Kleinschmidt nicht kuschen«, antwortete Hans-Peter. »Er meint wohl, er wäre Gott höchstpersönlich.«

»Lass Gott aus dem Spiel«, sagte Hildegard streng. »Auf jeden Fall stimme ich Wilhelm zu: Du wirst dieses Mädchen auf keinen Fall heiraten. Was für eine absurde Idee! Glaubst du wirklich, deren Familie wird einen Deutschen dulden? So lange ist der Krieg auch nicht vorbei.«

Hans-Peter schwieg. Es war besser, nicht zu erwähnen, dass Ginnys Großvater und Onkel im Krieg gefallen waren. Bisher hatte Ginny auch mit keinem Wort erwähnt, dass sie mit ihrer

Familie über ihn gesprochen hätte. An Weihnachten würde er die Benthams jedoch kennenlernen, und Ginny würde ihn kaum nach London einladen, wenn ihre Eltern ihn nicht willkommen hießen.

»Glaubst du, mein Vater hat auch Engländer getötet?«, fragte er plötzlich. Wie gewohnt zuckte Hildegard zusammen, wenn er auf seinen Vater zu sprechen kam.

»Du meine Güte, Hansi, lass das Thema endlich ruhen!«, antwortete sie entschieden.

Dazu war Hans-Peter aber nicht gewillt, und er hakte nach: »Er hat doch gegen die Russen gekämpft, wenn er an der Ostfront war. Waren an dieser Front auch Engländer?«

»Ich habe keine Ahnung.« Unwillig runzelte Hildegard die Stirn. »Selbst wenn, dann denk doch mal andersrum: Könnte es nicht sein, dass dein Vater durch eine Kugel aus einem englischen Gewehr erschossen wurde? Wir Deutschen sind immer die Bösen und die anderen die Engel.«

»Deutschland hat den Krieg begonnen«, warf Hans-Peter ein, seine Mutter winkte jedoch ab, als wäre das etwas, das sie heute nichts mehr anging.

»Das war eine Verkettung unglücklicher Umstände, und jetzt möchte ich nichts mehr davon hören. Morgen wirst du dich bei Wilhelm entschuldigen, und ich möchte nicht die kleinste Unstimmigkeit bei Doris' Feier erleben. Verstanden, Hansi?«

Er hatte ihr den Rücken zugewandt und geschwiegen, denn ein solches Versprechen konnte er seiner Mutter nicht geben.

Trotz allem war die Feier in bester Stimmung verlaufen. Mit Einbruch der Dämmerung am späten Nachmittag stieg der Alkoholkonsum der Männer, während sich die Frauen in eine

Ecke zurückzogen und den neuesten Tratsch austauschten. Da außer Susanne niemand in seinem Alter anwesend war, gesellte sich Hans-Peter doch wieder zu ihr. Bis zum Servieren des Abendessens hatte sie ein wenig Zeit, da Eugen Herzog hinter der Theke am Zapfhahn stand.

»Vermisst du deine Mutter eigentlich?«

Sichtlich überrascht über diese Frage antwortete Susanne: »Natürlich, auch wenn ich mich kaum noch an sie erinnern kann.«

»Wünschst du dir manchmal, sie wäre noch am Leben?«

»Ich wünsche mir nie etwas, das niemals in Erfüllung gehen kann«, antwortete Susanne. »Warum fragst du? Du hast dich bisher nicht für meine Mutter interessiert.«

Hans-Peter zuckte mit den Schultern. »In letzter Zeit frage ich mich, wie mein Vater gewesen ist. Mein *richtiger* Vater«, fügte er hinzu.

»Er war sicher ein wundervoller Mensch.«

»Woher willst du das wissen?«

Susanne lächelte. »Weil nur wundervolle Menschen andere wundervolle Menschen zustande bringen.«

Zum ersten Mal an diesem Tag lächelte Hans-Peter.

»Das hast du nett gesagt, Sanne, aber manchmal kann ich mich selbst nicht leiden. Ich möchte mich entschuldigen, weil ich vorhin so schroff zu dir war. Im Moment geht mir alles hier ganz gehörig auf die Nerven.«

Susanne stand auf und reichte ihm ihre Hand.

»Komm mit, ich weiß, was dagegen hilft. Wir können ruhig für ein paar Minuten verschwinden, uns wird niemand vermissen.«

Hans-Peter folgte Susanne in ihr Zimmer hinauf. Es befand sich unter dem Dach, war geräumig und mit hellen Möbeln eingerichtet. Aus dem Regal nahm Susanne eine Schallplatte und legte sie auf.

Mit den ersten Tönen der Beatles löste sich Hans-Peters Anspannung. Susanne nahm seine Hände, und gemeinsam hopsten sie durch das Zimmer. Hans-Peter hatte kein tänzerisches Talent, es war aber, als ließe er seinen ganzen Ärger in den Bewegungen aus sich heraus. Nach vier Liedern japste er nach Luft, umarmte Susanne und drückte sie an seine Brust.

»Genau das habe ich gebraucht, es geht mir jetzt besser. Danke.«

Susanne atmete den Duft seines herben Rasierwassers, gemischt mit einem Hauch von Tabak und auch ein wenig Bier, ein. Für einen Moment war sie geneigt, zu versuchen, Hans-Peter zu verführen. Die Situation war bestens geeignet, und es war fraglich, ob sich ihr jemals wieder eine solche Chance bieten würde. Sie war aber keine *Femme fatale*, sondern nur ein einfaches Mädchen. Eine Zurückweisung von Hans-Peter könnte sie nicht ertragen, daher löste sie sich aus seinen Armen und sagte: »Ich fürchte, wir müssen wieder runter. Wenn der Trubel vorbei ist, können wir ja noch mal ein paar Platten hören.«

Hans-Peter erwiderte, dass er das gern machen würde.

Gegen zweiundzwanzig Uhr verließen die letzten Gäste das Gasthaus, nicht wenige ziemlich angeheitert und in bester Stimmung. Zusammen mit ihrem Vater begann Susanne, aufzuräumen. Die Tische sahen aus wie Schlachtfelder: benutztes Geschirr, jede Menge Gläser, volle Aschenbecher, die Tischdecken voller Flecken. Letztere wuschen die Herzogs nicht selbst, sondern gaben sie in eine Wäscherei nach Kirchheim. Susanne öffnete alle Fenster, und die kalte Luft vertrieb den Tabakqualm und die anderen Gerüche.

»Das war ein gelungener Tag.« Zufrieden rieb sich Herzog die Hände. »Natürlich habe ich Willy einen Freundschaftspreis gemacht, aber es wird trotzdem nach Abzug der Ausgaben ein hübsches Sümmchen für uns übrig bleiben.«

»Hm«, murmelte Susanne.

»Welche Laus ist Hans-Peter eigentlich über die Leber gelaufen?«, fragte Herzog und sah seine Tochter aufmerksam an. »Habt ihr euch gestritten?«

Susanne strich sich eine Haarsträhne aus dem Gesicht, ihre Bewegungen zeugten von ihrer Müdigkeit.

»Nein«, antwortete sie einsilbig, ihr Vater schien aber nicht bereit zu sein, das Thema auf sich beruhen zu lassen.

»Komm, Mädchen, der Junge saß mit einem Gesicht wie sieben Tage Regenwetter herum und hat kaum mit jemandem gesprochen.«

»Zwischen Kaffee und Abendbrot waren wir ein Weilchen in meinem Zimmer, um Musik zu hören.«

»Ihr wart allein in deinem Zimmer?« Herzog kam näher, in seinem Blick ein erwartungsvolles Leuchten. »Und?«

»Was und? Nichts und«, erwiderte Susanne gereizt, wich einen Schritt zurück, stemmte die Hände in die Hüften und sagte entschieden: »Ich weiß, dass du und Kleinschmidt wollt, dass ich Hans-Peter heirate. Daraus wird aber nichts werden, Papa. Wir sind nur Freunde. Wenn ich einmal heirate, dann nur einen Mann, den ich wirklich liebe.« Und der mich liebt, fügte sie in Gedanken hinzu.

»Papperlapapp.« Herzog wischte ihren Einwand mit einer Handbewegung beiseite. »Liebe vergeht schnell, für eine gute und beständige Ehe sind Vertrauen und gegenseitiger Respekt wichtiger als Leidenschaft.« Derart vertraulich hatte Herzog noch nie mit Susanne gesprochen. Wahrscheinlich löste der Alkohol, dem auch er reichlich zugesprochen hatte, seine Zunge. »Ihr kennt euch in- und auswendig und werdet keine Überraschungen miteinander erleben. Das ist die beste Basis für eine Ehe.«

»Vielleicht möchte ich aber noch vom Leben überrascht werden«, entfuhr es Susanne. »Vielleicht möchte ich nicht den Rest meines Lebens fremde Leute bedienen, Bier zapfen und das Geschirr abspülen. Vielleicht möchte ich reisen und etwas von der Welt sehen und …«

»Halt deinen Mund!«, schnitt Herzog ihr das Wort ab, die Augenbrauen gerunzelt. Ein deutliches Zeichen, dass er an einen Punkt geriet, an dem Susanne sich fügen sollte. Fügen, wie sie es immer getan hatte, nur keine Widerworte geben und sich nach seinem Willen richten. »An diesen neumodischen Ideen«, fuhr er fort, »ist nur diese Negermusik schuld, die euch junge Leute verdirbt. Ich will hoffen, dass du nicht diese Schundzeitschriften liest, die gerade euch Mädchen auf die schiefe Bahn bringen.«

»Natürlich nicht«, murmelte Susanne mit demütig gesenktem Kopf.

Er schlug wieder einen versöhnlichen Ton an: »Ich möchte nur das Beste für dich, Mädchen. Es ist schlimm, dass du ohne Mutter aufwachsen musst, aber ich habe immer versucht, dir beides zu sein: Vater und Mutter. Wir haben hier doch alles, was wir brauchen, oder? Es ist nicht gut, nach den Sternen zu greifen, sondern wir sollten uns mit dem begnügen, was wir haben.«

Spontan gab Susanne ihrem Vater einen Kuss auf die Wange. Er hatte ja recht. In ihrem Leben vermisste sie nichts, ihre vorherigen Worte hatte sie mehr aus Trotz als aus innerer Überzeugung gesagt. Sie liebte ihren Vater, und sie liebte die beschauliche Geruhsamkeit der Schwäbischen Alb – beides würde sie nie verlassen können.

Leise sagte sie: »Hans-Peter hat andere Pläne.«

Herzog nickte grimmig. »Willy hat mir alles erzählt. Das sind Fürze im Hirn, Susanne, mach dir keine Sorgen. Ein junger Mann muss sich austoben, sich die Hörner abstoßen.« Das waren ähnliche Worte, wie Hans-Peters Mutter tags zuvor geäußert hatte. »Schlussendlich wird er wissen, wo sein Platz ist. Andererseits …« Er trat einen Schritt zurück und musterte seine Tochter von oben bis unten.

»Ja?«

»Es liegt auch an dir, wenn Hans-Peter dir noch keinen Antrag gemacht hat. Sieh dich doch mal im Spiegel an, Susanne! Du bist viel zu dick, deine Haare sind strähnig, hängen dir einfach nur auf die Schultern, und deine Kleider schlabbern um deinen Körper. Wenn ich ein Mann wäre, würde ich mich kein zweites Mal nach dir umdrehen.«

Susanne war es, als würde ihr jemand ein Messer ins Herz stoßen. Sicher, ihr Vater meinte es nur gut, seine Bemerkung verletzte sie jedoch zutiefst. Besonders, da sie einen Kern Wahrheit beinhaltete. Mit keinem Wort hatte Hans-Peter angedeutet, wie diese Engländerin aussah, Susanne vermutete jedoch, dass sie hübsch war. Wahrscheinlich nicht nur hübsch, sondern wunderschön – und schlank.

Gewohnt, ihre Gefühle zu beherrschen, schluckte sie die aufsteigenden Tränen hinunter und erwiderte: »Willst du, dass ich ein Modepüppchen werde, Vati? Eben hast du gesagt, dass aus den Zeitschriften nichts Gutes kommt, jetzt jedoch ...«

Er fiel ihr ins Wort: »Dreh mir nicht das Wort im Mund rum, Susanne! Ich habe nicht gesagt, dass du dich wie ein Flittchen kleiden sollst, ein wenig mehr Weiblichkeit würde dir aber gut stehen. Zumindest so lange, bis du den Ring am Finger hast.« Er seufzte so laut, als läge alle Last der Welt auf seinen Schultern, und fügte hinzu: »Wahrscheinlich werde ich mich aber damit abfinden müssen, dass meine einzige Tochter niemals heiraten, sondern eine alte Jungfer bleiben wird.«

Nun konnte Susanne sich nicht länger beherrschen. Sie ließ das Knäuel verschmutzter Tischdecken auf den Boden fallen und rannte aus dem Saal. Tränen liefen über ihr Gesicht. Natürlich konnte sie sich vom Friseur einen schicken Haarschnitt machen lassen und sich Make-up ins Gesicht schmieren. Ein Minirock jedoch würde ihre wabbligen Oberschenkel nur noch stärker in den Fokus des Betrachters rücken. Bisher war sie mit ihrer Figur durchaus zufrieden gewesen und hatte sich in ihrer Haut wohl gefühlt. Susanne hätte viel dafür gegeben, wenn eine Änderung ihres Äußeren in Hans-Peter die Liebe zu ihr wecken könnte. Gefühle machten sich aber nicht an Äußerlichkeiten fest, zumindest keine tiefen Gefühle, die für eine Ehe und für den Rest eines gemeinsamen Lebens nötig waren. Wenn Hans-Peter sie nicht so liebte, wie sie war, und nur auf eine perfekte Figur und ein angemaltes Gesicht stand, dann hatte er sie nicht verdient. Susanne redete sich dies ein, um den Schmerz erträglicher zu machen. Immer schon war sie das Mauerblümchen gewesen, mit dem auf dem Schulhof kaum jemand spielen wollte und das beim Turnunterricht immer als Letztes gewählt wurde, wenn Gruppen gebildet werden mussten. Wegen der Arbeit in der Gastwirtschaft konnte sie auch nur selten mit den anderen ins Kino gehen, den Besuch eines Beatschuppens in Stuttgart erlaubte ihr Vater ohnehin nicht. Susannes Kontakt mit Gleichaltrigen beschränkte sich auf die gelegentlichen Treffen der jungen Leute hier im *Ochsen*, wobei diese in den letzten Wochen seltener geworden waren. Volker, Lothar, Brigitte und die anderen wollten nicht mehr nur die deutsche Schlagermusik hören, sie wollten auf Beatmusik tanzen. Nach wie vor weigerte sich Herzog, in die Musicbox auch Platten von den Beatles, den Rolling Stones, Elvis oder den Rattles aufzunehmen. Die Zukunft würde sich aber auch in Kleinwellingen nicht aufhalten lassen. Die jungen Leute von heute waren die Gäste von morgen. Irgendwann würde der *Ochsen* unattraktiv werden. Den Gästen musste mehr geboten werden als solide und schmackhafte Hausmannskost und ein gutes Bier. Es ärgerte Susanne, dass ihr Vater derart rückständig war und an Traditionen festhielt, die längst überholt waren. Der große Saal war bestens geeignet, regelmäßig Tanzveranstaltungen abzuhalten, vor allem für die Jugendlichen, die kein Auto besaßen, um in die umliegenden Städte fahren zu können. Der Saal müsste auch dringend renoviert werden, die dunklen Holzvertäfelungen mit einem hellen, freundlichen Anstrich versehen und die altmodische Einrichtung durch eine moderne und buntere ersetzt werden. Ach, sie hatte so viele Ideen und würde diese auch mit Freude umsetzen, wenn ihr Vater ihr nur mehr Handlungsspielraum ließe.

11

London, England, November 1965

Dicke Regentropfen klatschten gegen die Fensterscheiben, die seit Monaten nicht mehr geputzt worden waren. In dem langen, engen Zimmer war es unangenehm kühl. Der Heizkörper strahlte keine Wärme aus, sondern gab nur ein paar blubbernde Geräusche von sich.

Siobhan Bentham zog die Decke, die seitlich aus dem Bett gerutscht war, wieder hoch und kuschelte sich an den nackten Körper neben sich. Sofort wurde ihr wärmer. Im fahlen Licht der Straßenlaternen, das das Zimmer nur unzureichend erhellte, betrachtete sie das Gesicht des Schlafenden. Dave Cooper war ein schöner Mann: ein schmales Gesicht mit einem markanten Kinn, eine leicht nach links gebogene Nase – »Bin mit einem Typen, stark wie ein Bär, aneinandergeraten. Er hat mir die Nase gebrochen«, hatte Dave ihr erklärt –, schwarze Augenbrauen, ebenso dicht und buschig wie sein dunkles Haar. Er hatte die Augen geschlossen, aber Siobhan wusste, dass seine Augen von einem strahlenden Blau waren. Selten fand man solch blaue Augen bei einem schwarzhaarigen Menschen. Siobhan hob die Bettdecke ein wenig an und ließ ihre Blicke über seinen Körper schweifen. Dave war groß, mit breiten Schultern und schmalen Hüften, auf seiner Brust kräuselte sich ein Beet von dunklen Haaren. Sie konnte der Versuchung nicht widerstehen und küsste ihn zärtlich. Er erwachte, zog sie mit einem Arm dichter an seinen warmen Körper, und Siobhan barg ihr

Gesicht in seiner Achselhöhle. Seine andere Hand spielte mit ihren Brüsten, sofort erwachte in ihr wieder das Verlangen. Sie hatten sich bereits so ausgiebig geliebt, dass sie beide vor Erschöpfung eingeschlafen waren.

Plötzlich unterbrach Dave sein Liebesspiel, nahm eine Zigarette aus dem Päckchen, das auf dem wackligen Nachttisch lag, zündete diese an und reichte sie Siobhan. Genüsslich inhalierte sie den Rauch, dann reichte sie die Zigarette wieder Dave, der ebenfalls einen tiefen Zug nahm.

»Komm mit mir nach Tasmanien«, sagte er plötzlich.

»Was?« Siobhan fuhr hoch, sie glaubte, sich verhört zu haben.

»Was hält dich hier?«, fragte er, ohne sie anzusehen. »Doch nicht etwa dieser andauernde Regen und die Kälte. In meiner Heimat ist jetzt Frühling.« Sie schluckte, bevor sie leise fragte: »Du willst nach Hause fahren?«

»Keine Ahnung, du weißt, dass ich mich grundsätzlich nicht festlege und auch keine längerfristigen Pläne schmiede. Es kommt alles, wie es kommt, und es ist spannend, darauf zu warten. England beginnt jedoch, mich zu langweilen.«

Langweile ich dich auch? Die Frage lag Siobhan auf der Zunge. So etwas wollte Dave aber nicht hören. Er war kein Mann, der einer Frau zärtliche Worte ins Ohr flüsterte und ihr beteuerte, sie wäre die Einzige für ihn. Das wäre auch eine Lüge gewesen. Siobhan war überzeugt davon, dass Dave viele Frauen hatte, wahrscheinlich ließ er in jedem Land, das er im letzten Jahr bereist hatte, mindestens ein gebrochenes Herz zurück. Somit glich sein Angebot, ihn nach Tasmanien ans andere Ende der Welt zu begleiten, einer Liebeserklärung.

»Ich kann meine Tochter nicht allein lassen. Sie ist es, was mich hier hält.«

Er lachte verhalten. »Wie alt, sagtest du, ist sie? Achtzehn oder neunzehn? Wahrscheinlich wird sie bald heiraten und ihre Familie ohnehin verlassen. Willst du wirklich den Rest deines Lebens als Rosenverkäuferin hinter der Theke stehen, Shiby?«

Siobhan wurde es warm ums Herz. Seit Jahren hatte niemand mehr sie Shiby genannt. Es war Dave gewesen, der ihr diesen Kosenamen gegeben hatte. Als er damals ihren Taufnamen erfahren hatte, hatte er gelacht und gemeint, Siobhan würde nicht zu ihr, sondern nur zu einer ältlichen Jungfer passen, und gesagt: »Ich werde dich Shiby nennen.«

Siobhan hatte keine Ahnung, warum ihre Eltern diesen ausgefallenen alten irischen Namen für sie gewählt hatten. Aus dem Hebräischen abgeleitet, bedeutete er so viel wie »Gott ist gnädig«. Siobhan kam es so vor, als wäre es erst gestern gewesen, dass sie Dave zum ersten Mal begegnet war. Schmutzig, mit wirren Haaren und Löchern in der Hose hatte er vor ihr gestanden, lässig einen schäbigen Rucksack geschultert. Das strahlende Blau seiner Augen hatte sie sofort in seinen Bann gezogen, und ihr Herz schlug schneller, als ihr Großvater Dave Cooper als Aushilfe für den Sommer einstellte. Im Laufe der nächsten Tage hatte Siobhan erfahren, dass Dave seit Wochen in England unterwegs gewesen war. Auf der Suche nach seinen Wurzeln, hatte er erklärt.

»Meine Mutter ist Anfang des Jahres gestorben, meinen Vater kenne ich nicht. Eine Urahnin wurde vor über hundert Jahren aus England, genauer gesagt aus Cornwall, nach Tasmanien deportiert. Sie soll einen Mann ermordet haben und hatte trotz allem noch Glück, nur ans andere Ende der Welt geschickt und nicht aufgehängt worden zu sein.«

»Hat sie es denn getan?«, fragte Siobhan gespannt.

Er zuckte mit den Schultern.

»Wer kann das heute noch sagen? In meiner Familie wurde erzählt, sie habe die Schuld auf sich genommen, um eine Freundin zu decken. Wer aber ist so blöd, das zu tun, Shiby? Ist auch egal, die meisten bei mir zu Hause stammen von Sträflingen ab, und viele sind sogar stolz darauf. Also wollte ich das Land meiner Vorfahren einmal mit eigenen Augen sehen.«

Dave Cooper hielt sich mit Gelegenheitsarbeiten über Wasser, lebte von einem Tag auf den anderen, ohne einen Gedanken an die Zukunft zu verschwenden. Er zeigte ein überraschendes Talent als Gärtner, aber weder Siobhans Großvater noch ihre Mutter Phyliss duldeten, dass Dave und Siobhan über ihre Arbeit hinaus Kontakt hatten. Er sei ein Taugenichts, hatte Phyliss Bentham gesagt, und sie wäre froh, wenn er wieder ging.

Das hatte Siobhan und Dave jedoch nicht davon abgehalten, sich abends, wenn Phyliss schlief, zu treffen. Es waren wundervolle Wochen gewesen. Der Sommer war jedoch zu Ende gegangen, und als die ersten Blätter von den Bäumen fielen, war Dave verschwunden. Von einem Tag auf den anderen hatte er Farringdon Abbey verlassen. Das Einzige, was er Siobhan hinterlassen hatte, war ein zerknitterter Zettel, auf dem er in ungelenker Handschrift geschrieben hatte, es sei nun Zeit für ihn, weiterzuziehen.

Das lag Jahre zurück, und Dave Cooper war für Siobhan nur noch eine schemenhafte Erinnerung gewesen – bis zu diesem Tag vor vier Monaten. Sie hatte ihre Schwester Alicia in London besucht und Einkäufe in der Stadt erledigt. Plötzlich, mitten im Trubel rund um den Shaftesbury-Gedächtnisbrunnen auf dem Piccadilly Circus, der besser als *Eros* bekannt war, hatte Siobhan jemanden »Shiby!« rufen hören. Zuerst glaubte sie, sich geirrt zu haben, und hatte sich auch nicht umgedreht, dann jedoch hatte sich eine Hand auf ihre Schulter gelegt.

»Mein Gott, Shiby! Du bist es wirklich!«

Die Zeit schien sich wie ein wirbelndes Rad zurückzudrehen. Er hatte sich kaum verändert, lediglich ein paar Falten um die Augen in seinem wettergegerbten Gesicht ließen sein Alter vermuten.

Noch am selben Abend waren sie miteinander ins Bett gegangen. Heute konnte sich Siobhan nicht mehr an den Namen des Hotels erinnern, das nur eine billige Absteige gewesen war. Eine Absteige, in der niemand nach Namen fragte und auch nicht, warum ein Zimmer nur für wenige Stunden gemietet wurde. Siobhan erfuhr, dass Dave seit etwa vier Jahren wieder in Europa war.

»Ich habe Griechenland, Italien, Spanien und Frankreich besucht«, hatte er ihr, genüsslich eine Zigarette rauchend, erzählt. »Schließlich bin ich wieder in England gelandet, irgendwie fühle ich mich diesem Land verbunden.«

Wie früher lebte Dave auch heute von der Hand in den Mund. Als sie sich in London trafen, schleppte er im Hafen Kisten, heute, vier Monate später, schenkte er in einer zwielichtigen Kneipe am Südufer der Themse Bier aus.

Seitdem trafen sie sich, sooft es für Siobhan möglich war, nach London zu kommen. Jedes Mal wechselten sie das Hotel, Etablissements, in denen keine Fragen gestellt wurden und in denen Siobhan nicht befürchten musste, auf jemanden aus ihrem Bekanntenkreis zu treffen. Ihrer Familie gegenüber hatte sie eine Freundin aus der Schulzeit erfunden, die sie zufällig wiedergetroffen hatte. Manchmal sagte sie auch, sie würde ihre Schwester besuchen. Damit ging sie ein Risiko ein, denn Alicia konnte sie nicht ins Vertrauen ziehen. So unkonventionell es im Haus der Earthwells zuging, für Ehebruch hatte Alicia kein Verständnis – schon gar nicht, wenn es ausgerechnet Dave Cooper war, mit dem Siobhan ihren Mann betrog. Siobhan brauchte nicht zu befürchten, dass Gregory Alicia gegenüber ihre Besuche erwähnte, denn ihr Mann und ihre Schwester hatten kaum Kontakt zueinander. Von Anfang an hatten sich die beiden nicht sonderlich gemocht, und Gregory kam nur nach London, wenn Familienfeiern anstanden. Und Alicia und Henry besuchten nur selten Farringdon Abbey. Aber ihre Mutter Phyliss und auch Ginny pflegten regelmäßigen Kontakt zu Alicia. Wie leicht konnten einmal Siobhans angebliche Besuche bei ihrer Schwester Erwähnung finden. Siobhan tanzte auf einem Berg, der sich jeden Moment in einen feuerspeienden Vulkan verwandeln konnte. Sie konnte aber nicht anders handeln, denn allein beim Gedanken an Dave begann ihr Körper vor Sehnsucht nach ihm zu brennen. Manchmal, in der ruhigen Beschaulichkeit von Farringdon Abbey, setzte ihr kühler Verstand wieder ein. Sie wusste, irgendwann würde Dave weiterziehen, einfach wieder verschwinden, wie er es schon einmal getan hatte. Es würde ihn nicht interessieren, einen Scherbenhaufen zu hinterlassen, und es kümmerte ihn auch nicht, dass Siobhan wegen ihm ihre Familie und ihr ganzes Leben aufs Spiel setzte.

Umso mehr überraschte sie jetzt sein Angebot, ihm zu folgen. Sie stemmte sich auf die Ellbogen hoch und sah Dave an.

»Hast du es ernst gemeint, dass ich dich nach Tasmanien begleiten soll?«

Er grinste und wickelte eine ihrer Haarsträhnen um seinen Finger. »Klar.«

»Warum?«

Er zuckte mit den Schultern. »Meine Güte, Shiby, muss es immer ein Warum geben? Ich würde dir gern das Land zeigen, in dem ich geboren wurde.«

»Wovon sollen wir leben? Wie würde unsere Zukunft aussehen?« Sie musste diese Fragen stellen, auch wenn sich sofort eine steile Falte über seiner Nasenwurzel bildete.

Er rollte sich zur Seite und zündete sich die nächste Zigarette an.

»Bist du immer noch die reiche und verwöhnte Lady, die jeden Tag ihres Lebens minutiös plant und ...«

»Wenn das so wäre«, fiel Siobhan ihm ins Wort, »wäre ich heute wohl nicht hier, würde ich nicht seit Monaten das Risiko auf mich nehmen, meine Familie zu zerstören.«

»Liebst du deinen Mann?«

Die Frage traf sie unerwartet. Während der ganzen Zeit hatten sie nie über Gregory gesprochen. Siobhan hatte den Eindruck, dass Dave keinen Gedanken an ihre Familie verschwendete.

»Er war immer gut zu mir«, antwortete sie leise, »und dann ist da Ginny, das Bindeglied zwischen Gregory und mir. Er vergöttert unsere Tochter, manchmal denke ich, er liebt sie mehr als mich.«

»Was interessiert mich deine Tochter?« Dave seufzte und verbarg nicht seinen Unwillen. »Und überhaupt: Liebe!« Verächtlich spie er das Wort aus. »Was bedeutet schon Liebe? Ihr Engländer seid in jahrhundertealten Traditionen gefangen und habt eine panische Angst davor, aus diesen auszubrechen. Habt ihr denn nicht mitbekommen, dass die Welt sich wandelt? Ich bin lange genug in London, um feststellen zu können, dass auch hier eine neue Ära anbricht. Die jungen Leute haben es erkannt. Sie scheren sich nicht länger um Traditionen, leben ihre Leidenschaften und denken nicht ständig über die Zukunft nach. Die traditionelle Form der Liebe ist ebenso überholt wie eure snobistischen Ansichten aus einer nur scheinbar heilen Welt. Kommst du jetzt mit oder nicht?«

Siobhan schluckte, auf keinen Fall wollte sie vor Dave zu weinen beginnen. Wenn er nur ein Mal, ein einziges Mal zu ihr sagen würde, dass er sie liebte, dass er sie brauchte, würde sie wahrscheinlich ins Schwanken kommen und alles hinter sich lassen. Trotz ihrer sexuellen Abhängigkeit – Siobhan hatte längst erkannt, dass es das war, was sie immer wieder in Daves Arme trieb – war sie Realistin genug, um zu wissen, dass Dave sie früher oder später verlassen würde. Er war kein Mann, der sich auf Dauer an eine einzige Frau band. Und dann würde sie sich allein in einem fremden Land am anderen Ende der Welt wiederfinden und hätte vor allen Dingen ihre Tochter für immer verloren.

»Wann wirst du England verlassen?«, flüsterte sie heiser.

Er zuckte mit den Schultern. »Da lege ich mich nicht fest, vielleicht bleibe ich sogar den Winter über in London. Der Job in dem Pub ist nicht schlecht, die Bezahlung angemessen und – wer weiß? Vielleicht bietet die Stadt doch noch Aufregendes für mich und eine Schiffsreise während des Winters ist wenig angenehm.«

Seine Worte waren ein kleiner Hoffnungsschimmer für Siobhan. Sie musste sich nicht jetzt und heute entscheiden. Siobhan konnte sich nicht vorstellen, wie sie jemals ohne seine Leidenschaft, die etwas Animalisches hatte, existieren sollte.

Als hätte er ihre Gedanken erraten, packte er sie mit beiden Händen an den Hüften, schob sie unter sich, rollte sich auf sie und küsste sie hart. Sofort erwachte ihre Leidenschaft aufs Neue. Es waren noch etwa drei Stunden bis zum Morgen, viel Zeit, um sich zu lieben. Seufzend ergab sie sich seinen Liebkosungen, die Gedanken an die Zukunft verschwanden unter seinen rhythmischen Bewegungen.

Eine Woche später saß Ginny im Schneidersitz in einem wuchtigen Sessel in der Bibliothek von Farringdon und las James' Brief, den der Postbote vor einer Stunde gebracht hatte. Im Kamin knisterte ein heimeliges Feuer, das den großen Raum allerdings nur unzulänglich wärmte. Ginny war es jedoch nicht kalt. James schrieb, dass er ihre Einladung, über Weihnachten und den Jahreswechsel nach London zu kommen, gern annehmen würde.

Ich habe eine Arbeit gefunden, die ich neben meinem Studium machen kann. So verdiene ich genügend Geld, um mit dem Zug fahren zu können, da Trampen im Winter wenig Sinn macht ...

»Ginny, weißt du, wo deine Mutter ist?«

Sie schrak auf. Sie hatte nicht bemerkt, dass Tessa den Raum betreten hatte. Um den Brief zu verstecken, war es zu spät, daher gab sie sich gelassen und antwortete: »Ich glaube, sie wollte sich hinlegen. Es sind wieder ihre Kopfschmerzen.«

Tessa nickte verständnisvoll. »Eine scheußliche Sache, eine solche Migräne. Im Laden ist eine Dame, die behauptet, Lady Siobhan habe ihr vor ein paar Wochen eine Lieferung versprochen, die bisher aber nicht eingetroffen ist. Die Verkäuferin meint, sie wisse davon nichts, und bat mich, deine Mutter zu holen.«

Ginny stand auf und steckte den Brief in ihre Hosentasche.

»Ich hole Mum, oder ich frage sie, was ich der Kundin ausrichten soll.«

»Wer schreibt dir denn?«, fragte Tessa.

»Fiona«, schwindelte Ginny. »Ihr scheint es in London gut zu gefallen, und sie arbeitet gern in dem Verlag.«

Es widerstrebte ihr, ausgerechnet die treue Tessa anzulügen, sie wollte aber noch niemandem von James erzählen. Erst mussten sie sich an Weihnachten wiedersehen und prüfen, ob ihre Gefühle die Monate der Trennung überdauert hatten.

Beschwingt lief Ginny die Treppe nach oben. Es waren noch sechs Wochen bis zum Fest. Sie wünschte sich sehnlichst, die Zeit würde schneller vergehen, obwohl Geduld eigentlich zu Ginnys Stärken gehörte.

Ginny fand die Tür zum Zimmer ihrer Mutter nur angelehnt, sie klopfte, rief: »Mum, darf ich dich kurz stören?«, und trat ein. Siobhan lag nicht, wie Ginny vermutet hatte, im Bett, sondern kniete vor der Kommode, all ihre Wäschestücke um sich herum auf dem Fußboden verteilt.

»Ach, du bist es«, murmelte sie, als sie ihre Tochter erkannte.

»Was machst du da?«, fragte Ginny verwundert.

Siobhan fuhr sich nervös über die Stirn.

»Ich kann meine Uhr nicht finden. Du weißt, die, die mir dein Vater im letzten Jahr zu unserem Hochzeitstag geschenkt hat.«

»Oje.« Ginny nickte. »War sie nicht aus Gold und mit Brillanten besetzt?«

»Ja, deswegen suche ich sie ja überall«, erwiderte Siobhan. »Ich habe schon alle Schränke zweimal ausgeräumt, die Uhr ist nicht da.«

»Kannst du dich erinnern, wann du sie zum letzten Mal getragen hast?«, fragte Ginny.

Siobhan überlegte einen Moment, dann sagte sie: »Ich glaube, letzte Woche, als ich in London war.«

Ginny lächelte erleichtert. »Dann wirst du sie bei Tante Alicia vergessen haben. Das ist nicht schlimm, wir fahren ja an Weihnachten hin, dann kannst du sie mitnehmen.«

Für einen Moment huschte ein seltsamer Ausdruck über Siobhans Gesicht, beinahe wie ein Erschrecken, dachte Ginny. Vielleicht war es aber auch nur das Licht gewesen, denn dichte Regenwolken wechselten sich ständig mit Sonnenschein ab, und im Moment war es richtig düster im Zimmer.

»Jaja, so wird es wohl sein«, sagte Siobhan und legte ihre Wäsche in die Schubladen zurück. »Am besten rufe ich Alicia nachher an und frage, ob sie die Uhr gefunden hat.«

»Übrigens, Tessa meint, da wäre eine Frau, die dich wegen einer Bestellung sprechen möchte«, sagte Ginny und kam damit auf den Grund zurück, warum sie ihre Mutter aufgesucht hatte. »Willst du mit ihr sprechen, oder soll ich …«

»Das mach ich selbst«, warf Siobhan rasch ein.

»Wie geht es dir? Ich meine, wegen deiner Migräne?«

»Ach, die ist schon wieder vorbei. Ich glaube, meine Kopfschmerzen kamen nur daher, weil ich befürchtete, die Uhr verloren zu haben.« Siobhan nickte Ginny kurz zu und verließ das Zimmer.

Auf der Treppe, als sie sich allein wähnte, seufzte sie. Natürlich hatte sie die Uhr nicht im Haus ihrer Schwester, sondern wahrscheinlich in einem Hotelzimmer in Chelsea vergessen. Es würde wohl wenig Sinn machen, dort nachzufragen, denn wer immer die Uhr inzwischen gefunden hatte, hatte ihren materiellen Wert sicher erkannt und sie zu Geld gemacht. In diesem Hotel verkehrten keine aufrichtigen und anständigen Leute, und Siobhan fragte sich nicht zum ersten Mal, warum Dave Cooper eine solche Macht über sie hatte, dass sie sich dazu herabließ, sich in solche Gegenden zu begeben. Gregory gegenüber würde sie wohl zerknirscht gestehen müssen, dass sie sein kostbares Geschenk aus Unachtsamkeit verloren hatte. Finanziell war es zwar zu verschmerzen, ihr Mann würde aber enttäuscht sein, denn bei der Auswahl der Uhr hatte er sich viel Mühe gegeben, um Siobhans Geschmack zu treffen. Wie immer in den letzten Monaten fraß das schlechte Gewissen sie beinahe auf, wenn sie an ihren Mann dachte. Gregory hatte es nicht verdient, dass sie ihn derart schamlos belog und betrog. Sie führten eine gute Ehe. Ohne Aufregungen und große Überraschungen zwar, aber Gregory begegnete ihr stets mit Respekt und Liebe. Farringdon Abbey und die Rosenzucht waren sein Ein und Alles, er bezog sie, Siobhan, in seine Entscheidungen mit ein und ließ sie an seinem Leben teilhaben. Sie hatten eine gesunde und intelligente Tochter, keine finanziellen Sorgen und ein wunderschönes Heim. So viel mehr als Tausende anderer Menschen. Sie musste die Sache mit Dave beenden, solange noch niemand Verdacht geschöpft hatte. So etwas wie jetzt mit der Uhr konnte jederzeit wieder geschehen, und irgendwann würde ihr Doppelleben womöglich ans Licht kommen. Am meisten dachte Siobhan dabei an ihre Tochter. Ginny würde sie verachten und sich von ihr abwenden. Wenn Siobhan ihre Gefühle auch nicht immer zeigen konnte – Ginny war das Wichtigste in ihrem Leben. Niemals würde sie es verkraften, ihre Tochter zu verlieren.

So vorsichtig, als würden ihre Finger die zerbrechlichen Flügel eines Schmetterlings berühren, hielt Ginny den Steckling in der linken Hand, schnitt mit einem kleinen, scharfen Messer den Trieb etwa einen Zentimeter über dem oberen Auge ein und wiederholte es am unteren Ende. Dann steckte sie den Steckling in die zuvor gelockerte Erde. Wichtig war, dass die oberste Knospe gerade noch herausschaute, damit der Trieb nicht austrocknete. Mit weiteren zehn Stecklingen verfuhr sie ebenso, zwischen ihnen immer etwa zehn Zentimeter Platz lassend. Danach goss sie das Beet an, verwendete aber nicht zu viel Wasser, damit die Triebe keinen Schimmel ansetzten. Zufrieden trat Ginny einen Schritt zurück und betrachtete ihre Arbeit. Im November Nachwuchs aus Steckhölzern zu ziehen, das war nur hier im Gewächshaus möglich, in dem auch während des Winters ein für Rosen günstiges Klima herrschte. Ginny hatte Zwergrosen gewählt, die in einem satten Gelb blühten, und sie hoffte, die Pflanzen im nächsten Frühjahr aussetzen zu können.

Die Tür des Gewächshauses klappte, und ihre Mutter trat zu ihr. Ginny bemerkte, dass sie verärgert war. Siobhan warf auch sofort ein buntes Magazin auf den Arbeitstisch, ungeachtet der empfindlichen Pflänzchen.

»Sie haben das Foto gedruckt«, rief sie aufgebracht. »Dein Vater ist furchtbar wütend, er will das Blatt verklagen! Wenn er das wirklich macht, sind wir erledigt!«

Ginny ahnte, was ihre Mutter derart in Rage brachte. Notdürftig rieb sie sich die Erde von den Händen, nahm das Magazin und schlug es auf. Acht Doppelseiten war dem *Delicious Rose* der Artikel über die Rosenzucht auf Farringdon Abbey wert gewesen. Großformatige, bunte Fotografien zeigten die Gärten mit Hunderten von blühenden Rosen, und an dem Text, den Ginny kurz überflog, gab es nichts auszusetzen. Die Journalistin hatte wirklich gute Arbeit geleistet. Auf Seite drei jedoch befand sich das Ärgernis: Unfreundlich blickte ihr Vater in die Kamera, und das Bild war mit folgenden Worten untertitelt:

Gregory Bentham, Inhaber und der Mann, der es mit einer neuen Technologie vollbracht hat, die Winterrosen zu ziehen, die in der ganzen Grafschaft beliebt sind

»Ich kann nichts finden, was nicht der Wahrheit entspricht«, sagte Ginny und legte das Magazin zur Seite. »Übertreibt Dad nicht ein wenig?«

Siobhan schnaubte. »Du hättest ihn vorher erleben sollen, als die Post das Belegexemplar brachte. Er meinte, er hätte ausdrücklich verboten, ein Foto von sich zu veröffentlichen, es gebe schließlich so etwas wie Persönlichkeitsrechte. Ich verstehe seine Aufregung nicht. Auch wenn Gregory auf dem Bild etwas unwirsch wirkt, halte ich ihn für gut getroffen.«

»Was hat er jetzt vor?«, fragte Ginny.

»Ich habe keine Ahnung.« Hilflos zuckte Siobhan mit den Schultern. »Er hat alles stehen- und liegenlassen und ist mit dem Wagen davongefahren. Wenn er das Magazin wirklich verklagen wird, dann fügt er uns einen großen Schaden zu. Ich hoffe, Gregory tut nichts Unüberlegtes, er ist aber keinem Argument zugänglich. Es ist nie gut, sich mit Journalisten anzulegen. Kommst du mit ins Haus? Ich brauche jetzt eine Tasse starken Tee.«

»Gern, für heute bin ich hier auch fertig.« Ginny deutete auf das neuangelegte Hochbeet. »Wenn bis Weihnachten Sunchild blüht, dann haben wir Erfolg.«

»*Du* hast Erfolg.« Siobhan sah ihre Tochter stolz an. »Du

scheinst Zauberhände zu haben, denn alles, was du anfasst, wächst und gedeiht.«

Ginny freute sich über das Kompliment ihrer Mutter. Es war selten, dass Siobhan sie lobte, meistens schien sie Ginnys Arbeit für selbstverständlich zu halten.

Als sie wenig später in der gemütlichen Küche zusammensaßen und sich den Tee schmecken ließen, sagte Siobhan: »Du hast vorhin Weihnachten angesprochen. Deswegen wollte ich ohnehin mit dir reden.«

»Ja?« Ginny sah auf.

»In diesem Jahr werden wir nicht nach London fahren.«

»Warum nicht?« Ginny sah ihre Mutter erschrocken an. »Wir verbringen doch jedes Jahr das Fest bei Tante Alicia und Onkel Henry.«

»Für Grandma ist die Reise inzwischen zu anstrengend, und sie möchte sich dem Trubel, der bei Alicia herrscht, nicht mehr aussetzen«, erklärte Siobhan. »Während des Winters plagt das Rheuma sie besonders heftig, daher hat sie sich entschlossen, Farringdon nicht zu verlassen. Und wir können Grandma nicht ausgerechnet an Weihnachten allein lassen.«

Ginny stöhnte innerlich auf. Seit Wochen fieberte sie dem Christfest entgegen. Nicht allein, weil sie diese besinnliche Zeit im Jahr liebte, sondern weil sie James wiedersehen würde. In der zwanglosen Atmosphäre, die um diese Zeit bei Tante Alicia herrschte, hätten er und ihre Eltern sich ganz ohne Formalitäten kennenlernen können.

»Wir machen es uns hier schön und gemütlich«, sagte Siobhan. Insgeheim kam es ihr entgegen, dass ihre Mutter und Gregory nicht mit Alicia zusammentreffen wollten und dass somit auch keiner ihrer angeblichen Aufenthalte bei Alicia zur

Sprache kommen konnte. Andererseits bedeutete es für sie, Dave nicht sehen zu können. Irgendwie hätte Siobhan es geschafft, sich über die Weihnachtstage für ein paar Stunden zu Dave zu schleichen.

»Muss ich denn auch zu Hause bleiben?« Ginny riss sie aus ihren Gedanken.

Unwillig runzelte Siobhan die Stirn. »Du meinst, du willst allein nach London? Du willst Weihnachten nicht mit uns verbringen?«

»Ach, Mum, die anderen werden auch alle da sein. Bitte, lass mich fahren!«

»Ich werde mit deinem Vater sprechen, deine Großmutter wird es sicher nicht erlauben.«

»Und du?«

Siobhan seufzte, sah Ginny an und erwiderte: »Ich muss mich wohl damit abfinden, dass meine kleine Tochter erwachsen wird und ihre eigenen Wege gehen möchte.«

Ginny sprang auf, umarmte ihre Mutter und gab ihr einen Kuss auf die Wange. Ihren Worten entnahm sie, dass Siobhan gewillt war, sie nach London fahren zu lassen. Sie zweifelte nicht daran, dass ihr Vater zustimmen würde. Gregory Bentham schlug ihr nie einen Wunsch ab.

»Ich stricke Grandma auch einen extrawarmen Schal«, versprach Ginny mit einem Augenzwinkern.

»Wir werden sehen, mein Kind.«

Siobhan lächelte Ginny aufmunternd an, dachte aber an Dave Cooper. Wahrscheinlich war es ohnehin besser, ihn nicht wiederzusehen.

Wie von Siobhan vermutet, bestand Phyliss Bentham darauf, dass Ginny Weihnachten zu Hause verbrachte.

»Gerade an diesen Tagen muss die Familie beisammen sein«, sagte die alte Dame beim Dinner. »Im Krieg wären wir froh gewesen, all unsere Lieben unter einem Dach versammelt zu haben. Damals wussten wir meistens nicht, wo sich unsere Männer und Söhne aufhielten und ob sie überhaupt noch am Leben waren. Jeden Abend haben wir Kerzen angezündet und für sie gebetet.«

Verstohlen verdrehte Ginny die Augen, wie so oft, wenn Grandma von den alten Zeiten sprach. Sie schluckte aber die Bemerkung hinunter, dass sie sich schon lange nicht mehr im Krieg befanden, sondern sagte laut: »Tante Alicia und Onkel Henry sind auch meine Familie, und Elliot, und Barbra gehört auch bald dazu.«

»Lass das Mädchen ruhig fahren«, mischte sich Gregory Bentham ein. »Die jungen Leute wollen lieber unter sich sein, als mit uns Alten zu feiern.«

Am späten Nachmittag war Gregory Bentham nach Farringdon zurückgekehrt, hatte aber nicht erwähnt, wo und womit er den Tag verbracht hatte. Er schien sich wieder beruhigt zu haben, kam auf den Artikel nicht mehr zu sprechen, und Ginny und Siobhan hüteten sich, die Rede darauf zu bringen. Was war schon Schlimmes an dem einen Foto? In ein oder zwei Wochen war der Artikel ohnehin in Vergessenheit geraten.

»Ich finde ebenfalls, wir sollten Ginny ziehen lassen«, sagte Siobhan. »Sie ist schließlich nicht zum ersten Mal in London, Mama, und zudem unter Aufsicht von Alicia.«

»Das ist es ja gerade, was mir Sorgen macht«, antwortete Phyliss, »aber ich gebe mich geschlagen.« Sie sah ihre Enkelin an und schmunzelte. »Bevor du hier die ganze Zeit mit einem missmutigen Gesicht herumläufst und deine schlechte Laune an uns auslässt, fährst du besser nach London.«

»Danke, Grandma!«

Ginny drückte lächelnd deren Hand und dachte: Jetzt wäre der richtige Moment, von James zu erzählen. Etwas hielt sie jedoch zurück. Vielleicht konnte sie ihn überreden, sie nach dem Jahreswechsel nach Farringdon zu begleiten, um ihre Eltern kennenzulernen. Vielleicht waren das aber auch Wunschträume, und James war noch nicht so weit, diesen Schritt zu tun. Wenn er ihren Eltern vorgestellt wurde, verließ ihre Beziehung den Status der Freundschaft und erhielt etwas Offizielles. Nein, sie musste James erst allein treffen, dann konnte sie feststellen, wie seine Gefühle ihr gegenüber waren. Ihrer eigenen war Ginny sich sicher.

Vier Tage vor Weihnachten begann es, in der Nacht zu schneien. Als Ginny aufwachte, bedeckte der Schnee die Landschaft wie ein weicher, weißer Teppich. Sie öffnete das Fenster und lauschte. Die weiße Pracht schluckte alle Geräusche, und Ginny empfand einen tiefen Frieden. In vier Tagen würde sie James wiedersehen! Er hatte ihr geschrieben, ab Dover den Zug zu nehmen, und hatte ihr die Ankunftszeit am Bahnhof St. Pancras mitgeteilt.

Holst du mich vom Zug ab? Nicht, dass ich mich in London verlaufe ...

Natürlich würde sie ihn abholen. Wahrscheinlich würde sie, schon eine Stunde bevor der Zug aus Dover einfuhr, an der Sperre zum Bahnsteig stehen. Ginny freute sich auch auf ein Wiedersehen mit Fiona. Die Freundin schrieb nur selten, und wenn, dann erklärte sie, sie hätte unendlich viel zu tun. Aus ihren Zeilen war zu entnehmen, dass sie sich bei *Delicious Rose* sehr wohl fühlte und dass sie immer öfter eigene Artikel verfassen durfte. Fiona hatte offenbar wirklich das große Los gezogen, indem sie nach London gegangen war.

Die Geschenke für ihre Eltern, für Grandma und für Tessa hatte Ginny bereits verpackt und in die entsprechenden Strümpfe gesteckt. Tessa würde diese am Weihnachtsmorgen an den Kamin hängen. Ein wenig wehmütig, das Fest ohne ihre Eltern und Grandma zu feiern, wurde Ginny nun doch zumute. Die Freude auf das Wiedersehen mit James war allerdings stärker, und sie wünschte, die Uhr vorstellen zu können. Da bis zum Frühstück noch Zeit war, ging Ginny in der Hoffnung auf einen heißen Tee in die Küche hinunter. Wie gewohnt hantierte Tessa mit den Töpfen und Pfannen, auf dem Herd stand bereits eine Kanne mit Earl Grey.

»Petrus hat ein Einsehen«, sagte Tessa. »Weihnachten ohne Schnee ist doch wie Tee ohne Sahne.«

Ginny lachte. »Hoffentlich schneit es in London auch.«

Das Lächeln verschwand aus Tessas Gesicht, ernst sah sie Ginny an.

»Du wirst mir fehlen, Mädchen. Wie heißt er eigentlich?«

Ginny verschluckte sich an ihrem Tee. Sie hustete, und als sie wieder zu Atem gekommen war, fragte sie: »Wen meinst du?«

Verschwörerisch zwinkerte Tessa ihr zu.

»In deinen Augen mag ich eine alte Frau sein, ich war aber auch mal jung. Du willst Weihnachten doch unbedingt in der Stadt verbringen, weil es dort jemanden gibt, den du wiedersehen willst. Ich hoffe, er ist deiner würdig. Wenn er es wagen sollte, dir das Herz zu brechen, dann bekommt er es mit mir zu tun!«

»Ach, Tessa!«

Ginny flüchtete in ihre Arme. Die Haushälterin roch nach Zimt und Orangen, und nirgendwo sonst fühlte sich Ginny derart geborgen. Sie spürte Tessas schwielige Hand auf ihrem Kopf.

»Magst du mir von ihm erzählen?«, fragte Tessa. »Ich nehme an, deine Eltern wissen noch nichts von ihm.«

»Sein Name ist James, ich habe ihn im Sommer in Blackpool kennengelernt, und er mag die Beatles ebenso gern wie ich.«

»Aber?« Tessa hatte ein feines Gespür für Untertöne. »Ist er nicht standesgemäß oder ein arbeitsloser Schlucker? Was stimmt mit ihm nicht, dass du deinen Eltern bisher verschwiegen hast, dass du bis über beide Ohren verliebt bist?«

»Ist es so offensichtlich?«

»Für mich, ja.«

Ginny lachte. »Vor dir konnte ich noch nie etwas verbergen, Tessa.«

»Also, wo liegt der Haken?«

»Er kommt aus Deutschland.«

Jetzt war es heraus, und Ginny fühlte sich unendlich erleichtert, endlich mit jemandem über James sprechen zu können. Tessa würde es für sich behalten und ihren Eltern nichts sagen, solange sie, Ginny, das nicht selbst getan hatte.

»Das ist natürlich nicht einfach«, erwiderte Tessa nachdenklich. »Gerade, weil deinem Vater so viel Schlimmes widerfahren und durch den Krieg großes Leid über Lady Phyliss gekommen ist, bezweifle ich, dass ausgerechnet ein Deutscher in diesem Haus willkommen sein wird. Liebt er dich denn ebenfalls?«

»Ich glaube schon«, antwortete Ginny erst zögernd, dann nickte sie nachdrücklich. »Ja, ich denke, seine Gefühle sind ebenso tief wie die meinen. Wir haben uns im Sommer in

Blackpool kennengelernt und wussten sofort, dass wir zusammengehören.«

»Die berühmte Liebe auf den ersten Blick.« Tessa lächelte verständnisvoll. »Es gibt sie also nicht nur in Romanen.«

»Wir haben uns seit Monaten nicht mehr gesehen«, wandte Ginny, nun doch wieder skeptisch, ein. »Wir haben uns aber viele Briefe geschrieben, und … James kommt über Weihnachten nach London. Darum ist es ja so wichtig, dass ich fahre, damit wir uns darüber klarwerden können, ob es eine gemeinsame Zukunft für uns geben kann.«

»Weiß James, was dein Vater durchgemacht hat?«

Ginny schüttelte den Kopf. »Das ist keine Sache, die man in einem Brief thematisiert.« Sie sah Tessa fragend an. »Meinst du, ich soll es ihm sagen?«

»Unbedingt!« Tessa unterstrich ihre Worte mit einem kräftigen Nicken. »Wenn sich etwas Ernstes zwischen euch entwickeln soll, darfst du keine Geheimnisse vor ihm haben. Nur mit Ehrlichkeit lässt sich die Vergangenheit bewältigen. Es war eine sehr schlimme Zeit, aber ihr seid eine neue, junge Generation, die diese Vergangenheit überwinden wird. Dessen bin ich sicher.«

Ginny umarmte die alte Frau.

»Was würde ich ohne dich machen, Tessa?«

»Du musst mit deinen Eltern sprechen, sie haben das Recht, zu wissen, wem dein Herz gehört«, ermahnte die Haushälterin sie.

»Nach Weihnachten«, versprach Ginny. »Im neuen Jahr, wenn ich zurück bin, sage ich Mum und Dad, dass ich James liebe und dass ich ihn so bald wie möglich in Deutschland besuchen möchte. Vielleicht kann Dad mich sogar begleiten?« Dieser Gedanke war Ginny just in diesem Moment durch den Kopf geschossen. »Für Dad wäre eine Reise nach Deutschland eine Möglichkeit, mit der Vergangenheit abzuschließen.«

»Das ist eine gute Idee«, stimmte Tessa zu. »Auf jeden Fall solltest du es vorschlagen. Deine Großmutter wirst du aber auch noch überzeugen müssen.«

»Grandma ...« Ginny seufzte. »Ich glaube, das wird die schwierigste Hürde werden, schlussendlich wird Grandma aber wollen, dass ich mein Glück finde, nicht wahr?«

»Ganz bestimmt.«

Tessa war keinesfalls so sicher, wie sie sich Ginny gegenüber gab. Sie kannte den jungen Mann nicht, der Ginnys Herz erobert hatte, und konnte daher nicht beurteilen, ob das Mädchen nur ein Zeitvertreib für ihn war. Würde er aber anderenfalls den weiten Weg und die Mühen auf sich nehmen, extra aus Deutschland nach London zu reisen? Er hatte bestimmt Familie, die er für Ginny allein ließ. Lady Phyliss Bentham würde sicher nicht so leicht akzeptieren, ihre Enkelin an einen Deutschen zu verlieren. Bereits als Gregory nach Farringdon gekommen war und Siobhan geheiratet hatte, hatte die Lady nur nach langem Zögern zugestimmt, einen früheren Feind in die Familie aufzunehmen. Einzig durch die Tatsache, dass Gregory Bentham selbst Opfer gewesen war, konnte Lady Phyliss dieser Verbindung ihren Segen geben.

Tessa wünschte sich, diesen James selbst in Augenschein nehmen und auf Herz und Nieren prüfen zu können. Dafür war sie sogar bereit, höchstpersönlich in das ferne Deutschland zu reisen, auch wenn sie England noch nie verlassen hatte.

In London hatte es ebenfalls geschneit. Allerdings hatte sich der Schnee auf den Straßen in eine schmutzig graue Masse verwandelt. Ginny und Barbra saßen im Fond, und während der etwa dreistündigen Fahrt zeigte Ginny der Freundin die ersten Pläne für den Tea-Room, mit dessen Ausbau unmittelbar nach dem Jahreswechsel begonnen werden sollte. Barbra Wareham hatte sich sofort freudig bereit erklärt, in dem Tea-Room auszuhelfen.

»Zumindest so lange, bis Elliot und ich verheiratet sind und ich ein Kind erwarte.«

Elliot, der auf dem Beifahrersitz saß, drehte sich nach hinten und sagte: »Dann wird es hoffentlich nicht allzu lange sein.«

»Habt ihr euch endlich auf einen Hochzeitstermin geeinigt?«, fragte Ginny gespannt.

Elliot und Barbra tauschten einen Blick, und Elliot antwortete: »Meine Eltern werden diesen am Weihnachtstag bekanntgeben.«

»Sagt es doch jetzt schon!«, bettelte Ginny und zappelte auf ihrem Sitz herum. »Ach bitte, bitte, nicht, dass ich ...«

Abrupt verstummte sie, denn beinahe hätte sie gesagt: »Nicht, dass ich dann in Deutschland sein werde.« Sie hatte den Freunden noch nicht erzählt, dass James nach London kommen würde.

»Was hast du vor?«, fragte Barbra prompt.

»Ach nichts, ich möchte eure Hochzeit unter keinen Umständen versäumen«, antwortete Ginny, wich dem bohrenden Blick der Freundin aber aus. »Also, wann ist es so weit?«

»Du wirst dich gedulden müssen.«

Elliot blieb unnachgiebig, und Norman lachte.

»Gib es auf, Ginny, selbst mir, seinem besten Freund, Geschäftspartner und Best Man gegenüber macht Elliot ein großes Geheimnis um den Termin.«

»Ihr müsst das verstehen«, erklärte Elliot. »Meine Mutter möchte sich den großen Auftritt, wenn sie es allen Freunden und Bekannten verkündet, nicht nehmen lassen. Ihr kennt sie doch.«

Ginny schmunzelte. Ja, Tante Alicia hatte alles sicherlich schon bis ins kleinste Detail geplant, bei so etwas war sie ganz in ihrem Element. Onkel Henry überließ diese Arbeit seiner Frau nur zu gern, denn er hatte kein Händchen für das Organisatorische und widmete sich lieber den trockenen Zahlen in seiner Bank.

Als Norman den Wagen durch die Häuserschluchten der Vororte, in denen sich ein identisches Reihenhaus an das andere reihte, lenkte, räusperte sich Ginny und sagte: »Übrigens, James besucht uns über Weihnachten, er wird auch bei Tante Alicia wohnen.«

»James?« Norman bremste so hart, dass der Wagen auf dem rutschigen Untergrund ins Schlingern kam.

»Pass auf!«, »Vorsicht!«, riefen Elliot und Barbra gleichzeitig. Norman bekam das Auto wieder in den Griff, und Barbra sah die Freundin erstaunt an.

»Ich wusste nicht, dass ihr noch Kontakt zueinander habt.«

Im Rückspiegel sah Ginny, wie Norman die Lippen zusammenpresste und auf die Straße starrte.

»Wir haben uns regelmäßig geschrieben«, antwortete sie, »und er möchte unsere Art, Weihnachten zu feiern, kennenlernen.«

Barbra zog eine Augenbraue hoch, nahm Ginnys Hand, drückte sie und lächelte ihr aufmunternd zu. Norman schwieg, bis sie ihr Ziel erreicht hatten. Unmittelbar nachdem er den Wagen vor dem Haus geparkt hatte, stieg er aus, schnappte sich seine Tasche aus dem Kofferraum und verschwand, ohne ein Wort oder einen weiteren Blick zu Ginny.

»Du hättest es ihm früher sagen sollen«, raunte Barbra Ginny zu, während Elliot das Gepäck der Mädchen auslud und ins Haus trug.

»Das hätte ich vielleicht wirklich tun sollen«, murmelte Ginny mit einem Anflug schlechten Gewissens. »Norman soll sich aber nicht wie ein eifersüchtiger Gockel aufführen, wir waren und sind lediglich Freunde. Außerdem dachte ich, er fand James im letzten Sommer auch sympathisch, und soviel mir bekannt ist, hat Norman gerade ein Techtelmechtel mit einem Mädchen aus Lymington.«

»Tja, wir wissen leider nicht, was in den Köpfen der Männer vor sich geht«, entgegnete Barbra mit einem Grinsen. »Ich jedenfalls freue mich, James wiederzusehen. Wissen deine Eltern eigentlich, dass du dich hier mit deinem Liebhaber triffst?«

»Du bist unmöglich, Barbra Wareham!« Ginny knuffte die Freundin in die Seite. »James ist nicht mein Liebhaber. Wir wollen die kommenden Tage nutzen, uns besser kennenzulernen, und nein, meine Eltern wissen noch nichts von ihm. Und es wäre nett, wenn ich es ihnen selbst sagen könnte.«

»Meine Lippen sind versiegelt.« Barbra presste zwei Finger auf ihre Lippen, fügte dann aber hinzu: »Dann soll Elliots Mutter wohl auch nicht mehr über James wissen, außer dass er ein gemeinsamer Freund von uns allen ist?«

»Du hast es kapiert! Jetzt lass uns bitte ins Haus gehen, es ist verflixt kalt.«

Lachend hakte Ginny sich bei Barbra unter, und die beiden traten in die wohlige Wärme des Hauses. Das Hausmädchen empfing sie, nahm ihre Mäntel und Handschuhe entgegen und erklärte, Alicia Earthwell lasse sich entschuldigen, sie habe Einkäufe zu erledigen, sie würden sich dann alle zum Dinner treffen. Barbra und Ginny teilten sich wieder ein Zimmer, stellten aber nur ihre Taschen ab und fuhren dann gleich mit der Tube zu einem Restaurant am Leicester Square, wo sie sich mit Fiona verabredet hatten. Die Freundin erwartete sie bereits. Nachdem sie sich umarmt und Tee bestellt hatten, erzählte Fiona von ihrer Arbeit bei *Delicious Rose*. Ihre Wangen glühten, ihre Augen leuchteten, und Ginny fiel auf, dass sie ein schickes Twinset aus dunkelblauer Wolle trug und ihre Stiefel Absätze hatten.

»Die Arbeit bei dem Magazin scheint dir gut zu bekommen«, warf sie ein, als Fiona eine Atempause machte.

»Ich fühle mich dort sehr wohl«, bestätigte Fiona, »und weiß gar nicht, wie sehr ich dir danken soll.«

»Ich habe dich lediglich dieser Anne vorgestellt, alles andere hast du ganz allein deiner Leistung zu verdanken. Du kannst stolz auf dich sein, Fiona.«

»Und du siehst so schick aus«, sagte Barbra mit einem wohlwollenden Blick. »Wenn ich dich nicht besser kennen würde, würde ich vermuten, dass du verliebt bist.«

Eine tiefe Röte färbte Fionas Wangen, sie lächelte verlegen.

»Vor euch kann man nichts verheimlichen, was?«

Die Freundinnen steckten die Köpfe zusammen, und Fiona erzählte, dass sie sich seit einigen Wochen mit einem Fotografen traf. Sie wollte es aber langsam angehen lassen und nichts überstürzen. »Er heißt Felix, und ich habe ihn auf Farringdon kennengelernt. Du erinnerst dich vielleicht noch an ihn, Ginny.«

Ginny nickte, allerdings erinnerte sie sich auch daran, dass es dieser Felix gewesen war, der ihren Vater ungefragt fotografiert hatte.

Ein Schatten huschte über ihr Gesicht, als sie sagte: »Letzte Woche erschien der Artikel und die Fotos, die Felix und Stephen geschossen haben.«

»Ist toll geworden, nicht wahr?«, rief Fiona. »Ich habe Anne aber auch auf die Finger gesehen, damit sie nichts Blödes schreibt. Ich hoffe, die Berichterstattung beschert euch viele neue Kunden.«

»Ja, der Artikel ist in Ordnung«, sagte Ginny, ihre Finger drehten den Saum der Tischdecke ein.

»Stimmt was nicht?«, fragte Fiona.

»Mein Vater ist ziemlich sauer«, antwortete Ginny betrübt. »Du erinnerst dich vielleicht daran, dass er nicht fotografiert werden wollte. Er und Felix gerieten darüber in Streit. Nun wurde eines der Fotos, auf dem Dad zu sehen ist, abgedruckt, und Dad hat vor, *Delicious Rose* wegen Verletzung seiner Persönlichkeitsrechte oder wie das heißt, zu verklagen.«

»Wie bitte?«, riefen Fiona und Barbra gleichzeitig. »Das ist doch Unsinn«, fuhr Fiona entschieden fort.

Ginny nickte. »Das sehen Mum, Grandma und ich ebenso. Ich wollte nur von dir wissen, Fiona, ob dir bekannt ist, ob Dad schon etwas unternommen hat.«

»Nicht, dass ich wüsste, ich werde mich aber mal erkundigen.« Sie neigte den Kopf zur Seite und sah Ginny fragend an: »Gibt es einen bestimmten Grund, warum dein Vater derart übertrieben reagiert?«

Ginny zögerte einen Moment, schüttelte dann aber den Kopf. Fiona und Barbra wussten nichts über das Schicksal Gregory Benthams. Sie wussten nicht, dass er Deutscher und von den Nazis gequält worden war. Obwohl sie seit ihrer Kindheit befreundet waren, war das etwas sehr Persönliches, das nur ihren Vater etwas anging. Es wäre ihm gewiss nicht recht, wenn Ginny es jemandem außerhalb der Familie erzählte. Barbra würde jedoch bald zur Familie gehören, und Tante Alicia war in das Geheimnis eingeweiht, ebenso Elliot. Trotzdem wollte Ginny heute und jetzt nicht über solch schwierige Themen sprechen, daher zuckte sie nur mit den Schultern und fragte, um das Thema zu wechseln, in welchem Club sie den Weihnachtsabend verbringen sollten.

Die nächsten zwei Tage schienen Ginny wie zähflüssiger Honig vom Löffel zu tropfen. Da Fiona arbeiten musste – »gerade vor Weihnachten ist in der Redaktion der Teufel los« –, ging Ginny mit Barbra einkaufen. Sie streiften durch das weihnachtlich geschmückte London, bummelten durch Boutiquen, tranken Punsch, aßen heiße Maronen an den Ständen am Covent Garden, und Ginny ließ sich von dem Coiffeur, bei dem Barbra Stammkundin war, die Haare zu einer modernen Frisur toupieren. Tagsüber waren die jungen Leute unter sich, das Dinner nahmen sie zusammen mit Elliots Eltern ein. Obwohl am Weihnachtstag über dreißig Gäste erwartet wurden und Tante Alicia jede Kleinigkeit bis ins Detail plante, wirkte sie so frisch und munter, als wäre sie gerade aus einem erholsamen Urlaub zurückgekehrt.

»Ich mag es, das Haus voller Menschen zu haben«, sagte Alicia Earthwell, »besonders, wenn es junge Leute sind.« Sie zwinkerte Ginny zu und raunte: »Wann kommt denn euer Freund James?«

»Morgen Nachmittag«, antwortete Ginny. »Ich werde ihn vom Bahnhof abholen. Übrigens, Tante Alicia, kannst du mir bitte die Uhr von Mum geben? Ich möchte sie gleich in meine Tasche legen, damit ich sie nicht vergesse.«

»Uhr? Von welcher Uhr sprichst du?«

»Die Uhr, die Mum von Dad letztes Jahr zum Hochzeitstag bekommen hat«, erklärte Ginny. »Als sie dich im November besucht hat, hat sie die Uhr hier vergessen. Hat Mum dir das nicht am Telefon gesagt?«

»Im November?« Alicia Earthwell lächelte gezwungen. »Siobhan war nicht bei uns, ich habe meine Schwester seit dem Sommer nicht mehr gesehen.«

»Das kann nicht sein, sie war doch erst vor ein paar Wochen für drei Tage in London.«

Alicia winkte ab.

»Da musst du etwas missverstanden haben, Ginny. Auf jeden Fall habe ich keine Uhr von Siobhan gefunden.«

Ginny war verwirrt. Sie war sich sicher, dass ihre Mutter gesagt hatte, sie hätte die Uhr bei Alicia vergessen. Diesbezüglich könnte Siobhan sich natürlich auch geirrt und sie anderweitig verloren haben, was sie Gregory gegenüber nicht zugeben wollte. Immerhin war die Uhr nicht nur ein Geschenk gewesen, sondern auch sehr wertvoll. Sicher war sich Ginny aber, dass ihre Mutter Ende November nach London gefahren war, um Tante Alicia zu besuchen und Einkäufe zu machen. Sie erinnerte sich allerdings, dass Siobhan ohne Päckchen und Tüten zurückgekommen war und behauptet hatte, sie hätte nichts Passendes gefunden.

Dafür gab es sicher eine logische Erklärung, dachte Ginny, und eine Stunde später hatte sie die Angelegenheit bereits vergessen. Ihre Gedanken wurden vollständig von der bevorstehenden Ankunft von James beherrscht.

Norman Schneyder verhielt sich Ginny gegenüber so, als wäre nichts geschehen, sie bemerkte jedoch, wie er sie verstohlen von der Seite musterte, wenn er dachte, sie würde es nicht bemerken. Auch wenn James nicht in ihr Leben getreten wäre, konnte Norman für Ginny nicht mehr als ein Freund sein. Außerdem glaubte sie nicht daran, dass Norman wirklich in sie verliebt war, hatte er doch immer wieder flüchtige Beziehungen zu anderen Frauen.

Fiona, mit der sie über Norman sprach, meinte: »Ich denke, es ist nur verletzte Eitelkeit. Sein Stolz lässt es nicht zu, dass er nicht die Nummer eins ist und im Mittelpunkt steht. Vielleicht ist er aber auch beziehungsunfähig und kann es nicht ertragen, dass alle um ihn herum glücklich sind. Elliot und Barbra werden heiraten, du bist so etwas von verliebt, dass man es dir auf eine Meile gegen den Wind ansieht, nur er bringt es nicht fertig, eine dauerhafte Beziehung zu führen. Diese eigene Unzulänglichkeit äußert sich bei ihm in einem übertrieben eifersüchtigen Verhalten.«

»Du solltest eine Psychologie-Kolumne für das Magazin schreiben«, sagte Ginny, und Fiona lachte.

»Das würde nun ganz und gar nicht zum Stil des Blattes passen. Im Ernst, Ginny: Was James betrifft, kann ich Norman sogar verstehen. Wir alle dachten, mit James, das wäre eine Sache, die nach dem Sommer zu Ende ist. Und eine Einladung ausgerechnet zu Weihnachten ist etwas sehr Intimes, oder?«

»Ich hoffte, er und meine Eltern könnten sich kennenlernen«, erklärte Ginny. »Du weißt, wie zwanglos es bei Tante Alicia zugeht, es wäre eine gute Gelegenheit gewesen.«

»Du hättest James absagen können, nachdem deine Eltern beschlossen hatten, auf Farringdon zu bleiben.«

»Absagen?« Ginny fuhr hoch. »Dazu war es zu spät, der Brief hätte ihn nicht mehr erreicht ...«

»Schon mal was von der Erfindung eines gewissen Alexander Graham Bell gehört?«, witzelte Fiona. »Ich glaube, man nennt sie Telefon. Ich nehme doch an, dass in der Gegend, in der dein James lebt, Telefonanschlüsse vorhanden sind.«

Ginny stimmte in ihr Lachen ein. »Ich glaube schon, aber wir haben noch nie miteinander telefoniert.«

»Warum nicht?«

»Es hat sich nie ergeben, außerdem sind Telefonate ins Ausland furchtbar teuer«, wiegelte Ginny ab. Sie wusste nicht, warum James ihr nie seine Telefonnummer gegeben hatte, allerdings hatte sie ihm auch nie die von Farringdon mitgeteilt. Solange ihre Eltern nichts von ihm wussten, wollte sie nicht riskieren, dass James anrief und ihren Vater, ihre Mutter oder im schlimmsten Fall Grandma am Apparat hatte.

»Schade, dass ich nach den Feiertagen gleich wieder arbeiten muss«, sagte Fiona, »sonst hätte ich versucht, James ein wenig auf den Zahn zu fühlen.«

»Warum traut ihm niemand?«, fragte Ginny schroff. »Nur weil er Ausländer ist, noch dazu aus Deutschland kommt, scheint jeder zu glauben, er wäre nicht ehrlich und ...«

»So meinte ich es nicht«, fiel Fiona Ginny ins Wort. Besorgt legte sie eine Hand auf Ginnys Arm. »Du musst aber zugeben, dass eine Beziehung zwischen euch nicht ohne Probleme sein wird. Schon allein die große Entfernung. Zudem steht ein Großteil derer, die den Krieg erlebt haben, auch heute noch den Deutschen ablehnend gegenüber. Als Touristen, die Geld in unsere Kassen bringen, sind sie akzeptiert, und in London ist es etwas einfacher, aber auf dem Land? Es wäre für James das reinste

Spießrutenlaufen.« Sie schüttelte nachdenklich den Kopf und fuhr fort: »Ihr müsst euch eurer Gefühle wirklich sicher sein, damit das funktionieren kann.«

Ginny blieb eine Antwort schuldig. Sie wollte sich die Laune nicht verderben lassen. Nur noch ein Mal schlafen, dann würde sie James endlich wiedersehen!

12

Nervös, aber auch, um der Kälte zu trotzen, trat Ginny von einem Fuß auf den anderen. Das Bahnhofsgebäude war zwar überdacht, der kalte Westwind pfiff aber ungehindert durch die Vorhalle, die an beiden Seiten offen war. Ginny hatte ihre fellgefütterten Stiefel und einen warmen Wollmantel angezogen, obwohl beides nicht der aktuellen Mode entsprach, und über ihre Locken hatte sie eine Mütze gestülpt. Diese würde zwar das Kunstwerk des Friseurs zerstören, Ginny wollte James aber lieber zerzaust als mit geröteter Schnupfennase gegenübertreten. Immer wieder sah sie zur Bahnhofsuhr, deren Zeiger stillzustehen schienen. Der Zug aus Dover hatte bereits über eine Stunde Verspätung. Gerade, als sie beschloss, im Warteraum einen Tee zu trinken und sich ein wenig aufzuwärmen, erklang durch die Lautsprecher die Durchsage, dass der Zug auf Gleis zwei einfuhr. Die Bahn hielt, die Türen öffneten sich, und Hunderte von Menschen strömten auf den Bahnsteig. Hinter der Schranke stellte Ginny sich auf die Zehenspitzen, ihr Blick schweifte über die Reisenden, James konnte sie allerdings nicht entdecken. Die Leute hasteten an ihr vorbei, viele wirkten gehetzt, und nach etwa fünfzehn Minuten leerte sich der Bahnsteig. Ginny fühlte, wie Tränen in ihre Augen traten. James war nicht gekommen! Bei seiner Ankunftszeit oder gar bei dem Bahnhof hatte sie sich nicht geirrt. Beides wusste sie seit Wochen. Ihm war etwas passiert! Oder er war krank! Ihm musste kurzfristig etwas dazwischengekommen sein, und er hatte sie nicht erreichen können. Wie auch, kannte James doch nicht die Telefonnummer von Tante Alicia und Onkel Henry.

»Hoh-ho-ho!« Ein als Santa Claus verkleideter Mann drängte sich an ihr vorbei. »Fröhliche Weihnachten!«, rief er ihr munter zu, aber Ginny schluckte enttäuscht. Die Weihnachtsstimmung war ihr verdorben. Am liebsten wäre sie auf der Stelle nach Farringdon gefahren, um sich dort in ihrem Zimmer zu vergraben, denn sie wusste nicht, wie sie die kommenden Tage fröhlich und unbeschwert feiern sollte. Seit Wochen hatte sie dem Wiedersehen entgegengefiebert – all ihre Träume zerplatzten nun wie Seifenblasen. Oder hatten ihre Freunde recht behalten, und sie war für James nur ein netter Zeitvertreib gewesen? Hatte er ihre Einladung vielleicht nur angenommen, um sie nicht zu verletzen, aber niemals vorgehabt, wirklich nach England zu kommen? Nein, nein, solche Gedanken wollte Ginny gar nicht erst zulassen. Es musste etwas geschehen sein, oder James' Familie hatte ihn nicht reisen lassen. In diesem Moment wurde es Ginny bewusst, dass sie so gut wie nichts über seine Eltern wusste. Im Sommer hatte er einmal erwähnt, keine Geschwister zu haben, ansonsten hatte er aber über seine Eltern nicht gesprochen und diese in seinen Briefen auch mit keinem Wort erwähnt.

Mit schleppenden Schritten verließ Ginny die Bahnhofshalle und tauchte in die Tiefen der Untergrundbahn ein. Es blieb ihr nichts anderes übrig, als wieder zu ihrer Tante zu fahren. Warten war sinnlos, denn heute kam kein weiterer Zug aus Dover mehr in London an. Wenn sie noch länger hier verharrte, würde sie sich eine dicke Erkältung einfangen. Norman soll es bloß nicht wagen, irgendwelche ironischen Bemerkungen zu machen, weil James mich versetzt hat, dachte sie. Innerlich wappnete sie sich gegen entsprechende Kommentare und beschloss, sich ihre Enttäuschung nicht anmerken zu lassen.

Sie war nur noch wenige Schritte vom Haus ihrer Tante entfernt, als sie jemanden ihren Namen rufen hörte. Ginny stutzte, zog die Mütze von ihren Ohren, weil sie glaubte, sich verhört zu haben.
»Ginny! Hallo, ich bin hier.«
Sie drehte sich um. Etwa zweihundert Yards die Straße hinunter kletterte James aus einem Lastwagen, warf sich den Rucksack über die Schulter und kam ihr entgegengelaufen. Nun begann auch sie zu rennen.
»James!«
Sie trafen sich in der Mitte, und sie flog in seine ausgebreiteten Arme.
»Ich dachte, du kommst nicht ...«
»Warum hätte ich nicht kommen sollen? Ich habe es dir doch versprochen.«
»Aber du warst nicht im Zug.«
James lachte und schob sie sanft ein Stück von sich weg.
»Über dem Ärmelkanal tobte ein Sturm, man konnte sich kaum auf den Beinen halten. Deswegen fuhren nicht alle Fähren, und diejenigen, die ablegten, hatten erhebliche Verspätungen. Als ich endlich in Dover ankam, war der Zug natürlich weg, und der nächste nach London geht erst morgen Vormittag. So habe ich also wieder meinen Daumen rausgestreckt und hatte Glück. Nicht nur, dass ein Lastwagen mich recht schnell mitnahm – als der Fahrer hörte, wohin ich wollte, hat er mich sogar hierhergefahren. Er meinte, er müsste ohnehin nur einen Block weiter.«

Ginny hatte ihn nicht unterbrochen. Seit ihrer letzten Begegnung hatte sich sein Englisch deutlich verbessert, und den ausländischen Akzent fand sie nach wie vor entzückend. Nun nahm er ihre Hände. Durch die Handschuhe hindurch spürte sie seine Wärme.

»Hast du wirklich geglaubt, ich würde nicht kommen, ohne dir Bescheid zu sagen?«

Sie schüttelte den Kopf. »Ich dachte, dir wäre was passiert, du wärst krank oder so.«

»Glücklicherweise weder das eine noch das andere.« Hans-Peter lachte laut. »Wie du siehst, stehe ich gesund und munter vor dir. Können wir jetzt hineingehen? Ich fürchte, ich friere gleich auf der Straße fest.«

»Äh … ich muss dir erst noch etwas sagen«, druckste Ginny herum. »Meine Familie ist nicht in London. Grandma fühlt sich nicht wohl, und meine Eltern wollten sie nicht allein lassen.«

»Das ist bedauerlich, ich habe mich darauf gefreut, sie kennenzulernen, die Gesundheit deiner Großmutter geht aber vor. Ich hoffe, sie ist nicht ernsthaft erkrankt?«

Ginny schüttelte den Kopf. »Es ist ihr Rheuma.«

»Du lässt deine Eltern über Weihnachten allein?«, fragte Hans-Peter überrascht.

Sie stupste ihn in die Seite und grinste.

»Du doch auch, und du bist sogar Hunderte von Meilen fort von zu Hause.«

»Weil nichts auf der Welt mich hätte daran hindern können, dich wiederzusehen.« Mit zwei Fingern hob er Ginnys Kinn und sah ihr in die Augen. Ernst sagte er: »Ich weiß nicht, was mit uns geschieht, ich weiß nur, dass die letzten Monate ohne dich schrecklich für mich waren.«

»Ich habe dich auch vermisst.«

Wie hatte Ginny nur jemals denken können, James könnte es nicht ernst meinen? Aus seinem Blick sprach aufrichtige Liebe und eine Zärtlichkeit, die sie nie zuvor erlebt hatte. Gleichgültig, dass sie verschiedenen Nationalitäten angehörten – sie würden den Weg in eine gemeinsame Zukunft finden.

Hans-Peter logierte wieder in der Dachkammer, die ihm von seinem letzten Besuch noch in guter Erinnerung war. Alicia Earthwell begrüßte ihn herzlich, während Ginnys Onkel ihn fragend ansah und selbst nach einer ausführlichen Erklärung seiner Frau sich nicht erinnern konnte, dass Hans-Peter bereits im Sommer Gast in seinem Haus gewesen war. Norman Schneyder begrüßte ihn zwar mit Handschlag, aber deutlich unterkühlt, während er von Elliot und Barbra wie ein alter guter Freund aufgenommen wurde. Es überraschte Hans-Peter, zu erfahren, dass geplant war, am Abend einen Beatclub in Soho aufzusuchen.

»Verbringt ihr den Heiligen Abend denn nicht mit der Familie?«, fragte er. »In Deutschland ist das der wichtigste Abend der Feiertage. Zuerst geht man in die Kirche, dann essen wir gemeinsam zu Abend, danach werden die Kerzen am Baum angezündet und die Geschenke überreicht.«

Nicht nur für Ginny war es interessant, zu erfahren, wie in Deutschland Weihnachten gefeiert wurde, selbst Norman hörte Hans-Peters Schilderungen interessiert zu.

»Wir bekommen morgen früh die Geschenke«, erklärte Ginny. »Deshalb hängen wir heute Abend Strümpfe an den Kamin, die Father Christmas heute Nacht füllt.« Sie zwinkerte ihm zu. »Als ich ein Kind war, habe ich tatsächlich geglaubt, der Weihnachtsmann landet mit seinem Schlitten auf dem Dach und kommt durch den Kamin ins Haus. Eine schöne Vorstellung, oder?«

Hans-Peter nickte und erwiderte: »Ebenso wie wir glauben, das Christkind bringt die Geschenke, während wir in der Kirche sind.«

»Morgen feiern wir dann auch ausgiebig«, erklärte Elliot. »Es gibt wahnsinnig viel zu essen und zu trinken, und meinen Eltern sind alle herzlich willkommen. Auch Nachbarn und Freunde. Heute Abend jedoch ist es Tradition, auszugehen und sich mit Freunden in Clubs und Bars zu treffen.«

Hans-Peter erfuhr, dass die Tradition, einen geschmückten Baum aufzustellen, keineswegs so alt war wie in Deutschland und dass diese sogar aus Deutschland stammte.

»Prinz Albert, der Ehemann von Queen Victoria, war ein Deutscher«, erklärte Ginny. »Er brachte diesen Brauch in unser Land. Zuvor wurden nur Stechpalmen- und Mistelzweige aufgehängt, was wir heute auch immer noch tun. Du siehst, wir haben durchaus deutsche Traditionen.«

»Solange wir kein Sauerkraut essen müssen.« Diese Bemerkung konnte Norman sich nicht verkneifen, und Hans-Peter konterte:

»Und wir keine Pfefferminzsoße, verkochten Fisch mit fettigen Kartoffelstücken und lauwarmes, schales Bier ohne Schaum.«

»Immer noch besser als sauer eingelegte Gurken ...«

Beruhigend legte Ginny je eine Hand auf Normans und auf Hans-Peters Arm und sagte entschieden: »Ich finde es gut, unterschiedliche Traditionen und Bräuche kennenzulernen und diese zu akzeptieren. Es ist Weihnachten, das Fest der Liebe, der

Harmonie und der Hoffnung, und ich denke, wir sollten uns jetzt umziehen, damit wir vom Abend noch etwas haben.«

Der Blick aus Ginnys Augen signalisierte Norman deutlich, dass er es nicht wagen sollte, einen Streit vom Zaun zu brechen. Norman presste zwar unwillig die Lippen zusammen, ließ das Thema aber auf sich beruhen. Selbstbewusst warf Ginny ihre Locken zurück und griff nach Hans-Peters Hand. Diese Geste signalisierte allen, dass sie sich durch nichts und niemanden ihre Liebe zu dem jungen Deutschen madigmachen oder gar zerstören lassen würde.

Der *Flamingo Club* befand sich in einem eher unscheinbaren weißen Gebäude in der Wardour Street in Soho, dem Viertel, das die größte Dichte an Restaurants, Bars und Clubs in London aufwies. Trotz der gesetzlich vorgeschriebenen Sperrstunde und der Vorschrift, nach elf Uhr am Abend keinen Alkohol mehr ausschenken zu dürfen, hatten viele Clubs die ganze Nacht über geöffnet. Der *Mingo,* wie der Club allgemein genannt wurde, schloss jeden Samstag und Sonntag erst in den frühen Morgenstunden, allerdings wurde hier kein Alkohol ausgeschenkt.

»Die haben keine Lizenz«, erklärte Elliot Hans-Peter, »umgehen es jedoch, indem sie dir einen kräftigen Schuss Whisky in die Cola schütten, wenn du es willst.«

»Kein Bedarf«, lehnte Hans-Peter ab. »Zu einem guten Bier sag ich nicht nein, die scharfen Sachen sind aber nichts für mich.«

»Tugendhaft ist das Bürschchen also auch noch«, murmelte Norman, allerdings laut genug, dass Hans-Peter seine Bemerkung hörte. Er ließ sie unkommentiert, denn er wollte keinen

Streit. Kaum hatten sie den Club betreten – Elliot schien hier gut bekannt zu sein, denn er wurde von den Türstehern mit Namen begrüßt –, kam auch schon eine hochgewachsene junge Frau auf Norman zu, umarmte ihn und küsste ihn ungeniert auf die Lippen. Ihr geblümtes Kleid war so kurz, dass Hans-Peter glaubte, für einen Moment ihren Slip gesehen zu haben. Die Farbe ihrer Haare war unnatürlich hellblond, das Gesicht stark geschminkt. Norman umfasste ihre Taille, sagte zu seinen Freunden: »Wir sehen uns«, und verschwand mit der Blondine die Treppe hinunter. Die Bar lag im Kellergeschoss, die Luft war vom Zigarettenqualm zum Schneiden dick. Vor einer Bühne standen mehrere Reihen Kinositze mit abgeschabtem, fleckigem Stoff, und im Hintergrund entdeckte Hans-Peter die Bar, vor der sich offensichtlich ausschließlich junge Leute drängten. Die Freunde belegten drei Sitze mit Beschlag, setzen sich aber nicht, sondern warfen ihre Jacken und Mäntel darüber. Ginny war zwar nicht so aufreizend gekleidet wie Normans Bekannte, ihr grün-weiß gestreiftes Kleid endete knapp über den Knien, schmiegte sich aber so eng an ihre schlanke Figur, dass es Hans-Peter warm wurde.

»Cola für alle?«, fragte Elliot.

»Gern, aber ohne Schuss, bitte«, antwortete Barbra. In gewohnter Manier hatte sie sich besonders schick gemacht, war stark geschminkt und hatte sich sogar falsche Wimpern angeklebt. Barbra entsprach somit dem allgemeinen Erscheinungsbild der meisten anwesenden Mädchen. Wie schon im Sommer fiel Hans-Peter der große Unterschied zwischen den Menschen in London und denen in seiner Heimat auf, nicht nur, was Mode und Make-up betraf. In Großwellingen, aber auch in Tübingen und in Stuttgart, schien die Zeit vor zwanzig Jahren stehengeblieben zu sein, hier jedoch lauerte an jeder Ecke die Zukunft.

Während Elliot sich zwischen den Leuten hindurch zur Bar drängte, betraten mehrere junge Männer die Bühne und begannen zu spielen. Ihre Musik war eine Mischung aus Rhythm & Blues, und sie trugen – ähnlich wie die Beatles – dunkle Anzüge, weiße Hemden und schwarze Krawatten.

»Das sind die Blue Flames«, schrie Ginny Hans-Peter ins Ohr, damit er sie verstehen konnte. »So eine Art Hausband des Clubs, und vor ein paar Monaten hatten sie mit diesem Song einen Nummer-eins-Hit in den Charts.«

Hans-Peter hatte den Namen der Band noch nie gehört, unwillkürlich klopfte er mit dem Fuß den Takt der Musik mit. »Yeh! Yeh!«, sang der junge Mann, und Ginny begann, mit geschlossenen Augen zu tanzen. Sie gab sich ganz dem schnellen Rhythmus hin, ihre Füße wirbelten anscheinend schwerelos über den Boden, und ihre Locken flogen ihr um den Kopf. Hans-Peter konnte seinen Blick nicht von ihr lösen. Ginny war so völlig anders als alle Mädchen, die er kannte. Die Faszination, die ihn bei ihrer ersten Begegnung ergriffen hatte, war nicht gewichen, im Gegenteil. Er hatte das Gefühl, als wären nicht Monate vergangen, so vertraut war Ginny ihm auch jetzt wieder vom ersten Augenblick an gewesen.

Als der Song endete, griff Ginny zu der Cola, die Elliot inzwischen gebracht hatte, und sog an dem Strohhalm.

»Die sind wirklich gut«, bemerkte Hans-Peter und deutete auf die Musiker.

»Derzeit eine der angesagtesten Bands in London, sie spielen fast jedes Wochenende im *Mingo*«, erklärte Elliot. »Im Januar 1963 hatten die Rolling Stones ihren ersten gemeinsamen Auftritt auf dieser Bühne. Wer hier erfolgreich ist, hat die Chance, die ganze Welt zu erobern.«

»Die Beatles haben hier aber nie gespielt, oder?«, fragte Hans-Peter. »Deren Karriere begann im *Star Club* in Hamburg, für eine britische Band eher ungewöhnlich.«

»Tja, damals wussten wir gute Musik wahrscheinlich nicht richtig zu schätzen«, scherzte Ginny. »Das Konzert letzten Oktober war übrigens super. Schade, dass du nicht dabei sein konntest.«

Spontan umarmte Hans-Peter sie und meinte: »Wir werden noch viele Beatles-Konzerte gemeinsam erleben.«

»Ja?«

Erwartungsvoll sah Ginny ihn an. Hans-Peter konnte nicht anders, als sie zu küssen. Bei ihm zu Hause war es unmöglich, eine Frau in der Öffentlichkeit zu küssen, mit der man nicht verheiratet oder zumindest verlobt war, hier jedoch störte das niemanden. Um sie herum gab es viele verliebte Pärchen, die aus ihrer Zuneigung keinen Hehl machten.

Elliot schnappte Barbras Hand und sagte mit einem Grinsen: »Wir lassen die beiden Turteltäubchen wohl am besten allein.«

Dann verschwanden sie zwischen den Tanzenden.

Gegen Mitternacht änderte sich das Publikum und damit auch die Stimmung im *Mingo*. Immer mehr junge Männer und Frauen drängten sich in den Club, bekleidet mit dunkelgrünen Parkas, die Hans-Peter an den Kampfanzug der deutschen Bundeswehr erinnerten. Elliot trat zu Hans-Peter, er schien besorgt zu sein.

»Es ist besser, wenn wir gehen, bevor die Mods hier alles aufmischen.«

»Mods?«, wiederholte Hans-Peter fragend.

»Sie fahren italienische Motorroller und wollen sich auch mit ihrer Kleidung von den anderen abheben«, erklärte Norman, der sich von der Blonden getrennt hatte und zu den Freunden zurückgekehrt war. »Ist eigentlich in Ordnung, die Mods trinken nur sehr viel Alkohol und werfen sich auch Drogen ein. So ab Mitternacht wird das *Mingo* zu ihrem Haupttreffpunkt in London. Sie bringen Bier, Wein und Schnaps mit, und leider unternehmen die Betreiber des Clubs nichts gegen sie.«

Hans-Peter bemerkte, dass die meisten der Mods tatsächlich bereits angetrunken waren, kaum einer war dabei, der keine Bierflasche in der Hand hielt. In die stickige Luft mischte sich ein leicht süßlicher Geruch.

»Wo ist eigentlich Ginny?« Suchend sah Barbra sich um.

»Sie wollte auf die Toilette«, antwortete Hans-Peter. »Es wird am besten sein, wenn ich sie hole.«

Ein enger, niedriger und dunkler Gang hinter der Bühne führte zu den Toilettenräumen. Am Ende des Korridors stand Ginny an der Wand, ein untersetzter Mann hatte seine Hände links und rechts neben sie an die Wand gestemmt und versperrte ihr den Weg. Ginny versuchte, unter seinen Armen wegzutauchen, da packte der Kerl sie hart am Arm. Mit einem Satz war Hans-Peter bei ihnen.

»Lass sie sofort los!«

Der bullige Mann sah Hans-Peter verächtlich an.

»Ist wohl dein Mädchen, hä? Ist 'ne süße Zuckerpuppe, genau mein Geschmack, ich steh auf Rothaarige.«

Mit einem schmierigen Lächeln griff er nach Ginnys Haar, während seine andere Hand immer noch ihren Arm umklammert hielt.

»Ich habe gesagt, du sollst sie gehen lassen!«

»Was willst du?«, blaffte der Kerl. »Auch noch ein Ausländer! Zieh Leine, die Kleine hier hat mal einen richtigen Kerl verdient …«

Vor Hans-Peters Augen tanzten bunte Kreise der Wut. Wie ferngesteuert hob er seinen rechten Arm, holte aus und schlug seine Faust in die feiste Visage des Typen. Hans-Peter war kein Mann, der Probleme mit Gewalt löste, im Gegenteil. Er verabscheute Schlägereien, in diesem Moment gingen aber die Pferde mit ihm durch.

Als der Typ sich über das Gesicht wischte und das Blut sah, das aus einem Nasenloch floss, stürmte er auf Hans-Peter los. Er war über einen Kopf größer, seine Schultern fast doppelt so breit. Gegen diesen Schläger würde Hans-Peter keine Chance haben, aber zumindest hatte der Kerl Ginny losgelassen.

»Lauf raus!«, rief Hans-Peter Ginny zu. »Schnell!«

»Aber …« Sie zögerte.

»Verschwinde, die anderen sind schon draußen!«

Mehr konnte Hans-Peter nicht sagen, denn die Faust seines Gegners traf ihn hart mitten im Gesicht. Irgendetwas knirschte, und er befürchtete, dass sein Kiefer gebrochen war. Sofort traf ihn der nächste Schlag, diesmal in den Magen. Ihm blieb die Luft weg, seine Knie klappten ein, als wären sie aus Papier. Und da traf ihn auch schon der nächste Schlag in die Seite. Eine Welle des Schmerzes explodierte in Hans-Peter, aus dem Augenwinkel sah er, dass sich zwei weitere Typen in grünen Parkas neugierig näherten.

O Gott, die bringen mich um!, dachte Hans-Peter. Nie zuvor hatte er so große Angst gehabt. Sein Körper schien nur aus Schmerzen zu bestehen, und er war unfähig, sich zu rühren.

Bevor der Typ, der Ginny bedrängt hatte, erneut zutreten konnte, tauchte plötzlich Norman auf. Mit grimmig entschlossenem Gesichtsausdruck stellte er sich den Schlägern in den Weg. Zu Hans-Peters Überraschung hielt er ein Klappmesser in der Hand.

»Ihr lasst uns jetzt gehen, kapiert?« Normans Stimme war leise, aber so scharf wie die Klinge seines Messers. »Sonst fließt hier Blut, und es wird nicht meins sein.«

Norman Schneyder stand dem bulligen Kerl weder in Größe noch in Stärke nach. Das Messer in seiner Hand ließ die beiden anderen einen Schritt zurückweichen.

Die Mods nicht aus den Augen lassend, raunte er Hans-Peter zu: »Geht's einigermaßen? Kannst du aufstehen.«

Hans-Peter nickte und rappelte sich mühsam auf die Füße. Vor Schmerzen wurde ihm übel, die Wände drehten sich um ihn, er schaffte es aber, sich rückwärts aus dem Korridor zu schleppen. Im Saal war von dem Vorfall nichts bemerkt worden, die Menschen tanzten zu rockigen Klängen. Norman packte Hans-Peter am Arm und zog ihn zum Ausgang. Die Schläger folgten ihnen nicht.

Die frische und kalte Nachtluft brachte Hans-Peter wieder etwas zur Besinnung, er sank aber auf eine niedrige Mauer, da seine Beine erneut versagten.

»James! Mein Gott, du bist verletzt.« Ginny umarmte ihn heftig. Ein scharfes Stechen fuhr durch seine Brust, und er zuckte zusammen. Sofort wich Ginny zurück. »Du musst zu einem Arzt, wir werden dich ins Krankenhaus bringen.«

»Das mache ich«, sagte Norman, klappte erst jetzt das Messer zusammen und steckte es in seine Hosentasche. »Elliot, du bringst die Mädchen nach Hause. Sollten deine Eltern noch wach sein und nach James und mir fragen, sag ihnen, wir wären noch in einen anderen Club gegangen.«

Niemand zog Normans Autorität in Zweifel, Ginny wandte aber doch ein: »Ich will bei James bleiben …«

»Du gehst nach Hause!«, befahl Norman scharf. »Schlimm genug, dass ich euch in diese Situation gebracht habe, ich habe schließlich vorgeschlagen, ins *Mingo* zu gehen. Ich dachte aber, wir sind wieder weg, bevor die Mods kommen. Keine Sorge, Ginny, ich kümmere mich um James, und morgen wird er wie neu sein.«

Das wagte Hans-Peter zwar zu bezweifeln, er war aber zu erledigt, um Widerspruch einzulegen.

Elliot trat auf die Straße und hielt das nächste Taxi an. Ginny stieg hinter Elliot und Barbra nur zögernd ein, ihr Blick war besorgt auf Hans-Peter gerichtet. Dieser brachte ein schiefes Lächeln zustande und sagte: »Mir geht's gut, mach dir keine Sorgen.«

Als das schwarze, wuchtige Taxi um die Ecke gefahren war, betrachtete Norman Hans-Peter im fahlen Schein der Straßenlaterne.

»Du siehst aus, als wärst du unter einen Traktor geraten. Schaffst du es bis zu meinem Auto?«

Hans-Peter nickte, nahm aber Normans Arm dankbar als Stütze an.

»Danke«, murmelte er. »Du warst sehr mutig, dich gegen die Schläger zu stellen.«

»Nicht der Rede wert, außerdem hat mein kleiner Freund nicht unwesentlich dazu beigetragen, dass die Idioten uns gehen ließen.«

Hans-Peter wollte gar nicht wissen, woher Norman das Messer hatte und ob es erlaubt war, ein solches mit sich zu führen. Mit den Waffengesetzen in England kannte er sich nicht aus, doch er vermutete, dass Norman sich häufiger in Gesellschaft von Leuten befand, bei denen ein Klappmesser vonnöten war.

Nach etwa zehn Minuten erreichten sie das St. Thomas Hospital am anderen Ufer der Themse. Hans-Peter wurde unverzüglich in einen Rollstuhl gesetzt und in die Notaufnahme gebracht, hörte aber noch, wie Norman erklärte, er würde für die Behandlungskosten aufkommen.

Er hatte Glück im Unglück gehabt. Weder die Nase noch der Kiefer waren gebrochen, er hatte sich aber zwei Rippen geprellt, was laut Aussage des Arztes ebenso schmerzhaft wie Brüche war. Natürlich musste er sich Fragen, wie es geschehen war, gefallen lassen, und an seinem Akzent erkannte der Arzt, dass er aus Deutschland kam. Sofort verschloss sich dessen Gesicht, und er behandelte Hans-Peter zwar gewissenhaft, aber ohne freundlich zu sein. Hans-Peter hatte das Gefühl, als dächte der Arzt, er wäre selbst schuld daran, zusammengeschlagen worden zu sein.

»Möchten Sie Anzeige erstatten?«, fragte er, als Hans-Peters Wunden gesäubert und sein Brustkorb mit einer Bandage umwickelt worden war.

»Das wird wenig Sinn haben«, nuschelte Hans-Peter, denn seine Nase begann anzuschwellen und erschwerte ihm das Atmen. »Ich kenne die Männer nicht, und es war so dunkel, dass ich sie auch nicht beschreiben kann.«

Desinteressiert zuckte der Arzt mit den Schultern, entnahm dem Medikamentenschrank eine Packung Tabletten und riet Hans-Peter, diese bei Schmerzen einzunehmen. Dann wandte er sich dem nächsten Patienten zu, der bereits hinter dem Vorhang auf ihn wartete.

Norman erwartete ihn im Foyer. Er grinste, als er die Pflaster in Hans-Peters Gesicht sah, zudem war sein linkes Auge nahezu zugeschwollen.

»Alles noch dran?«, fragte er.

»Mir geht es gut.« Hans-Peter sah Norman ernst an. »Ich möchte dir nochmals danken. Wenn du nicht gekommen wärst, hätten die Typen mich wahrscheinlich zu Brei geschlagen.«

»Dramatisiere die Sache nicht.« Norman winkte ab. »Es war sehr mutig von dir, sich mit denen anzulegen.«

»Einer hat versucht, Ginny zu betatschen.«

Norman trat einen Schritt zurück, musterte Hans-Peter von oben bis unten und sagte: »Du weißt, dass ich nicht gerade glücklich bin, dass Ginny sich in dich verguckt hat, offenbar scheint es euch aber ernst miteinander zu sein. Wenn du Ginny jemals weh tun solltest, dann werden deine heutigen Verletzungen nur ein paar leichte Blessuren im Vergleich zu dem sein, was von dir übrig bleibt, wenn ich mit dir fertig bin.«

Hans-Peter zweifelte keinen Moment daran, dass Norman jedes Wort ernst meinte.

Alicia Earthwell schlug die Hände zusammen, als sie am nächsten Morgen Hans-Peter sah. Inzwischen schillerte sein ganzes Gesicht blau-violett, und bei jedem Atemzug brannte es in seinem Brustkorb wie Feuer. Die jungen Leute waren übereingekommen, nichts von der Schlägerei zu erzählen, es war nicht nötig, Alicia nachträglich einen Schrecken einzujagen.

»Ich war wirklich zu ungeschickt, Mistress Earthwell«, sagte Hans-Peter und wirkte überzeugend zerknirscht. »Auf der Straße alberten wir herum, und es war glatt, so dass ich auf einer Eisplatte ausgerutscht bin. Es tut mir sehr leid.«

»Armer Junge, du musst bestimmt große Schmerzen haben!«

Hans-Peter versicherte, es sei kaum der Rede wert und dass die Schmerztabletten halfen.

Die ganze Zeit über hielt Ginny seine Hand, und jetzt flüsterte sie ihm zu: »Komm, lass uns die Geschenke auspacken!«

Über dem Kamin im Salon im ersten Stock des eleganten Hauses hingen rote, überdimensionale Strümpfe mit weißem Fellbesatz. Auf jeden war ein Name gestickt. Für Hans-Peter gab es keinen Strumpf, denn er gehörte nicht zur Familie und war mit den Earthwells auch nicht so eng verbunden wie Norman, der einen eigenen Strumpf erhalten hatte. Ihm kam das gelegen, denn seine finanziellen Mittel hatten es nicht erlaubt, für alle ein Geschenk zu besorgen. Lediglich Alicia Earthwell hatte er ein hellblaues Halstuch mitgebracht und für Henry Earthwell eine Packung Pfeifentabak. Ginny hatte ihm verraten, dass ihr Onkel zu einem gemütlichen Pfeifchen am Abend nicht nein sagte.

Elliot, Barbra und Norman kippten ihre Strümpfe aus, bunte Päckchen kullerten auf den Teppich. Barbra freute sich über eine Halskette mit einem grünen Schmuckstein von Elliot, Norman erhielt ein Buch über die Geschichte italienischer Sportwagen, und Elliot packte einen von Barbra selbstgestrickten Schal und passende Handschuhe aus. Nur Ginny hielt sich zurück.

»Möchtest du nicht auch in deinem Strumpf nachsehen?«, fragte Hans-Peter mit einem Augenzwinkern. »Mein Geschenk habe ich allerdings nicht hineingetan, das würde ich dir gern geben, wenn wir allein sind.«

»Andere Geschenke bedeuten mir nichts«, flüsterte Ginny. »Wir werden aber noch ein Weilchen warten müssen, bis wir uns verdrücken können.«

Ab elf Uhr trafen die Gäste ein, es wurden Cocktails, Drinks, heißer Punsch mit und ohne Alkohol und verschiedene Säfte gereicht. Für diesen Tag hatte Alicia Earthwell vier Servicekräfte und eine Köchin engagiert. Hans-Peter schwirrte der Kopf von den vielen neuen Namen. Die meisten Gäste schienen sich untereinander zu kennen. Immer wieder trafen ihn fragende, auch skeptische Blicke, was er seinem lädierten Äußeren zuschrieb und nicht der Tatsache, dass er Deutscher war. Allerdings sah er, wie ein grauhaariger Mann einem anderen Gast in seinem Alter etwas zuraunte und einen Blick auf ihn warf. Und Hans-Peter konnte deutlich das Wort *Nazi* hören, nahm es ihnen aber nicht übel. Die beiden Männer hatten bestimmt im Krieg gekämpft, vielleicht sogar Angehörige verloren. Die Tatsache jedoch, dass Hans-Peter Gast im Hause der Earthwells war, hinderte jeden daran, die direkte Konfrontation zu ihm zu suchen. Alicia Earthwell war in London beliebt und angesehen. Wer zu ihrem Kreis gehörte, wurde nicht in Frage gestellt.

Gegen ein Uhr erklang ein Glöckchen, und Alicia bat die Gäste zu Tisch. Dieser war im Salon gedeckt worden, da es im Speisezimmer für die vielen Gäste zu eng geworden wäre. Weiße Tischtücher aus Damast, Geschirr aus feinstem Wedgwood-Porzellan, silbernes Besteck, geschliffene Kristallgläser und wuchtige Kerzenleuchter gaben Hans-Peter das Gefühl, direkt im Buckingham-Palast zu Gast zu sein. Ginny versicherte ihm kichernd, dass dies durchaus normal war.

»Zumindest an Weihnachten, da zeigt Tante Alicia gern alle ihre Kostbarkeiten.«

Fragend nahm Hans-Peter eine etwa unterarmlange Rolle, die wie ein übergroßes Bonbon in goldenes, mit silbernen Sternen bedrucktes Papier verpackt war, von seinem Teller.

»Was ist das?«

»Christmas Cracker«, antwortete Ginny, als würde das alles erklären. »Das ist Tradition, du wirst schon sehen.«

Als alle Gäste Platz genommen hatten, griff Alicia als Erste zu dem Cracker, dann nahmen auch alle anderen ihre Cracker in die Hand. Je ein Ende wurde dem Tischnachbarn gereicht, und man nahm selbst das Ende des Crackers des anderen Nachbarn in die Hand.

»Auf drei«, rief Alicia. »Eins ... zwei ... und ... drei!«

Hans-Peter zog an seinem Ende, es knallte, das große Bonbon zerriss in der Mitte, und ein Zettel, eine kleine Packung mit Keksen und ein Stück dünnes Papier fielen auf die Tischdecke. Ginny nahm zuerst das zitronengelbe Papier, faltete es auseinander und hielt eine Krone in der Hand. Mit einem Lachen drückte sie diese Hans-Peter auf den Kopf, dann setzte sie ihre aus dunkelrotem Papier auf. Hans-Peter mutete es seltsam an, dass erwachsene Menschen Papierkronen auf dem Kopf trugen, es schien aber eine alte Tradition zu sein, der sich niemand verweigerte. Man nahm die Gläser, prostete sich zu und wünschte sich ein schönes Weihnachtsfest. Nun wurden die Sprüche auf den Zetteln laut vorgelesen. Auf Hans-Peters stand: *Es gibt keinen erkennbaren Weg vor uns, sondern nur hinter uns.*

Ginny las ihren Spruch vor: »Glücklich ist der, welcher die kleinen Momente der Freude, der Schönheit und der Freundschaft zu schätzen weiß.«

»Ich bin im Moment so glücklich wie nie zuvor in meinem Leben«, raunte Hans-Peter ihr zu, unter dem Tisch drückte er verstohlen ihre Hand.

»Ich ebenfalls«, flüsterte sie mit einem Ausdruck größter Zärtlichkeit in den Augen. »Ich wünschte, wir könnten jetzt schon gehen, aber das Essen müssen wir noch hinter uns bringen.«

Nun begann das Auftragen des sechs Gänge umfassenden Menüs, und Hans-Peter kostete von jeder Speise. Zuerst wurde kalte Gänseleber- und Lachspastete serviert, es folgte eine Orangen-Karottensuppe, dann Platten mit verschiedenem Fisch. Zum Hauptgang wurde ein riesiger gefüllter Truthahn aufgetragen, von Henry Earthwell direkt am Tisch tranchiert, dazu kleine Kartoffeln in der Schale, Rosenkohl und grüne Bohnen mit Speck ummantelt. Als Peter befürchtete zu platzen, wenn er nur noch einen einzigen Bissen zu sich nahm, rollte eine Servicekraft einen Tisch mit dem riesigen Plumpudding herein. Ginnys Onkel übergoss diesen mit einem kräftigen Schuss Brandy und zündete ihn an. Ein Raunen ging durch den Raum, als das Feuer zuerst hell auflöderte, dann in blauen Flämmchen über den Kuchen züngelte. Nachdem der Plumpudding verteilt worden war, stocherte Hans-Peter in seinem Stück herum.

»Wo sind die Pflaumen?«, fragte er.

Elliot, der ihm gegenübersaß, lachte.

»Warum unser Weihnachtskuchen Plumpudding heißt, weiß niemand, denn Pflaumen suchst du vergebens darin, aber jede Menge Rosinen. Das genaue Rezept hält meine Mutter geheim, es stammt von ihrer Urururgroßmutter.«

Hans-Peter kostete von der Spezialität, die weltweit mit dem englischen Weihnachtsfest verbunden wird. Der Pudding, der eher ein Kuchen war, war von fester Konsistenz und schmeckte sehr süß. Zu süß für Hans-Peters Geschmack, er zwang sich aber, seine Portion aufzuessen, um niemanden zu brüskieren. Allerdings verzichtete er darauf, die Nachspeise noch zusätzlich mit Clotted Cream – eine äußerst fettige und mächtige Mischung aus Sahne und Butter – anzureichern. Auch Ginny schob die Clotted Cream zur Seite, der Großteil der Gäste sparte damit jedoch nicht.

»Ich hab ihn!«, rief Barbra aufgeregt und hielt einen Penny in die Höhe.

»Dann bist du die Königin des heutigen Tages«, sagte Alicia und lachte, »und wir sind dein Volk, das dir zu gehorchen hat.«

Ginny erklärte Hans-Peter, dass es eine weitere Tradition war, in den Plumpudding eine Münze einzubacken.

»Wer den Penny in seinem Stück findet, wird nicht nur König oder Königin, sondern ihm ist auch für das neue Jahr Glück beschieden. Man muss nur aufpassen, dass man sich keinen Zahn ausbricht, wenn man auf den Penny beißt.«

Aus einer Ecke holte Alicia einen Kopfschmuck aus goldener Pappe, machte ein ehrfurchtsvolles Gesicht und krönte Barbra zur Königin. Diese neigte huldvoll den Kopf und sagte: »Ich danke Euch, und mein erster Wunsch ist, dass wir jetzt Scharade spielen.«

Bei diesem Spiel ging es darum, dass jeder reihum pantomimisch etwas darstellte: Zum Beispiel eine berühmte oder historische Persönlichkeit, und die anderen mussten erraten, wer gemeint war. Alicia hatte bereits kleine Zettel vorbereitet, von denen sich jeder einen nahm. Als Hans-Peter an der Reihe war, stand auf seinem Zettel *Henry VIII*. Seine Kenntnisse über diesen englischen König waren gering, und er fühlte sich etwas dumm und kindisch, als er versuchte, erhaben und würdevoll durch den Raum zu stolzieren. Keiner erriet seine Darstellung, was aber mit allgemeinem Gelächter quittiert wurde. Ginny hingegen stellte Marilyn Monroe so überzeugend dar, dass dies binnen einer Minute von Norman erraten wurde. Eine Dame mittleren Alters, eine Bekannte der Earthwells, erriet die meisten Begriffe und erhielt als Siegprämie eine Flasche Rotwein. Dieses kleine und durchaus lustige Spiel war aber nur eine Unterbrechung des Weihnachtsmahls gewesen, denn nun wurden Tee und Kaffee serviert, dazu üppig belegte Platten mit verschiedenen Käsesorten und kleine salzige Kekse. Hans-Peter war sich sicher, keinen Bissen mehr essen zu können, die Höflichkeit gebot es jedoch, von dem Käse wenigstens zu kosten. Verstohlen schielte er auf die Uhr. Um eins hatten sie mit dem Essen begonnen, jetzt war es fünf.

Endlich hob Henry Earthwell die Tafel auf mit der Bemerkung: »Für die Herren wird Brandy und Whisky im Rauchzimmer serviert.«

Hans-Peter fühlte sich wie in einem Film aus alten Zeiten, als die Damen plötzlich unter sich blieben. Unentschlossen, ob es der Anstand gebot, dem Gastgeber zu folgen – außerdem konnte er jetzt wirklich eine Zigarette vertragen! –, stand er auf.

Da nahm Ginny seine Hand. »Wollen wir spazieren gehen? Nach dem Essen tun Bewegung und frische Luft gut.«

»Können wir denn so einfach weg?«

Ginny lächelte. »Der offizielle Teil ist vorbei, jetzt kümmert es niemanden mehr, was wir machen.« Sie deutete zu Elliot und Barbra, die gerade dabei waren, das Zimmer zu verlassen. »Die beiden sind auch lieber allein.«

»Dann lass uns gehen«, sagte Hans-Peter, »dann kann ich dir endlich dein Geschenk überreichen.«

»Dass du gekommen bist, ist das schönste Weihnachtsgeschenk, das ich je erhalten habe«, erwiderte Ginny mit einem strahlenden Lächeln.

13

Im Laufe des Nachmittags hatte es wieder zu schneien begonnen. Dichte Flocken tanzten im Licht der Straßenlaternen, bedeckten die Wege und Straßen. Die übliche Hektik der Großstadt war einer friedlichen, besinnlichen Stimmung gewichen. Wie ein kleines Mädchen rannte Ginny durch den Schnee, und Hans-Peter konnte nicht widerstehen, aus der kalten, weißen Masse einen Ball zu formen und auf Ginny zu zielen. Schnell waren sie in eine Schneeballschlacht verwickelt und lachten und kicherten wie kleine Kinder, die zum ersten Mal Schnee sahen. Für Hans-Peter war es so, als hätte er den Winter nie zuvor richtig wahrgenommen. Nach einer Weile nahmen sie sich bei den Händen und rannten die Straße entlang. Hinter allen Fenstern und in den Vorgärten leuchteten Rentiere und Santa Claus mit seinem Schlitten, aber auch Elfen und Zwerge schmückten die Häuser, blinkten in bunten Farben. Und so mancher Weihnachtsmann aus Plastik hob sogar grüßend einen Arm und rief: »Ho, ho, ho!«

Außer Atem und mit von der Kälte geröteten Wangen erreichten sie den Eingang zum Hyde Park. Mit Einbruch der Dunkelheit waren viele Menschen zu einem Spaziergang aufgebrochen. Um die kahlen Äste der mächtigen Eichen und Buchen waren Lichterketten geschlungen, und der ganze Park sah aus wie eine verzuckerte Märchenlandschaft. Kinder mit rot-weißen Weihnachtsmützen, aber auch Erwachsene lieferten sich Schneeballschlachten. Trotz des Feiertages hatten Buden und Stände geöffnet, die heißen Tee, Früchtepunsch und warme Maroni anboten.

»Ich hätte mir das alles nicht so bunt vorgestellt«, sagte Hans-Peter.

»Gibt es in Deutschland keine Weihnachtsbeleuchtung?«, fragte Ginny erstaunt.

»Doch, natürlich, aber eben nicht mit bunten Lichtern und nahezu alles elektrisch. Bei mir zu Hause gibt es am Christbaum nur rote Wachskerzen, denn mein Stiefvater würde nie eine elektrische Lichterkette dulden.«

Ginny hängte sich bei Hans-Peter ein. Bisher hatte er so gut wie nichts von seinen Eltern erzählt, und allein die Tatsache, dass er Stiefvater sagte, ließ vermuten, dass die beiden nicht das beste Verhältnis zueinander hatten.

Hans-Peter holte für beide heißen Früchtepunsch, auf die Maroni verzichteten sie, denn von dem reichhaltigen Essen waren sie immer noch satt. Dann griff er in die Innentasche seiner Jacke und überreichte Ginny ein kleines quadratisches Päckchen, eingepackt in dunkelrotes Papier mit goldenen Sternen.

»Fröhliche Weihnachten, mein Liebes!«

In gespannter Erwartung wickelte Ginny das Geschenk aus. Eine kleine Box kam zum Vorschein, und als Ginny den Deckel hob, blinkte ein schmaler Ring mit einem kleinen Stein auf gelbem Untergrund.

»Oh!«

»Er ist leider nur aus Silber«, sagte Hans-Peter entschuldigend, »und der Stein ist auch nicht echt, aber ...«

Ginny fiel ihm um den Hals und küsste ihn, ungeachtet der Menschen um sie herum.

»Es ist der schönste Ring, den ich jemals bekommen habe!«

Sanft streifte Hans-Peter ihn ihr über den Ringfinger der rechten Hand. Er hatte sich erkundigt: Im Gegensatz zu Deutschland trug man in England den Ehering links. Dann beugte er ein Bein, ging vor Ginny auf die Knie, nahm ihre Hände in seine und sagte ernst: »Gwendolyn Phyliss Damascina Bentham, willst du mich heiraten?«

Ginny stieß wieder ein atemloses »Oh!« hervor.

Eine alte Dame, die in diesem Moment mit ihrem Pudel dicht an ihnen vorbeiging, blieb stehen, lächelte und sagte: »Sagen Sie ja, Kindchen, sonst holt er sich noch den Tod, wenn er zu lange im Schnee kniet.«

Diese Worte lösten die Spannung. Ginny nickte, wortlos formten ihre Lippen ein »Ja«.

»Dann hättest du nichts dagegen, wenn ich mein Studium in Southampton fortsetze?«, fragte Hans-Peter. »Allerdings muss ich eure Sprache noch besser lernen, wenn wir uns künftig aber häufiger sehen, dann kannst du mir Nachhilfe geben.«

»Dein Englisch ist nahezu perfekt.« Zärtlich wischte Ginny eine Schneeflocke von seiner Nasenspitze. »Du willst wirklich deine Heimat verlassen und in einem fremden Land leben?«

»Das Land, das deine Heimat ist, kann für mich nicht fremd sein«, antwortete er. »Ich weiß, in den nächsten Jahren können wir noch nicht heiraten, nicht, solange ich keine Anstellung als Anwalt habe, um dich ernähren zu können. Bis dahin werde ich während der Vorlesungszeit nebenher arbeiten. Ich nehme jeden Job an, den ich bekommen kann.«

»Vielleicht würden meine Eltern ...«

Schnell legte er eine Hand auf ihren Mund.

»Auf keinen Fall nehme ich Geld von deinen Eltern an!«,

sagte er entschieden. »Ich werde meine künftige Frau allein ernähren können und unsere Kinder ebenfalls.«

Eine zarte Röte färbte Ginnys Gesicht, als er von Kindern sprach, und verlegen sah sie zu Boden.

»Es ist schade, dass deine Eltern nicht nach London kommen konnten«, fuhr Hans-Peter fort. »Ich werde so schnell wie möglich Farringdon Abbey aufsuchen, um offiziell um deine Hand anzuhalten.«

»James, ich muss dir noch etwas sagen.« Zögernd sah Ginny ihn wieder an. »Es ist wegen meines Vaters.«

Angesichts ihres ernsten Gesichtsausdrucks wurde es Hans-Peter etwas mulmig zumute.

»Er lehnt mich ab, weil ich aus Deutschland komme, und deine Großmutter akzeptiert mich auch nicht, nicht wahr?«

Ginny schüttelte den Kopf, nickte dann aber.

»Nein, ja, ach, ich weiß nicht ...« Sie gab sich einen Ruck und sagte: »Ich habe meinen Eltern und Grandma noch nichts von dir erzählt, auch nicht, dass ich dich liebe. Ich wollte es, wollte es wirklich, dann aber hat mein Vater ... Also, es ist so, dass er ...«

Sie schluckte und blickte an Hans-Peter vorbei, als sie fortfuhr: »Mein Vater stammt auch aus Deutschland, aus Berlin, um genau zu sein.«

»Das ist ja unglaublich!« Hans-Peter hätte mit allem gerechnet, nur nicht mit dieser Eröffnung. Er lächelte. »Dann bist du ja zur Hälfte auch Deutsche, und deine Grandma wird ...«

»So einfach ist das nicht.« In Ginnys Blick lag ein Ausdruck, der Hans-Peter nicht gefiel und ihm sagte, dass Komplikationen zu erwarten waren. Ihre nächsten Worte bestätigten seine Befürchtungen: »Dad wurde zwar in Berlin geboren und ist dort aufgewachsen, im Krieg jedoch kämpfte er auf der anderen Seite. Er war im Widerstand.«

Hans-Peter nickte verstehend. »Deswegen durfte er auch nach England ausreisen.«

»Die Gruppe, der mein Dad angehörte, wurde verhaftet«, sprach Ginny schnell weiter. »Er kam ins Gefängnis und wurde erst, als die Briten kamen, befreit.«

Hans-Peter fröstelte. Er wusste nicht viel über die Zeit des Dritten Reiches, aber doch genug, um zu ahnen, was es für die Menschen bedeutet hatte, von den Nationalsozialisten inhaftiert worden zu sein.

»Du willst damit sagen, dass dein Vater unter den Deutschen zu leiden hatte«, stellte er sachlich fest. »Somit hat er jeden Grund, mich zu hassen, weil ich Deutscher bin. Es ist ein Wunder, dass er den Krieg überlebt hat.«

Ginny nickte, die Erleichterung, Hans-Peter endlich alles gesagt zu haben, war ihr deutlich anzumerken.

»Wenn er dich erst kennengelernt hat, wird er dich nicht hassen«, sagte sie leise. »Meine Eltern und auch Grandma werden dich lieben, außerdem kannst du ja nichts dafür, was damals geschehen ist.«

»Mein Vater war an der Front, wie du weißt«, erwiderte Hans-Peter. »Er war ein Feind, auch wenn er im Osten stationiert war und wahrscheinlich nie auf Briten gestoßen ist.«

»Das macht es nicht einfacher.« Ginny schmiegte sich an Hans-Peter. »Ich werde ihm von dir erzählen, ich muss nur den richtigen Moment abwarten. Das verstehst du doch, nicht wahr?«

Zärtlich küsste er sie auf die Nasenspitze.

»Ich lasse dir alle Zeit der Welt, mein Liebling. Schreibe mir, wenn du dir sicher bist, dass ich zu deinen Eltern kommen kann, und ich nehme den nächsten Zug. Vielleicht steige ich sogar in ein Flugzeug.«

Seine letzten Worte lösten die Spannung, und Ginny sagte entschlossen: »Selbst wenn meine Eltern ihre Zustimmung verweigern sollten – in einem Jahr bin ich volljährig, dann kann ich heiraten, wen ich will, und leben, wo ich will.«

»Du würdest ohne deine Rosen nicht glücklich sein.«

»Ohne dich, James, würde ich nicht glücklich sein. Niemals!« Sie lächelte und sah ihn zärtlich an. »Was ist mit uns geschehen? Wie kann es sein, dass ich das Gefühl habe, mein ganzes Leben auf dich gewartet zu haben? Du bist wie meine zweite Hälfte, nur mit dir zusammen bin ich ein Ganzes.«

»Ich habe mal was über Seelenverwandtschaft gelesen«, antwortete Hans-Peter. »Milliarden Menschen leben auf der Erde, und manche glauben daran, dass es für jeden das perfekte Gegenstück gibt.«

»Gibt es wirklich so viel Glück, dass man ausgerechnet diesem einen Menschen begegnet?«

Hans-Peter drückte ihre Hand. »Offenbar, denn mir geht es ebenso. Schon als ich dich zum ersten Mal sah, damals in dem Auto, eingeklemmt zwischen deinen Freundinnen, wusste ich, dass du die Frau bist, mit der ich mein Leben verbringen möchte.«

In der Ferne begannen die Kirchenglocken zu läuten, und es war Zeit, zu Tante Alicia zurückzukehren. Für den Abend hatten sie keine festen Pläne, wahrscheinlich würden sie alle zusammen Gesellschaftsspiele machen. Während sie Arm in Arm durch das Schneetreiben gingen, fasste er den Entschluss, mehr über seinen leiblichen Vater in Erfahrung zu bringen. Bei allem

Verständnis dafür, dass seine Mutter mit der Vergangenheit abgeschlossen hatte und nicht mehr an die Schrecken des Krieges erinnert werden wollte: Sie konnte nicht länger so tun, als hätte es Hitler und das Dritte Reich nicht gegeben. Was diese Zeit anging, herrschte in Deutschland das große Schweigen, wohl nach dem Motto: Wenn wir nicht darüber sprechen, dann ist das alles auch nicht geschehen. Sein Vater, Martin Hartmann, war zwar tot, irgendwo im Osten gefallen, Hans-Peter hatte aber das Recht, zu erfahren, wo und unter welchen Umständen er zu Tode gekommen war. Nach seiner Rückkehr nach Deutschland wollte er sich an den Suchdienst des Deutschen Roten Kreuzes wenden. Er wusste nicht, ob das DRK ihm auch bei der Suche nach einem Toten behilflich sein konnte, er wollte es aber auf jeden Fall versuchen.

Wenn er vor Gregory Bentham trat und um Ginnys Hand anhielt, wollte Hans-Peter über seine Vergangenheit und seine Familie lückenlos Bescheid wissen.

Sie betraten gerade das Vestibül und streiften ihre Schals und Handschuhe ab, als das Telefon in der Halle klingelte. Bevor Ginny abnehmen konnte, kam Tante Alicia bereits die Treppe herunter und ging zum Apparat.

»Da seid ihr ja wieder«, rief sie ihnen lächelnd zu. »Ihr müsst völlig durchgefroren sein, in der Bibliothek gibt es heißen Tee.«

Dann ging sie zum Sideboard und nahm den Telefonhörer ab.

Hans-Peter half Ginny aus dem Mantel, hängte ihn über einen Bügel und zog seine Jacke aus. Sie beachteten Alicia nicht weiter, gingen durch die Halle zur Treppe, in erwartungsvoller Vorfreude auf den wärmenden Tee.

Ginny setzte gerade ihren Fuß auf die unterste Stufe der

Treppe, als Tante Alicia heiser flüsterte: »Ginny, bitte, warte ...«
Ginny wandte sich um. Ihre Tante war weiß wie Gips, den Hörer hielt sie noch in der Hand. »Das war deine Mutter ...« Sie verstummte und schien die richtigen Worte zu suchen.

»Ist etwas mit Dad?« Wie unter einem Stromschlag zuckte Ginny zusammen. »Oder mit Grandma? Ist sie krank?«

Langsam schüttelte Alicia den Kopf.

»Es ist Tessa. Oh, Kind, es tut mir so leid, aber Siobhan sagt, Tessa ist tot.«

Die Untersuchungen kamen zu dem Ergebnis, dass Tessa am Weihnachtsabend bei einem Spaziergang auf dem eisbedeckten Weg am Ufer ausgerutscht, ins Straucheln geraten und in den Fluss gestürzt war, der nur von einer dünnen Eisschicht bedeckt war. Erst am Nachmittag des folgenden Tages, der Tag, als Ginny ausgelassen gefeiert hatte, wurde Tessa gefunden. Sie lag mit dem Gesicht nach unten im Fluss und war ertrunken.

»Wir haben zusammen zu Abend gegessen«, erzählte Siobhan stockend, nachdem Ginny auf Farringdon Abbey angekommen war. »Gegen zehn Uhr sagte Tessa, sie wolle vor dem Schlafengehen noch frische Luft schnappen. Dein Vater und ich gingen zu Bett. Als Tessa am nächsten Morgen nicht wie gewohnt das Frühstück zubereitet hatte und auch nicht in ihrem Zimmer war, machten wir uns große Sorgen. Dein Vater hat ein paar Männer zusammengetrommelt, um nach ihr zu suchen.«

»Alle waren sehr hilfsbereit, auch wenn die meisten gerade mit ihren Familien gefeiert hatten«, fuhr Gregory fort, da die Stimme seiner Frau brach. »Als wir Tessa schließlich fanden ...« Schnell wandte er sich ab und bedeckte seine Augen mit der Hand.

Ginny hingegen verbarg ihre Tränen nicht und sank schluchzend in die Arme ihrer Mutter.

Die Beerdigung war für den zweiten Tag des neuen Jahres angesetzt. Es stand außer Frage, dass Tessa ihre letzte Ruhestätte neben den Gräbern der Familie Bentham erhalten würde. Angehörige hatte die alte Frau keine mehr gehabt, Farringdon Abbey war ihr Zuhause und die Benthams ihre Familie gewesen.

Eine bleierne Stille lag über Farringdon Abbey, selbst die Winterrosen in den Gewächshäusern schienen zu trauern, denn viele ließen die Köpfe hängen, obwohl sie die beste Pflege erhielten. Der Silvesterabend und das Jahr 1966 kamen, niemand schenkte dem Jahreswechsel jedoch Beachtung. Ginny erlebte die Tage, als wäre sie von dichter Watte umhüllt. Oft glaubte sie, Schritte auf der Treppe zu hören, und hob den Kopf in der Erwartung, dass Tessa jeden Moment in ihr Zimmer treten würde. Oder sie ging in die Küche in der Hoffnung, die Haushälterin mit erhitztem Gesicht, die Arme bis zum Ellbogen in der Teigschüssel oder einen Braten auf dem Herd begießend, dort vorzufinden. Die Küche war aber kalt und leer. Manchmal stellte sich Siobhan in die Küche, um eine einfache Mahlzeit zuzubereiten, Ginny musste sich jedoch zwingen, etwas hinunterzuwürgen, und nahm gar nicht wahr, was sie aß. Immer wieder dachte sie an ihre letzte Begegnung mit Tessa, als sie ihr von James erzählt hatte. Wenn sie nicht darauf bestanden hätte, nach London zu fahren ... Wenn sie auf Farringdon geblieben und Tessa auf dem Spaziergang begleitet hätte ... Wenn sie doch nur ... wenn, wenn, wenn – die Zeit ließ sich nicht zurückdrehen.

Grandma Phyliss meinte, jedem Menschen sei sein Schicksal

und der Zeitpunkt seines Todes bereits bei der Geburt in die Wiege gelegt. Gott hatte entschieden, Tessa am Tag der Geburt seines Sohnes zu sich zu rufen, und nichts und niemand hätte das verhindern können. Bei ihrer Großmutter fand Ginny den meisten Trost. Sie saß zu deren Füßen, an ihre Beine gelehnt, und Phyliss erzählte von früher, als Tessa als junges Mädchen ins Haus gekommen war. Seltsamerweise schmerzten diese Erinnerungen Ginny nicht, im Gegenteil. Es war, als weilte Tessa noch unter ihnen, und einmal schmunzelte Ginny sogar, als ihre Grandma erzählte, wie Tessa flüssigen Blumendünger mit Haarfestiger verwechselt und sich gewundert hatte, warum die Haare von Phyliss beim Frisieren plötzlich schäumten.

»Sie ist nicht wirklich fort«, sagte Grandma Phyliss. »Sie ist nur vorausgegangen und erwartet uns dort, wenn unsere Zeit gekommen ist, das irdische Leben hinter uns zu lassen.«

Ginny drückte sich fest gegen ihre Großmutter. Auch diese war nicht mehr jung und von diversen Zipperlein geplagt, und es war der Lauf der Zeit, dass ihre Grandma sie ebenfalls verlassen würde. Wäre Tessa krank geworden und gestorben, wäre ihr Tod für Ginny leichter zu ertragen gewesen. So war es ein dummer Unfall, eine kleine Unachtsamkeit. Als Ginny eingewandt hatte, dass Tessa doch viel zu vorsichtig gewesen war, um einfach auszurutschen, hatte ihre Mutter erklärt, ihr wäre vielleicht schwindlig geworden, oder vielleicht hatte Tessa auch einen Herzanfall erlitten.

Hans-Peter war über die Nachricht nicht minder erschüttert, auch wenn er die alte Frau nicht gekannt hatte, und er wollte Ginny nach Farringdon Abbey begleiten.

»Ich weiß, wie du dich jetzt fühlst«, hatte er gesagt, »und ich möchte bei dir sein, um dir Trost zu spenden.«

Ginny hatte abgelehnt. Dad und Mum trauerten um Tessa, das war nicht der richtige Zeitpunkt, um ihnen den Mann vorzustellen, den sie heiraten wollte. Ginny hatte Hans-Peter versprochen, ihm so bald wie möglich zu schreiben. Spätestens im kommenden Frühjahr wollten sie sich wiedersehen.

Dichter Schneefall begleitete den Trauerzug von der Kirche zum Friedhof. An die hundert Menschen waren gekommen, denn Tessa war sehr beliebt gewesen. Voller Grauen dachte Ginny daran, dass sie nach der Beerdigung die meisten von ihnen im Herrenhaus würde bewirten müssen. Am liebsten hätte sie sich ins Bett gelegt, sich die Decke über den Kopf gezogen und wäre tagelang nicht mehr aufgestanden. Doch die Benthams waren den Nachbarn und Freunden diese würdevolle und traditionelle Feier für eine langjährige Hausangestellte schuldig.

Siobhan Bentham stützte ihre Mutter, als sie den Friedhof als Letzte verließen, Ginny und Gregory standen bereits am Wagen. Plötzlich trat eine zierliche Frau in mittleren Jahren aus einem Seitenweg auf sie zu und sagte: »Lady Bentham, Mistress Bentham« – sie deutete eine Verbeugung an –, »verzeihen Sie, dass ich Sie hier anspreche. Es ist weder der richtige Platz noch ein guter Zeitpunkt, aber ich ...« Verlegen verstummte sie. Siobhan glaubte, in der Stimme der Fremden, die ihr nur bis zur Schulter reichte, einen französischen Akzent zu erkennen.

»Wie können Sie es wagen!«, rief Phyliss empört. »Wir haben gerade einen von uns sehr geschätzten Menschen zu Grabe getragen.«

»Aus diesem Grund möchte ich mit Ihnen reden«, erwiderte die dunkelhaarige Fremde.

»Kannten Sie Tessa?«, fragte Siobhan, und als ihre Mutter etwas sagen wollte, forderte sie diese auf: »Lass sie sprechen, Mama.«

Verlegen scharrte die Frau mit der Spitze ihres Stiefels im Schneematsch, dann sagte sie: »Zuerst sollte ich mich vorstellen. Mein Name ist Michelle Foqué.«

»Sie kommen aus Frankreich?«

»Ursprünglich ja, aber ich lebe schon lange in England.« Sie musste den Kopf in den Nacken legen, damit sie Siobhan in die Augen sehen konnte. »Seit ein paar Tagen bin ich in der Gegend, zu Besuch bei Freunden, und da hörte ich, was Ihrer Haushälterin zugestoßen ist. Das tut mir aufrichtig leid. Bitte, halten Sie mich nicht für pietätlos, aber ich bin auf der Suche nach einer neuen Anstellung. In den letzten Jahren habe ich in mehreren großen Häusern gearbeitet und habe gute Zeugnisse, und Sie benötigen jetzt vermutlich jemanden, der sich um alles kümmert.«

»Ein Vorstellungsgespräch auf dem Friedhof«, sagte Phyliss mit abfällig heruntergezogenen Mundwinkeln. »Das ist wirklich geschmacklos.«

»Verzeihen Sie, aber ich wollte so schnell wie möglich meine Dienste anbieten, bevor Sie sich für jemand anderen entscheiden.«

Obwohl auch Siobhan die Art, wie Michelle Foqué vorging, nicht billigte, war sie von deren Entschlossenheit beeindruckt. Bisher hatte sie sich keine Gedanken darüber gemacht, wer Tessas Platz einnehmen sollte, es war aber nicht zu leugnen, dass Farringdon eine neue Haushälterin brauchte. Sie selbst war im Verkauf zu sehr eingespannt, um zu putzen und zu kochen, und Ginny beschäftigte sich von früh bis spät mit der Rosenzucht. Siobhan musterte die Französin aufmerksam. Sie machte einen sympathischen Eindruck, auch wenn ihr Auftreten auf dem Friedhof ziemlich vermessen war. Es musste aber weitergehen, und Michelle Foqué war so gut wie jede andere.

»Kommen Sie morgen Nachmittag gegen drei Uhr ins Haus«, sagte Siobhan. »Dann haben wir Zeit, um über Ihre Bewerbung zu sprechen, und ich werde mir Ihre Referenzen in Ruhe ansehen. Jetzt müssen Sie uns aber entschuldigen, Mistress Foqué.«

»Miss Foqué«, berichtigte die Französin und senkte dankend den Kopf. »Ich werde pünktlich sein.«

Ginny mochte Michelle nicht, allerdings konnte sie nicht genau erklären, warum sie für die neue Haushälterin keine aufrichtige Sympathie empfand. Michelle Foqué war ruhig und lächelte immer freundlich. Wenn sie sprach, dann hob sie nie die Stimme, und sie war eine hervorragende Köchin. Nach und nach mischten sich Gerichte der französischen Küche in den Speiseplan, die allen ausgezeichnet mundeten, auch wenn so mancher Braten zuerst skeptisch beäugt wurde. Selbst Grandma Phyliss, die allem Fremden grundsätzlich ablehnend gegenüberstand, musste zugeben, dass die Mahlzeiten sehr schmackhaft waren. Jeden Sonntag buk Michelle mit buntem Zuckerguss überzogene und mit Marzipan verzierte Petits Fours anstatt der üblichen Scones zum Tee. Hier griff Ginny gern zu, denn die süßen kleinen Teile waren nicht nur besonders schmackhaft, sondern auch eine wahre Augenweide. Michelle hielt das Haus sauber und in Ordnung, schmückte die Räume regelmäßig mit frischen Rosen aus den Gewächshäusern und hielt auch sonst alles von Siobhan fern, was mit dem Haushalt zu tun hatte. Tessa hatte trotz ihres Alters die Hausarbeit zwar immer gut bewältigt, es zeigte sich nun jedoch, dass der jüngeren Michelle Foqué die Arbeit leichter und schneller von der Hand ging. In ihrer zurückhaltenden Art sorgte sie für einen reibungslosen Tagesablauf.

Es gab also eigentlich nichts, was Ginny an der neuen Haushälterin wirklich hätte kritisieren können – außer, dass sie eben nicht Tessa war, wofür man Michelle kaum die Schuld geben konnte. Ginny ging nur noch in die Küche, wenn sie von ihrer Mutter gebeten wurde, den Speiseplan der kommenden Woche zu besprechen oder Michelle über zu erwartende Gäste zu informieren. Dann beschränkte sich Ginny auf die Fakten, persönliche Worte tauschte sie keine mit ihr. Die Zeiten, in denen Ginny aus den Teigschüsseln genascht und warme Plätzchen stibitzt hatte, waren vorüber.

»Michelle ist mir irgendwie unheimlich«, sagte Ginny einige Wochen später zu ihrer Großmutter.

Phyliss zog vielsagend eine Augenbraue hoch.

»Die gute Tessa war wie eine zweite Mutter für dich, Ginny«, erwiderte sie verständnisvoll. »Du solltest Michelle eine Chance geben. Sie ist eine gute Arbeitskraft, und ich kann nichts Unheimliches an ihr bemerken.«

»Ich vermisse Tessa so sehr!«, rief Ginny, Tränen in den Augen. Die Trauer überwältigte sie immer noch, wenn sie an Tessa dachte.

»Ihr Tod ist tragisch, für eine Frau in ihrem Alter aber nicht ungewöhnlich«, erwiderte Phyliss leise. »Niemand wird sie je ersetzen können, und in unseren Herzen werden wir Tessa nie vergessen. Das Leben geht jedoch weiter, und Tessa hätte nicht gewollt, dass du so traurig bist.«

Ginny beschloss, Michelle Foqué gegenüber freundlicher zu sein. In diesen ersten Wochen des Jahres 1966 hatte sie ohnehin oft das Gefühl, neben sich zu stehen, was nicht nur auf Tessas überraschenden Tod zurückzuführen war. Nach der überstürzten Abreise aus London hatte sie von James nur einen einzigen Brief erhalten. Er hatte zwar geschrieben, dass er sie vermisse und hoffe, bald wieder nach England kommen zu können, dieser Brief war aber schon vor vier Wochen eingetroffen. Den silbernen Ring trug sie unter ihrer Kleidung verborgen an einer Kette um den Hals, denn ihren Eltern und Grandma wäre das Schmuckstück an ihrem Finger sofort aufgefallen. Wegen Tessas Tod hatte Ginny es noch nicht fertiggebracht, von James zu erzählen. Sie wusste, sie konnte das Gespräch nicht länger hinausschieben, schließlich waren sie und James so gut wie verlobt, da er ihr einen Antrag gemacht hatte.

Wenn sie allein war, holte sie den Ring aus ihrer Bluse, streifte ihn sich über den Finger und betrachtete ihn. Sie hatte James von ihrer Trauer um Tessa und von Michelle geschrieben, hatte über die Schösslinge einer neuen Teerosensorte berichtet, die im Gewächshaus prächtig gediehen, aber nichts darüber verlauten lassen, wie es mit ihrer Beziehung weitergehen sollte. Sie wusste es selbst nicht. Würde James wirklich nach England zum Studieren kommen? Über die internationale Telefonauskunft hatte Ginny die Nummer von Hans-Peters Elternhaus herausgefunden. Mehrmals hatte sie den Hörer in der Hand gehabt und die ersten Ziffern gewählt, dann jedoch immer wieder aufgelegt. Nein, sie würde ihm nicht nachlaufen, außerdem hatte er erwähnt, sich nur selten in seinem Heimatort aufzuhalten, da er in einer anderen Stadt studierte. Warum zweifelte sie an seiner Aufrichtigkeit, sobald sie allein war? Ginny vermisste Fiona. Mit der Freundin hätte sie offen über ihre Gedanken sprechen können, aber das Telefon war kein gutes Medium, um sich über solche Dinge auszutauschen. Letzte Woche hatte Fiona ihr erzählt, sie hätte endlich den Auftrag für eine große Reportage erhalten, für die sie ganz allein verantwortlich war.

»Es geht um Einrichtungen, in denen ledige Mütter ihre Kinder zur Welt bringen«, hatte Fiona am Telefon erzählt, und Ginny hatte die Begeisterung in der Stimme der Freundin gehört. »Den Frauen werden die Babys allerdings unmittelbar nach der Geburt weggenommen und zur Adoption freigegeben. Die Mütter haben kein Mitspracherecht und sehen ihre Kinder niemals wieder. Sie sind aber zu diesem Schritt gezwungen, weil sie sich und ihre Kinder nicht durchbringen können. Hier versagt der Staat, und wir streben eine Petition an, ledige Mütter finanziell zu unterstützen, außerdem müssen kostenlose Horte eingerichtet werden, damit die Frauen arbeiten gehen können.«

»Es wundert mich, dass ausgerechnet *Delicious Rose* sich solcher Missstände annimmt«, wandte Ginny zweifelnd ein.

Sie hörte Fiona lachen.

»Ach, ich glaube, ich mische den Laden ganz schön auf, und Felix unterstützt mich, wo immer er kann. Ich habe den Chef auf meiner Seite. Dieser wollte schon lange aus *Delicious Rose* ein seriöses Magazin machen. Es war wirklich Glück, dass ich diesen Job bekommen habe und jetzt zeigen kann, was wirklich in mir steckt.«

»Das freut mich.«

»Wirklich?«, hörte Ginny die Freundin fragen. »Du klingst bedrückt, ist etwas passiert?«

»Nein, alles in Ordnung«, versicherte Ginny hastig. »Du weißt doch, wie sehr Tessa mir fehlt. Farringdon ist irgendwie nicht mehr dasselbe wie früher.«

Fiona sagte noch ein paar tröstende Worte, kam dann aber doch wieder auf die Reportage über die Heime für ledige Mütter zu sprechen. Früher wäre Ginny über eine solche Ungerechtigkeit den Frauen gegenüber entsetzt gewesen und hätte Fiona nicht nur bestärkt, sondern auch versucht, sie zu unterstützen. Jetzt jedoch hatte sie nur mit halbem Ohr zugehört und das Thema schon wieder vergessen, nachdem sie den Telefonhörer aufgelegt hatte.

Im Gegensatz zu Fiona traf sich Ginny regelmäßig mit Barbra, da Elliots Verlobte häufig nach Farringdon kam. Sie sprachen viel über den neuen Tea-Room, dessen Gestaltung konkrete Formen annahm. Barbra stand Ginny jedoch nicht so nahe wie Fiona, mit der sie aufgewachsen war, und Ginny befürchtete, Elliots Verlobte würde ihr nur raten, das Leben im Allgemeinen nicht so ernst zu nehmen. Außerdem hatten Barbra und Elliot endlich den Termin ihrer Hochzeit festgesetzt: den ersten Sonntag im Mai. Es verstand sich von selbst, dass die Benthams mit dem Blumenschmuck beauftragt wurden, und Barbra hatte kaum noch etwas anderes im Kopf als ihr Brautkleid und die neue Garderobe für die anschließende Hochzeitsreise. Ganz klassisch wollten sie nach Venedig reisen, dann weiter in den Süden an die Adria.

Ginny suchte häufig das Grab von Tessa auf und hielt mit ihr stumme Zwiesprache. Wäre sie doch noch am Leben! Tessa hätte sie nicht nur getröstet und ihr Mut zugesprochen, sondern ihr auch raten können, wie sie sich verhalten sollte, ohne den Eindruck zu erwecken, einem jungen Mann nachzulaufen. Gegenüber ihrer Familie musste sich Ginny immer stärker beherrschen, um ihre Gefühle und Sehnsüchte zu verbergen.

An einem stürmischen, aber milden Tag im März, in der Luft lagen bereits die ersten Düfte des bevorstehenden Frühjahrs, traf Ginny ihren Vater auf dem Friedhof an. Mit gefalteten Händen stand er vor Tessas Grab, und Ginny hatte den Eindruck, als spräche er ein Gebet. Als ihre Stiefel auf dem Kies knirschten, wandte er sich um. Ein Lächeln erhellte Gregorys Züge, als er seine Tochter sah. Er streckte einen Arm aus, und Ginny schmiegte sich an ihn. Wie immer roch Gregory nach einer Mischung aus Tabak und Blumenerde.

»Deine Großmutter sagte, du kommst oft hierher?«

»So oft wie möglich«, bestätigte Ginny. »Hier fühle ich mich Tessa nahe. Manchmal denke ich, sie würde mit mir sprechen.«

»Lass uns in die Kirche gehen«, schlug Gregory vor.

Verwundert folgte Ginny ihrem Vater in das uralte Gotteshaus. Die Grundmauern, der Turm und das Taufbecken stammten aus dem 12. Jahrhundert, die Balkendecke unter dem Tonnengewölbe war im 16. Jahrhundert eingefügt worden. Malereien und Gedenktafeln zierten die schiefen Wände, und es gab weder elektrisches Licht noch eine Heizung. Bei Gottesdiensten wurde der Innenraum von zahlreichen Kerzen erhellt, die auch ein wenig Wärme spendeten. In dieser Kirche waren ihre Eltern getraut und sie, Ginny, getauft worden.

Als sie den typischen Geruch wahrnahm, der alten Gebäuden innewohnte, sagte sie spontan: »In dieser Kirche möchte ich heiraten!« Die Worte waren heraus, bevor Ginny nachdenken konnte, denn sie waren aus ihrem Herzen gekommen.

»Natürlich sollst du hier heiraten, ebenso wie deine Mutter und ich und die meisten der Benthams zuvor hier geheiratet haben. Ich hoffe jedoch, dass das nicht in der nahen Zukunft sein wird.«

»Und wenn doch?«, fragte Ginny. Jetzt, hier und heute war der richtige Zeitpunkt, ihrem Vater von James zu erzählen. »An Weihnachten habe ich einen Heiratsantrag erhalten – und ich habe ihn angenommen«, fügte sie hinzu.

Es kam selten vor, dass Gregory Bentham sprachlos war, jetzt jedoch starrte er Ginny überrascht an. Er brauchte einen Moment, ehe er erwidern konnte: »Ist Norman also endlich über seinen Schatten gesprungen und hat dich gefragt? Es erstaunt mich zwar, dass du seine Frau werden willst, bisher dachte ich, dass Norman ...«

»Es handelt sich nicht um Norman«, unterbrach Ginny ihn schnell.

»Nicht?« Gregory runzelte die Stirn.

»Du kennst ihn nicht, Dad, noch nicht.«

Gregory ging zu der nächstbesten Bank, setzte sich und forderte sie auf: »Setz dich zu mir, Ginny. Wie ist sein Name? Wo hast du ihn kennengelernt? Und bist du dir sicher, dass er der Richtige ist?«

Froh, ihr Schweigen endlich gebrochen zu haben, erwiderte Ginny: »Wir haben uns im letzten Sommer in Blackpool getroffen, als ich bei dem Konzert der Beatles war. Er heißt James. Nun ja, das ist die englische Form seines Namens, sein richtiger ist furchtbar kompliziert zum Aussprechen.«

»Er ist kein Engländer?«

»Nein, Dad.«

Gregory seufzte. »Bis eben dachte ich, dass Norman Schneyder dir den Hof machen würde, um es altmodisch auszudrücken. Auch wenn ich den Handel mit diesen Sportwagen für ziemlich wagemutig halte, erscheint Norman mir zuverlässig und ein Mann zu sein, der weiß, was er will.«

»Daddy, können wir aufhören, von Norman zu sprechen?«, fiel Ginny ihm erneut ins Wort. »Norman und ich sind nur Freunde, James hingegen liebe ich.«

»Liebt er dich ebenfalls?«

»Daran zweifle ich nicht.« Mit einem Nicken unterstrich Ginny ihre Worte. »Wir haben uns zwar seit Weihnachten nicht mehr gesehen, aber wir schreiben uns.«

Ein weiterer Seufzer, der aus den Tiefen seiner Seele zu kommen schien, löste sich von Gregorys Lippen.

»Dieser James war also der Grund, warum du über die Weihnachtstage unbedingt nach London wolltest.«

»Es tut mir leid, ich hätte dir die Wahrheit sagen sollen«, murmelte Ginny.

Mit zwei Fingern hob Gregory ihr Kinn und sah ihr fest in die Augen.

»Du weißt, wir, deine Mutter und ich, haben dir immer vertraut. Ich hoffe, es ist nichts geschehen, das eine baldige Heirat notwendig macht.«

Ginny errötete und schüttelte den Kopf.

»James ist ein richtiger Gentleman, Dad. Wenn Tessa nicht gestorben wäre, hätte er euch nach Weihnachten besucht und dich um meine Hand gebeten.«

»Trotzdem habe ich den Eindruck, dass mit diesem jungen Mann etwas nicht stimmt, Ginny. Du weißt, ich möchte nur dein Glück, es spielt keine Rolle, aus welcher Familie er kommt oder ob er Geld hat oder nicht. Ich bin kein Snob, aber ich werde meine Tochter nur einem Mann geben, bei dem ich vollkommen sicher sein kann, dass sie an seiner Seite nicht unglücklich wird.«

Ginny rückte ein Stück von ihrem Vater ab, holte tief Luft und stieß hervor: »James ist Deutscher.«

In der ohnehin ruhigen Kirche wurde es noch stiller, man hätte eine Nadel zu Boden fallen hören können. Alle Farbe wich aus Gregorys Gesicht, in seine Augen trat ein nervöses Flackern.

»Deswegen hast du also geschwiegen«, flüsterte er heiser.

»Es tut mir leid, Dad.«

Ginny wusste nicht, ob sie um Verzeihung bat, weil sie ihrem Vater die Beziehung zu James verheimlicht hatte, oder wegen der Tatsache, dass er Deutscher war.

»Wenn er dich liebt und dich glücklich macht, dann spielt seine Nationalität keine Rolle«, erklärte Gregory nach einigen Minuten. »Ich hätte mir zwar einen englischen Mann für dich gewünscht, das Leben ist aber kein Wunschkonzert. Du wirst verstehen, dass ich mir diesen James ganz genau ansehen werde.«

»Du bist der beste Daddy auf der ganzen Welt!« Ginny flog in seine Arme. »Wir könnten nach Deutschland fahren ...«

»Auf keinen Fall!« Brüsk schob Gregory seine Tochter von sich. »Ich habe geschworen, niemals wieder einen Fuß in dieses Land zu setzen. Wenn James das nächste Mal nach England kommt, ist er in unserem Haus herzlich willkommen. Das kannst du ihm schreiben.«

Ginny war erleichtert, ihrem Vater endlich die Wahrheit gesagt zu haben. Über ihre Wahl war er zwar nicht begeistert, schien ihr aber auch keine Steine in den Weg legen zu wollen. Sie war sicher, wenn er James erst einmal kennengelernt hatte, würden seine Bedenken sich in Luft auflösen. Und mit der Unterstützung ihres Vaters würde es Ginny gelingen, auch die Zustimmung ihrer Mutter und ihrer Großmutter zu erlangen.

»Bis es so weit ist, halte ich es aber für besser, wir sagen deiner Mutter und Grandma nichts davon«, fuhr Gregory fort und zwinkerte Ginny zu. »Besonders Grandma würde sich schrecklich aufregen, weil ihre einzige Enkelin ausgerechnet einen Deutschen heiraten möchte.«

»Mum ist es ohnehin gleichgültig, was ich mache«, erwiderte Ginny mit einer Spur Bitterkeit.

Gregory seufzte. »Deine Mutter liebt dich, mein Mädchen, auch wenn sie es nicht immer zeigen kann. Eigentlich solltest du über Liebesangelegenheiten mit ihr anstatt mit mir sprechen.«

Ginny schmunzelte und erwiderte: »Jetzt teilen wir zwei ein kleines Geheimnis, Daddy. Ich werde James sofort schreiben. Vielleicht kann er schon bald zu uns kommen.«

»Tu das, Ginny, und wenn er mir gefällt, dann werden wir gemeinsam einen Weg für euch beide finden.«

Liebevoll küsste sie ihren Vater auf die Wange.

14

Großwellingen, Deutschland, März 1966

Hans-Peter erinnerte sich an seinen Vorsatz, zu versuchen, mehr über seinen leiblichen Vater und dessen Todesumstände in Erfahrung zu bringen, als Ginny ihm schrieb, ihr Vater stünde ihrer Beziehung nicht grundsätzlich ablehnend gegenüber. Aus jeder Zeile sprach die Hoffnung auf ein baldiges Wiedersehen. Hans-Peter wollte sich für das nächste Wintersemester an der Universität in Southampton bewerben, für das kommende Sommersemester war es bereits zu spät. An der Universität in Tübingen gab es eine Einrichtung, die Studenten, die ins Ausland gehen wollten, mit Rat und Tat zur Seite stand. Hans-Peter hatte sich alle Informationen und notwendigen Unterlagen besorgt. Die größte Hürde würde die Sprache sein, daher hatte er sich englische Lehrbücher ausgeliehen und paukte in jeder freien Minute.

Klaus Unterseher schüttelte fassungslos den Kopf, als er von Hans-Peters Plänen erfuhr.

»Bist du irre?«, rief er entsetzt. »Du kennst das Mädchen kaum, hast sie nur zweimal getroffen und willst für sie dein ganzes Leben umkrempeln?«

Hans-Peter schmunzelte und klopfte seinem Freund auf die Schulter.

»Wart ab, bis es dich auch mal erwischt. Ginny ist die Richtige, das spüre ich ganz tief in meinem Herzen.«

Klaus blieb skeptisch. »Na ja, wenn es nicht klappt, dann

kannst du ja immer noch zurückkommen. Blöd nur, dass ich mir im nächsten Semester einen neuen Zimmerkameraden suchen muss. Man weiß ja nie, mit wem man es zu tun bekommt.«

Klaus war bisher der Einzige, der von Hans-Peters Plänen wusste. Seinen Eltern hatte er nichts erzählt, denn noch stand es in den Sternen, ob er an der Uni in England überhaupt angenommen werden würde und ob er die bürokratischen Hindernisse überwinden konnte. Er wollte ganz besonders bei Kleinschmidt keine schlafenden Hunde wecken, sondern ihn vor vollendete Tatsachen stellen, wenn alles unter Dach und Fach war. Die Heirat mit Ginny würde Kleinschmidt ohnehin zu verbieten versuchen, diesbezüglich konnte sein Stiefvater aber kein Veto einlegen. Und seine Mutter ... Beim Gedanken an sie wurde es Hans-Peter doch etwas eng ums Herz. Wenn er das Land verließ, war sie mit Kleinschmidt allein. Es war aber der Lauf der Zeit, dass Kinder flügge wurden, ihr Elternhaus verließen und in die Fremde zogen.

Auch Susanne hatte er in seine Pläne eingeweiht. Obwohl die Freundin seiner Mutter schließlich schon einmal etwas verraten hatte, was nur für Sannes Ohren bestimmt gewesen war, trug er ihr das nicht nach. Er war ihr die Wahrheit schuldig.

Doch ebenso wie Klaus reagierte Susanne skeptisch.

»Und wenn es mit euch beiden nicht klappt«, sagte sie ernst, »ich meine, wenn ihr euch regelmäßig seht und feststellt, dass es doch nicht die große Liebe ist, dann sitzt du einsam und allein im Ausland fest.«

Hans-Peter lachte und wischte mit einer Handbewegung ihre Bedenken beiseite.

»Dann kann ich jederzeit nach Deutschland zurückkommen. Außerdem macht sich ein Auslandsstudium in meinem Lebenslauf gut, und meine Englischkenntnisse werde ich weiter verbessern. Vielleicht kann ich später als Anwalt in einer Firma mit internationalen Kontakten arbeiten. Ich glaube, das würde mir Spaß machen.«

Susanne wusste, sie durfte jetzt nicht den Fehler begehen, seinen Entschluss in Frage zu stellen, und noch weniger, ein schlechtes oder gar böses Wort über diese Ginny fallenzulassen. Während der Weihnachtstage hatte Susanne erkannt, wie wichtig es für sie war, Hans-Peter zumindest als Freund nicht zu verlieren. Die Hoffnung, von ihm geliebt zu werden, hatte sie inzwischen begraben, ihre Freundschaft wollte sie aber unter keinen Umständen aufs Spiel setzen.

Susanne gegenüber sprach Hans-Peter auch offen über seinen Vater und sein Ansinnen, mehr über dessen Todesumstände herauszufinden.

»Das klingt, als würdest du an den Worten deiner Mutter zweifeln«, wandte Susanne ein.

»Nein, nein, oder doch, ach, ich weiß es selbst nicht.« Hans-Peter raufte sich die Haare, nickte und schüttelte gleichzeitig den Kopf. »Das ist alles so verwirrend, ich weiß auch nicht, was mich antreibt.«

Susanne verstand ihn gut und sagte sachlich: »Du wirst bald einen neuen Lebensabschnitt beginnen, da ist es verständlich, dass du alles über die Vergangenheit wissen willst.«

Dankbar sah Hans-Peter sie an. »Ach, Susanne, was würde ich ohne dich machen? Du findest immer die richtigen Worte. Willst du mir dabei helfen, mehr über meinen Vater herauszufinden?«

Sie versprach, es zu tun.

Der Suchdienst der Kreisverbandsstelle des Deutschen Roten Kreuzes in Nürtingen befand sich in einem Vorkriegsgebäude, von dessen Fassade der Putz bröckelte, und das Holz der Fensterrahmen splitterte. Ein langer schmaler Flur mit schmucklosen weißen Wänden, das Linoleum auf dem Fußboden war abgetreten und fleckig. Unwillkürlich tastete Hans-Peter nach Susannes Hand. Ihre Wärme gab ihm Sicherheit. Er war dankbar, dass sie ihn begleitete, auch wenn er nicht wusste, was er sich von diesem Besuch versprach. Ihm war unwohl, denn er handelte gegen den ausdrücklichen Wunsch seiner Mutter, die die Vergangenheit ruhen lassen wollte. Wenn seine Mutter mit der Ungewissheit leben konnte, wo und wann ihr Ehemann gestorben war – er konnte es nicht. Hans-Peter musste Gewissheit haben, nur so konnte er Ginny in die Augen sehen und deren Eltern gegenübertreten.

Auf den billigen orangefarbenen Plastikstühlen saßen zwei Dutzend Personen und warteten, die meisten davon ältere Frauen, bis sie einzeln in das Büro am Ende des Korridors gerufen wurden. Hans-Peter überließ Susanne den letzten freien Sitzplatz, er selbst lehnte sich ans Fenster und zündete sich eine Zigarette an. In unregelmäßigen Abständen öffnete sich die Tür des Büros, und eine Frau rief den Nächsten hinein. Es war fast wie in einer Arztpraxis. Niemand lächelte, wenn er das Büro wieder verließ, die meisten sahen noch trauriger aus als zuvor. Eine ältere, ganz in Schwarz gekleidete Frau schluchzte laut. Susanne sprang auf und reichte ihr ein Taschentuch, da die Frau keine Anstalten machte, ihre Tränen abzuwischen. Sie dankte Susanne und sagte mit gebrochener Stimme: »Sie sagen, sie können meinen Wolfgang nicht finden und dass er tot sein muss. Ich spüre aber, dass er noch am Leben ist. Der Krieg hat ihm doch schon den Vater genommen.« Die Frau griff nach Susannes Ärmel und zog daran. »Eine Mutter spürt, wenn ihr Kind tot ist, und mein Wolfi lebt! Nicht wahr, ich würde es wissen, wenn er nicht mehr am Leben wäre?«

Ihr Blick war so flehentlich, dass Susanne nicht anders konnte, als zu antworten. »Davon bin ich überzeugt.«

»Er war doch erst fünfzehn, als sie ihn holten«, fuhr die Frau fort. »Gräben ausheben, haben sie gesagt, und dass jeder seine Pflicht für den Endsieg tun muss. Sie haben ihn auf einen Lastwagen gesetzt, ich konnte ihm nicht einmal frische Unterwäsche zum Wechseln mitgeben.«

»Wann war das?«, flüsterte Susanne ergriffen.

»Am zwanzigsten März fünfundvierzig, genau um neun Uhr morgens. Seitdem habe ich von meinem Wolfi nichts mehr gehört. Bestimmt hat er seine Erinnerung verloren, vielleicht durch einen Schlag auf den Kopf. Man hört ja immer wieder, dass so etwas passiert. Deswegen ist mein Wolfi noch nicht wieder nach Hause gekommen. Wahrscheinlich ist er längst verheiratet und hat mich zur Oma gemacht.« Aus der Tasche ihres fadenscheinigen Mantels nestelte sie eine abgegriffene und zerknitterte Fotografie und zeigte sie Susanne. »Haben Sie meinen Wolfi vielleicht gesehen?«

Susanne schluckte. Die Schwarzweißaufnahme zeigte einen blonden, mageren Jungen, einen Fußball unter den Arm geklemmt. Das Bild musste im Sommer aufgenommen worden sein, denn der Junge war barfuß und trug kurze Hosen. Die Frau steckte das Foto wieder in die Tasche, und als würde sie Susanne nicht mehr wahrnehmen, schlurfte sie davon.

Susanne und Hans-Peter tauschten einen Blick.

»Das hat doch alles keinen Sinn«, murmelte Hans-Peter. »Wie

soll nach über zwanzig Jahren noch jemand gefunden werden oder sonstige Informationen vorliegen, von denen man bisher nichts wusste? Ebenso wenig wie diese Frau jemals erfahren wird, was aus ihrem Wolfi geworden ist, werde ich etwas über meinen Vater erfahren.«

Er drehte sich um und machte Anstalten, zu gehen.

»Du musst es wenigstens versuchen.« Susanne hielt ihn auf und legte eine Hand auf seinen Arm. »Soll ich mit reinkommen?«

Hans-Peter nickte und zündete sich die nächste Zigarette an.

Nach zwei Stunden waren sie endlich an der Reihe. Das Büro war überheizt, die Luft abgestanden, und es roch nach Hoffnungslosigkeit.

»Ich suche meinen Vater«, sagte Hans-Peter zu dem älteren Mann mit fahlem Teint und dunklen Augenringen. »Meine Mutter erhielt das letzte Lebenszeichen von ihm im Februar 1945.«

»Das ist lange her«, antwortete der Sachbearbeiter. »Wurde zuvor schon ein Suchantrag gestellt? Gibt es bereits eine Akte über den Fall?«

Hans-Peter zuckte zusammen, weil sein Vater einfach als Fall bezeichnet wurde.

»Soviel mir bekannt ist, nein.«

Der Sachbearbeiter nahm einen Kugelschreiber und einen Block und fragte: »Name? Geboren wann und wo?«

»Martin Hartmann. Er wurde am siebten Juni 1918 in Plön geboren.«

»Zuletzt wohnhaft?« Der Mann machte sich Notizen, ohne den Kopf zu heben.

»In Hamburg, die genaue Adresse ist mir unbekannt.«

»Haben Sie eine Fotografie Ihres Vaters?«

»Leider nicht, alle Unterlagen wurden bei einem Bombenangriff vernichtet.«

Der Mann seufzte. »Ein Foto wäre hilfreich gewesen. In welcher Einheit diente der Vermisste?«

Hans-Peter zuckte mit den Schultern. »Er war Gefreiter, mehr ist mir nicht bekannt. Meine Mutter sagt, er ist während der Kämpfe in Ostpreußen gefallen.«

Der Mann sah Hans-Peter erstaunt an und erwiderte: »Wenn er gefallen ist ... Warum sind Sie dann heute hier?«

»Na ja, damals ging alles drunter und drüber, und meine Mutter erhielt keine näheren Informationen über die Umstände. Ich möchte Gewissheit, wann und wo genau er gestorben ist und ob ein Grab vorhanden ist.«

Der Angestellte schüttelte verständnislos den Kopf. »Junger Mann, Ihr Interesse in allen Ehren, aber wissen Sie überhaupt, wie viele Hunderttausende in Ostpreußen verschollen sind? Nicht nur Soldaten, auch Zivilisten ... besonders Zivilisten. Bei über neunzig Prozent gibt es nicht den geringsten Hinweis, was mit ihnen geschehen ist. Selbst, wenn Herr« – er sah auf seine Notizen – »Hartmann die Kampfhandlungen überlebt haben sollte, ist er inzwischen auf jeden Fall tot. Es tut mir leid, Ihnen das derart offen sagen zu müssen, es sind jedoch die nackten Tatsachen. Und falls Hartmann wider Erwarten doch in Gefangenschaft geriet, ist Ihnen sicher bekannt, dass die letzten Soldaten bereits vor elf Jahren aus Russland nach Hause zurückgekehrt sind. Wer da nicht dabei war, den gibt es nicht mehr. In den Gefangenenlagern in Sibirien ließen Tausende ihr Leben, die auf immer namenlos bleiben werden.«

»Mein Freund möchte nur Gewissheit haben«, sagte Susanne

und sah den Mitarbeiter des DRK bittend an. »Sie können die Personalien doch aufnehmen und mit Ihrer Datei abgleichen.«

»Wir sind für die Suche nach Lebenden zuständig, nicht nach Toten«, antwortete der Mann, seufzte dann aber und fuhr fort: »Also gut, ich werde es an die zentrale Namenskartei in München weiterleiten. Sie sollten sich aber keine großen Hoffnungen machen. Martin Hartmann ist nicht gerade ein seltener Name. Zudem ist der größte Teil des früheren Ostpreußens heute polnisch und steht unter russischer Verwaltung. Wir erhalten keine Auskünfte aus dem Osten. Wir werden Ihnen schreiben, sollte es zu einem Treffer kommen. Wo können wir Sie erreichen?«

»Äh ... mir wäre es lieber, wenn ich direkt hier nachfragen könnte«, sagte Hans-Peter.

»Das ist nicht üblich, Herr Kleinschmidt.«

»Mein Freund lebt in einem Studentenwohnheim«, sagte Susanne schnell, »und möchte vermeiden, dass diese doch sehr persönliche Angelegenheit die Runde unter den Kommilitonen macht. Das müssen Sie verstehen.«

Der Sachbearbeiter machte sich eine entsprechende Notiz und murmelte: »Also gut. Fragen Sie in drei oder vier Wochen wieder nach. Das wäre dann alles.«

Mit einer Handbewegung zeigte er an, dass Hans-Peter und Susanne entlassen waren, und seine Mitarbeiterin rief die nächste Wartende in das Büro.

»Ich wusste, es ist sinnlos«, sagte Hans-Peter, als sie auf der Straße standen. Es hatte zu nieseln begonnen, und der kalte Wind drang durch ihre Jacken. »Die Leute sollen nach Lebenden suchen, ich stehle denen nur ihre Zeit.«

»Wart doch erst mal ab. Auch wenn dir niemand etwas über

deinen Vater sagen kann, hast du es wenigstens versucht und kannst mit dem Thema abschließen.«

»Du hast mir sehr geholfen, danke, Susanne.« Hans-Peter schaute die Straße entlang und sagte: »Da vorn ist ein Café. Ich lade dich ein. Wir müssen ohnehin warten, bis der Regen nachlässt.«

Während Susanne sich ein großes Stück Schwarzwälder Kirschtorte schmecken ließ, rührte Hans-Peter in seinem Kaffee, obwohl er weder Milch noch Zucker hineingegeben hatte. Beim DRK-Suchdienst nachzufragen war eine Schnapsidee gewesen, geboren aus einer irrsinnigen Hoffnung, sein leiblicher Vater könnte noch am Leben sein. Hans-Peter hoffte das nur, weil er Wilhelm Kleinschmidt von Tag zu Tag mehr verabscheute und sich wünschte, seinen richtigen Vater kennenzulernen. Auch wenn alles dagegensprach, würde es dem Suchdienst vielleicht tatsächlich gelingen, die Einheit, in der Hartmann an der Ostfront gekämpft hatte, festzustellen, und er würde die Mitteilung erhalten, dass niemand aus dieser Einheit überlebt hat. Dann könnte er, wie Susanne gesagt hatte, mit dem Thema endgültig abschließen.

In den nächsten vier Wochen standen zwei wichtige Klausuren an. Im Frühjahr wollte Hans-Peter das Grundstudium mit der bestmöglichen Benotung abschließen. Dafür büffelte er Tag und Nacht und fiel meist erst nach Mitternacht todmüde ins Bett.

Klaus Unterseher forderte Hans-Peter mehrmals auf, auch einmal auszugehen. »Du musst mal raus, den Kopf frei kriegen. Mensch, Hans-Peter, du gehörst zu den Besten unserer Stufe, die Zwischenprüfung schaffst du mit links.«

Hans-Peter konnte die Einstellung seines Freundes nicht teilen. Es stimmte, seine Noten lagen trotz der mehrwöchigen Auszeit im Sommer immer noch im oberen Bereich, er wollte aber sichergehen.

»Bei dir macht es nichts aus, Klaus, wenn du noch ein Semester ranhängen musst. Ich aber brauche die besten Ergebnisse, schon wegen der Uni in England.«

Klaus nickte. Sein eigener Lebensweg war bereits vorgezeichnet: Mit dem juristischen Abschluss würde er in die Baufirma seines Vaters einsteigen, die stetig expandierte. Insgeheim bewunderte er den Freund, der bereit war, für eine Frau sein ganzes Leben auf den Kopf zu stellen.

»Lass für heute Abend die dummen Bücher.« Klaus zog Hans-Peter das Buch unter der Nase weg. »Wir gehen jetzt in den neuen Beatschuppen unten am Neckar, da tritt heute eine Band aus Köln auf. Ich hab gehört, die sollen was draufhaben.«

Hans-Peter schüttelte den Kopf.

»Ich muss mindestens noch zwei Kapitel durcharbeiten. Ich könnte mich gar nicht auf etwas anderes konzentrieren und würde euch nur den Spaß verderben.«

Verständnislos rollte Klaus mit den Augen und gab Hans-Peter das Buch zurück. Er war noch nicht zur Tür hinaus, als der Freund sich bereits wieder emsig Notizen machte.

Das konsequente Lernen zahlte sich aus. Zumindest hatte Hans-Peter bei der Abgabe der Klausuren ein gutes Gefühl. Bis die Ergebnisse bekanntgemacht wurden, musste er sich aber noch zehn bis vierzehn Tage gedulden. Endlich konnte er sich ein wenig ausruhen, außerdem stand Ostern vor der Tür. Er war es seiner Mutter schuldig, die Feiertage in Großwellingen zu verbringen. Seit Weihnachten hatte er sich nur selten zu Hause blicken lassen, und wenn, dann war er lediglich eine Nacht geblieben.

Am Gründonnerstag fuhr Hans-Peter nach Nürtingen zur Geschäftsstelle des Deutschen Roten Kreuzes. Er verzichtete darauf, Susanne um ihre Begleitung zu bitten, denn er würde ohnehin nichts Neues erfahren. Oder es würde ihm mitgeteilt werden, dass sein Vater gefallen war. Obwohl er mit dieser Nachricht rechnete, war das, wenn er den definitiven Beweis in den Händen hielt, eine Angelegenheit, die Hans-Peter lieber mit sich selbst ausmachen wollte.

Offensichtlich waren einige Leute in die Osterferien gefahren, denn in dem engen Korridor mit den scheußlichen Sitzmöbeln warteten heute nur vier Frauen. Bereits nach einer halben Stunde wurde Hans-Peter in das Büro gerufen. Derselbe Mann wie bei seinem ersten Besuch saß am Schreibtisch. Hans-Peter nannte seinen Namen und sein Anliegen.

»Hartmann, sagten Sie, Martin Hartmann«, wiederholte der Sachbearbeiter, zog einen Aktenordner mit dem Buchstaben H aus dem Regal und blätterte in den Seiten. Endlich hatte er das entsprechende Blatt gefunden, löste es umständlich aus der Heftung und überflog das Geschriebene. Hans-Peter bemerkte, wie sich die Stirn seines Gegenübers in Falten legte und seine Augen sich weiteten. Dann nahm er einen bereits vorgefertigten Brief, der ebenfalls abgeheftet gewesen war, faltete ihn langsam, beinahe schon umständlich, zusammen und steckte ihn in einen Umschlag, den er sorgfältig verschloss. Ein Klumpen bildete sich in Hans-Peters Magen, das Blut floss schneller durch seine Adern.

Der Mann sah auf, rückte seine Brille zurecht, musterte Hans-Peter durchdringend und räusperte sich umständlich.

»Sie sind also der Sohn von Martin Hartmann?«

»Richtig«, antwortete Hans-Peter nervös. »Meine Mutter hat wieder geheiratet, und ihr zweiter Ehemann hat mich adoptiert, deswegen mein anderslautender Nachname.«

»Ich verstehe.«

»Haben Sie über den Tod von Martin Hartmann etwas herausfinden können?«

»Herr Kleinschmidt, ich muss Sie bitten, sich an die entsprechende Stelle in Ludwigsburg zu wenden. Wir sind dafür nicht zuständig.«

»Ludwigsburg?«, wiederholte Hans-Peter überrascht.

Der Sachbearbeiter nickte und sah auf seine Uhr.

»Heute ist bis sechzehn Uhr geöffnet. Wenn Sie sich beeilen, schaffen Sie es noch, ansonsten erst wieder nach den Feiertagen.«

»Hören Sie, warum soll ich nach Ludwigsburg fahren?«, fragte Hans-Peter. »Was ist mit meinem Vater? Wenn er tot ist, können Sie es mir ruhig sagen, ich rechne mit einer solchen Mitteilung. Ich bin nur zu Ihnen gekommen, um über die Umstände Näheres in Erfahrung zu bringen und …«

Der Mann hob seine Hand und unterbrach Hans-Peters Wortschwall. »Es tut mir leid, ich bin nicht befugt, Ihnen nähere Auskünfte zu geben, außerdem weiß ich auch nicht mehr, als dass die entsprechende Stelle in Ludwigsburg für einen Martin Hartmann mit den von Ihnen angegebenen Daten zuständig ist. Dieses Schreiben zeigen Sie dort bitte vor.« Er reichte Hans-Peter den Umschlag, griff dann nach einem Bleistift, riss von einem Block einen Zettel ab, notierte eine Adresse und schob diesen Zettel Hans-Peter hin. »Dort wird man Ihnen alles Weitere mitteilen. Wenn Sie mich jetzt bitte entschuldigen würden?«

Auf der Straße starrte Hans-Peter auf die Adresse. Für einen Moment war er geneigt, den Zettel in den nächsten Papierkorb zu werfen oder den verschlossenen Umschlag zu öffnen. Etwas tief in seinem Inneren sagte ihm jedoch, dass er nach Ludwigsburg fahren und die Sache zu Ende bringen sollte. Mit dem Mokick würde er allerdings gut und gern zwei Stunden für eine einfache Fahrt benötigen. Kurz entschlossen fuhr er zum Bahnhof, kaufte sich eine Rückfahrkarte nach Ludwigsburg und hatte Glück, denn zehn Minuten später rollte ein Zug Richtung Stuttgart ein. Er hoffte, von dort gleich eine Verbindung nach Ludwigsburg zu bekommen. Hans-Peter hatte noch mal Glück, und eine Stunde später trat er aus dem Bahnhofsgebäude in Ludwigsburg und fragte einen Passanten nach der Adresse. Nach rund zwanzig Minuten hatte Hans-Peter sein Ziel erreicht. Perplex las er das Schild an dem mehrstöckigen Gebäude:

Zentrale Stelle der Landesjustizverwaltung

Es wurde immer mysteriöser. Was hatte die Suche nach seinem Vater mit der Landesjustizverwaltung zu tun?

Beim Pförtner nannte er sein Anliegen, dieser schickte ihn in den zweiten Stock. Dort übergab er der Vorzimmerdame das Schreiben des Sachbearbeiters aus Nürtingen und wiederholte sein Anliegen.

Sie öffnete den Umschlag, überflog die Zeilen und sagte: »Ich melde Sie sofort bei Herrn Schüle an. Darf ich Ihnen etwas zum Trinken anbieten?«

»Ein Glas Wasser, das wäre sehr freundlich.«

Dankbar trank Hans-Peter das Wasser. Dann führte die Frau

ihn auch schon in das Büro. Ein Mann im Alter von etwa Mitte fünfzig stellte sich als Erwin Schüle vor und bat Hans-Peter, ihm gegenüber am Schreibtisch Platz zu nehmen.

»Sie haben einen Suchantrag für Martin Hartmann gestellt.« Es war eine Feststellung, keine Frage. »Warum haben Sie das getan?«

»Es handelt sich um meinen leiblichen Vater, von dem jede Spur fehlt«, erklärte Hans-Peter etwas verwirrt, aber auch ungeduldig. »Ich verstehe nicht, warum man mich zu Ihnen geschickt hat. Mein Vater war Anfang 1945 an der Front in Ostpreußen stationiert und ist dort gefallen. Ich möchte nur wissen, ob über die Umstände seines Todes Erkenntnisse vorliegen.«

»Herr Kleinschmidt, woher haben Sie die Information, Martin Hartmann wäre an der Ostfront gewesen?«

»Meine Mutter sagte es mir. Sie erhielt offenbar eine Mitteilung, dass er gefallen wäre.«

»Offenbar?«

Schüle hatte ein feines Gespür für Zwischentöne und taxierte Hans-Peter mit festem Blick.

»Meine Mutter will darüber nicht sprechen«, gab Hans-Peter offen zu. »Sie sagt, mein Vater wäre tot, und auch ich glaube, dass niemand das alles, was damals an der Ostfront geschehen ist, überlebt haben kann.«

»Können Sie mir das Schreiben, mit dem Ihre Mutter über das Ableben ihres Mannes informiert wurde, vorlegen?«

»Das ist, ebenso wie alles andere, bei einem Bombenangriff vernichtet worden. Warum stellen Sie solche Fragen?« Hans-Peter verbarg nicht seine Ungeduld. »Warum wurde ich aufgefordert, hier in Ludwigsburg vorstellig zu werden?«

»Haben Sie oder Ihre Mutter nach dem Februar 1945 noch

mal etwas von Hartmann gehört?«, stellte Schüle seine nächste Frage, ohne Hans-Peters Einwand zu beachten. »Hat er seiner Frau vielleicht noch einmal geschrieben?«

»Nein, natürlich nicht«, stieß Hans-Peter hervor. »Ich sagte doch gerade, dass meiner Mutter mitgeteilt wurde, er wäre gefallen.«

Erwin Schüle legte die Fingerspitzen aneinander und betrachtete Hans-Peter skeptisch.

»Wenn Ihre Aussage stimmt und Frau Hartmann über das Ableben ihres Gatten informiert wurde – warum suchen Sie dann überhaupt nach Hartmann?«, wiederholte er seine Eingangsfrage. »Warum ziehen Sie die Aussage Ihrer Mutter in Zweifel? Geht es Ihnen wirklich nur darum, Hartmanns Todestag in Erfahrung zu bringen, oder verfolgen Sie andere Interessen, Herr Kleinschmidt?«

»So langsam reicht es mir«, begehrte Hans-Peter auf und erhob sich halb von seinem Stuhl. »Würden Sie mir bitte endlich erklären, was das alles zu bedeuten hat?«

»Beantworten Sie einfach meine Fragen«, erwiderte Schüle ruhig, »und setzen Sie sich bitte wieder.«

Hans-Peter holte tief Luft und stieß hervor: »Meine Mutter und ich lebten in Hamburg. Wir zogen dann nach Süddeutschland zu Verwandten, da meine Mutter bei den Bombardierungen alles verloren hatte. Ich möchte nur wissen, in welcher Einheit mein Vater gedient hat und wie und wo er gestorben ist. Ist dieser Wunsch so außergewöhnlich?«

Erneut ignorierte Schüle Hans-Peters Fragen, sah in die vor ihm liegende Akte und sagte: »Martin Hartmann, geboren am siebten Juni 1918 in Plön, letzter bekannter Wohnsitz in Hamburg, Bauernfelderstraße fünf? Ist das richtig?«

»Ja, ja, das habe ich doch alles in Nürtingen angegeben, wobei mir die genaue Adresse nicht bekannt ist.« Hans-Peter konnte sich nur mit Mühe dazu zwingen, ruhig zu bleiben.

Schüle rückte seine Brille zurecht, legte erneut die Fingerspitzen aneinander und sah Hans-Peter aufmerksam an.

»Die Angelegenheit wurde von der zentralen Stelle in München an uns weitergeleitet, da der von Ihnen gesuchte Martin Hartmann in keiner Einheit der Ostfront gedient hat. Er hat überhaupt niemals an der Front gedient.«

»Das ist unmöglich! Es muss eine Verwechslung vorliegen.«

Schüle unterbrach Hans-Peter mit einer Handbewegung und sprach weiter: »Zudem liegen uns keine Informationen vor, dass Martin Hartmann tot ist.« Jemand schien Hans-Peter die Luft abzudrücken. »Der letzte uns bekannte Aufenthaltsort Hartmanns ist in Norddeutschland, und diese Information stammt vom März 1945. Danach verliert sich Hartmanns Spur, obwohl er in allen Zentralstellen Westdeutschlands ausgeschrieben ist.«

»Ausgeschrieben?« Hans-Peter konnte sich auf all das keinen Reim machen. »Was meinen Sie mit ausgeschrieben?«

Erst jetzt schien Schüle zu bemerken, in welchem Gefühlsaufruhr sich der junge Mann befand. Sein bisher sachlicher Blick wurde freundlicher. Er beugte sich vor.

»Sie haben wirklich keine Ahnung, wer Ihr Vater war und was er getan hat?«, fragte er leise.

»Wovon sollte ich eine Ahnung haben? Mann, sprechen Sie endlich!«

»Immer mit der Ruhe, Herr Kleinschmidt, Sie sollen alles erfahren. Martin Hartmann gehörte der Hitlerjugend an, in der er sich sehr engagierte, was zur damaligen Zeit nichts Außergewöhnliches war. Deswegen wird auch nicht nach ihm gefahndet. 1940 trat Hartmann jedoch der Waffen-SS bei und machte eine steile Karriere, wenn wir es mal so ausdrücken wollen, bis zum Dienstgrad eines Hauptsturmführers. Wie aus der Akte ersichtlich ist, war Hartmann vorrangig mit der Bekämpfung der Partisanen in Nordfrankreich und der Bewachung der dortigen Gefängnisse betraut.«

Hans-Peter sackte zusammen, als hätte er einen Faustschlag in die Magengrube erhalten. Unfähig, auch nur einen Ton herauszubringen, hörte er Schüles weitere Erläuterungen wie aus weiter Ferne: »Hartmann wird zur Last gelegt, in den Jahren 1942 bis 1944 zahlreiche Kriegsverbrechen an der zivilen Bevölkerung, vorrangig in Holland, Belgien und Nordfrankreich, begangen zu haben. Er wurde nie zum aktiven Felddienst abkommandiert, als letzter Aufenthaltsort ist ein Gefängnis bei Lübeck bekannt. Das war im März 1945. In der Aktenführung waren die Nazis sehr exakt, und glücklicherweise wurde nicht alles vernichtet, so dass der Werdegang von Martin Hartmann nahezu lückenlos verfolgt werden konnte. Als die Alliierten Lübeck befreiten, verliert sich Hartmanns Spur. Es ist nicht auszuschließen, dass er auf der Flucht ums Leben gekommen ist, ebenso jedoch, dass es ihm gelungen ist, unterzutauchen.«

»Was veranlasst Sie, dies zu glauben?«, presste Hans-Peter heiser hervor.

»Jeder, besonders die Kriegsverbrecher und gleichgültig, ob tot oder lebendig, wurde von den Alliierten registriert. Wenn Hartmann von den Briten, die für den Bezirk um Lübeck herum zuständig waren, verhaftet und hingerichtet worden wäre, läge ein entsprechender Aktenvermerk vor. Auch wenn zu der Zeit in Europa Chaos herrschte: Über die Verfolgung von

NS-Verbrechern wurde peinlichst genau Buch geführt, besonders bei Angehörigen der Waffen- und der Totenkopf-SS. Hartmann steht noch heute auf allen Fahndungslisten der Briten, Franzosen und Amerikaner, und auch die Bundesrepublik hat großes Interesse, ihn ausfindig zu machen und vor Gericht zu stellen.«

Hans-Peter sackte noch weiter in sich zusammen und presste mühsam hervor: »Das ist alles nicht wahr! Das kann doch gar nicht sein, Sie müssen sich irren …«

Erwin Schüle drückte die Taste an seinem Sprechgerät und sagte: »Fräulein Bechtle, bringen Sie bitte einen Cognac, am besten einen doppelten«, und dann zu Hans-Peter gewandt: »Sie sehen aus, als könnten Sie etwas Starkes brauchen.«

Der Cognac brannte wie Feuer in Hans-Peters Kehle, zeigte aber die von Schüle beabsichtigte beruhigende Wirkung.

Hans-Peter war jetzt in der Lage, zu fragen: »Ein Irrtum ist ausgeschlossen? Ich meine, Martin Hartmann ist ein häufiger Name.«

»Nicht, wenn Geburtsdatum, Geburtsort und der letzte Wohnsitz übereinstimmen«, antwortete Erwin Schüle und entnahm der Akte eine Fotografie. »Ist das Ihr Vater?«

Hans-Peter sah ein schmales Gesicht mit einem etwas spitzen Kinn und einer länglichen Nase. Das Haar war so kurz geschoren, dass es unter der Mütze nicht zu erkennen war. Der Mann sah zwar ernst in die Kamera, der Ausdruck seiner Augen war jedoch nicht kalt und grausam, eher freundlich. Es war nicht das Gesicht eines Massenmörders. Auf den Schulterstücken der schwarzen Dienstuniform prangte das Abzeichen der SS, am linken Oberarm trug er die Binde mit dem Hakenkreuz.

Hans-Peter wartete auf eine irgendeine Empfindung. Wut,

Trauer, Hass – alles wäre ihm recht gewesen. Er spürte jedoch nur eine große Leere in sich. Zum ersten Mal sah er das Gesicht seines Vaters, eines Mannes, den er sein ganzes Leben lang glorifiziert hatte. In einem Winkel seines Herzens hatte er immer gehofft, Hartmann wäre noch am Leben und würde zurückkommen und sie würden wieder eine Familie sein, in der Wilhelm Kleinschmidt keine Rolle mehr spielte. Jetzt sah er in die Augen eines Mörders und erkannte die grausame Realität: die offensichtliche Ähnlichkeit mit seinen Augen.

»Bei der Bombardierung verlor meine Mutter alles«, sagte er heiser. »Daher wusste ich bis jetzt nicht, wie Martin Hartmann ausgesehen hat.«

»Es tut mir leid, Ihnen das alles mitteilen zu müssen. Ihre Mutter hat Ihnen nie etwas erzählt?«

»Sie wusste nicht, was mein V…, was Hartmann gemacht hat.«

Plötzlich fiel es Hans-Peter schwer, weiterhin von seinem Vater zu sprechen.

Ein spöttisches Lächeln umspielte Schüles Lippen.

»Nach Kriegsende haben alle behauptet, nicht gewusst zu haben, was in Deutschland und in den von Deutschen besetzten Gebieten *wirklich* geschehen ist. Viele leugnen es heute noch. Ich an Ihrer Stelle würde Ihrer Mutter nicht glauben. Die Ehefrauen wussten ganz genau, was ihre Männer taten. Im Dritten Reich waren Angehörige der SS besonders gut angesehen und in der Regel auch finanziell gut gestellt. Die Familien erhielten zahlreiche Vergünstigungen und Privilegien. Bei allem Respekt, Herr Kleinschmidt, wenn Ihre Mutter behauptet, ihr Ehemann wäre als einfacher Gefreiter an der Front gewesen, dann lügt sie.«

»Bitte, lassen Sie meine Mutter aus dem Spiel«, flüsterte Hans-Peter. »Ich versichere Ihnen – auch wenn sie wusste, was Hartmann getan hat, hat sie keine Ahnung, was aus ihm geworden ist. Ich schwöre auf alles, was mir heilig ist, dass sie nicht weiß, wo er sich heute aufhält, sofern er noch am Leben sein sollte.«

»Es ist unser Bestreben und erklärtes Ziel, keinen dieser Verbrecher entkommen zu lassen.«

Hans-Peter musste sich mit beiden Händen auf den Schreibtisch stützen, bevor es ihm gelang, aufzustehen. Er konnte nicht mehr länger zuhören. Er *wollte* nicht mehr länger zuhören.

»Hinterlassen Sie bei meiner Mitarbeiterin Ihre Adresse, Herr Kleinschmidt«, hörte er Schüle wie aus weiter Ferne sagen. »Sollten wir eine Spur von Hartmann finden, werden wir Sie benachrichtigen. Allerdings stehen die Chancen nach über zwanzig Jahren schlecht. Unsere Suche erstreckt sich auch nur auf die BRD und auf die westlichen Staaten, in der DDR sind uns die Hände gebunden. Ich persönlich glaube, dass es Hartmann gelungen ist, unter falschem Namen unterzutauchen. Inzwischen dürfte er aber wohl kaum noch am Leben sein, denn kein Mensch schafft es, über Jahrzehnte mit einer falschen Identität zu leben, ohne in unserem Rechtssystem aufzufallen.«

15

Später konnte Hans-Peter nicht mehr sagen, wie er nach Nürtingen zurückgekommen war. Wie ferngesteuert stieg er in die richtigen Züge. Am liebsten wäre er sitzen geblieben und mit dem Zug immer weitergefahren, am besten bis ans Ende der Welt. Als er auf seinem Mokick saß, schlug ihm der Regen ins Gesicht, er spürte aber weder die Nässe noch die Kälte. Das Kleinkraftrad knatterte über die gewundenen Straßen der Schwäbischen Alb, bergauf und wieder bergab. Die Strecke kannte er im Schlaf, doch heute schien es Hans-Peter, als würde er jedes Gehöft, jede Hecke und jeden Baum zum ersten Mal sehen. Er funktionierte, lenkte das Mokick sicher durch den Verkehr, fühlte sich aber, als würde er weit über sich schweben und dem jungen, schlaksigen Mann zusehen, der ihm äußerlich ähnelte, mit dem er aber nichts zu tun hatte. Einerseits wollte er seine Mutter mit dem, was er heute erfahren hatte, konfrontieren, er hatte aber auch Angst davor. Angst, dass Hildegard die Worte dieses Mannes in Ludwigsburg bestätigen würde. Obwohl alles dagegensprach, hoffte Hans-Peter, seine Mutter würde die Beschuldigungen gegenüber Martin Hartmann vehement von sich weisen und ihm sagen, sein Vater sei ein Ehrenmann gewesen. Doch Hans-Peter wusste instinktiv, dass Schüle nicht gelogen hatte. Dass jedes Wort, das er über seinen Vater gesagt hatte, der Wahrheit entsprach.

Es war bereits dunkel, als er in Großwellingen ankam. Durch

das Motorengeräusch aufmerksam geworden, lief Hildegard ihm auf dem Hof entgegen.

»Hansi, das ist ja eine Überraschung!«, rief sie erfreut. »Ich habe dich erst morgen erwartet.« Sie bemerkte, dass er völlig durchnässt war. »Du meine Güte, warum bist du bei diesem Wetter gefahren, noch dazu abends? Komm schnell ins Haus. Ich mach dir einen heißen Tee und lass dir ein Bad ein. Hoffentlich hast du dich nicht erkältet.«

»Wo ist Kleinschmidt?«

»Drüben im *Ochsen*. Sie tagen mal wieder wegen des Baus des Freibads, aber ...«

»Das Freibad interessiert mich einen Scheiß!«, schrie Hans-Peter.

»Hansi, ich muss doch sehr bitten! Eine solche Ausdrucksweise dulde ich nicht.«

Er ging auf ihre Zurechtweisung nicht ein. »Ich muss mit dir sprechen. Sofort!«

»Zuerst badest du.« Hildegard packte Hans-Peter am Ärmel und zog ihn hinter sich ins Haus. Er wehrte sich nicht. »Im Moment habe ich ohnehin keine Zeit. Tante Doris und Frau Räpple sitzen im Wohnzimmer, wir organisieren den diesjährigen Pfingstmarkt, der ...«

Erneut unterbrach Hans-Peter seine Mutter scharf: »Schick sie weg.«

Im hellen Licht des Korridors erkannte Hildegard die Entschlossenheit im Blick ihres Sohnes.

»Ist etwas passiert? Du bist bleich wie der Tod! Bist du krank?«

Hans-Peter kostete es viel Kraft, seiner Mutter nicht alles entgegenzuschleudern, was ihm die Brust zu sprengen drohte. Es war nicht nötig, Tante Doris und ausgerechnet die geschwätzige

Frau des Kfz-Meisters Räpple Zeuginnen ihrer Unterhaltung werden zu lassen, denn dann würde spätestens morgen die Angelegenheit in der ganzen Gegend die Runde machen.

Seine Finger schlossen und öffneten sich hektisch, seine Augenlider zuckten, er brachte es aber fertig, zu murmeln:

»Gut, ich hau mich in die Badewanne. Sieh zu, dass du die beiden so schnell wie möglich loswirst.«

Das warme Wasser half Hans-Peter, sich ein wenig zu entspannen. Hin und wieder drangen Wortfetzen der schrillen Stimme von Frau Räpple zu ihm herauf. Er hielt sich die Nase zu und glitt unter die Wasseroberfläche. Für einen Moment war er geneigt, nie wieder aufzutauchen. Nicht mehr denken zu müssen und alles hinter sich lassen zu können ...

Eine Ewigkeit schien zu vergehen, bis er hörte, dass sich die Besucherinnen endlich verabschiedeten. Inzwischen hatte er sich wieder angezogen, die feuchten Haare geföhnt und lief in seinem Zimmer ruhelos auf und ab. Als er die Schritte seiner Mutter auf der Treppe hörte, öffnete er ihr die Tür.

»Ich habe dir einen Kamillentee gemacht.« Besorgt musterte Hildegard ihren Sohn. »Ich fürchte, du hast Fieber, Hansi. Dein Gesicht ist glühend rot, und deine Augen glänzen.«

Er wartete nicht, bis sie die Tasse abgestellt hatte.

»Seit wann wusstest du, dass Martin Hartmann SS-Hauptsturmführer war?«

Die Tasse entglitt Hildegard, fiel zu Boden und zerbrach, der heiße Tee spritzte gegen ihre Unterschenkel. Sie bemerkte es nicht.

»Ich weiß nicht, was du meinst ...«

»Ich glaube, du weißt es ganz genau!« Hans-Peters Augen glänzten dunkel. »Wann hättest du mir die Wahrheit gesagt?

Hättest du mir überhaupt jemals gesagt, wer mein Vater wirklich war und was er getan hat?«

»Martin, dein Vater fiel an der Ostfront …«

»Hör endlich auf zu lügen!«, unterbrach Hans-Peter seine Mutter scharf, senkte dann aber die Stimme. »Ich kenne die Wahrheit.«

»Wieso … woher …?«

»Das spielt keine Rolle.«

Hildegard stolperte über die Scherben und ließ sich auf die Bettkante fallen. Sie schien binnen weniger Minuten um Jahre gealtert.

Hans-Peter fuhr tonlos fort: »Es besteht die Möglichkeit, dass er noch am Leben ist.«

Ihr Kopf ruckte hoch. »Das ist unmöglich! Martin ist schon lange tot.«

»Wie kannst du dir sicher sein?«

Ihre Mundwinkel zuckten. »Er hat uns geliebt. Er hat *dich* geliebt, Hans-Peter! Du warst das Beste, das ihm in seinem Leben je passiert ist, das hat er immer wieder betont. Martin hätte uns niemals im Stich gelassen, wenn er überlebt hätte. Er hätte uns gesucht und wäre zu uns zurückgekehrt.« Sie sah ihn an. »Wie hast du es erfahren?«

Hans-Peter setzte sich neben seine Mutter, ließ aber einen gewissen Abstand zwischen ihnen. Seine Verzweiflung und seine Wut, sein ganzes Leben belogen worden zu sein, hatten sich gelegt und Resignation Platz gemacht. Wie von dem Beamten Schüle vermutet, war seine Mutter nicht ahnungslos gewesen.

»Bei den wenigen Gelegenheiten, wenn du Hartmann erwähnt hast, habe ich immer gespürt, dass etwas nicht stimmig ist«, sagte er ruhig. »Trotzdem glaubte ich dir, er wäre an der

Front gefallen, auch wenn du mir nie einen Beweis dafür gezeigt hast.«

»Das ist doch alles verbrannt«, sagte Hildegard, Hans-Peter warf aber sofort ein: »Auch das ist eine Lüge, denn ein Schreiben der Wehrmacht, dass er gefallen ist, hat nie existiert. Habe ich recht?«

Seine Mutter drehte den Kopf zur Seite und nickte. Hans-Peter spürte, dass sie es nicht fertigbrachte, ihm in die Augen zu sehen.

»Ursprünglich wollte ich nur herausfinden, ob man feststellen kann, wo und wann er gestorben ist«, fuhr Hans-Peter so ruhig fort, als würde er von einer Klausur erzählen. »Ich habe mich an das Rote Kreuz gewandt, und heute musste ich mich bei der Landesjustizstelle in Ludwigsburg melden. Diese Einrichtung ist mit der Suche und Verfolgung von Kriegsverbrechern betraut. Der Name meines ... Vaters« – er schluckte schwer – »steht auf allen Fahndungslisten der westlichen Besatzungsmächte.«

Beinahe trotzig zogen sich Hildegards Mundwinkel nach unten, als sie erwiderte: »Na also, da hast du es! Martin wurde aufgespürt und hingerichtet.«

»Eben nicht«, widersprach Hans-Peter. »Seit Anfang 1945 gibt es keinen Hinweis auf seinen Verbleib, weder tot noch lebendig. Wäre er aufgespürt, verurteilt und hingerichtet worden, wäre auch das in den Akten vermerkt worden. Sein letzter Aufenthalt war offenbar in der Nähe von Lübeck. Er arbeitete in einem Gefängnis als Aufseher oder etwas in der Art.« Zögernd griff er nach der Hand seiner Mutter. »Ich will die Wahrheit wissen, Mutti. Findest du nicht, dass ich jedes Recht dazu habe?«

Sie nickte kaum merklich.

»Ich glaube, dies alles weit hinter mir gelassen zu haben. Spätestens mit dem Umzug in den Süden und als ich Wilhelm heiratete, dachte ich, dass die Vergangenheit keine Rolle mehr spielt, und hatte mit allem abgeschlossen.«

»Irgendwann wird jeder von seiner Vergangenheit eingeholt.«

Hans-Peter klang bitter. Für einen winzigen Moment dachte er, es wäre besser gewesen, den Rat seiner Mutter zu befolgen und nicht nach Martin Hartmann zu forschen. Dann würde er immer noch in der Gewissheit leben, sein Vater hätte sein Leben für einen grausamen Diktator und ein Regime geopfert, in dem es für Hartmann keine andere Wahl gegeben hatte, als sich unterzuordnen. Hans-Peters Welt hatte sich binnen weniger Stunden auf den Kopf gestellt. Nichts war mehr so, wie es gewesen war, und würde es niemals wieder sein.

Als Hildegard zu erzählen begann, schien es, als hätte sie Hans-Peters Anwesenheit vergessen und spräche nur zu sich selbst.

»Ich stamme, wie man es heute ausdrücken würde, aus ärmlichen Verhältnissen. Mein Vater arbeitete im Hafen, manchmal gab es Arbeit, meistens aber nicht. Meine Mutter war krank. Als ich zwei Jahre alt war, hatte sie eine Fehlgeburt, von der sie sich nie wieder erholte. Wir lebten in einer winzigen, schäbigen Dachkammer in einem heruntergekommenen Mietshaus, in dem es nach Fisch stank, Wind und Regen durch die undichten Fenster drang und der Ofen nur qualmte, niemals aber wärmte. So wie uns erging es zigtausend anderen ebenfalls. Die Zeiten waren schwer, das Geld wurde abgewertet, und selbst wenn wir Geld gehabt hätten, gab es kaum etwas zu kaufen. Als ich fünf Jahre alt war, überlebte ich nur knapp eine Rippenfellentzündung. 1933 jedoch änderte sich von einem Tag auf den anderen nahezu alles. Plötzlich war für alle, die arbeiten wollten, auch Arbeit vorhanden. Diese wurde gut bezahlt, und wir mussten uns nicht jeden Morgen sorgen, womit wir an diesem Tag unsere Mägen füllen sollten. Meine Eltern konnten sogar in eine richtige Wohnung ziehen, mit zwei Zimmern, einer Küche und einem Klo, das wir uns nicht mit anderen teilen mussten. Zum ersten Mal in meinem Leben hatte ich ein eigenes Zimmer, und meine Mutter war nicht mehr ständig krank. Manchmal machten wir sogar Ausflüge an die Elbe oder in den Tierpark.

1938, ich war gerade sechzehn geworden, lernte ich Martin kennen. Er war vier Jahre älter, und wir teilten das gleiche Schicksal: Auch seine Eltern hatten von der Hand in den Mund gelebt. Martins Vater besaß eine kleine Druckerei, Prospekte, Postkarten und Ähnliches, trat bereits Ende 1933 in die Partei ein und erhielt Aufträge von der Regierung. Martin arbeitete im väterlichen Betrieb. Wir konnten heiraten und eine eigene Wohnung beziehen. Als der Krieg begann, riet ein Bekannter, Martin solle sich für andere Dienste melden, um nicht als Kanonenfutter an die Front geschickt zu werden. Dieser Bekannte, irgendein Nachbar meiner Schwiegereltern, sah in der schwarzen Uniform schmuck und sehr beeindruckend aus. Martin folgte seinem Rat, und als er zum ersten Mal in seiner Uniform nach Hause kam, verliebte ich mich erneut in ihn. Er war stolz über seine neuen Aufgaben, sein Vater ebenfalls, und binnen weniger Monate verdiente Martin so viel, dass wir eine komfortable Wohnung mit Blick auf die Elbe beziehen und ich sogar ein Hausmädchen einstellen konnte. Außerdem brauchte ich mich nicht um Martin zu sorgen wie Millionen anderer Frauen, deren Männer im Feld waren. Im Juni 1940 kehrte

Martin aus Paris zurück und brachte die wundervollsten Dinge mit: Seidenstoffe, Parfum, köstliche Schokolade und allerbesten Cognac.

›Das nächste Mal nehme ich dich nach Paris mit, Hildchen‹, sagte er. Martin nannte mich immer Hildchen. ›Paris ist die wunderbarste Stadt der Welt und gehört nun endlich dem deutschen Volk.‹

Trotz des Krieges, der damals irgendwo weit im Westen ausgetragen wurde, waren es die schönsten Jahre meines Lebens, auch wenn Martin oft monatelang fort war. Er schrieb aber regelmäßig, so wusste ich, dass es ihm gutging. Der Tag, an dem du geboren wurdest, rundete unser Glück ab. Wir, dein Vater und ich, wollten nur das Allerbeste für dich, Hansi. Eine gute Schulbildung, ein Studium an einer erstklassigen Universität, Reisen, wohin es dir beliebt – dir sollte die ganze Welt offenstehen. Als die Bomben auf Hamburg zu fallen begannen, verstand ich zum ersten Mal, was der Krieg wirklich bedeutete. Im Juni 1943 wurde das Haus meiner Eltern getroffen, sie starben beide. Auch Martins Eltern schafften es nicht. Wir jedoch hatten Glück, aber die Welt um uns herum versank im Chaos. In dieser Zeit kam Martin noch seltener nach Hause, und Briefe kamen kaum durch. Oft habe ich monatelang keine Nachricht von ihm erhalten.«

»Wann hast du ihn das letzte Mal gesehen oder etwas von ihm gehört?«, fragte Hans-Peter leise.

Hildegard musste nicht lange überlegen. »Kurz vor Weihnachten 1944 erhielt Martin vier Tage Urlaub und kam nach Hause. Als er wieder fortging, konnte und durfte er mir nicht sagen, wohin er geschickt wurde. Er versicherte jedoch, dass der Endsieg in greifbarer Nähe lag und er dabei eine wichtige Rolle spielte. Er beschwor mich, mit niemandem über seine Arbeit zu sprechen. ›Verräter und Spione sind überall! Wir dürfen nichts riskieren, das den Endsieg gefährden könnte.‹ Ich hatte dich auf dem Arm, als ich deinen Vater zum letzten Mal sah. Als er ging, drehte er sich noch mal um und winkte, danach habe ich ihn weder wiedergesehen noch eine Nachricht von ihm oder von amtlicher Stelle erhalten. Als die Alliierten immer weiter vorrückten, vernichtete ich alles, das auf Martin und seine Tätigkeit hinwies, behauptete, in Hamburg ausgebombt geworden zu sein, und machte mich mit dir auf den Weg zu meiner Cousine Doris. Ich dachte, Martin würde in ein paar Wochen nachkommen. Er wusste, dass die einzige Verwandte, die ich noch hatte, in Süddeutschland lebte. Nach der Kapitulation vergingen Wochen und Monate ohne eine Nachricht von deinem Vater. Irgendwann war mir klar, dass er nicht überlebt hatte. Nicht mehr am Leben sein konnte, denn auch in der Abgeschiedenheit der Schwäbischen Alb erfuhren wir mit schonungsloser Brutalität, dass alle Angehörigen der SS verfolgt und hingerichtet wurden.« Hildegard endete mit einem Seufzer, der aus tiefster Seele kam.

»Willst du behaupten, ihr hättet während all der Jahre nichts von den Konzentrationslagern und den Massenmorden in ganz Europa gehört?«, fragte Hans-Peter zweifelnd. »Du hättest nicht gewusst, welcher Art von *Arbeit* dein Mann unter dem Hakenkreuz nachging?«

Hildegard wich der Antwort aus und erwiderte: »Du musst das verstehen, Hans-Peter: Man stellte nichts in Frage, man zweifelte nicht an den Worten des Führers und glaubte, dies alles geschehe zum Wohl des deutschen Volkes. Wir waren die Rasse, die dazu ausgewählt worden war, über allen anderen zu stehen. Bevor es zum Krieg kam, ging es dem Land gut, niemand musste mehr hungern, die Wirtschaft florierte, und alles, was man uns sagte, klang logisch, verständlich und nachvollziehbar.«

Verständnislos schüttelte Hans-Peter den Kopf. Er dachte aber auch daran, dass er nie wirkliche Armut kennengelernt hatte. An das Kriegsende und die schwere Zeit danach in Großwellingen hatte er keine Erinnerung. Diese setzte erst ein, als Kleinschmidt ihn bereits adoptiert hatte. Seitdem lebte er in gesichertem Wohlstand. Wie hätte er gehandelt, wenn er oder seine Familie kurz vor dem Verhungern gewesen wären und plötzlich jemand gekommen wäre, der ihm alles versprach? Nein, er hätte es durchschaut, dessen war er sicher. Vielleicht nicht von Anfang an, aber spätestens bei Ausbruch des Krieges hätten seine Mutter und alle anderen erkennen müssen, welch furchtbare Dinge geschahen und welche Schuld sie alle auf sich luden.

Hildegard kannte ihren Sohn gut genug, um seine Gedanken zu erahnen. Leise sagte sie: »Aus heutiger Sicht ist vieles schwer zu verstehen, wenn überhaupt. Auch das Frauenbild hat sich gewandelt. Vor dreißig Jahren stellte man als Frau die Entscheidungen des Ehemanns niemals in Frage oder kritisierte diese.«

»Hast du wirklich keine Fotografie von ihm?«, fragte Hans-Peter. »Wenn du ihn so geliebt hast, erscheint es mir unwahrscheinlich, dass du überhaupt kein Foto aufbewahrt hast.«

Sie lächelte bitter. »Du warst immer ein aufgeweckter und intelligenter Junge, Hansi. Tatsächlich habe ich ein einziges Bild behalten. Es war mir unmöglich, alles, was an Martin erinnerte, zu vernichten, obwohl ich wusste, wie gefährlich das war. Ich habe die Aufnahme aber immer gut versteckt.«

Sie stand auf und ging mit schleppenden Schritten zur Tür. Hans-Peter folgte ihr in das Schlafzimmer, das sie und Kleinschmidt teilten. Aus dem Nachtkästchen nahm Hildegard ihre Bibel und ritzte mit einem Fingernagel den hinteren Einband ein. Eine quadratische Schwarzweißfotografie fiel zu Boden. Hans-Peter bückte sich und hob sie auf. Zum zweiten Mal an diesem Tag blickte er in das Gesicht des Mannes, der ihn gezeugt hatte.

»Es wurde am Tag deiner Taufe aufgenommen«, flüsterte Hildegard mit erstickter Stimme. »Wir konnten nur eine kleine Feier ausrichten, denn Martin musste gleich wieder abreisen.«

Hatte Hans-Peter bis jetzt noch gehofft, die amtlichen Stellen hätten seinen Vater mit einem anderen Martin Hartmann verwechselt, wurde er nun eines Besseren belehrt. Seine Mutter, mit faltenfreiem Gesicht und hochgesteckten Haaren, hielt ein Baby in einem weißen Taufkleid – ihn – auf dem Arm. Hinter ihnen stand ein großer, schlanker Mann, eine Hand auf Hildegards Schulter, unter den anderen Arm hatte er seine Mütze geklemmt. Martin Hartmann trug den schwarzen Dienstanzug der Waffen-SS, am linken Oberarm die obligatorische Hakenkreuzbinde. In seinen Augen stand unverkennbarer Stolz.

»Es war einer der glücklichsten Tage in meinem Leben«, murmelte Hildegard. »Deswegen konnte ich diese Fotografie nie vernichten, auch wenn ich wusste, welches Risiko ich eingehe. Denn sie ist der einzige Beweis, dass meine Aussage, Martin wäre als Gefreiter gefallen, falsch ist. Ich habe deinen Vater sehr geliebt.«

»Trotzdem hast du wieder geheiratet«, stellte Hans-Peter sachlich fest. »Obwohl du nicht sicher sein konntest, dass dein Ehemann tot ist.«

»Was hätte ich machen sollen?«, fragte Hildegard. »Es war unmöglich, nach Martin suchen zu lassen. Wenn er noch am Leben gewesen wäre, hätte ich durch meine Nachforschungen die Besatzer womöglich auf seine Spur gebracht. Ich wollte nichts weiter, als zur Ruhe zu kommen, in Frieden leben und alles vergessen. Ich habe die Vergangenheit hinter mir gelassen und nach vorn geschaut, so wie sich alle eine neue Zukunft aufgebaut haben. Als Wilhelm mir den Antrag machte, war das meine Chance! Ich hatte keine andere Wahl, und ich habe es auch für dich getan.«

»Man hat immer eine Wahl«, antwortete Hans-Peter. »Du hast die Tatsache, dass dein Mann ein Mörder ist, mit der Begründung, dass seine Verbrechen den damaligen Umständen geschuldet waren, ignoriert und ein neues Leben angefangen. Wie kannst du mit einer solchen Schuld nur Tag für Tag in den Spiegel sehen?«

»Schuld?« Verständnislos schüttelte Hildegard den Kopf. »Warum sollte ich mich mit Schuldgefühlen belasten? Martin und wir alle handelten doch nur nach dem damals geltenden deutschen Recht.«

»Alle nicht«, stellte Hans-Peter fest. »Hast du den Widerstand vergessen? Mutige Männer und Frauen wurden gequält und gefoltert, die meisten haben ihren Kampf gegen die Diktatur mit ihrem Leben bezahlt oder sind für den Rest ihres Daseins physisch und psychisch gezeichnet.«

Er dachte an Ginny. Wie sollte er ihr mit dem Wissen, dass durch seine Adern das Blut eines Massenmörders floss, jemals wieder unter die Augen treten können? Wie konnte er Ginnys Vater, der unter den Nazis gelitten hatte und beinahe durch deren Hand gestorben wäre, bitten, ausgerechnet ihm seine

Tochter anzuvertrauen? Er, der Sohn eines seiner Peiniger, auch wenn sein Vater und Gregory Bentham sich wohl nie begegnet waren. Sollte er weiterhin schweigen und sich einreden, der heutige Tag habe nie stattgefunden? Einfach alles aus seinem Gedächtnis streichen? Mit einer solchen Lüge könnte er nicht leben, außerdem kam die Wahrheit irgendwann immer ans Licht.

»Es war doch nicht alles schlecht, was Hitler getan hat«, hörte er seine Mutter wie aus weiter Ferne sagen. »Er hat unser Land, das kurz davor war, sich selbst zu zerstören, wieder vereint und uns allen Hoffnung und neuen Lebensmut gegeben.«

»Mein Gott!« Hans-Peter fuhr zu ihr herum. Er zitterte am ganzen Körper. »Das kannst du doch nicht im Ernst meinen! Hörst du überhaupt, was du da sagst?«

Er packte sie bei den Schultern und war kurz davor, sie zu schütteln. Ein letzter Funken Respekt vor seiner Mutter brachte ihn jedoch zur Besinnung. Mit hängenden Schultern wich er zurück.

Trotzig wie ein kleines Kind erwiderte Hildegard: »Es steht dir nicht zu, darüber zu urteilen, was damals gut, was falsch oder schlecht gewesen war. Du weißt nicht, was es heißt, jeden Morgen mit knurrendem Magen aufzuwachen und nicht zu wissen, ob man an diesem Tag wenigstens einen trockenen Brotkanten bekommen wird. In einer Ruine zu hausen, ohne Heizung und mit einem Dach, durch das der Regen rinnt. Adolf Hitler hat all diese Missstände beseitigt, dafür verlangte er absolute Treue und Gehorsam. Plötzlich ging es uns gut, wir konnten in einer schönen, warmen Wohnung leben, und täglich gab es Fleisch und Wurst auf unseren Tellern. Dafür mussten eben Opfer gebracht werden.«

»Halt den Mund! Halt endlich den Mund, sonst weiß ich nicht, was ich tue!«

Hans-Peter machte auf dem Absatz kehrt und stolperte die Treppe hinunter. An der Haustür stieß er mit Kleinschmidt zusammen. Ohne ein Wort schubste Hans-Peter seinen Stiefvater zur Seite, ignorierte dessen wütenden Ausruf: »Spinnst du, Bürschchen?«, und taumelte in die Nacht hinaus, ungeachtet dessen, dass sich in den Regen vereinzelt Graupel mischten und er barfuß war und keine Jacke trug. Er wollte nur noch weg. Ganz weit weg, wo all das, was er heute erfahren hatte, nicht existierte. Irgendwo außerhalb des Ortes sank er zu Boden, kauerte sich wie ein Embryo auf die von dem Regen durchweichte Erde und starrte mit brennenden Augen in die Dunkelheit.

Das Fieber in Hans-Peter wütete vier Tage. Vier Tage und Nächte, in denen er nur verschwommen wahrnahm, dass Personen kamen und gingen, ihm Wasser eingeflößt und Medikamente in die Venen injiziert wurden. In einem Fiebertraum irrte er durch einen langen, dunklen Korridor. Dessen Decke war so niedrig, dass er das Gefühl hatte, in einem Stollen zu sein und von den Wänden langsam erdrückt zu werden. Auf beiden Seiten des Korridors waren Zellen, und er hörte das Schreien von Menschen hinter den Türen. Martin Hartmann trat in seinen Weg, und seine Finger schlossen sich wie eine Stahlklammer um Hans-Peters Arm.

»Es ist wichtig, diese Menschen zu töten! Sie schaden uns, sie schaden dem deutschen Volk, und Bentham ist als Nächstes dran.«

Hans-Peter schrie und strampelte, versuchte, sich von seinem

Vater zu befreien. Dessen Griff wurde aber immer fester. Hans-Peters Arm schmerzte, als würde er in glühendes Feuer gesteckt. Plötzlich stand Ginny vor ihm, zeigte mit ausgestrecktem Finger auf ihn und sagte: »Du bist der Sohn eines Mörders! Der Sohn des Mörders meines Vaters!«

Ginnys Antlitz entschwand, die Schmerzen ließen nach, nun war Susanne an seiner Seite. Schwach spürte er ihre kühle Hand auf seiner Stirn.

»Ganz ruhig, Hans-Peter, es ist alles in Ordnung.«

Dann wurde es wieder dunkel, und er verlor die Besinnung.

Später erfuhr er, dass nur die sofortige Gabe von starken Antibiotika eine lebensbedrohliche Lungenentzündung verhindert hatte, und auch, dass Susanne jeden Tag an seiner Seite gewesen und ihn zusammen mit seiner Mutter gepflegt hatte. Als das Fieber sank und er wache Momente hatte, in denen er klar denken konnte, saß Hildegard an seinem Bett. Unter ihren Augen lagen dunkle Schatten, und ihre Haut war fahl.

»Mutti …«, flüsterte er, sofort schüttelte ihn ein heftiger Hustenanfall. »Durst.«

Hildegard setzte das Wasserglas an seine Lippen und stützte seinen Oberkörper. Gierig trank er das kühle Nass.

»Du hast das Schlimmste überstanden«, sagte sie leise. »Der Arzt meint, du musst aber noch mindestens eine Woche im Bett bleiben, um wieder richtig gesund zu werden.«

Hans-Peter nickte schwach. Er war unendlich müde und wollte nur schlafen, gleichzeitig fürchtete er sich vor den Träumen.

Zwei Tage später fühlte sich Hans-Peter schon deutlich besser. Der Schmerz in seinem Kopf war erträglich, er konnte wieder fast schmerzfrei atmen, und er hatte Hunger. Hildegard brachte ihm aber nur eine Schale mit Haferschleim und eine Tasse mit frisch aufgebrühtem Huflattichtee.

»Du hast lange nichts gegessen, dein Magen muss sich erst wieder an feste Nahrung gewöhnen.«

Sie hatte den Haferschleim mit Zucker verfeinert, und Hans-Peter aß alles auf. Er bemerkte, wie seine Mutter zögerte, sich dann zu ihm setzte und ihn ernst ansah.

»Weiß Kleinschmidt, was passiert ist?«, fragte er.

»Über ihn möchte ich mit dir sprechen, wenn du dich kräftig genug fühlst.« Hans-Peter nickte, und Hildegard fuhr fort: »Ich habe ihm gesagt, dass du an der Uni mit jemandem in Streit geraten bist. Aus diesem Grund bist du derart aufgeregt nach Hause gekommen. Er hat es nicht hinterfragt, und wir sollten bei dieser Version bleiben.«

»Du willst über alles schweigen?«

»Es ist das Beste«, antwortete Hildegard ernst. »Wem ist damit gedient, wenn Martins Name jetzt, zwanzig Jahre später, durch den Schmutz gezogen wird? Wir könnten alles verlieren. Auch du kannst nicht wollen, dass die Menschen mit Fingern auf uns zeigen, weil sie automatisch uns für Martins Taten mitverantwortlich machen. Und was Wilhelm angeht …« Sie verstummte und seufzte.

»Wenn Hartmann noch am Leben war, als du Kleinschmidt geheiratet hast, dann wäre eure Ehe ungültig.«

Hildegard nickte. »Ich glaube, Tausende von Frauen haben wieder geheiratet, weil ihre Männer verschollen waren oder es bis heute sind. Jetzt die Wahrheit einzugestehen würde eine Lawine ins Rollen bringen, deren wir nicht Herr werden können. Ich bitte dich, Hans-Peter, nein, ich flehe dich an, mein

Junge: Lass die Sache auf sich beruhen! Vergessen wir die Vergangenheit und schauen wir nach vorn. Es ist auch zu deinem eigenen Schutz. Du möchtest Anwalt werden. Ich weiß nicht, wie deine Professoren reagieren, sollten sie erfahren, was dein Vater getan hat.«

Hans-Peter schluckte trocken. Er kam nicht umhin, seiner Mutter zumindest teilweise zuzustimmen. Die Wahrscheinlichkeit, dass Martin Hartmann noch am Leben war, war verschwindend gering. Auch wenn er Wilhelm Kleinschmidt nicht leiden konnte – seine Mutter schien diesen grobschlächtigen Mann zu lieben und führte mit ihm ein ruhiges und sorgloses Leben. Die Wahrheit würde alles zerstören. Obwohl er selbst keine Schuld an den Taten seines Vaters trug, würde der Stempel, der Sohn eines Kriegsverbrechers zu sein, für alle sichtbar und für immer auf seiner Stirn eingebrannt sein.

»Von mir wird niemand etwas erfahren«, flüsterte er heiser und wusste: Diese Sache musste er allein mit sich ausmachen.

Nur, wie er sich Ginny und vor allen Dingen ihrem Vater gegenüber verhalten sollte – darüber konnte er jetzt nicht nachdenken. Sollte er auch ihnen gegenüber schweigen? Sollte er das gemeinsame Leben mit Ginny mit einer Lüge beginnen? Früher oder später würde er unter dieser Last zerbrechen. Wie würde Gregory Bentham reagieren, wenn er erfuhr, wessen Sohn der Mann war, der seine Tochter heiraten wollte? Auch ohne dieses schreckliche Geheimnis würde er als Deutscher um die Akzeptanz von Ginnys Familie ringen müssen. Ihre Freunde und Alicia Earthwell hatten ihn zwar vorurteilslos in ihren Kreis aufgenommen, aber nicht alle würden sich so verhalten.

Nachdem Hans-Peter am Ende der Osterferien wieder vollständig genesen und nach Tübingen zurückgekehrt war, versuchte er mehrmals, Ginny zu schreiben. Suchte nach den richtigen Worten, wollte ihr alles erklären, zerriss aber jeden der angefangenen Briefe. Das war keine Angelegenheit, die man in einem Brief thematisierte. Sein Entschluss stand fest: Er würde vor Gregory Bentham hintreten und ihm die ganze schonungslose Wahrheit sagen. Das war er Ginny schuldig. Hans-Peter zweifelte nicht daran, dass die geliebte Frau zu ihm halten würde. Wenn die Benthams ihn abwiesen, dann mussten er und Ginny eben warten, bis sie mündig war. Vorher konnten sie ohnehin nicht heiraten, da Hans-Peter erst das Studium beenden und eine Arbeit finden wollte.

Mehr als zuvor stürzte er sich auf seine Bücher und verpasste keine Vorlesung. Manchmal war Hans-Peter geneigt, sich Klaus anzuvertrauen. Etwas hinderte ihn jedoch daran. Es schien ihm, als würden die Verbrechen seines Vaters wieder lebendig werden, wenn er außer mit seiner Mutter darüber sprach. Er war froh, in Tübingen sein zu können, weil er damit auch Susanne ausweichen konnte. Er hatte ihr gedankt, dass sie geholfen hatte, ihn zu pflegen, und sie in die Eisdiele am Marktplatz in Kirchheim eingeladen. Sensibel hatte die Freundin gespürt, dass irgendetwas Hans-Peter belastete, und ihn gefragt, ob es mit dem *englischen Mädchen* zusammenhing. Susanne sprach Ginnys Namen niemals aus. Hans-Peter hatte versichert, dass alles in bester Ordnung sei, und das Thema gewechselt. Sie hatten über den Film der Beatles gesprochen, der in einigen Kinos in den deutschen Großstädten gezeigt wurde, leider jedoch nicht in Kirchheim.

»Der deutsche Titel ist aber auch zu dämlich«, sagte Susanne und löffelte genüsslich die Sahne von ihrem Eisbecher.

»Hi-Hi-Hilfe«, sang Hans-Peter leise und grinste. »Das klingt wirklich nicht gerade toll. Die Stadt ist aber trotzdem schrecklich spießig, den Film nicht ins Programm zu nehmen. Ich habe gelesen, irgendein Bischof äußerte sich öffentlich, die heutige Jugend, also wir, würde auf alle Ewigkeiten verdorben, wenn sie nicht aufhörte, diese Hottentottenmusik zu hören, und die meisten Politiker sind der gleichen Meinung. Die scheinen alle vergessen zu haben, dass sie selbst auch einmal jung waren.«

»Nun ja, unsere Eltern hatten eigentlich keine richtige Jugend«, wandte Susanne ein. »Damals herrschte Krieg, und dann kamen die Nachkriegsjahre. Sie wurden ihrer Jugend beraubt, wahrscheinlich haben sie deswegen so wenig Verständnis für uns.«

»Das wird wohl so sein.«

»Hast du inzwischen etwas vom Roten Kreuz wegen deines Vaters gehört?«

»Äh … nein, das heißt, ja.« Hastig zündete Hans-Peter sich eine Zigarette an, um Zeit zu gewinnen. »Er ist tot, gefallen im Kampf um Ostpreußen, so, wie meine Mutter es immer gesagt hat.«

Susanne griff nach seiner Hand. »Das tut mir leid.«

Er lächelte gezwungen. »Ach was, damit hatte ich gerechnet. War eine dumme Idee, Nachforschungen anzustellen.«

In Susannes Augen stand aufrichtiges Mitgefühl. »Jetzt hast du aber endlich Gewissheit, Hans-Peter. Wie hat der Suchdienst es feststellen können?«

Es widerstrebte Hans-Peter, Susanne anzulügen, er hatte aber keine andere Wahl.

»Sie fanden seinen Namen in der Aufstellung der vierten Armee der Infanterie-Division, die im Januar 1945 nach Königsberg geschickt wurde.« Diese Angaben waren frei erfunden. Er hatte keine Ahnung, ob es eine solche Armee jemals gegeben hatte, Susanne würde es aber kaum nachprüfen. »Die Truppe wurde von den Russen eingekesselt, keiner hat überlebt oder geriet in Gefangenschaft.«

Hans-Peter fand, dass er glaubhaft klang, kam sich aber schäbig vor. Sicherlich stünde Susanne auch weiterhin zu ihm, wenn sie die Wahrheit über seinen Vater erfahren würde, er hatte seiner Mutter aber versprochen, niemandem auch nur ein Wort davon zu erzählen. Zumindest nicht, bevor er seine Gedanken sortiert und herausgefunden hatte, wie er mit diesem Wissen umgehen sollte. Susanne war zwar nicht geschwätzig, wie schnell passierte jedoch ein kleiner Versprecher.

Er sah auf seine Armbanduhr und sagte: »Ich muss jetzt los.«

»Besuchst du uns bald wieder?«

Hans-Peter hätte ihr gern gesagt, dass er in zwei oder drei Wochen übers Wochenende nach Großwellingen kommen würde, für heute hatte er aber genug gelogen.

»Wir werden sehen«, erwiderte er daher ausweichend. »Wir können ja hin und wieder telefonieren.«

Obwohl Susanne sich ungezwungen gab, bemerkte er ihre Enttäuschung. Vor der Eisdiele verabschiedeten sie sich mit einer Umarmung, und Hans-Peter schaute nicht zurück, als er auf seinem Mokick in Richtung Tübingen knatterte.

16

Farringdon Abbey, England, April 1966

Ginny hatte regelmäßig über die Rosenzucht und die Gärtnerei ihrer Familie gesprochen. Bei jedem Wort hatte Hans-Peter gespürt, wie sehr sie an ihrem Zuhause hing. Farringdon Abbey hatte sie ihm aber nie genau beschrieben, deshalb stellte er sich einen größeren Bauernhof oder so etwas Ähnliches wie ein altes Gutshaus vor. Nichts hatte ihn jedoch auf das vorbereitet, was sich nun seinen Augen darbot: ein langgestrecktes, dreigeschossiges Gebäude aus gelblichem Stein, flankiert von zwei zinnenbewehrten Türmen, Sprossenfenster mit in Blei gefassten Butzenscheiben, mehrere Erker und auf dem Dach mindestens zwei Dutzend Kamine. Er schluckte, denn Farringdon Abbey war ein Schloss mit einem burgartigen Charakter. Manchmal hatte er im Fernsehen oder in Zeitschriften etwas über alte englische Landsitze gesehen und gelesen, aber immer gedacht, nur Könige, allenfalls Fürsten oder Grafen, lebten heute noch in solchen Schlössern. Es hätte ihn nicht überrascht, wenn die Tür aufgegangen und die Queen höchstpersönlich herausgetreten wäre.

Wie angewurzelt blieb Hans-Peter stehen, das Herz rutschte ihm in die Hose. Sicher, er hatte gewusst, dass Ginnys Familie mütterlicherseits einer Adelslinie entstammte, das Mädchen war aber so bodenständig, dass er dies verdrängt hatte. In Deutschland hatte der Adel alle seine Privilegien verloren, aber hier in England wurden noch Unterschiede gemacht. Auch wenn die

Benthams bereits in der dritten Generation wie ganz normale Bürger einer Arbeit nachgingen, war die Kluft zwischen ihm und Ginny beim Anblick von Farringdon Abbey plötzlich spürbar. Nun war er aber hier und würde sein Vorhaben nicht im letzten Moment aufgeben. Ginny liebte ihn. Nun ja, ob diese Liebe tatsächlich Bestand haben würde, würde der heutige Tag zeigen. Entschlossen straffte er die Schultern und atmete tief durch. Er hatte sich entschieden, Ginnys Eltern die Wahrheit zu sagen, die ganze schonungslose Wahrheit über die Vergangenheit seines Vaters offenzulegen. Dann sollten sie, und vor allen Dingen Ginny, darüber befinden, ob es eine gemeinsame Zukunft geben konnte.

Die Entscheidung, nach England zu reisen, hatte er in einer schlaflosen Nacht getroffen, nachdem er wohl zum tausendsten Mal versucht hatte, Ginny zu schreiben. Die wichtigsten Klausuren waren vorbei, also konnte er sich erlauben, für ein paar Tage die Vorlesungen zu schwänzen. Klaus hatte laut gelacht, als er von Hans-Peters Plänen erfuhr.

»Dich hat's ja mächtig erwischt, wenn du es kaum ein paar Wochen ohne deine Liebste aushalten kannst.« Dann hatte er ihm freundschaftlich auf die Schulter geklopft und ihm eine gute Reise gewünscht. Hans-Peter wollte Ginny überraschen und hatte sie über seine Reise nicht informiert. Erneut war er mit ausgestrecktem Daumen an den Autobahnen gestanden und hatte zwei Tage für die Fahrt bis nach Calais gebraucht. Für die Fährüberfahrt und ein Zimmer in einer kleinen Pension – Bed & Breakfast hieß das hier – musste er all seine Ersparnisse zusammenkratzen. Gleichgültig, mit welchem Ergebnis der heutige Tag enden würde, er würde eine Nacht in der Nähe von Farringdon bleiben, bevor er sich morgen wieder auf den

Heimweg machen konnte. Sollten Ginnys Eltern, ganz besonders Gregory Bentham, ihn akzeptieren, wollte Hans-Peter an der Universität in Southampton vorstellig werden und sich persönlich für das Herbstsemester bewerben.

Der sorgsam geharkte Kies knirschte unter seinen Füßen, als er sich der hohen, wuchtigen Eingangstür aus dunkler Eiche näherte. Zwei, drei Mal griff er nach dem Klingelzug, ohne an diesem zu ziehen. Sein Atem ging schneller, das Blut rauschte ihm in den Ohren. Da öffnete sich die Tür, und er stand einer zierlichen, dunkelhaarigen Frau gegenüber, die ihm nicht einmal bis zur Schulter reichte.

»Sie wünschen?«, fragte sie, nicht weniger überrascht als Hans-Peter.

»Äh ... ich ... ich wollte gerade läuten.«

Sie lächelte, ihre Zähne waren schneeweiß und ebenmäßig, dabei musste sie etwa im Alter seiner Mutter sein.

»Was kann ich für Sie tun?«

Hans-Peter bemerkte den leichten französischen Akzent. Er lächelte entspannt, denn Ginny hatte Michelle Foqué, die Nachfolgerin von Tessa, in einem ihrer Briefe beschrieben.

»Ich möchte gern mit Lord Bentham sprechen«, sagte er.

»Sie meinen bestimmt Mister Gregory Bentham, der Hausherr ist kein Lord«, korrigierte die Haushälterin ihn.

»Äh, ja, dann eben mit Mister Bentham.« Meine Güte, warum machte die Frau es so kompliziert?

»Es tut mir leid, Mister Bentham befindet sich nicht im Haus. Er ist verreist, wir erwarten ihn erst am späten Abend zurück.«

»Ist Ginny da? Ich meine, Lady Gwendolyn?«

Michelle schüttelte den Kopf und erwiderte bedauernd: »Miss Ginny ist ebenfalls abwesend.« Die Enttäuschung stand

Hans-Peter ins Gesicht geschrieben, und Michelle fuhr fort: »Lady Bentham ist jedoch da, ich meine die junge Lady, ebenso Lady Phyliss, Miss Gwendolyns Großmutter. Worum handelt es sich? Es ist Sonntag, und wenn Sie nicht erwartet werden ...«

Den Rest des Satzes ließ sie unausgesprochen, einen Ausdruck von Missbilligung im Blick.

Hans-Peter war sich plötzlich unsicher, ob er Ginnys Mutter an einem Sonntagnachmittag aufsuchen konnte, ohne sich angemeldet zu haben. Er hatte die Dauer seiner Reise aber nicht planen können, und jetzt war er hier und wollte keinen Tag länger als nötig warten. Er wusste, wenn er jetzt ging, würde er morgen vielleicht nicht mehr den Mut haben, zurückzukehren.

Er räusperte sich und sagte entschlossen: »Es handelt sich um eine persönliche Angelegenheit. Wenn Sie mich bitte bei Lady Siobhan Bentham melden würden?« Er fand, dieser Satz klang gut, auf jeden Fall hatte er ähnliche Ausdrucksweisen in englischen Filmen gehört.

Michelle Foqué trat einen Schritt zur Seite und gebot Hans-Peter, ihr zu folgen. Die Eingangshalle hatte eine dunkle Balkendecke und einen offenen Kamin, der so hoch war, dass er problemlos darin hätte stehen können, und Dutzende von Degen und Schwertern hingen an den Wänden. Eine Ritterrüstung in der Ecke machte den Eindruck, in eine vergangene Zeit gereist zu sein, perfekt.

»Warten Sie bitte, ich werde fragen, ob Mylady gewillt ist, Sie zu empfangen. Wen darf ich melden?«

»Hans-Peter, nein, sagen Sie James, einfach nur James.«

Sie neigte leicht den Kopf und ging die Treppe hinauf, deren hölzernes Geländer glänzte, als wäre es gerade frisch poliert worden, und auf dem blauen Teppich zeigte sich kein einziger

Fussel. Nervös knetete Hans-Peter seine Finger, für das aufwendige und kostbare Mobiliar der Halle hatte er keinen Blick. Nach etwa zehn Minuten, die ihm wie eine Ewigkeit vorkamen, kehrte Michelle Foqué zurück und bat ihn, ihr zu folgen. Im ersten Stock öffnete sie eine Tür und ließ ihn an sich vorbei in einen lichtdurchfluteten Raum mit hellen und modernen Möbeln treten.

Aus einem Sessel vor dem Kamin erhob sich eine hochgewachsene, schlanke Frau in weinrotem Rock und einer cremefarbenen Bluse, das rötlich blonde Haar zu einem lockeren Knoten aufgesteckt. Die Ähnlichkeit mit Ginny war unverkennbar.

»James?« Skeptisch sah Siobhan ihm entgegen. »Sie wünschen, mich in einer persönlichen Angelegenheit zu sprechen?«

Unsicher ging Hans-Peter ein paar Schritte auf sie zu. Sollte er Lady Bentham die Hand küssen? In Filmen küssten die Herren den englischen Ladys immer die Hand. Da sie jedoch keine Anstalten machte, ihm ihre Hand zu reichen, begnügte sich Hans-Peter mit einem freundlichen Nicken und entsann sich all der Umgangsformen, über die er im Zusammenhang mit der feinen Gesellschaft gelesen hatte.

»Verzeihen Sie, Mylady, mein richtiger Name lautet Hans-Peter Kleinschmidt. Da dieser in Ihrer Sprache jedoch schwer auszusprechen ist, nennen Sie mich bitte James.«

»Sie sind kein Engländer.« Es war eine Feststellung, keine Frage, und Hans-Peter bestätigte: »Ich komme aus Deutschland.«

Für einen Moment verdüsterte sich Siobhans Blick. Stocksteif blieb sie stehen und bot Hans-Peter keinen Platz an.

»Wenn Sie meinen Mann sprechen möchten, dann muss ich Sie bitten, morgen wiederzukommen.«

»Miss Foqué sagte mir bereits, dass Ihr Gatte nicht im Haus ist. Aus diesem Grund würde ich mich gern mit Ihnen unterhalten, Mylady.«

»Mistress Bentham ist als Anrede ausreichend, wir leben schließlich nicht mehr im viktorianischen Zeitalter.« Zum ersten Mal spielte der Anflug eines Lächelns um ihre Lippen. Diese kleine freundliche Geste machte Hans-Peter Mut.

»Ich komme wegen Ginny.« Seit Tagen hatte er sich die Worte, die er zu Ginnys Eltern sagen wollte, zurechtgelegt und sogar vor dem Spiegel geübt. Doch in diesem Moment schien sein Gedächtnis wie leergefegt zu sein, und er platzte heraus: »Ihre Tochter und ich ... also, ich meine ... wir lieben uns, und ich möchte sie heiraten.«

Engländer sind dafür bekannt, stets die Contenance zu wahren, jetzt jedoch entgleisten Siobhans Gesichtszüge. Sie atmete tief durch, sagte allerdings nichts, zog an einer Kordel neben dem Kamin, und als nur einen Augenblick später Michelle Foqué eintrat, als hätte sie vor der Tür gewartet, bat sie: »Bringen Sie uns bitte Tee, Michelle, und ein wenig Gebäck.« Wieder mit Hans-Peter allein, fuhr sie fort: »Sie sehen mich überrascht, James. Ginny hat Ihren Namen nie erwähnt und noch weniger, dass sie heiraten möchte.«

»Wahrscheinlich, weil ich Ausländer bin«, erwiderte Hans-Peter. »In ihrem letzten Brief schrieb Ginny jedoch, sie hätte mit ihrem Vater, Ihrem Gatten, über mich gesprochen.«

Eine der schmalen, sorgfältig gezupften Augenbrauen Siobhans zuckte nach oben.

»Ginny war schon immer mehr die Tochter meines Mannes als meine«, sagte sie leise. »Aber nehmen Sie doch Platz, James, ich denke, es wird eine längere Unterhaltung zwischen uns werden.«

Allein die Tatsache, dass Siobhan Bentham ihn nicht unverzüglich des Hauses verwies und ihm sogar Tee anbot, weckte in Hans-Peter Hoffnung. Sie warteten, bis Michelle den Tee serviert hatte, und höflicherweise griff Hans-Peter zu den süßen und nach Ingwer schmeckenden Keksen, obwohl sein Magen wie zugeschnürt war.

»Fangen Sie am besten von vorn an«, sagte Siobhan. »Wann und wo haben Sie meine Tochter kennengelernt?«

Von Minute zu Minute ruhiger werdend, erzählte Hans-Peter von ihrer ersten Begegnung, ihrem Briefwechsel und auch, dass sie sich vergangenes Weihnachten in London wiedergesehen und er Ginny dort einen Antrag gemacht hatte.

Daraufhin runzelte Siobhan die Stirn. »Und meine Schwester Alicia hält es mal wieder nicht für notwendig, mir auch nur ein Wort davon zu erzählen.« Sie musterte Hans-Peter von oben bis unten, allerdings nicht abschätzend, sondern interessiert. »Sie sind sich Ihrer Gefühle vollkommen sicher?«

Er nickte, trotz des Tees war seine Kehle staubtrocken.

»Ich weiß, dass meine Nationalität Probleme bereiten wird«, gab er offen zu. »Aus diesem Grund suche ich Sie persönlich auf, um mit Ihnen über alles zu sprechen.«

»Ginny wird Ihnen gesagt haben, dass ihr Vater, mein Ehemann, vor vielen Jahren aus Deutschland nach England gekommen ist«, erwiderte Siobhan, den Kern des Problems sofort begreifend. Siobhan Bentham war ebenso klug wie schön. »Ich vermute, Sie befürchten, wir könnten Vorbehalte gegen Sie haben, da Ihr Volk in nicht allzu ferner Vergangenheit zu unseren Feinden zählte.«

»Es ist mir bekannt, dass Ihr Vater und Ihr Bruder im Krieg umgekommen sind.« Seine Stimme klang belegt. Schnell griff er zur Tasse und trank einen Schluck Tee. »Das allein ist es aber nicht, warum ich mit Ihnen sprechen muss. Ginny erzählte mir ebenfalls, was Ihrem Mann in Deutschland angetan worden ist und wie sehr er gelitten hat.« Siobhan schwieg, Hans-Peter sah jedoch, wie sich ihre Finger im Schoß ineinander verschlangen. »Mein eigener Vater war Nationalsozialist«, sagte er und sah Siobhan offen an. »Es gibt nichts, was ich beschönigen oder gar entschuldigen wollte oder könnte. Ich selbst habe es erst kürzlich erfahren. Meine Mutter erzog mich in dem Glauben, mein Vater wäre als einfacher Soldat gefallen. Das war eine Lüge, denn heute weiß ich, dass er in der Waffen-SS diente.«

»Sie sind überraschend ehrlich, James.« Anerkennung schwang in Siobhans Stimme mit.

Hans-Peter setzte sich kerzengerade hin und straffte die Schultern. »Ich liebe Ginny. Sie ist die Frau, mit der ich mein Leben verbringen möchte, jedoch nicht auf der Basis einer Lüge.«

»Ein Pluspunkt für Sie, junger Mann.« Siobhan musterte ihn kühl, aber nicht unfreundlich. »Wie steht meine Tochter zu der Vergangenheit Ihres Vaters?«

»Sie weiß es noch nicht. Ich wollte zuerst mit Ihnen und Ihrem Mann sprechen.«

»Auch das spricht für Sie.« Siobhan klang aufrichtig. »Wie stellen Sie sich eine Ehe vor? Sie sind sehr jung, und meine Tochter ist noch nicht mündig.«

Siobhans Freundlichkeit gab Hans-Peter Hoffnung. Die Nachricht, wessen Sohn er war, schien sie nicht allzu sehr zu erschüttern oder gar eine hasserfüllte Ablehnung zu wecken. Das machte ihm Mut, von seinen Bemühungen, das Studium der Rechtswissenschaften in England fortzuführen und nebenher für seinen Lebensunterhalt arbeiten zu wollen, zu erzählen.

»Natürlich können wir erst heiraten, wenn ich meinen Abschluss und eine Anstellung habe. Wenn ich jedoch in Southampton lebe, könnten Ginny und ich uns öfter sehen und besser kennenlernen.«

»Ich liebe meine Tochter ebenfalls«, sagte sie leise. »Schon vor langer Zeit habe ich mir geschworen, dass Ginny einmal nur aus Liebe heiraten soll, allerdings dachte ich nicht, dass es schon so bald sein würde. Es ist sehr verantwortungsbewusst von Ihnen, nichts zu überstürzen und sich noch Zeit zu lassen. Da Sie gewillt sind, Ihre Heimat und Ihre Familie aufzugeben, glaube ich Ihnen, dass Sie meiner Tochter aufrichtig zugetan sind.« Sie stand auf, trat zu ihm und legte ihm eine Hand auf seine Schulter. »Ich werde mit meinem Mann sprechen, James. Die Vergangenheit ist sehr schlimm, so viel Leid ist geschehen, und so viele Menschen sind getötet worden. Diejenigen, die überlebt haben, sind für den Rest ihres Lebens gezeichnet. Wann sind Sie geboren worden, James?«

»Im Sommer 1943.«

»Dann haben Sie keine Erinnerung an die letzten Kriegsjahre und auch nicht an Ihren Vater.«

»Das ist richtig«, erwiderte Hans-Peter und erläuterte, wie er in dem Glauben aufwuchs, der Sägemühlenbesitzer wäre sein Vater.

»Wir müssen nach vorn sehen«, fuhr Siobhan fort. »In den Händen von euch jungen Menschen liegt die Zukunft. Ihr habt die Möglichkeit, aus den Fehlern, die eure Eltern und Großeltern begangen haben, zu lernen. Eurer Generation obliegt es, dazu beizutragen, dass so etwas nie wieder geschieht, niemals wieder geschehen darf!« Sie sah Hans-Peter offen an und fuhr fort: »Meinen Segen habt ihr. Sie sind für die Taten, die Ihr Vater begangen hat, nicht verantwortlich. Ich glaube, mein Mann wird meine Meinung teilen. Auch er möchte in erster Linie, dass Ginny glücklich wird.«

»Ich weiß gar nicht, wie ich Ihnen danken soll, Lady Bentham.« Ginnys Mutter war durch und durch eine Dame, eine andere Anrede als Lady wäre in diesem Moment unpassend gewesen.

Sie lächelte ihm aufmunternd zu. »Sobald mein Mann heute Abend heimkehrt, werde ich mit ihm sprechen. Kommen Sie morgen Vormittag wieder. Sagen wir, gegen zehn Uhr? Ich werde Ginny bitten, dass sie mich zum Einkaufen in die Stadt begleitet, denn es ist besser, wenn Sie und mein Mann allein miteinander sprechen.«

»Kann ich Ginny heute noch sehen?«

Siobhan lächelte verständnisvoll, schüttelte aber den Kopf.

»Sie ist bei einer Freundin, um ihr bei den Hochzeitsvorbereitungen zu helfen. Ich glaube, Sie kennen Barbra Wareham? Wie mein Mann wird auch Ginny erst am späten Abend nach Hause kommen. Sie werden sich also bis morgen gedulden müssen, James.«

Siobhan stand auf, das Zeichen, dass ihr Gespräch beendet war. Spontan ergriff Hans-Peter ihre Hand und deutete nun doch einen Kuss an.

Sie schmunzelte. »Manieren haben Sie, das muss man Ihnen lassen, James. Auch wenn allgemein gesagt wird, dass die Deutschen uns Engländern nicht das Wasser reichen können, was gutes Benehmen angeht. Haben Sie eigentlich eine Unterkunft, wo Sie die Nacht verbringen werden?«

»Im Dorf habe ich ein Gasthaus gesehen, als ich aus dem Bus gestiegen bin.«

»Das *Lamb and Flag*.« Siobhan nickte. »Bestellen Sie Miss Myrtle, der Inhaberin, meine besten Grüße. Sie soll Ihnen das schönste Zimmer zu einem vernünftigen Preis geben.«

Ginny saß auf der Fensterbank und schaute, die Arme um die angezogenen Knie geschlungen, in die mondhelle Nacht hinaus. Als es klopfte, rief sie »Komm rein«, und ihr Vater trat ins Zimmer. Er legte eine Hand auf ihre Schulter.

»Ich hatte gerade ein langes Gespräch mit deiner Mutter. Sie hat es erstaunlich gut aufgenommen, dass unsere Tochter einen Deutschen heiraten möchte.«

»Du hast es Mum gesagt?« Ginny sah ihn überrascht an. »Wir hatten doch abgemacht, dass du zuerst mit James sprechen willst.«

»Tja, da ich heute Nachmittag leider nicht im Haus war, kam Siobhan mir eben zuvor.«

Er schmunzelte, Schalk blitzte in seinen Augen. Ginny brauchte ein paar Sekunden, bis sie verstand. Dann jedoch sprang sie von der Fensterbank und rief: »James ist in England? Hier in Farringdon? Und er hat mit Mum gesprochen?«

Gregory nickte. »Er wollte dich überraschen, zuerst aber mit deiner Mutter und mir sprechen. Siobhan ist von ihm recht angetan und meint, er habe sehr gute Manieren und weiß sich gut auszudrücken, obwohl Englisch nicht seine Muttersprache ist. Morgen wird er offiziell bei mir um deine Hand anhalten. Selten, dass junge Leute noch wissen, was sich gehört.«

»Ist das wirklich wahr?«, flüsterte Ginny. Gregory blickte seine Tochter sehr ernst an. »Willst du ihn auch wirklich heiraten? Dein Leben wird sich von Grund auf verändern. Bist du dir deiner Gefühle derart sicher, diesen wichtigen Schritt zu wagen?«

Ginny schlang die Arme um ihren Vater und drückte ihren Kopf an seine Brust.

»Es gibt nichts auf der Welt, was ich mir mehr wünsche, Daddy. Ich werde von Farringdon und von euch auch nicht fortgehen, denn James wird sein Studium in England fortsetzen.«

»Auch das berichtete mir deine Mutter.« Gregorys Hand lag auf ihrem Haar, zärtlich streichelte er sie, wie er es getan hatte, seit Ginny ein Baby gewesen war. Sie hörte ihn leise seufzen. »Dann muss ich mich wohl damit abfinden, dass mein Schwiegersohn kein Rosenzüchter sein wird. Aber einen guten Anwalt in der Familie zu haben ist auch nicht so schlecht.« Sanft schob er Ginny ein Stück von sich weg, legte seine Hände auf ihre Schultern und fuhr fort: »James hat Siobhan allerdings noch etwas erzählt, von dem du bisher keine Ahnung hattest. Er wollte erst mit uns sprechen, bevor du es erfährst.«

Ginny erschrak, denn der Gesichtsausdruck ihres Vaters verdüsterte sich. »Was ist es?«

Gregory seufzte und antwortete: »Ich denke, James wird mir verzeihen, wenn ich dich darauf vorbereite. Es geht um seinen Vater, um seinen *richtigen* Vater, nicht um den Mann, von dem er adoptiert worden ist.«

»James' Vater ist im Krieg gefallen.«

Gregory schüttelte den Kopf und berichtete seiner Tochter, was er von Siobhan erfahren hatte, und endete mit den Worten: »Deswegen ist er gekommen, um uns die Wahrheit zu sagen. Ich zolle ihm Respekt, denn er hätte es auch einfach verschweigen können, und wir hätten es nie erfahren. James möchte eure Beziehung nicht auf einer Lüge aufbauen.«

»Das muss James große Überwindung gekostet haben.« Nachdenklich zog Ginny die Unterlippe zwischen die Zähne und fragte zweifelnd: »Dir und Mum macht das nichts aus? Sein Vater gehörte zu den Menschen, die dich gequält und beinahe getötet haben.«

»Es ist alles gut, mein Mädchen!« Gregory legte einen Finger auf ihre Lippen und lächelte. »Er ist für die Verbrechen seines Vaters nicht verantwortlich, und wir müssen lernen, zu verzeihen. Ich gebe zu, im ersten Moment war es ein Schock, es wäre aber wenig christlich, James für etwas büßen zu lassen, an dem er keine Schuld trägt.«

»Und Grandma?«

»Sie wird sich damit abfinden, außerdem wickelst du deine Großmutter ohnehin um den kleinen Finger.« Nun lächelte Gregory wieder unbeschwert. »Deine Mutter berichtete mir, der junge Mann habe mächtig Angst vor unserem morgigen Gespräch. Vielleicht sollte ihm jemand sagen, dass dafür kein Grund besteht und er in unserer Familie herzlich willkommen ist.« Fragend sah Ginny ihn an, und er zwinkerte ihr zu. »Ich glaube, er wollte die Nacht im *Lamb and Flag* verbringen.«

»Du meinst …?«

Gregory gab ihr einen sanften Schubs.

»Na los, geh schon und sag ihm, dass ich ihm weder den Kopf abreißen noch ihn zum zweiten Frühstück verspeisen werde. Ich möchte morgen nicht einem schlotternden Jüngling gegenüberstehen, der vor Aufregung kein Wort herausbringt. Allerdings muss er sich darauf gefasst machen, dass ich ihn auf Herz und Nieren prüfen werde.«

»Ach, Daddy, diese Prüfung besteht James mit links.« Ginny schmiegte sich wieder in seine Arme. »Du bist der aller-allerbeste Daddy auf der ganzen Welt.«

»Das will ich doch sehr hoffen!«

Hans-Peter trank sein Pint aus und stand auf. Es war Zeit, zu Bett zu gehen, auch wenn er in dieser Nacht ohnehin kein Auge zutun würde. Zu viele Empfindungen tobten in ihm. Angst, gepaart mit gespannter Erwartung, morgen Ginnys Vater gegenüberzustehen, aber auch Vorfreude, die geliebte Frau in wenigen Stunden wieder in die Arme schließen zu können. Von dem Gespräch mit Gregory Bentham hing sein Leben ab, auch wenn Ginnys Mutter ihn freundlich empfangen und versprochen hatte, positiv auf ihren Mann einzuwirken. Er wollte, nein, er *musste* von Gregory Bentham akzeptiert werden. Obwohl Ginny im nächsten Jahr volljährig wurde und ihr dann niemand mehr vorschreiben konnte, wen sie heiraten durfte oder wen nicht, würde ein Bruch zwischen ihr und ihrem Vater immer einen Schatten auf ihre Beziehung werfen.

Als Hans-Peter den Schankraum durchquerte, um in sein Zimmer hinaufzugehen, glaubte er, seinen Augen nicht zu trauen, als sich die Tür öffnete. »Ginny!«

»Hallo, James, ich hoffte, dass du noch wach bist.« Sie fassten sich an den Händen und sahen sich an. »Mein Vater sagte mir, dass du hier bist.«

»Dein Vater?«

»Komm, lass uns nach draußen gehen«, bat Ginny mit Blick auf die Gäste. »Es muss ja nicht jeder unser Gespräch mitbekommen.«

Vor der Tür, wo niemand sie sehen konnte, fielen sie sich in die Arme, küssten sich lange und leidenschaftlich, dann schlenderten sie Hand in Hand durch die mondhelle Nacht. Ginny erzählte von der Unterredung mit ihrem Vater und dass er gemeint hatte, sie solle zu ihm gehen und ihm sagen, dass er keine Einwände gegen ihn als Schwiegersohn hätte.

»Du brauchst also keine Angst zu haben, von Bluthunden vom Grundstück gejagt zu werden.«

»Ihr habt Bluthunde?«

Sie knuffte ihn liebevoll in die Seite. »Das war ein Scherz, du dummer Junge.«

Als die letzten Häuser des Dorfes hinter ihnen lagen, nahm Hans-Peter sie erneut in seine Arme und küsste sie zärtlich. Nach einer Weile sagte Ginny atemlos: »Komm mit!«, und er folgte ihr.

Im Mondlicht tauchten die Umrisse von Farringdon Abbey auf. Sie führte ihn am Haus vorbei in die Gärten und öffnete die Tür eines Gewächshauses. Warme, feuchte Luft und ein betörender Duft schlug ihnen entgegen.

»Das sind also die berühmten Winterrosen«, sagte Hans-Peter. In dem schwachen Licht sah er sich suchend um und erkannte an beiden Seiten und in der Mitte lange Tische mit knospenden, zum Teil schon blühenden Rosen.

»In den nächsten zwei, drei Wochen pflanzen wir sie wieder draußen ein«, erklärte Ginny. »Ich glaube, Frost ist nicht mehr zu befürchten.«

»Das ist bestimmt viel Arbeit.«

Sie drückte sich an ihn und flüsterte: »Du bist doch nicht hergekommen, um über meine Arbeit zu reden, oder?«

Sanft küsste sie Hans-Peter auf den Hals und presste sich gegen ihn. Das Blut rauschte ihm in den Ohren, und sein Körper reagierte. Er versuchte, sich zurückzuziehen, Ginny hielt ihn aber fest umklammert. Ihre Finger öffneten die Knöpfe an seinem Hemd.

»Ginny, mein Gott, Ginny«, stöhnte er vor Verlangen. »Bist du wirklich sicher?«

Sie sah ihm in die Augen, das Mondlicht spiegelte sich in ihren Pupillen.

»Nie zuvor war ich mir einer Sache so sicher.«

Die Säcke mit der Blumenerde waren warm und weich, Ginnys Haut fest und zart, ihre Lippen fordernd. Und über allem lag der alle Sinne betörende Duft der Winterrosen.

17

Nie hatte die Sonne heller geschienen, nie die Vögel harmonischer gezwitschert, und nie war Hans-Peter ein Morgen verheißungsvoller erschienen. Die zärtlichen Stunden mit Ginny klangen in ihm nach, immer noch hatte er den Duft der Rosen in der Nase. Nicht nur ihre Seelen waren eins, auch ihre Körper hatten sich so selbstverständlich gefunden, als hätten sie nur darauf gewartet, endlich vereint zu werden. Bei dem Gedanken, in naher Zukunft jeden Tag mit Ginny zusammen zu Bett zu gehen und jeden Morgen neben ihr aufzuwachen, durchströmte Hans-Peter ein so starkes Glücksgefühl, dass er glaubte, sein Brustkorb würde bersten. Bis er ihr begegnet war, hatte er nicht an Liebe auf den ersten Blick geglaubt, hatte für dementsprechende Romane und Filme nichts übriggehabt, überhaupt waren romantische Gefühle Hans-Peter bisher fremd gewesen. Wie sehr hatte sich sein Leben in den vergangenen Monaten verändert. Wie sehr hatte *er* sich verändert.

Er wusch sich, zog sich an und kämmte sorgfältig seine Haare. Würde Gregory Bentham sich an seinen langen Haaren stören, wie es Kleinschmidt tat? Würde er von seinem Äußeren Rückschlüsse auf seinen Charakter ziehen? Ginnys Mutter hatte kein Wort über seine Frisur und die Bluejeans verloren. Obwohl Ginny ihm gesagt hatte, er brauchte sich keine Sorgen zu machen, wurde das mulmige Gefühl in seinem Magen minütlich stärker. Es war immerhin das erste Mal, dass er vor einen

Mann hintreten und um die Hand der Tochter bitten würde – ein schwieriger Schritt.

Miss Myrtle werkelte bereits in der Küche herum, als Hans-Peter die Treppe herunterkam. Es roch nach Speck und Eiern, und trotz seiner Aufregung lief ihm das Wasser im Mund zusammen, allerdings befürchtete er, nicht einen einzigen Bissen hinunterzubekommen.

»Guten Morgen«, begrüßte Miss Myrtle ihn freundlich. »Du bist aber früh aufgestanden, dabei bist du erst spät ins Bett gegangen.«

Verlegen lächelte Hans-Peter. »Hoffentlich habe ich Sie nicht gestört, Miss Myrtle.«

»Aber nicht doch, ich war ohnehin noch wach. Setz dich, Junge, ich mach dir gleich das Frühstück.«

Spontan umarmte Hans-Peter die Frau.

»Sie sind die Beste! Und ich bin so glücklich! Ich glaube, in meinem ganzen Leben war ich noch nie glücklicher.«

»Dann steckt eine Frau dahinter«, erwiderte Miss Myrtle trocken und stellte den Wasserkessel auf den eisernen Ring des altmodischen Herdes, dessen Feuer die Küche in eine warme Oase verwandelte.

»Ich werde heute ihren Vater fragen, ob wir heiraten dürfen«, platzte Hans-Peter heraus.

»Ich vermute, das Mädchen ist aus der Gegend?«

»Ginny ... Gwendolyn Bentham«, antwortete Hans-Peter.

Die Pensionswirtin lächelte verständnisvoll.

»Ein hübsches und liebes Mädchen, in der Tat. Die Benthams und ihre Rosenzucht sind uns allen wohlbekannt, und Mister Gregory ist ein sehr netter Mann. Ich wünsche dir viel Glück.«

Wider Erwarten verspeiste Hans-Peter mit gutem Appetit

das üppige Frühstück und trank drei Tassen Tee. Er war zwar immer noch nervös, aber nicht länger ängstlich. Letzte Nacht hatte Ginny ihm gesagt, sie würden für immer zusammenbleiben – komme, was wolle.

»Sollten meine Eltern doch noch Einwände erheben, dann komme ich eben nach Deutschland«, hatte Ginny erklärt.

Hans-Peter zweifelte nicht an ihrem Entschluss, es wäre ihm aber bedeutend lieber, wenn Ginnys Familie ihren Segen zu ihrer Verbindung geben würde.

Nach dem Frühstück kontrollierte Hans-Peter noch einmal sein Aussehen, putzte sich sorgfältig die Zähne und zupfte nicht vorhandene Fussel von seiner Jacke. Er wollte, nein, er *musste* den bestmöglichen Eindruck auf Gregory Bentham machen. Es schien, als hinge sein Leben von der kommenden Stunde ab.

Heute wurde er bereits erwartet.

»Mister Bentham ist in seinem Arbeitszimmer«, sagte die französische Haushälterin. »Bitte folgen Sie mir.«

Zum zweiten Mal stieg Hans-Peter die prachtvolle Treppe mit dem polierten Geländer hinauf. Er hatte den Eindruck, als blickten die Ahnen der Benthams aus ihren gerahmten Porträts direkt auf ihn herab und musterten ihn abschätzend. Seine Handflächen wurden feucht, und an den Füßen schien er Bleigewichte zu tragen.

Michelle Foqué öffnete die Tür am Ende des Korridors.

»Mister Bentham, der junge Mann ist jetzt da.«

»Danke, schicken Sie ihn herein.«

Hans-Peter holte tief Luft, schluckte und betrat das Zimmer. Hinter ihm schloss die Haushälterin die Tür. In einem kleinen

Erker stand Gregory Bentham. Hans-Peter konnte nur seine Silhouette erkennen, da das Sonnenlicht durch die Scheiben fiel und ihn blendete.

»Sie sind also der junge Mann, der mir meine Tochter entführen will?«

Gregory Benthams Stimme war tief und ein wenig rauh. Hätte Hans-Peter nicht gewusst, einen Landsmann vor sich zu haben, hätte er ihn für einen Engländer gehalten, denn Bentham sprach akzentfrei Englisch.

»Ich danke Ihnen, dass Sie mich empfangen«, erwiderte Hans-Peter und überlegte, ob er es wagen konnte, Deutsch mit Ginnys Vater zu sprechen. In seiner Muttersprache würde er seine Gefühle besser ausdrücken können, allerdings wusste er nicht, ob Gregory Bentham an seine Vergangenheit erinnert werden wollte.

»Tja, gegen die Liebe kann man nichts machen, und meine Tochter hat sich offensichtlich in den Kopf gesetzt, nur mit Ihnen glücklich zu werden, James. Dagegen ist man als Vater ziemlich machtlos.« Bentham lachte leise und trat aus dem Sonnenlicht, drehte Hans-Peter aber den Rücken zu, als er zum Sideboard ging. »Ich denke, wir genehmigen uns einen Schluck, dabei spricht es sich leichter. Bevorzugen Sie Whisky oder Brandy?«

Hans-Peter, der bisher weder das eine noch das andere getrunken hatte, krächzte heiser: »Brandy, bitte.«

Er hörte, wie der Alkohol in die Gläser floss, sah, wie Bentham die Gläser in die Hand nahm, sich umdrehte und ihm den Drink reichte. Hans-Peter nahm das Glas entgegen, und Bentham prostete ihm zu.

»Meine Frau hat recht: Sie sehen gut aus«, sagte er wohlwollend. »Kein Wunder, dass Ginny Sie nicht mehr gehen lassen will.«

Hans-Peter hob den Kopf und blickte Bentham ins Gesicht. Das Glas entglitt seinen Händen und zerschellte auf dem Parkett.

»Hoppla, bin ich so einschüchternd?« Ginnys Vater schaute auf das zerbrochene Glas und lachte. »Kein Grund zur Sorge, junger Mann, ich habe nicht vor, Ihnen den Kopf abzureißen. Ich möchte lediglich mehr über den Mann wissen, dem ich meine Tochter anvertrauen soll.«

Als hätte ihn eine riesige Welle getroffen, schwankte der Boden unter Hans-Peters Füßen, und sein Blut gefror zu Eis. Er bewegte seine Lippen, kein Laut kam jedoch aus seinem Mund.

»Junge ... James ... was ist denn los? Sie sehen aus, als wären Sie einem Gespenst begegnet.«

»Hartmann! Martin Hartmann!«

Der Name drang wie aus weiter Ferne an Hans-Peters Ohren. Er wusste nicht, ob er ihn wirklich laut gesagt hatte. Doch da alle Farbe aus Benthams Wangen wich, musste er den Namen tatsächlich ausgesprochen haben.

Ginnys Vater trat einen Schritt zurück und presste heiser hervor: »Was haben Sie gerade gesagt?«

»Sie sind nicht Gregory Bentham!«, schrie Hans-Peter, nun auf Deutsch, denn er hatte keine Kontrolle mehr über seine Gedanken und über seine Stimme. »Sie sind Martin Hartmann! SS-Hauptsturmführer Hartmann, ein Nazi und ein Mörder!«

»Wie kannst du es wagen!«, rief Bentham, nun ebenfalls auf Deutsch.

Hans-Peter atmete schwer, seine Gefühle wirbelten wild durcheinander, er war kaum fähig, einen klaren Gedanken zu fassen. Nur eines konnte er in diesem Moment nicht: den Mann, der in einem winzigen Augenblick unwiderruflich sein Leben zerstört hatte, als seinen eigenen Vater akzeptieren.

»Bis heute werden Sie gesucht! Bis heute stehen Sie auf der Liste der Kriegsverbrecher ganz oben. Von wegen Widerstandskämpfer und Opfer des Nationalsozialismus! Ihr ganzes Leben ist eine einzige Lüge.«

Bentham näherte sich ihm. »Was willst du? Mich erpressen?« Durch den Nebel, der ihn umgab, registrierte Hans-Peter trotzdem, dass Bentham keinen Versuch machte, zu leugnen. Hastig sprach Bentham weiter: »Seit wann weißt du es? Hast du dich deswegen an Ginny herangemacht? Wie viel willst du?«

Wie in Trance verfolgte Hans-Peter, wie Bentham in die Innentasche seines Jacketts griff, ein Scheckheft herausnahm und mit einem Kugelschreiber etwas auf das Papier kritzelte. Dann packte er Hans-Peters Hand, drückte ihm den Scheck hinein und schloss seine Finger darum. Wie eine bewegungslose Puppe ließ Hans-Peter es geschehen. War er vorhin zu Eis erstarrt, schien nun eine Woge Feuer über ihn hinwegzurollen und ihn verschlingen zu wollen. Er drehte sich um und flüchtete aus dem Zimmer.

Michelle Foqué, die direkt hinter der Tür gestanden hatte, bemerkte er nicht. Auch hörte er nicht, dass sie rief: »Warten Sie! Ich muss unbedingt mit Ihnen sprechen!«

Er wollte nur noch weg. Ganz schnell fort von hier. Die Treppe hinunter, durch die Halle, hinaus aus diesem Haus, so schnell und so weit weg wie irgendwie möglich.

Der Schock, unerwartet Martin Hartmann gegenüberzustehen, war jedoch nichts, verglichen mit dem, was unablässig in seinem Kopf pochte und seine Schädeldecke zu sprengen schien: Ich habe mit meiner Schwester geschlafen! Ich habe mit meiner Schwester geschlafen! Ich habe mit meiner eigenen Schwester geschlafen!

Ginny durfte es nie erfahren!

Niemals!

Hans-Peter war bereits am Tor am Ende der Auffahrt, als er sie seinen Namen rufen hörte. Er beschleunigte seine Schritte, rannte los, aber Ginny holte ihn an der Kreuzung zur Hauptstraße ein.

»James! So warte doch!« Atemlos stand sie vor ihm, die Wangen vom schnellen Laufen gerötet. »Was ist denn los, James? Wo willst du hin? Was hat mein Vater gesagt? Habt ihr euch gestritten? Gestern Abend sagte er doch, er gibt uns seine Zustimmung.« Verständnislos starrte sie ihn an.

Er ist ihr Vater, hämmerte es in Hans-Peters Kopf. Er ist ihr und mein Vater! Unwillkürlich hob er die Hand, als Ginny ihn umarmen wollte, und stieß sie von sich.

»Was machst du hier?«, fragte er, ohne sie anzusehen. »Deine Mutter sagte, ihr wolltet in die Stadt fahren.«

»Ich habe es nicht länger ausgehalten und bin gerade mit dem Bus zurückgekommen. Aber was spielt das jetzt für eine Rolle? Was ist denn geschehen? Was ist los mit dir?«

»Lass mich gehen, Ginny.«

Sie schüttelte den Kopf und griff nach seinem Arm.

»Was hast du in deiner Hand?«

Wie ferngesteuert öffneten sich seine Finger, der Scheck fiel zu Boden. Ginny hob ihn auf.

»Fünftausend Pfund!«, flüsterte sie. »Warum gibt dir mein Vater so viel Geld?«

Es waren nicht seine Lippen, es war nicht seine Zunge, die

die Worte formten: »Damit ich dich in Ruhe lasse. Dein Vater ist sehr großzügig, das hätte ich nicht erwartet.«

Ungläubig starrte sie ihn an. »Was sagst du da? Was ist zwischen meinem Vater und dir geschehen, so rede doch endlich!«

»Es war ein Irrtum«, hörte er sich wie aus weiter Ferne sagen und dachte: Du musst das jetzt durchziehen, niemals darf sie die Wahrheit erfahren! »Wir hatten unseren Spaß, *ich* hatte meinen Spaß, und dass so ein hübsches Sümmchen dabei herausspringt, ist das Sahnehäubchen bei der Sache. Das mit uns hatte von Anfang an keine Zukunft. Ich bin Deutscher, durch und durch Deutscher, und ich werde meine Heimat niemals verlassen.«

»Dann … dann … ich komme mit dir …«

»Es hat keinen Sinn, Ginny!« Seine Stimme klang scharf, sein Blick war kalt. Er wusste nicht, woher er diese Kraft nahm, aber er hatte keine andere Wahl. »Es ist vorbei. Lass mich in Ruhe, schreib mir niemals wieder und versuche auch nicht, mich anzurufen. Ich habe bekommen, was ich wollte.«

Eine Ahnung beschlich Ginny, und sie flüsterte: »Das gestern Nacht … Du meinst, du wolltest nur mit mir schlafen? Alles in den letzten Monaten war eine einzige Lüge? Dafür hast du extra die weite Reise gemacht? Deine Worte an Weihnachten, als du sagtest, du würdest niemals Geld von meinen Eltern annehmen, deine Bemühungen um einen Studienplatz hier in England. James, das war doch nicht alles nur Theater! Du bist nicht wie die anderen. Du doch nicht, James!«

Ruhig nahm Hans-Peter den Scheck wieder aus ihrer Hand und steckte ihn in seine Hosentasche. Seine Mundwinkel verzogen sich zu einem Grinsen.

»Adieu, Ginny, ich bin sicher, du wirst bald jemanden finden, der dich heiratet. Norman, zum Beispiel.«

»Ich liebe aber nicht Norman, sondern dich! Bitte, James ...«
»Hör auf zu jammern und zu betteln, Ginny. Das ist deiner nicht würdig.«

Jedes Wort bohrte sich wie ein spitzes Messer in sein Herz, und er glaubte, den Schmerz keinen Augenblick länger ertragen zu können. Ginny klammerte sich an seinen Arm, Tränen liefen ihr über die Wangen.

»James, tu das nicht ... bitte!«

»Es ist vorbei!«, wiederholte er, schüttelte sie wie ein lästiges Insekt ab, drehte sich um und ging davon, ohne einen Blick zurückzuwerfen. Er konnte seine Selbstbeherrschung nicht länger aufrechterhalten, wusste, wenn er noch einmal in Ginnys Augen sah, würde die Wahrheit aus ihm herausplatzen. Und damit würde er auch ihr Leben zerstören.

Als er um die Ecke gebogen war und meterhohe Hecken ihn verbargen, nahm er den Scheck aus der Hosentasche, zerriss ihn in winzige Schnipsel und warf sie in die Luft. Der Wind trug die Fetzen in alle Richtungen davon.

»Ich habe es gewusst, ich habe es seit Monaten gewusst!«

Gregory Bentham fuhr herum. In der Tür stand Michelle Foqué, in den Augen einen fanatischen Glanz, auf den Lippen ein triumphierendes Lächeln. Langsam näherte sie sich ihm, bis Gregory den leichten Duft ihres Parfums riechen konnte.

»Martin Hartmann ist also Ihr Name.« Das H verschluckte sie. »Wer immer dieser junge Mann ist – er hat Sie gefunden und den Beweis geliefert, nach dem ich so lange gesucht habe.«

Gregorys Finger umklammerten sein Glas. Unwillkürlich wich er vor Michelle zurück, bis er den Rand des Schreibtisches in seinem Rücken spürte.

»Sie haben gelauscht ...«

Michelle nickte, ein zufriedenes Lächeln umspielte ihre Lippen.

»Sparen Sie sich den Hinweis, dass sich das nicht gehört, Mister Bentham, vielmehr Herr Hartmann. Zufällig ging ich an der Tür vorbei und hörte Glas splittern. Ich wollte fragen, ob Sie Hilfe benötigen, als ich den jungen Mann deutsch sprechen hörte. Es ist lange her, dass ich die Sprache der Feinde gehört und sie auch selbst gesprochen habe. Nicht gut, natürlich, außerdem hasste ich den deutschen Klang. Meine Erinnerung war jedoch ausreichend, das Wesentliche zu verstehen.«

Gregorys freie Hand fuhr zu seinem Kragen, das Hemd schien ihm die Luft abzudrücken.

»Was wollen Sie?«, fragte er wie gerade eben noch Hans-Peter. »Geld? Wie viel?«

»Geld?« Sie lachte höhnisch. »Ich will kein Geld. Ich will Gerechtigkeit und Sie hängen sehen.«

»Ich habe keine Ahnung, wovon Sie sprechen«, beharrte Gregory. »Das ist alles eine Verwechselung. Sie und dieser Junge irren sich.«

Michelle sagte leise, aber entschieden: »Es ist keine Verwechslung, und Sie wissen das. Natürlich können Sie sich nicht mehr an mich erinnern, daher werde ich Ihrem Gedächtnis auf die Sprünge helfen: Ein kleines Dorf in Nordfrankreich, nur wenige Kilometer vor der Grenze nach Belgien. Ein Sommertag, in dem die Luft vor Hitze flirrte. Dann kam der Schrecken. Der Schrecken in Form von schwarzen Uniformen, schweren Stiefeln und Hakenkreuzbinden. Wir hatten nicht viel, mein Henri und ich. Einen kleinen Hof, vier Kühe, ein paar Schweine und Hühner und ein Feld, auf dem wir Obst und Gemüse zogen. Wir hatten aber uns, unsere Liebe und unseren kleinen Jacques. Wir waren zufrieden, und an manchen Tagen schien der Krieg weit entfernt zu sein. Doch dann brach die Hölle los. Alle wurden auf dem Marktplatz zusammengetrieben, auch mein Henri. Sie, Hartmann, Sie höchstpersönlich setzten den Lauf Ihrer Pistole an seinen Kopf. Ich warf mich zu Ihren Füßen in den Staub, bettelte und flehte um das Leben meines Mannes. Sie lachten, gaben mir einen Fußtritt, mit dem Sie mir drei Rippen brachen, dann drückten Sie ab und erschossen meinen Henri, der nichts getan hatte. Knallten ihn ab wie einen räudigen Hund, und dabei haben Sie gelächelt. An diesem Tag starben über hundert Menschen, darunter zahlreiche unschuldige Kinder. Mein Jacques war im Haus, ihn haben Sie nicht gefunden. Danach ließen Sie das Dorf mit Granaten beschießen, bis nichts mehr davon übrig war. Drei Wochen später starb mein kleiner Jacques. Er verhungerte einfach. Er war noch keine fünf Monate alt. Ihr Gesicht hat sich wie unwiderruflich in mein Gedächtnis eingebrannt. Ich schwor Rache! Rache für den Tod meines Mannes und meines Kindes, Rache für alle Opfer von euch Mördern. Ich kannte weder Ihren Namen, noch wusste ich, wo ich Sie finden könnte. Solange der Krieg andauerte und Frankreich von euch Schweinen besetzt war, konnte ich nichts ausrichten. Doch ich gab nicht auf. Manchmal dachte ich, es hätte Sie erwischt, ich spürte aber, dass Sie noch am Leben sind, und wusste, ich selbst muss Vergeltung üben. Es hat so viele Jahre gedauert, aber jetzt ist der Tag der Abrechnung endlich gekommen. Das Spiel ist aus, Martin Hartmann!«

Gregory hatte sie sprechen lassen und konnte nicht verhindern, dass seine Hände zitterten.

»Sie haben keine Beweise …«, wiederholte er, wurde von Michelle aber mit einem bitteren Lachen unterbrochen.

»Sie fragen nicht, wie ich Sie gefunden habe? Warum ich ausgerechnet nach Farringdon gekommen bin?«

»Ich nehme an, Sie werden es mir gleich sagen«, antwortete Gregory, bemüht, unbefangen zu klingen.

»Nach dem Krieg ging ich nach England«, erklärte Michelle. »Ich konnte nicht länger in dem Land bleiben, in dem mir alles genommen worden war. Ich arbeitete in verschiedenen Haushalten und erlernte die Sprache. Im Dezember, als ich bei einem Arzt wartete, blätterte ich in einer Zeitschrift. Es war Zufall, dass ich ausgerechnet zu diesem Blatt gegriffen habe. Es hätte auch irgendein anderes Magazin sein können, in dem nichts von der berühmten Rosenzucht und von Farringdon Abbey stand.«

»Das Foto!« Gregory stöhnte und griff sich an die Stirn. »Dieses gottverdammte Foto!«

»Zuerst glaubte ich, meinen Augen nicht trauen zu können«, fuhr Michelle ungerührt fort. »So lange Zeit habe ich Ihr Gesicht in meinem Gedächtnis verwahrt, und nun lag es endlich vor mir. Sie waren älter geworden, natürlich, trotzdem erkannte ich in dem erfolgreichen Rosenzüchter Gregory Bentham sofort den Mörder meines Mannes und meines Kindes. Natürlich wandte ich mich umgehend an die zuständigen Behörden. Man zweifelte meine Behauptung zwar an, versprach aber trotzdem, Sie zu überprüfen. Dann wurde mir gesagt, der Lebenslauf von Gregory Bentham wäre nicht nur lückenlos, sondern er wäre sogar selbst ein Opfer der Nationalsozialisten. Ich müsse mich irren, es bestünde nur eine vage Ähnlichkeit. Ich wusste aber, dass ich mich nicht irrte. Also kam ich nach Hampshire, um in Ihrer Nähe zu sein und auf den richtigen Moment zu warten.«

»Was für ein glücklicher Zufall, dass unsere Haushälterin starb und Sie deren Stelle einnehmen konnten«, sagte Gregory sarkastisch.

»In der Tat, es war Zufall, dass Ihre Hausangestellte an diesem Abend einen Spaziergang machte. Ich sah sie zum Fluss hinuntergehen ...«

»Sie waren am Weihnachtsabend auf Farringdon?«, fiel Bentham ihr ins Wort.

Michelle nickte. »Seit dem schrecklichen Morden in meinem Dorf vergeht kein Tag, an dem ich nicht an meinen Mann und meinen Sohn denke. An Weihnachten ist es besonders schlimm. Das Fest der Liebe, ha!« Sie lachte hart. »An diesem Abend hielt ich es in meinem kleinen Zimmer nicht länger aus. Immer wieder stellte ich mir vor, wie mein kleiner Jacques vergnügt und mit vor Glück strahlenden Augen unter dem Weihnachtsbaum sitzen und seine Geschenke auspacken würde. In meiner Erinnerung ist Jacques immer der kleine Junge geblieben. Etwas zog mich nach Farringdon, beinahe wie eine magische Kraft. Als ich Tessa das Haus verlassen sah, folgte ich ihr, wollte mit ihr sprechen, vielleicht ihr sogar die Wahrheit offenbaren. Gerade, als ich sie rufen wollte, griff sich die Frau an die Brust, stöhnte laut und taumelte. Der Weg und die Böschung waren vereist, es ging blitzschnell ...« Michelle stockte, wischte sich fahrig über die Stirn und sprach dann leise weiter: »Mit dem Gesicht im Wasser lag sie im Fluss. Ich stand am Rand der Böschung, sah, dass sie sich nicht mehr bewegte, und dann ...«

»Sind Sie einfach abgehauen!«, rief Bentham ungläubig. »Sie hätten Tessa aus dem Wasser bergen und Hilfe holen können. Stattdessen haben Sie zugesehen, wie eine unschuldige Frau ertrank.«

»Wahrscheinlich war sie bereits tot, als sie stürzte. Alles sah nach einem Herzinfarkt aus.«

Scharf zog Gregory die Luft ein. »Wie können Sie das mit Gewissheit sagen?«, fragte er fassungslos.

»Ich hatte keine Gewissheit, aber es war meine Chance, Hartmann.« Michelle sah ihm in die Augen, als sie entschlossen fortfuhr: »Im Bruchteil einer Sekunde erkannte ich, welche Gelegenheit mir geboten wurde, wenn Tessa nicht mehr am Leben ist.«

»Das war grausam und kaltblütig«, sagte Bentham verächtlich.

»Ein solches Handeln dürfte Ihnen, Hartmann, bestens bekannt sein«, erwiderte Michelle emotionslos. »Nur, dass durch Ihr Zutun nicht ein Mensch, sondern Hunderte, wenn nicht gar Tausende Menschen gestorben sind. Ich wusste, dass ich die Stellung in diesem Haus bekommen würde, wenn diese vakant wäre. Seitdem suchte ich unablässig nach einem Beweis für Ihre wahre Identität, hatte jedoch keinen Erfolg – bis dieser junge Mann kam.«

»Das ist kein Beweis ...«, unterbrach Gregory sie, Michelle schnitt ihm die Worte jedoch mit einer Handbewegung ab.

»Er kennt Ihren richtigen Namen, und ich kenne ihn jetzt auch, das ist ein Fortschritt. Die Behörden werden neue Ermittlungen aufnehmen müssen, dieses Mal werden sie gründlicher vorgehen, da es zwei Zeugen gibt. Gemeinsam werden wir Sie anzeigen und dafür sorgen, dass Sie für alles büßen müssen.«

»Niemand wird Ihnen glauben. Man wird annehmen, Sie wären verrückt geworden.« Gregory fand seine Fassung wieder und baute sich drohend vor ihr auf. »Sie haben soeben gestanden, Tessa nicht geholfen zu haben. Es gibt ein Gesetz zur Bestrafung von unterlassener Hilfeleistung. Dafür wandern Sie ins Gefängnis, Michelle Foqué!«

Das Glitzern in ihren dunkelbraunen Augen sagte ihm, dass er die Frau nicht unterschätzen durfte.

»Wem wird man glauben?«, fragte sie ruhig. »Einem Nazi und Massenmörder oder einer unbescholtenen Frau? Man wird annehmen, Sie erfinden diese Geschichte, um Ihre eigene Haut zu retten.«

Michelle drehte sich um und ging zur Tür. Gregorys Füße schienen am Boden festgewachsen zu sein.

»Was haben Sie vor?«

Über die Schulter sah sie zurück.

»Zunächst werde ich diesem jungen Mann nachlaufen und ihm alles erzählen. Das Weitere können Sie sich wohl denken. Letztendlich kann niemand seiner Vergangenheit entfliehen.«

Sie hatte die Hand bereits am Türknauf, als sich Bentham aus der Erstarrung löste. Mit drei, vier großen Schritten war er hinter ihr. Als sich seine Hände um ihren Hals legten, dachte er: Wie weiß und schlank er ist!

Es dauerte nur eine Sekunde, bis Michelle Foqués Halswirbel mit einem knirschenden Geräusch brachen. Ihr lebloser Körper sackte in seine Arme. Mühelos schleppte er ihn zu dem mannshohen Safe am anderen Ende des Arbeitszimmers. Michelle war so zierlich, dass er die Leiche in den Geldschrank schieben konnte. Obwohl nur er die Kombination kannte, änderte er die Zahlenfolge, dann sammelte er die Scherben ein und wischte mit seinem Taschentuch den Brandy vom Boden auf. Für dies alles benötigte er nur wenige Minuten, denn er musste jeden Moment damit rechnen, von seiner Schwiegermutter oder von seiner Tochter überrascht zu werden. Nach einem prüfenden Blick verließ er den Raum, sah aber noch mal zum Safe. Kommende Nacht würde er sich um die sterblichen Überreste von Michelle Foqué kümmern.

Am nächsten Morgen nahm Ginny die Nachricht, dass Michelle das Haus überstürzt verlassen hatte, mit unbeweglicher Miene zur Kenntnis. Nach der Begegnung mit James hatte sie sich am gestrigen Tag in ihr Zimmer eingeschlossen und sich geweigert, mit jemandem zu sprechen. Ihre Mutter hatte zwar mehrmals an ihre Tür geklopft, Ginny öffnete aber nicht. Obwohl sie die ganze Nacht nicht geschlafen hatte, war sie entschlossen, sich um die Rosen zu kümmern, denn die Arbeit würde sie ablenken.

»Gestern Vormittag, als ihr in der Stadt gewesen seid, erhielt Michelle ein Telegramm«, erklärte ihr Vater. »Eine Verwandte ist erkrankt, es steht offenbar schlecht um sie, und Michelle musste unverzüglich zu ihr fahren. Es tut ihr sehr leid, sich nicht von euch verabschiedet zu haben, aber sie musste den Mittagszug in Southampton erreichen. Sie weiß nicht, ob sie wiederkommen kann. Wahrscheinlich wird sie sich um ihre Verwandte kümmern und sie pflegen müssen.«

»So ein Pech aber auch«, sagte Siobhan und flüsterte ihrem Mann zu: »Ausgerechnet jetzt, wo Ginny …«

»Mir geht es gut«, fiel Ginny Siobhan ins Wort. »Glaubt bloß nicht, dass ich mich wegen eines solch fiesen Typen unterkriegen lasse und ein heulendes Elend werde.«

»Das ist mein Mädchen!« Aufmunternd nickte Gregory seiner Tochter zu, und Siobhan sagte: »Dabei machte James so einen guten Eindruck. Ich hätte nie gedacht, dass er nur aufs Geld aus ist. Es tut mir so leid.«

»Können wir bitte aufhören, von ihm zu sprechen?« Ginnys

Mundwinkel zogen sich verächtlich nach unten. »Ich habe einen großen Fehler gemacht, ein zweites Mal wird mir das nicht passieren. Shit happens.«

Siobhan war über Ginnys Reaktion so erleichtert, dass sie sie wegen ihrer Wortwahl nicht kritisierte.

»Dass Michelle uns so überstürzt verlassen musste, ist wirklich bedauerlich. Wo sollen wir jetzt so schnell eine neue Haushälterin herbekommen?«

»Am besten gibst du eine Annonce in der Lokalzeitung auf«, schlug Phyliss Bentham vor und fragte Gregory: »Hat Miss Foqué eine Adresse hinterlassen?«

»Eine Adresse?«

»Ja, Gregory, wir müssen doch wissen, wohin wir ihr ihre Sachen nachschicken sollen, außerdem steht ihr noch der Lohn für diesen Monat zu.«

»Sie hat gesagt, sie würde sich bei uns melden«, erklärte Gregory schnell. »Sobald sie weiß, wie der Zustand ihrer Verwandten ist.«

Damit schien das Thema Michelle Foqué abgeschlossen zu sein, und sie besprachen die Aufgaben des Tages. Schweigend nahm Ginny die Bitte zur Kenntnis, sich um die Vorbereitung der Rosenbeete zu kümmern, in die die jungen Stöcke aus den Gewächshäusern eingepflanzt werden sollten.

»Gestern Abend habe ich bereits zwei Beete umgegraben«, sagte Gregory. »Um diese brauchst du dich nicht mehr zu kümmern, die Erde muss jetzt ein paar Tage ruhen.«

»Das hätte auch bis heute warten können«, bemerkte Siobhan und sah ihren Mann fragend an. »Ich habe gesehen, wie du bis weit in die Dunkelheit hinein im Garten gearbeitet hast. Warum diese Eile?«

»Ich war mir nicht sicher, ob das Wetter hält«, antwortete Gregory, »und wollte nicht riskieren, dass der Boden schlammig wird, sollte es Regen geben.«

Er stand auf und verließ das Zimmer, Siobhan folgte ihm, strich aber ihrer Tochter im Vorbeigehen übers Haar und murmelte: »Ach, Kind.«

Als auch Ginny den Raum verlassen wollte, hielt Lady Phyliss sie zurück.

»Deine Mutter hat mir alles erzählt«, sagte sie ernst.

»Ich möchte wirklich nicht darüber sprechen, Grandma.«

»Sei nicht bockig, Gwendolyn.« Wenn Phyliss ihre Enkelin bei ihrem Taufnamen nannte, war es für Ginny besser, sich dem Gespräch zu stellen. »Wir müssen darüber sprechen. Beim ersten Liebeskummer ist es besonders schlimm, du wirst ihn aber bald vergessen haben.«

»Das habe ich bereits!« Ginnys Wangen brannten, ihre Augen sprühten Funken. »Wie ich vorhin sagte: Der Kerl ist es nicht wert, dass ich auch nur einen weiteren Gedanken an ihn verschwende.«

Phyliss lächelte. »In deinen Augen bin ich eine alte Frau, Ginny, aber auch ich war mal jung und weiß, wie es ist, wenn einem das Herz vor Kummer schmerzt. Du bist verletzt und wütend ...«

»Ich bin wütend, weil ich so dumm war, auf ihn hereinzufallen! Weil ich seinen Beteuerungen von Liebe und einer gemeinsamen Zukunft Glauben schenkte, obwohl wir keine Gelegenheit hatten, uns richtig kennenzulernen.«

»Liebe macht eben blind, meine Kleine.«

Ginny schüttelte heftig den Kopf, ihre Locken flogen in alle Richtungen.

»Liebe macht nicht blind, Grandma! Sie lässt uns nur etwas

sehen, was nicht da ist.« Trotzig wie ein kleines Kind stampfte sie mit dem Fuß auf. »Ganz bestimmt werde ich nicht an gebrochenem Herzen sterben, Grandma!«

»Deine Mutter hatte so ein gutes Gefühl, als sie gestern mit James sprach«, murmelte Phyliss mehr zu sich selbst. »Dabei war er nur auf deine Mitgift aus. Wie gut, dass dein Vater ihn auf die Probe gestellt hat.«

Gregory Bentham hatte seiner Frau und Lady Phyliss erzählt, er hätte James gesagt, dass er im Fall einer Heirat keine finanziellen Mittel und Ginny keine Mitgift zu erwarten hätte. Daraufhin wäre der junge Mann blass geworden und hätte ziemlich betreten dreingeschaut, woraufhin ihm Gregory Geld angeboten hatte, wenn er Farringdon sofort verlässt und den Kontakt zu Ginny abbricht.

»Dein Vater will nur das Beste für dich«, erklärte Lady Phyliss. »Deswegen griff er zu dieser List, die auch notwendig gewesen war, wie sich herausgestellt hat.«

»Ich habe den Scheck gesehen. Wenigstens weiß ich, dass ich James immerhin fünftausend Pfund wert gewesen bin.«

»Was war von einem Deutschen schon anderes zu erwarten?«, erwiderte Lady Phyliss verächtlich. »Was ist sein Vater? Ein einfacher Schreiner, da wäre es ein großer Sprung für den Jungen gewesen, sich hier ins gemachte Nest zu setzen. Die Deutschen waren schon immer nur auf ihren eigenen Vorteil bedacht.«

Es war sinnlos, jetzt zu erwähnen, dass James' Familie eine der vermögendsten der Gegend und sein Vater sogar Bürgermeister war, daher schwieg Ginny. Sein schändliches Verhalten war zwar nicht in seiner Nationalität begründet, dasselbe hätte Ginny auch mit einem Landsmann passieren können, es war jedoch unnötig, noch einen Gedanken an James zu verschwenden.

Ginny strich sich die Haare aus der Stirn und sagte: »Macht euch keine Sorgen um mich, ich komme darüber weg. Nachher rufe ich Norman an und frage, ob er mich morgen in die Stadt mitnehmen kann, dann gebe ich die Annonce wegen einer neuen Haushälterin auf. Mir wäre es recht, wenn wir über diese ... Sache nicht mehr sprechen würden.«

Lady Phyliss schenkte ihr einen liebevollen Blick.

»Du bist eine Bentham, in deinen Adern fließt das Blut von Generationen, die sich nie haben unterkriegen lassen. Unsere Familie musste viele Widrigkeiten und großes Unglück überstehen, ist aber immer gestärkt und mit hocherhobenem Kopf daraus hervorgegangen.«

»In meinen Adern fließt aber auch das Blut meines Vaters«, wandte Ginny ein. »Vielleicht musste alles so kommen, denn wegen der Geschichte von James' Vater wäre unser Leben nicht einfach geworden.« Zum ersten Mal an diesem Tag lächelte Ginny. »Die letzten Monate hefte ich am besten in dem Ordner der großen Schule des Lebens ab.«

Ginny küsste ihre Großmutter auf die Wange. Die Hände im Schoß gefaltet, sah Phyliss ihrer Enkelin nach. Sie hoffte, Ginny wäre innerlich tatsächlich so gefestigt, wie sie die Familie glauben machen wollte. Für ihre Enkelin wünschte sie sich einen bodenständigen, aufrichtigen Mann, zum Beispiel einen Mann wie Norman Schneyder. Seit Jahren war Norman ein Freund der Familie. Was machte es, dass er wechselnde Beziehungen hatte? Vor der Ehe musste ein Mann sich austoben, umso treuer und fürsorglicher war er später, wenn er nicht das Gefühl hatte, etwas verpasst zu haben. Der Autohandel stand auf soliden Beinen, finanziell war Norman abgesichert, und mit ihm würde Ginny keine unliebsamen Überraschungen erleben. Phyliss

Bentham beschloss, auf ihre Enkelin dahin gehend einzuwirken, dass sie den bisherigen Freund mit anderen Augen betrachtete.

Norman Schneyder zeigte sich erfreut, als Ginny ihn fragte, ob er sie in die Stadt mitnehmen würde. Am Telefon erklärte sie ihm, sie müsse eine Stellenanzeige für eine Haushälterin aufgeben.

»Es ist von Michelle nicht gerade freundlich, euch so Hals über Kopf sitzenzulassen«, sagte Norman, als sie in Richtung Lymington fuhren. »Ich meine, auf ein paar Stunden, um sich ordentlich zu verabschieden, wäre es wohl nicht angekommen.«

Ginny zuckte die Schultern. »Irgendwie passt es zu ihr. Mir war Michelle nie so ganz geheuer.«

Norman musste abbremsen, da ein Kaninchen über die Straße hoppelte, und nahm es zum Anlass, seinen Wagen an den linken Straßenrand zu lenken und den Motor auszuschalten.

»Was ist?«, fragte Ginny. »Hast du das Kaninchen etwa überfahren?«

Norman drehte sich zu Ginny, in seinem Blick aufrichtige Sorge.

»Ginny, es tut mir leid, aber irgendwie habe ich immer befürchtet, dass so etwas passieren wird.«

»Du wusstest, dass Michelle einfach verschwindet?« Ginny runzelte die Stirn, und Norman schüttelte den Kopf.

»Ich meine James«, sagte er leise. »Ich habe ihm von Anfang an nicht vertraut.«

»Woher weißt du davon?«

»Deine Großmutter hat mich gestern Abend angerufen.«

»Grandma?« Ginny schoss von ihrem Sitz hoch und stieß sich den Kopf am Wagenhimmel an. Sie bemerkte es nicht. »Wie konnte sie das tun! Dazu hatte sie kein Recht!«

Er nahm ihre Hand und drückte sie sanft.

»Zürne ihr nicht, Ginny, sie meint es nur gut. Du brauchst jetzt Freunde, die dir beistehen, und du weißt, du kannst immer auf mich zählen.«

Ginnys Gesichtsausdruck verschloss sich, dann stieß sie hervor: »Ich weiß, du, ihr alle habt mich vor James gewarnt. Ein Deutscher – das kann nicht gutgehen und so weiter. Nun gut« – trotzig sah sie Norman an –, »ihr habt recht gehabt. Bist du nun zufrieden?«

»Ach, Ginny, ich wünschte wirklich, ich hätte mich geirrt, denn ich möchte, dass du glücklich bist.«

»Du hörst dich an wie mein Vater.«

Norman lachte leise. »Na ja, ich wäre gern etwas anderes als dein Vater, und ich glaube, das ist dir auch klar. Du sollst wissen, ich lasse dir alle Zeit der Welt, ich kann warten.«

Ein Gefühl der Zärtlichkeit stieg in Ginny auf. Sie erwiderte seinen Händedruck.

»Das ist sehr nett von dir, aber ich …«

Schnell legte er einen Finger auf ihre Lippen.

»Ich würde alles für dich tun, Ginny. Gib mir die Adresse von James, dann fahre ich unverzüglich nach Deutschland und knöpfe mir diesen Hund richtig vor.«

»Das würde an der Sache nichts ändern«, erwiderte Ginny bitter. »Du würdest dich nur strafbar und unglücklich machen, und das ist James nicht wert.« Sie straffte die Schultern und fuhr fort: »Lass uns bitte weiterfahren, sonst versäume ich den Redaktionsschluss der Zeitung. Die Annonce soll morgen schon erscheinen, wir brauchen so schnell wie möglich eine neue Haushälterin.«

Norman zögerte, als ob er noch etwas sagen wollte, sah Ginny dann aber nur mit einem besorgten Blick an und startete den Wagen. Den Rest des Weges legten sie schweigend zurück.

18

Tübingen, Deutschland, Mai 1966

Ein Gewölbekeller eines mittelalterlichen Hauses in einer verwinkelten Gasse der Tübinger Altstadt. Steile, ausgetretene Steinstufen, die in den Untergrund führten, niedrige Decken, feuchte Kühle, Matratzen auf dem naturbelassenen Fußboden, kein Fenster, nur hier und da ein paar Kerzen. Im Dämmerlicht verschmolzen Tag und Nacht zu einer Einheit. Auf einem wackligen Stuhl vor dem Eingang lümmelte Joe. Er nannte sich jedenfalls Joe, niemand kannte seinen richtigen Namen. Joes schulterlange Haare, die Bluejeans und der Pullover mit dem ausgefransten Kragen waren seit langem nicht mehr gewaschen worden. Joe roch immer etwas muffig und hatte stets eine Zigarette zwischen den gelblichen Zähnen, was aber niemanden störte. In den Gewölbekeller kam man nur hinein, wenn man Joe kannte. Er ließ nicht jeden vorbei, für ein paar Mark drückte er bei Fremden aber schon mal ein Auge zu. Ein Kommilitone, mit dem Hans-Peter zufällig in der Mensa ins Gespräch gekommen war, hatte ihn zum ersten Mal mitgenommen und Joe gesagt, Hans-Peter wäre in Ordnung. Seitdem war er jeden Tag und Abend hier, oft schon ab dem Mittag. Die Hörsäle hatte Hans-Peter seit Wochen nicht mehr gesehen.

Farben von erdrückender Intensität, so bunt und schillernd, dass sie nicht von dieser Welt sein konnten, hüllten ihn ein. Orangefarbene Feuerbälle rollten auf ihn zu, schienen ihn verschlingen zu wollen. Er lachte, wollte die Bälle fangen, als sie sich wieder von ihm entfernten. Sein Körper war leicht und schwer zugleich. Vor dem Feuer fürchtete er sich nicht, im Gegenteil, es war angenehm warm. Inmitten der Farben war er geborgen und sicher, nichts und niemand konnte ihm etwas anhaben.

Automatisch führte Hans-Peter seine Hand zum Mund und inhalierte den Rauch. Süßlicher Duft nach Jasmin drang in seine Lungen. Irgendwo in dem Farbennebel war die Stimme von Paul McCartney zu hören:

Suddenly
I'm not half the man I used to be ...

Ein weiteres Mal zog Hans-Peter an dem Joint. Es war ein guter Stoff, jede Mark wert, und er katapultierte ihn in eine andere Welt. Eine Welt, in der es keine Schuld gab, eine Welt, in der die Realität in unendliche Weiten entfloh, eine Welt, in der er sich einfach fallen und treiben lassen konnte. Ohne Gestern und ohne Morgen. Nur das Hier und Jetzt zählte, der Moment der Glückseligkeit und der unendlichen Leichtigkeit. Und doch bohrten sich die Worte des Liedes wie scharfe Schwerter in sein Herz. Der Schmerz machte es ihm unmöglich, zu vergessen. Er brauchte mehr von dem süßen Rauch. Mehr, um endlich nicht mehr denken, nicht mehr fühlen zu müssen.

Jemand hatte die Schallplatte gewechselt, nun sangen die Troggs:

Wild thing
You make my heart sing ...

Als er den nächsten Zug nehmen wollte, blockierte etwas seinen Arm, er konnte seine Hand nicht mehr zum Mund heben. Seine Lider waren schwer wie Blei, nur mühsam gelang es ihm, die Augen zu öffnen. Aus dem Gewirr von Farben und Formen schälte sich ein Gesicht: herzförmig, volle, rote Lippen und graue Augen.

»Nicht«, flüsterte eine warme, weiche Stimme dicht an seinem Ohr. »Für heute hast du genug.«

Er blinzelte. Als er die Augen wieder öffnete, war sie immer noch da.

»Lass mich ...«

Er brauchte den nächsten Zug! Sein Körper schrie nach dem Stoff. Hörte sie das denn nicht?

Jemand rüttelte an seiner Schulter und rief seinen Namen, dann klatschte eine flache Hand auf seine Wange. Einmal, zweimal, ein drittes Mal. Nur langsam kam er zur Besinnung und öffnete wieder die Augen.

»Sanne ... was machst du hier?«

Er wusste nicht, ob seine Lippen diese Worte nur geformt oder ob er tatsächlich gesprochen hatte. Er wusste nicht einmal, ob das Bild vor seinen Augen real oder Phantasie war.

»Ich bin gekommen, um dich nach Hause zu holen.«

Er musste also doch gesprochen haben.

»Nach Hause ...«

Wo war sein Zuhause? Das kleine Zimmer im Studentenwohnheim, das er sich mit Klaus teilte? Das große Haus auf der Alb, wo er von Kleinschmidt unerwünscht war?

»Kannst du aufstehen?«

Er spürte ihren Arm um seinen Oberkörper und rappelte sich hoch. Jede Bewegung fuhr wie scharfe Messer in seine

Glieder. Schwer stützte er sich auf Susanne. Von allen Seiten kamen die nackten Steinwände auf ihn zu, um ihn zu erdrücken.

»Mann, du bist ja völlig high«, hörte er Susannes Stimme aus weiter Ferne. »Ich denke, wir stellen dich zuerst einmal unter die kalte Dusche.«

Plötzlich war Klaus an seiner anderen Seite und packte ihn fest um die Hüfte. Er konnte sich nicht wehren, als die beiden ihn die steile Treppe hinaufschleppten. Zweimal strauchelte er, fiel hart auf die Knie, spürte aber keinen Schmerz. Die Wirkung des Marihuanas hielt noch an, da spürte man keinen Schmerz, weder einen physischen noch einen psychischen. Die warme Luft dieses Frühlingstags schlug ihm entgegen. Es war, als würde er ein Treibhaus betreten. Treibhaus ... Gewächshaus ... Die Erinnerung ließ sich nicht vertreiben. Plötzlich konnte er seinen Magen nicht mehr unter Kontrolle halten. Nachdem er sich übergeben hatte, wischte ihm Susanne mit ihrem Taschentuch wie bei einem kleinen Kind den Mund ab. Irgendwo in Hans-Peters benebeltem Bewusstsein formte sich die Erkenntnis, dass er sich nie zuvor in einer solch peinlichen und demütigenden Situation befunden hatte. Dann wurde ihm schwarz vor Augen. Das Nächste, woran er sich später erinnerte, war ein Schwall eiskalten Wassers, der ihn völlig unvorbereitet traf.

»Verdammt, spinnst du?«

Das kalte Wasser half, er konnte wieder einigermaßen klar denken und nahm wahr, dass er sich in der Gemeinschaftsdusche im Wohnheim befand. Er hatte keine Ahnung, wie er hierhergekommen war. Er sprang unter der Brause hervor, sah Susanne grinsen und wurde sich bewusst, dass er nackt war. Schnell legte er beide Hände auf seine Blöße.

»Benimm dich nicht wie eine katholische Jungfrau. Als Kinder haben wir oft genug nackt im Bach gebadet.« Susanne warf ihm ein Handtuch zu. »Das kalte Wasser war dringend nötig.«

»Was machst du hier?«, lallte Hans-Peter, seine Zunge gehorchte ihm noch nicht ganz.

»Klaus hat mich angerufen.«

»Klaus? Ich wusste nicht, dass ihr euch kennt.«

»Wir haben uns auch erst heute kennengelernt. Dein Freund wusste sich nicht mehr zu helfen, und deine Eltern wollte er über deinen desolaten Zustand nicht informieren. Ich denke, das ist auch in deinem Sinn.«

Hans-Peter nickte stumm, sein Mund fühlte sich an wie eine Wüste in der Mittagssonne. Klaus kam in das Badezimmer und drückte Hans-Peter eine Tasse mit heißem schwarzem Kaffee in die Hand. Der Kaffee zeigte schnell Wirkung, seine Glieder gehorchten ihm wieder. Trotzdem stützte er sich auf Klaus, als sie in ihr Zimmer gingen. Er schlüpfte in seinen Trainingsanzug, während Klaus noch mal losging, um für Susanne und sich selbst ebenfalls Kaffee zu holen.

»Ich glaube, es war allerhöchste Zeit, dass ich gekommen bin.« Susanne musterte Hans-Peter aus zusammengekniffenen Augen. »Du siehst furchtbar aus! Wie dreimal durchgekaut und viermal ausgespuckt. Seit wann geht das denn schon so?«

Er zuckte mit den Schultern, dankbar, die Kaffeetasse umklammern zu können, er hätte ansonsten nicht gewusst, wohin mit seinen Händen. Er schämte sich, dass ausgerechnet Susanne ihn so sehen musste.

»Klaus meint, du wärst völlig verändert aus England zurückgekommen«, fuhr sie fort, »und hast vier wichtige Klausuren und sogar die Zwischenprüfung verpasst.« Ihre Stimme klang sachlich und frei von Vorwürfen. »Mensch, Hans-Peter, was ist denn los?«

»Ich hab einfach keine Lust mehr auf die Uni«, murmelte er ausweichend. »Kann doch mal vorkommen, oder? Du bist auch nicht immer gern zur Schule gegangen.«

»Das ist etwas anderes.« Susanne winkte ab, ihren Blick prüfend auf ihn gerichtet. »Was ist in England passiert? Hat sie dich abserviert?«, fragte sie offen und schonungslos. Sein Schweigen deutete sie als Zustimmung. »Das mit euch hätte doch ohnehin keine Zukunft gehabt! Was willst du denn mit einer Ausländerin? Außerdem habt ihr euch nur ein paar Mal gesehen und …«

»Lass Ginny aus dem Spiel«, unterbrach Hans-Peter scharf. »Sie hat mit alledem nichts zu tun. Was ich mache oder nicht, ist allein meine Angelegenheit.«

Klaus kehrte mit dem Kaffee zurück, für Hans-Peter hatte er gleich eine zweite Tasse mitgebracht.

»Ich wollte dich nicht in die Pfanne hauen, weil ich Susanne um Hilfe gebeten habe«, sagte Klaus. »Ich wusste aber nicht mehr, was ich noch tun sollte. Ab und zu einen Joint, dagegen ist ja nichts einzuwenden, in den letzten Wochen warst du aber nur noch high, und ich hatte Angst, dass du zu was Stärkerem greifst. Tja, und deinen Eltern wollte ich damit nicht kommen.«

Der starke Kaffee zeigte Wirkung, Hans-Peters Kopf war wieder klar. Klaus hatte nicht unrecht: In dem Keller gab es ein paar Leute, die drückten. Mehrmals hatte Hans-Peter zugesehen, wie sie das weiße Pulver auf einem Löffel erhitzten und sich die Flüssigkeit dann in die Venen spritzten. Danach waren sie immer total entspannt und locker drauf, und Hans-Peter hatte sich bereits überlegt, es auch einmal zu versuchen. Besonders, da er in den letzten zwei Wochen immer mehr Joints benötigte, um in eine andere Welt entfliehen zu können.

Mühsam brachte er ein gezwungenes Lächeln zustande und sagte: »Ich hab wohl ziemlich Scheiße gebaut, nicht wahr?« Klaus und Susanne nickten zustimmend, und Hans-Peter fuhr fort: »Meine Eltern brauchen nichts zu erfahren.«

»Da du dieses Semester ohnehin vergessen kannst, fährst du am besten nach Hause, bis du dich wieder auf die Reihe gekriegt hast«, schlug Klaus vor. »Und vielleicht erzählst du uns irgendwann, was passiert ist, das dich derart aus der Bahn geworfen hat. Was immer es auch war – nichts ist es wert, sich Drogen in einer solchen Menge reinzuziehen und sein Leben an die Wand zu fahren, Kumpel!«

Hans-Peter nickte, er fühlte sich unendlich müde.

»Ich danke euch«, sagte er leise und dachte: Niemals kann ich mit jemandem über Martin Hartmann sprechen, niemals erzählen, dass ich mit meiner Schwester geschlafen habe, nicht einmal meinen zwei besten Freunden.

Eine Stunde später hatte Hans-Peter seine Sachen gepackt und saß neben Susanne in dem Lieferwagen der Brauerei.

»Ich wusste nicht, dass du zwischenzeitlich den Führerschein gemacht hast.«

Susanne grinste und zwinkerte ihm zu. »Hab ich auch nicht, aber keine Sorge, ich bin mit dem Wagen schon oft gefahren. Meistens zwar nur auf dem Betriebsgelände, aber ich bin ja heute auch gut nach Tübingen gekommen und werde uns auch sicher nach Hause bringen.«

»Was?« Er fuhr zu ihr herum. »Wie kommt es, dass du ein solches Risiko eingehst, ohne Führerschein zu fahren? Du, die tugendhafte Susanne Herzog, die nie etwas tut, das gegen das Gesetz ist?«

Weil ich dich liebe und alles für dich tun würde, dachte Susanne und fragte laut: »Du hältst mich also für tugendhaft? Das ist gleichbedeutend mit langweilig.«

»Äh ... so war es nicht gemeint.« Hans-Peter berührte flüchtig ihre Hand. »Vielleicht ist es besser, wenn ich fahre.«

»Lieber nicht, du hast noch zu viel Marihuana im Blut. Wenn wir erwischt werden, bekommst du größeren Ärger als ich wegen Fahrens ohne Führerschein.«

Hans-Peter sah ein, dass sie recht hatte. Susanne fuhr routiniert und langsam, und sie erreichten ohne Schwierigkeiten – und auch ohne in eine Kontrolle zu geraten – Großwellingen. Erstaunt stellte Hans-Peter fest, dass der Frühling in einen schönen Frühsommer übergegangen war. In den letzten Wochen hatte er vom Wetter nichts bemerkt, er hatte überhaupt nichts um sich herum mitbekommen.

Als sie auf den Hof der Sägemühle fuhren, sagte Susanne: »Du kannst jederzeit zu mir kommen, wenn du jemanden zum Reden brauchst. Ich hoffe, das weißt du.«

Hans-Peter nickte wortlos und starrte aus dem Fenster.

»Am vierundzwanzigsten Juni treten die Beatles in München auf.« Diese Nachricht hatte Susanne sich bis jetzt aufgespart. »Die BRAVO organisiert Sonderzüge von Stuttgart nach München.« Hans-Peter zuckte nur mit den Schultern, und Susanne sagte laut: »Hast du gehört, was ich gesagt habe? Die Pilzköpfe kommen endlich nach Deutschland, auch nach Essen und nach Hamburg, aber München ist nicht weit von uns entfernt. Hast du das nicht mitbekommen?«

»Nein.« Am liebsten hätte Susanne ihn geschüttelt.

»Wenn du willst, versuche ich, Fahrkarten für einen der Züge zu bekommen, die beinhalten auch den Eintritt in den Konzertsaal.«

»Das hat keinen Sinn, es ist sicher schon ausverkauft«, antwortete Hans-Peter.

»Mensch, Hans-Peter, wir können es doch wenigstens versuchen!« Langsam verlor Susanne die Geduld. »Im letzten Jahr hast du wochenlang auf dem Bau geschuftet, dich mit deinem Stiefvater überworfen und bist über tausend Kilometer getrampt, um die Beatles zu sehen. Es war dir gleichgültig, dass du keine Eintrittskarte hattest, und es hat ja auch geklappt.«

Hans-Peters Kehle wurde eng. Die Erinnerung, dass Ginny über seine Naivität, ohne eine Konzertkarte nach Blackpool zu kommen, nicht gelacht hatte und wie es ihr gelungen war, den Wachmann auszutricksen, traf ihn wie ein harter Hieb.

»Wenn du nach München möchtest, dann solltest du hinfahren.«

»Was ist mit dir? Findest du die Beatles plötzlich blöd, oder was?«

»Zeiten und Interessen ändern sich«, antwortete er spröde. Zum ersten Mal wandte er sich Susanne zu und sah sie an. »Danke fürs Nachhausebringen, ich muss jetzt reingehen.«

»Hans-Peter, was ist denn nur los mit dir?«

Erneut zuckte er mit den Schultern und blieb eine Antwort schuldig, gab Susanne zum Abschied aber einen flüchtigen Kuss auf die Wange und stieg aus dem Auto. Sie sah ihm nach, bis er im Haus verschwunden war, und seufzte. Was auch immer zwischen ihm und dieser Ginny vorgefallen war – deren Beziehung schien unwiderruflich vorbei zu sein. Ein Teil von ihr freute sich darüber, wobei sie aber auch ein schlechtes Gewissen bei solchen Gedanken hatte. Hans-Peter litt wie ein Tier, das war mehr als ein normaler Liebeskummer, sonst hätte er nie zu Drogen gegriffen und sein Studium derart vernachlässigt. Für Hans-Peter war es immer wichtig gewesen, so schnell wie möglich einen guten Abschluss zu machen, um sich finanziell von seinem Stiefvater lösen zu können. Nun schien ihm seine Zukunft gleichgültig geworden zu sein. Hans-Peters Reaktion auf die Nachricht, die Beatles kämen nach München, und auf Susannes Angebot, sich um Karten zu kümmern, sprach Bände. Sie hatte erwartet, er würde einen Freudentanz hinlegen, er hatte es aber hingenommen, als hätte sie nebenbei erwähnt, was es zum Abendessen gab. Sie wünschte, Hans-Peter helfen zu können, was aber unmöglich war, solange er nicht sagte, welche Probleme ihn bedrückten.

Hans-Peter befolgte Susannes Vorschlag, er solle seinen Eltern sagen, er habe einen Rückfall seiner Krankheit erlitten, weswegen er die Zwischenprüfung verpasst hätte und vor dem Ende des Semesters nach Hause gekommen sei. Hildegard wollte ihren Sohn am liebsten gleich ins Bett stecken und mit heißer Hühnerbrühe füttern, selbst Kleinschmidt schien besorgt zu sein.

»Du siehst wirklich richtig schlecht aus«, sagte er kritisch, fügte aber sogleich die für ihn typische Bemerkung hinzu: »Ich hoffe, du schleppst uns keine ansteckende Krankheit ins Haus?«

Hans-Peter versicherte, sich lediglich schlapp und müde zu fühlen, und versprach, in den nächsten Tagen den Hausarzt aufzusuchen, um sich gründlich untersuchen zu lassen. Die ersten zwei Tage verkroch er sich in seinem Zimmer und kam nur zu den Mahlzeiten herunter. Die Arme unter dem Kopf verschränkt, lag er auf dem Bett, rauchte eine Zigarette nach der anderen, hörte Musik und starrte an die Decke. Körperlich hatte ihn der Konsum des Marihuanas nicht abhängig gemacht, er dachte aber oft, wie schön es wäre, mal wieder einen Joint rauchen zu können. Der Rest seines klaren Verstandes sagte ihm jedoch, dass er gerade noch die Kurve bekommen hatte, um nicht tiefer in den Drogensumpf zu rutschen. Ohne seine Freunde, denen er immer dankbar sein würde, hinge er jetzt vielleicht schon an der Nadel. Nach ein paar Tagen drängte es Hans-Peter in die Natur hinaus. Die Wände des Hauses schienen ihn zu erdrücken, draußen konnte er freier atmen. Bisher hatte er nie richtig bemerkt, wie üppig grün die Umgebung von Großwellingen und wie tiefblau der Himmel um diese Jahreszeit war. Er hatte es als selbstverständlich hingenommen, aber jetzt nahm er jeden Baum, jeden Strauch und die bunten Blumen auf den Wiesen wie in einem neuen Licht wahr. Er lief einfach los, manchmal sogar bei Morgengrauen und ohne zu frühstücken, meistens ohne ein Ziel vor Augen zu haben. Er lief, bis seine Fußsohlen brannten und seine Glieder vor Erschöpfung schmerzten. Selbst Regen konnte ihn nicht im Haus halten. Das Laufen wurde zu einer neuen Droge, einer Droge, die ihn aber nicht zerstörte, sondern seinen Körper stählte. An den Abenden war er so erschöpft, dass er schnell das Abendbrot aß, wie ein Stein ins Bett fiel und traumlos bis zum Morgen durchschlief.

Am meisten fürchtete Hans-Peter die Begegnungen mit seiner Mutter. Es war ihm unmöglich, ihr in die Augen zu sehen. Er wusste, er sollte ihr sagen, dass Martin Hartmann noch am Leben war. Dass er unter falschem Namen eine neue Familie gegründet und sich eine neue Existenz aufgebaut hatte, ohne einen Gedanken an seine Frau und seinen Sohn zu verschwenden. Hartmann hatte Hildegard und ihn, Hans-Peter, einfach aus seinem Gedächtnis gestrichen, als hätten sie nie existiert. Und er sollte seiner Mutter sagen, dass Hartmann der Vater der Frau war, die er liebte ...

Natürlich fragte Hildegard, ob etwas mit dem Mädchen aus England geschehen war. Seine letzte Reise auf die Insel hatte er seiner Mutter nicht verheimlicht, und nun wollte sie wissen, warum der Kontakt zu der Engländerin offenbar abgebrochen war.

»Wir haben festgestellt, dass es nur ein Flirt gewesen ist«, antwortete Hans-Peter, »und wir werden uns nicht wiedersehen.«

»Das ist für alle das Beste.« Die Erleichterung stand Hildegard ins Gesicht geschrieben. »Nationalitäten zu vermischen führt niemals zu einem guten Ergebnis, jeder sollte bei seinem eigenen Volk bleiben.« Es drangen wieder ihre Erziehung und die Jahre an der Seite seines Vaters an die Oberfläche. »Wenn du Susanne nicht heiraten willst, dann wirst du ein anderes Mädchen aus der Gegend finden. Eine von uns, bei der wir wissen, dass sie zu dir passt.«

»Sicherlich«, murmelte er, »aber ich lasse alles auf mich zukommen.«

Hildegard gab sich damit zufrieden, erkannte nicht, welche Höllenqualen ihr Sohn litt. Hans-Peter versuchte, alles, was zwischen Ginny und ihm gewesen war, aus seinen Gedanken zu tilgen. Vor allen Dingen durfte er nicht darüber nachdenken, dass er sich des Inzests schuldig gemacht hatte. Auch wenn weder Ginny noch er von ihrer verwandtschaftlichen Beziehung eine Ahnung gehabt hatten – Unwissenheit schützte nicht vor Strafe. Und Hartmann würde er auch nicht den Behörden melden. Schüle von der Landesjustizanstalt in Ludwigsburg hatte ihm gesagt, dass nach Hartmann länderübergreifend gefahndet wurde, der Arm des Gesetzes würde also auch nach England reichen, und Hartmann würde der Prozess gemacht werden. Obwohl seit Jahren in England keine Hinrichtungen mehr vollzogen wurden, war die Todesstrafe – im Gegensatz zu Deutschland – dort nicht abgeschafft. Bei Kriegsverbrechern wie Hartmann würde man wahrscheinlich nicht lange fackeln. Selbst wenn Hartmann nur zu lebenslangem Zuchthaus verurteilt werden würde – Ginny liebte ihren Vater, und er liebte sie. Ihr und seiner neuen Familie gegenüber hatte Hartmann sich nie etwas zuschulden kommen lassen. Wenn Hans-Peter ihn nun anzeigte, dann würde das in seinem Leben nichts verbessern, im Gegenteil. Hildegard würde auch noch an den Pranger gestellt werden. Sie hatte sich der Bigamie schuldig gemacht, und ihre Ehe mit Kleinschmidt war ungültig. Zwar war sie davon ausgegangen, dass ihr erster Ehemann nicht mehr am Leben wäre, und würde wahrscheinlich mit einer milden Strafe – wenn überhaupt – davonkommen. Hans-Peter konnte sich den Skandal aber lebhaft vorstellen. Einmal schon hatte Hildegard alles, was sie besaß, verloren, seine Mutter hatte es nicht verdient, ein weiteres Mal ganz von vorn beginnen zu müssen. Was sollte sie ohne Kleinschmidt anfangen? Sie hatte nie einen Beruf ausgeübt, besaß kein Geld oder eigenes Vermögen, es bliebe also nur der Weg zum Amt, um Stütze zu beantragen. Dieses Mal würde ihr auch Tante Doris nicht hilfreich zur Seite stehen, denn sie hasste die Nazis aus tiefster Seele und würde sich von ihrer Cousine abwenden. Es ging aber nicht nur um ihn und um seine Mutter. Damit wäre Hans-Peter fertiggeworden. Nein, wenn er sein Schweigen brach, würde er Ginnys Leben zerstören. Auch Hartmanns Ehe war ungültig, und Ginnys Ruf wäre auf immer dahin. Als Tochter eines Deutschen hatte sie es ohnehin schwer genug gehabt, der Tochter eines Nazis würden alle Türen Englands verschlossen bleiben. Die Rosenzucht würde ebenfalls zerstört werden, Siobhan und Grandma Phyliss würden ihre Lebensgrundlage verlieren. Ein Wort von ihm, und eine ganze Familie würde unwiderruflich ins Elend gestürzt werden.

Das alles zusammen führte zu einem einzigen Ergebnis: Solange das Geheimnis tief in ihm verborgen war, würde alles weitergehen wie bisher. Er musste stark genug sein, die Verantwortung ganz allein zu tragen.

Begegnungen mit Susanne wich er aus. Er schämte sich noch zu sehr dafür, wie sie ihn in Tübingen aufgefunden hatte, auch wusste er nicht, wie er sich ihr gegenüber verhalten sollte. Susanne ihrerseits ließ ihn in Ruhe. Sie schien zu spüren, dass Hans-Peter die Zeit mit sich allein brauchte, um wieder ins Lot zu kommen.

An einem sonnigen Tag Mitte Juni erhielt er überraschenden Besuch von seinem Freund Klaus Unterseher, der mit einem Motorrad auf den Hof brauste. Staunend umrundete Hans-Peter die schwere Maschine mit dem chromblitzenden Lenker.

»Klasse Gerät.«

»Ein Geschenk meines Vaters zur bestandenen Zwischenprüfung«, erklärte Klaus stolz. »Das Modell habe ich mir schon lange gewünscht. Das Teil ist zwar gebraucht, aber noch top in Schuss.«

Hans-Peter strich über den roten glänzenden Lack der Triumph Bonneville. »Wie viel bringt sie?«

»Die fünfzig PS bringen schon hundert, vielleicht auch etwas mehr. Ich habe sie noch nicht ausgefahren und dachte, heute wäre ein guter Tag, es auszuprobieren, und du willst vielleicht mitkommen.«

Obwohl Klaus' Vater vermögend war, verhielt sich Klaus nie überheblich und ließ auch nicht den reichen Sohn raushängen. Daher konnte Hans-Peter dessen Freude neidlos teilen und dem Freund das Motorrad gönnen. Er schwang sich auf den Sozius, der Motor heulte auf, und sie düsten vom Hof. Solange die Straßen schmal und gewunden waren, gab Klaus nur wenig Gas, als sie bei Weilheim aber auf die A 8 in Richtung Stuttgart auffuhren, holte er alles aus der Maschine heraus. Die Landschaft flog an Hans-Peter vorbei, der Wind zerrte an seinen Haaren, und zum ersten Mal seit Wochen fühlte er sich frei und unbeschwert.

Für den Rückweg wählten sie eine Strecke über die Alb und hielten bei einem abgelegenen Wirtshaus in einem Tal, in dem das Wasser eines Baches klar über die Steine sprudelte. Klaus holte zwei Halbe aus dem Schankraum, und sie setzten sich an einen der Tische unter den mächtigen Kastanienbäumen. Nachdem Hans-Peter durstig getrunken hatte, wischte er sich den Schaum von den Lippen.

»Glaubst du, ich könnte wieder im Betrieb deines Vaters arbeiten?«, fragte er unvermittelt.

»Auf dem Bau?«

Hans-Peter nickte. »Im letzten Jahr meinte der Polier, im Sommer gäbe es immer eine Menge zu tun, und da ich gerade Zeit habe …«

»Ich verstehe, dir fällt die Decke auf den Kopf. Du bist jetzt schon vier Wochen aus Tübingen weg, und Großwellingen bietet nicht gerade die große Zerstreuung.«

»Ich brauche das Geld«, sagte Hans-Peter, ohne auf Klaus' Worte einzugehen. »In zwei Wochen hat Susanne Geburtstag. Ich hab noch kein Geschenk und bin derzeit knapp bei Kasse.«

»Ich frage meinen Vater gleich heute Abend«, antwortete Klaus. »Wie geht es Susanne?«

»Ich nehme an, gut.«

»Seht ihr euch denn nicht regelmäßig.«

Hans-Peter schüttelte den Kopf. »Seit ich zu Hause bin, habe ich sie nicht besucht. Es hat sich einfach nicht ergeben.«

Skeptisch musterte Klaus den Freund und sagte: »Sie ist ein hübsches Mädchen.«

»Du findest, sie ist hübsch?« Erstaunt sah Hans-Peter auf. »Bisher hattest du doch nur Augen für klapperdürre Mannequins.«

Klaus grinste. »Na ja, Susanne hat vielleicht nicht die Figur eines Fotomodells, aber sie hat schöne Augen und, wenn sie lächelt, Grübchen in ihren Wangen.«

»He, Kumpel, hast du dich etwa in sie verknallt?«

Klaus lachte und winkte ab. »Selbst wenn, hätte ich bei Sanne keine Chance. Das Mädchen hat doch nur Augen für dich.«

»Wir kennen uns schon ewig und sind nur Freunde«, wiegelte Hans-Peter ab, und Klaus knuffte ihn in die Seite.

»Aus Freundschaft wird häufig Liebe, aber ich glaube, du stehst nicht so richtig auf Sanne, nicht wahr?«

»Meine Eltern und ihr Vater wollen schon lange, dass wir heiraten«, gab Hans-Peter zu und seufzte. »Das haben sie bereits beschlossen, als wir noch Kinder waren.« Er lachte bitter. »Als ob wir im neunzehnten Jahrhundert leben würden, doch wenn es um Geld, Macht und Ansehen geht, ist Kleinschmidt jedes Mittel recht.«

»Sanne erbt eine Brauerei, richtig?«, hakte Klaus nach. »Es ist nicht das Schlechteste, jeden Tag so ein frisches Bierchen zu haben. Wobei ich mir dich als Brauer nicht vorstellen kann. Du würdest wahrscheinlich in den Kessel fallen, so ungeschickt, wie du handwerklich bist.« Er versuchte, Hans-Peter mit diesem Scherz aus der Reserve zu locken.

Hans-Peter nahm einen langen Schluck, stellte sein Glas hart auf den Tisch, sah an Klaus vorbei in die Ferne und sagte: »Ich werde das Studium schmeißen. Nächste Woche komme ich nach Tübingen und lass mich exmatrikulieren. Deswegen brauche ich auch so schnell wie möglich eine Arbeit.«

»Das ist nicht dein Ernst!« Klaus fuhr hoch. »Es war immer dein Traum, Anwalt zu werden und deinen Beitrag für eine bessere Welt zu leisten.«

Nun suchte Hans-Peter den Blick seines Freundes, und Klaus erkannte dessen wilde Entschlossenheit.

»Ich hatte viel Zeit, um nachzudenken. Ja, ich wollte Anwalt werden, wollte für die Rechte und Gesetze unseres Landes eintreten und diese verteidigen. Recht und Gerechtigkeit sind aber relativ und dehnbar wie ein Kaugummi. Schlussendlich entscheidet das Schicksal, was richtig und was falsch ist. Und das Schicksal lässt sich nicht lenken, es schlägt mit aller Gewalt genau dann zu, wenn man denkt, richtig gehandelt zu haben. Wenn man ehrlich handeln will, muss man erkennen, dass nur eine Lüge das Leben erträglich macht. Nein, nicht erträglich, sondern Lügen und Betrügen sind notwendige Mittel, um nicht unterzugehen.«

»Was ist in England passiert?«, fragte Klaus leise. »Deine Veränderung hat doch mit diesem Mädchen zu tun? Ginny, nicht wahr? Habt ihr euch getrennt, oder …«

»Meine Entscheidung hat mit dem Mädchen nichts zu tun.« Hans-Peter schob sein Glas zur Seite und sprang auf. »Ich glaube, es zieht ein Gewitter auf. Wir sollten besser zurückfahren.«

Tatsächlich ballten sich dunkle Wolken am Horizont. Klaus

seufzte und folgte seinem Freund. Wenn dieser doch nur mit ihm sprechen würde! Wenn er erzählen würde, was ihn bedrückte und zu einem Menschen hatte werden lassen, den Klaus kaum wiedererkannte. Es war jedoch sinnlos, zu versuchen, Hans-Peter zu etwas zu zwingen. Je mehr er fragte, desto mehr igelte dieser sich ein. Klaus hoffte, Hans-Peter würde seine Entscheidung, das Jurastudium aufzugeben, noch mal überdenken. Sein Freund hatte mehr auf dem Kasten, als sein Leben in einer Sägemühle oder in einer Brauerei zu verbringen.

Es gab Schweinebraten, handgeschabte Spätzle und große Schüsseln mit Kartoffelsalat, zum Nachtisch rote und grüne Götterspeise mit Vanillesoße. Am Vortag hatte Susanne eine Bowle mit frischen Erdbeeren angesetzt, die reichlich Zuspruch fand. Außerdem standen für diejenigen, die es herzhaft mochten, Tomaten-Fliegenpilze mit Fleischsalat und Mettigel, für die süßen Naschkatzen zusätzlich zur Götterspeise Kalter Hund und Frankfurter Kranz bereit. Nach dem Essen verabschiedeten sich die Älteren, und der Saal im *Roten Ochsen* gehörte nun den jungen Leuten. Alle packten mit an, räumten die Tische und Stühle zur Seite, jemand warf Münzen in die Musicbox, und die Ersten begannen zu tanzen – Freddy Quinn sang *Hundert Mann und ein Befehl*.

Susannes Geburtstag wurde immer im großen Stil gefeiert. Das ließ sich Eugen Herzog nicht nehmen. Für seine Tochter war ihm keine Mark zu schade, außerdem kam sie ohnehin viel zu wenig mit den jungen Leuten zusammen. Heute musste sie auch nicht ausschenken oder bedienen, sondern sollte den Abend genießen.

Hans-Peter hatte Susanne das neue Buch einer bekannten

deutschen Schriftstellerin geschenkt. Es war kein originelles Geschenk, nur ein Liebesroman, er wusste aber, dass Susanne gern las, und ihm war beim besten Willen kein anderes Präsent eingefallen. Über das Buch schien Susanne sich zu freuen und dankte ihm mit einem Kuss auf die Wange. In Erinnerung an Klaus' Worte bemerkte Hans-Peter zum ersten Mal die Grübchen in ihren Wangen und die dichten dunklen Wimpern. Für ihren Ehrentag hatte sie sich hübsch gemacht. Das knielange Sommerkleid aus luftigem hellrotem Stoff umspielte ihre Rundungen. Mit einem farblich passenden Band hatte sie ihre Haare zu einem Pferdeschwanz gebunden, die Ponyfransen fielen ihr in die Stirn.

Hans-Peter beobachtete Susanne, während sie mit Volker auf einen Titel des Hazy-Osterwald-Sextetts einen Cha-Cha-Cha tanzte. Sie ist wirklich hübsch, dachte er. Anders als Ginny, aber sehr weiblich. Als die Musik verklang, kam sie zu Hans-Peter, griff nach einem bereitstehenden Glas Orangensaft und trank durstig.

»Du bist mir noch meinen Geburtstagstanz schuldig«, sagte sie und zwinkerte Hans-Peter zu. »Wie wär's mit dem Letkiss?«

Er nickte, und Susanne drückte den entsprechenden Titel auf der Musicbox. Der Letkiss war ein Gruppentanz, so dass er nur immer mal wieder ein paar Schritte mit Susanne als Partnerin tanzte. Hans-Peter mochte diese Tänze nicht. Viel lieber hätte er sich auf die Melodien der Beatles bewegt, gern auch nach den Hits der Rolling Stones gerockt, solche Platten fehlten aber nach wie vor in Eugen Herzogs Repertoire. Beim Mambo flüchtete er auf die Toilette. Obwohl eine ausgelassene Stimmung herrschte, fühlte er sich fehl am Platz. Am liebsten wäre er gegangen und durch die Nacht gelaufen, doch das konnte er Susanne nicht antun.

Gegen Mitternacht verabschiedeten sich die Freunde.

»Das war ein tolles Fest«, sagte Renate und schlüpfte in ihren Mantel. »Das nächste Mal bringen wir aber ein paar Scheiben mit richtig guter Musik und einen Plattenspieler mit, denn diese spießigen Schlager können ja keinen mehr hinter dem Ofen hervorlocken.«

Volker lachte. »Susannes Vater fällt in Ohnmacht, wenn wir die Stones oder gar noch härtere Sachen auflegen.«

Hans-Peter atmete auf. Jetzt musste er nur noch Susanne gegenüber Fröhlichkeit vortäuschen. Hilfsbereit half er ihr und Anneliese dabei, die Gläser abzuräumen und in die Küche zu bringen. Abspülen würden sie erst am nächsten Morgen. Als Susanne die Fenster zum Lüften öffnete, drückte Hans-Peter wahllos eine Tastenkombination der Musicbox.

Leg dein Herz in meine Hände sang Roy Black seinen Erfolgsschlager aus dem vergangenen Jahr.

»Wollen wir zum Abschluss noch mal tanzen?«, fragte Hans-Peter, der plötzlich Lust dazu hatte.

Es war eine Rumba. Hans-Peter, der Schritte dieses Tanzes unkundig, zog Susanne an sich, und sie wiegten sich langsam im Rhythmus der Musik. Ihr Körper war warm und weich, und als sie ihren Kopf an seiner Schulter barg, roch er den Duft nach Rosen. Die Erinnerung holte ihn mit einem Schlag ein. Beinahe grob stieß er Susanne von sich und rannte aus dem Saal. Draußen schlug ihm der Regen ins Gesicht – er hatte nicht bemerkt, dass es zu regnen begonnen hatte. Hans-Peter sank zu Boden, am ganzen Körper zitternd. Einen Augenblick später war Susanne an seiner Seite. Sanft legte sich ihre Hand auf seine Schulter, nicht darauf achtend, dass sie ihr hübsches Kleid beschmutzte, setzte sie sich neben ihn auf den aufgeweichten Boden. Sie sprach kein Wort, und eben dieses verständnisvolle Schweigen ließ bei Hans-Peter alle Dämme brechen. Er begann zu weinen. Weinte zum ersten Mal, seit er die ganze grausame Wahrheit erfahren und Ginny von sich gestoßen hatte. Er zitterte wie Espenlaub und konnte seinen Tränenfluss nicht stoppen.

»Komm mit in mein Zimmer«, flüsterte Susanne. »Du wirst ganz nass.«

Er ließ sich von ihr auf die Füße ziehen. Wie in Trance taumelte er die Treppe hinauf. In Susannes Zimmer war es warm, er sank auf das Bett und schlug die Hände vors Gesicht.

»Es tut mir so leid.«

Er spürte, wie sie sich neben ihn setzte.

»Es gibt nichts, wofür du dich entschuldigen müsstest. Ich wünsche, ich könnte deinen Kummer teilen. Dir etwas von der Last, die du seit Wochen mit dir herumträgst, abnehmen.«

Da brach es aus ihm heraus. Als wäre ein Ventil geöffnet worden, sprudelten die Worte aus seinem Mund. Er sprach schnell, ohne Luft zu holen, ganz so, als würde er, wenn er einmal stoppte, nicht mehr den Mut haben, weiterzusprechen. Hans-Peter erzählte von Martin Hartmann, seinem Vater, und von Ginny. Dass er mit Ginny geschlafen hatte, die seine Schwester war. Von der Schuld, die er auf sich geladen hatte, und von der Gewissheit, sie niemals wiederzusehen. Und er sprach auch davon, dass er einen Mörder nicht verraten durfte, um nicht das Leben der Menschen, die er liebte, zu zerstören.

Susanne unterbrach ihn kein einziges Mal. Irgendwann, beide hatten alles um sich herum vergessen, war Hans-Peter so erschöpft, dass er bei dem Versuch, aufzustehen, zusammenknickte. Seine Beine schienen ihn nicht mehr zu tragen, und er wollte nur noch schlafen.

»Kann ich heute Nacht bei dir bleiben?«

Susanne nickte stumm. Hans-Peter zog seine Schuhe und die Jacke aus, legte sich ins Bett und schlief binnen eines Augenblicks ein.

Als er erwachte, schien die Sonne ins Zimmer. Er brauchte einen Moment, um sich zu besinnen, warum er nicht in seinem eigenen Bett lag. An seine linke Seite geschmiegt schlief Susanne. Hatten sie und er etwa …? Er schluckte und hob die Decke. Erleichtert atmete er auf. Es war nichts geschehen, sie beide waren vollständig bekleidet. Mit einem Schlag kehrte die Erinnerung zurück. Er hatte sein Schweigen gebrochen, hatte Susanne die grauenvolle Wahrheit offenbart. Sie hatte ihn nicht verurteilt, hatte kein Wort gesagt, sondern nur verständnisvoll seine Hand gehalten. Er konnte Susanne vertrauen, sie würde das Geheimnis bewahren. Wenn sie liebte, dann liebte sie bedingungslos. Sie kannten einander fast so gut, wie jeder sich selbst kannte. Mit Susanne würde es keine Überraschungen geben, Susanne war sein Fels in der Brandung, Susanne bedeutete Geborgenheit und Sicherheit. Großwellingen und die Schwäbische Alb, wo die Zeit vor zehn Jahren stehengeblieben zu sein schien, waren ruhige Häfen, in die er gehörte.

Als spürte sie, dass sie beobachtet wurde, öffnete Susanne die Lider. Ihr Blick war voller Zärtlichkeit und Liebe.

Mit einem Finger strich Hans-Peter sanft die Konturen ihres Gesichtes nach und sagte: »Susanne Herzog, möchtest du meine Frau werden?«

19

 Farringdon Abbey, England, Juli 1966

Die Rosengärten standen in voller Blüte, weitere Schädlinge waren ausgeblieben, und der vor vier Wochen eröffnete Tea-Room übertraf alle Erwartungen. Da heißer Tee, eine erfrischende Limonade, das süße Gebäck und die frischen Sandwiches nicht an einen Rosenkauf gebunden waren, kamen viele Besucher auch nur einfach zum Teetrinken. Besonders an den Wochenenden waren alle Tische besetzt, und Barbra Wareham hatte nicht eine Minute Zeit, um zu verschnaufen. Barbra war zu einer unentbehrlichen Hilfe geworden und hatte sich äußerlich ihrer neuen Aufgabe angepasst. Wenn sie im Tea-Room arbeitete, bedeckten ihre Röcke die Knie, sie verzichtete auf tief ausgeschnittene Blusen oder Pullover und schminkte sich nur dezent mit Wimperntusche und einem hellen Lippenstift. Lady Phyliss hatte ihre Vorbehalte gegen Barbra begraben, denn die junge Frau arbeitete nicht nur schnell und gründlich, sondern auch mit großer Freude und war zu den Gästen immer freundlich.

»Ich habe noch nie so viel Spaß gehabt«, sagte Barbra mit glühenden Wangen, obwohl sie drei Tabletts gleichzeitig in den Händen trug.

Besonders der Apple Pie und der Chocolate Victoria Sponge Cake fanden reißenden Absatz. Inzwischen mussten sie zwei oder drei Kuchen pro Tag backen. Dafür stand Barbra freiwillig im Morgengrauen auf, wirkte aber immer so frisch und erholt, als hätte sie einen sonnigen Tag am Strand verbracht.

Regelmäßig schaute Ginny bei ihrer Großmutter und ihrer Freundin vorbei. War gerade etwas weniger los, trank sie mit Barbra und Grandma Tee, kostete aber niemals von dem Gebäck, obwohl sie zu süßen Versuchungen früher nie nein gesagt hatte. Seit ein paar Wochen empfand Ginny schon beim Geruch von Schokolade und Sahne ein regelrechtes Ekelgefühl, auch sonst war ihr Magen wie zugeschnürt, meistens stocherte sie nur in den Speisen herum. Das Essen schien ihr in der Kehle stecken zu bleiben. Inzwischen hatte Ginny, obwohl sie immer schon schlank war, deutlich an Gewicht verloren. Ihre Röcke und die praktischen Latzhosen waren ihr allesamt zu weit geworden, und ihre Wangen waren eingefallen.

»Kind, du musst mehr essen«, mahnte Phyliss sie sorgenvoll. »Du bist viel zu dünn, dabei kocht Lucy sehr gut. Kein Vergleich zu Michelle, aber doch äußerst schmackhaft.«

Lucy Bolton war die neue Haushälterin auf Farringdon Abbey. Sie war noch sehr jung, gerade zwanzig Jahre alt geworden, aber die Einzige, die sich auf die Anzeige in der Zeitung gemeldet hatte und sofort anfangen konnte. Sie hatte keine entsprechende Ausbildung, hatte aber, nachdem ihre Mutter gestorben war, drei jüngere Geschwister und ihren Vater versorgt. War der Gaumen der Benthams durch die französisch inspirierte Küche von Michelle Foqué verwöhnt worden, so brachte Lucy nun einfache, aber schmackhafte englische Hausmannskost auf den Tisch. Auch ansonsten funktionierte der Haushalt reibungslos, und Siobhans anfängliche Bedenken, ein so junges Mädchen einzustellen, schwanden schnell.

Ginny beachtete Lucy kaum. Es war ihr gleichgültig, was auf den Tisch kam. Bisher hatte niemand bemerkt, dass sie sich regelmäßig übergeben musste. Von einer Sekunde auf die andere wurde ihr übel, und wenn der Geruch nach Fett oder Öl ihr in die Nase stieg, war es besonders schlimm. Obwohl der Tea-Room Ginnys Vorschlag gewesen war, konnte sie sich über diesen Erfolg nicht freuen. Eigentlich freute sie sich über gar nichts. Einzig bei ihren Rosen fand Ginny Ruhe und Zufriedenheit, jedoch kein Vergessen. Die Rosen gediehen unter ihren Händen und sehnten sich nach ihrer Pflege und Ansprache. Die Blumen würden sie niemals enttäuschen und im Stich lassen.

Nachdem Siobhan von ihrem letzten Besuch in London nach Farringdon zurückgekehrt war, bat Lady Phyliss ihre Tochter um ein Gespräch unter vier Augen.

»Die Pflege einer alten Freundschaft in allen Ehren«, sagte sie bestimmt, »ist es aber unbedingt notwendig, dass du fast jede Woche nach London fährst?«

»Meiner Freundin geht es im Moment nicht so gut«, schwindelte Siobhan. »Ihr Mann hat sie wegen einer Jüngeren verlassen, sie braucht mich.«

»Warum besucht sie uns nicht?«, fragte Lady Phyliss. »Wir haben Platz genug, und auf dem Land erholt man sich von einem solchen Schicksalsschlag schneller als in der lauten und schmutzigen Stadt.«

»Sie arbeitet in London, schließlich muss sie ihren Lebensunterhalt verdienen.«

Bei jeder neuen Geschichte über die erfundene Freundin fühlte Siobhan sich schlechter. Nie zuvor hatte sie ihre Mutter derart schamlos belogen.

»Wie heißt sie eigentlich?«

»Wer?«

Lady Phyliss seufzte. »Deine Freundin, Siobhan, über wen sprechen wir denn? Wenn ihr zusammen zur Schule gegangen seid, müsste ich sie kennen.«

»Äh … nein, wir waren damals nicht eng befreundet.« Siobhan wurde es heiß und kalt zugleich. »Ich glaube nicht, dass du Deidre kennst.« Das war der erste Name, der ihr in diesem Moment einfiel.

»Du solltest dich aber auch mal um deine Tochter kümmern.«

»Ginny?«

»Ja, ich glaube, so heißt deine einzige Tochter«, sagte Lady Phyliss und trommelte mit den Fingerspitzen auf die Tischplatte. »Es scheint dir zu entgehen, dass das Mädchen von Tag zu Tag immer dünner wird. Sie isst kaum noch etwas.«

»Das ist der Liebeskummer und wird sich wieder legen.«

Energisch klopfte Lady Phyliss mit dem Gehstock auf den Fußboden und sagte streng: »Ginny ist nicht so labil, dass sie sich wegen ein bisschen Herzweh derart gehenlässt. Da muss mehr dahinterstecken. Wenn ich sie darauf anspreche, weicht sie mir aus.«

Siobhan versprach, mit Ginny zu sprechen, denn sie war sich bewusst, dass sie in den letzten Wochen ihre Familie tatsächlich sträflich vernachlässigt hatte. So oft wie möglich war sie mit Dave Cooper zusammen. Er hielt sich immer noch in London auf, es war aber nur eine Frage der Zeit, bis er England den Rücken kehren würde, so dass jeder Moment mit ihm noch kostbarer wurde. Siobhan wollte von der verbotenen Frucht der Leidenschaft so lange wie irgend möglich naschen. Sie führte ein regelrechtes Doppelleben: Einmal war sie Siobhan Bentham, die kühle und überlegene Geschäftsfrau der bekannten Rosenzucht, wenn sie jedoch mit Dave zusammen war, brach die leidenschaftliche und hemmungslose Seite in ihr hervor. Dann vergaß Siobhan alles andere.

Die mahnenden Worte ihrer Mutter im Ohr, suchte Siobhan gleich am selben Abend Ginny in ihrem Zimmer auf. Beim Abendessen hatte sie tatsächlich zum ersten Mal bemerkt, dass Ginny nur ein wenig Gemüse und eine Kartoffel gegessen hatte und weder das zarte Rindfleisch noch das Brombeer-Trifle angerührt hatte, mit dem sich Lucy Bolton viel Mühe gegeben hatte.

»Bitte, Mum, über James möchte ich nun wirklich nicht mehr sprechen«, sagte Ginny, als Siobhan sie auf ihren Liebeskummer ansprach.

»Sein Verhalten hat dich sehr getroffen, das verstehe ich.« Siobhan wollte das Thema nicht einfach auf sich beruhen lassen. »Jeder Mensch erlebt früher oder später Ähnliches. Die erste Liebe ist etwas ganz Besonderes und Prägendes. Du wirst James niemals vergessen, bald wirst du aber ohne Wehmut oder gar Schmerz an eure gemeinsame Zeit zurückdenken, und dein Zorn auf ihn wird Vergangenheit sein.«

Was sage ich da eigentlich?, dachte Siobhan. Sie selbst hatte Dave Cooper, ihre erste große Liebe, niemals vergessen und war sofort wieder in seine Arme gesunken, als er nach Jahren vor ihr stand.

Trotzig verzog Ginny die Lippen und murmelte: »Bitte akzeptiere meinen Wunsch, dass ich nicht mehr über James sprechen möchte, Mum. Ich will seinen Namen niemals wieder hören, und es wäre nett, wenn du, Dad und Grandma das respektieren würdet. Ich habe keinen Liebeskummer, und mir geht es gut. Sehr gut sogar!«

Die dunklen Schatten unter ihren Augen und die Blässe ihrer

Wangen straften ihre Worte Lügen. Eine weitere Unterhaltung blockte Ginny ab, indem sie vorgab, sehr müde zu sein und schlafen zu wollen.

Von nun an beobachtete Siobhan ihre Tochter aufmerksam, fand aber keinen Zugang zu ihr. Gewissenhaft erledigte das Mädchen seine Arbeit, war von früh bis spät in den Gärten, blieb aber schweigsam und aß nach wie vor zu wenig. Siobhan redete sich ein, in ein paar Wochen würde ihre Tochter wieder ganz die Alte sein. Aber auch Gregory hatte sich verändert. Seit der unglückseligen Sache mit James grübelte er häufig, war geistesabwesend, wenn Siobhan ihn ansprach, und gab einsilbige Antworten. Ginny war immer der Sonnenschein ihres Mannes gewesen, und Siobhan hatte sich oft zurückgesetzt gefühlt, als würde Gregory Ginny mehr lieben als sie. Jetzt jedoch schien auch er nicht zu bemerken, wie sehr Ginny litt. Siobhan bekam immer mehr den Eindruck, dass Gregory ihr bewusst aus dem Weg ging. Ebenso wie Ginny war auch er den ganzen Tag in den Gärten, abends saß er bis weit nach Mitternacht in seinem Arbeitszimmer und rauchte eine Zigarette nach der anderen. Wenn Siobhan morgens den Raum betrat, lag nicht nur der Geruch nach den Zigaretten in der Luft, sondern auch der nach Alkohol. Früher hatte Gregory nur wenig getrunken. Ein Glas Wein zum Essen, einen Brandy oder Whisky am Abend oder zu besonderen Anlässen, betrunken hatte Siobhan ihren Mann noch nie erlebt. In letzter Zeit griff er manchmal schon beim Lunch zum Alkohol. Da sie seit Jahren in getrennten Schlafzimmern schliefen, wusste Siobhan nicht, wann Gregory zu Bett ging. Dass er aber zu wenig schlief, war ihm deutlich anzusehen. Von Tag zu Tag wurde er nervöser, seine Bewegungen waren oft fahrig. Klingelte das Telefon, zuckte Gregory zusammen und beeilte sich, als Erster am Apparat zu sein, um das Gespräch entgegenzunehmen. Einmal beobachtete Siobhan, wie ihr Mann hektisch die Post durchschaute, als würde er auf ein bestimmtes Schreiben warten. Gregory schien unter einer ständigen Anspannung zu stehen. Siobhan hegte den Verdacht, in Gregorys Leben gebe es eine andere Frau. Dieser Gedanke schmerzte sie nicht sehr, denn auch wenn es so sein sollte, hatte sie keinen Grund, ihm Vorwürfe zu machen oder gar verletzt zu sein. Betrog sie ihn doch bereits seit Monaten. Allerdings verließ er Farringdon Abbey nur, wenn es unabdingbar war, neue Waren in Southampton zu kaufen oder wichtige Geschäftstermine wahrzunehmen. Er hatte also kaum Gelegenheit, sich mit einer Frau zu treffen.

Seit dem Tag, als der junge Deutsche in Farringdon gewesen war, schien sich alles grundlegend verändert zu haben. Als hätte jemand einen Schalter umgelegt und ein zuvor hell strahlendes Licht ausgeknipst. Als würde ihre bisher heile Welt langsam Stück für Stück zerbrechen. Siobhan schwor sich immer wieder, die Affäre mit Dave Cooper zu beenden. Nachts wälzte sie sich ruhelos im Bett, sehnte sich nach seiner körperlichen Liebe und konnte es nicht erwarten, endlich wieder in seinen Armen zu liegen. Allerdings vermied es Siobhan seit dem Gespräch mit ihrer Mutter, über Nacht in London zu bleiben. Meistens fuhr sie nach dem Lunch mit dem Zug in die Stadt und kehrte am späten Nachmittag wieder zurück. Dave Cooper hatte sie nicht noch einmal gebeten, ihn nach Tasmanien zu begleiten, aber wenn sie in seinen Armen lag, träumte Siobhan von einem neuen, aufregenden Leben an seiner Seite. Spätestens jedoch, wenn sie im Zug nach Hause saß, siegte ihr Verantwortungsbewusstsein – besonders gegenüber Ginny. Siobhan würde noch eine, maximal zwei Wochen abwarten, ob ihre Tochter damit begann, wieder normal zu essen. Wenn nicht, würde sie Doktor Wyatts um Rat bitten. Der alte Hausarzt hatte geholfen, Ginny zur Welt zu bringen, und kannte das Mädchen so gut wie kaum jemand anderer.

Eine bleierne Hitze lag über den Gärten, die Luft war schwül, und es war windstill, wahrscheinlich würde es gegen Abend ein Gewitter geben. Ginny harkte einen Weg zwischen den Beeten, als es ihr plötzlich schwarz vor Augen wurde. Die Harke entfiel ihren Händen, und sie sank bewusstlos zu Boden. Ein Gärtner, nur wenige Meter von Ginny entfernt, alarmierte unverzüglich Gregory, der seine Tochter auf die Arme nahm und ins Haus trug. Er wies den Gärtner an, Siobhan zu holen, er selbst kühlte Ginnys Stirn mit kaltem Wasser, dann rief er Doktor Wyatts an. Auch wenn Gregory andere Sorgen drückten, erkannte er, dass Ginny ernsthaft krank zu sein schien. Das war nicht länger ein normaler Liebeskummer.

Als der Arzt eintraf, hatte Ginny ihr Bewusstsein zwar wiedererlangt, zitterte aber wie Espenlaub, und kalter Schweiß stand auf ihrer Stirn. Dr. Wyatts bat Gregory und Siobhan, ihn mit dem Mädchen allein zu lassen. Ungeduldig warteten sie gemeinsam mit Lady Phyliss in der Bibliothek. Obwohl es noch nicht einmal Mittag war, schenkte sich Gregory bereits den zweiten Brandy ein.

»Trink nicht so viel.« Phyliss sah ihn streng an. »Ginny wird nicht dadurch geholfen, dass du betrunken bist.«

Trotzig stürzte Gregory den Inhalt des Glases in einem Schluck hinunter und erwiderte: »Ich trinke, wann und wie viel ich will.«

»Es ist das Wetter«, mutmaßte Siobhan. »Ein Gewitter liegt in der Luft, und Ginny hat bestimmt viel zu wenig Flüssigkeit zu sich genommen.«

»Vielleicht ist es auch ein Virus«, sagte Phyliss. »Ich habe gehört, im Dorf geht eine Magen-Darm-Grippe um.«

Siobhan sprang auf, als Doktor Wyatts den Raum betrat. Erwartungsvoll sah sie ihm entgegen.

»Was ist mit meiner Tochter? Sie ist doch nicht ernsthaft krank, sicher nur eine vorübergehende Schwäche, nicht wahr?«

Der alte Arzt lächelte verhalten. Siobhan seufzte erleichtert auf. Doktor Wyatts würde nicht lächeln, wenn Ginny ernsthaft erkrankt wäre.

»Das Mädchen ist viel zu dünn«, antwortete der Arzt. »Sie muss unbedingt mehr essen.«

»Das sagen wir ihr seit Wochen«, sagte Lady Phyliss, »aber Sie wissen doch, wie junge Mädchen sind, Doktor. In all diesen Magazinen sieht man nur noch spindeldürre Frauen aus Haut und Knochen, denen alles Weibliche abhandengekommen ist. Offenbar eifert Ginny denen nach, dabei dachte ich, sie wäre vernünftiger.«

»Ach, Mum, das ist es nicht«, warf Siobhan ein. »Sobald sie diesen nichtsnutzigen Kerl vergessen hat, wird es ihr auch wieder bessergehen.«

Phyliss runzelte die Stirn. »Das ist eine Sache, die nur die Familie etwas angeht.«

Doktor Wyatts räusperte sich vernehmlich und sagte: »Nun ja, ich denke, hier liegt tatsächlich eine medizinische Ursache vor. Bei meiner Untersuchung konnte ich feststellen, dass Miss Ginny viel zu mager ist. Dabei sollte sie gerade in ihrem Zustand auf eine ausreichende und ausgewogene Ernährung achten.«

»In ihrem Zustand?«, wiederholte Siobhan, und Phyliss fragte: »Was wollen Sie damit andeuten, Doktor?«

»Ihre Tochter, Mistress Bentham, erwartet ein Kind«, erwiderte Dr. Wyatts sachlich. »Ich schätze, es wird im nächsten Jahr etwa Ende Januar oder Anfang Februar zur Welt kommen. Um das genau festzustellen, sind natürlich weitere Untersuchungen notwendig.«

Hart stellte Gregory sein Glas auf die Anrichte. Ohne ein Wort zu sagen oder jemanden anzusehen, verließ er das Zimmer.

»Gregory!«, rief Siobhan ihm nach. »Wo willst du hin?«

»Wie ich sehe, überrascht Sie die Nachricht. Haben Sie denn nichts bemerkt?« Dr. Wyatts schüttelte ungläubig den Kopf. »Miss Ginny hat mir gestanden, seit ein paar Wochen selbst den Verdacht zu haben, ein Kind zu erwarten. Sie versuchte, es vor Ihnen zu verbergen.«

»Das ist ihr gelungen, wir hatten keine Ahnung«, flüsterte Siobhan heiser, ihre Mutter bedeckte ihre Augen und seufzte. »Was soll denn jetzt werden?«

Dr. Wyatts ahnte, was in Lady Phyliss vor sich ging, da er wusste, was ein uneheliches Kind bedeutete. Sie lebten auf dem Land, die Nachbarn würden sich die Mäuler zerreißen. Offenbar war das Mädchen auf einen Mann hereingefallen, der sich aus dem Staub gemacht hatte. Es stand ihm jedoch nicht zu, Vorwürfe zu erheben oder sich in die Privatangelegenheiten der Benthams einzumischen. Er nahm seine Tasche und wandte sich zum Gehen.

»Achten Sie darauf, dass Ginny regelmäßig Mahlzeiten zu sich nimmt. Am besten leichte Suppen, viel Obst und Gemüse, und sie sollte ausreichend Fruchtsäfte und Wasser trinken. Es wäre gut, wenn das Mädchen nächste Woche meine Praxis aufsucht, damit ich die nötigen Untersuchungen vornehmen kann.«

Niemand hielt ihn auf. Siobhan schien wie gelähmt zu sein, einzig ihre Finger öffneten und schlossen sich hektisch.

»Wie konnte es nur so weit kommen?« Lady Phyliss schüttelte verständnislos den Kopf.

»Das muss ich dir, Mum, nun wirklich nicht erklären«, sagte Siobhan tonlos.

»Wir müssen eine Lösung finden«, antwortete Phyliss, der Blick, den sie ihrer Tochter zuwarf, war von mühsam zurückgehaltener Wut geprägt. »Wir müssen zusehen, für dieses ... Problem so schnell wie möglich eine Lösung zu finden.«

Elliot Earthwell konnte sich nicht erinnern, dass Onkel Gregory jemals den Autohandel in Lymington aufgesucht hatte. Der Mann seiner Tante machte sich nichts aus schnellen Sportwagen.

»Onkel Gregory, welchem Umstand verdanke ich deinen Besuch?«, begrüßte er ihn überrascht. »Du wirst dich doch nicht dazu entschlossen haben, dir endlich ein schickes, schnelles Auto zuzulegen? Ich habe gerade ein neues Modell aus Italien reinbekommen, soll ich es dir zeigen?«

»So viel PS sind nichts für mich, das überlasse ich lieber euch jungen Leuten.« Gregory winkte ab und sah sich um. »Habt ihr inzwischen den Kredit für den Neubau erhalten?«

Diese Frage erstaunte Elliot. Vor einigen Wochen hatte er im Rahmen eines Abendessens auf Farringdon erzählt, dass er und Norman die Geschäftsräume erweitern wollten.

»Unsere Ausstellungsfläche ist viel zu klein«, hatte Elliot erklärt. »Direkt nebenan wurde eine Papierfabrik geschlossen, die sind Anfang des Jahres in Konkurs gegangen. Das Gelände wäre perfekt, um eine neue Halle zu bauen, leider spielen die Banken nicht mit und wollen uns keinen Kredit bewilligen. Sie sagen, das Risiko wäre zu hoch und wir hätten nicht ausreichende Sicherheiten vorzuweisen.«

Damals hatte Elliot das Gefühl gehabt, sein Onkel hätte nur mit halbem Ohr zugehört und diese Pläne längst vergessen.

»Obwohl der Laden wirklich gut läuft, können wir ohne einen Kredit das Gelände nicht kaufen, geschweige denn eine neue Halle bauen«, beantwortete er Gregorys Frage. »Ich habe gehört, eine Supermarktkette zeigt ebenfalls Interesse, und ich fürchte, die werden uns das Grundstück wohl vor der Nase wegschnappen.«

Gregory nickte und sagte dann zusammenhangslos: »Ich würde gern mit Norman sprechen.«

»Mit Norman?«, wiederholte Elliot. »Er ist mit einem Kunden bei einer Probefahrt. Ich denke, in einer halben Stunde sollte er zurück sein.«

»Ich werde warten.«

»Soll ich dir etwas zu trinken bringen, Onkel Gregory? Einen Tee oder eine Limonade?«

Gregory verneinte, setzte sich auf einen der Stühle im Ausstellungsraum, nahm eine der ausliegenden Autozeitschriften und blätterte darin, ohne den Artikeln Beachtung zu schenken. Elliot hatte den Eindruck, als wäre Gregory ziemlich nervös. Da ein Kunde eintrat, um sich nach einem schwarzen Roadster zu erkundigen, konnte Elliot sich nicht länger um Gregory kümmern.

Norman Schneyder war nicht minder überrascht als Elliot, dessen Onkel anzutreffen, und auch, dass Gregory Bentham mit ihm sprechen wollte.

»Gibt es in der Nähe ein Pub?«, fragte Gregory und klopfte dem jungen Mann wohlwollend auf die Schulter. »Ich lade dich zu einem Bier ein.«

»Ich nehme lieber eine Cola, es ist schließlich mitten am Tag«, antwortete Norman.

Das Pub befand sich gleich an der nächsten Straßenecke. An der Theke holte Gregory für sich ein Pint, von dem er auch sofort durstig trank, während Norman an einer Cola nippte.

»Elliot sagt, die Banken bewilligen euch keinen Kredit für das neben euch liegende Gelände«, begann Gregory das Gespräch.

Norman nickte erstaunt. Elliots Onkel hatte sich noch nie um den Autohandel gekümmert. Seine Welt war Farringdon Abbey und die Rosenzucht, darüber hinaus schien ihn kaum etwas zu interessieren.

»Wie du weißt, ist unser Betrieb sehr gut aufgestellt und macht gute Gewinne«, fuhr Gregory fort. »Ich glaube, ich könnte euch das Geld geben, einen Teil als Kredit, den größeren Teil würde ich dir aber unter gewissen Umständen schenken.«

Norman sah ihn fassungslos an. »Das wäre sehr freundlich, Mister Bentham. Elliot hätte es nie gewagt, Sie um Hilfe zu bitten. Wir möchten jedoch nichts geschenkt haben und zahlen die Summe bis auf den letzten Penny und mit Zinsen zurück. Was wären das denn für gewisse Umstände?«

Zusammenhangslos antwortete Gregory: »Du magst Ginny doch, oder? Wie lange kennt ihr euch schon? Das müssen einige Jahre sein.«

»Ginny?«, wiederholte Norman. Er konnte sich keinen Reim

auf diesen seltsamen Verlauf des Gesprächs machen. Warum brachte Gregory nun seine Tochter ins Spiel? »Elliot und ich haben uns während der Schulzeit kennengelernt, und seit damals bin ich immer wieder übers Wochenende nach Farringdon gekommen, wie Sie wissen, Mister Bentham. Ginny war damals noch ein mageres Ding mit rotbraunen Zöpfen und frechen Sprüchen.«

Gregory nickte, starrte geistesabwesend in sein Glas und sagte, ohne Norman anzusehen: »Berichtige mich, wenn ich mich irren oder etwas falsch interpretiert haben sollte, aber ich vermute, du hegst tiefere Gefühle für meine Tochter.«

»Äh ... ja ... nein, ich meine ...« Unbehaglich rutschte Norman auf dem Stuhl herum. Nie zuvor hatte er mit Gregory Bentham ein solch persönliches Gespräch geführt. »Ja, es stimmt«, gab er dann ehrlich zu. »Noch im letzten Jahr wäre ich gern mit Ginny ausgegangen, ich meine, mit ihr allein und nicht nur immer mit der Clique. Sie hat mir aber mehr als einmal einen Korb gegeben und erklärt, ich wäre nur so etwas wie ein großer Bruder für sie. Als dann dieser Deutsche kam, James, da ...«

Abwehrend hob Gregory die Hände. »Es ist nicht nötig, diesen Namen zu erwähnen.«

»Das wird nicht möglich sein.« Normans Hände umklammerten sein Glas. Er sah Gregory offen an und sagte: »Mister Bentham, ich habe keinen blassen Schimmer, worauf Sie hinauswollen. Da es aber etwas ist, das Ginny betrifft, erlauben Sie mir, offen zu sprechen. Als James und Ginny sich kennenlernten und ich bemerkte, dass Ginny auf dem besten Weg war, sich in den Ausländer zu verlieben, war ich nicht nur skeptisch, sondern auch eifersüchtig. Ich warnte Ginny vor ihm, sie wollte aber nicht auf mich hören. Ausgerechnet ein Deutscher – das konnte doch keine Zukunft haben! Sie kennen Ihre Tochter aber besser als ich, Mister Bentham, und wissen, dass Ginny sich nichts ausreden oder gar verbieten lässt. Ich gebe zu, am liebsten hätte ich James ohne Rückfahrkarte auf den Mond geschossen, denn es war für alle ersichtlich, dass sich zwischen den beiden etwas anbahnte. Dann jedoch, letztes Weihnachten, lernte ich James besser kennen, und meine Einstellung ihm gegenüber änderte sich. Ja, ich dachte sogar, James ist ein feiner Kerl und er meint es wirklich ernst mit Ginny, er sprach auch davon, in England zu studieren und so. Nie zuvor habe ich Ihre Tochter derart glücklich gesehen, und ich freute mich ehrlich mit ihr. Als ich dann hörte, dass James sich einfach aus dem Staub gemacht hat und von Ginny nichts mehr wissen will, war ich furchtbar wütend. Mein erster Eindruck hatte sich leider bestätigt, es ging James nur darum, sich in ein gemachtes Nest zu setzen. Am liebsten wäre ich nach Deutschland gefahren und hätte ihm alle Knochen gebrochen.«

»Gewalt ist keine Lösung«, ermahnte Gregory ihn.

Norman grinste. »Das war nur bildlich gemeint, Mister Bentham, aber es reizt mich schon, James so richtig die Meinung zu sagen.«

»Das würde nichts ändern«, antwortete Gregory leise. »Er und Ginny werden sich niemals wiedersehen.«

»Ich hätte mich von ihm nicht so blenden lassen sollen«, fuhr Norman fort. »Elliot erzählte mir, James habe sich von Ihnen, Mister Bentham, bezahlen lassen, damit er Ginny in Ruhe lässt. Das hätte ich ihm nun wirklich nicht zugetraut.«

»Wir alle täuschen uns immer mal wieder in Menschen, und wenn wir dann deren wahren Charakter erkennen, ist das Erwachen erschreckend«, erwiderte Gregory und sah Norman ernst an. »Ginny geht es sehr schlecht, Norman, das Leben geht jedoch weiter. Ich sprach vorhin von dem Geld, das ihr, du und Elliot, für das Baugrundstück benötigt. Ginny ist meine einzige Tochter, eines Tages wird sie Farringdon Abbey und die Rosenzucht erben. Dementsprechend hoch wird ihre Mitgift ausfallen, wenn sie heiratet.«

Normans Augen weiteten sich interessiert. Er beugte sich vor und flüsterte: »Sie meinen, ich solle …? Was sagt Ginny dazu? Ich kann mir nicht vorstellen, dass sie …«

»Sie wird sich fügen«, unterbrach Gregory ihn entschlossen. »Ich will dir nichts verschweigen, bald werden es ohnehin alle wissen.« Er atmete schwer aus, straffte die Schultern und sagte: »Ginny ist schwanger. Sie erwartet ein Kind von James. Also, Norman Schneyder: Willst du meine Tochter unter diesen Umständen heiraten? Wenn dir etwas an Ginny liegt, dann darfst du sie jetzt nicht im Stich lassen und sie der Schande, eine ledige Mutter zu sein, aussetzen. Finanziell soll es dein Schaden nicht sein.«

20

Großwellingen, Deutschland, Juli 1966

Was er auch tat – Hans-Peter konnte es Wilhelm Kleinschmidt einfach nicht recht machen. »All die Jahre umsonst! Das ganze Geld zum Fenster hinausgeworfen«, brüllte Kleinschmidt, als Hans-Peter ihm mitteilte, er werde die Universität verlassen und in die *Ochsen*-Brauerei einsteigen.

Hans-Peter stemmte die Hände in die Seiten und rief: »Was willst du denn? *Du* hast doch immer gewollt, dass ich die Susanne heirate und einen bodenständigen Beruf erlerne? *Du* hast immer betont, dass mein Wunsch, Anwalt zu werden, Fürze im Hirn sind …«

»Einen solchen Jargon dulde ich nicht in meinem Haus«, fiel Kleinschmidt ihm ins Wort. »So kannst du mit deinen gammligen Freunden sprechen, aber nicht mit mir!«

Hans-Peter presste die Lippen zusammen. Er hatte geglaubt, sein Stiefvater würde vor Freude Purzelbäume schlagen, weil er endlich zur Besinnung gekommen war, wie Kleinschmidt es seit Jahren gepredigt hatte. Eugen Herzog hatte die Nachricht von Hans-Peters Antrag an Susanne mit ausgiebig Bier und Schnaps gefeiert, Wilhelm Kleinschmidt jedoch dachte nur an den schnöden Mammon, den er in Hans-Peter gesteckt hatte und der seiner Ansicht nach nun verloren war.

»Tja, so ist es nun eben«, sagte Hans-Peter fest. »Ich werde dir jeden Pfennig zurückgeben, sobald ich von Herzog bezahlt werde.«

Er drehte sich um und wollte den Raum verlassen, da legte sich Kleinschmidts Hand schwer auf seine Schulter.

»Junge, so war es doch nicht gemeint.« Kleinschmidt räusperte sich. Es war ihm anzusehen, welche Überwindung ihn die nächsten Worte kosteten. »Natürlich bin ich froh, dass du und Susanne endlich zusammengefunden habt, und deine Mutter freut sich, dass du deine Heimat nicht verlassen wirst. Es kommt nur etwas überraschend, und ich dachte, du könntest deinen Abschluss doch noch machen und erst danach bei Eugen in den Betrieb einsteigen. Und wegen des Geldes« – er winkte ab –, »das war nicht so gemeint.«

»Wozu sollte ich weiter zur Uni gehen?«, entgegnete Hans-Peter, überrascht über Kleinschmidts versöhnliche Worte. »Die Brauerei braucht keinen Juristen, sondern jemanden, der anpacken kann. Auf dem Bau habe ich bewiesen, dass ich mit meinen Händen arbeiten kann und dass man alles lernen kann, wenn man es nur wirklich will.«

Kleinschmidt nickte wohlwollend.

»Die letzten Jahre hab ich dich wohl falsch eingeschätzt.«

Hans-Peter kam aus dem Staunen nicht heraus und fragte sich, wie es möglich war, dass allein die Tatsache, dass er Susanne heiraten würde, einen so deutlichen Sinneswandel bei seinem Stiefvater bewirkte. »Hansi, ich war doch auch mal jung und weiß, wie es ist, wenn man zu sich selbst finden will. Damals jedoch herrschten schwere Zeiten, und wir mussten im Gleichschritt marschieren und die Musik hören, die von der Regierung vorgeschrieben wurde. Das ist Schnee von gestern.« Kleinschmidt winkte ab. »Du sollst wissen, dass du jede Unterstützung von mir bekommst, die du brauchst.«

Hans-Peter rang sich ein »Danke« ab, blieb aber skeptisch. Er kannte die Launen Kleinschmidts. Morgen schon würde er vielleicht wieder neue Vorwürfe gegen ihn erheben.

Am nächsten Tag trat Hans-Peter einen schweren Gang an.
Die Formalitäten der Exmatrikulation waren zwar schnell erledigt, vor dem Gespräch mit Professor Elstenberg graute ihm aber. Der grauhaarige Mann mit den gütigen Augen war immer wie ein väterlicher Freund gewesen, darüber hinaus war Elstenberg eine Kapazität auf dem Gebiet der Rechtswissenschaften.

»Kleinschmidt, das ist nicht Ihr Ernst!« Ungläubig schüttelte der Professor den Kopf. »Keine zwei Jahre mehr, dann haben Sie das Erste Staatsexamen in der Tasche.«

»Es tut mir sehr leid, Herr Professor, aber gewisse Umstände zwingen mich dazu, einen anderen beruflichen Werdegang einzuschlagen.«

So einfach wollte Elstenberg Hans-Peter nicht gehen lassen.

»Haben Sie Probleme, Kleinschmidt? Wenn ich Ihnen helfen kann …«

»Das ist nicht nötig, danke«, unterbrach Hans-Peter ihn schnell und wich dem bohrenden Blick des Professors aus. »Ich werde in ein paar Wochen heiraten«, fügte er hinzu und sah das Begreifen in Elstenbergs Augen.

»Wenn das so ist … Na ja, es ehrt Sie, dass Sie das Mädchen nicht einfach im Stich lassen, so wie andere in Ihrer Situation es vielleicht tun würden.«

Hans-Peter ließ den Professor in dem Glauben, er hätte Susanne geschwängert und müsse sie nun so schnell wie möglich heiraten.

»Allerdings muss es doch die Möglichkeit geben, Ihr Studium fortzusetzen, auch mit einer Familie. Ist Ihr Vater nicht vermögend?«

»Wenn Sie damit andeuten wollen, dass er mich finanziell unterstützen könnte, so möchte ich das nicht«, antwortete Hans-Peter entschlossen. »Für meine Frau werde ich selbst aufkommen.«

Professor Elstenberg seufzte, legte die Fingerspitzen aneinander und fragte: »Es gibt nichts, womit ich Sie umstimmen könnte?« Hans-Peter schüttelte den Kopf, und der Professor seufzte erneut. »Das ist schade, sehr schade, Kleinschmidt. Sie sind einer meiner besten Studenten und wären ein hervorragender Anwalt geworden, denn Sie sehen nicht nur die nüchternen Fakten, sondern haben zudem eine gute Menschenkenntnis. Bei den Fällen, die wir in den letzten Jahren durchgesprochen haben, warfen Sie immer auch einen Blick hinter die Kulissen. Sie sehen die Menschen, nicht nur die staubigen Akten. Gerade bei Ihnen, Kleinschmidt, war ich sicher, dass Sie Recht und Unrecht nicht nur auseinanderhalten, sondern auch die menschliche Seite berücksichtigen und beurteilen werden.«

»Bei allem Respekt, Herr Professor, aber Sie irren sich!«, rief Hans-Peter aufgebracht und stand auf. »Ich weiß nichts von den Menschen, weniger als nichts! Und Recht und Unrecht sind nur zwei Wörter, ebenso wie Wahrheit und Unwahrheit! Was für die einen die Wahrheit ist, ist für den anderen eine große Lüge. Menschenleben, ganze Schicksale werden auf Lügen aufgebaut, wenn man diese jedoch aufdeckt, dann bestraft man Unschuldige und zerstört deren Leben. In dieser Welt gibt es keine Gerechtigkeit, keine Trennung zwischen Gut und Böse. Es gibt nur einen selbst, und jeder Mensch ist allein dafür verantwortlich, mit der Realität zurechtzukommen.«

Verhalten applaudierte Elstenberg, sein Lächeln war jedoch bitter, als er sagte: »Ein gutes Plädoyer, Kleinschmidt. Ihre Worte entbehren nicht einer gewissen Wahrheit, trotzdem …«

Hans-Peter ließ ihn nicht aussprechen. »Leben Sie wohl, Herr Professor. Die Jahre an diesem Institut werde ich nie vergessen, nun jedoch muss ich meinen eigenen Weg gehen. Und ich muss ihn allein gehen.«

Er sah nicht den besorgten Blick von Professor Elstenberg, als er dessen Büro verließ. Auf der Straße zündete er sich eine Zigarette an und überlegte einen Moment, zu Joe in die Altstadt zu gehen, für ein paar Stunden in eine farbenprächtige Traumwelt einzutauchen und alles zu vergessen. Doch nach dem Erwachen aus dem Drogenrausch wäre alles nur noch schlimmer. Er hatte seine Entscheidung getroffen und würde diese bis in die letzte Konsequenz durchziehen.

Hans-Peters Heiratsantrag hatte wie eine Bombe eingeschlagen, und Eugen Herzog machte keinen Hehl aus seiner Freude, die beiden Familien endlich vereint zu sehen. Noch am selben Abend hatte er eine Lokalrunde nach der anderen spendiert. Hildegard Kleinschmidt hatte Hans-Peter umarmt und mit einer solchen Kraft an sich gedrückt, dass er befürchtete, seine Rippen würden brechen.

»Endlich, Hansi! Ich freue mich so sehr für euch«, hatte sie mit Tränen in den Augen geflüstert.

Einzig Hans-Peters Wunsch, die Hochzeit solle ohne viel Aufwand und so bald wie möglich stattfinden, stieß auf Widerstand.

»Ach, Junge, für so eine Hochzeit gibt es jede Menge vorzubereiten«, sagte Hildegard. »Alle aus Groß- und Kleinwellingen müssen geladen und das Essen muss geplant werden, wir müssen mit dem Pfarrer sprechen …«

»Sanne und ich wollen nur standesamtlich heiraten«, fiel Hans-Peter seiner Mutter ins Wort.

Mit diesem Wunsch war Hans-Peter jedoch auf Granit gestoßen. Wenn der einzige Sohn des Bürgermeisters die einzige Tochter der *Ochsen*-Brauerei heiratete, dann ging das die ganze Gemeinde an. Unmöglich, auf der zutiefst gläubigen, katholischen Schwäbischen Alb ohne den Segen Gottes in den heiligen Stand der Ehe zu treten. Zähneknirschend musste Hans-Peter nachgeben, auch wenn das bedeutete, dass die Hochzeit frühestens in vier oder fünf Wochen stattfinden konnte. Er hätte das Ganze lieber schnell und in aller Stille hinter sich gebracht.

Susanne wäre mit einer rein standesamtlichen Trauung zwar einverstanden gewesen, da sie wusste, dass Hans-Peter nicht gläubig war und nur dann zur Kirche ging, wenn es sich nicht vermeiden ließ. Insgeheim aber träumte Susanne wie jede junge Frau von einer richtig großen Hochzeit – mit einem Polterabend, einem weißen Kleid, vielleicht einer Kutsche, gezogen von zwei weißen Pferden, Orgelmusik in der Kirche und natürlich einem großen Fest, bei dem sie bis zum Morgengrauen des folgenden Tages durchtanzen wollte. Sie war zwar auch keine eifrige Kirchgängerin, eine Ehe ohne Gottes Segen schien aber auch ihr nicht richtig.

»Das dauert doch alles furchtbar lange«, wandte Hans-Peter ein.

»Das Aufgebot muss mindestens vierzehn Tage ausgehängt werden«, antwortete Susanne. »Ich denke, in vier, maximal fünf Wochen können wir alles für eine kirchliche Trauung organisieren. Wie wäre es mit einem Termin im August? Dann ist es noch warm genug, so dass wir draußen feiern können.«

Hans-Peter zeigte sich mit diesem Vorschlag einverstanden, küsste Susanne und sagte: »Ich hab es halt eilig, dass du meine Frau wirst, bevor ein anderer dich mir wegschnappt.«

Auch der Pfarrer zeigte sich über diese Eile wenig begeistert. Streng fragte er Hans-Peter, ob er und Susanne heiraten müssten, was Hans-Peter mit einem Lachen verneinte und auch ihm erklärte, er wäre von Natur aus ein ungeduldiger Mensch.

Nachts wälzte er sich nun wieder ruhelos im Bett herum. Wenn er schlief, dann träumte er von Ginny in einem weißen Kleid, einen bunten Blumenstrauß in den Händen, die in einer Kirche langsam auf ihn zuschritt, und hatte das Gefühl, sein Herz würde vor Glück zerspringen. Meistens wandelte sich der Traum jedoch, und Ginny wurde von ihrem Vater zum Altar geführt. Ihrem und seinem Vater – Martin Hartmann. Er trug die schwarze Uniform der Waffen-SS, statt eines Gesichts grinste Hans-Peter ein bleicher Totenschädel entgegen. Aus diesen Träumen erwachte er schweißgebadet und mit Herzrasen, dann nahm er ein Foto von Susanne zur Hand, auf dem sie strahlend in die Kamera blickte. Er hatte allen Grund, dankbar zu sein, dass Susanne zu ihm stand, gleichgültig, wer sein Vater gewesen war und was er getan hatte. Sie kannte als Einzige sein Geheimnis und bewahrte es. Eine bessere Ehefrau als Susanne konnte er nicht bekommen.

Seine Träume kehrten jedoch Nacht für Nacht zurück.

Der schneeweiße Satin schmiegte sich wie eine zweite Haut an Susannes Körper, betonte an den richtigen Stellen ihre weiblichen Kurven, kaschierte gleichzeitig die weniger vorteilhaften

Rundungen. Das mit feinster Brüsseler Spitze besetzte Dekolleté ließ den Ansatz ihrer Brüste erahnen, ohne ordinär zu wirken. Die Spitze fand sich in den bis über die Ellbogen reichenden Ärmeln wieder, der Rock war schmal geschnitten, ein kniehoher Schlitz bescherte den Beinen Bewegungsfreiheit. Die Verkäuferin befestigte einen duftig-leichten Schleier in Susannes aufgestecktem Haar.

»Bezaubernd!«, hauchte die ältere Frau, trat einen Schritt zurück und musterte die Kreation. »Das Kleid scheint eigens nur für Sie gemacht zu sein. Sie sehen wunderschön aus.«

Susanne starrte ihr Spiegelbild an. War das wirklich sie? Eine völlig fremde Frau blickte ihr entgegen. Eine Frau in einem weißen Brautkleid, einer Prinzessin gleich.

»Es ist das perfekte Kleid.« Doris Lenninger trat neben Susanne, gemeinsam schauten sie in den Spiegel. »Ich denke, du solltest dieses Kleid wählen.« Die Cousine von Hildegard Kleinschmidt hatte es sich nicht nehmen lassen, Susanne bei den Hochzeitsvorbereitungen zur Seite zu stehen.

»Das arme Ding hat ja keine Mutter mehr«, hatte Doris zu Hildegard gesagt. »Als Mutter des Bräutigams hast du jede Menge Arbeit mit der Hochzeit, daher werde ich Susi unter meine Fittiche nehmen.«

Susanne war über ihre Unterstützung dankbar, und Doris hatte darauf bestanden, von ihr ab sofort »Tante Doris« genannt zu werden.

»In wenigen Wochen sind wir eine Familie, mein Kind. Zeit, die Förmlichkeiten beiseitezulassen.«

Sie waren mit dem Zug nach Stuttgart gefahren, um Susannes Brautkleid zu kaufen. *Monas Brautmoden* in der Königsstraße war das erste Geschäft am Platz für elegante Braut- und

Abendbekleidung. Da Eugen Herzog für seine Tochter nur das Beste wollte und Geld keine Rolle spielte, hatte Doris beschlossen, dass Susanne sich in dieser exklusiven Boutique beraten lassen sollte. Ihre Erwartungen waren bei weitem übertroffen worden. In den letzten drei Stunden hatte Susanne sechs Kleider anprobiert und endlich das perfekte Brautkleid gefunden.

»Es ist aber furchtbar teuer«, raunte Susanne Doris ins Ohr, damit die Verkäuferin es nicht hören konnte. »Ich brauche ja auch noch Schuhe und ein Täschchen.«

»Papperlapapp, Susanne, man heiratet nur ein Mal im Leben. Nun ja, zumindest sollte das so sein, und bei dir und Hans-Peter bin ich mir sicher, dass eure Ehe für immer halten wird. Es wird der schönste Tag in deinem Leben werden, und du sollst die schönste Frau unter der Sonne sein.«

Susanne schenkte Doris ein dankbares Lächeln und entschied, dieses Kleid zu kaufen. Passende Schuhe und eine kleine, perlenbestickte Tasche waren schnell gefunden, außerdem ließ Susanne sich noch zu einem besonderen Set seidener Unterwäsche überreden, auch wenn diese außer Hans-Peter niemand zu Gesicht bekommen würde.

Nachdem die Formalitäten geklärt waren – der Saum musste etwas gekürzt und am Rücken ein wenig Stoff herausgelassen werden, dann würde man das Kleid Susanne nach Hause liefern –, schlug Doris vor: »Und jetzt gehen wir in ein Café und essen den größten Eisbecher, den sie haben. Ich lade dich ein.«

Skeptisch sah Susanne an sich herunter. »Für mich nur einen Orangensaft, ich darf nicht zunehmen, sonst sehe ich in dem Brautkleid wie eine Wurst in der Pelle aus.«

»Ach, Mädchen, du bist genau richtig, so wie du bist«, antwortete Doris. »Du machst doch nicht etwa eine Diät? Ich habe den Eindruck, du hast in den letzten Wochen ein wenig abgenommen.«

»Das ist nur die Aufregung«, sagte Susanne schnell. Tatsächlich verkniff sie sich seit Hans-Peters Antrag alle süßen Sachen und aß vor allem Salat und gedünstetes Gemüse. Ein paar Pfunde war sie schon losgeworden, sie fand sich aber immer noch viel zu dick. Dabei wollte sie für Hans-Peter wunderschön sein. Seit Susanne alles über Ginny wusste – Hans-Peter hatte ihr auch deren Aussehen bis ins kleinste Detail beschrieben –, war sie mit ihrer Figur unzufrieden. Das englische Mädchen war gertenschlank. Sie wusste, sie konnte hungern, soviel sie wollte, derart zierlich würde sie niemals werden, sie wollte aber auch nicht als fette Kuh vor den Altar treten.

Vor dem Café im Wilhelmsbau fanden sie am letzten freien Tisch zwei Plätze. Das sommerliche Wetter zog die Menschen in die Sonne, und sie genossen den Ausblick auf das Neue Schloss. Susanne ließ sich nun doch zu einem Eisbecher mit Früchten überreden, allerdings verzichtete sie auf die Sahne. Als die Kellnerin das Bestellte serviert hatte, sagte Doris, als hätte sie Susannes Gedanken erraten: »Die Männer mögen etwas zum Anfassen. Im Fernsehen und in den Magazinen sehen die Frauen zwar immer dünner aus, wer aber möchte schon einen Haufen Knochen umarmen? Hans-Peter liebt dich so, wie du bist!« Nicht zum ersten Mal bemerkte Doris den verschlossenen Ausdruck auf Susannes Gesicht. »Du zweifelst doch nicht etwa daran?«, hakte sie vorsichtig nach.

»Ich kann es nicht so richtig begreifen«, erwiderte Susanne und sah Doris in die Augen. »Du weißt von dem Mädchen in England. Hans-Peter hat sie geliebt, eine Verbindung zwischen ihnen ist jedoch unmöglich ...« Susanne brach ab, um Tante Doris gegenüber nichts von den wahren Umständen zu verraten. »Irgendwie fühle ich mich, als wäre ich ein Ersatz für jemanden, den Hans-Peter nicht bekommen kann.«

»Er hat *dich* um deine Hand gebeten«, sagte Doris streng. »Er würde dich nicht heiraten wollen, wenn es ihm nicht ernst damit wäre. Susanne, du kennst Hans-Peter fast dein ganzes Leben lang und weißt, dass er sich zu nichts drängen lässt und wie verantwortungsbewusst er ist. Und was diese Sache in England betrifft ... Nein, lass mich bitte ausreden«, unterband Doris einen Einwurf von Susanne. »Er ist ein junger Mann, der sich die Hörner abgestoßen hat. Das macht jeder in diesem Alter, Hauptsache ist doch, dass er nun weiß, wo sein Platz ist. Außerdem ist es von Vorteil, wenn ein Mann gewisse ... Erfahrungen gesammelt hat.« Susanne errötete bis unter die Haarwurzeln, nickte jedoch, und Doris sprach weiter: »Da du keine Mutter hast, mit der du über solche Dinge sprechen kannst – ich bin immer für dich da. Du weißt ja, was eine Ehe bedeutet, oder? Ich meine, was sich zwischen Mann und Frau abspielt?«

Susanne wurde noch röter. Verlegen riss sie kleine Fetzen von der Papierserviette ab.

»Ich glaube, ich weiß es«, flüsterte sie, ohne Doris anzusehen. »Auch wenn ich noch nie ...«

Doris drückte ihre Hand. »Das ist auch gut so. Die letzten drei Wochen könnt ihr nun auch noch warten, umso schöner wird eure Hochzeitsnacht werden.«

Das Gespräch war Susanne mehr als peinlich, und sie wechselte schnell das Thema: »Es war von Hans-Peters Vater sehr großzügig, ihm das Auto zu schenken.«

Doris lachte hell. »Das war das Mindeste, was Wilhelm tun

konnte. Sollte er euch etwa in einem überfüllten, stickigen Zug auf die Hochzeitsreise schicken?«

Susanne stimmte in ihr Lachen ein. Der rote VW-Käfer war zwar nur aus zweiter Hand – Doris meinte allerdings, Kleinschmidt hätte seinem Sohn ruhig einen Neuwagen spendieren können –, Hans-Peter war aber sehr stolz, endlich ein eigenes Auto zu besitzen. Zwei Tage nach der kirchlichen Trauung würden sie gen Süden nach Bibione aufbrechen, in ein kleines Hotel direkt an der Küste mit einem langen Sandstrand und kristallklarem Wasser. Den Tipp hatte Hans-Peter von einem Kommilitonen erhalten, der im letzten Jahr dort seine Ferien verbracht hatte.

»Italien!« Schwärmerisch seufzte Doris. »Ich habe noch nie das Meer gesehen. Du glaubst gar nicht, wie sehr ich euch beneide.«

»Ich war auch noch nie am Meer«, erwiderte Susanne. »Ich hoffe, wir kommen mit der Sprache zurecht.«

Doris winkte ab. »Seit Jahren fahren viele Deutsche nach Italien, ich denke, sie haben sich da unten darauf eingestellt und beherrschen unsere Sprache so einigermaßen. Nur mit dem Essen musst du aufpassen. Nicht, dass du dir mit dem fremdländischen Zeugs den Magen verdirbst. Und schon gar nicht ausgerechnet in den Flitterwochen.« Verschwörerisch zwinkerte sie Susanne zu. Erneut fiel jedoch ein Schatten über deren Gesicht. »Du freust dich doch, mein Kind?«

»Jaja, natürlich«, antwortete Susanne hastig. Für Doris' Dafürhalten allerdings eine Spur zu hastig. Susanne sah auf ihre Armbanduhr und stand auf. »Wir sollten aufbrechen, unser Zug fährt in zwanzig Minuten. Ich mache mich nur noch schnell etwas frisch.«

Doris schaute Susanne nachdenklich nach, als sie zu den Toilettenräumen ging. Sie machte sich Sorgen. Etwas an Susannes Verhalten gefiel ihr nicht. Eine glückliche Braut sah anders aus, auch wenn Susanne ihre Anspannung mit der Aufregung und der vielen Arbeit, die die Hochzeit mit sich brachte, begründete. Doris war nicht verborgen geblieben, dass Susanne sich bereits als Teenager in Hans-Peter verliebt hatte, dass sie jedoch für Hans-Peter früher nie mehr als eine gute Freundin gewesen war. Dieser plötzliche Sinneswandel bereitete Doris Kopfzerbrechen. Sie wusste kaum etwas von Hans-Peters Erfahrungen drüben in England, nur so viel, dass es wohl ein Mädchen gegeben haben musste, die Sache aber unglücklich geendet hatte. Und das war auch gut und richtig. Was sollte Hans-Peter mit einer Ausländerin? Die passte nicht hierher. Auf der Alb blieb man unter sich, in Großwellingen war selbst eine Frau aus Stuttgart schon eine Exotin. Doris war überzeugt, dass Hans-Peter diese kleine Liebelei längst vergessen und erkannt hatte, wohin und zu wem er gehörte. Ihr war aufgefallen, dass sich der Junge in den letzten Wochen zum Positiven verändert hatte. Er trug nicht länger diese schäbigen Bluejeans und ausgeleierten Pullover, stattdessen, wie es sich gehörte, Stoffhosen und Hemden, außerdem hatte er sich die Haare kurz schneiden lassen und sammelte die ersten Erfahrungen in Herzogs Brauerei. Hans-Peter hatte sich angepasst, sogar mit Wilhelm Kleinschmidt kam es zu keinen Streitigkeiten mehr. Obwohl Doris die Entwicklung begrüßte, machte sie sich auch Sorgen um ihren Neffen. Es war, als wäre sein Kampfgeist erloschen. Sein unbändiger Drang, stets Neues zu erforschen und entschlossen dem Leben und all seinen Widrigkeiten mit hocherhobenem Kopf entgegenzutreten, war spurlos verschwunden. Stillschweigend fügte Hans-Peter sich in alles, was Kleinschmidt und Herzog für ihn bestimmten. Je näher die Hochzeit rückte, desto mehr beschlich Doris Lenninger das Gefühl, dass irgendetwas nicht stimmte. Es war nicht mehr als eine vage Ahnung, nichts Greifbares, denn alles lief nach außen hin in gewohnten Bahnen. Fort mit solch trüben Gedanken!, rief Doris sich innerlich zur Ordnung. Es gab keinen Grund, sich zu sorgen. Eine Hochzeit war ein tiefer Einschnitt in das Leben zweier Menschen und deren Familien, und Hans-Peter war erwachsen und alt genug, um zu wissen, was er tat. Wie sie zu Susanne gesagt hatte: Er hatte sich ausprobiert, war eine Zeitlang seinen eigenen Weg gegangen und hatte jetzt die Reife erlangt, das Richtige zu tun. Hans-Peter und Susanne waren nicht nur optisch ein schönes Paar, Wilhelm Kleinschmidt ließ seinem Adoptivsohn auch endlich die Anerkennung zuteilwerden, die Hans-Peter verdiente, und Hildegard war in den letzten Wochen regelrecht aufgeblüht, weil sie nicht mehr befürchten musste, dass ihr Sohn die Heimat verließ, um im Ausland zu leben und zu arbeiten.

Doris beschloss, den letzten Rest des Zweifels zu ignorieren. Die Hochzeit fand in drei Wochen statt, und es gab noch jede Menge zu bedenken und zu organisieren.

Bis gegen Mitternacht mussten Susanne und Anneliese Unmengen von Bier ausschenken und servieren, denn der große Saal im *Roten Ochsen* war brechend voll. Eugen Herzog hatte seinen eigenen Fernseher aus der Wohnung in den Saal geschleppt und ihn dort angeschlossen, damit die Gäste – ausnahmslos Männer jeden Alters – das Halbfinale der Fußballweltmeisterschaft sehen konnten. Immerhin trat Deutschland gegen die Sowjetunion an, ein sehr wichtiges Spiel! Nachdem

Deutschland zur Halbzeit mit 1:0 in Führung gegangen war und schließlich mit 2:1 gesiegt hatte, waren Bier und Schnaps in Strömen geflossen. Ungeachtet dessen, dass es ein Montagabend war und die Männer am nächsten Tag früh aufstehen und zur Arbeit gehen mussten, waren schließlich alle mehr oder weniger stark betrunken. Susanne interessierte sich nicht für Fußball, einer der Torschützen, Franz Beckenbauer, war aber schon ein hübscher Bursche.

Um Mitternacht forderte Eugen Herzog die Gäste zum Gehen auf.

»Männer, Schluss für heute, es ist Sperrstunde. Zum Endspiel am Samstag könnt ihr gern wiederkommen. Wir müssen unsere Elf schließlich unterstützen, damit sie den Pokal holt.«

Zufrieden rieb sich Herzog die Hände. Nicht alle in Großwellingen hatten einen eigenen Fernseher, und die Idee, die Spiele öffentlich in seinem Gasthaus zu zeigen, bescherte ihm ein hübsches zusätzliches Sümmchen in die Kasse.

Einzig Wilhelm Kleinschmidt war noch geblieben, und jetzt saßen die Männer in einer Ecke des Saales und ließen sich einen besonderen Obstler schmecken, den Herzog nur ganz bestimmten Gästen anbot.

Susanne hatte Anneliese nach Hause geschickt. Das Gröbste aufräumen und die Gläser spülen, das wollte sie allein machen, da sie ohnehin nicht müde war und keine Ruhe finden würde. Die Kirchturmuhr schlug zwei, als Susanne das Haus verließ und sich auf die Bank hinter dem Haus setzte. Es war eine laue, sternenklare Nacht, der Vollmond tauchte den Garten in ein sanftes Licht, und Grillen zirpten. Aus einem der geöffneten Fenster des Saales hörte sie die Stimmen von Kleinschmidt und ihrem Vater. Aus ihrer Rocktasche nestelte Susanne ein

Päckchen Zigaretten. Sie hustete, als sie an dem Glimmstengel zog, denn sie war es nicht gewohnt, zu rauchen, aber alle Frauen, die etwas auf sich hielten, rauchten. Man sah es in den Magazinen, im Fernsehen, im Kino, und die Werbung versprach das Erlebnis von Freiheit und Abenteuer. Susanne schmeckten die Zigaretten nicht, zurück blieb ein scheußlicher Geschmack im Mund, das Rauchen gehörte aber irgendwie dazu, und sie wollte nicht länger eine Landpomeranze sein. Zwar würde sie jetzt hier in Kleinwellingen bleiben und nicht – wie sie früher geglaubt hatte – mit Hans-Peter in eine große Stadt gehen, trotzdem wollte sie versuchen, aus sich eine weltgewandte Dame zu machen. Doris Lenninger hatte ihr zwar versichert, dass Hans-Peter sie so, wie sie war, wollte, dessen war Susanne sich aber keineswegs sicher, denn sie konnte sich Hans-Peter nur schwer als Bierbrauer vorstellen. Auf der anderen Seite war sie froh, ihr Dorf nicht verlassen zu müssen. Was würde aus ihrem Vater und dem Gasthof werden, wenn sie fortginge?

»Meine Susanne ist keine zweite Wahl!«

Sie zuckte zusammen, die Zigarette fiel ihr aus den Fingern. Die Worte hatte ihr Vater gerufen. Susanne schlich sich näher an das Fenster heran und hörte, wie Kleinschmidt antwortete:

»Natürlich nicht, war nicht so gemeint, Eugen. Ich hatte nur schon die Hoffnung aufgegeben, als Hansi sich in diese Engländerin verguckt hat.«

»Das ist zum Glück vorbei«, erwiderte Herzog, »und im Betrieb nehme ich deinen Sohn richtig an die Kandare, damit ich die Brauerei eines Tages getrost an ihn übergeben kann.«

»Dieser Tag ist noch fern«, antwortete Kleinschmidt. »Jetzt kommt erst mal die Freibadgaststätte, mit der du alle Hände voll zu tun haben wirst. Hast du letzte Woche bemerkt, wie gehorsam der Gemeinderat geworden ist? Keine Rede mehr von Widerstand gegen das Freibad.« Er lachte gackernd. »Du und ich, Kleinschmidt und Herzog – wir sind jetzt die mächtigsten und vermögendsten Männer in der Gegend, und zudem geben unsere Betriebe Dutzenden von Familien Lohn und Brot. Da wagt es niemand mehr, sich uns in den Weg zu stellen. Noch diese Woche kommen die Landvermesser, und wir werden so schnell wie möglich mit dem Bauen beginnen.«

»Darauf trinken wir, Willy! Durch die Fusion unserer Familien kann uns jetzt niemand mehr ans Bein pinkeln!«

Susanne hörte, wie die Männer miteinander anstießen. Zweite Wahl … Die Worte dröhnten in ihren Ohren, Kleinschmidt hatte aber den Nagel auf den Kopf getroffen. Für Hans-Peter war sie nur zweite Wahl. Das traf haargenau die Gefühle, die Susanne seit seinem Antrag beschäftigten, und darauf war auch die Unsicherheit zurückzuführen, die sie beim Kauf des Brautkleides befallen hatte. Hans-Peter hatte sie nie zur Ehefrau gewollt, hatte eine andere geliebt, doch nun, da diese verloren war, war sie so gut wie jede andere, besonders weil ihrer beider Familien von der Verbindung profitierten. Bittere Galle stieg Susanne in die Kehle, derart schonungslos hatte sie sich dies nie zuvor eingestanden. Sie hatte versucht zu verdrängen, dass diese Ginny Hans-Peters Schwester war und er sie deswegen nicht heiraten konnte. Sie hatte sich eingeredet, er würde vergessen und sie, Susanne, eines Tages ebenso wie die Engländerin lieben können. Sie wollte aber keine zweite Wahl sein! Sie wollte nicht irgendwann vielleicht, vor allen Dingen wollte sie ihrer selbst wegen geliebt werden. Sie wollte Hans-Peters Gefühle wecken, weil sie Susanne Herzog war! Susanne, die einige Pfunde zu viel auf den Rippen hatte, deren Haare von einem undefinierbaren Mausbraun waren, und eine Susanne, die Zigaretten verabscheute und sich die Nägel nicht lackierte und keinen feuerroten Lippenstift trug.

Entschlossen warf sie die angebrochene Schachtel in den Mülleimer. Zigaretten machten aus ihr auch keine Femme fatale. In zwei oder drei Tagen würde ihr Brautkleid geliefert werden. Sie erinnerte sich an das Spiegelbild in dem eleganten Stuttgarter Geschäft, als sie sich richtig schön gefühlt hatte. Im Moment konnte sie dieses Gefühl jedoch nicht mehr nachempfinden.

»Zweifel sind völlig normal«, hatte Tante Doris gesagt.

Wie konnte sie zweifeln? Und zwar nicht nur an Hans-Peters Zuneigung, sondern auch, was ihre eigenen Gefühle betraf. Seit sie ein Backfisch gewesen war, hatte sie davon geträumt, Hans-Peters Frau zu werden. Als sie dreizehn und er ein Jahr älter gewesen war, hatten sie sich zum ersten Mal geküsst. Susanne erinnerte sich daran, als wäre es gestern gewesen: ein kalter, schneereicher Tag; bei einer Schneeballschlacht hatte Hans-Peter sie kräftig eingeseift, dann waren sie gemeinsam in den Schnee gepurzelt. Es war nur ein flüchtiger Kuss gewesen, ohne Zunge oder gar Leidenschaft – dafür waren sie viel zu jung –, ab dem Moment jedoch hatte sie gewusst, dass sie mit dem Freund ihr Leben verbringen wollte.

Seitdem hatten sie sich oft geküsst. Bis zu seinem Antrag freundschaftlich, seit einigen Wochen jedoch auch so, wie Liebende es taten. Einmal waren Hans-Peters Hände unter ihre Bluse geglitten, hatten ihre nackte Haut am Rücken berührt, einmal sogar kurz ihre Brust gestreift. Es war ein angenehmes und schönes Gefühl gewesen, und auch sie hatte seine nackte

Brust berührt. Weiter waren sie aber nicht gegangen. Dafür war Hans-Peter zu anständig, und wenn Susanne ehrlich zu sich selbst war, verzehrte sie sich nicht nach seinen Zärtlichkeiten.

In Romanen wurden solche Situationen immer anders dargestellt. Da wurde von einem Feuer geschrieben und dass man von innen heraus zu verbrennen schien, von Leidenschaft, die den Körper erzittern ließ, von der Sehnsucht, den geliebten Menschen jeden Augenblick neben sich zu spüren und seinen Küssen und Berührungen entgegenzufiebern. Natürlich waren das nur erfundene Geschichten, die Realität war anders. Trotzdem vermisste Susanne etwas, das sie nicht genauer benennen konnte. Als Hans-Peter sich in Ginny verliebt hatte, war sie traurig gewesen und hatte so manche Nacht in ihr Kissen geweint. Der brennende Schmerz der Eifersucht war jedoch ausgeblieben. Sie hatte sich davor gefürchtet, Hans-Peter zu verlieren, wenn er nach England ginge, allerdings nicht als Liebhaber, sondern als Freund. Wenn er sie jetzt küsste und wenn sie seine Liebkosungen erwiderte, dann war es zwar schön, aber eben nicht die große Leidenschaft. Was stimmte nicht mit ihr? An Hans-Peter konnte es nicht liegen, im Umgang mit Frauen war er erfahren. Zwar hatte er nie darüber gesprochen, Susanne zweifelte aber nicht daran, dass er schon mit einer Frau, wahrscheinlich sogar mit mehreren, geschlafen hatte. Das störte sie nicht. Tante Doris hatte bestätigt, dass es von Vorteil war, wenn der Mann gewisse Erfahrungen vor der Ehe gemacht hatte. Es musste also an ihr liegen, dass sie nicht vor Sehnsucht verging, wenn sie in seinen Armen lag, dass sie ihm nicht sofort die Kleider vom Leib reißen und mit ihm aufs Bett sinken wollte. So stand es schließlich in den Romanen, und ganz falsch konnte das alles ja nicht sein.

Plötzlich fühlte sich Susanne sehr müde und erschöpft. Sie musste versuchen, wenigstens noch ein paar Stunden zu schlafen. Um zehn Uhr war ein erneutes Gespräch mit dem Pfarrer anberaumt. Es würde einen schlechten Eindruck machen, wenn sie übernächtigt und mit dunklen Schatten unter den Augen vor den Geistlichen trat. Sie musste aufhören, zu zweifeln und zu grübeln. Alles war richtig und gut, so wie es war. Eine zweite Wahl war immerhin besser als gar keine. Es lag allein in ihrer Hand, Hans-Peter eine gute Ehefrau zu sein und ihn glücklich zu machen, damit er niemals bereute, sie geheiratet zu haben.

21

Farringdon Abbey, England, August 1966

Das halbe Land war im Ausnahmezustand. Seit Tagen feierte man den Titel des Fußballweltmeisters – den ersten für die englische Nationalmannschaft. Dass man ausgerechnet die Deutschen besiegt hatte, war besonders für die ältere Generation ein zusätzlicher Triumph. Die kritischen Stimmen, ob das Tor zum 3:2 für England wirklich korrekt gegeben worden war, ignorierte man geflissentlich, auch wenn dies in der ganzen Fußballwelt für Furore sorgte und zu heftigen Diskussionen geführt hatte. England hatte es allen gezeigt und war die beste Elf der Welt – das allein zählte.

An Ginny waren die Meisterschaft und auch das Endspiel vorbeigegangen. Alle Medikamente, die Doktor Wyatts ihr verordnete, brachten keine Linderung ihrer Übelkeit. Auch heute fühlte sich Ginny, als würden ihre Eingeweide im Kreis herumgewirbelt werden. Sie schaffte es gerade noch, sich aus dem Bett zu beugen und in den Eimer zu erbrechen. Kühl legte sich die Hand ihrer Mutter auf ihre Stirn.

»Du *musst* etwas essen!«

Schwach sank Ginny in die Kissen zurück und murmelte: »Es hat keinen Sinn, Mum. Du siehst doch, dass ich nichts bei mir behalten kann.«

»Das ist in den ersten Monaten oft so«, sagte Siobhan, »das gibt aber ganz besonders hübsche Kinder. Du bist nicht mehr allein für dich verantwortlich, Ginny, und musst dich dazu zwingen, regelmäßig etwas zu dir zu nehmen.«

Ginny schloss die Augen, als könne sie damit alles um sich herum ausblenden. Ihre Eltern und auch Grandma Phyliss hatten erstaunlich gelassen auf ihre Schwangerschaft reagiert. Aber gerade bei Grandma wusste Ginny, dass sie ihre wahren Empfindungen verbarg. Eine Lady verlor niemals die Contenance, wie schwierig oder gar aussichtslos eine Situation auch erscheinen mochte. Dass Lady Phyliss ihre Enkelin seitdem mit Nichtachtung strafte und nur noch das Nötigste mit ihr sprach, zeigte Ginny jedoch, wie enttäuscht ihre Großmutter von ihr war.

Vor ihrem Zusammenbruch hatte Ginny bereits vermutet, dass sie schwanger war, hatte die deutlichen Zeichen ihres Körpers aber nicht wahrhaben wollen. Wenn sie die Tatsache, dass die Nacht mit James im Gewächshaus nicht ohne Folgen geblieben war, ignorierte, würde alles wieder von allein in Ordnung kommen. Sie wusste, was es in der ländlichen Beschaulichkeit von Hampshire bedeutete, ein Kind zu bekommen, ohne verheiratet zu sein. Die Leute würden sich die Mäuler zerreißen, Kundschaft würde ausbleiben. Die Menschen waren konservativ, viele würden einen solchen Sündenpfuhl nicht mehr betreten wollen. Für das neue Leben in ihr konnte Ginny noch nichts empfinden – weder Liebe noch Ablehnung. Es war zu unwirklich, dass in ihrem Körper ein neuer Mensch heranwuchs, und die ständige Übelkeit tat ein Übriges. Seit Tagen war sie nicht mehr draußen bei ihren geliebten Rosen gewesen, denn sie fühlte sich zu schwach, das Bett zu verlassen.

»Mein Mädchen.« Sie öffnete die Augen und sah in die ihres Vaters. Gregory setzte sich neben Siobhan auf die Bettkante und nahm Ginnys Hand. »Hast du über meinen Vorschlag, Norman zu heiraten, nachgedacht?«

Ginny zuckte zusammen. Kaum hatten ihre Eltern von ihrer Schwangerschaft erfahren, war ihr Vater auch schon mit der Idee gekommen, sie solle so schnell wie möglich Norman heiraten. Es würde zwar trotzdem jeder den wahren Hintergrund ihrer *Frühgeburt* erahnen, das war aber bei weitem nicht so schlimm, als wenn sie keinen Vater für das Kind vorweisen konnte.

»Warum sollte Norman mich heiraten?«, fragte sie.

»Er liebt dich seit Jahren und ist bereit, das Kind als sein eigenes anzunehmen. Es ist für alle die beste Lösung. Du musst jetzt schnell wieder gesund werden, damit die Hochzeit bald stattfinden kann.«

»Ich weiß nicht, ob ich das kann.«

»Du wirst tun, was ich dir sage, dir bleibt keine andere Wahl.« Gregorys Augenbrauen zogen sich zusammen, seine Lippen wurden schmal. »Du hast dich in diese unmögliche Situation gebracht, und wir können Norman dankbar sein, dass er dich trotzdem zur Frau nimmt und bereit ist, deinen … Bastard als sein Kind anzuerkennen.«

Hätte ihr Vater sie mitten ins Gesicht geschlagen, hätte Ginny nicht verletzter sein können als bei diesen Worten. Auch ihn hatte sie zutiefst enttäuscht, und wahrscheinlich würde er ihr niemals verzeihen. Bereits bevor er von der Schwangerschaft wusste, hatte sich zwischen Ginny und Gregory eine unsichtbare Mauer gebildet, die nun mit einem Stacheldraht gesäumt schien. Sie war nicht länger der Sonnenschein ihres Vaters, nicht länger sein Ein und Alles, sondern nur noch ein unartiges Kind, das Schande über die Familie gebracht hatte. Mit brennenden

Augen sah sie ihm nach, als er, ohne ihr einen weiteren Blick zu gönnen, das Zimmer verließ.

Eine neue Welle Übelkeit überschwemmte Ginny, ihr leerer Magen gab aber nichts mehr von sich.

»Ich bin müde, Mum«, flüsterte sie, »und auf dich wartet die Arbeit.«

Liebevoll strich Siobhan über Ginnys Stirn.

»Wenn du etwas brauchst, dann läute. Lucy wird nach dir sehen, Grandma ist auch im Haus.«

Ginny nickte und drehte sich auf die Seite. Sie wollte nur noch schlafen, um nicht nachdenken zu müssen. Denn wenn sie es tat, dann sagte ihr Verstand, dass sie Normans Angebot annehmen sollte, annehmen *musste*, wollte sie Farringdon Abbey und die Rosen nicht für immer verlieren. Ihr Vater hatte ihr unmissverständlich klargemacht, dass sie mit einem unehelichen Kind nicht länger in diesem Haus geduldet wurde.

»Wenn du nicht Normans Frau wirst, finden wir eine andere Möglichkeit«, hatte er ihr mit ausdrucksloser Miene erklärt. »Am besten irgendwo im Norden, wo dich niemand kennt und wo du dich als Witwe ausgeben kannst. Das Kind wird natürlich zur Adoption freigegeben.«

So modern und aufgeschlossen England in vielen Bereichen war – die Älteren waren mit ihren Moralvorstellungen noch im vorigen Jahrhundert verhaftet. Es blieb Ginny also keine andere Wahl, als Norman zu heiraten. Für alle Beteiligten war es das Beste, und James ... Er würde niemals erfahren, dass er ein Kind hatte.

Eine Woche später ging es Ginny schlagartig besser. Am Abend hatte sie sich noch unwohl gefühlt, als sie am nächsten Morgen aufwachte, verspürte sie zum ersten Mal wieder richtigen Hunger. Allein beim Gedanken an Eier und gebratenen Speck lief ihr das Wasser im Mund zusammen.

Ihre Mutter lachte, als Ginny sie bat, Lucy möge ihr das Frühstück ans Bett bringen.

»Ich habe es dir doch gesagt, Kind. Lucy soll dir eine Gemüsebrühe zubereiten, an deftige Speisen muss dein Magen sich erst wieder gewöhnen.«

Ginny aß mit gutem Appetit, dann wäre sie am liebsten aufgestanden, um endlich wieder nach ihren Rosen zu sehen. Die Wochen, in denen sie kaum etwas bei sich behalten konnte, hatten jedoch ihren Tribut gefordert, und sie sah ein, dass sie sich noch ein wenig schonen sollte. Als sie allein war, legte sie beide Hände auf ihren noch flachen Bauch. Jetzt, da sie sich wohl fühlte, wuchs auch ein Gefühl für das ungeborene Kind. Obwohl sie allen Grund hatte, James zu hassen, konnte sie ihn nicht aus ihren Gedanken verdrängen. Sie fragte sich, ob das Kind ihm ähnlich sehen und ob sie bei seinem Anblick immer an die schönste Zeit ihres Lebens erinnert werden würde. Denn das blieb die Zeit mit ihm, auch wenn das Ende unvorstellbar verletzend für sie gewesen war.

Freudig teilte Siobhan ihrem Mann mit, dass Ginny auf dem Weg der Besserung war.

»Ich glaube, sie hat die schwere Anfangszeit überstanden. Ähnlich erging es mir, als ich Ginny erwartete.«

»Dann können wir die Trauung für Ende des Monats ansetzen«, sagte Gregory entschlossen. »Natürlich keine große Feier, nur im Kreis der Familie.«

»Gregory« – Siobhan sah ihren Mann flehentlich an –, »soll

Ginny wirklich einen Mann heiraten, den sie nicht liebt und der sie nur nimmt, weil du ihm Geld geben wirst? Aus diesem Grund hast du James aus dem Haus gejagt, und jetzt …«

»Das mit James war etwas anderes«, schnitt Gregory ihr das Wort ab. »Ginny bedeutet Norman sehr viel, außerdem ist er einer von uns. Dieser Ausländer hatte sich an Ginny nur herangemacht, um Vorteile aus der Verbindung zu schlagen, Norman greife ich bloß ein wenig unter die Arme.« Unwillig zogen sich seine Mundwinkel nach unten. »Er wird ihr ein guter Mann sein. Hast du etwa einen besseren Vorschlag?«

»Sie könnte zu Alicia nach London gehen, dort das Kind bekommen und es zur Adoption freigeben«, schlug Siobhan zögernd vor.

»Auf keinen Fall! Deine Schwester ist schließlich nicht ganz unschuldig daran, dass Ginny in diese Situation geraten ist. Hat diesen Kerl bereitwillig in ihr Haus aufgenommen. Sie muss doch bemerkt haben, welche Absichten er hegt. Ginny wird Norman Schneyder heiraten, so wahr ich Gregory Bentham heiße!«

Siobhan kannte ihren Mann gut genug, um zu spüren, dass weiterer Widerspruch zwecklos war. Mehr und mehr hatte sie den Eindruck, einem Fremden gegenüberzustehen, so sehr hatte Gregory sich zu seinem Nachteil verändert.

So verschieden Ginnys Freundinnen Barbra und Fiona waren, so unterschiedlich reagierten sie auch auf Ginnys Schwangerschaft und den Plan, Norman Schneyder zu heiraten.

»Das darfst du auf keinen Fall mit dir machen lassen!«, beschwor Fiona sie, als sie Ginny an einem Sonntag auf Farringdon besuchte und die Mädchen in Ginnys Zimmer zusammensaßen. »Du kannst nicht heiraten, nur um dem Kind einen Vater zu geben, nicht in der heutigen Zeit.« »Barbra ist anderer Meinung«, erwiderte Ginny, und Fiona lachte spöttisch.

»Barbras erklärtes Ziel war es auch immer, eine brave Hausfrau und Mutter zu sein. Sie und Elliot lieben sich wirklich, da haben sie Glück, aber ich fürchte, Barbra hätte auch jeden anderen genommen, nur um verheiratet zu sein.«

»Sprich nicht so von ihr«, ermahnte Ginny die Freundin. »Jeder setzt in seinem Leben andere Prioritäten.« Nachdenklich fügte sie hinzu: »Dad hat recht, Norman und ich kennen uns schon so lange, wir wissen, worauf wir uns einlassen.«

»Du willst das Kind auf jeden Fall behalten?«

Ginny nickte. »Ich weiß, ich könnte in eines dieser Häuser gehen, über die du berichtet hast, und nach der Geburt das Baby zur Adoption freigeben. Meine Eltern würden meine Abwesenheit von Farringdon schon irgendwie glaubwürdig begründen. Somit würde niemand etwas merken, aber ...« Sie sah Fiona entschlossen an. »Das Kind ist ein Teil von mir und von ... James. Gleichgültig, was geschehen ist, ich lasse mir mein Baby von niemandem wegnehmen!«

»Gut gesprochen. Das ist die Ginny, die ich kenne.« Fiona lächelte aufmunternd. »Ich habe eine kleine Wohnung in London, und bei *Delicious Rose* verdiene ich nicht schlecht, wenn man bedenkt, dass die Gehälter für uns Frauen immer noch unter dem Niveau der männlichen Kollegen liegen. Ich kann ein zweites Bett ins Zimmer stellen, und wir rücken etwas zusammen. Wenn das Kind geboren ist, könnte ich sicher ab und zu von zu Hause aus arbeiten, und du findest bestimmt auch eine Anstellung. Außerdem gibt es in London Horte, in denen schon ganz kleine Kinder ganztägig betreut werden.«

Ginnys Augen wurden immer größer, mit zunehmendem Erstaunen hatte sie der Freundin zugehört und sagte, als Fiona Luft holen musste: »Das würdest du wirklich tun? Du würdest mich wirklich bei dir aufnehmen?«

»Bin ich deine älteste und beste Freundin, oder bin ich es nicht?« Fiona zwinkerte ihr zu. »Du siehst, es gibt durchaus andere Lösungen, als Norman zu heiraten.«

»Was ist mit Felix? Er wäre wohl weniger erfreut, wenn du plötzlich mit mir zusammenleben würdest.«

»Das ist vorbei.« Ein Schatten huschte über Fionas Gesicht. »Er hat eine andere kennengelernt, sich vor ein paar Wochen mit ihr verlobt und wird im Herbst heiraten.«

»Das wusste ich nicht!«, rief Ginny. »Warum hast du mir nichts gesagt?«

Fionas Lächeln wirkte gequält, als sie antwortete: »Du hattest genügend eigene Probleme, Ginny.«

»Das tut mir leid für dich, und ich bedaure es noch mehr, dass ich nichts bemerkt habe. Was bin ich nur für eine Freundin!«

»Pst!« Fiona legte zwei Finger auf Ginnys Lippen. »Mir geht es gut, ich hatte ohnehin nicht vor, mich in den nächsten Jahren fest an einen Mann zu binden und als Heimchen am Herd zu versauern. London ist voll von Männern, der Richtige wird mir schon noch begegnen.«

»Ich bewundere dich, Fiona«, gestand Ginny ehrlich ein. »Ich wünsche, ich hätte nur halb so viel Kraft wie du.«

Freundschaftlich stupste Fiona Ginny in die Seite und antwortete: »Du bist viel stärker, als du im Augenblick vermutlich glaubst. Was ist nun? Kommst du zu mir nach London?«

»Nur zu gern, ich weiß nur noch nicht, wie ich es meinen Eltern beibringen soll.«

Erleichtert atmete Ginny auf und sah Fiona mit einem dankbaren Lächeln nach, als die Freundin das Zimmer verließ. Sie war Fiona unendlich dankbar, irgendwie würde sie in London schon Fuß fassen. Die Vorstellung, auf ihre geliebten Rosen verzichten zu müssen, schmerzte jedoch sehr, aber vielleicht würde sie eine Arbeit in einem Blumenladen finden. Mit dem Gedanken, für immer an Norman gebunden zu sein, konnte sie sich beim besten Willen nicht anfreunden. Wenn sie daran dachte, dass er als Ehemann gewisse Rechte einfordern würde, erstarrte sie innerlich. Sie konnte sich nicht vorstellen, mit Norman zu schlafen, und er hatte es nicht verdient, dass sie sich dazu zwingen musste. Ihre Ehe würde eine einzige Katastrophe werden.

Am folgenden Vormittag suchte Ginny Dr. Wyatts in seiner Praxis in Lymington auf. Inzwischen fühlte sie sich kräftig genug, allein mit dem Bus in die Stadt zu fahren. Der alte Hausarzt untersuchte sie gründlich und zeigte sich mit dem Ergebnis zufrieden.

»Das Kind ist gesund, zumal du auch wieder regelmäßig isst und kräftiger geworden bist. Viel frische Luft und weiterhin nahrhafte Speisen, dann sollte es keine Probleme geben.« Er schob die Brille auf seine Stirn und sah Ginny eindringlich an. »Wie ich hörte, wirst du heiraten. Ihr solltet euch beeilen, solange noch nichts zu sehen ist. Du willst doch nicht mit einem dicken Bauch vor den Altar treten.«

Ginny war froh, dem Arzt entrinnen zu können, denn Dr. Wyatts hatte ihr — nicht sehr subtil — zu verstehen gegeben, was er davon hielt, dass sie mit einem Mann geschlafen hatte, ohne mit ihm verheiratet zu sein, und dass er wusste, dass Norman

Schneyder nicht der Vater ihres Kindes war. Sie ließ den Arzt im Glauben, sie und Norman würden heiraten, denn sie hatte ihren Eltern noch nicht gesagt, dass sie Fionas großzügiges Angebot annehmen würde. Ginny hoffte, am Sonntagabend, wenn die Arbeit getan war, mit ihren Eltern sprechen zu können. Falls ihr Vater sie aufforderte, Farringdon auf der Stelle zu verlassen – und mit einer solchen Reaktion rechnete Ginny durchaus –, dann würde sie eben gehen. Obwohl sie nicht wusste, aus welchem Grund sich Gregory derart verändert hatte, glaubte sie fest daran, dass spätestens, wenn ihr Kind geboren war, sich das Herz seines Großvaters wieder öffnen würde.

Als sie auf die Straße vor der Arztpraxis trat, atmete Ginny tief durch. Es hatte zu regnen begonnen, sie hatte aber keinen Schirm mitgenommen oder einen Mantel übergezogen, da bis vor einer Stunde noch die Sonne schien. Zur Bushaltestelle waren es etwa zwanzig Gehminuten, aber der nächste Bus in Richtung Farringdon fuhr erst in zwei Stunden. In einem Tea-Room in der Nähe wollte Ginny die Zeit überbrücken. Sie hatte bereits die Hand auf der Türklinke, als sie am Ende der Straße ihre Mutter entdeckte. Ginny war überrascht. Siobhan hatte nicht erwähnt, dass sie ebenfalls in die Stadt wollte, sonst hätte Ginny nicht den Bus nehmen, sondern mit ihrer Mutter zusammen im Wagen fahren können. Sie war sich sicher, dass ihre Mutter beim Frühstück erwähnte, sie habe einen Termin in Bournemouth und sei am Nachmittag wieder zu Hause. Wahrscheinlich hatten sich ihre Pläne kurzfristig geändert, und Ginny musste nun nicht auf den Bus warten. Sie winkte ihrer Mutter zu, aber Siobhan war bereits in eine schmale Passage zwischen zwei Häusern eingebogen und hatte sie nicht bemerkt, also eilte Ginny ihr nach.

Die Häuser in der Altstadt von Lymington waren Hunderte von Jahren alt und standen teilweise so dicht, dass sich ihre Dachfirste beinahe berührten, einige wurden von engen Durchgängen getrennt, die in Hinterhöfe führten. Der Emsworth Close, in dem Ginnys Mutter verschwunden war, war trist und düster, und es roch unangenehm. Die enge Passage mündete in einen Hinterhof, Ginny konnte ihre Mutter aber nicht mehr sehen. In dem Hof gab es nur einen Eingang zu einem Haus: ein dreistöckiges, schmales Hotel – das *Lodge Star*. Die einst roten Buchstaben des Namens waren verblichen, das Holz des Schildes gesplittert, überhaupt hatte das Haus bessere Zeiten gesehen. Der Verputz war schmutzig braun-grau und bröckelte, die Fensterscheiben schienen lange nicht mehr geputzt geworden zu sein, und an der Wand entlang stapelten sich schwarze Müllsäcke, ausrangierte Autoreifen und ein verrostetes Fahrrad. Ginny sah sich um. Obwohl sie regelmäßig in Lymington war, war ihr das *Lodge Star* unbekannt. Es war auch kein Etablissement, in dem ihre Familie und ihre Freunde verkehrten. Was wollte ihre Mutter ausgerechnet in so einem heruntergekommenen Haus?

Ein unangenehmer Druck bildete sich in Ginnys Magen, die Übelkeit kehrte mit einem Schlag zurück. Eine leise Stimme in ihr riet Ginny, kehrtzumachen, wie geplant in dem gemütlichen Tea-Room auf den Bus zu warten und mit diesem nach Hause zu fahren. Ihre Mutter würde ihre Gründe haben und später sicher erklären, was sie in das schäbige Hotel geführt hatte. Etwas in Ginny zog sie jedoch wie magisch weiter. Fünf Stufen führten zu der offenstehenden Tür. Ginny spähte in die kleine Vorhalle, sah ihre Mutter mit einer älteren Rezeptionistin ein paar Worte wechseln und dann die Treppe hinaufhasten.

Ginny wartete, bis die Frau hinter dem Tresen ins Hinterzimmer gegangen war, huschte durch die Halle und lief ebenfalls die Treppe hinauf. Der dicke rote Teppich auf den Stufen war fleckig und abgeschabt, schluckte aber das Geräusch ihrer Schritte. Im zweiten Stock hörte Ginny, wie an eine Tür geklopft und diese geöffnet wurde. Sie lugte um die Ecke und sah Siobhan in dem Zimmer mit der Nummer zweiundzwanzig verschwinden. Wie unter Zwang drückte Ginny ihr Ohr an die Tür, hörte flüsternde Stimmen und versuchte, durch das Schlüsselloch etwas zu erkennen. Tatsächlich sah sie zwei Schatten, die sich umarmten, dann entschwanden sie ihrem Blickfeld. Ginny drehte den Knauf, in der Erwartung, die Tür wäre verschlossen, sie ließ sich aber problemlos öffnen, und trat in ein kleines Zimmer, kaum drei auf vier Meter: Vor dem Fenster hingen schmutzig graue Vorhänge, und das Doppelbett füllte fast den ganzen Raum aus. Auf dem Bett saß ein bis auf die Unterhose unbekleideter Mann. Seine Arme umschlossen Siobhan, die ihren Pullover ausgezogen hatte, und seine Finger öffneten den Verschluss ihres Büstenhalters. Ginny hatte diesen Mann nie zuvor gesehen. Ihre Glieder waren schwer wie Blei, sie konnte sich nicht rühren und klammerte sich an den Türrahmen. Keuchend stieß sie die Luft aus.

Siobhan drehte den Kopf. »Mein Gott! Oh, mein Gott!«

Ginnys Mutter stieß den Mann von sich und hielt mit einer Hand den Büstenhalter vor ihrer Brust fest.

»Wo kommt die denn her?« Die Stimme des Mannes war tief, der Blick zornig.

Siobhan achtete nicht auf ihn. Mit zwei, drei Schritten war sie bei Ginny, versuchte, sie am Arm zu fassen, aber Ginny wich zurück. Plötzlich funktionierte ihr Körper wieder.

»Ich muss dir erklären …«

»Wer, zum Teufel, ist diese Göre?«, rief der Mann. Er machte sich nicht die Mühe, seine Hose anzuziehen, als er aufstand und näher kam. »Verschwinde, Mädchen, du hast hier nichts zu suchen!«

»Diese Göre ist deine Tochter, Dave!«

Alles in Ginny schien zu Eis zu gefrieren. Die Welt hatte aufgehört, sich zu drehen, ein Abgrund tat sich vor ihr auf, in den sie jeden Moment zu stürzen drohte.

»Was sagst du da?« War es ihre Stimme, dieses heisere Flüstern? Sie klang völlig fremd in ihren Ohren.

»Ich wollte nicht, dass du es so erfährst, Ginny«, stammelte Siobhan. »Nicht so, aber jetzt …«

»Dad ist nicht mein Vater?«, hörte Ginny sich wie aus weiter Ferne fragen. »Mein Dad ist nicht mein Dad, sondern dieser … dieser Mann?«

»Das ist nicht bewiesen«, sagte Dave erstaunlich ruhig, die Stirn gerunzelt. »Ich lass mir doch kein Kind anhängen, auch wenn es sich um eine zugegebenermaßen sehr hübsche junge Frau handelt.«

Ginny hatte genug gehört. Sie machte auf dem Absatz kehrt, rannte die Treppe hinunter und über den Hof, durch den Close und weiter bis zur Hauptstraße. Inzwischen rauschte der Regen wolkenbruchartig vom Himmel, doch Ginny bemerkte nicht, wie er ihr ins Gesicht schlug und wie sie binnen weniger Minuten bis auf die Haut durchnässt war. Sie wollte nur noch fort von hier, ganz weit fort. Die ganze Welt schien aus einer einzigen Lüge zu bestehen.

Hektisch streifte Siobhan ihren Pullover über, nahm nicht wahr, dass sie ihn verkehrt herum anzog, und schlüpfte in ihre Schuhe.

»Ich muss sie aufhalten!«

»Langsam, Shiby, ich kapier das gerade nicht so ganz«, sagte Dave Cooper und stellte sich Siobhan in den Weg.

Siobhan versuchte, sich an ihm vorbeizudrängen, sein Körper füllte aber den Türrahmen vollständig aus.

»Lass mich durch! Ich muss mit Ginny sprechen.«

»Erst mal hast du mir einiges zu erklären. Du willst doch nicht im Ernst behaupten, dass dieses Mädchen meine Tochter ist?«

»Glaubst du, ich mache bei einer solchen Sache Scherze?«, fauchte Siobhan. »Als du damals abgehauen bist, war ich schwanger. Schwanger von dir! Mein Großvater versuchte, dich ausfindig zu machen, aber du warst wie vom Erdboden verschluckt.«

»Deswegen hast du so schnell diesen deutschen Arbeiter geheiratet?« Dave Cooper begann zu verstehen. »Du wolltest einen Vater für das Kind, und Gregory war das perfekte Opfer, denn ein anderer hätte dich wohl nicht genommen. Einem Deutschen jedoch, dessen Land in Trümmern lag, bot sich dadurch die Gelegenheit, gesellschaftlich aufzusteigen und ohne Anstrengung ein sorgenfreies Leben zu führen.«

»Großvater und auch meine Mutter bestanden darauf«, erwiderte Siobhan und seufzte. »Mir blieb keine andere Wahl, und Gregory ist, ohne zu zögern, auf den Vorschlag eingegangen. Er liebt Ginny wie sein eigenes Fleisch und Blut, und wir waren uns einig, dass das Mädchen die Wahrheit nie erfahren sollte.«

»Tja, du erwartest aber nicht von mir, dass ich jetzt einen auf Vater mache? Das ist nicht mein Ding.«

»Wie konnte ich nur so dumm sein, mich auf ein Treffen mit

dir ausgerechnet so nahe bei Farringdon einzulassen?«, fragte Siobhan. »Ich hätte wissen müssen, dass etwas schiefgehen kann.«

»Vielleicht ist es für alle am besten, wenn die Wahrheit endlich ans Licht kommt.«

Siobhan fragte sich, wie Dave derart ruhig bleiben konnte. Endlich trat er zur Seite und gab die Tür frei, inzwischen war es aber sinnlos, Ginny nachzulaufen. Sie war sicher längst verschwunden. In aller Seelenruhe zündete sich Dave eine Zigarette an, inhalierte tief den Rauch und musterte Siobhan.

»Ich nehme an, heute läuft nichts mehr, was? Schade, denn ich hätte gerade so richtig Lust. Ich habe tatsächlich ein Kind gezeugt, das törnt mich irgendwie an!«

Siobhan fand sein Lächeln plötzlich schmierig. Dave hatte von einer Minute auf die andere seine Anziehungskraft für Siobhan verloren.

»Du widerst mich an!«

Als wäre ein dichter Vorhang zur Seite gezogen worden, sah Siobhan in diesem Augenblick plötzlich klar, mit welcher Sorte Mann sie sich eingelassen hatte. Dave Cooper hatte sie zum Glühen gebracht, ihre Leidenschaft ins Unermessliche gesteigert und ihren Körper erkundet, wie sie es selbst niemals gewagt hätte. Menschen und deren Gefühle waren ihm aber gleichgültig. In Coopers Leben zählte nur eine Person: Er selbst! Seine nächsten Worte passten genau zu diesem Bild:

»Tja, es wird Zeit, nach Tasmanien zu reisen. Mein Angebot steht noch, wenn du mitkommen willst, aber ohne irgendwelchen Anhang. Wenn nicht – auch recht!«

»Ach, du kannst mich mal, Dave Cooper!« Siobhan schnappte ihre Jacke und die Handtasche und ging zur Tür. »Wenn Ginny irgendetwas geschieht, mach ich dich dafür verantwortlich! Ich will dich niemals wiedersehen!«

Ihr Gefühlsausbruch ließ ihn völlig ungerührt. Genüsslich zog er an der Zigarette und lächelte. Nie zuvor in ihrem Leben hatte Siobhan sich derart geschämt.

Bei Einbruch der Dunkelheit wurde Ginny von einem Farmer am Rande eines Feldes gefunden. Sie kauerte auf einer niedrigen Trockensteinmauer, über und über mit Matsch bedeckt, als hätte sie sich auf der Erde gewälzt. Da Ginny auf keine der Fragen des Farmers reagierte und ihn nur aus großen Augen anstarrte, nahm er sie auf die Arme und brachte sie in sein Haus. Dort informierte er die Polizei und rief einen Krankenwagen, der Ginny ins Hospital nach Southampton brachte. Sie war nicht verletzt, aber unterkühlt und sehr schwach. Da sie keine Papiere bei sich hatte, wusste niemand, wer sie war. Zufälligerweise erkannte eine der Krankenschwestern, deren Mutter eine Kundin der Gärtnerei war, in der jungen Patientin die Tochter der Benthams.

Es war fast Mitternacht, als jemand aus dem Krankenhaus auf Farringdon Abbey anrief. Siobhan war am späten Nachmittag auf der Suche nach Ginny immer wieder alle Straßen abgefahren und hatte den ganzen Park durchsucht. Als ihre Tochter bei Einbruch der Dämmerung immer noch nicht nach Hause gekommen war, hatte Gregory alle Freunde und Bekannten angerufen … Niemand hatte Ginny gesehen. Dann hatten er, Norman und Elliot, die sofort nach Farringdon gekommen waren, ebenfalls die Umgebung abgesucht.

Aus Siobhans gemurmelten Worten: »Ich bin schuld! Wenn sie sich etwas antut, bin ich schuld«, konnte Gregory sich keinen Reim machen. Mehr war aus seiner Frau nicht herauszubekommen. Das würde er später klären, die Sorge um Ginny überdeckte alles andere. Er bereute es, zu ihr so streng gewesen zu sein, und schwor sich, dass er, wenn Ginny wohlbehalten nach Hause käme, alles tun würde, damit sie glücklich wurde. Ob mit Norman verheiratet oder nicht – Ginny sollte über ihre Zukunft selbst entscheiden. Er faltete die Hände und versuchte erfolglos, für das Wohl seiner Tochter zu beten. Allerdings lässt Gott nicht mit sich handeln, und Gregory war überzeugt, Gott hört einem Mörder, wie er einer war, ohnehin nicht zu.

Kaltes Neonlicht flackerte an der Decke des fensterlosen Raums. Es roch nach Desinfektionsmitteln und nach Krankheit. Das einzige Geräusch waren die regelmäßigen Signaltöne der Geräte mit den grünen und roten Linien und blinkenden Punkten. Die einzige Zeichen, dass Ginny am Leben war, denn ihre Gesichtsfarbe war erschreckend bleich.

Gregory und Siobhan saßen an Ginnys Bett. Ginnys Hand lag in Gregorys. In ihrem Handrücken steckte eine Nadel, aus einer Infusionsflasche tröpfelten Medikamente in ihren Körper. Ginny war in eine Art Koma gefallen, und niemand wusste, wann und ob sie daraus wieder erwachen würde.

Der behandelnde Arzt hatte den Benthams schonungslos die Wahrheit gesagt: »Ihre Tochter ist massiv unterkühlt, und wir befürchten eine Lungenentzündung. Ihr Körper hat kaum Abwehrkräfte, in ihrem Zustand ist sie viel zu mager, geradezu ausgemergelt. Wir werden alles in unserer Macht Stehende für sie und für das ungeborene Leben in ihrem Körper tun, aber ...«

Hilflos hatte er die Hände gehoben. Seinem Blick war anzusehen, dass Ginny an der Schwelle zum Tod stand.

»Es ist alles meine Schuld«, flüsterte Siobhan nun wieder. »Wenn sie stirbt, dann habe ich sie getötet.«

Gregory löste seine Hand von Ginny und griff nach der seiner Frau.

»Du trägst doch keine Schuld.«, sagte er leise. »Bevor Ginny nicht aufwacht, wissen wir nicht, was geschehen ist. Warum sie durch den Regen geirrt und auf dieses Feld geraten ist.«

»Ich weiß es, ich weiß es leider nur zu gut.« Siobhan hob den Kopf, sah Gregory an, und dann erzählte sie ihm von ihrer Affäre mit Dave Cooper und davon, wie Ginny sie in dem schäbigen Hotelzimmer überrascht hatte. »Ich weiß nicht, warum es aus mir herausbrach, dass Cooper ihr Vater ist. Er hinderte mich daran, ihr nachzulaufen, um mit ihr zu sprechen, dabei ahnte ich, welchen Schock Ginny durch diese Nachricht erlitten haben muss. Zuerst der Verrat von James, ihre Schwangerschaft, und jetzt das. Ich habe mein Kind auf dem Gewissen!«

Sanft strich Gregory ihr eine Haarsträhne aus der Stirn. Siobhans Geständnis, sie habe seit Monaten ein Verhältnis mit einem anderen Mann, nahm er erstaunlich gelassen hin.

»Du trägst keine Schuld«, wiederholte er leise. »Wenn wir von Schuld sprechen, dann ist es an mir, diese auf mich zu nehmen.«

»Du hast richtig gehandelt, als du James das Geld angeboten hast«, erwiderte Siobhan. »Mit einem Mann, der sich kaufen lässt, wäre Ginny nicht glücklich geworden. Sie wird darüber hinwegkommen, und wenn Norman und sie heiraten, wird alles wieder gut werden, vorausgesetzt, unsere Tochter wird uns nicht genommen.«

Deswegen hat James Ginny nicht verlassen. Er ist gegangen, weil ich ein Nazi und ein Mörder bin!, schrie es in Gregory, aber er schwieg. Am Bett seiner mit dem Tod ringenden Tochter war nicht der richtige Platz, um über die größte Lüge seines Lebens zu sprechen. Leise sagte er: »Fahr nach Hause und versuch, ein wenig zu schlafen, Siobhan. Heute Nacht bleib ich bei Ginny.«

Siobhan stand auf. Sie zögerte. »Du rufst mich aber sofort an, wenn ... wenn ...«

Er nickte. »Sie wird es schaffen! Unsere Tochter ist stark, das hat sie von mir.« Er versuchte diesen kleinen Scherz, sein Lächeln war jedoch traurig und bitter zugleich.

Siobhan berührte seine Schulter. »Sie hätte keinen besseren Vater als dich bekommen können«, sagte sie leise.

Gregory wich ihrem Blick aus.

In den nächsten zwei Tagen änderte sich nichts an Ginnys Zustand. Die Ärzte hielten das aber für positiv, hatten sie doch Schlimmeres befürchtet. Das Bewusstsein hatte Ginny allerdings noch nicht wiedererlangt, deshalb wurde sie über eine Nasensonde künstlich ernährt.

»Eigentlich liegt keine lebensbedrohende Krankheit vor«, erklärte der Arzt Gregory. »Die Lungenentzündung haben wir mit Antibiotika in den Griff bekommen, und Verletzungen konnten wir keine feststellen.«

»Warum wacht sie dann nicht auf?«, fragte Gregory.

Der Arzt sah ihn voller Mitgefühl an. »Es scheint, als hätte Ihre Tochter keinen Lebenswillen mehr. Ich bin kein Psychologe, habe das aber schon häufiger erlebt. Ihre Privatangelegenheiten gehen mich nichts an, doch ich vermute, dass etwas geschehen ist, das Ihre Tochter völlig aus der Bahn geworfen hat.«

Gregory blieb dem Arzt eine Antwort schuldig. Seit zwei Tagen und Nächten saß er bei Ginny, hatte nicht geschlafen, nichts gegessen und nur hin und wieder Wasser und Kaffee getrunken, die eine freundliche Schwester ihm brachte. Seine Augen lagen in dunklen Höhlen. »Wie geht es weiter?«, fragte er.

»Wir werden Ihre Tochter künstlich ernähren und auch sonst alles tun, was die Medizin uns ermöglicht. Wenn ein Mensch jedoch nicht länger leben will, sind wir machtlos.«

»Was ist mit dem Kind?«

»Es ist leider zu befürchten, dass der Embryo Schäden davontragen wird, wenn sich der Zustand Ihrer Tochter nicht bald bessert«, erklärte der Arzt aufrichtig. »Uns bleibt dann keine andere Wahl, als das Kind zu holen, sonst zehrt es zu viel von den ohnehin geringen Kräften Ihrer Tochter auf.«

Niemand musste Gregory sagen, dass das Kind in diesem Stadium nicht lebensfähig war. Auch wenn er nicht Ginnys leiblicher Vater war, wuchs in ihr sein Enkel oder seine Enkelin heran. Er betrachtete seine Tochter. Es war, als entschwinde Ginny vor seinen Augen. Als löse sie sich nach und nach auf und würde irgendwann fort sein, als hätte sie niemals existiert.

Nachdem der Arzt ihn wieder allein gelassen hatte, flatterten ihre Augenlider. Das erste Lebenszeichen seit über zwei Tagen! Gregory beugte sich dicht über sie.

»James …« Ganz leise und schwach murmelte Ginny den Namen. »James … wo bist du?«

»Es ist alles gut, mein Mädchen, ich bin bei dir.«

Langsam öffneten sich ihre Augen, ein trüber Schleier lag über ihren Pupillen.

»Warum ist er nicht hier?« Ihre Stimme war nicht mehr als ein Hauch. »Und Mama … dieser Mann …«

»Es wird alles gut«, wiederholte Gregory und drückte ihre Hand. »Ich liebe dich, du bist meine Tochter und wirst es immer bleiben.«

»James …«

»Er liebt dich«, flüsterte Gregory erstickt. »James liebt dich, er wollte dich nicht verlassen. Er hat den Scheck nie eingelöst …«

Ginnys Sinne schwanden wieder. Gregory wusste nicht, ob sie seine Worte gehört und verstanden hatte. Er schlug die Hände vors Gesicht und weinte. Weinte zum ersten Mal, seit er erwachsen war. Als Kind, er war vielleicht sechs oder sieben Jahre alt gewesen, war er mit dem Fahrrad gestürzt und hatte sich die Knie blutig geschlagen. Vor Schreck und Schmerzen hatte er laut geheult. Sein Vater jedoch hatte ihn mit einem Rohrstock verprügelt und gebrüllt: »Reiß dich gefälligst zusammen, Martin! Ein Junge weint nicht. Niemals!«

Das war lange her, vergangen und vergessen … Seitdem hatte er tatsächlich niemals wieder eine Träne vergossen. Die Ausbildung bei der SS hatte keinen Spielraum für Gefühle gelassen. Andere Menschen hatten geweint, waren schreiend und schluchzend vor ihm im Dreck gelegen, er jedoch hatte gelächelt. Er hatte gelächelt, wenn er den Lauf einer Pistole auf die Köpfe gerichtet und abgedrückt hatte. Er hatte für diese winselnden und schwachen Menschen, die nach Ansicht des Führers keine menschlichen Wesen waren, nur Verachtung übriggehabt.

Die Tür klappte. Gregory fuhr auf und wischte sich schnell mit dem Handrücken übers Gesicht. Eine Krankenschwester wollte die fast leere Infusionsflasche gegen eine neue auswechseln.

»Meine Tochter war eben für ein paar Minuten wach und hat sogar ein paar Worte gesprochen.«

Die Schwester atmete erleichtert auf. »Das ist wunderbar, Mister Bentham. Ich informiere sofort den Arzt.«

Die Gummisohlen ihrer Schuhe quietschten, als sie davoneilte. Gregory beugte sich noch einmal über Ginny, küsste sie auf die Stirn, dann verließ auch er das Zimmer. Auf den schmucklosen Korridoren mit dem tristen Linoleumboden zügelte er seine Schritte, doch kaum hatte er die Klinik verlassen, begann er zu rennen. Wie ein gnadenlos gejagtes Tier rannte er durch den Park, überquerte Straßen, ignorierte das Hupen der Autos, die wegen ihm scharf bremsen mussten. Irgendwann gelangte er an das Ufer des Test, der Fluss, der in Southampton in den Ärmelkanal mündete. Sein Herz raste, seine Lungen schmerzten von der ungewohnten Anstrengung, er sank auf eine Parkbank. Es war ein strahlend schöner Sommertag mit einem azurblauen Himmel, in den Hecken dufteten die Rosen, und eine sanfte Brise brachte den Geruch nach Salz und Tang des nahen Meeres mit sich.

»Niemand kann seiner Vergangenheit dauerhaft entfliehen ...«

Michelle Foqués letzte Worte drängten sich in seine Erinnerung. Hatte er wirklich geglaubt, sich der Gerechtigkeit entziehen zu können, indem er die Vergangenheit ignorierte und ein guter Ehemann und Vater wurde? Der irdischen Gerechtigkeit hatte er ein Schnippchen geschlagen, zumindest bis James in Ginnys Leben getreten war. Es gab aber eine übergeordnete Gerechtigkeit, die ihn nun auf eine Art strafte, die schlimmer als jedes Gerichtsurteil war. Manche nannten es Schicksal, andere Gottes Willen – je nachdem, wie gläubig man war. Seit er in England lebte, war er zwar zur Kirche gegangen, aber nicht, weil er an Gott glaubte, sondern weil es von ihm erwartet wurde und er nicht auffallen wollte.

Was er damals unter Hitler getan hatte, all die Grausamkeiten und Morde, stieg wie brodelnde Lava in ihm hoch, und zum ersten Mal empfand er so etwas wie Reue. Über zwei Jahrzehnte lang hatte er sich eingeredet: *Ich habe nur das getan, was damals jeder getan hatte, um sich selbst und seine Familie zu schützen.*

Hartmann schlug die Hände vors Gesicht und stöhnte. Vor seinem inneren Auge erschienen, wie so oft in den vergangenen Jahren, die Gesichter von Menschen, die er getötet hatte. Alte, Frauen und Kinder … Zu viele, um sich an jedes einzelne Gesicht zu erinnern, so mancher Blick aus vor Angst weit aufgerissenen Augen hatte sich trotzdem in sein Gedächtnis gegraben. Selbst wenn er sich weiterhin einredete, gemäß den damals geltenden Gesetzen nur seine Pflicht getan zu haben – Michelle Foqué hatte er kaltblütig ermordet, um seine eigene Haut zu retten. Dafür gab es nicht den Hauch einer Entschuldigung. Seit dem Besuch von James lebte er in Angst und der Ungewissheit, ob sie kommen und ihn abführen würden, denn diesen jungen Mann hatte er verschont. Bei jedem Klingeln des Telefons, bei jedem fremden Besucher, ja, sogar bei jedem Brief hatte er befürchtet, jetzt wäre der Moment gekommen, in dem sein Lügengebilde in sich zusammenstürzte. Den Scheck über fünftausend Pfund hatte James nicht eingelöst, und anscheinend hatte er bis heute geschwiegen. Würde er es weiterhin tun? Hartmann vermutete, dass der junge Deutsche sein Wissen zurückhielt, um Ginny zu schützen, allerdings war es James unmöglich, zu ihr zurückzukehren, solange er, Hartmann, nicht zu seiner Schuld stand. Vielleicht starb Ginny sogar und würde nie erfahren, dass James sie aufrichtig geliebt hatte und welch große Schuld auf ihres Vaters Schultern lastete.

In diesem Moment wusste Martin Hartmann, was er zu tun hatte.

Der Abend war günstig für sein Vorhaben. Siobhan würde diese Nacht bei Ginny wachen. Lady Phyliss hatte die Sorge um ihre Enkelin so sehr mitgenommen, dass sie ihr Bett nicht verlassen konnte. Dr. Wyatts war gerufen worden, hatte aber keinen Grund zur Besorgnis gefunden.

»Bis auf den Rheumatismus ist Ihre Schwiegermutter gesund, Mister Bentham. Ihr Kreislauf und ihr Herz sind für eine Frau ihres Alters stabil und kräftig. Es ist aber kein Wunder, dass die Sorge um Ginny sie sehr belastet.«

Als die Nacht hereinbrach, verließ Gregory das Haus. In der Dunkelheit tanzten Glühwürmchen, und irgendwo schrie ein Käuzchen. Er stieg in seinen Wagen, lenkte ihn die Auffahrt hinunter und warf keinen Blick zurück, denn er würde Farringdon Abbey nicht wiedersehen. Vorn an der Hauptstraße hielt er noch mal an, stieg aus dem Auto und warf zwei Umschläge in den roten Postkasten am Straßenrand. Einer war an die örtliche Polizei in Lymington, der andere an die zentrale Stelle für Kriegsverbrechen in London adressiert.

Siobhan Bentham entdeckte sein schonungsloses Geständnis am Morgen, als sie aus dem Krankenhaus zurückkehrte. In der Nacht war Ginny nicht noch mal aufgewacht, ihr Zustand hatte sich aber auch nicht verschlechtert. Siobhan war sehr müde und sehnte sich nach ein paar Stunden Schlaf. Gregory wollte gegen Mittag zu Ginny fahren. Es war noch früh, sie wähnte Gregory noch schlafend und wollte ihn nicht wecken. Siobhan bereitete sich eine Tasse Tee zu und ging in das kleine Speisezimmer, in das die ersten Strahlen der Sonne durch die Fenster fielen. Auf dem Tisch lag ein Brief – mit ihrem Namen auf dem Umschlag, in Gregorys Handschrift.

Erstaunt, mit jeder Zeile jedoch zunehmend entsetzter, las sie die dicht beschriebenen Seiten. Als sie alles gelesen hatte, ging sie zu ihrer Mutter hinauf.

Phyliss Bentham war bereits wach.

»Was ist mit Ginny?«, rief sie, als sie in das totenbleiche Antlitz ihrer Tochter sah. »Sie ist doch nicht etwa …«

»Ginny geht es den Umständen entsprechend gut, Mama.« Wortlos reichte Siobhan ihr Gregorys Brief. Beim Lesen zeigte Phyliss keine Regung, legte die Seiten nach ein paar Minuten aus der Hand, stand auf, humpelte zum Fenster und blickte auf die Beete, die Gregory vor Wochen bis spät in die Nacht hinein umgegraben hatte.

»Wir müssen der armen Michelle ein anständiges Begräbnis zukommen lassen«, sagte sie ruhig.

Siobhan ging zum Telefon, nahm den Hörer von der Gabel und wählte die Nummer der Polizei.

22

 Großwellingen, Deutschland, August 1966

»Ach, verflixt, ich bekomme das Ding einfach nicht hin …«
Klaus Unterseher nahm seinem Freund die Krawatte aus den Händen und sagte ruhig: »Lass mich das machen. Wofür hat man denn einen Trauzeugen? Komm, beug dich etwas vor.« Gekonnt knotete Klaus den Schlips um Hans-Peters Hemdkragen und stellte fest: »Du hast ganz schön Muffensausen. Deine Haut ist eiskalt, und deine Hände zittern.« – »Na ja, man heiratet schließlich nicht jeden Tag«, wiegelte Hans-Peter ab. »Wart's nur ab, auch du wirst das eines Tages durchmachen.«

Aus der auf dem Tisch stehenden Schnapsflasche schenkte Klaus in zwei Gläser ein, ein Glas reichte er Hans-Peter.

»Auf ex, dann geht es dir besser. Mensch, in zwei Stunden wirst du ein braver und treuer Ehemann sein. Irgendwie kann ich mir das noch gar nicht richtig vorstellen.«

Ich auch nicht, dachte Hans-Peter und kippte den Obstler hinunter. Scharf rann der Alkohol durch seine Kehle, sofort wurde es ihm wärmer. Tatsächlich fror er bereits den ganzen Tag, dabei schien die Sonne, und es war angenehm mild. Warm, aber nicht zu heiß – das perfekte Wetter für eine Hochzeit. Mit fahrigen Bewegungen nestelte er eine Zigarette aus der Packung und zündete sie an. Hastig inhalierte er den Rauch, auf einen zweiten Schnaps verzichtete er jedoch. Schließlich wollte er nicht lallend vor den Standesbeamten treten. Sein Ja musste klar sein, deutlich und unwiderruflich.

»Wo sind eigentlich deine Eltern?«, fragte Klaus. Er hatte nur Hans-Peter angetroffen, als er vor einer Stunde zu seinem Freund gekommen war.

»Kleinschmidt hat noch in der Mühle zu tun, er wird direkt zum Standesamt fahren, und meine Mutter ist beim Friseur. Sie muss jeden Moment zurückkommen und fährt dann mit uns in deinem Wagen.«

Zu der standesamtlichen Trauung waren nur die engsten Verwandten und die Trauzeugen geladen. Klaus stand Hans-Peter zur Seite, Susanne hatte eine Freundin aus der Hauswirtschaftsschule gefragt, zu der sie zwar in den letzten Monaten kaum Kontakt gehabt hatte, die aber sofort bereit war, ihre Trauzeugin zu sein. Morgen würden sie dann in der Kirche von Großwellingen vor den Altar treten und von dem Pfarrer, der Susanne auch schon getauft hatte, Gottes Segen für den heiligen Stand der Ehe erhalten. Eugen Herzog hatte es sich nicht nehmen lassen, aus der Hochzeit ein Großereignis zu machen. Gefeiert würde natürlich in der Brauerei. Der Wetterbericht versprach einen weiteren sonnigen Tag, sicherheitshalber hatte Herzog aber im Biergarten ein Festzelt errichten lassen, denn die rund sechshundert Gäste passten unmöglich in die Gastwirtschaft, sollte Petrus doch kein Einsehen mit dem jungen Paar haben. Hildegard Kleinschmidt und Doris Lenninger hatten alles perfekt geplant: vom Blumenschmuck, der Dekoration der Tische – Hildegard hatte jede einzelne Platzkarte eigenhändig mit Namen versehen – bis zu dem reichhaltigen Menü und den Getränken. Nie zuvor hatte Hans-Peter seine Mutter so aufgeregt und voller Kraft und Elan erlebt. Es war, als würde die Arbeit sie verjüngen, und auch Kleinschmidt war zu einem fast zahmen Lamm geworden.

Hans-Peter sah in den Spiegel und fuhr sich noch mal mit dem Kamm durch die Haare, obwohl diese so kurz waren, dass kein Härchen eine Chance hatte, aus der Reihe zu tanzen. Als er sich die Haare hatte abschneiden lassen, war es, als würde mit jeder Strähne, die zu Boden gefallen war, ein Teil seiner Persönlichkeit von ihm abgetrennt. Der dunkelblaue Anzug mit der Weste, das weiße Hemd und die farblich passende Krawatte erschienen ihm wie ein Faschingskostüm. Das war nicht er. Wenn er in den Spiegel sah, blickte ihm ein Fremder entgegen. Er hatte diesen Weg aber selbst gewählt, niemand hatte ihn dazu gezwungen, und nun war es zu spät, seine Entscheidung in Frage zu stellen. Irgendwann würden die Erinnerungen verblassen und die Schatten der Vergangenheit keine Macht mehr über ihn haben. Es war alles nur eine Frage der Zeit.

»Hoffentlich weiß Susanne, was sie an dir hat.« Klaus' Worte rissen ihn aus seinen Gedanken. »Du stellst dein ganzes Leben für sie nicht nur auf den Kopf, sondern auch in Frage.«

»Das hat nichts mit Susanne zu tun«, antwortete Hans-Peter. »Ich mache das allein für mich.«

Skeptisch beobachtete Klaus den Freund. Er glaubte nicht, dass nur die Aufregung der Grund dafür war, dass Hans-Peter so blass aussah und einen Ausdruck in den Augen hatte, als würde er zur Schlachtbank geführt. Klaus würde jedoch schweigen, denn es war alles gesagt, was es zu sagen gab. Hans-Peter hatte eine Mauer um sich errichtet, die niemand durchbrechen konnte. Klaus hoffte, er und Susanne würden miteinander glücklich werden. Sie war eine tatkräftige und patente Frau, die es verstand, anzupacken. Als Hans-Peter im Drogensumpf zu versinken drohte, hatte sie überlegen und schnell gehandelt. Außerdem hatte sie schöne Augen und, wenn sie lächelte,

Grübchen in den Wangen. Ihre Figur entsprach zwar nicht unbedingt dem gängigen Schönheitsideal, das rundlich Weibliche stand Susanne jedoch hervorragend. Sie durfte gar nicht schlanker sein, das hätte viel von ihrem Charme zerstört.

»Noch einen?«, fragte Klaus, die Flasche mit dem Obstler in der Hand.

Hans-Peter lehnte ab. »Lieber nicht, sonst torkle ich ins Standesamt.« Die Türklingel schlug an. Hans-Peter runzelte unwillig die Stirn. »Wer ist denn das jetzt? Alle wissen doch, dass ich heute heirate.«

»Wahrscheinlich die Zeugen Jehovas«, scherzte Klaus. »Bleib hier, ich wimmle sie ab.«

Durch die angelehnte Tür hörte Hans-Peter Klaus sagen: »Es tut mir leid, aber heute ist hier niemand zu sprechen.«

Eine andere, männliche Stimme antwortete. Hans-Peter konnte die Worte nicht verstehen. Dann erklärte Klaus sehr entschieden: »Ich sagte doch, es ist unmöglich. Er hat weder heute noch die nächsten Tage Zeit. Wenn Sie ihn sprechen wollen, müssen Sie in zwei Wochen wiederkommen. So wichtig wird es wohl nicht sein, oder Sie sagen mir, worum es sich handelt, dann richte ich es ihm aus.«

»Ich will unverzüglich mit dem jungen Mann sprechen, und Sie werden mich nicht daran hindern.« Dieses Mal hatte der Besucher so laut gesprochen, dass Hans-Peter jedes Wort verstehen konnte.

Es war, als befände er sich im Epizentrum eines Erdbebens, und sein Blut gefror zu Eis, denn er kannte diese Stimme. Schwere Schritte polterten die Treppe herauf, dann stand Hans-Peter Gregory Bentham gegenüber – oder vielmehr Martin Hartmann.

»Na also, Bürschchen, du bist ja noch da, und du wirst mir jetzt gut zuhören!«

Hartmann sprach Deutsch, er versuchte nicht, seine wahre Identität zu verbergen.

»Es tut mir leid.« Klaus drängte sich an Hartmann vorbei und trat neben Hans-Peter. »Ich habe versucht, ihn aufzuhalten, er hat mich aber einfach zur Seite geschoben. Soll ich jemanden anrufen?«

»Es ist in Ordnung, Klaus«, sagte Hans-Peter tonlos und wandte sich dann an Hartmann: »Was willst du hier?«

Unwillkürlich duzte er ihn. Die Situation war zu grotesk, um auf Umgangsformen zu achten. Hartmann kam ihm so nahe, dass Hans-Peter seinen warmen Atem spüren konnte. Er roch nach Bier, offensichtlich hatte er heute Morgen bereits etwas getrunken, war aber nicht betrunken. Was wollte Hartmann von ihm? Ausgerechnet heute? Vor allen Dingen – wie war es ihm gelungen, ihn zu finden? Ginny hatte ihn sicher nicht geschickt, ihr Stolz würde das nicht zulassen. Hans-Peter vermutete, Hartmann hatte seine Adresse auf den Briefen, die er Ginny geschrieben hatte, gesehen.

»Warum hast du den Scheck nicht eingelöst?«, fragte Hartmann scharf.

»Ich habe ihn zerrissen.« Plötzlich war Hans-Peter völlig ruhig.

»Aus welchem Grund?«

»Du hast versucht, das Unglück deiner Tochter mit Geld aufzuwiegen. Das finde ich widerlich.«

»Und ich finde es widerlich, dass du mit Ginny nur etwas angefangen hast, um mich zu erpressen.« Hartmann hob seine Stimme und fuhr fort: »Das, was du von mir denkst, oder vielmehr, wen du in mir zu erkennen *glaubst*, geht nur uns beide etwas an. Ich bin gekommen, um dir zu sagen, was für ein Schwein du bist, ein unschuldiges Mädchen derart zu missbrauchen.«

»*Ich* soll ein Schwein sein?«, schrie Hans-Peter. »Wer hier das Schwein ist, steht wohl außer Frage … *Martin Hartmann*.« Zum ersten Mal hatte Hans-Peter den Namen ausgesprochen – eine Erleichterung. »Ich bin aus deinem und Ginnys Leben verschwunden, genau so, wie du es gefordert hast. Und du sprichst von Erpressung?« Er lachte laut und zynisch. »Wenn das meine Intention gewesen wäre, hätte ich den Scheck wohl kaum zerrissen. Dein Geheimnis ist bei mir sicher, allein schon Ginnys wegen. Ich werde ihr Leben nicht zerstören. Es spielt ohnehin keine Rolle mehr, und ich möchte, dass du jetzt gehst und niemals wiederkommst. In einer Stunde werde ich heiraten, und es wird nie wieder auch nur den geringsten Kontakt zwischen uns geben.«

Hartmann zuckte zurück, als hätte Hans-Peter ihn mitten ins Gesicht geschlagen.

»Du heiratest?«, wiederholte er, sein flackernder Blick irrte über Hans-Peters dunklen Anzug. »Das kannst du nicht, das darfst du nicht …«

»Willst du mich etwa daran hindern?« Hans-Peter lächelte bitter. »Was willst du überhaupt hier?«

»Ich bin gekommen, um dir zu sagen, dass es Ginny schlechtgeht«, antwortete Hartmann. »Sehr schlecht, wir müssen mit dem Schlimmsten rechnen.«

»Oh, mein Gott!«

Hans-Peter taumelte und griff Halt suchend nach einer Stuhllehne. Klaus, der sich schweigend im Hintergrund hielt und nicht wusste, was er von alldem zu halten hatte, schenkte Schnaps ein und drückte das Glas Hans-Peter in die Finger, der es wie ein Ertrinkender leerte. Erst dann war er in der Lage, zu fragen: »Was ist passiert?«

»Es mag ein Klischee sein, aber ich glaube, sie stirbt an gebrochenem Herzen, denn sie liebt dich immer noch«, erwiderte Hartmann. »Ich bin gekommen, um vor dir zu Kreuze zu kriechen. Ja, es stimmt alles, was du herausgefunden hast. Ja, ich bin Martin Hartmann und habe meine Familie all die Jahre über belogen. Mach mit mir, was du willst, aber ich werde nicht zulassen, dass meine Tochter vor Gram stirbt. Wir beide wissen, warum du sie verlassen hast. Nur wir beide!« Hans-Peter konnte nicht verhindern, dass Hartmann ihn am Kragen packte. »Solange es den kleinsten Funken Hoffnung gibt, dass du sie nur wegen meiner … Vergangenheit sitzenlassen hast, dann kehre zu ihr zurück. Ich werde euch dabei nicht länger im Weg stehen.« Er schüttelte Hans-Peter. Klaus trat vor, um einzugreifen, Hans-Peter gab ihm aber mit einem Kopfschütteln zu verstehen, sich zurückzuhalten. »Sag mir nur eines: Liebst du Ginny?«, fragte Hartmann.

»Ich liebe sie mehr als mein Leben«, antwortete Hans-Peter leise. »Es kann aber nicht sein. Es *darf* nicht sein …«

»Dann geh zu ihr!«, schrie Hartmann aufgebracht. »Sag Ginny, dass du sie liebst und bei ihr bleiben wirst, gleichgültig, was ich getan habe und was geschehen wird. Heute Nachmittag geht ein Flug von Stuttgart nach London. Ich gebe dir das Geld für das Ticket, dann werde ich für immer aus eurem Leben verschwinden.«

»Ich kann nicht!«

»Ich verstehe, dass du mir nicht verzeihen kannst, zerstöre

aber nicht Ginnys Leben.« Hartmann zögerte und stieß dann hervor: »Und das Leben eures Kindes.«

»Was sagst du da?« Hans-Peter fühlte sich wie in einem Alptraum, und es kam niemand, um ihn aufzuwecken.

»Ginny ist schwanger«, sagte Hartmann nun wieder ruhig und sachlich. »Du wirst nicht so weit gehen, zu leugnen, dass es *dein* Kind ist.«

Hans-Peters Beine trugen ihn nicht länger. Er sackte zu Boden und rief: »Das darf nicht sein! Ginny darf das Kind nicht bekommen! Niemals!«

»Wenn du meinst, dass das Kind meine … verbrecherischen und verabscheuungswürdigen Gene erben wird«, fuhr Hartman fort, »dann muss ich dir sagen, dass …«

Unten klappte die Haustür, und eine fröhliche Stimme rief: »Hansi, bist du noch da? Entschuldige, ich habe mich verspätet, aber Petra meinte, eine Dauerwelle würde mir gut stehen, deswegen hat es länger gedauert.«

»Halt sie auf!« Hans-Peter hatte wieder Kontrolle über seine Gliedmaßen und sprang auf. »Klaus, sie darf nicht heraufkommen! Auf keinen Fall!«

Klaus zögerte, unsicher, was er tun sollte, aber es war zu spät. Sie hörten Hildegards Schritte auf der Treppe, dann stand sie in der offenen Tür.

»Wir müssen jetzt aber los«, hörte Hans-Peter seine Mutter wie aus weiter Ferne sagen. »Du willst doch wohl nicht zu spät zu deiner Hochzeit kommen. Oh, wir haben Besuch?«

Langsam drehte Hartmann sich um.

»Hilde? Hildchen?«

Hildegard taumelte, und Klaus konnte sie gerade noch rechtzeitig auffangen. Hildegard und Martin Hartmann sahen sich an. Die Zeit schien stillzustehen, der Raum um sie herum sich aufzulösen.

»Martin ...«

»Hildchen«, wiederholte er. »Mein Gott, Hildchen ...«

Sie fasste sich als Erste: »Du bist gekommen ... nach so vielen Jahren ...«, stammelte sie und starrte ihn an, als wäre er ein Geist.

Hartmanns Züge wurden weich, in seinen Augen lag eine liebevolle Zärtlichkeit, als er langsam seine Hände nach ihr ausstreckte. Hans-Peter bekam einen Eindruck von der Faszination, die von diesem Mann ausgehen konnte, und davon, warum er so sehr geliebt wurde, obwohl er ein Mörder war.

Hildegard ergriff die Hände ihres Mannes. Ihre Blicke versanken ineinander, dann barg sie ihren Kopf an seiner Brust.

»So viele Jahre«, hörte Hans-Peter seinen Vater murmeln. »Du bist noch schöner geworden.«

»Ist es ein Traum?«, flüsterte sie. »Ich wähnte dich tot, wie kann das möglich sein?«

»Ruhig, mein Hildchen, ich werde alles erklären.«

Hildegard schmiegte sich an ihren Mann, als hätten sie sich gestern das letzte Mal gesehen und nicht vor über zwei Jahrzehnten. Die Situation, die Hans-Peter sich immer gewünscht hatte, seit er wusste, dass Kleinschmidt ihn adoptiert hatte, wurde zur Realität: Seine Mutter und sein Vater waren zusammen, die Familie war wieder vereint.

Und nun verstand auch Hartmann. Die Gewissheit der endgültigen Wahrheit überrollte ihn mit einer Heftigkeit, die ihn taumeln ließ. Er drehte den Kopf und starrte Hans-Peter an.

»James ... Hans ... Hans-Peter ... dann bist du ...«

»Ja, Martin, das ist Hans-Peter, dein Sohn Hans-Peter«, flüsterte Hildegard. »Unser Hansi.«

»Mein Gott! Oh, mein Gott, das darf doch alles nicht wahr sein!«

Sanft löste er sich von Hildegard und trat zu Hans-Peter. Abwehrend hob dieser die Hände, wich zurück, wollte nur fort. Er stand jedoch mit dem Rücken zur Wand, im wahrsten Sinne des Wortes. Unten in der Diele klingelte das Telefon. Zehnmal, zwanzigmal, niemand dachte daran, den Hörer abzunehmen. Dann verstummte der Ton. Die plötzliche Stille war bedrückend. Hans-Peter wurde sich bewusst, dass es wenige Minuten nach elf war. Elf Uhr – der Termin auf dem Standesamt! Wahrscheinlich hatte Susanne versucht, ihn zu erreichen, oder Kleinschmidt oder Herzog. Sie warteten im Rathaus auf ihn. Das alles hatte jedoch an Bedeutung verloren.

»Jetzt verstehe ich«, sagte Hartmann. »Verstehe, warum du Ginny im Stich gelassen hast, und nicht nur, weil du meine wahre Identität erkannt hast. Und ich fragte mich seit Wochen, wie das geschehen konnte, woher du gewusst hast, wer ich bin und warum du mich nicht den Behörden gemeldet hast.«

»Es hätte alles zerstört ...«

Hartmann kam näher, Hans-Peter konnte seinen Atem spüren, als er leise fragte: »Sag mir nur eines, Hans-Peter: Damals, auf Farringdon, als wir uns das erste Mal begegnet sind, hast du da gewusst, dass ich dein Vater bin?«

»Ja.« Hart spie Hans-Peter das Wort aus.

»Warum hast du nichts gesagt? Warum bist du Hals über Kopf davongelaufen?«

»Hansi war bei dir?«, fragte Hildegard überrascht. »Was hat das alles zu bedeuten? Ich verstehe nicht ...«

Niemand beachtete ihre Frage, wie ferngesteuert wiederholte Hans-Peter: »Ich konnte nicht! Es hätte auch Ginnys Leben zerstört. Ich konnte es einfach nicht!« Den letzten Satz hatte er geschrien, es klang wie der Schmerzensschrei eines kranken Tieres.

Plötzlich begann Hartmann zu lachen. Grotesk verzog sich sein Gesicht, seine Finger ballten sich zu Fäusten.

»Du dummer Junge! Du dummer, dummer Junge! Wenn du nur ein Wort gesagt hättest ...«

»Warum?«, unterbrach Hans-Peter ihn scharf. »Was hätte das geändert?«

Hartmanns Lachen wurde bitter.

»Weil ich dir dann gesagt hätte, dass Ginny nicht deine Halbschwester ist. Ja, ich liebe sie wie eine Tochter, gezeugt habe ich sie jedoch nicht. Das hat aber nie eine Rolle gespielt. Ich war so glücklich, dass es sie gibt. Besonders, nachdem ich glaubte, dich ... euch für immer verloren zu haben.«

»Was ist passiert?«, flüsterte Hildegard, die nach und nach zu begreifen schien, was sich in England abgespielt hatte. »Ich glaubte dich tot. Du *musstest* tot sein, niemand von euch wurde am Leben gelassen. Warum hast du uns nicht gesucht? Du wusstest doch, dass ich eine Cousine in Süddeutschland habe, Martin.«

»Ich konnte es nicht wagen«, antwortete Hartmann, »außerdem ging auch ich davon aus, dass ihr nicht mehr am Leben seid. Das alles ist eine lange Geschichte.«

»Wir haben Zeit«, antwortete Hildegard. Hans-Peter war erstaunt, wie gefasst seine Mutter reagierte. »Du wirst gute Gründe für dein Handeln gehabt haben, auch wenn ich zugeben muss, dass mich die Selbstverständlichkeit verletzt, wie du mich aus deinem Leben gestrichen hast. Wir, dein Sohn und ich, haben das Recht, die ganze Wahrheit zu erfahren.«

Niemand hatte Klaus Unterseher Beachtung geschenkt. Die ganze Zeit über hatte er dagestanden, die Szene verfolgt und begriffen. Nun trat er zu Hans-Peter und sagte leise: »Die Hochzeit ... Jemand muss den anderen Bescheid sagen.«

»Jaja, aber ich sollte ... ich muss ...«, stammelte Hans-Peter. »Bitte, geh zum Rathaus und sag, dass ich mich verspäte«, fuhr er gefasster fort. »Sie sollen warten, es wird nicht lange dauern.«

Hartmann fuhr zu ihm herum. »Du willst immer noch eine andere heiraten? Jetzt, da du weißt, dass der Weg zu Ginny und eurem Kind frei ist?«

»Ich habe Susanne mein Wort gegeben.«

»Hast du sie ebenfalls in Schwierigkeiten gebracht, weil du es mit der Hochzeit so eilig hast?«

Hans-Peter schüttelte den Kopf, straffte dann die Schultern und sah seinen Vater entschlossen an.

»Ich werde Susanne nicht wie ein gemeiner Schuft sitzenlassen.«

»Ginny jedoch ohne Skrupel.«

Hildegard trat zwischen sie und legte je eine Hand beruhigend auf die Arme der Männer, die die wichtigsten Menschen in ihrem Leben waren.

»Gehen wir in die Küche hinunter«, sagte sie. »Ich brühe einen starken Kaffee auf, den benötigen wir jetzt alle.«

Derart souverän und stark hatte Hans-Peter seine Mutter nie zuvor erlebt. Es schien, als wäre durch das plötzliche Auftauchen Hartmanns eine Hülle von ihr abgefallen, unter der Hildegard sich die letzten Jahre versteckt hatte. Jedem, auch ihm, ihrem Sohn, hatte sie die naive, fügsame Frau vorgespielt, um zu verhindern, dass jemand die Wahrheit über ihren Mann aufdecken könnte.

»Ich fahre zum Standesamt«, raunte Klaus Hans-Peter zu. »Zwar verstehe ich nur die Hälfte und weiß nicht, was ich Susanne sagen soll, aber ich glaube, heute wird es keine Hochzeit geben.«

»Danke«, flüsterte Hans-Peter. »Ich werde alles erklären. Nicht jetzt, später …«

Während der Kaffee durch den Filter rann, schwiegen sie. Erst, als Martin Hartmann die Tasse mit dem heißen Kaffee umklammerte, begann er wieder zu sprechen.

»Ich hielt euch für tot. Das Haus in Hamburg war zerstört, meine und deine Eltern waren umgekommen. Niemand wusste, was mit euch geschehen war, daher ging ich davon aus, dass ihr unter den Tausenden namenloser Toter seid, die nicht identifiziert werden konnten.«

»Wir hatten Glück«, antwortete Hildegard, »aber ich gab an, ausgebombt worden zu sein, damit ich und Hansi fortgehen und im Süden neu anfangen konnten. Es wäre zu gefährlich gewesen, in Hamburg zu bleiben und darauf zu warten, dass die Sieger auf deine Spur kommen, Martin. Niemand wusste, welche Repressalien die Familien der SS-Angehörigen zu erwarten haben. In dem Chaos, das damals herrschte, wurden meine Angaben nicht überprüft. Die Behörden waren froh, wenn die Menschen die Städte verließen. Es gab keine Hoffnung, dass du den Zusammenbruch überlebt haben konntest, und bevor wir gingen, habe ich alles vernichtet, was auf deine Identität hinwies.« Sie lächelte traurig. »Fast alles, ein Foto habe ich behalten, das Bild von Hansis Taufe. Hier im Süden stellte niemand Fragen, und keiner erfuhr etwas von deiner Rolle in diesem Krieg.«

»Wie hast du überlebt?«, fragte Hans-Peter. »Wie ist es dir gelungen, durch das engmaschige Netz der Alliierten zu schlüpfen?«

Hartmann nahm einen Schluck Kaffee, räusperte sich und erzählte, was sich damals zugetragen hatte.

Sie waren zu fünft gewesen. Fünf Männer in schmutzigen, zerrissenen Uniformen, einer mit einer Schusswunde an der Schulter, die sich entzündet hatte. Die Schmerzen raubten ihm fast die Sinne, der Wille zu überleben ließ den Mann aber weitermarschieren. In der Nähe der deutsch-belgischen Grenze hatten die Briten sie eingekesselt. Sie schossen die Magazine ihrer Pistolen leer und rannten um ihr Leben, immer in der Gewissheit, jederzeit von einer Kugel getroffen werden zu können. Der Krieg und damit alles, an das sie die letzten Jahre geglaubt und für das sie gekämpft hatten, war verloren. Niemals hätte Hartmann das laut ausgesprochen, seine Kameraden hätten ihn womöglich auf der Stelle erschossen. Man klammerte sich immer noch an die Hoffnung auf den Endsieg und an die einzigartige Wunderwaffe, die der Führer versprach. Im Moment jedoch gab es nur ein großes schwarzes Loch, niemand wusste, was kommen würde, und Hartmann und die anderen trieb nur noch der angeborene Selbsterhaltungstrieb vorwärts, ihr nacktes Leben zu retten.

Die hereinbrechende Nacht war ihr Glück gewesen; sie entkamen tatsächlich den Feinden. Die Gruppe schlug sich nach Osten durch. Gewohnt, Befehle zu erteilen, gewohnt, dass diese ohne Zögern befolgt wurden, hatte Hartmann die anderen weiter vorangetrieben. Er war für diese Männer verantwortlich, und irgendwann würden sie auf Deutsche treffen, *mussten* sie eine Gegend erreichen, die von den Alliierten noch nicht überrollt worden war. Von allen Seiten rückten diese näher, aus dem Westen, aus dem Osten und aus dem Süden, wo die Amerikaner bereits alle Brückenköpfe am Rhein eingenommen hatten.

Sie erreichten Bremen oder das, was von der Stadt übrig geblieben war, und wenigstens hier herrschte noch die gewohnte Ordnung. Drei Tage ruhten sie sich aus und kamen wieder zu Kräften, dann erhielt Hartmann den Befehl, weiter nach Osten zu gehen, in irgendeine polnische Stadt, deren Namen er inzwischen vergessen hatte. Er konnte es nicht wagen, den Befehl zu missachten und zu versuchen, sich nach Hamburg zu seiner Familie durchzuschlagen, also nahm er drei seiner Männer mit, der Verletzte war inzwischen gestorben. Sie gelangten nur bis in die Nähe von Lübeck. Das Straßennetz war zusammengebrochen, Ströme von flüchtenden Zivilisten kamen aus dem Osten auf der Suche nach einem Platz, wo sie in Sicherheit wären. Zumindest vorerst.

Zur Unterstützung der Wachsoldaten schickte die Kommandantur in Lübeck Hartmann und seine Männer zu einem Gefängnis, einige Kilometer südlich der Stadt. Es war nicht groß, nur zwanzig männliche Gefangene befanden sich noch in den Zellen: politische Gefangene, Betrüger und Diebe. Sie hatten seit Tagen keinen Nachschub an Verpflegung erhalten, und so hungerten die Gefangenen zusammen mit ihren Bewachern. Einer der Politischen war Georg Müller aus Berlin. Müller hatte Flugblätter gedruckt und verteilt, hatte Reden gegen den Führer geschwungen und die Soldaten aufgefordert, die Waffen niederzulegen. Seit über einem Jahr war er in diesem Gefängnis inhaftiert. Hartmann wunderte sich, dass Müller nicht längst hingerichtet worden war, aber dessen Tage waren ohnehin gezählt. Müller war schwerkrank: Tuberkulose. Sein ausgezehrter Körper hatte keine Kraft, noch länger gegen die Krankheit anzukämpfen. Medikamente gab es seit Wochen keine mehr. Aus der Akte erfuhr Hartmann, dass Müller eine englische Großmutter hatte. Von Müllers Familie lebte niemand mehr. Sie waren alle bei den Bombenangriffen auf Berlin gestorben, noch bevor Müller verhaftet worden war. Er stand ganz allein auf der Welt, die er in den nächsten Tagen ebenfalls verlassen würde.

Ende April rückte die britische Armee immer näher. Bremen war gefallen, es hieß, Hamburg würde bald kapitulieren, es war nur eine Frage der Zeit, bis die Engländer Lübeck erreichen würden. Der SS war es jedoch verboten, ihre Posten zu verlassen.

»Kämpfen bis zum Ende und lieber sterben, als sich den Feinden auszuliefern« – das war die Parole.

Hartmann wusste, dass das Ende nah war. Nicht nur das Ende des Tausendjährigen Reiches, sondern auch sein eigenes Ende. Wenn die Briten vor der Tür stünden, wurde von ihm erwartet, sich den Lauf seiner Pistole in den Mund zu stecken und abzudrücken. Er machte sich keine Illusionen, was die Besatzer mit ihm und seinen Männern tun würden. Auf eine ordentliche Gerichtsverhandlung konnten sie nicht hoffen, man würde sie an Ort und Stelle erschießen oder hängen.

An dem Tag, an dem sich der Führer mit eigener Hand der Gerechtigkeit entzog, starb auch Georg Müller. Es konnte sich nur noch um Stunden, vielleicht maximal um einen Tag handeln, bis die Briten Lübeck erreichten. Zwei Wachsoldaten flohen aus dem Gefängnis. Hartmann hielt sie nicht auf, er jedoch blieb. Wohin hätte er auch gehen sollen? Es war hoffnungslos, die Feinde waren überall. Er starrte auf den toten Georg Müller.

Wenn die Briten kamen und die Tore des Gefängnisses öffneten, wäre Müller frei gewesen. Nicht nur frei, vielleicht hätte er aufgrund seiner englischen Abstammung auch das Trümmerfeld Deutschland verlassen und nach England gehen können.

»Du hättest nur noch ein paar Tage durchhalten müssen«, sagte Hartmann zu dem Toten. Zum ersten Mal fiel ihm auf, dass Müller eine ähnliche Größe und Statur wie er selbst hatte, ebenfalls dunkelbraune Haare und dunkle Augen. Müllers Gesicht war eingefallen, scharf zeichneten sich die Wangenknochen ab. Der Nahrungsmangel der letzten Wochen hatte aber auch bei Hartmann Spuren hinterlassen. Der Gedanke schoss ihm wie ein Blitz durch den Kopf.

Eine halbe Stunde später hatte Hartmann seine Uniform und seine Papiere im Kohleofen verbrannt und hatte die schmutzigen Fetzen, die von Müllers Sträflingskleidung übrig waren, angezogen. Eigenhändig verscharrte er die Leiche im Hof. Dann schickte Hartmann die restlichen Wachen fort. Diese bezweifelten, dass Hartmann mit der Maskerade durchkommen würde. Er selbst bezweifelte es ebenfalls. Es war aber eine kleine Chance, die einzige Chance, die er hatte. Noch gab es aber die Tätowierung der Buchstaben AB auf der Innenseite seines linken Oberarms. Allen Angehörigen der Waffen-SS waren deren Blutgruppen an dieser Stelle eintätowiert worden, um bei einer Verwundung schnell Spenderblut zur Verfügung zu haben. Ein Kainsmal.

Hartmann legte die flache Schaufel des Kaminbestecks in die lodernden Flammen des Ofens. Als das Eisen glühte, holte er tief Luft und presste das Metall auf seinen Oberarm. Es zischte. Bei dem Geruch nach verbranntem Fleisch und wegen des Schmerzes verlor er für einen Moment beinahe die Besinnung, dann erbrach er sich auf den Fußboden. Hartmann ließ die Schaufel fallen und sackte in die Knie. Er atmete flach und stoßweise. Es dauerte einige Minuten, bis er in der Lage war, die Brandwunde mit kaltem Wasser zu kühlen und provisorisch zu verbinden. Er wusste, die Briten würden erkennen, dass die Wunde frisch war, und würden die richtigen Schlüsse daraus ziehen. Er nahm all seine Kraft und seinen Mut zusammen, brachte das Eisen erneut zum Glühen und fügte sich zwei weitere Wunden zu: eine auf seiner Brust und eine an seinem rechten Oberschenkel. Es musste aussehen, als wäre er, bevor die Wachen das Gefängnis verlassen hatten, von diesen noch einmal gefoltert worden. Mehrmals schlug er sich mit der Faust ins Gesicht, bis seine Nase blutete und ein Auge zuschwoll. Sein Körper war eine einzige schmerzende Wunde, aber er war noch am Leben. Mit letzter Kraft schleppte er sich in Müllers Zelle, kauerte sich auf der Pritsche zusammen und wartete.

»Am dritten Mai, einen Tag nachdem Lübeck besetzt worden war, befreite ein Trupp britischer Soldaten das Gefängnis«, sagte Martin Hartmann. »Alle Gefangenen wurden in ein Krankenhaus in der Stadt gebracht, das bereits in britischer Hand war. Man versorgte meine Wunden, gab mir zu essen und zu trinken und schmerzstillende Medikamente. Heute erscheint es mir wie ein Wunder, dass niemand meine Identität als Georg Müller anzweifelte. Da wir, als ich noch ein Kind gewesen war, englische Nachbarn gehabt hatten, konnte ich mehr als nur ein paar Brocken Englisch, außerdem lernte ich schnell. Nach zwei Wochen ging es mir bereits viel besser. Für die Kommunikation mit den Einwohnern brauchten die Engländer Deutsche, die deren Sprache beherrschten. Da ich, oder vielmehr Georg

Müller, niemanden mehr hatte, bot man mir eine Stellung als Schreiber in der Kommandantur in Lübeck an. Dort erlebte ich die bedingungslose Kapitulation Deutschlands und auch, wie gnadenlos die Kriegsverbrecher gejagt, gestellt und hingerichtet wurden. Ich durfte die Stadt nicht verlassen, es gelang mir jedoch, vorsichtig Nachforschungen anzustellen, was aus meiner Familie geworden war. Wie gesagt, von euch gab es kein Lebenszeichen. Jeden Morgen erwachte ich mit dem Gedanken: Heute wird meine wahre Identität und meine Vergangenheit aufgedeckt werden, heute ist der Tag, an dem ich sterben werde. Dann hörte ich, dass in England Arbeitskräfte gebraucht wurden. Ich stellte einen Antrag, und aufgrund der englischen Großmutter wurde dieser bewilligt. So erhielt ich neue Papiere auf den Namen Georg Müller und kam im Herbst 1945 nach England und nach Farringdon Abbey.«

»Wo du die Frau kennenlerntest, die du geheiratet hast«, stellte Hildegard emotionslos fest.

»Siobhan Bentham erwartete ein Kind«, fuhr Hartmann fort. »Auf der Suche nach Liebe und Zärtlichkeit, die sie von ihren Eltern nie erfahren hatte – außerdem waren ihr Vater und ihr Bruder kurz zuvor gefallen –, hatte sie den Worten eines Aushilfsgärtners geglaubt, der ihr ewige Liebe und so weiter schwor. Doch nach einer Weile machte er sich bei Nacht und Nebel aus dem Staub. Mehr als seinen Namen wusste niemand, und kurz nach seinem Verschwinden stellte sich heraus, dass Siobhan schwanger war. Für Reginald Bentham, Siobhans Großvater, waren ein uneheliches Kind und die Schande seiner Enkelin undenkbar. Ich war zwar Deutscher, also eigentlich ein Feind, auf der anderen Seite hatte ich ja angeblich unter den Nazis gelitten, was mich zwar nicht unbedingt zum Freund, zumindest jedoch akzeptabel machte. Siobhan wurde nicht gefragt, sie war noch nicht mündig, und mir erschien es als Glücksfall, meine Spuren ein für alle Mal verwischen zu können, zumal ich den Namen Bentham annahm. Ab diesem Moment existierte dieser Georg Müller nicht mehr. Darüber hinaus hatte ich an Farringdon Abbey und den Rosen Gefallen gefunden. Ausgerechnet ich, der niemals einen Garten besessen und höchstens mal Schnittlauch in einem Blumenkasten vor dem Fenster gezogen hatte. Offenbar hatte ich aber ein Händchen für die kostbaren Pflanzen. Als Ginny geboren wurde, erschien es mir, als hätte das Schicksal mir ein neues Leben geschenkt. Es spielte keine Rolle, dass Ginny nicht meine leibliche Tochter war. Außer der Familie wusste es ja sowieso niemand, und es sollte auch nie jemand davon erfahren. Als man mir das Mädchen zum ersten Mal in den Arm legte, fühlte ich endlich wieder eine tiefe Zufriedenheit und vollkommenes Glück. Ich dachte, ich hätte dich, Hans-Peter, für immer verloren, so schenkte ich meine ganze Liebe von nun an Ginny. Sie war mein neues Leben und ein Zeichen der Hoffnung.« Gequält sah er zu Hildegard. »Alles war perfekt, und ich konnte es nicht wagen, wieder nach Deutschland zu kommen, um zu versuchen, etwas über euch in Erfahrung zu bringen.«

»Das verstehe ich, Martin«, flüsterte sie. »Auch ich habe nichts unternommen, was dich hätte in Gefahr bringen können, solltest du noch am Leben sein. Ich habe dich aber niemals vergessen.«

»Ich dich auch nicht« — Hartmann sah zu Hans-Peter —, »ich lebte aber in der Gewissheit, dass ihr in diesem Wahnsinn ebenfalls untergegangen seid.«

»Was ist mit Siobhan? Liebst du sie? Und sie dich? Man hat sie schließlich dazu gezwungen, dich zu heiraten.«

Hartmann dachte einen Moment nach, dann zuckte er die Schultern.

»Ich weiß es nicht. Sicher, ich liebe sie, schon allein deshalb, weil sie Ginnys Mutter ist, und früher gab es auch Zeiten, in denen wir einander körperlich begehrten. Wir waren jung, die Zeit nach dem Krieg war schwierig, Lebensmittel, Benzin und vieles, was das Leben lebenswert machte, waren rationiert, und die Rosenzucht kam nur langsam wieder in Gang. Zwischen uns fiel nie ein böses Wort, wir sprachen aber nie über unsere Gefühle. Ich glaube, Siobhan hat sich mit der Situation arrangiert. Von Jahr zu Jahr entwickelte sich Ginny mehr zu unserem Sonnenschein. Das Mädchen ist das Band, das Siobhan und mich zusammenschweißt.«

»Deine Ehe ist ebenso ungültig wie die meine«, sagte Hildegard nüchtern. »Wir handelten zwar in dem Glauben, frei zu sein, es wird aber jede Menge Ärger auf uns zukommen.«

Hartmann knetete seine Finger, bis die Gelenke knackten, und sagte: »All die Jahre habe ich gedacht, wenn ich ein ehrbares Leben führe und Liebe gebe, dann tilgt das meine schwere Schuld. Dich, Hansi, habe ich wirklich geliebt, du warst aber noch so klein, und ich konnte dich leider nicht heranwachsen sehen. Konnte dich nicht all das lehren, was ein Vater seinem Sohn beibringen sollte. Mit Ginny kehrte in mein Leben das Glück zurück, aber auch die Erkenntnis, welcher Verblendung ich erlegen war und was ich getan habe.«

»Du bereust also, Tausende von Menschen ermordet zu haben?«, fragte Hans-Peter. »Du siehst ein, welch ein Monster du gewesen bist?«

Hartmann nickte langsam. »In den ersten Jahren machte ich mir keine Gedanken über das Vergangene. Es galt, zu überleben.

Obwohl ich ohne Probleme nach England gelangt war, einen anderen Namen angenommen und mir eine neue Existenz aufgebaut hatte, schwebte die Gefahr, entdeckt zu werden, wie das Damoklesschwert ständig über mir. Im Lauf der Jahre wurde ich ruhiger, fühlte mich immer sicherer und versuchte, die Vergangenheit zu verdrängen. Was geschehen war, war geschehen, es gab nichts, mit dem ich meine Greueltaten hätte ungeschehen machen können.«

»Du hättest dich stellen können«, bemerkte Hans-Peter kühl. »Stattdessen hast du den Schwanz eingezogen und dich feige verkrochen.«

»Hansi, bitte ...«, sagte Hildegard. Hartmann unterbrach sie mit einem bitteren Lachen und erwiderte. »Der Junge tut recht daran, mich zu beschimpfen. Ja, vielleicht war ich feige, aber ich hing an diesem verdammten Leben. Und ich hing an Ginny und wollte sie schützen.« Eindringlich sah er Hans-Peter an. »Ich glaube, du verstehst das. Hast du denn nicht aus demselben Grund geschwiegen?« Hans-Peter nickte zögernd, denn Hartmanns Worte beinhalteten eine gewisse Wahrheit. »Nachdem Ginny nun dasselbe wie ihrer Mutter geschehen ist«, fuhr Hartmann fort, »erschien es mir richtig, sie mit Norman Schneyder zu verheiraten.«

»Norman?«, rief Hans-Peter. »Ausgerechnet Norman? Er weiß doch, dass Ginny und ich ...« Hartmann nickte. »Er würde sie heiraten und deinem Kind ein Vater sein. Ginny weigert sich jedoch, und ich habe eingesehen, dass ich sie nicht zu dem gleichen Weg zwingen kann, wie es Sir Bentham mit Siobhan getan hat. Sie würde mit Norman nicht glücklich werden, denn sie liebt dich, Hansi. Jetzt, wo du die Wahrheit weißt, frage ich dich: Wirst du zu Ginny zurückkehren und sie heiraten?«

»Susanne ... ich habe eine Verpflichtung ...«

»Deinem Kind gegenüber hast du auch eine Verpflichtung«, entgegnete Hartmann scharf. »Eine wesentlich größere sogar.«

»Dein Vater hat recht.« Schwer legte sich Hildegards Hand auf seine. Es war seltsam, zu hören, wie sie Hartmann als seinen Vater bezeichnete. »Flieg nach England, bring die Sache in Ordnung. Ich werde mich um Susanne kümmern, sie wird es verstehen.«

»Was wird aus dir?«, fragte Hans-Peter seinen Vater. »Wenn ich das tue, kommt alles ans Licht. Ich werde erklären müssen, warum ich einfach abgehauen bin und behauptet habe, Ginny hätte mir niemals etwas bedeutet. Sie würde die Wahrheit erfahren, dann war alles umsonst.«

Ein seltsamer Glanz trat in Hartmanns Blick, als er erwiderte: »Jetzt, in diesem Augenblick, da ich hier bei euch am Küchentisch sitze und Kaffee trinke, als wären wir alte Bekannte, die sich zufällig wiedergefunden haben, läuft bereits der Ermittlungsapparat der Behörden an. Bevor ich Farringdon verlassen habe, habe ich diese informiert. Du siehst, Hans-Peter, ich bin nicht länger feige und werde zu meinen Taten stehen. So oder so ... Alles Weitere liegt nun bei dir ... mein Sohn.«

Für einen Moment war Hartmann geneigt, seiner Frau und seinem Sohn gegenüber den Mord an Michelle Foqué zu gestehen, er schwieg jedoch. Sie würden es früher oder später ohnehin erfahren, jetzt war es allein wichtig, Hans-Peter zu überzeugen, zu Ginny zurückzukehren und sie zu heiraten.

Hans-Peter bedeckte sein Gesicht mit beiden Händen. Er wusste nicht, was er tun sollte. Jetzt, da er erfahren hatte, dass er mit Ginny nicht blutsverwandt war und dass sie ein Kind von ihm erwartete, war der Weg zu ihr frei. Hartmann hatte recht:

Sie durfte Norman nicht heiraten! Bei dieser Vorstellung ballte er unwillkürlich die Finger zu Fäusten. Susanne war ihm aber in der Zeit seiner größten Verzweiflung zur Seite gestanden, sie war sein Fels in der Brandung. Er wäre ein Schuft, wenn er sie verlassen würde. Niemals könnte er wieder in den Spiegel sehen, ohne sich zu schämen. War er aber nicht ein viel größerer Schuft, Ginny und sein Kind im Stich zu lassen?

Kleinschmidts dunkler, schwerer Wagen fuhr auf den Hof. Hans-Peters Kehle wurde eng. Die Konfrontation stand unmittelbar bevor, und er musste eine Entscheidung treffen. Durch das Fenster beobachtete er, wie Kleinschmidt aus dem Auto stieg. Eine Hand fest um Susannes Arm geklammert, zog er das Mädchen hinter sich aus dem Wagen, auf der anderen Seite stiegen Eugen Herzog und Klaus aus. Kleinschmidts Gesicht war vor Zorn gerötet, während Herzog sich verständnislos umschaute. Einen Augenblick später standen sie alle in der Küche.

Kleinschmidt schoss auf Hans-Peter zu und rief: »Bürschchen, was fällt dir ein, deine Braut warten zu lassen? Was soll das heißen: Die Hochzeit kann heute nicht stattfinden? Bist du von allen guten Geistern verlassen?«

Susanne war an der Tür stehen geblieben. Ihre geröteten Augen und das verschmierte Make-up sagten Hans-Peter, dass sie geweint hatte. Unsicher sah sie ihn an, zweifelnd, fragend, nicht verstehend, warum er nicht zum Standesamt gekommen war, sondern Klaus geschickt hatte, der ihr mitteilte, es hätten sich *Probleme* ergeben.

Entschlossen trat Eugen Herzog vor. »Du wirst meine Tochter nicht sitzenlassen.«

»Ich ... ich ... Es tut mir leid ...«, stammelte Hans-Peter.

»Diese Hochzeit wird es nicht geben!«, rief Hartmann. »Das werde ich nicht zulassen!«

Erst jetzt bemerkten Kleinschmidt, Herzog und Susanne den Fremden. Martin Hartmann war aufgestanden und sah in die Runde.

»Wer sind denn Sie?«, fragte Kleinschmidt. »Was geht hier vor?«

Ruhig erwiderte Hartmann: »Hans-Peter ist mein Sohn, und er ist bereits einer anderen versprochen. Einer Frau, die sein Kind unter dem Herzen trägt.«

Scharf zogen Kleinschmidt und Herzog die Luft ein, Susanne starrte fassungslos Hans-Peter an und murmelte: »Ginny ... Aber ich dachte ...«

Hans-Peter trat zu ihr, legte einen Arm um ihre Schultern und sagte: »Ich brauche Zeit. Eine solche Entscheidung kann nicht jetzt und heute getroffen werden. Wir müssen in aller Ruhe ...«

Er konnte nicht weitersprechen. Wie aus dem Nichts hatte Hartmann eine Pistole in der Hand. Er musste sie die ganze Zeit über in der Innentasche seiner Jacke verborgen haben.

»Das ist also die Frau, wegen der du meine Tochter und dein Kind der Schande überlassen willst? Weswegen sie vielleicht sogar sterben wird?« Er richtete den Lauf auf Susanne. »Das weiß ich zu verhindern. Wenn sie nicht mehr ist, dann bist du frei für meine Tochter.«

Mit einer schnellen Bewegung, die zeigte, dass Hartmann der Umgang mit Waffen vertraut war, entsicherte er die Pistole. Es war nur ein Bruchteil einer Sekunde, als Hartmann den Finger am Abzug krümmte und Hans-Peter sich vor Susanne warf. Gleichzeitig mit dem ohrenbetäubenden Schuss traf Hans-Peter ein Schlag in den Oberbauch, der ihn von den Füßen riss. Gemeinsam mit Susanne stürzte er zu Boden, blieb auf ihr liegen und hörte seine Mutter schreien: »Du hast ihn umgebracht! Du hast deinen eigenen Sohn erschossen!«, dann setzte der Schmerz ein. Sein Körper schien von innen heraus zu verbrennen. Mit letzter Kraft drehte er den Kopf zur Seite, sah, wie Hartmann ihn entsetzt anstarrte, hörte, wie er murmelte: »Das wollte ich nicht! Gott, vergib mir!«, dann schob er sich den Lauf der Pistole in den Mund. Sein Finger krümmte sich ein weiteres Mal um den Abzug. Bevor der nächste Schuss fiel, verlor Hans-Peter die Besinnung.

23

 Farringdon Abbey, England, Mai 1967

Obwohl er die Hauptperson des Tages war, verschlief der Säugling die Zeremonie. Als der Vikar die zarte Haut seiner Stirn mit Wasser benetzte, störte das nicht seinen festen Schlaf.

»Ich taufe dich auf die Namen Adam Gregory Martin«, sagte der Vikar. »Hiermit wirst du in die heilige Anglikanische Gemeinschaft aufgenommen. Christus spricht: Ich bin das Licht und das Leben. Wer an mich glaubt, wird leben. Gehet hin in Frieden.«

Über den kleinen Adam hinweg sahen Hans-Peter und Ginny einander an. Sie lächelte, Hans-Peter strich sanft über die rosige Wange seines Sohnes, dann traten sie vom Altar zurück. Die normannische Dorfkirche mit dem gedrungenen, quadratischen Turm und dem alten Tonnengewölbe war bis auf den letzten Stehplatz gefüllt. Hans-Peter sah in viele bekannte, aber in noch mehr unbekannte Gesichter. Das Entsetzen über den Tod von Gregory Bentham im vergangenen Jahr war noch nicht abgeklungen, und die Neugierde hatte die Menschen in die Kirche getrieben. Mit eigenen Augen wollten sie sehen, wie Lady Siobhan, Lady Phyliss und vor allen Dingen die bezaubernde Gwendolyn mit diesem furchtbaren Verlust fertig wurden.

»Wie konnte das geschehen? Warum ist Mister Bentham überhaupt nach Deutschland gefahren?«, fragten sich noch heute die Leute.

Ein Unfall, hieß es, und dass er eine neue Rosensorte kaufen wollte. Das Mitleid galt besonders Ginny, denn jeder wusste, wie nah Vater und Tochter sich gewesen waren.

Dann war plötzlich dieser deutsche junge Mann gekommen, und Ginny und er hatten – ungeachtet der Einhaltung des Trauerjahrs – geheiratet. Still und heimlich war es geschehen, es hatte keine Feier gegeben. Nach der Trauung war das Paar für ein paar Tage nach St. Ives in Cornwall gefahren. Bald danach war für alle der Grund dieser Eile ersichtlich geworden: Die junge Lady erwartete ein Kind. Es wurde getuschelt und geraunt, und der junge Mann wurde skeptisch beäugt.

»Nun heiratet eine Bentham zum zweiten Mal einen aus Deutschland«, hatten die Älteren gesagt und abfällig die Mundwinkel heruntergezogen.

»Dazu noch einen, der nichts ist und nichts hat. Ich habe gehört, er studiert in Southampton und will Rechtsanwalt werden. Was will Farringdon mit einem Rechtsverdreher anfangen? Ein anständiger Rosenzüchter gehört her!«

»Der arme Mister Bentham! Das hätte er nie erlaubt, er würde sich im Grabe umdrehen, wenn er es wüsste.«

»Und erneut nimmt der Bursche den Namen der Familie an, ganz so, als würde er sich seines eigenen Namens schämen.«

Ginny und Hans-Peter ließen sie reden. Ein paar Stammkunden waren der Gärtnerei zwar ferngeblieben, einige Bekannte mieden sie und sprachen keine Einladungen mehr aus, doch auf solche Menschen konnten die Benthams gut verzichten. In dieser Zeit zeigte sich, wer ihre wahren Freunde waren. Hocherhobenen Hauptes trug Siobhan Schwarz, wie es von ihr erwartet wurde, schien am Tod ihres Mannes aber nicht zu zerbrechen. Als im Februar das Kind geboren wurde, beruhigten sich die Gemüter. Der kleine Adam war ein ganz entzückendes Baby mit hellroten lockigen Haaren und blauen Augen.

Die Mutter des Deutschen, Hildegard, wurde aber nach wie vor kritisch beäugt, und man begegnete ihr eher zurückhaltend, obwohl sie die englische Sprache immer besser beherrschte und sich problemlos in das beschauliche Landleben eingefügt hatte. Hildegard wusste, dass sie immer eine Fremde bleiben würde und die Leute sich fragten, warum sie ihrem Sohn nach England gefolgt war. Zum zweiten Mal musste sie sich mit einem neuen Leben arrangieren, sie war aber entschlossen, es zu meistern. Allein schon wegen ihres Enkels, den sie zärtlich liebte und der frei von den Schatten der Vergangenheit aufwachsen sollte.

Nachdem Martin Hartmann seinen Sohn niedergeschossen und sich dann selbst gerichtet hatte, war es Susanne Herzog gewesen, die als Erste gehandelt hatte. Auf Hans-Peters stark blutende Bauchwunde hatte sie Geschirrhandtücher gedrückt und Klaus angeschrien, er solle den Notruf wählen. Hartmann war nicht mehr zu helfen, er war auf der Stelle tot gewesen. Wilhelm Kleinschmidt und Eugen Herzog waren wie versteinert dagestanden, Hans-Peters Mutter war ohnmächtig geworden. Kleinschmidt hatte dann mechanisch zur Schnapsflasche gegriffen und getrunken, als würde sein Adoptivsohn nicht im Blut vor ihm liegen. Susannes ruhiges und beherztes Handeln hatte Hans-Peter das Leben gerettet. Er wurde ins nächste Krankenhaus gefahren und sofort operiert. Die Kugel hatte zwar keine lebenswichtigen Organe getroffen, aber Hans-Peter musste drei Wochen im Krankenhaus bleiben. Sobald die Ärzte die Erlaubnis gegeben hatten, suchten ihn Beamte der Kriminalpolizei und Mitarbeiter der Landesjustizverwaltung aus Ludwigsburg auf und stellten ihm unzählige Fragen. Es war unmöglich, die wahre Identität von Gregory Bentham länger zu verheimlichen. Auch Hildegard musste sich mehreren Befragungen stellen, auf eine Anklage wegen Bigamie wurde jedoch verzichtet. Die zuständigen Behörden zweifelten nicht an Hildegards Erklärung, dass sie in dem Glauben, Martin Hartmann wäre nicht mehr am Leben, die neue Ehe eingegangen war.

»Wenn wir alle Frauen, die in den Nachkriegsjahren ähnlich wie Sie gehandelt haben, vor Gericht zerren würden, hätten unsere Richter kaum noch Zeit für die wirklichen Verbrecher«, hatte ein erstaunlich einfühlsamer Kriminalbeamter gesagt.

Sie und Susanne waren jeden Tag bei Hans-Peter im Krankenhaus gewesen. Irgendwann bat Susanne Hans-Peters Mutter, sie mit ihm allein zu lassen. Sie hatte den goldenen Reif von ihrem linken Ringfinger gezogen und ihn auf Hans-Peters Bettdecke gelegt.

»Du gehörst zu Ginny, der Weg für euch ist nun frei.« Hans-Peters Einwand unterbrach sie mit einer Handbewegung. »Bitte, hör mir zu. Das mit uns hätte auf Dauer nicht funktioniert. Wir sind vertraut wie Geschwister, zwischen uns gibt es keine Geheimnisse. Bei Liebenden sollte jedoch eine gewisse gespannte Erwartung auf den anderen vorhanden sein.«

»Du hast mir das Leben gerettet.«

»Und du das meine. Wenn du dich nicht vor mich geworfen hättest, hätte die Kugel mich getroffen. Das war sehr mutig von dir.« Sie lächelte und drückte seine Hand. »Wir sind also quitt.«

»Aber ich ...« Er schluckte, räusperte sich und fuhr fort: »Ich kann das nicht annehmen, ein solcher Schuft bin ich nicht, Sanne.«

Ihr Lächeln war ein wenig bitter. »Du hast auch Ginny die Ehe versprochen«, erinnerte sie ihn und traf damit genau seinen inneren Zwiespalt. »Somit warst du bereits verlobt und nicht frei, mich zu heiraten. Mach dir keine Sorgen um mich. Du kennst mich, ich schwimme immer oben, und ich muss auch mir selbst ehrlich eingestehen, dass ich dich nicht so liebe, wie eine Frau ihren Ehemann lieben sollte.«

»Das stimmt doch gar nicht ...«

Erneut unterbrach sie ihn. »Ja, es ist richtig, all die Jahre hab ich geglaubt, dich zu lieben, aber bereits ein paar Wochen bevor wir heiraten wollten, bekam ich Zweifel. Heute erkenne ich, dass ich aus einer Selbstverständlichkeit heraus, weil jeder erwartete, dass wir beide ein Paar werden, glaubte, dich zu lieben und auch zu begehren. Wahrscheinlich auch, weil kein anderer Mann in meinem Leben eine Rolle spielt. Mittlerweile weiß ich jedoch, dass meine Empfindungen zu dir zwar tief und ehrlich sind, es sind aber Gefühle einer tiefen Freundschaft, frei von jeglicher Leidenschaft oder gar Lust. Du wirst auch in Zukunft ein wichtiger Mensch in meinem Leben sein und einen Platz in meinem Herzen haben, aber nicht als Ehemann, sondern wie ein großer Bruder, auf den ich mich immer verlassen kann. Wenn ich heirate, dann erwarte ich mehr als nur Freundschaft, und eines Tages wird dieser Mann auch in mein Leben treten.«

»Ich weiß nicht, was ich sagen soll.«

»Nichts, Hans-Peter, komm einfach wieder schnell auf die Beine.« Zärtlich küsste Susanne ihn auf die Lippen, stand auf und ging zur Tür. Dann drehte sie sich noch mal zu ihm um. »Übrigens, Klaus und ich haben in England angerufen, du weißt schon, in diesem Farringdon Abbey. Ginny geht es besser, für sie und das Kind besteht keine Gefahr mehr. Du solltest dich mit dem Gesundwerden beeilen und sie nicht länger warten lassen.«

Hans-Peter schämte sich seiner Tränen nicht.

Noch am Tag seiner Entlassung verkaufte Hans-Peter sein Mokick und den VW-Käfer, den Kleinschmidt ihm geschenkt hatte. Der Erlös reichte für einen Flug nach England, denn Hans-Peter wollte keine Zeit verschwenden. In der Klinik saß Siobhan Bentham an Ginnys Krankenbett. Als sie ihn erkannte, erhob sie sich und sagte: »Sie weiß alles, und sie braucht dich jetzt.« Dann ließ sie Hans-Peter und Ginny allein.

Wortlos breitete Ginny ihre Arme aus.

Eine Woche vor ihrer Hochzeit traf Hans-Peters Mutter in Farringdon ein. Ihr Leben in Großwellingen fortzusetzen war unmöglich geworden. Nicht nur, dass die Leute mit Fingern auf sie zeigten und sie als *Nazibraut* beschimpften – Kleinschmidt hatte sie seines Hauses verwiesen.

»Unsere Ehe ist ungültig«, hatte er gesagt. »Es besteht kein Grund für dich, auch noch einen Tag länger in meinem Haus zu bleiben.«

Es stand außer Frage, dass Hildegard auf Farringdon blieb. Sie unterstützte Lucy Bolton im Haushalt, und zur Überraschung aller verstand sie sich bestens mit Lady Phyliss. Gerade von deren Seite hatte Hildegard die größte Ablehnung befürchtet, nachdem Lady Phyliss von Hartmanns Vergangenheit erfahren hatte und auch wusste, dass Hildegard nicht unwissend gewesen war. Lady Phyliss hatte sich aber endlich dazu durchgerungen, den Deutschen zu verzeihen und die Vergangenheit endgültig zu begraben. Sie war es, die Hildegard nun täglich Unterricht in der englischen Sprache gab und sich vor sie stellte, wenn die Leute es wagten, abfällige Bemerkungen über die Deutsche zu machen.

In England wurden die Ermittlungen gegen den Kriegsverbrecher Martin Hartmann mit seinem Tod eingestellt, das war jetzt eine Sache der BRD. Wegen des Mordes an Michelle Foqué konnte er nicht mehr zur Verantwortung gezogen werden, somit wurde diese Angelegenheit ebenfalls nicht weiter verfolgt. Michelles sterbliche Überreste wurden geborgen, und Lady Phyliss und Siobhan sorgten dafür, dass sie neben Tessa auf dem Friedhof begraben wurde. Fragen beantworteten sie dahin gehend, dass die Haushälterin fern von Farringdon gestorben sei, und da sie keine Angehörigen mehr hatte, erhielte sie hier ihre letzte Ruhestätte.

So gelang es den Benthams, die wahren Hintergründe der Vorgänge zu vertuschen. Niemand hätte etwas davon, wenn Gregory Benthams Identität und seine Taten öffentlich bekannt gemacht worden wären. Trotz allem trauerte Ginny aufrichtig um den Mann, der ihr immer ein liebevoller Vater gewesen war, und mit Hilfe von Hans-Peter fand sie den Weg zurück ins Leben. Als sich ihr Kind zum ersten Mal bewegte, wusste Ginny, dass ein völlig neuer Lebensabschnitt begann.

»Er wird bestimmt einmal Berufsboxer«, sagte sie zu Hans-Peter, nahm seine Hand und legte sie auf ihren Bauch. Deutlich spürte er die Tritte und wusste, dass er diesen Moment niemals vergessen würde.

»Und wenn es eine Sie wird?«

Ginny lachte. »Mit ist alles recht, wir nehmen, was kommt. Babys sind nämlich vom Umtausch ausgeschlossen.«

Vor der Kirche nahmen Hans-Peter, Ginny und der immer noch schlafende Adam die Glückwünsche entgegen. Als die Menge sich zu zerstreuen begann – zu der Feier auf Farringdon Abbey waren nur die engsten Freunde geladen –, trat ein junger Mann zu Hans-Peter und klopfte ihm kräftig auf die Schulter.

»Herzlichen Glückwunsch, Papa«, sagte er auf Deutsch und grinste. »Steht dir gut, so ein Kind.«

»Danke, dass du gekommen bist«, erwiderte Hans-Peter. »Dass *ihr* gekommen seid«, fügte er hinzu, und sein Blick glitt zu Susanne, die sich im Hintergrund gehalten hatte. Zögernd kam nun auch sie näher und reichte Hans-Peter die Hand.

»Auch von mir Glückwunsch«, sagte sie leise, »und vielen Dank für die Einladung. Was ich bisher von England gesehen habe, gefällt mir sehr gut. Die Landschaft ist viel grüner, und die Wiesen sind saftiger als bei uns.« Susanne schaute zu Ginny, die ihre Worte nicht verstanden hatte. Ihre Blicke kreuzten sich, ein peinlicher Moment blieb jedoch aus, denn Susanne sagte zu Ginny in stockendem Englisch, wie sehr sie sich freute, sie kennenzulernen.

»Ich freue mich, dass ihr den weiten Weg auf euch genommen habt«, erwiderte Ginny. »James hat seine Freunde sehr vermisst.«

Klaus legte einen Arm um Susannes Schultern. »Wir haben auch eine Neuigkeit.«

Susanne hob die linke Hand. An ihrem Finger blinkte ein breiter goldener Ring mit einem funkelnden kleinen Stein. »Wir haben uns letzten Monat verlobt«, fuhr Klaus fort. »Im September ist die Hochzeit, ich hoffe, ihr werdet kommen. Ich werde auf keinen Fall heiraten, ohne dass du, Hans-Peter, mein Trauzeuge bist.«

Sosehr sich Hans-Peter über diese Neuigkeit freute – konnte er wirklich nach Großwellingen zurückkehren, auch wenn es nur für ein paar Tage wäre? Unweigerlich würde er auf Wilhelm Kleinschmidt und all die anderen treffen. Klaus, der die Bedenken seines Freundes in dessen Gesichtsausdruck gelesen hatte, fügte leise hinzu: »Wir werden in Tübingen heiraten und dort leben, bis ich das Studium abgeschlossen habe. Seit Anfang des Jahres arbeitet Susanne in der Buchhaltung einer Versicherung. Zu der Hochzeit wird nur ihr Vater kommen.«

Hans-Peter nickte verstehend. Das machte es ihm leichter, und die Konfrontation mit Eugen Herzog würde er Susanne und Klaus zuliebe nicht scheuen.

»Was ist mit der Brauerei?«, fragte er.

»Vater hat einen tüchtigen Brauer eingestellt«, antwortete Susanne und zuckte mit den Schultern. »Es war das Beste, dass ich nach Tübingen gezogen bin. Irgendwann wird Gras über alles gewachsen sein.«

»Also, ich weiß nicht, wie es euch geht« – Fiona drängte sich zwischen die Freunde –, »aber ich habe Durst und könnte auch ein paar Häppchen vertragen.«

Ginny nickte. »Dann lasst uns nach Farringdon gehen, nicht, dass das Büfett, das James' Mutter seit Tagen vorbereitet hat, verdirbt oder die anderen alles aufessen.«

»Darf ich ihn mal halten?« Susannes Frage überraschte Ginny, doch sie legte Adam, ohne zu zögern, in Susannes Arme. Der Junge erwachte, gluckste, schaute Susanne neugierig aus seinen blauen Augen an und begann zu lächeln.

»Ich glaube, er mag dich«, raunte Ginny Susanne zu, zögerte und fuhr dann fort: »Ich hoffe, du wirst ebenso glücklich, wie ich es bin.«

In Susannes Blick konnte Ginny die Aufrichtigkeit lesen, als diese antwortete: »Das bin ich, das bin ich wirklich. Es ist, als hätten Klaus und ich aufeinander gewartet, das Leben hat nur einige Haken geschlagen, bis wir dies erkannten. Wenn du nachher Zeit hast, Ginny, zeigst du mir dann eure Rosen? Besonders die Winterrosen würde ich sehr gern sehen.«

»Dann musst du im Winter wiederkommen, Sanne«, antwortete Ginny.

»Das mache ich sehr gern.« Sie stupste Klaus in die Seite. »Was hältst du davon, wenn wir unsere Hochzeitsreise durch England machen?«

»Mal schauen.« Klaus' Gesichtsausdruck war anzusehen, dass er lieber in südliche Gefilde reisen würde, aber er fügte hinzu: »Wir könnten Weihnachten herkommen.«

»Abgemacht! Ihr verbringt Weihnachten auf Farringdon!«

Hans-Peter hob die Hand, Klaus schlug lachend ein, dann nahm Hans-Peter seinen Sohn wieder auf den Arm. Susanne hakte sich bei Ginny unter. Seite an Seite gingen sie nach Farringdon – zwei Frauen, die in diesem Moment Freundinnen geworden waren.

Nachwort

Wie auch meine anderen Romane erzählt *Winterrosenzeit* eine fiktive Geschichte, in der ich meine Phantasie mit wahren Begebenheiten vermische. Der Unterschied in der Art zu leben zwischen dem Leben der jungen Leute in England – ganz besonders in London – und in Deutschland war Mitte der 1960er Jahre sehr groß. In Städten wie Berlin oder Hamburg zog der neue Zeitgeist schon früher ein, in der dörflichen Beschaulichkeit der Schwäbischen Alb wurde alles Moderne von den Älteren aber noch strikt abgelehnt. Mädchen hatten Röcke und Kleider zu tragen, das Aufkommen von Hosen, besonders der Bluejeans, wurde für einen moralischen Wertverlust gehalten. Die abfälligen Bezeichnungen für die englischsprachige Musik – *Hottentottenmusik, Negermusik* – stammen, meinen eigenen Erinnerungen nach, aus den Mündern meiner Mutter und meiner Großmutter, ebenso wie der Begriff *Tommy* für die Briten. Diese Ausdrücke wurden bis weit in die 1970er Jahre hinein verwendet. Junge Männer, deren Haare die Ohrläppchen bedeckten und die bevorzugt Bluejeans trugen, wurden schnell als *Gammler* verunglimpft, auch die Bemerkung, dass solche Leute sicher voller Läuse waren, hat sich in meine Erinnerung eingegraben.

Der Zweite Weltkrieg hat auf beiden Seiten tiefe Gräben aufgerissen und schwere Wunden hinterlassen, die nur langsam, bei vielen auch niemals, heilten. Die neue junge Generation der

Nachkriegszeit begann damit, diese Gräben zu überwinden, wobei die Beatmusik einen nicht unwesentlichen Teil dazu beitrug.

Die Show zu Anfang des Konzerts der Beatles in Blackpool am 1. August 1965 habe ich übersetzt und wortgetreu wiedergegeben, denn während meiner Recherche zu diesem Roman befand sich im Internet ein Mitschnitt dieses Konzerts. (Bei Drucklegung musste ich aber leider feststellen, dass dieses Video zwischenzeitlich von der Seite gelöscht worden ist.) Das Intro mit den verkleideten Männern mag etwas befremdlich anmuten, entspricht aber den Tatsachen.

Die Geschichte, dass ein ehemaliger SS-Hauptsturmführer die Identität eines Gefangenen annimmt, ist frei erfunden, meiner Ansicht nach jedoch nicht auszuschließen.

Unterstützt bei der Recherche dieses Romans wurde ich von meiner Schwester Barbara. Geboren 1949, aufgewachsen in der Kleinstadt Rottweil und selbst ein großer Fan der Beatles, war sie mir eine große Hilfe bei den Fragen über das Leben eines Teenagers in dieser Zeit. Meinen herzlichen Dank dafür, liebe Babs!

Auch die Hinweise meiner befreundeten Lektorin Christa Pohl, die diese Zeit ebenfalls als Jugendliche erlebt hat, waren sehr hilfreich, und auch Dir, Christa, lieben Dank.

Speziell danke ich Frau Christine Steffen-Reimann, die mir die Möglichkeit gegeben hat, diese Geschichte zu erzählen, und all den fleißigen, nicht namentlich genannten Mitarbeitern des Verlages, die mitgeholfen haben, dieses Buch zu veröffentlichen.

Nicht zu vergessen ein herzliches Dankeschön meiner Redakteurin Ilse Wagner, deren Korrekturen meinen Geschichten nun schon seit Jahren den letzten Schliff geben.

Last, but not least danke ich Ihnen, meine lieben Leserinnen und Leser, dass Sie dieses Buch erworben und gelesen haben, und auch für die zahlreichen schönen und lieben Zuschriften, die ich von so vielen Leserinnen und Lesern erhalte.

Herzlichst
 Ihre Ricarda Martin

Ein romantischer Familiengeheimnisroman vor der grandiosen Kulisse Irlands mit viel Sommerfeeling!

RICARDA MARTIN

Ein Sommer in Irland

Roman

Ein rührender, romantischer Roman über eine Frau, die scheinbar zufällig die tragische Lebensgeschichte einer irischen Schriftstellerin entdeckt und dabei ihre eigenen Wurzeln findet.

Caroline wird von ihrem Chef nach Irland geschickt, um dort auf einem idyllischen Cottage nach einem wertvollen alten Buch zu forschen und es bei einer Auktion zu ersteigern. Da sie die Sommerferien mit ihrer jugendlichen Tochter Kim verbringen will, muss diese gegen ihren Willen mit nach Irland reisen. Die Suche nach dem alten Buch wird für Caroline und Kim zu einer Suche nach einem Familiengeheimnis und ihren eigenen Wurzeln. Die Reise und die traumhafte Umgebung Irlands helfen den beiden, wieder näher als Familie zusammenzufinden. Auch die Liebe findet Einzug in die kleine Familie. W ird am Ende Irland für die beiden das große Glück bedeuten?